Tim Tichatzki

Roter Herbst in Chortitza

Nach einer wahren Geschichte

Für meine Kinder
Michel, Lisa und Samir

Lektorat: Eva-Maria Busch
Umschlagfoto: © Mark Owen/Trevillion Images
Umschlaggestaltung: Jonathan Maul
Innenfoto: privat
Satz: DTP Brunnen
Druck: GGP Media GmbH, Pößneck

ISBN Buch 978-3-7655-0988-9
ISBN E-Book 978-3-7655-7508-2

www.brunnen-verlag.de

Inhalt

Teil 1

Bürgerkrieg (1919–1921)

Nach dem gewaltsamen Sturz von Zar Nikolaus II. muss die junge bolschewistische Regierung am 3. März 1918 den mit den Mittelmächten ausgehandelten Friedensvertrag von Brest-Litowsk akzeptieren. Die kriegsmüde Bevölkerung braucht dringend eine Atempause, auch wenn dies zur Folge hat, dass die Ukraine fortan unter deutsche Kontrolle fällt. Doch Deutschland verliert den Krieg und zieht seine Soldaten schon ein Jahr später wieder ab. Die „Brotkammer" Europas wird nun Teil des Sowjetreichs, wo in den folgenden Jahren ein brutaler Bürgerkrieg zwischen Bolschewiken und den Anhängern des ermordeten Zaren tobt.

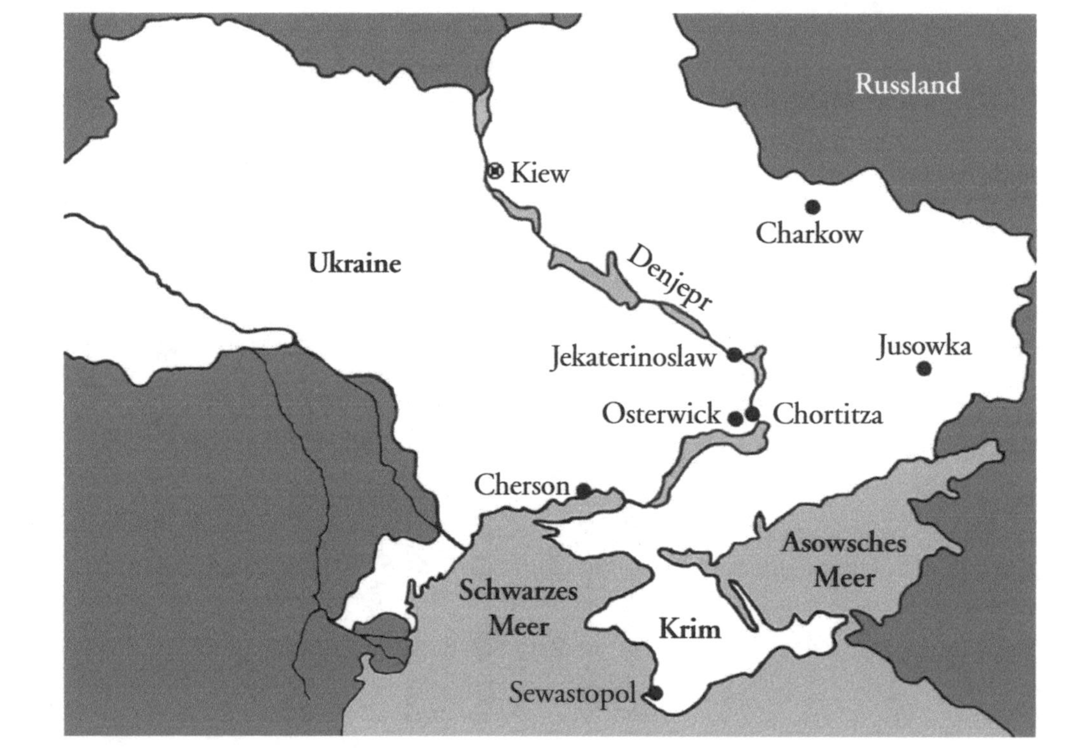

Russland
Kiew
Charkow
Ukraine
Denjepr
Jekaterinoslaw
Jusowka
Osterwick
Chortitza
Cherson
Asowsches Meer
Schwarzes Meer
Krim
Sewastopol

MG-08/15

Osterwick 1919

Birken säumten die Böschung, so weit das Auge reichte, ohne dass ein einziger Baum es wagte, aus der Reihe zu treten und seine Wurzeln unterhalb der Kammlinie zu schlagen. Wie mit dem Lineal gezogen erstreckte sich dieser schmale, weiß-grüne Streifen entlang der Straße nach Chortitza, bot dem Reisenden eine angenehme Abwechslung in der sonst so kargen Steppenlandschaft.

An keiner Stelle maß das Wäldchen in seiner Breite mehr als hundert Meter. Man hätte es problemlos in wenigen Minuten durchquert, wäre der Boden nicht von derart dichtem Gestrüpp überwuchert gewesen. Von Farnen verdeckte Disteln, die sich bei jedem Schritt im Stoff der Hose verfingen, zwangen den Wanderer, seinen Blick achtsam nach unten zu richten, wollte er nicht ins Straucheln geraten. Und trotz des lichten Baumbestands, für den friedfertigen Laien kaum zu erkennen, eignete sich dieser Ort ganz hervorragend für einen Hinterhalt. Ein Umstand, den die Soldaten des deutschen Kaiserreichs wohl zu nutzen wussten, als sie sich hier verschanzten, um die tiefer gelegene Straße nach Chortitza kontrollieren und jede feindliche Armee unter Beschuss nehmen zu können.

„Ihr Vorrücken würde dadurch für mehrere Stunden verzögert. Im Ernstfall ein großer taktischer Vorteil!" So erklärten die Offiziere die strategische Bedeutung dieser Position.

Die Gastfreundschaft der Mennoniten[1] überraschte die Soldaten, als sie vor über einem Jahr in Osterwick eintrafen. Offensichtlich fühlten sich die Dorfbewohner ihnen auf besondere Weise verbunden, was vielleicht an der gemeinsamen Herkunft oder an dem vertrauten Klang ihrer Sprache lag. Die Siedler unterhielten sich untereinander auf *Plautdietsch*, einer westpreußischen Mundart, die sie sich trotz der langen Zeit in der Fremde bewahrt hatten. Das erleichterte die Kontaktaufnahme und den Austausch. Die Osterwicker lauschten den Geschichten aus der Heimat aufmerksam. Obwohl kaum einer von ihnen je zuvor in Deutschland war, fühlte es sich für sie an, als schwelgten sie mit den Fremden in gemeinsamen Erinnerungen.

Erst mit der Zeit – als es nichts mehr zu berichten gab – traten die Unterschiede wieder deutlicher zutage. Die Soldaten benahmen sich etwas zu selbstsicher für die Gepflogenheiten der frommen Siedler, manchmal gar etwas herrisch. Sie tranken Alkohol und erzählten sich Witze, die kaum einer von ihnen so recht verstand. Sie lachten dennoch mit, wenn auch nur aus Höflichkeit. Einmal schnappte Willi, der zwölfjährige Sohn der Bergens, einen Witz auf, den er später arglos beim Abendessen erzählte. Er fing sich dafür eine schallende Ohrfeige seines Vaters ein. Besonders die detaillierten Schilderungen der Fronterlebnisse ließen die Mennoniten schaudern, sodass sie den Kontakt fortan immer weiter reduzierten.

Seit sie der Einladung Katharinas der Großen gefolgt waren, die Weiten des riesigen Russischen Reiches zu besiedeln, beanspruchten sie für sich das Recht auf Kriegsdienstverweigerung. Keiner von ihnen hatte je eine Waffe in der Hand gehalten, geschweige denn einen Menschen getötet. Sie wollten

1 Die evangelisch freikirchliche Bewegung der Mennoniten reicht bis in die Reformationszeit zurück und ist Teil der sog. Täuferbewegung. Ihr Name leitet sich von dem aus Friesland stammenden Theologen Menno Simons ab.

in Frieden leben, sich nicht in gewaltsame Auseinandersetzungen – ganz gleich, für welche Seite – hineinziehen lassen.

Sie konzentrierten sich seit jeher nur auf ihre Arbeit. Darauf, das ihnen zugeteilte Land urbar zu machen, sich und ihren Familien eine neue Heimat zu schaffen. Dabei blieben sie meist unter sich, hielten an ihren Sitten, ihrer Sprache und an ihrem Glauben fest, sodass man sie hier in der Ukraine bis heute immer noch als *Deutsche* bezeichnete. Erst jetzt, wo ihnen die deutschen Soldaten wie ungebetene Gäste erschienen, von denen man sich wünschte, sie schnellstmöglich wieder loszuwerden, erkannten sie, dass sie längst auch keine Deutschen mehr waren.

Nichts konnte Maxim von dem Gedanken abbringen, dass die Soldaten auf ihrem Rückzug etwas zurückgelassen haben mussten. Auch Willi ließ sich von dieser Idee anstecken, wollte unbedingt dabei sein, wenn Maxim sich auf die Suche machte. Doch nun fiel es ihm schwer, mit seinem älteren Freund Schritt zu halten. Er keuchte laut und der Schweiß lief ihm in die Augen.

Obwohl sie nur zwei Jahre trennte, war Willi dem größeren Maxim in allen körperlichen Belangen deutlich unterlegen. Mit seinen schmalen Schultern konnte er sich bald zweimal hinter Maxim verstecken, hatte seine Mutter einmal gesagt. Sie ahnte nicht, wie sehr ihn das verletzte, wünschte er sich doch, auch endlich erwachsener auszusehen. Auf seiner Oberlippe bildete sich erster dunkler Flaum, doch selbst diese Anzeichen von Männlichkeit verblassten angesichts der Tatsache, dass Maxim sich bereits täglich rasieren musste. Es war nicht gerecht, dass man sie immer miteinander verglich, dachte Willi mehr als einmal.

Maxim ging mit großen Schritten voran, trat über das dornige Gestrüpp hinweg und schob die Äste mit ausladenden Armbewegungen beiseite. Willi bemühte sich, den Anschluss nicht zu verlieren. Ständig musste er zurückschnellenden Zweigen ausweichen oder einen Bogen um die Stelle machen, die Maxim gerade noch so leicht übersprungen hatte. Seit einer Stunde durchkämmten sie nun schon das Wäldchen, ohne dabei auf etwas Interessantes gestoßen zu sein. Hier und da ein paar leere Patronenhülsen sowie ein vollständig ausgebrannter Unterstand. Es schien, als ob die Deutschen selbst ihren überhasteten Rückzug gründlich geplant hatten.

Kurz davor, enttäuscht aufzugeben, fiel Willi ein Gebüsch auf, das sich von dem übrigen Grün unterschied. Es sah aus, als sei der Strauch nicht natürlich gewachsen. Willi und Maxim bogen die Zweige zur Seite, trampelten die mannshohen Farne nieder, als sie plötzlich auf etwas Metallenes stießen. Hastig entfernten sie das restliche Gestrüpp, bis sie mit staunenden Augen vor einem 08/15-Maschinengewehr standen. Es war auf einem hölzernen Untergrund verschraubt, den Lauf zwischen zwei Bäumen hindurch auf die Straße gerichtet. Links und rechts hingen noch die Patronengurte herab. Neben der Plattform stand eine Metallkiste, in der sich weitere Munition befand. Die beiden Jungs schauten sich fragend an. Was hatte die Deutschen dazu bewogen, diese Waffe zurückzulassen?

„Vielleicht dachten sie, noch einmal zurückzukommen", sagte Maxim. Er schien einen Moment zu überlegen, ob ihm noch eine bessere Erklärung einfiel. Dann wandte er sich achselzuckend an Willi: „Und, traust du dich?"

„Auf gar keinen Fall! Lass bloß die Finger davon!", entgegnete dieser aufgeregt.

„Ach was, wahrscheinlich ist es kaputt. Warum hätten sie es sonst hiergelassen?" Maxim kauerte sich mit zusammengekniffenen Augen hinter das MG und schaute durch die Zielvorrichtung.

„Komm schon, Maxim. Lass den Mist. Wir kriegen einen Haufen Ärger, wenn man uns hier erwischt."

„Wer soll uns denn erwischen? Einen Schuss nur. Dann wissen wir wenigstens, ob es noch funktioniert."

„Bist du verrückt? Was, wenn du jemanden verletzt? Lass das sein, Maxim!", rief Willi nun sehr viel eindringlicher, da er merkte, dass sein Freund im Begriff war, eine große Dummheit zu begehen. Trotzdem konnte auch er sich der Faszination dieser Waffe nicht entziehen.

Maxim hörte nicht auf seinen Freund. Er legte den Zeigefinger auf den Abzug und zielte auf die leere Straße. Er kniff die Augen ein paarmal zusammen, so wie er es immer tat, wenn er aufgeregt war. Einen Schuss nur, dachte er und krümmte den Finger. Sofort ertönte ein ohrenbetäubender Lärm. Ein Rattern, das gar nicht mehr aufhörte, Pulvergeruch, der ihnen fast die Luft zum Atmen nahm und in ihre Augen drang.

Erschrocken duckten sich die beiden Jungs hinter dem MG auf den Boden, hielten sich mit beiden Händen die Ohren zu. Das Maschinengewehr feuerte den kompletten Patronengurt ab und Willi betete, dass nicht ausgerechnet jetzt jemand die Straße passierte. Dann, ganz plötzlich, hörte das Dauerfeuer auf. Die wohltuende Stille wurde nur noch durch ein leises Klacken gestört. *Klack, Klack, Klack* … Die beiden Jungs hoben den Kopf, sahen die leeren Patronenhülsen auf dem Boden liegen, doch keiner konnte sich einen Reim darauf machen, woher das seltsame Geräusch rührte. Maxim erhob sich, kroch in geduckter Haltung zu dem MG und sah, dass der Abzug klemmte. Vorsichtig brachte er ihn zurück in die Ausgangsposition. Dann verstummte auch das Klacken.

Juri und Maxim Orlow

Osterwick 1919

An diesem Abend lag Willi noch lange wach in seinem Bett. Das Maschinengewehr ging ihm nicht aus dem Kopf. Er wunderte sich, dass ihnen bei ihrer Rückkehr keine Fragen gestellt wurden, obwohl jeder im Dorf das laute Rattern des MGs gehört haben musste. Doch die Osterwicker schienen sich nicht dafür zu interessieren. Entweder waren sie schon so sehr an den Klang von Gewehrsalven gewöhnt, dass sie diese ignorierten, wenn die Schüsse nicht in unmittelbarer Nähe abgefeuert wurden – oder sie hatten tatsächlich nichts mitbekommen.

Willi konnte Maxim glücklicherweise überreden, ihren Fund erst einmal geheim zu halten, da er die andauernde Diskussion über den *Selbstschutz* nicht unnötig belasten wollte. Viel Weisheit für einen Zwölfjährigen, der die Befindlichkeiten der Mennoniten besser kannte als Maxim. Seit Wochen sprach man im Dorf über kein anderes Thema mehr, ohne dass eine Einigung in Sicht gewesen wäre. Die Differenzen schienen unüberwindbar, was ein Eingreifen des Brüderrats umso dringlicher machte. Heute Abend – so hoffte Willi – würden sich die Männer Osterwicks endlich darüber beraten.

Seit Ausbruch der Revolution tobte in weiten Teilen des ehemaligen Zarenreichs ein Bürgerkrieg, dessen Fronten sich mittlerweile auch quer durch die Ukraine zogen. Auf der einen Seite stand die Rote Armee, die versuchte, die Revolution zu verteidigen. Auf der anderen Seite die Weiße Armee, deren Offiziere mit dem gestürzten Zaren sympathisierten und die alten Verhältnisse wiederherzustellen gedachten. Unzählige Bauerndörfer gerieten dabei zwischen die Fronten und mussten je nach Verlauf des Krieges mal die Soldaten der einen, mal die der anderen Seite ernähren. Häufig wurden ihnen die Naturalien gewaltsam entwendet, was die Soldaten damit rechtfertigten, dass die Bauern zuvor die Gegenseite unterstützt hatten.

Um sich vor dieser Eskalation zu schützen, formierten die Bauern allerorts kleine Verteidigungseinheiten, *Selbstschutz* genannt. Auch die Bürger von Osterwick konnten sich dieser Idee gegenüber nicht länger verschließen, obwohl die wenigen Begegnungen mit der Weißen Armee bisher immer friedlich verlaufen waren. Scheinbar standen die deutschen Siedler mit ihren sauberen, wohlhabenden Dörfern exemplarisch für jenes Russland, das die Zarenanhänger der Weißen Armee zu verteidigen suchten.

Willi war noch nie gut darin gewesen, ein Geheimnis für sich zu behalten. Seine Geschwister konnten es ihm an der Nasenspitze ablesen, wenn er ihnen etwas vorenthielt. So musste er sich große Mühe geben, den Fund des MG nicht zu verraten. Würde der Brüderrat heute Abend endlich zu einer Einigung finden, dann wüsste er, wem er sein Geheimnis anvertrauen konnte.

Als sein Vater endlich von der Versammlung zurückkehrte, lag Willi gespannt in seinem Bett. Er versuchte, das Gespräch seiner Eltern im Nebenzimmer zu belauschen, doch Heinrich und Maria waren sehr geübt darin, in dem hellhörigen Haus keine unnötigen Geräusche zu verursachen. Willi verstand kein Wort. Nur ein einziges Mal, als sie gerade über die Orlows sprachen, erhoben sie kurz ihre Stimmen. Aber da war Willi schon längst eingeschlafen.

Juri Orlow und sein Sohn Maxim, zwei ausgehungerte Gestalten auf der Suche nach Arbeit, hatten vor einem halben Jahr an die Tür der Bergens geklopft. Heinrich wollte die beiden zuerst abweisen, da er nicht wusste, wie er sie beschäftigen sollte. Außerdem – und das war der eigentliche Grund – sorgte er sich, was die anderen im Dorf dachten, wenn sich plötzlich zwei Ukrainer auf seinem Hof herumtrieben. Doch Maria zerstreute die Einwände ihres Mannes: Es sei für Christen nicht ziemlich, zwei arbeitswillige, ausgehungerte Menschen ihrem Schicksal zu überlassen. Der Appell an christliche Tugenden verfehlte bei Heinrich nie seine Wirkung; daher konnten Juri und Maxim bleiben. Und obwohl beide kaum in der Lage waren, den Anforderungen auf den Feldern zu genügen, entpuppten sie sich bald als große Bereicherung für die Bergens.

Die Mädchen schlossen Juri von Anfang an in ihr Herz. Er verfügte über einen schier unerschöpflichen Fundus an Geschichten, die er gerne und mit ausladenden Gesten zu erzählen wusste. Schon bald versammelten sich die Kinder jeden Abend um ihn herum und bedrängten ihn so lange, bis er endlich fortfuhr zu erzählen. Die Geschichten begannen meist heiter, nahmen im weiteren Verlauf aber eine melancholische Wendung. Maria, die während ihrer Hausarbeit lauschte, ahnte, welch tiefe Traurigkeit in Juris Seele schlummerte. Sie hätte ihn gerne nach seiner Vergangenheit gefragt, hielt sich aber aus Höflichkeit zurück.

Juri erwies sich im Gegensatz zu seinem Sohn auch nach mehreren Wochen Eingewöhnung als völlig ungeeignet für die Feldarbeit. Sein Rücken plagte ihn, und obwohl er es jeden Tag aufs Neue versuchte, ohne über seine offensichtlichen Schmerzen zu klagen, wurde er schon bald einer Putzkolonne zugeteilt, wo er sich zu einem Fachmann für Reisigbesen entwickelte. Schnell sprach sich im Dorf herum, dass Juri Orlow die besten Besen binden konnte, die es in Osterwick zu finden gab. Es entwickelte sich ein kleines Geschäft, was es ihm ermöglichte, schon nach wenigen Wochen für Essen und Behausung zu bezahlen. Nicht viel, aber es war sein aufrichtiger Wunsch, den Bergens etwas für ihre Gastfreundschaft zurückzugeben, da er seine Arbeitskraft nicht, wie ursprünglich verabredet, auf den Feldern einbringen konnte.

Maxim unterschied sich mit seinem lausbübischen Charme deutlich von den mennonitischen Kindern, die den Blick und die Stimme senkten, wenn sie mit einem Erwachsenen sprachen. Er hingegen stand aufrecht, schaute seinem Gegenüber mit dunklen Augen und unerschütterlichem Selbstbewusstsein ins Gesicht, sodass dieser sich manchmal ungewohnt bedrängt fühlte. Während die Jungs in Osterwick ihre Haare wenigstens einmal im Monat geschnitten bekamen, ließ Maxim seine dunkelblonde Mähne ungebändigt auf die Schultern fallen.

Seine äußere Erscheinung unterschied ihn von den Jungs seines Alters wenigstens genauso stark wie sein Auftreten, und so verwunderte es nicht, dass er bei den Mädchen des Dorfes schon bald größte Aufmerksamkeit genoss. Sie suchten jede sich bietende Möglichkeit, um ihn in ein Gespräch zu verwickeln, obwohl es ihnen eigentlich nicht gestattet war, sich mit Jungen ihres Alters abzugeben. In manchen Familien konnte dies sogar ernsthafte Konsequenzen nach sich ziehen, was sie aber nicht daran hinderte, ständig um Maxim herumzuscharwenzeln.

Eines Vormittags, die Kinder befanden sich in der Schule und Heinrich auf den Feldern, nahm Maria all ihren Mut zusammen und ging hinüber zur Scheune, wo die Orlows ihr Lager aufgeschlagen hatten. Juri legte gerade ein Bündel Reisig zum Trocknen aus. Als er Maria bemerkte, unterbrach er seine Arbeit, erhob sich ungelenk, nahm seine Mütze ab und begrüßte sie gewohnt freundlich.

„Juri, darf ich dir eine Frage stellen?“, kam Maria unvermittelt zur Sache.

„Natürlich, Frau Bergen. Ich hoffe, dass meine Antwort zufriedenstellend ist", antwortete Juri überrascht.

„Wo ist deine Frau, Juri?"

Diese Frage hatte er nicht erwartet. Einen Moment lang wirkte er verlegen. „Wer sagt, dass ich verheiratet bin, Frau Bergen?"

„Maxim ist dir wie aus dem Gesicht geschnitten und er versteht es, mit gleicher Freundlichkeit zu beeindrucken wie du. Er ist unverkennbar dein Sohn. Ein Mann wie du setzt aber keinen Sohn in diese Welt, ohne ihm die Wärme einer liebenden Familie zu geben."

Sie merkte, dass ihre Worte viel respektloser klangen als beabsichtigt. Und auch aus Juris Gesicht wich für einen kurzen Augenblick die Freundlichkeit.

„Es tut mir leid", sagte sie, hastig bemüht, den Schaden wiedergutzumachen. Sie wandte sich zum Gehen.

„Wir lebten in einem kleinen Dorf, ganz in der Nähe von Jusowka", begann Juri. „Sie hieß Daria und wir hatten drei Kinder. Maxim ist der Älteste. Vor einem guten Jahr kamen sie nachts in unser Haus. Sie beschuldigten mich, den *Weißen* Informationen zukommen zu lassen, was natürlich nur ein Vorwand war, um ihren Vorgesetzten die eigene Tüchtigkeit bei der Bekämpfung der Gegenrevolution vorzugaukeln. Sie holten fast jede Nacht unschuldige Menschen aus ihren Betten. Immer mit der gleichen Begründung: *Ihr spioniert für die Weißen.* Sinnlos, diese Anschuldigung entkräften zu wollen. Selbst wenn man aufseiten der Revolutionäre stand, so zählte in dieser Nacht nur das Urteil der *Tschekisten*[2].

Sie wollten uns einschüchtern, indem sie die Männer stundenlang verhörten. In der Regel beließen sie es bei ein paar

---

2 *Tschek*a ist die Abkürzung für die „Außerordentliche Allrussische Kommission zur Bekämpfung von Konterrevolution, Spekulation und Sabotage". Hiervon abgeleitet entstand der propagandistische Ausdruck „*Tschekisten*" für die Mitarbeiter der Inlandgeheimdienste.

Blutergüssen und harmlosen Prellungen. Doch diesmal nahmen sie Daria mit. Ich wusste nicht, wohin man sie brachte, geschweige denn, was man ihr vorwarf. Also ging ich am nächsten Morgen nach Jusowka, um bei der Miliz Anzeige zu erstatten. Aber es geschah nichts, obwohl ich mich jeden Tag nach ihrem Verbleib erkundigte. Zwei Wochen vergingen, dann kamen die Männer zurück. In der Hand hielten sie den von mir unterschriebenen Beschwerdebericht. Sie erklärten mir, dass ich Daria nie mehr wiedersehen würde, und schlugen dann so lange mit ihren Knüppeln auf mich ein, bis ich das Bewusstsein verlor."

Juri erzählte seine Geschichte mit äußerster Ruhe und fester Stimme. Er blickte dabei zu Boden. Maria konnte seinen Schmerz nur anhand der Tränen erahnen, die ihm die Wangen hinunterliefen. Sie wollte ihn gerne in den Arm nehmen und trösten, doch das traute sie sich nicht.

„Das Nächste, woran ich mich erinnere, ist, wie Maxim und ich vor unserem brennenden Haus auf der Straße sitzen. Die *Tschekisten* haben es beim Verlassen angezündet und der Junge konnte uns gerade noch rechtzeitig aus den Flammen retten. Von ihm erfuhr ich auch, dass sie die Mädchen mitgenommen haben. Ich weiß bis heute nicht, wo sie sind."

Seine Stimme brach bei dem Gedanken an seine beiden Töchter und es dauerte einen Moment, bis er fortfuhr zu erzählen.

„Hilfe aus der Nachbarschaft konnten wir nicht erwarten, da sie im Dorf die Nachricht verbreiteten, ich sei ein Spion der *Weißen*. Niemand wollte danach noch etwas mit uns zu tun haben. Deshalb sind wir seit fast einem Jahr auf Wanderschaft. Wir leben von der Hand in den Mund. Maxim lässt es sich nicht anmerken, redet kaum darüber, aber ich weiß, wie schwer ihn der Verlust seiner Mutter und seiner beiden Schwestern getroffen hat. Manchmal war ich mir nicht sicher, ob wir es schaffen. Es war eine schreckliche Zeit."

Juri hob den Blick, schaute Maria mit geröteten Augen an. Auch sie konnte ihre Tränen nicht mehr zurückhalten. Sie scherte sich nicht länger darum, was andere denken oder sagen könnten, ging auf Juri zu und nahm ihn tröstend in den Arm. Beide bemerkten nicht, wie das Nachbarsmädchen die leere Milchkanne abstellte, bevor es sich leise zurückzog.

Anton Kalinin

Moskau 1919

Der Winter kommt früh dieses Jahr, dachte Anton Kalinin, als er sich in den schützenden Hauseingang zurückzog. Doch der Wind fand seinen Weg in jeden noch so versteckten Winkel, sodass es ihn drei Streichhölzer kostete, bis er seine Zigarette endlich zum Glimmen brachte. Er fluchte über diese Verschwendung, waren doch selbst solch banale Gebrauchsgegenstände nicht mehr ohne Aufwand zu bekommen. Eigentlich mochte Kalinin dieses Wetter. Er stammte aus Sibirien, wo man schon als Kind lernte, den nahenden Schnee zu riechen. Er freute sich auf die Kälte, den Schnee, der den Schmutz auf Moskaus Straßen, die Zerstörung und die Verwahrlosung wenigstens für ein paar Monate zudecken würde. Es war nicht das Wetter, das ihn so übellaunig machte.

Aus dem Haus, das seine Männer durchsuchten, drang der Lärm von zerberstenden Möbeln. Sind es wirklich die Kapitalisten, die das Land ins Chaos stürzen, oder zerstören wir uns selbst?, fragte sich Kalinin zum wiederholten Mal. Ein Kleiderschrank flog aus dem ersten Stock und landete krachend auf der nassen Straße. Immer häufiger gingen ihm diese

Gedanken durch den Kopf, aber er war schlau genug, sie für sich zu behalten.

Er schaute einer feinen Bluse nach, die vom Wind davongetragen wurde, stellte sich einen kurzen Moment die Frau vor, die darin vermutlich sehr attraktiv ausgesehen haben musste. Zugleich spürte er Verachtung in sich aufsteigen. Verachtung für jene Menschen, die ihr Geld lieber für teure Kleidung ausgaben, während der Rest der Bevölkerung hungerte. Feinde der Revolution. Ein eitriges Geschwür, das es herauszuschneiden galt, bevor es sich noch weiter ausbreiten konnte.

Noch vor einem Jahr, als er der *Tscheka* beitrat, da hatten ihn diese Parolen beeindruckt. Seinen Zorn entfacht, ihn angestachelt, jedem Angehörigen der russischen Adels- und Aristokratenklasse eine Kugel in den Kopf zu jagen. Schon während des Großen Krieges hatte er so viele Menschen getötet, dass er irgendwann keinerlei Regung mehr dabei empfand. Erst das Töten im Namen der Revolution gab ihm wieder einen Sinn. Doch der anfängliche Eifer verflog so schnell, wie er kam, wich stattdessen einem kalten Pragmatismus, der ihn seine Aufträge bald nur noch professionell und emotionslos erledigen ließ. Und je besser er sie erledigte, desto größer waren die Privilegien, die er in Anspruch nehmen durfte.

Anton Kalinin hatte nicht vor, auch nur ein einziges Mal für Brot anzustehen, wie all die gebeugten Gestalten, die sich täglich in die Schlangen vor den Geschäften einreihten, um nach Stunden des Wartens doch nur vor leeren Regalen zu stehen. Lief er Gefahr, seine Vorteile zu verlieren, so musste er lediglich ein paar Verhöre mehr durchführen, seine Quote etwas übererfüllen, und schon standen ihm wieder alle Türen offen. Türen, von denen die Moskowiter dieser Tage nicht einmal ahnten, dass es sie überhaupt gab. Kalinin schnippte seine Zigarette auf die Straße und betrat das Haus.

„Welcher Klasse gehören Sie an?" Die alles entscheidende Frage, mit der jedes Verhör begann. Kalinin hielt die Papiere des Mannes in der Hand, die ihn als Victor Iljin, geboren am 18.03.1881 in Moskau, auswiesen.

„Ich bin ein einfacher Arbeiter", antwortete der Mann auf dem Stuhl vor ihm mit zittriger Stimme. „Ich arbeite bei *Salut*."

Kalinin lehnte sich seufzend zurück. Ein ehemaliger Angehöriger der Bourgeoisie hätte sich lieber die Zunge abgebissen, als sich derart zu erniedrigen. Diese Arroganz konnte die Verhöre entscheidend verkürzen, doch diesmal leider nicht.

„Nun gut", sagte Kalinin und schaute sich in der vollkommen verwüsteten Wohnung um. Achtlos aus den Regalen gerissene Bücher lagen neben aufgeschlitzten Polstermöbeln. Aus dem Schlafzimmer wehten die Federn der Daunendecken. Die Scherben zerborstener Fensterscheiben übersäten den Boden, vermischten sich mit unzähligen Papieren, die von den *Tschekisten* in der ganzen Wohnung verteilt worden waren. Der Wind drang nun eisig durch die offenen Fenster und Kalinin schlug den Kragen seines langen Ledermantels hoch.

Ein Mitarbeiter quittierte seinen fragenden Blick mit einem stummen Kopfschütteln. Er fluchte innerlich. Sollte hier wirklich nichts zu finden sein? Sein Instinkt sagte ihm, dass diese Leute ein wenig über ihre Verhältnisse lebten, obwohl die meisten Möbelstücke der lieblos eingerichteten Wohnung den kommenden Winter kaum überstehen würden.

„Bringt sie her", befahl er seinen Männern und deutete auf die Frau. Er holte einen Stuhl und stellte ihn neben seinen Sessel. Olga Iljin, nur mit einem schmucklosen Nachthemd bekleidet, wehrte sich nicht, als der *Tschekist* sie grob auf den Stuhl drückte. Kalinin sah sie von der Seite an und musste an die weiße Bluse denken. Wahrscheinlich war sie früher einmal eine attraktive Frau gewesen. Laut ihres Ausweises war sie erst 32, doch sie sah deutlich älter aus.

„Gibt es etwas, das Sie mir erzählen möchten?", fragte Kalinin, an Victor gewandt, während er sich eine weitere Zigarette ansteckte.

Auf Victors Stirn standen Schweißperlen. Er atmete schwer. Seine Augen wanderten unstet durch den Raum. „Ich weiß nicht, was ich sagen soll."

Kalinin nahm einen tiefen Zug und senkte dann das glühende Ende seiner Zigarette auf den Oberschenkel der neben ihm sitzenden Frau. Sie schrie gellend auf, während ein *Tschekist* sie von hinten fest in den Stuhl gedrückt hielt. Sollen es die Nachbarn ruhig hören, dachte Kalinin, der Victor keine Sekunde aus den Augen ließ.

„Ich weiß nicht, was ich Ihnen sagen soll", jammerte Victor.

Kalinin war irritiert. Trotz der offensichtlichen Schmerzen seiner Frau änderte der Mann seine Mimik nicht. Immer noch der unstete Blick. Angst. Schweiß. Aber keine Veränderung. Auf ein Zeichen hin, schlug einer seiner Männer Olga Iljin mit der flachen Hand ins Gesicht, so heftig, dass sie von ihrem Stuhl kippte. Schnell wurde sie wieder hochgehoben, saß nun zitternd und weinend da. Doch noch immer zeigte ihr Mann keine weitere Regung.

Sie bedeutet ihm nichts, dachte Kalinin. So langsam begann ihn das Rätsel zu interessieren.

„Ist es dir völlig egal, was wir mit deiner Frau anstellen?" Stille. Keine Reaktion. „Wäre es dir auch egal, wenn sich meine Männer ein wenig mit ihr vergnügen?"

Die Frau zuckte zusammen. Sie verkrampfte sich und schrie ihren Mann an: „Nun sag ihnen doch irgendetwas, du Mistkerl. Erzähl ihnen von deinem Flittchen. Vielleicht lassen sie uns dann in Ruhe."

Da war die Veränderung, auf die Kalinin gewartet hatte. Victor Iljin blickte seine Frau nun mit weit aufgerissenen Augen an, ganz so, als wolle er ihr befehlen, endlich den Mund zu halten. Kalinin lächelte, zog seinen Sessel herum und setzte sich neben ihn. Erst jetzt sah er, wie abgemagert die Frau war, wie sich die blasse Haut über ihre Wangenknochen spannte. Ihre rissigen, trockenen Lippen. Die tief in den Höhlen liegenden Augen. Sie zitterte vor Angst und Kälte.

Schmerz und Demütigung. Wer es verstand, diese Instrumente rücksichtslos einzusetzen, der würde Russland beherrschen. Die Parolen seiner Ausbilder bewahrheiteten sich auch in dieser Nacht. Ohne den Blick von ihr zu lassen, wandte Kalinin sich an Victor: „Von welchem Flittchen spricht sie denn?"

Als die Männer eine Stunde später Irina Rachmanow in die Wohnung führten, sackte Victor förmlich in sich zusammen. Kalinin wusste nun, was diesem Mann lieb und teuer war, was ihn hoffentlich dazu brächte, ihnen alles zu sagen, was sie hören wollten.

„Ständig brachte er mir Geschenke mit", sagte Olga Iljin, die ihre jüngere Nebenbuhlerin keines Blickes würdigte. „Das hat er früher nie gemacht. Kleider, Schmuck. Was einer Frau eben so gefällt." Sie unterbrach sich, um ihre Nase mit dem Ärmel des Nachthemdes abzuwischen. „Er musste immer öfter lange arbeiten und wir verbrachten nur noch wenig Zeit miteinander. Und wenn, dann wechselten wir kaum ein Wort. Stattdessen brachte er mir ein Geschenk nach dem anderen mit. Ohne jeglichen Anlass. Er wollte ganz offensichtlich sein Gewissen beruhigen." Sie lachte verächtlich. „Als ich ihn dann zur Rede stellte, hat er gar nicht versucht zu leugnen, sondern alles bestätigt, was ich längst schon ahnte."

Kalinin unterbrach Olga Iljin, indem er sich an Irina wandte. Die langen Monologe begannen ihn zu langweilen und er hoffte, über Victors Geliebte etwas Verwertbareres in Erfahrung zu bringen.

Irina Rachmanov, vierundzwanzig Jahre alt, ledig, kam aus

der Ukraine. Sie arbeitete bei *Salut* in der Verwaltung, war dort zuständig für die Dienstpläne der Arbeiter in den Montagehallen, wo sie auch Victor kennenlernte.

„Seit wann leben Sie in Moskau?", fragte Kalinin die junge Frau.

„Seit fast drei Jahren." Die Antwort kam ohne Zögern, obwohl auch sie ihre Angst nicht verbergen konnte. Sie blickte immer wieder zu Olga Iljin hinüber, die sich abwechselnd den Oberschenkel und die Wange rieb.

„Und wo haben Sie vorher gewohnt?"

„In Kiew." Wieder wanderte ihr Blick zu Olga.

„Möchten Sie Frau Iljin etwas sagen?", fragte Kalinin.

Als Antwort erhielt er nur ein zaghaftes Kopfschütteln.

„Haben Sie ein Verhältnis mit ihrem Mann?"

Irina Rachmanov nickte.

„Wie lange schon?"

„Seit etwas über zwei Jahren."

„Und wie haben Sie sich kennengelernt?"

Sie erzählte ihre Geschichte, doch Kalinin hörte schon gar nicht mehr zu. Ein Mann, der seine Ehefrau mit einer attraktiveren Arbeitskollegin betrog, eignete sich kaum, um seine Vorgesetzten zu beeindrucken. Er sah auf die Uhr. Wenn sie jetzt aufbrachen, blieb ihnen noch genügend Zeit, die Wohnungen der Nachbarn zu durchsuchen. Sicher saßen sie alle wach in ihren Betten, inständig hoffend, dass die *Tschekisten* sie verschonten.

Er beendete das Verhör ohne weitere Erklärung und verließ gemeinsam mit seinen Männern die Wohnung. Als er gerade über die Türschwelle treten wollte, fiel sein Blick auf einen Stapel Papiere. Papiere, die nicht wie alle anderen nur lose herumflogen, sondern sorgfältig zu einem Stapel zusammengeheftet auf dem Boden lagen. Er hob sie auf und blätterte neugierig darin herum.

„Was sind das für Pläne?" Victor und Irina sahen ihn mit

kreidebleichen Gesichtern an. Für einen kurzen Moment schien Kalinin überrascht, irritiert, doch dann verstand er und lächelte zufrieden. Er war sich jetzt sicher, seine Privilegien nicht zu verlieren.

Abschied

Moskau 1919

Nur noch selten machte sich Anton Kalinin auf den weiten Weg in die tristen Moskauer Vororte. Es erschien ihm jedes Mal wie die Reise in eine andere, eine rückständigere Welt. Seit man Moskau vor einem Jahr zur neuen Hauptstadt des Landes erklärt hatte, wuchsen im Zentrum die Gebäude in den Himmel, alle mit Elektrizität und fließend Wasser ausgestattet. Auf den gepflasterten Straßen kämpften Droschken, Autos und Straßenbahnen um die Herrschaft. Selbst mit dem Bau der Untergrundbahn sollte schon in Kürze begonnen werden. In ein paar Jahren, so der ehrgeizige Plan der Bolschewiken, bräuchte sich Moskau nicht länger hinter Berlin oder London zu verstecken.

Doch dieses Bild änderte sich schlagartig, sobald man den inneren Ring des Zentrums verließ. Hier draußen erschien die Stadt wie ein wahlloser Zusammenschluss einzelner Dörfer. Baufällige, eingeschossige Häuser, die aufgrund ihrer ungeplanten Anordnung nicht an das Strom- und Abwassernetz angeschlossen waren. Wer nahe genug an den großen Zufahrtsstraßen wohnte, zapfte sich den Strom illegal von den Spannungsmasten. Eine Dummheit, die viele mit dem Leben bezahlten.

Es gab nur wenige Geschäfte in den Vororten, da die Händler und Handwerker ihre Läden möglichst in der Nähe des Stadtzentrums unterhielten. Stattdessen versperrten allerorts riesige Fabriken die Sicht. Wie Fremdkörper breiteten sie sich in dieser dörflichen Umgebung aus und verpesteten mit dem schwarzen Rauch aus ihren hohen Schornsteinen die Luft. An manchen Tagen war rund um diese Ungetüme kaum noch der Himmel zu erkennen.

Um die vielen Arbeiter unterzubringen, entstanden riesige Siedlungen aus einfachsten Baracken, die im Sommer den Regen abhielten und im Winter gerade genug Wärme boten. Mehr brauchten die Bewohner nicht, da sie die längste Zeit des Tages in den Fabriken schufteten, mit ihren Gedanken bei den zurückgelassenen Familien, denen sie dieses Leben nicht zumuten wollten. Einfache Bauern, die lediglich in den Wintermonaten hierherkamen, um das zu verdienen, was auf dem Land allein nicht mehr möglich war. Sie alle kannten ihre kläglichen Lebensbedingungen und setzten ihre ganze Hoffnung in die bolschewistische Revolution, die ihnen – den einfachen Arbeitern Russlands – nicht weniger als ein goldenes Zeitalter versprach.

Als Anton Kalinin sein Ziel erreichte, trat er sich den schmutzigen Schnee von den Stiefeln und klopfte an die Tür des kleinen Hauses. Er vernahm von innen das vertraute Geräusch schlurfender Schritte, die sich der verschlossenen Tür näherten. Er freute sich auf diesen Moment des Wiedersehens. Obwohl er nur noch selten zu Besuch kam, beklagten seine Eltern sich nie. Sie nahmen an, dass die zunehmende Verantwortung ihres Sohnes ein häufigeres Kommen verhinderte.

Diesmal wurde die Tür nicht wie sonst üblich geöffnet. Stattdessen hörte Kalinin die brüchige Stimme seiner Mutter von innen: „Wer ist da?“

Sie sind vorsichtig, dachte Kalinin und bedauerte, dass die

Revolution auch seine Eltern ihrer Arglosigkeit beraubt hatte. Früher – so erinnerte er sich – stand die Tür immer offen. Freunde und Familienangehörige kamen zu Besuch, wann immer sie wollten, und genossen die Gastfreundschaft der Kalinins in vollen Zügen.

„Ich bin's, Mutter. Anton."

Sofort öffnete sich die Tür und Kalinin fand sich in der herzlichen Umarmung seiner Mutter wieder. Wie immer war ihr Wiedersehen ein Fest, da seine Eltern so taten, als ob ihnen seit Jahren keine größere Freude widerfahren war. In diesen Momenten spürte er den Kontrast zu seinem rauen Arbeitsalltag besonders deutlich.

„Anton, wie schön, dich zu sehen", sagte seine Mutter zum wiederholten Mal. Sie nahm sein Gesicht in ihre knochigen Hände und drückte ihm einen weiteren Kuss auf die Stirn. „Ich mache uns schnell etwas zu essen und dann erzählst du uns, wie es dir geht."

Anton wusste, dass seine Eltern kaum genug für sich selbst zum Leben hatten. Doch dank seiner Beziehungen konnte er ihnen heute eine kleine Überraschung mitbringen. Er legte das Päckchen auf die Küchenanrichte.

Seine Mutter sah ihn mit großen Augen an. „Anton, Sohn, woher …?" Doch sie erwartete gar keine Antwort auf ihre unvollendete Frage, zerriss stattdessen eilig das Papier, das den Schinken umhüllte. Sie beugte sich hinunter, sog genüsslich den herzhaft rauchigen Duft ein. Dann nahm sie das Messer, schnitt ein winziges Stückchen ab und schob es sich mit geschlossenen Augen in den Mund. Sie sah aus, als hätte sie in ihrem Leben noch nie etwas Köstlicheres gegessen. Kalinin musste lachen.

„Wladi, sieh nur was Anton uns mitgebracht hat." Sie schnitt ein weiteres Stück ab und eilte damit hinüber zu ihrem Mann in die Stube, während Kalinin im Türrahmen lehnte und seinen Eltern dabei zusah, wie sie sich über sein Geschenk freuten.

„Ich kann heute Nacht nicht bleiben“, sagte Anton, als seine Mutter sich erhob, um wie üblich sein Bett auf der Couch herzurichten. Sie saßen satt und zufrieden um den Küchentisch herum, ließen sich den Wodka schmecken, den Kalinins Vater nun großzügig ausschenkte.

Erstaunt blickte sie ihren Sohn an: „Unsinn. Natürlich bleibst du über Nacht. Weißt du denn nicht, wie gefährlich es ist, nachts allein durch die Straßen zu schleichen?“

Natürlich wusste Anton das. Viel besser sogar, als seine Mutter ahnte.

„Da draußen rennt doch nur betrunkenes Gesindel rum, das gerade darauf wartet, einen Jungen wie dich auszurauben und auf den Kopf zu schlagen.“

So wie sie es sagte, klang es wie eine harmlose Rauferei unter Jugendlichen, dachte Anton. Sie hatte wirklich keine Ahnung von der rohen Gewalt, die auf Moskaus Straßen herrschte.

„Seit der Revolution ist alles nur noch schlimmer geworden. Die Bauern kommen in unsere Dörfer, suchen Arbeit, nur um in diesen Fabriken zusammengepfercht zu werden. Wie Vieh leben sie da, und außer Saufen bekommen sie nichts zustande.“

Sie fing an, sich in Rage zu reden. Wladimir Kalinin schaute sich verstohlen um, ob denn auch alle Fenster gut verschlossen waren. Er wusste, dass es keinen Sinn hatte, seine Frau bremsen zu wollen, wenn sie erst einmal anfing, über die vielen Missstände zu klagen. Und egal wie oft er sie auch mahnte, vorsichtiger zu sein, sie redete, wie es ihr gerade in den Sinn kam.

„Und wenn sie besoffen sind, dann ziehen sie in Grüppchen durch das Dorf, schikanieren die friedliche Bevölkerung. Selbst hier bei uns wollten sie schon einbrechen. Wir saßen vor Angst zitternd in unseren Betten. Kannst du dir das vorstellen, Anton?“, fuhr sie aufgebracht fort.

Anton konnte es sich sehr gut vorstellen. „Ich wurde befördert“, versuchte er das Thema zu wechseln. „Man hat mich zum Major ernannt und mein nächster Auftrag führt mich in die Ukraine. Wir reisen morgen ab, sodass ich heute Nacht leider nicht hierbleiben kann.“

Er hatte erwartet, dass seine Eltern sich für ihn freuten. Stattdessen schauten sie ihn nur schweigend und mit sorgenvoller Miene an.

„In die Ukraine?“, fragte sein Vater schließlich. „Aber das ist doch noch immer Kriegsgebiet, oder etwa nicht?“

Wladimir Kalinin gelang es wie immer, aus dem Wirrwarr an Informationen, die wichtigsten Inhalte und Wahrheiten herauszufiltern. Hier in Moskau glaubten alle, dass die Konterrevolution der *Weißen* kurz vor dem Ende stand. Nur die wenigsten machten sich Gedanken über das Chaos an Russlands Grenzen. Doch Wladimir Kalinin ahnte, dass der Krieg um Russlands Zukunft noch in vollem Gange und entgegen der staatlichen Propaganda längst noch nicht entschieden war. Und nun schickten sie seinen einzigen Sohn wieder ins Kriegsgebiet. War es nicht genug, dass er im großen Krieg gedient hatte? Wie viele Nächte sollten sie denn noch wach liegen, hoffen und beten, dass er lebend zu ihnen zurückkehrte?

„Die Bauern im ganzen Land bunkern ihre Vorräte. Wir vermuten sogar, dass sie unsere Feinde beliefern … Ihr seht doch, wie sie alle hierher in die Stadt kommen, in den Fabriken arbeiten, saufen und euch drangsalieren. Es wird Zeit, dass sie auf ihre Felder zurückkehren und es endlich wieder genügend Brot in Moskau gibt.“ Anton sprach nun mit großer Überzeugung. „Ich befehlige eine Brigade in dem Gouvernement Jekaterinoslaw und wir sorgen dafür, dass ihr im nächsten Jahr wieder ausreichend zu essen habt.“

Wladimir Kalinin ahnte, dass die wahren Zusammenhänge weitaus komplexer waren, als es die Schilderungen seines Sohnes vermuten ließen. Doch er schwieg.

Die Stimmung blieb getrübt, auch wenn Antons Mutter versuchte, durch belanglose Themen wieder etwas mehr Heiterkeit zu verbreiten. Anton konnte nicht verstehen, warum sein Vater sich nicht für ihn freute. Nur noch wenige Wochen; dann wären die *Weißen* endgültig besiegt. Er ärgerte sich darüber, dass seine Eltern nur die Gefahren sahen, nicht aber die Chance, mit diesem Auftrag fester Bestandteil der siegreichen Revolution und der Zukunft Russlands zu werden.

Zu seiner Überraschung weckte die Ablehnung seiner Eltern eine Leidenschaft in ihm, die er längst verloren glaubte. Die letzten Monate verbrachte er mit zumeist völlig unsinnigen Verhören; er schikanierte die Bevölkerung, nur um seine eigenen Privilegien zu sichern. Ein Leben von der Hand in den Mund. Jetzt konnte er endlich seine wahren Fähigkeiten unter Beweis stellen und Teil des neuen, sowjetischen Russlands werden, wo jeder fleißige Arbeiter seinen gerechten Lohn bekam.

Er verabschiedete sich von seinen Eltern in dem festen Glauben, dass die Zukunft ihm recht geben würde und sie letztlich alle von seiner Entscheidung profitieren würden.

Getreidebrigaden

Osterwick 1920

Es überraschte Kalinin und seine Männer zu erfahren, dass ihr Einsatzgebiet noch immer nicht vollständig unter bolschewistischer Kontrolle stand. Hätten sie es gewusst, sie hätten sich anders vorbereitet. Nur durch gute Planung und optimale Ausrüstung konnte man eigene Verluste in Grenzen halten. Doch leider schien das nur den wenigsten Kommandeuren klar zu sein. Und so schickten sie ihre Soldaten jeden Tag aufs Neue in schier aussichtslose Gefechte.

Viel zu viele Menschen verloren ihr Leben, nur weil sie unter unfähigen Befehlshabern dienten. Kalinin ärgerte sich darüber, konnte es aber nicht ändern. Er konnte nur die Verantwortung für seine eigenen Männer übernehmen, sich möglichst unsichtbar zwischen den Frontlinien bewegen und sich, so gut es ging, absichern, dass ein auf der Karte als erobert ausgewiesenes Gebiet auch wirklich unter ihrer Kontrolle stand.

Als sie sich mit ihren drei Lastwagen Osterwick näherten, spürte Kalinin, wie sich seine Nackenhaare aufstellten. Sie kamen zum ersten Mal in ein deutsches Dorf. Hoffentlich waren die Bewohner wirklich so friedlich, wie man allenthalben von ihnen hörte. Seine Anspannung wuchs, als sie in Reichweite der Maschinengewehre gelangten. Er konnte diesen Punkt mittlerweile auf den Meter genau bestimmen. Mehr als einmal waren sie bei ihrer Fahrt durch die ukrainischen Dörfer von einer Salve empfangen worden, hatten auf diese Weise bereits drei Männer verloren. Doch diesmal blieb es zu ihrer aller Erleichterung still.

Sie fuhren in das Dorf hinein, überquerten eine Holzbrücke, die über einen Bach führte, ohne dabei auf eine einzige Barrikade zu stoßen. Die ersten Höfe kamen in Sicht, große Wirtschaften, auf denen sowohl Viehzucht als auch Ackerbau betrieben wurden. Kalinin starrte mit großen Augen aus dem Fenster seines Lastwagens. Die Dächer der Häuser ragten fast zehn Meter in die Höhe und waren nicht wie sonst üblich mit Stroh gedeckt, sondern mit sauber gebrannten, in perfekten Reihen ausgelegten Ziegeln. So etwas hatte er bisher nur in größeren Städten gesehen.

Weiß getünchte Zäune trennten die Grundstücke voneinander ab, auf denen Akazien und allerlei Obstbäume wuchsen. Selbst die Bürgersteige verliefen exakt entlang der

Straßen, ohne jedweden Versatz, über den die Passanten üblicherweise stolperten. Kalinin konnte den Gedanken nicht verdrängen, selbst gerne an solch einem Ort leben zu wollen. Er besann sich auf seinen Auftrag und gab den Männern ihre Befehle. Immer noch in höchster Alarmbereitschaft sprangen die *Tschekisten* von den Pritschen ihrer Lastwagen, verteilten sich im Dorf und trieben die Bewohner aus ihren Häusern. Sie befahlen ihnen, sich innerhalb einer Viertelstunde auf dem Kirchplatz einzufinden.

Willi spürte, dass etwas nicht stimmte, als seine Mutter ihn rief. Er wollte sich mit Maxim gerade auf den Weg zur Tränke machen, zu einem kleinen, aufgestauten Teich am Rande des Dorfes, wo es sich vortrefflich angeln ließ. Sie hatten sich dafür die Erlaubnis des Pächters eingeholt. Doch als Willi die Dringlichkeit in der Stimme seiner Mutter hörte, ließ er seine Angelrute fallen und rannte zurück ins Haus.

„Was ist passiert?", fragte er. Alle waren damit beschäftigt, ihre Schuhe zu schnüren oder ihre Jacken zuzuknöpfen. Niemand schien seine Frage zu hören.

„Was ist passiert?", fragte Willi etwas energischer.

„Wir sollen uns alle auf dem Kirchplatz versammeln", murmelte sein Vater undeutlich.

Willi merkte, dass dies keine gewöhnliche Zusammenkunft war. „Aber wer … Warum sollen wir da hingehen? Sollen nur wir kommen?"

„Willi, jetzt frag nicht so viel", raunzte ihn seine Mutter an. „Es sind die Bolschewiken. Sie haben befohlen, dass sich das gesamte Dorf in fünfzehn Minuten auf dem Kirchplatz einzufinden hat. Geh, sag Juri und Maxim Bescheid, dass das auch für sie gilt. Schnell."

Es gab keine Nachzügler, keine Trödler. Auf die Minute pünktlich fanden sich alle Einwohner Osterwicks wie befohlen auf dem gepflasterten Platz vor ihrer Kirche – dem Bethaus – ein. Es herrschte gespannte Ruhe. Selbst die Kinder, die sonst herumzutollen pflegten, standen dicht gedrängt bei ihren Eltern, die Blicke ängstlich auf die bewaffneten *Tschekisten* gerichtet.

Anton Kalinin beobachte die Menge von der Pritsche seines Lastwagens aus.

„Ihr Bauern von Osterwick. Heute ist der Tag gekommen, an dem ihr euch an der glorreichen Revolution Russlands beteiligen könnt, ohne zu den Waffen zu greifen, so wie es der Zar immer wieder von euch verlangt hat." Er wusste, dass die mennonitischen Siedler sich seit jeher dem Kriegsdienst verweigert hatten, und versuchte daher, sie auf andere Weise für die Sache der Bolschewiken zu gewinnen. Ein Handzeichen aus der zweiten Reihe brachte ihn aus dem Konzept.

„Ja!", wandte sich Kalinin etwas zu schroff an den Bauern, der daraufhin einen Schritt vortrat, seine Mütze vor sich in den Händen haltend.

„Herr Major, ich bitte um Verzeihung, aber die meisten von uns sind einfache deutsche Siedler und nur wenige von uns sind der russischen Sprache mächtig. Ukrainisch ja. Deutsch natürlich auch. Aber Russisch sprechen nicht viele von uns." Abram Dyck, der Pastor der Mennoniten, trat wieder zurück in die Menge, hielt den Kopf gesenkt, als erwartete er für seinen Einwand eine Bestrafung.

Kalinin schaute verdutzt in die Menge. Er hatte sich im Vorfeld ein wenig mit den Sitten und Gebräuchen der Deutschen vertraut gemacht, aber es wäre ihm nicht in den Sinn gekommen, hier in seinem Land auf derartige Sprachbarrieren zu stoßen. Er fasste sich schnell und beorderte den Mann als Dolmetscher zu sich auf die Pritsche.

„Niemand verlangt, dass ihr zu den Waffen greift", versuchte er den Faden wieder aufzunehmen, „aber wir benötigen eure Hilfe bei der Getreideversorgung." Kalinin lächelte, während er auf das Ende der deutschen Übersetzung wartete.

„Sie wollen unser Getreide klauen, aber wenn wir geschickt vorgehen, dann kommen wir vielleicht wieder glimpflich davon."

Willi unterdrückte ein Grinsen, als er Abram oben auf dem Wagen sah. Natürlich konnten sie den Major auch sehr gut ohne Übersetzung verstehen. Aber es war ein entscheidender Vorteil, wenn sich eine Gruppe beraten konnte, ohne vom Feind verstanden zu werden. Diese List hatte ihnen bereits im Umgang mit den *Weißen* geholfen.

Kalinin zog eine Mappe voller Papiere aus seiner Tasche. „Genosse Lenin ist darauf bedacht, die Lasten der Revolution auf alle Schultern gleichmäßig zu verteilen."

„Sie werden uns jetzt gleich eine Quote anbieten, die wir möglichst weit nach unten verhandeln müssen. Mir scheint, als wäre dieser Major noch sehr unerfahren. Wenn wir uns geschickt anstellen, dann wird es uns vielleicht nicht so schlimm treffen", instruierte der Pastor seine Herde. Kalinin wartete geduldig auf das Ende der für ihn unverständlichen „Übersetzung".

„Osterwick bewirtschaftet eine Anbaufläche von rund 60 Hektar und erntet im Jahr etwa 50 Tonnen Getreide." Kalinin wusste, dass seine Daten reine Mutmaßungen waren, die auf den wenigen vorhandenen Zahlen russischer Höfe basierten. Er hatte sie im Vorfeld bereits nach oben korrigiert, um sich etwas mehr Spielraum zu verschaffen.

„Sie vermuten, dass wir 60 Hektar Fläche bewirtschaften und nur 50 Tonnen Getreide ernten. Ihr müsst jetzt alle ganz erschrocken und entrüstet tun, mir auf Deutsch zurufen, dass wir zusammen nur auf 30 Tonnen kommen."

Der Pastor war zunächst versucht, die 50 Tonnen Getreide als Bezugsgröße ohne Einwand zu akzeptieren, waren sie doch eine geradezu lächerlich niedrige Annahme. Tatsächlich hatten es die deutschen Siedler in den letzten Jahrzehnten geschafft, die zu bewirtschaftende Fläche auf 100 Hektar auszuweiten und den Ertrag auf über 100 Tonnen zu steigern. Weit mehr, als der russische Major in seiner Naivität annahm.

Die Gegenwehr überraschte Kalinin nicht. Innerlich korrigierte er seinen Ansatz bereits auf 40 Tonnen Getreide. Bei einer Quote von 30 Prozent ergab das immer noch 12 Tonnen. Damit lag er innerhalb seiner Vorgaben.

„Ich höre, dass dieser Ansatz zu hoch ist und ihr schon genug unter den Bedrängnissen der Weißen gelitten habt. Genosse Lenin sieht eure Not. Deshalb bin ich ermächtigt, die Quote nach unten zu korrigieren, damit sie euch nicht überfordert. Es werden 12 Tonnen Getreide festgesetzt, die wir am kommenden Montag abholen."

Ohne das Ende der Übersetzung abzuwarten, sprang Kalinin von der Pritsche, was seine Männer als Zeichen zum Aufbruch verstanden. Zufrieden mit dem Ergebnis verließen sie schon wenige Minuten später das Dorf auf dem gleichen Weg, auf dem sie gekommen waren.

Nach dem Abzug der *Tschekisten* machte sich in Osterwick allgemeine Erleichterung breit. Man dankte Abram Dyck für seinen Mut, und die Männer begaben sich direkt in die Kirche, um darüber zu beratschlagen, wie sie die Abgabe von zwölf Tonnen Getreide am besten aufbringen konnten. Sie kamen schnell zu einem allgemein akzeptierten Ergebnis, doch als Abram Dyck die Versammlung gerade beenden wollte, bat Erwin Wiebe noch einmal um das Wort. Erwin, ein junger Mann von dreiundzwanzig Jahren, führte bereits die Wirtschaft seines kränklichen Vaters. Trotz seines respektablen Auftretens war es eher ungewöhnlich, dass die Jugend ihre Stimme in diesem Brüderrat erhob. Die gerade im Aufbruch befindlichen Männer kehrten etwas widerwillig zu ihren Plätzen zurück.

„Liebe Brüder, ich bin Gott sehr dankbar für die Bewahrung, die wir heute wieder einmal erleben durften, und ich kann mich dem Dank für Abrams mutiges Auftreten nur aus vollstem Herzen anschließen. Dennoch möchte ich mir erlauben zu fragen, ob wir alles in unserer Macht Stehende tun, um solche Begegnungen auch künftig so glimpflich zu überstehen?"

Erwin blickte fragend in die Runde. Er sprach so selbstverständlich, als wäre er schon häufiger vor solch honorigen Kreisen aufgetreten.

„Warum zweifelst du daran, dass Gott uns nicht auch in Zukunft bewahrt?", fragte Abram nach einer kurzen Pause. Das allgemeine Gemurmel ließ darauf schließen, dass der Pastor vielen aus der Seele sprach. „Was lässt dich annehmen, dass wir weiterhin Opfer solcher Repressalien werden? Der Krieg scheint entschieden, die *Weißen* sind auf dem Rückzug. In wenigen Wochen wird sich die ganze Aufregung gelegt haben und alles wird wieder seinen gewohnten Gang gehen."

Laute Zustimmung erhob sich im Saal und Erwin wartete geduldig, bis sich die Aufregung legte.

„Bei allem Respekt, liebe Brüder. Das war erst der Anfang. Glaubt ihr wirklich, dass die Bolschewiken sich für uns Mennoniten interessieren? Nein, sie kommen schon bald wieder. Sie werden mehr fordern. So viel, bis uns gerade noch genug bleibt, um die Felder zu bestellen. Die Bolschewiken haben den Bauern den Krieg erklärt und sie werden ganz sicher auch vor uns nicht haltmachen."

Schweigen. Stille. Keiner wusste auf diese forschen Behauptungen etwas zu entgegnen, auch wenn der Widerspruch förmlich in der Luft lag.

„Und vielleicht sind die *Roten* noch gar nicht mal die größte

Bedrohung", fuhr Erwin fort. „Unsere Brüder aus dem Donbass berichten, dass Nestor Machno ganze Dörfer niederbrennen lässt. Seine Bauernarmee ist schon fast so mächtig wie die der *Roten*. Wenn sie erst einmal den Dnjepr überqueren, dann gnade uns Gott."

Erwin spürte, dass die Männer ihm zuhörten. Es schien, als spreche er eine Wahrheit aus, die bis dahin noch niemand wagte, so klar zu formulieren.

„Nestor Machno macht keinen Hehl daraus, dass er uns von ukrainischem Boden vertilgen will und ich bin nicht geneigt zu glauben, dass seine Reden nur plumpe Propaganda sind. Ich habe ihn in Jekaterinoslaw gehört und ich sage euch: Dieser Mann ist gefährlich. Was tun wir also, wenn diese Banditen nach Osterwick kommen? Verlangt Gott nicht von uns, dass wir endlich unseren *Selbstschutz* organisieren und uns verteidigen?"

Ein erneutes Raunen ging durch die Menge, mündete in eine hitzige Debatte, in der nun alle gleichzeitig und völlig ungeordnet durcheinanderredeten. Die Erwähnung des *Selbstschutzes* traf die Männer Osterwicks an einem empfindlichen Punkt, legte die Bruchstelle in ihrer Gemeinschaft offen, die bisher nur durch ihr Vertrauen in göttlichen Beistand überdeckt worden war.

Heinrich Bergen, ein entschiedener Gegner des *Selbstschutzes*, war froh, dass sich die meisten Osterwicker bisher ebenso vehement gegen diese Idee gestemmt hatten wie er selbst. Doch er spürte, dass Erwins Worte einen Dammbruch erzeugten und ihre scheinbare Einheit als bloße Illusion entlarvten. Die Druckwelle der russischen Revolution ließ sich nicht länger aufhalten. Sie teilte ihre Gemeinschaft nun in klare Befürworter und Gegner des bewaffneten Kampfes.

Bisher war der *Selbstschutz* bloß eine ferne Idee gewesen. Etwas, worüber die jungen Männer hinter vorgehaltener Hand redeten, ein Mythos, den sie viel zu oft verklärten. Sie wagten nicht, sich in aller Offenheit darüber zu unterhalten. Zu sehr widersprach der Gedanke an gewaltsame Verteidigung dem Vorbild ihres Herrn Jesus Christus, der sich nicht einmal wehrte, als man ihn unschuldig ans Kreuz nagelte.

Vielleicht war es ein Fehler, nicht offen mit den jungen Männern gesprochen, die Vor- und Nachteile abgewogen, ausgiebig in der Bibel geforscht und nach dem Ratschluss Gottes gesucht zu haben. Heinrich saß schweigend auf seiner Bank und beobachtete die Brüder, wie sie nun hitzig diskutierten. Es erinnerte ihn an die Männer, die sich andernorts dem *Selbstschutz* angeschlossen hatten. Er befürchtete, dass dieser kleine, von den deutschen Soldaten gesäte Same nun auch in ihren Herzen aufging und seine tödliche Frucht hervorbrachte. Dabei erschien es doch so einleuchtend: *Greift zu den Waffen und verteidigt euer Leben. Verteidigt eure Kinder und Frauen und schießt die Angreifer nieder, sodass sie nie wieder gegen eure Dörfer reiten.* Heinrich wollte dieser Lüge keinen Glauben schenken. Schweren Herzens verließ er die Versammlung.

Nestor Machno

Jekaterinoslaw 1920

Kalinin und seine Männer fuhren zurück nach Jekaterinoslaw. Die ukrainischen Dörfer hatten aus ihrer Abneigung gegenüber den *Tschekisten* keinerlei Hehl gemacht – und so war ihm die Verhandlung mit den Deutschen zum Schluss ihrer Reise in unerwartet guter Erinnerung geblieben. Er war froh, diese anstrengende Woche hinter sich gebracht zu haben. Morgen würde er einer nachrückenden Brigade die Papiere mit den Abgabezahlen übergeben, dann lagen erst mal zwei freie Tage vor ihm. Anschließend wollte er weitere Dörfer im Gouvernement Jekaterinoslaw aufsuchen und den Bewohnern ihre Abgabequoten diktieren.

Je näher sie der Stadt kamen, umso verwunderter stellten sie fest, auf keine Kontrollposten zu stoßen. Weder Geschützfeuer noch MG-Salven waren zu hören, und es schien, als seien alle Kampfhandlungen eingestellt worden. Auf den Gebäuden wehten die Fahnen der *Roten Armee*, ein untrügliches Zeichen, dass die *Weißen* endlich geschlagen waren. Erleichterung machte sich unter Kalinins Männern breit. Erst als sie auf das Gelände der Kaserne einbogen, wurden sie am Kontrollpunkt von zwei Männern in Frauenkleidern angehalten. Sie trugen wallende Ballonkleider über den schmutzigen Uniformen und ihre Gesichter schillerten in allen erdenklichen Rottönen.

Kalinin konnte sich keinen Reim auf diese grotesken Gestalten machen. Sie verströmten eine penetrante Duftmischung aus Rosenöl und Alkohol. Ohne ihre Gewehre hätte man sie glatt für geistesgestört gehalten. Doch die Männer besaßen die Dreistigkeit, die *Tschekisten* nach ihren Papieren zu fragen. Kalinin wollte gerade ansetzen, ihnen den Marsch zu blasen, als er merkte, dass sie nur leise in sich hineinkicherten. Sie konnten sich kaum noch auf den Beinen halten, geschweige denn, ihrem Kommando weiteren Nachdruck verleihen.

Ohne sich weiter um sie zu kümmern, fuhren die *Tschekisten* auf den Kasernenhof, der übersät war von mehreren Hundert schlafenden und betrunkenen Männern. Sie lagerten an unzähligen Feuerstellen, die sich über das gesamte Areal verteilten. In diesem Chaos gab es kein Durchkommen, ohne Gefahr zu laufen, etliche der dort liegenden Männer zu zerquetschen.

Kalinin stieg aus, um sich einen Überblick zu verschaffen. Wer waren diese Vagabunden und wie hatten sie sich Zutritt zur Kaserne verschaffen können? Wo war General Fjodrov?

Niemand schien seine Anwesenheit zu registrieren, als er langsam den Kasernenhof überquerte. Die, die nicht schliefen, zogen sich unter lautem Gegröle ihrer Kameraden Frauenkleider an, trugen Puder und Schminke auf und ließen ohne Pause die Wodkaflaschen kreisen. Hier und da flogen die leeren Flaschen in hohem Bogen davon, zerschellten achtlos zwischen den lagernden Männern. Kalinin trat mehrmals auf Glasscherben, die knirschend unter seinen Sohlen zerbrachen.

„Wer bist du und was willst du hier?" Kalinin war überrascht, eine klare und deutliche Stimme zu vernehmen, die dennoch so gar nicht zu dem kleinen Mann passte, der sich ihm unvermittelt in den Weg gestellt hatte.

„Major Kalinin. Ich will zu General Fjodrov."

Der kleine Mann sah ihn mit zusammengekniffenen Augen an, als ob ihn die Sonne blendete. So sieht wohl Diensteifer aus, dachte Kalinin schmunzelnd, weil der Mann trotz seines großspurigen Gehabes keinerlei Autorität ausstrahlte. Er sprach wahrscheinlich nur deshalb mit Kalinin, weil er als Einziger noch nüchtern war.

„Da hinten." Er zeigte mit seinem Arm, der von einer viel zu kurzen, schmutzigen Uniformjacke bedeckt wurde, auf ein Ziegelsteingebäude am Ende des Kasernenhofs. „Da hinten sitzen die Roten."

Als Kalinin und seine Männer das Gebäude erreichten, wurde ihnen sofort geöffnet. Hier verfehlte die Uniform der *Tschekisten* nicht ihre Wirkung. Keiner der anwesenden Rotarmisten wäre auf die Idee gekommen, Kalinin nach seinem Ausweis zu fragen.

„Wo ist General Fjodrov?", herrschte Kalinin die Soldaten an.

„General Fjodrov und die 32. Division der Roten Armee sind weiter nach Süden gezogen, um den *Weißen* den Todesstoß zu versetzen, Major Kalinin. Ich freue mich, Sie hier in Jekaterinoslaw wiederzusehen." Der Mann, der ihn so begrüßte, war Major Poljakow. „Kommen Sie bitte mit in mein Büro, dann erkläre ich Ihnen, was sich hier während Ihrer Abwesenheit ereignet hat."

Kalinin folgte dem Mann, setzte sich auf einen Stuhl und wartete auf den Bericht.

„Jekaterinoslaw wurde vor drei Tagen dem Befehl Nestor Machnos unterstellt. Seine Männer haben den Auftrag, die Stadt zu sichern, während unsere Truppen den *Weißen* hinterherjagen."

Kalinin musste lachen: „Sichern? Diese Männer sollen Jekaterinoslaw sichern? Das sind betrunkene Bauern, denen man eine Waffe in die Hand gedrückt hat. Und die sollen jetzt eine ganze Stadt sichern?"

Poljakow zuckte mit den Schultern. „Wir sind im Krieg. Und im Krieg kann man sich seine Verbündeten nicht immer aussuchen. Außerdem haben sie sich als äußerst nützlich bei der Eroberung dieser Stadt erwiesen. Ohne ihre Hilfe hätten wir die *Weißen* nicht so schnell vertrieben." Er entzündete eine Zigarette und bot sie – ohne einen Zug zu nehmen – Kalinin an.

Kalinin lehnte ab. „Was soll dieser Aufzug? Warum die Frauenkleider und die ganze Schminke?"

„Sie greifen sich alles, was sie in die Finger bekommen. Egal was es ist. Sie rauben die Bevölkerung aus, haben selbst aber eine Heidenangst davor, bestohlen zu werden. Deshalb ziehen sie die Kleider an. Lächerlich, nicht wahr?" Poljakow blies den Rauch seiner Zigarette an die Decke. Seine Mundwinkel zuckten kaum merklich.

Kalinin konnte es nicht fassen. „Und wieso gebieten Sie diesem Treiben keinen Einhalt?", fragte er den Major.

„Einhalt? Wir sollen diesem Mob Einhalt gebieten? Wie stellen Sie sich das vor, Major Kalinin? Unsere Einheit besteht nur noch aus zwanzig Mann. Als wir gestern einen Trupp losschickten, um die Lage in der Stadt zu sondieren, kamen die

Männer völlig verstört zurück. Sie mussten tatenlos mit ansehen, wie sich diese Banditen auf einen Mann stürzten, ihn mit ihren Säbeln buchstäblich in Stücke hackten. Und heute …“ Der Major stockte kurz. „Heute haben sie hier auf dem Kasernenhof zwei Frauen vergewaltigt. Sie haben sie irgendwo aufgegriffen, hierher gezerrt und wie Beutestücke ihren geifernden Kameraden vorgeworfen. Erst wollten wir eingreifen, doch uns wurde unmissverständlich klargemacht, dass wir uns aus ihren Angelegenheiten raushalten sollen. So blieb uns nichts anderes übrig, als tatenlos abzuwarten. Vermutlich sind die beiden Frauen längst tot. Was hätten Sie in einer solchen Situation getan, Major Kalinin? Wie hätten Sie dieser Horde Einhalt geboten, ohne sich selbst von ihnen aufschlitzen zu lassen? Das da draußen sind keine Menschen, denen man mit zwanzig Mann Einhalt gebieten könnte. Das sind Bestien, denen man besser nicht in die Quere kommt.“

Major Poljakow schlug mit der flachen Hand auf den Tisch und schaute Kalinin fest in die Augen. Seine selbstsichere Fassade bröckelte. Man sah ihm deutlich an, dass er kurz davor stand, unter dem Druck zusammenzubrechen. Seine Mundwinkel zuckten, als er sich mit einer nervösen Geste die Haare aus dem Gesicht strich.

„Wo ist Machno?“, fragte Kalinin nach einer langen Pause.

Als man Anton Kalinin und seine Männer am nächsten Morgen in die große Messe führte, verschlug es ihnen fast den Atem. Die Fenster waren verschlossen und mit schwarzer Farbe überstrichen, sodass kein Tageslicht hereinfiel. Es stank nach Schweiß, Alkohol, Exkrementen und Verwesung. Kalinin zog sich instinktiv den Kragen seines Pullovers über die Nase. Er hörte vereinzelte Schreie, aber seine Augen hatten sich noch nicht an die Dunkelheit gewöhnt, sodass er nichts erkannte. Er wollte schon umdrehen, weil er zweifelte, dass man sie tatsächlich zu Nestor Machno führte. Doch da Major Poljakow persönlich um diesen Termin gebeten hatte, blieb ihm keine Wahl, als den Wachen zu folgen.

Langsam begriff Kalinin, dass sie sich in einem riesigen Lazarett befanden. Auf dem Boden wanden sich blutüberströmte Menschen in ihren Ausscheidungen. Die, die sich nicht mehr bewegten, waren offensichtlich schon tot. Weder Ärzte noch Pfleger kümmerten sich um die Männer, woraus Kalinin schloss, dass man die Verwundeten sich selbst überließ. Er wusste aus eigener Fronterfahrung, dass nur die wenigsten Soldaten direkt auf dem Schlachtfeld starben. Die meisten kamen mit lebensgefährlichen Verletzungen in irgendein überfülltes Lazarett, nur um dort Tage später qualvoll zu verenden. Manchmal gab es fähige Sanitäter, die das Leiden ein wenig lindern konnten, doch viel zu oft mangelte es auch ihnen an Medikamenten und Ausrüstung. Hier in diesem provisorischen Lazarett gab es nichts von alledem.

Machnos Männer führten sie in ein höher gelegenes Stockwerk, wo sich ein weiterer großer Saal vor ihnen öffnete. Diesmal ohne abgedunkelte Fenster. In dem Raum befanden sich an die hundert Soldaten, teils stehend, teils an den Wänden sitzend. Sie trugen keine einheitlichen Uniformen, aber die Art und Weise, wie sie ihre Waffen hielten, ihr klarer Blick und ihre aufrechte Haltung wiesen sie als Soldaten mit Kampferfahrung aus. Vielleicht Offiziere, dachte Kalinin, der sich fragte, ob diese Männer auch jedes Mal durch das Lazarett laufen mussten, um hierher zu gelangen. Er verbuchte diesen Umweg als erste Schikane seines Gastgebers.

Man wies sie an, auf einer Bank Platz zu nehmen und zu warten, bis man sie aufrief. Kalinin versuchte zu erkennen, was sich am anderen Ende des Raumes abspielte, wohin die Blicke aller Anwesenden gerichtet waren. Niemand hatte ihr Eintreten bis jetzt zur Kenntnis genommen, denn dort saß Nestor

Machno an einem großen massiven Schreibtisch und hörte sich den Bericht des vor ihm sitzenden Mannes an. Leider sprach der so leise, dass Kalinin ihn nicht verstehen konnte, aber er sah, wie Machno ihn fixierte. Starren Blickes, ohne mit den Wimpern zu zucken, saß er regungslos auf seinem Stuhl, leicht nach vorne gebeugt und aufs Äußerste angespannt. Sein auffällig langes Haar hing ihm lose bis auf die Schultern herab und war in einem Scheitel aus dem Gesicht gekämmt. Es sah fast aus, als trüge er einen Turban. Kalinin musste an einen Vulkan denken, der kurz vor dem Ausbruch stand.

Über was sprachen die beiden? Er bekam keine Antwort auf seine Frage. Stattdessen erhob sich Machno von seinem Stuhl, ging mit ausladenden Schritten um den Tisch herum und packte den verängstigten Mann am Kragen. Ihre Gesichter berührten sich fast, als Machno den Mann anschrie: „Nie wieder! Hast du gehört? Nie wieder werde ich solche Inkompetenz dulden!“ Er drückte den Mann zurück in seinen Stuhl und stieß ihn dann mit einem kräftigen Fußtritt zu Boden. Der hob, nach Gleichgewicht suchend, die Arme, konnte aber nicht verhindern, dass er hintenüber kippte und laut krachend aufschlug. Trotz der Demütigung war er erkennbar erleichtert, auf allen vieren wieder zurück in die Reihe seiner Kameraden kriechen zu dürfen.

Kalinin beobachtete fasziniert dieses Schauspiel und übersah dabei, dass Machno ihn mit einer Handbewegung zu sich rief. Einer seiner Männer stieß ihn in die Seite. Kalinin erhob sich von der Bank, streckte sich und ging so selbstbewusst wie möglich auf Nestor Machno zu. Der war zwar einen Kopf kleiner als Kalinin, aber seine Aura ließ ihn deutlich größer wirken. Kalinin streckte die Hand zum Gruß aus, doch Machno ignorierte die Geste. Er kam direkt zur Sache.

„Major Kalinin, Sie sind zurück von ihrer Fahrt durch die ukrainische Provinz. Ich hoffe, es gefällt Ihnen hier in unserem Land.“ Die Art und Weise, wie Machno von seinem Land sprach, gefiel Kalinin nicht, doch er ignorierte diese weitere Provokation.

„Danke, wir kommen gut zurecht. Die Bauern sind größtenteils kooperativ, auch wenn wir dem Ansinnen Moskaus manchmal etwas mehr Nachdruck verleihen mussten", antwortete er.

Der Anflug eines Lächelns lag auf Machnos Lippen, als Kalinin diese diplomatische Umschreibung ihrer teils sehr gewalttätigen Mission wählte.

„Wir waren überrascht", fuhr Kalinin fort, „dass Jekaterinoslaw so schnell in die Kontrolle der *Machnowzi* übertragen wurde."

„So, so, überrascht waren Sie. Ich hoffe, dass Ihnen dieser Umstand nicht ungelegen kommt", unterbrach ihn Machno.

„Ganz und gar nicht." Kalinin fand in Machno keinen gut gelaunten Gesprächspartner vor. Ganz im Gegenteil. Es schien ihm zuwider, sich mit dem Befehlshaber der *Tschekisten* unterhalten zu müssen. Doch lag das wahrscheinlich nicht so sehr an der *Tscheka* als vielmehr daran, dass Machno sich mit keiner Autorität außerhalb seiner selbst auseinandersetzen wollte. Wie war es der *Roten Armee* wohl gelungen, diesen Anarchisten für ihre Zwecke zu gewinnen?

„Wir fragen uns nur, welchem militärischen Zweck die Vergewaltigung und Zerstückelung unserer eigenen Zivilbevölkerung dient? Oder das Tragen von Frauenkleidern, die sicher nicht zum Armeebestand der *Machnowzi* gehören? Ich kann mir einfach nicht vorstellen, dass General Fjodrov dies im Sinn hatte, als er Jekaterinoslaw unter Ihr Kommando stellte und Ihnen auftrug, die Stadt zu sichern."

Kalinin spürte, dass ein Ruck durch die Männer im Raum ging. Auch Machno streckte sich, atmete einmal tief durch und blickte sein Gegenüber mit starren, kalten Augen an. Doch Kalinin ließ sich davon nicht beeindrucken. Schier endlose Sekunden vergingen, bevor Machno antwortete.

„Ich glaube kaum, dass ich einem niederrangigen *Tschekisten* Rechenschaft darüber schulde, wie ich meine Armee führe, geschweige denn ..."

„Es ist völlig unerheblich", unterbrach Kalinin, „ob Ihnen mein Rang ausreichend erscheint oder nicht. In Abwesenheit von General Fjodrov haben Sie in mir und Major Poljakow die höchsten Repräsentanten der Regierung, die es in Jekaterinoslaw zurzeit gibt. Und als solcher möchte ich gerne von unseren Verbündeten wissen, welchem militärischen Zweck Vergewaltigung, Mord und Plünderung der Zivilbevölkerung dient."

Kalinin wusste, dass er seine Kompetenzen weit überschritt, und konnte nur hoffen, dass Machno diesen Bluff nicht bemerkte. Nach einem nicht enden wollenden Augenblick wandte sich Nestor Machno schließlich achselzuckend ab und trat hinter seinen Schreibtisch zurück.

„Major Kalinin, vielleicht haben Sie es bei Ihren Fahrten durch die Provinz nicht mitbekommen, aber wir befinden uns im Krieg. Und Krieg bedeutet Entbehrung. Verlust der Heimat. Hunger. Da gönne ich meinen Männern gerne eine kleine Pause, wann immer es möglich ist. Und Sie dürfen mir glauben, dass sich diese tapferen Männer ihre Pausen verdient haben. Da werde ich sicher nicht kontrollieren, was sie im Einzelnen tun. Solch hässliche Dinge passieren nun einfach mal. Nichts, worüber sich General Fjodrov den Kopf zerbrechen muss."

„Wollen oder können Sie Ihre Leute nicht kontrollieren?" Kalinin wollte die selbstgefällige Fassade dieses Mannes durchbrechen, wohl wissend, dass er sich damit auf ganz dünnes Eis begab.

Es kostete Nestor Machno allergrößte Mühe, nicht die Beherrschung zu verlieren. Jeder seiner Gesichtsmuskeln schien aufs Äußerste angespannt. Plötzlich zog er seinen Revolver aus dem Gürtel und schoss dem Mann, den er eben noch gedemütigt hatte, in den Kopf. Der Mann brach tödlich getroffen zusammen, während Machno mit ausgestrecktem Arm hinter seinem Schreibtisch stand, den Blick zu keinem Zeitpunkt von Kalinin abgewandt. Er hielt es nicht einmal für nötig, sich zu vergewissern, dass die Kugel auch den Richtigen getroffen hatte.

„Sie zweifeln an meiner Kontrolle, Major Kalinin?" Er schrie und seine Stimme überschlug sich, als er noch einmal fragte: „Sie zweifeln wirklich an meiner Kontrolle? Darf ich Ihnen versichern, dass ich volle Kontrolle über meine Männer habe? Und darf ich Ihnen auch versichern, dass es mir scheißegal ist, wen sie in ihrer Freizeit erschlagen und wen sie vergewaltigen? Solange sie für mich kämpfen, dürfen sie tun und lassen, was sie wollen. Und wenn ich sie rufe, dann gehorchen sie. Ich habe die vollständige Kontrolle über diese Männer, das dürfen Sie mir gerne glauben, Major Kalinin."

Kalinin blickte ihn entsetzt an, wusste nicht, was er diesem Verrückten noch entgegnen konnte. Sinnlos, in Nestor Machno einen vernünftigen Verbündeten zu vermuten, mit dem man über das Verhalten seiner Armee hätte sprechen können. Was sollte man von einer Armee auch erwarten, die von einem offensichtlich schwer gestörten Mann angeführt wurde. Kalinin wandte sich wortlos zum Gehen.

„Eine Sache noch, Major Kalinin", rief Machno ihm hinterher. „Wie haben die Deutschen auf Ihre Abgabequoten reagiert?"

Kalinin drehte sich um, verstand aber den Sinn der Frage nicht. Machno sah seine Verwirrung. „Gab es Widerstand in den deutschen Dörfern?", fragte er mit ausladender Handbewegung, als müsse er einem Kind erklären, was er eigentlich meinte.

„Nein, sie waren äußerst kooperativ", entgegnete Kalinin.

„So, so. Sie haben also keinen Dolmetscher benötigt?"

„Doch", antwortete Kalinin zögerlich. Das aufkommende

Gelächter in den Reihen der *Machnowzi* verunsicherte ihn. „Ihr Pastor hat für mich übersetzt."

Nun stimmte Machno in das offene Gelächter seiner Männer mit ein. „Dann haben Sie sicher eine ganz großartige Quote eingefahren."

Kalinin wandte sich endgültig zum Gehen, hörte Machno noch rufen: „Richten Sie den Deutschen aus, dass es nicht mehr lange dauert, bis der Teufel den Dnjepr überquert und sie holen kommt."

Konfiszierung

Osterwick 1920

Während seines Studiums hatte ihn niemand auf eine derartige Herausforderung vorbereitet und Abram Dyck zweifelte, ob er seiner Herde noch Rat und Führung geben konnte. Er bemühte sich nach Kräften, weiterhin Zuversicht und Glaubensstärke zu vermitteln.

Seit Wochen predigte er über das Gebot der Gewaltlosigkeit, doch nach Ende des Gottesdienstes standen die jungen Männer wieder beisammen, um über den *Selbstschutz* zu diskutierten. Abram konnte es ihnen nicht verdenken. Die Angst vor weiteren Schikanen durch die Bolschewiken wuchs täglich. Und auch wenn die letzte Begegnung mit ihnen glimpflich verlief, so klangen ihnen Erwins warnende Worte immer noch in den Ohren. Abram konnte mit seiner heutigen Predigt noch einmal eine Besänftigung der Gemüter bewirken, trotzdem sorgte er sich um den morgigen Tag. Es blieb zu hoffen, dass die Getreideablieferung nicht doch noch zu Ausschreitungen führen würde.

Lange nachdem Maxim und Willi die Kirche verlassen hatten, saß Abram noch immer auf der Bank, unschlüssig, wie er das Gehörte einordnen sollte. Sie hatten ihn nach dem Gottesdienst um eine kurze Unterredung gebeten und ihn über den Fund des Maschinengewehrs in Kenntnis gesetzt. Durfte er diesen Fund als göttliche Führung einordnen – oder war er eine teuflische Versuchung, die sie alle ins Verderben stürzen konnte? Mit dem Gewehr könnten sie sich die Banden kurzfristig vom Leib halten. Doch was dann? Die Übermacht war einfach zu groß und sobald die Munition zur Neige ging, würden sie nur noch unbarmherziger über sie herfallen.

Abram drehte sich nicht um, als die Kirchentür aufging. Er betete, versuchte seine Sorgen an Gott abzugeben und blickte erst auf, als er die Hand des russischen Majors auf seiner Schulter spürte.

„Aber, aber … Sie wollten doch erst morgen kommen und …"

Abram brachte den Satz nicht zu Ende. Mit voller Wucht streckte ihn Kalinins Faust zu Boden. Er blieb benommen liegen, schmeckte Blut in seinem Mund und wollte gerade etwas entgegnen, da traf ihn schon Kalinins Stiefel in die Seite. Abram spürte, wie eine Rippe brach. Der Schmerz vernebelte ihm die Sinne und Panik stieg in ihm auf. Er bekam keine Luft mehr. Kalinin kümmerte das nicht. Er zog den keuchenden Pastor zurück auf die Beine. Dann trat er einen Schritt zurück und deutete mit ausgestrecktem Finger auf sein blutendes Opfer.

„Du …", Kalinin bebte vor Zorn, „… du wolltest mir weismachen, ihr versteht kein Russisch. Du wolltest mir weismachen, ihr würdet nur 50 Tonnen ernten. Du hast mich belogen."

Kalinin rollte eine Peitsche aus und schlug sie dem Pastor um die Beine. Mit einem kräftigen Ruck zog er ihm die Füße weg, sodass Abram erneut auf dem harten Holzfußboden aufschlug. Dann schleifte ihn Kalinin aus der Kirche raus.

„Wer ist der reichste Kulak in eurem beschissenen kleinen Dorf?" Kalinins Gesichtsausdruck war zu entnehmen, dass er diese Frage kein zweites Mal stellen würde. Daher bemühte sich Abram um eine schnelle Antwort: „Eduard Klaassen."

„Gut. Dann führst du mich jetzt zu diesem Klaassen, damit wir unsere Unterhaltung bei ihm fortsetzen können."

Eduard Klaassen, ein großer, übergewichtiger Mann, konnte normalerweise nichts so leicht aus der Fassung bringen. Doch die Entschlossenheit, mit der die *Tschekisten* in sein Haus eindrangen, erstickte jeglichen Gedanken an Widerstand im Keim.

„Herr Klaassen, ich bin hier, um Sie darüber in Kenntnis zu setzen, dass meine Männer Ihren gesamten Getreidevorrat konfiszieren", sagte Kalinin.

Eduard Klaassen warf einen Blick aus dem Fenster, sah die Kolonne von Lastkraftwagen und Kutschen auf seinem Hof.

„Aber, ich verstehe nicht. Ich dachte, wir hätten eine Abmachung", wandte er sich fragend an seinen Pastor.

„Die Abmachung ist hinfällig", ging Kalinin dazwischen. „Ihr werter Herr Pastor kann Ihnen später gerne erklären, warum."

„Aber ... Wenn Sie alle Wagen da draußen vollladen, dann ist meine Scheune leer. Die Abgabe ist doch viel zu hoch!" Panik trat in seine Augen, als er sich erhob und drohend auf Kalinin zuging.

Kalinin zog seine Waffe und richtete sie auf Eduard Klaassens Frau, die auf der Couch im angrenzenden Wohnzimmer saß. „Keinen Schritt weiter, oder Ihre Frau ist tot."

Katarina Klaassen zuckte erschrocken zusammen. Sie stieß einen kurzen, ängstlichen Schrei aus und versuchte, den Blick von Kalinins ausgestrecktem Revolver abzuwenden. Sie zitterte am ganzen Körper. Auch ihr Mann kehrte nun vollständig eingeschüchtert zurück zu seinem Platz.

„Das könnt ihr doch nicht machen. Wie sollen wir den Winter überstehen, geschweige denn das Saatgut für das nächste Jahr ausbringen." Die schleichende Erkenntnis, dass die *Tschekisten* ihn in den Ruin trieben, ließ den Bauern verzweifeln. Er wandte sich hilfesuchend an Abram Dyck: „Das muss ich doch nicht allein ausbaden, oder? Abram, sag mir bitte, dass wir das gemeinsam tragen."

Der Pastor hob nur die Hand, bedeutete Eduard Klaassen, Ruhe zu bewahren. Natürlich würden sie diese Abgabe gemeinsam schultern, doch jetzt ging es erst einmal darum, hier mit heiler Haut wieder herauszukommen.

Später am Abend, als die Scheune leer und alle Wagen beladen waren, machte sich der lange Treck auf den Weg nach Chortitza. Dort würde das Getreide umgeladen und mit dem Zug weiter nach Moskau transportiert werden. Die Klaassens hatten sich die gesamte Zeit nicht vom Fleck gerührt, ausdruckslos dem Abtransport ihrer gesamten Ernte zugeschaut. Sie hofften, dass die Solidarität der Osterwicker sie vor dem sicheren Ruin bewahrte.

„Im Namen der Partei bedanke ich mich für Ihre freundliche Unterstützung und hoffe, dass wir uns bald wiedersehen." Kalinin lüpfte zum Abschied mit übertriebener Höflichkeit seine blaue Schirmmütze.

„Ach ja, fast hätte ich es vergessen." Er kehrte noch einmal zurück in die große Stube. „Ich soll euch von Nestor Machno ausrichten, dass der Teufel bald den Dnjepr überquert und euch besuchen kommt." Damit verschwanden die *Tschekisten* endgültig in der Nacht.

Die Machnowzi

Osterwick 1920

Keine zwei Monate später machte Nestor Machno sein Versprechen wahr und überquerte mit einer Armee von fast 100.000 Mann den Dnjepr bei Chortitza. Nicht ganz freiwillig, da die Bolschewiken sich seiner Dienste entledigten, sobald sie seiner anarchistischen Weltsicht und den damit verbundenen Exzessen überdrüssig wurden. Ihr gemeinsamer Feind – die *Weiße Armee* – stand kurz vor der Kapitulation, sodass die Generäle der *Roten Armee* es sich erlauben konnten, ihren einstigen Verbündeten loszuwerden.

Machno hatte seine Schuldigkeit getan und er war schlau genug zu wissen, dass er in einer offenen Konfrontation mit der *Roten Armee* nicht würde bestehen können. Ihm blieb nichts anderes übrig, als den Rückzug anzutreten, was der überwiegend deutschstämmigen Bevölkerung in der Region Chortitza nun teuer zu stehen kam. Die *Machnowzi* drangen in ihre Häuser ein, nahmen sich, wonach ihnen der Sinn stand. Sie fraßen sich regelrecht durch die Speisekammern und als diese geleert waren, gingen sie in die Ställe und erschossen die Tiere. Wenn der Alkohol hinzukam, dann machten sie sich einen Spaß daraus, den gesamten Viehbestand eines Bauern zusammenzuschießen, ohne Rücksicht, dass so viele Tiere auf einmal nicht zu verwerten waren.

Bald schon hing über den Dörfern rund um Chortitza ein süßlicher Verwesungsgeruch in der Luft und Krankheiten begannen sich auszubreiten. Doch die *Machnowzi* scherten sich nicht darum. Sie legten sich in die Betten der Mennoniten und schliefen ihren Rausch aus. Immer öfter verlangten sie dabei nach Mädchen und jungen Frauen und manch ein Familienvater, der sich schützend vor seine Töchter stellte, bezahlte seinen Mut mit dem Leben. Die deutschen Siedler erkannten mit wachsender Verzweiflung, dass die rücksichtslose Ausbeutung der *Machnowzi* sie über Kurz oder Lang in den Untergang treiben würde.

Willi schaute aus dem Fenster und bemerkte die vielen Staubkörner, die im Licht der hereinfallenden Herbstsonne tanzten. Ungewöhnlich, dachte er. Normalerweise achtete seine Mutter peinlichst genau darauf, das Haus sauber zu halten. Ein sauberes Haus ist Ausdruck einer sauberen Seele. So predigte sie es immer wieder. Was sollten die Leute denken, wenn sie uns in einem verdreckten Haus besuchen kommen, pflegte sie dann zu sagen. Das Haus der Bergens war daher stets sauber bis unter die Dachgiebel – wie alle Häuser in Osterwick. Niemand wollte sich nachsagen lassen, schlampig oder gar faul zu sein.

Willi sah aus dem Augenwinkel, dass sein Vater den Staub ebenfalls bemerkt hatte. Aber jetzt war nicht die Zeit, Mutter zu tadeln. Die Bergens standen dicht beieinander in ihrer kleinen Stube und sahen dem *Machnowzi* zu, wie er das Essen in sich hineinschlang. Der Mann stank nach Alkohol und Pferdemist. Seine groteske Kleidung sah aus, als hätte er sie noch nie gewechselt, geschweige denn gewaschen. Er saß allein am Tisch und Willi ekelte sich angesichts seiner Essmanieren. Jedes Mal, wenn er den Löffel voller Suppe an seinen Mund führte, verloren sich dabei ein paar Tropfen auf dem ohnehin schon verdreckten Hemd. Dazu gesellten sich aufgeweichte Brotkrümel, die ihm aus dem offen kauenden Mund fielen. Die Bergens sahen zu, wie der Fleck aus Suppe und Brot sich vergrößerte. Doch der Mann schien es entweder nicht zu bemerken, oder es war ihm schlicht egal.

Willi ertappte sich dabei, wie er die Luft anhielt, nur um

nach wenigen Sekunden geräuschvoll wieder auszuatmen. Er konnte seine Anspannung nicht verbergen. Was fiel diesem Mann ein, am heiligen Sonntag in ihr Haus einzudringen, sich einfach zu nehmen, was ihm nicht gehörte? Er musste sich Zutritt verschafft haben, während die Bergens den Gottesdienst besuchten. Wie immer verließen sie ihr Haus unverschlossen, da es in Osterwick keinen Grund für derartige Vorsichtsmaßnahmen gab. Umso erschrockener waren sie, bei ihrer Rückkehr den Fremden anzutreffen.

„Essen“, sagte er kurz angebunden ohne Erklärung für sein unerlaubtes Eindringen. Und als wäre diese Aufforderung nicht deutlich genug, legte er zur Warnung seinen Revolver griffbereit vor sich auf den Tisch.

Willi wusste aus den Erzählungen seiner Freunde, die ebenfalls schon Besuch von den *Machnowzi* erhalten hatten, dass sich angesichts dieser Bedrohung jegliche zuvor erdachte Heldentat in Luft auflöste. Er wollte es nicht wahrhaben, sich niemals einfach nur ergeben, musste nun aber feststellen, dass sie recht behielten. Er konnte nur tatenlos dabei zusehen, wie der Fremde seine Mutter herumkommandierte, wie sie zwischen Küche und Stube hin und her eilte, eifrig bemüht, dem Mann etwas zum Essen zu bringen. Sie hatten alle Angst. Angst, dem *Machnowzi* offen entgegenzutreten, ihn aus dem Haus zu werfen, wie man es üblicherweise mit solchen Flegeln tut.

Willi zuckte erschrocken zusammen, als der Mann seinen leeren Teller klirrend in die Mitte des Tisches schob, um Platz für seine dreckigen Stiefel zu machen. Der *Machnowzi* lehnte sich in seinem Stuhl zurück, steckte sich eine Zigarette an, nahm einen tiefen Zug und ließ dann seinen Blick durch den Raum gleiten. Erst jetzt schien er seine Umgebung mit nervösen Blicken wahrzunehmen. Der Mann wirkt unsicher, dachte Willi. So gar nicht wie ein kampferprobter Soldat. Ohne seine Waffen und ohne seine komische Uniform hätte man ihn für einen einfachen Bauern gehalten.

Als Maria zurück in den Raum kam, musterte er sie von oben bis unten, ganz so, als würde er sie erst jetzt bemerken. Maria war eine schöne Frau, das wusste Willi. Und es war ihm jedes Mal unangenehm, wenn seine Freunde in seiner Gegenwart über sie sprachen. Doch im Blick dieses *Machnowzi* lag weit mehr als nur jugendliche Bewunderung, als er sie nun zu sich winkte.

„Darf ich Ihnen einen Schlafplatz in unserer Scheune zeigen, oder werden Sie heute noch weiterreisen?"

Willi bemerkte die Verzweiflung in der Stimme seines Vaters, der versuchte, den Mann abzulenken und in ein Gespräch zu verwickeln. Doch der ließ sich darauf nicht ein. Ohne den Blick von Maria abzuwenden, hieß er sie mit einem weiteren Fingerzeig, näherzukommen. Doch sie rührte sich nicht vom Fleck. Erst als der Mann seine Hand nach dem Revolver ausstreckte, ging sie langsam auf ihn zu.

Sie spürte, wie sich seine raue Hand um ihre Wade legte, langsam unter ihrem Rock nach oben wanderte. Sie hatte gehört, was die *Machnowzi* den Frauen antun, und begann vor Angst zu zittern. Sie wollte sich wehren, konnte sich dem Mann aber nicht widersetzen, ohne das Leben ihrer Familie zu gefährden. Maria suchte den Blickkontakt ihres Mannes, doch Heinrich schaute nur hilflos zu Boden. Tränen schossen ihr in die Augen. Ihre Schenkel verkrampften sich. Der Mann schien das zu merken und wandte sich grinsend – ohne die Hand hervorzuziehen – an Heinrich: „Ich möchte, dass *sie* mir die Scheune zeigt."

In der kleinen Stube der Bergens war es ganz still. Willi blickte immer noch starr hinüber zur Küchentür, durch die seine Mutter und der *Machnowzi* vor wenigen Minuten nach draußen gegangen waren. Er verstand nicht, warum der Mann sich die Scheune unbedingt von ihr zeigen lassen wollte. Aber er ahnte, dass sie in großer Gefahr schwebte.

„Was sollen wir jetzt tun?“, fragte er leise seinen Vater.

„Ich weiß es nicht … Was sollen wir tun? Er hat doch eine Waffe.“

Willi spürte, dass sein Vater nicht in der Lage war, einen klaren Gedanken zu fassen. Sollte er hinüber zur Scheune laufen und versuchen, seiner Frau zu helfen? Oder doch besser hier bei seinen Kindern bleiben? Nie zuvor hatte er seinen Vater so hilflos gesehen wie in diesem Moment.

„Ich kann Hilfe holen“, schlug Willi vor. Doch noch bevor sein Vater etwas antworten konnte, ging die Küchentür wieder auf und Maria kam herein. Ihre Knie versagten den Halt und sie sank auf der Stelle in sich zusammen. Willis kleine Schwestern begriffen die Situation als Erste.

„Mama“, riefen sie aus vollem Hals und stürmten auf ihre Mutter zu. Dann kamen auch Willi und sein Vater herbei, bemerkten erst jetzt das Blut auf ihrer Bluse. „Was ist passiert?“, hörte Willi seinen Vater fragen.

Nur langsam kam ihr eine Antwort über die Lippen. „Er ist tot“, flüsterte sie. „Ich habe ihn umgebracht.“

Der Brüderrat

Osterwick 1920

Heinrich rutschte auf seinem Platz hin und her. Er fühlte sich unwohl, so weit vorne in der ersten Reihe zu sitzen, und spürte das unangenehme Gefühl Dutzender fragender Blicke in seinem Rücken. Kein Wunder, dachte er, schließlich hatte man diesen *Brüderrat* extra seinetwegen einberufen.

Er beobachtete, wie Abram Dyck sich etwas abseits mit

den Ältesten besprach. Sie unterhielten sich im Flüsterton, die Köpfe dicht zusammengesteckt. Doch selbst ihr Flüstern klang in der ansonsten völlig stillen Kirche unnatürlich laut. Aus dem Augenwinkel bemerkte Heinrich, dass hinter ihm nur die rechte Hälfte des Kirchenraums belegt war. Die Männer saßen wie üblich auf ihren Stammplätzen, als müssten sie sich auch heute von den Frauen absondern, die im Gottesdienst immer nur die linke Hälfte besetzten. Gut, dass sie nicht in einem Boot saßen, kam es Heinrich in den Sinn, sie wären aufgrund der Schlagseite sicher gekentert.

Der *Brüderrat* galt als die höchste Autorität in Osterwick. Es gab weder Polizei noch anderweitige Justiz. Nur einen gewählten Dorfschulzen, der sich um die Pflege und Instandhaltung von öffentlichen Einrichtungen wie Brücken und Straßen kümmerte. In seine Zuständigkeit fiel es auch, die Steuern rechtzeitig einzusammeln und an die staatlichen Behörden abzuführen. Dennoch konnte selbst der Dorfschulze nichts gegen den Willen des *Brüderrates* unternehmen.

Heinrich erinnerte sich daran, wie vor vielen Jahren ein Familienvater mitsamt seiner Familie aus der Dorfgemeinschaft ausgeschlossen worden war. Der Mann – ein notorischer Trinker – verprügelte regelmäßig seine Frau. Und als er auch nach mehrmaliger Ermahnung nicht davon abließ, hatte man allen Einwohnern von Osterwick den Kontakt zu dieser Familie untersagt. Heinrich hatte dies schon damals für eine falsche Entscheidung gehalten, denn dadurch verschwand das Treiben des Mannes noch mehr in der Dunkelheit und man überließ die Familie ihrem Schicksal. Letztlich war der Frau und ihren Kindern nichts anderes übrig geblieben, als das Dorf zu verlassen und in einen anderen Ort umzusiedeln – hoffend, dass die Kenntnis über den Gemeindeausschluss und die Flucht vor ihrem Mann ihr nicht schon vorausgeeilt war. Bei dem Gedanken an diese Familie schämte Heinrich sich immer noch. In dem Moment trat

Abram Dyck an die Kanzel und eröffnete die Brüderversammlung.

„Brüder, wir sind heute Abend hier zusammengekommen, um Auskunft über die Geschehnisse in der Scheune der Bergens zu erhalten, so wie sie sich letzten Sonntag zugetragen haben."

Er kommt ohne lange Vorrede zur Sache, dachte Heinrich.

„Wie allen bereits bekannt, hat uns Bruder Heinrich am Nachmittag des vergangenen Sonntags darüber unterrichtet, dass einer der *Machnowzi* tot in seiner Scheune liegt. Wir haben den Mann noch am selben Tag beerdigt. Nun wollen wir erfahren, wie er zu Tode gekommen ist und wie sich dies auf unsere Beziehung zu den *Machnowzi* auswirkt. Ich bitte nun Bruder Bergen nach vorne. Er wird uns berichten, was sich genau am letzten Sonntag ereignet hat."

Als lägen ihm Bleigewichte auf den Schultern, erhob sich Heinrich schwerfällig von seinem Platz, um hinüber zur Kanzel zu gehen. Erstaunt stellte er fest, dass der Pastor keine Anstalten machte, diese für ihn zu räumen. Er hatte gehofft, sich an dem kleinen Pult festhalten zu können, doch so wusste er nicht, wohin mit seinen Händen. Er ließ sie an den Seiten herabhängen, stand breitbeinig vor den neugierig dreinblickenden Männern und sah in seinem schlecht sitzenden Anzug aus wie ein nasser Kartoffelsack. Er erzählte von der Überraschung, diesen Mann in ihrem Haus anzutreffen. Von ihrer Angst. Davon, wie der Fremde sich zunächst satt gegessen hatte und dann mit Maria in der Scheune verschwand.

„Er wollte Maria etwas antun, so viel stand fest. Und er hatte eine Waffe dabei. Doch Maria konnte sich in der Scheune seinem Griff entwenden, noch bevor ... Es muss ein Reflex gewesen sein, so erzählte sie mir, dass sie die Mistgabel ergriff, um sie ihm mit aller Kraft in den Leib zu rammen."

Ein Raunen ging durch die Menge, da es den Brüdern schwerfiel sich vorzustellen, wie eine Frau zu solch einem Kraftakt fähig sein konnte.

„Da hat ihr doch bestimmt Orlow geholfen", rief einer der Männer in die aufkommende Unruhe hinein. Die Stimmung schlug prompt in Gelächter um, als ob dem jungen Mann ein besonders guter Witz gelungen war.

„Ruhe!", rief Abram Dyck von der Kanzel in dem Versuch, die allgemeine Ordnung wiederherzustellen. „Solche haltlosen Äußerungen haben hier nichts zu suchen! Bruder Heinrich, bitte erzähl weiter."

„Sie sagte mir", fuhr Heinrich erklärend fort, „dass sie vor Angst zitterte und Gott innerlich um Hilfe bat."

Heinrich wusste den gerade aufbrandenden Tumult um seine Frau nicht einzuordnen. Was sollte diese Bemerkung über Juri Orlow? Er versuchte sich zu konzentrieren.

„Als sie die Gabel sah, griff sie ohne zu überlegen danach und rammte sie dem Mann in den Bauch. Dann lief sie zurück ins Haus. Wir trauten uns zunächst nicht hinauszugehen, aus Angst, dass der *Machnowzi* doch nur verletzt war. Nach etwa einer Stunde ging ich dann allein zur Scheune und sah ihn dort in seinem Blut liegen. Ein scheußlicher Anblick. Trotzdem musste ich denken, dass es ihm recht geschah."

Wieder ging ein Raunen durch die Versammlung und sofort bereute Heinrich seine unbedachte Äußerung.

„Bruder Heinrich", unterbrach der Pastor die wieder aufkommende Unruhe mit lauter Stimme. „Mord ist eine schwere Sünde. Aber von allen unseren Sünden können wir reingewaschen werden, wenn wir diese nur aufrichtig bekennen und bereuen. Mir scheint aber, dass du die Taten deiner Frau nicht wirklich bereust, oder?"

Heinrich erkannte, dass von seiner nächsten Antwort die Zukunft seiner Familie abhing. Auch wenn er nie wieder einen glaubwürdigen Einwand gegen den *Selbstschutz* vorbringen konnte, war er Gott dennoch dankbar, dass Maria die Kraft und den Mut fand, diesen Mann zu töten. Wie konnte es falsch sein, sich einer drohenden Schändung zu widersetzen? Aber hier ging es nicht um die Frage, ob ihr Handeln vielleicht aus Notwehr geschah und dadurch gerechtfertigt werden könnte. Es ging einzig und allein darum, dass Maria gegen Gottes Gebot verstoßen hatte.

Genauso hätte auch Heinrich noch vor wenigen Tagen argumentiert. *Hielt Jesus es für nötig, das Kreuz vor Augen, sich mit Gewalt zu wehren?*, so die Frage, die man von Kindesbeinen an mit einem klaren Nein beantwortete. Doch diese Antwort fiel so viel leichter, wenn es nicht um die eigene Frau ging. Es brodelte in seinem Inneren und Heinrich wusste, dass schon sein Zögern ihm ernste Probleme bereiten könnte. Er beeilte sich zu sagen, was ihm hier und jetzt zutiefst widerstrebte.

In dem Moment erhob sich Johann Heidebrecht, der frühere Pastor ihrer Gemeinde, und kam Heinrich zuvor. Aufgrund seiner Verdienste und seines fortgeschrittenen Alters genoss er immer noch großes Ansehen unter den Mennoniten. Das Reden bereitete ihm mittlerweile Mühe; dadurch erhielt das Wenige, das er noch sagte, ein besonderes Gewicht.

„Sie hat nichts Unrechtes getan", sagte er mit brüchiger Stimme. „Sie hat sich gegenüber einem Verbrecher zur Wehr gesetzt. Die Familie darf dafür nicht bestraft werden."

Bruder Heidebrecht nahm wieder Platz und alle Anwesenden spürten, dass der erwartete Verlauf der Versammlung damit auf den Kopf gestellt wurde. Niemand wagte es, seine Erklärung öffentlich infrage zu stellen.

Auch Abram Dyck fehlten die Worte. War das nun die endgültige Legitimation des Selbstschutzes? Wie sollte er jetzt noch glaubhaft gegen jegliche Form der Gewaltanwendung predigen? Wie sollte er die jungen Männer davon abhalten, zu den Waffen zu greifen, wenn sie hier einen Präzedenzfall schufen? Wie konnte Bruder Heidebrecht ihm derart in den Rücken fallen?

Heinrich hingegen konnte sein Glück kaum fassen. War es das wirklich schon gewesen, oder brachte noch jemand den

Mut auf, diesen gewichtigen Worten zu widersprechen? Er wartete einen kurzen Moment und kehrte dann zurück zu seinem Platz. Als er sich gerade setzen wollte, richtete Abram noch einmal das Wort an ihn.

„Bruder Heinrich, es liegt uns allen fern, Bruder Heidebrecht zu widersprechen, auch wenn wir seine Worte vielleicht noch nicht in aller Tiefe verstehen. Es bleibt aber noch die Frage zu klären, wie wir mit den *Machnowzi* fortan umgehen wollen. Sicher wird der Tod ihres Kameraden nicht lange unbemerkt bleiben und sie werden kommen, um seinen Tod zu sühnen. Dürfen wir davon ausgehen, dass du ihnen gegenüber die Verantwortung für den Tod dieses Mannes übernimmst?"

Was blieb Heinrich anderes übrig, als die Frage nickend zu bejahen.

„So sei es", fuhr der Pastor fort und beendete damit die Versammlung. Er hoffte, dass zumindest die Aussicht auf persönliche Rechenschaft die Männer davon abhalten würde, weitere Dummheiten zu begehen.

Munition

Osterwick 1920

Willi keuchte, als er sich die Böschung hinaufmühte. Er war den ganzen Weg ohne Pause gerannt, um möglichst noch vor Maxim die Stelle zu erreichen, wo sie das MG zurückgelassen hatten. Seine Kleider klebten ihm am schweißnassen Körper und zum wiederholten Mal wischte er sich eine Haarsträhne aus dem Gesicht, die ihm immer wieder die Sicht versperrte. Oben angekommen musste er sich erst einmal auf seinen Knien abstützen, um wieder Luft zu bekommen. Doch es blieb ihm nicht viel Zeit. Er zwang sich, trotz seiner Seitenstiche weiterzulaufen.

Zum Glück konnte er sich auf seinen guten Orientierungssinn verlassen, sodass er nicht noch einmal durch das Dickicht kriechen musste. Er ging an der Baumreihe entlang und kam direkt zu der Stelle, wo die Mündung des MGs aus dem lichten Gestrüpp herausragte. Willi war überrascht, wie leicht es zu finden war, wenn man nur wusste, wo man suchen musste. Schnell bog er die wenigen Zweige zur Seite und wollte sich gerade die Metallkiste mit der Munition unter den Arm klemmen, da hörte er auch schon ihre Stimmen. Er fluchte leise. Einfach durchs offene Gelände davonzulaufen kam nun nicht mehr infrage. Maxim und Erwin hätten ihn sofort entdeckt.

Heute Morgen auf dem Weg zur Schule hatten sich Willi und Maxim wieder einmal heftig darüber gestritten, wie sie mit ihrem Fund weiter umgehen sollten. Maxim wollte, dass Abram die Brüder endlich über das MG informierte. Er war enttäuscht, dass der Pastor selbst nach der gestrigen Versammlung das Geheimnis weiterhin für sich behielt. Zu Unrecht, wie er fand, woraufhin er eigenmächtig beschloss, Erwin Wiebe zu der Fundstelle zu führen. Willi gelang es nicht mehr, seinen Freund davon abzubringen.

Er hatte den ganzen Morgen darüber nachgedacht, wie er es anstellen konnte, das MG unschädlich zu machen. Bis ihm kurz vor Ende der letzten Unterrichtsstunde ein Geistesblitz kam: Er konnte das Gewehr nicht verstecken, dafür war es viel zu schwer. Doch die Patronen konnte er sehr leicht an einen anderen Ort bringen. Das MG wäre dadurch unbrauchbar. Willi würde die versteckte Munition nur Abram zeigen, sobald der entschied, den Fund öffentlich bekannt zu machen.

„Es muss gleich hier irgendwo sein." Maxims Stimme klang laut und deutlich durch das Birkenwäldchen.

„Wehe, wenn du mich an der Nase herumführst und ich

ganz umsonst durch diese Dornen gestiefelt bin“, schimpfte Erwin.

„Nein, keine Bange … Du wirst begeistert sein. Vertrau mir. Warte, ich glaube hier ist es schon.“

Mit den schweren Patronengurten über seinen Schultern zog sich Willi leise in das Dickicht zurück. Er musste sich flach auf den Boden kauern, da jeder weitere Schritt ihn unweigerlich verraten hätte. Er lag nun keine zehn Meter von Erwin und Maxim entfernt in den Büschen.

„Du hast nicht zu viel versprochen Maxim. Ein 08/15-MG. Und du bist dir sicher, dass es funktioniert?“ Erwin zeigte sich beeindruckt von der Waffe.

„Ja, bin ich. Ich weiß zwar nicht, ob es richtig zielt, aber es feuert ganz tadellos.“

„Und wo ist die Munition?“

„Da drüben in der Kiste.“

Willi hielt die Luft an. Jetzt war der Moment gekommen …

„Aber die Kiste ist leer. Hier ist keine Munition“, sagte Erwin.

„Doch, die ist da drin. Ganz sicher.“

Willi hörte, wie sie die Metallkiste untersuchten, begleitet von Maxims Beteuerungen, dass er nicht gelogen hatte.

„Ich wusste es doch. Du wolltest dich nur wichtigmachen. Was sollen wir denn bitteschön mit einem Gewehr ohne Munition anfangen?“ Erwin klang gereizt, wollte sich Maxims Geschichten nun nicht länger anhören. „Such erst mal die Munition und wenn du sie gefunden hast, kannst du mir ja noch mal Bescheid geben.“

Erwin machte kehrt und ließ den konsternierten Maxim allein im Wald zurück. Willi rührte sich noch immer nicht von der Stelle, sondern wartete geduldig, bis auch sein Freund wieder verschwunden war. Dann schlich er leise durch das Wäldchen, hinüber zu dem Versteck, das er sich für die Patronengurte ausgedacht hatte.

Vergeltung

Osterwick 1920

Sonntag. Die *Machnowzi* wussten, wann und wo sich die Osterwicker am besten zusammentreiben ließen. Zwanzig in Lumpen gekleidete Banditen preschten auf ihren Pferden durch das Dorf, hielten geradewegs auf das große Bethaus am Ende der Hauptstraße zu, wo die Mennoniten sich wie jeden Sonntag zum Gottesdienst versammelten. Das Bethaus, ein viereckiges, schlichtes Steingebäude ohne Kirchturm, war an allen Seiten mit hohen, blank geputzten Rundbogenfenstern versehen. Die Mennoniten benötigten nichts weiter als einen zweckmäßigen Versammlungsraum, der im besten Fall bis zu vierhundert Menschen Platz bieten konnte. Trotz der einfachen Bauweise erkannte man überall die Sorgfalt der Handwerker, die sich beim Bau dieses Gebäudes besondere Mühe gegeben hatten. Jede einzelne Dachpfanne saß noch immer an ihrem Platz, nirgendwo bröckelte der Putz und selbst die Farbe an den Wänden zeigte nach all den Jahren kaum einen Riss.

Die *Machnowzi* verachteten die Lebensweise der Deutschen, da der krasse Gegensatz ihnen die eigene ärmliche Herkunft so deutlich vor Augen führte. Sie fanden es daher nur gerecht, als ihr Anführer die hölzerne Doppeltür des Bethauses mit lautem Krachen aus den Angeln trat. Er benötigte keine Kanzel, um die Aufmerksamkeit der verängstigten Menschen zu erlangen. Ein einfacher Befehl, und sie setzten sich in Bewegung. „Alle raus“, zischte er in die angespannte Stille.

Es dauerte keine drei Minuten, bis auch das letzte Kind, am Rockzipfel seiner Mutter klammernd, draußen auf dem gepflasterten Vorplatz stand. Niemand sprach ein Wort. Alle wussten, warum die *Machnowzi* gekommen waren.

„Ich bin auf der Suche nach einem meiner Männer“, richtete sich der Anführer an die Menge. Er redete leise, würdigte die Menschen dabei keines Blickes. Dennoch konnten sie ihn gut verstehen. Seine Männer hatten sich in einem Halbkreis hinter ihm aufgestellt, hielten ihre Revolver und Karabiner im Anschlag. Eine absurde Situation, dachte Willi. Da standen zwanzig zerlumpte Banditen einer Schar von fast vierhundert Mennoniten gegenüber, unter ihnen einige Männer, die immer noch kräftig genug waren, diese Banditen aus dem Dorf zu jagen. Doch niemand von ihnen verfügte über Kampferfahrung oder wusste, wie man sich mittels körperlicher Gewalt zur Wehr setzte. Plötzlich überfiel Willi die Angst, dass es vielleicht doch nicht so klug war, die Patronengurte zu verstecken. Er hatte selbst unter Maxims Schlägen, der ahnte, dass Willi hinter dem Verschwinden der Munition steckte, nichts verraten.

„Dimitri hat vor zwei Wochen *Chortitza* verlassen“, fuhr der Anführer mit leiser, fast höflicher Stimme fort. „Er sollte hier in Osterwick auf neue Instruktionen warten. Doch der Bote kam mit der Nachricht zurück, dass er Dimitri nicht finden konnte.“

Immer noch richtete er seinen Blick nicht auf die vor ihm stehende Menschenmenge. Während er sprach, legte er eine Kugel nach der anderen in die Trommel seines Revolvers, was jedes Mal ein leises Klicken verursachte.

„Wir haben ihn gesucht, doch seine Spur verliert sich hier in Osterwick.“

Der Mann hatte seinen Revolver jetzt geladen und hielt die Waffe auf die Mennoniten gerichtet, die unwillkürlich einen Schritt zurückwichen.

„Wo ist Dimitri?“, brüllte er sie plötzlich an, sodass die Dorfbewohner erschrocken zusammenzuckten. Niemand wagte es, ihm zu antworten.

„Meine Geduld ist sehr begrenzt. Wenn nicht gleich jemand von euch das Maul aufmacht, werde ich einen nach dem anderen von euch erschießen."

Willi stand dicht neben seinem Vater. Er spürte die Angst, die ihn und alle Osterwicker lähmte. Er fragte sich, ob es jemand wagen würde, die Wahrheit zu sagen? Vielleicht könnte seine Mutter dem Mann erklären, dass alles nur ein schrecklicher Unfall war?

„Es war ein Unfall."

Erschrocken über diese prompte Antwort sah Willi hinüber zu Abram Dyck, der sich der sofortigen Aufmerksamkeit des Anführers gewiss war.

„Er wollte sich ungebührlich an einer verheirateten Frau vergreifen und ihr Gewalt antun."

Willi hielt den Atem an, bewunderte den Pastor für seine mutigen Worte, erwartete zugleich aber das Krachen des Revolvers.

„Um die Frau zu schützen, ist es zu einem Gerangel gekommen, infolgedessen der Mann zu Tode kam. Wie gesagt, ein schrecklicher Unfall."

Abram Dyck senkte den Blick wieder zu Boden, seine Hände hielten den schwarzen Hut mit zittrigen Händen fest umklammert und seine Schultern erschlafften. Es schien, als ob sein Mut nur für diesen kurzen Augenblick ausreichte. Man sah ihm die Erleichterung an, wieder in der Anonymität der Menge verschwinden zu können. Doch der Anführer ließ ihn noch nicht vom Haken.

„Wer ist dafür verantwortlich?", schrie er ihn an.

In diesem Moment gingen viele heimliche Blicke in Richtung der Bergens. Sie schienen zu flehen: Nun bekennt euch doch endlich zu eurer Tat und beendet unsere Qual. Willi konnte es nicht fassen. Würden diese frommen Menschen seine Familie mit einem einzigen Blick ans Messer liefern? Dem Anführer der *Machnowzi* waren die Blicke nicht entgangen. Er richtete seine Waffe nun auf die Bergens.

„Wer ist dafür verantwortlich?"

Maria atmete tief durch. Sie straffte sich, bereit, nach vorne zu treten. Nun war der Moment gekommen, sich für den Tod des Mannes zu verantworten. Doch gerade als sie sich in Bewegung setzen wollte, hielt sie von hinten eine starken Hand zurück. Juri Orlow drängte sich an ihr vorbei und trat nach vorne.

„Ich habe ihn getötet."

Man konnte die Verwunderung in den Augen des Banditen erkennen, als Juri vor ihm stand. „Du?", fragte er, den Kopf leicht zur Seite geneigt, die Waffe genau auf Juris Kopf gerichtet. In diesem Moment traten sechs *Machnowzi* aus der Reihe und erhoben ihre Gewehre.

„Für jeden von uns sterben sieben von euch. Klingt das nicht irgendwie biblisch?" Dann krachten sieben Schüsse gleichzeitig.

Panik ergriff die Menge und die Mennoniten stoben auseinander. Zurück blieben sieben Menschen, die tödlich getroffen auf den Pflastersteinen vor der Kirche zusammenbrachen. Unter ihnen auch Juri Orlow, dem die Kugel aus nächster Nähe den Kopf zerfetzt hatte. Und ein mutiger Pastor, der bis zu seinem letzten Atemzug dafür gekämpft hatte, Gewalt nicht mit Gegengewalt zu begegnen.

Nachdem die *Machnowzi* verschwunden waren, erhoben sich die ersten Klagelaute über dem Dorf. Die Menschen standen unter Schock und es war ihnen auch in den Tagen darauf nicht möglich, zur Normalität zurückzukehren.

Die Toten wurden begraben, nachdem man noch verzweifelt versucht hatte, dreien von ihnen das Leben zu retten. Aber auch ihre Verletzungen erwiesen sich als zu schwer, sodass den Familien nichts weiter übrig blieb, als die Leidenden im Arm zu halten, sie auf ihrem letzten Weg zu begleiten. Ein trauriger Abschied, gefolgt von einer stillen Zeremonie, bei der niemand die Worte fand, die dieses Unheil ein wenig lindern konnten.

Willi fühlte sich schuldig. Schuldig, weil er den Menschen die Waffe vorenthalten hatte, mit der sie sich vielleicht hätten verteidigen können. Er wollte doch nur das Richtige tun. Stattdessen war so ein Unglück über sie gekommen. Doch auch jetzt behielt er sein Wissen immer noch für sich, weil er die Reaktion seiner Eltern fürchtete. Auch Maxims Verhalten wusste er nicht einzuschätzen, hatte der doch gerade den letzten Menschen seiner Familie verloren.

Im Lauf der folgenden Tage fand Willi keine Möglichkeit, mit ihm zu sprechen, da Maxim wie gelähmt seinen Verlust betrauerte. Nur Maria schien anfangs noch in der Lage, ihm ein wenig Trost zu spenden. Doch kurz darauf war er ohne ein einziges Wort des Abschieds verschwunden.

Wassili Popov

Jekaterinoslaw 1921

Am 21. Februar entstieg dem Zug aus Moskau ein unscheinbarer Mann, weder sonderlich groß noch auffallend klein. Eine Nickelbrille auf der Nase unterstrich seine weichen, glattrasierten Gesichtszüge. Alles in allem keine Erscheinung, die den Mitreisenden besonders auffiel oder gar in Erinnerung blieb. Nur wer sich die Mühe machte, genauer hinzusehen, der hätte ahnen können, dass der Mann nicht so unbedeutend war, wie er sich gab. Sein Hut passte farblich abgestimmt zum grauen Anzug und die Schuhe glänzten noch von der letzten Politur. In der Hand hielt er einen ledernen Aktenkoffer, der mittels einer Kette um sein Handgelenk gebunden war. Kleine Details, denen hier in der Provinz aber niemand Beachtung schenkte, als er in der Menge Richtung Bahnhofsausgang verschwand.

Der Mann hieß Wassili Popov, ein Beamter des Moskauer Innenministeriums. Niemand wusste von seiner Ankunft und niemand erwartete ihn hier in Jekaterinoslaw. Darauf hatte er vor seiner Abreise gesteigerten Wert gelegt. Sein Weg führte ihn direkt zur örtlichen Polizeidienststelle, deren Dienststube er ohne anzuklopfen betrat.

Er wartete darauf, von dem Wachhabenden begrüßt zu werden, doch der hob seinen Blick nicht von dem Formular, das er gerade auszufüllen versuchte, obwohl ihm Popovs Eintreten keineswegs entgangen war. Eine kleine Schikane, um deutlich zu machen, wer in diesen Räumen das Sagen hatte. Es galt stets abzuwägen, ob die eigenen Sorgen und Nöte wirklich groß genug waren, einen Beamten in der Erfüllung seiner wichtigen Pflichten zu stören. Viele machten bereits an dieser Stelle kehrt und nahmen ihre Anliegen wieder mit nach Hause.

Doch Popov ließ sich davon nicht beeindrucken. Er starrte den Mann so lange an, bis dieser seinen Stift zur Seite legte und entnervt fragte: „Ja?"

„Ihren Namen und Ihren Dienstgrad wüsste ich gerne", erwiderte Popov ruhig.

Für einen kurzen Augenblick wirkte der Milizionär sichtlich irritiert, doch er fing sich schnell wieder. „Und ich wüsste gerne, wer das wissen will."

Popov wollte sich auf dieses Spielchen nicht einlassen. „Guter Mann, ich habe nicht vor, jedem Beamten in der Stadt zu erklären, wie ich heiße und warum ich hier bin. Ich denke, es ist ausreichend, wenn Ihr Vorgesetzter über meine Ankunft in Kenntnis gesetzt wird. Sie erfahren dann noch schnell genug, wer ich bin. Also, können Sie mir jetzt sagen, wo ich den Kommissar finde?"

Der Beamte dachte nach. Er wog seine Möglichkeiten ab. Den Kommissar wegen einer Nichtigkeit zu behelligen, könnte ihn in ernste Schwierigkeiten bringen. Doch noch schlimmer wäre es, wenn dieser Mann vor ihm wirklich so wichtig war, wie er behauptete. Ihn abzuwimmeln könnte sich als noch größerer Fehler erweisen.

„Der Kommissar ist zurzeit nicht hier." Etwas Besseres fiel ihm nicht ein.

„Dann wäre ich Ihnen dankbar, wenn Sie ihn holen", entgegnete Popov herablassend.

Der Mann wollte sich gerade erheben, da schien ihm noch etwas Wichtiges einzufallen. „Nein, das geht jetzt nicht. Ich kann die Wache nicht unbeaufsichtigt lassen."

„Und Sie sind der einzige Milizionär im Dienst?", wollte Popov wissen. Der Beamte bejahte. „Dann sagen Sie mir, wo ich den Kommissar finden kann."

„Der Kommissar ist noch zu Hause. Er kommt heute erst zur Spätschicht."

Popov schaute auf seine Uhr. Es war erst kurz nach zwei und er würde noch eine Stunde warten müssen, bis der Kommissar seinen Dienst antrat. Es sei denn ... „Wo ist die Wohnung des Kommissars?", fragte er.

Der Mann verzog das Gesicht, als hätte er gerade auf einen Stein gebissen. Er würde es nicht wagen, die Adresse seines Vorgesetzten einem wildfremden Menschen zu geben. Es hatte offensichtlich keinen Sinn, weiter auf ihn einzureden.

Popov setzte sich auf eine Bank und wartete. Seine Miene war wie immer undurchschaubar, was er hauptsächlich einer vorübergehenden Gesichtslähmung aus Kindheitstagen verdankte. Leider waren die Muskelfunktionen nie wieder ganz zurückgekehrt, sodass sich Popov zeit seines Lebens Spott und Häme seiner Mitmenschen ausgesetzt sah. Er kompensierte seine Benachteiligung durch übermäßigen Eifer, was ihm schließlich dazu verhalf, ein Ökonomiestudium an der angesehenen Universität von St. Petersburg aufzunehmen. Sein intellektueller Ehrgeiz wurde lediglich durch seinen Hang zum stets akkuraten Äußeren übertroffen. Seine Hände waren feingliedrig und penibel sauber. Nie sah man ihn mit dreckigen Fingernägeln. Das aschblonde Haar trug er akkurat geschnitten, auch wenn es sich am Hinterkopf bereits zu lichten begann.

Popov entstammte einer wohlhabenden Familie, die großen Wert auf Äußerlichkeiten legte. Gepflegte Umgangsformen waren fester Bestandteil seiner Erziehung, noch weitaus wichtiger als jede Charakterschulung. Doch Popov wuchs in dem Gefühl heran, den Erwartungen seiner Eltern niemals zu genügen. Er wusste, dass er sie enttäuschte, auch wenn er nie herausfand, warum. Obwohl er von ihrem Reichtum profitierte, verachtete er sie gleichzeitig für ihr abgehobenes Dasein, welches sich einzig und allein aus der Gunst des Zaren nährte. Wem der Zar gewogen war, der konnte sich ein ruhiges und mondänes Leben erlauben. Doch wehe, man fiel in Ungnade. Häufig war es nur einer zaristischen Laune zu verdanken, wenn man sich von heute auf morgen ohne Obdach, Geld oder Arbeit auf der Straße wiederfand.

Ganz im Gegensatz zu seinen Eltern widerstrebte es Popov zutiefst, sich der Willkür dieses Mannes auszuliefern. Vielmehr begeisterten ihn die Ideen der Bolschewiken, die eine klare Vision für Russlands Zukunft aufzeigten. In ihrer Vorstellung musste dieses Land nicht der Diktatur eines einzelnen Verrückten ausgeliefert sein, der von St. Petersburg aus sein Volk so klein wie möglich hielt. Mit solch einem Mann an der Spitze, so viel hatte Popov in seinem Studium gelernt, würde es Russland niemals gelingen, aus der wirtschaftlichen Rückständigkeit gegenüber Ländern wie Deutschland, Großbritannien oder den USA herauszukommen.

Der Tatendrang der Bolschewiken imponierte ihm und er empfand es als eine Ehre, nach Ausbruch der Revolution einen schlecht bezahlten Beamtenposten in Moskau anzunehmen. So konnte er die Revolution unterstützen, ohne selbst allzu große Risiken für Leib und Leben einzugehen. Doch schon bald erkannte er, dass es auch den neuen Machthabern nur um ihre eigenen Vorteile ging. Lenin vermochte zwar die einfachen Arbeiter für sich einzunehmen. Das hatte er Zar Nikolaus voraus, der sich gar nicht erst bemühte, sein gottgegebenes Recht auf Privilegien zu rechtfertigen. Doch die Arbeiter bemerkten nicht, dass ihre Opfer nur dazu dienten, einer neuen Herrschaftsschicht den Weg zu ebnen.

Popov bewunderte das teuflische Genie Lenins, auch wenn seine Begeisterung schon bald einem schlichten Pragmatismus wich. Leider war es da schon zu spät, den Staatsdienst zu quittieren, ohne als Landesverräter verhaftet zu werden. So arbeitete er weiter, auch wenn seine Karriere fortan merklich ins Stocken geriet. Erst war es das Vorenthalten wichtiger Informationen, dann die Versetzung in die Planungsstelle für Nahrungsmittelbeschaffung und nun die Versetzung nach Jekaterinoslaw. Man hatte seine Stelle neu geschaffen: Kommandant der Region Jekaterinoslaw. Seine Aufgabe bestand darin, die ineffektive Nahrungsmittelproduktion der Region neu zu organisieren und zu optimieren. Dafür war er mit allen Vollmachten ausgestattet, die für die Durchsetzung der Pläne Moskaus nötig erschienen.

Eine Stunde später betrat der Kommissar die Wache. Er besprach sich kurz mit dem wachhabenden Beamten und gab seinem Gast anschließend einen Wink, ihm in sein Büro zu folgen. Er fläzte sich in den einzigen Stuhl, während Popov – die Unhöflichkeit ignorierend – ein sorgsam zusammengefaltetes Papier aus der Innentasche seines Mantels hervorzog. Auf dem Briefbogen prangte das auffällige Wappen der *Tscheka*. Es verfehlte seine Wirkung nicht. Popov war zwar nur ein kleiner Beamter des Innenministeriums, aber er bestand vor Antritt seiner Reise auf dieser offiziellen Legitimation durch den Inlandsgeheimdienst. Er wusste, dass ihm nur das Wappen der *Tscheka* die notwendige Autorität verschaffte, die er zur Umsetzung seines Auftrags benötigte. Er wartete, bis der Kommissar zu Ende gelesen hatte.

„Es ist Ihnen sicherlich klar, dass diese Mission allerhöchste Priorität genießt. Ich erwarte von Ihnen und Ihrer Mannschaft bedingungslose Unterstützung“, sagte Popov.

„Selbstverständlich tun wir alles in unserer Macht Stehende, um die Pläne der Partei zu unterstützen, Genosse Popov“, erwiderte der Kommissar, sichtlich bemüht, sein zuvor gezeigtes Verhalten zu korrigieren.

„Natürlich werden Sie das.“ Popov empfand die Diskussion von Selbstverständlichkeiten als lästige Zeitverschwendung und machte sich gar nicht erst die Mühe, den Kommissar in seine Pläne einzuweihen. „Ich benötige ein Büro sowie unbegrenzten Zugriff auf Ihre Leute. Wie viele Männer stehen derzeit unter Ihrem Kommando?“

„Im gesamten Rajon verfügen wir über 22 Milizionäre. Dazu kommt noch eine nicht bekannte Anzahl von *Tschekisten*, die sich aber unserer Kontrolle entziehen. Sie werden von Major Kalinin befehligt. Hin und wieder tauchen sie hier auf, um ihre Berichte nach Moskau zu telegrafieren. Meistens bringen sie auch Gefangene, die wir in die Arrestzellen sperren, bis über ihr weiteres Schicksal entschieden ist.“

Popov wusste, dass es auch in Jekaterinoslaw von Geheimdienstleuten nur so wimmelte. Mit dem Vorrücken der *Roten Armee* und der damit verbundenen Aussicht auf das nahende Kriegsende entsandte die Regierung ihre Schlägertruppen in alle Regionen des riesigen Reiches, um die neuen Machtstrukturen hinter dem Frontverlauf umgehend zu festigen.

„Es sind auch zwei oder drei weibliche Beamte unter ihnen“, sagte der Kommissar. „Sie tragen die gleichen Lederjacken wie ihre männlichen Kollegen, und darunter ziehen sie Männerhosen und Hemden an. Man erkennt erst auf den zweiten Blick, dass es sich um Frauen handelt. Sie verstecken die Haare unter ihren Mützen.“

Popov hatte schon von diesen Frauen gehört. Sie wurden ganz bewusst angeworben, da sie sich für bestimmte Verhörsituationen besser eigneten als Männer. Mancher Gefangene empfand die Befragung durch eine Frau als weniger bedrohlich und verfing sich ihr gegenüber in leichtfertige Plauderei. Umso schockierter war er dann, wenn die Frau ihre freundliche Fassade ablegte, um sich anschließend brutaler und rücksichtsloser als ihre männlichen Kollegen zu erweisen. Eine klassische Verhörstrategie der *Tscheka*, um den Gefangenen wichtige Informationen zu entlocken. Popov erinnerte sich, dass man den *Tscheka*-Frauen in jeglicher Hinsicht Hemmungslosigkeit nachsagte, aber er zwang sich, diesen erregenden Gedanken sofort wieder zu vertreiben.

Popov lernte Major Kalinin auf sehr viel unspektakulärere Weise kennen als befürchtet. Drei Tage nach seiner Ankunft klopfte der Major an die Tür seines Büros, stellte sich höflich vor und schien bereits über alles informiert zu sein. Es bereitete Popov keinerlei Mühe, die neuen Befehlsstrukturen zu erläutern, da sich Major Kalinin als äußerst kooperativ erwies. Vielleicht hätte er doch ganz gut mit ihm zusammenarbeiten können, dachte Popov mit leichtem Bedauern, als er die Versetzungspapiere aus seinem Aktenkoffer holte und sie Kalinin überreichte.

Versetzung

Jekaterinoslaw 1921

Das Hotel Astoria galt seit jeher als die beste Adresse in Jekaterinoslaw. Selbst die marodierenden Banden Nestor Machnows hatten seinem Glanz nichts anhaben können, was wahrscheinlich daran lag, dass ihr Anführer höchstpersönlich sein Quartier hier bezog. Den übrigen Hotels und Geschäften, die den Katharinen-Prospekt säumten, erging es nicht so glimpflich. Doch nach Abzug der Machnowzi erholten auch sie sich schnell, sodass hier im Stadtkern von Jekaterinoslaw kaum noch etwas an die kriegerischen Auseinandersetzungen der jüngsten Vergangenheit erinnerte.

Im Hotel Astoria wussten sie aus dem Besuch Nestor Machnos gar ihren Profit zu schlagen: Man hängte mehrere Fotos mit seinem Konterfei auf. Zweifelsohne war er eine der größeren Berühmtheiten, mit deren Besuch sich jedes Hotel gerne schmückt. Kalinin brachte dafür nur wenig Verständnis auf. In seinen Augen war Machno ein geistesgestörter Anarchist, der letztlich über seine eigene Maßlosigkeit stolpern musste. Es gab Gerüchte, dass er sich mittlerweile auf der Flucht in Richtung Rumänien und seine Armee sich in Auflösung befand.

Kalinin füllte sich ein drittes Glas mit Wodka und sah sich in der Hotellobby um. *Tschekisten*, Journalisten und Geschäftsleute, die schon bald nach Ende der Auseinandersetzungen auftauchten, um die Lage in den örtlichen Kohlewerken zu sondieren. Sie wollten frühzeitig ihre Pfründe sichern. Ein schwieriges Unterfangen, da niemand mit Gewissheit sagen konnte, welche politischen Rahmenbedingungen die neue Regierung in Moskau setzen würde.

Kalinin machte es sich auf einem edlen, lederbezogenen Kanapee gemütlich. Er stellte die Wodkaflasche, die sich schneller leerte, als es ihm guttat, auf einem kleinen Beistelltisch ab. Die umnebelnde Wirkung des Alkohols setzte bereits ein und die umstehenden *Tschekisten* begannen zu tuscheln und sich verstohlene Blicke zuzuwerfen. Sie hatten ihren Chef noch nie zuvor betrunken erlebt. Tatsächlich verabscheute Kalinin den weitverbreiteten Hang seiner Landsleute, sich maßlos zu besaufen, doch heute Abend verzichtete er auf jegliche Selbstdisziplin. Schon morgen würde er Jekaterinoslaw verlassen und keinen dieser Schläger jemals wiedersehen. Er zog die zusammengefalteten Papiere aus seiner Tasche und las sie zum wiederholten Mal.

„An Major Anton Kalinin. Sofortige Versetzung nach Cherson. Leitung der dortigen Einheit zur Bekämpfung konterrevolutionärer Aktivitäten im vorrückenden Frontverlauf ..." Den Rest konnte er sich sparen, wusste er doch nur zu gut, welche Aufgabe ihn erwartete. Wie nach jedem Krieg blieben auch hier in der Ukraine genügend Menschen zurück, die sich den neuen Machthabern unter keinen Umständen unterwerfen wollten. Menschen, die von den Frontlinien überrollt wurden und dabei alles verloren hatten. Neben den Politischen stellten diese Leute die größte Gefahr für eine Befriedung des Landes dar. Er sollte sie ausfindig machen und liquidieren. Eine Aufgabe, die Kalinin schon während des großen Krieges hasste, da es fast immer die Falschen traf. Auch hier galt das Gesetz der großen Zahlen, obwohl jeder wusste, dass die meisten Opfer völlig unschuldig starben. Kalinin hatte gehofft, dieses Kapitel seines Lebens endlich hinter sich lassen zu können.

Seine Gedanken verflogen, als sich Masha, eine der weiblichen *Tschekisten*, neben ihn auf das Kanapee setzte, ihr volles Wodkaglas zum Gruß erhoben. Kalinin füllte sich nach, um mit der Kollegin anzustoßen. Mittlerweile standen nur noch wenige Leute in der Lobby herum und er fühlte sich etwas unbehaglich, allein neben dieser Frau zu sitzen. Er war immer sehr darauf bedacht, seinen Mitarbeitern keinen Grund für unnötiges Gerede zu geben. Obwohl Masha es niemals gewagt hätte, ihrem Chef offen Avancen zu machen, ließ die Art, wie sie selbst dienstliche Gespräche mit ihm führte, erahnen, dass sie mehr für ihn empfand. Vielleicht bildete er sich das aber auch nur ein. Kalinin schaute ihr dabei zu, wie sie das Glas in einem Zug leerte, verlor sich dann im Anblick ihrer feuchten, vollen Lippen.

„Was ist mit Ihnen?“, fragte Masha schnippisch. „Ich dachte, wir trinken gemeinsam.“

Kalinin sah irritiert auf sein Glas und antwortete verlegen: „Aber ja. Natürlich. Entschuldigung.“ Er stürzte den Wodka hinunter. Der Alkohol brannte in seiner Kehle.

„Warum so trübsinnig, Major Kalinin?“

Masha schenkte ihnen nach und Kalinin konnte seinen Blick nicht von ihrem üppigen Busen abwenden, der sich unter dem groben Baumwollhemd abzeichnete. Sie trug heute nicht die typische Uniform der *Tschekisten*, war aber immer noch viel männlicher gekleidet als für Frauen üblicherweise schicklich. Doch tat dies ihrer Anziehungskraft keinerlei Abbruch.

Kalinin schob ihr die Versetzungspapiere hinüber. Sie überflog die Zeilen mit einem Stirnrunzeln. „Schade“, war das Einzige, was sie sagte.

„Schade?“, fragte Kalinin. „Wieso schade?“

„Nun, ich hatte gehofft, wir könnten noch ein wenig länger zusammenarbeiten, Major Kalinin.“ Sie strich mit ihren langen Fingern über seinen Handrücken.

Kalinin sah sie schweigend an. Er spürte, wie ihm alle Energie in die Leibesmitte schoss, unfähig, auch nur ein weiteres vernünftiges Wort über die Lippen zu bringen. Masha zog irritiert ihre Hand zurück, verunsichert, ob sie vielleicht zu weit gegangen war.

„Vielleicht ist es besser, wenn ich jetzt gehe“, sagte sie.

„Nein, bitte bleib.“

Kalinin zog Masha zurück auf das Kanapee. Er rückte näher an sie heran, drückte seinen Mund etwas unbeholfen auf ihre weichen Lippen. Ihre Zungen begegneten sich und er genoss diesen zärtlichen, wunderbaren Moment, auch wenn er nur von kurzer Dauer sein würde. Ohne voneinander abzulassen, zog Kalinin das Hemd aus ihrem Hosenbund, gerade weit genug, um seine Hand auf ihren nackten Bauch zu legen. Sie bemerkte sein Zögern und lehnte sich ein kleines Stückchen zurück, ermutigte ihn weiterzumachen. Kalinin fuhr fort, ihren warmen Körper zu erkunden, streichelte langsam über ihren Rippenbogen, bis er endlich die Rundungen ihres prallen Busens berührte. Sie konnten ihre Erregung nun nicht länger zügeln, und nur das deutliche Räuspern des Nachtportiers erinnerte sie daran, dass sie nicht allein waren.

„Lass uns nach oben gehen", flüsterte Masha schließlich. Sie erhoben sich und verließen die leere Hotellobby.

Der Zug

Südliche Ukraine 1921

Maxim schreckte empor. Von dem monotonen Rattern des Zuges, das ihn hatte einschlafen lassen, war nichts mehr zu hören. Er brauchte ein paar Sekunden, um sich zu orientieren. Dann begriff er, dass sie tatsächlich nicht mehr fuhren. Der Zug stand. Schlagartig hellwach blickte er sich suchend nach seinen Begleitern um.

Die beiden Landstreicher, mit denen er gemeinsam reiste, hatten ihn eindringlich vor einem stehenden Zug gewarnt. Sie waren sich südlich von Chortitza an einer Steigung begegnet, wo der Zug seine Fahrt ein wenig verlangsamen musste. Gerade so viel, um sich nach einem beherzten Sprint auf die Trittbretter eines der hinteren Waggons zu ziehen. Der erste Landstreicher öffnete die Waggontür und zog anschließend seinen Kameraden hoch. Maxim kam als Letzter, da er über die vermeintlich beste Kondition verfügte. Doch seine Beine versagten nach diesem Lauf beinah ihren Dienst. Der Zug fuhr deutlich schneller als erwartet, trotzdem schaffte er es mit allerletzter Kraft und unter Mithilfe der beiden Männer, sich in den Waggon zu retten. Dort übergab er sich augenblicklich auf den hölzernen Boden, was seine Begleiter naserümpfend zur Kenntnis nahmen.

Der Waggon war nur zur Hälfte mit Getreidesäcken gefüllt, sodass genügend Platz für sie alle blieb. Solange sie fuhren, gab es nichts zu befürchten. Doch die Wachleute nutzten jeden Halt, um die Waggons auf unerlaubte Mitreisende zu kontrollieren. Es galt also bei jeder Verlangsamung der Fahrt zu erahnen, ob sie wieder Geschwindigkeit aufnehmen oder doch zu einem Stillstand kommen würden. In letzterem Fall mussten sie rechtzeitig abspringen und sich in Sicherheit bringen.

Jetzt stand der Zug und Maxim saß allein in dem Waggon. Von seinen beiden Kumpanen fehlte jede Spur und er verfluchte sie dafür, ihn nicht geweckt zu haben. Das Adrenalin pulsierte durch seine Adern, Schweißperlen traten auf seine Stirn. Er wusste nicht, was er tun sollte. Vorsichtig kroch er zur offenen Waggontür, um einen Blick nach draußen zu riskieren.

Vorne bei der Lok hielt sich eine Reiterschar auf. Maxim sah, wie sich gerade zwei weitere Männer in vollem Galopp hinzugesellten. Sie zogen etwas Schweres hinter sich her und wirbelten dabei eine Menge Staub auf. Blitzartig wurde ihm bewusst, dass es sich um die beiden Landstreicher handelte, die an Seilen gebunden zu Tode geschleift wurden. Entsetzt zog sich Maxim in den Waggon zurück, sah gerade noch, wie sich einige Reiter aus der Menge lösten und in seine Richtung ritten. Hoffentlich hatten sie ihn nicht entdeckt. Eine Flucht kam nun nicht mehr infrage. Es blieb ihm nichts anderes übrig, als sich zu verstecken.

Hastig zog er einige der übereinandergestapelten Getreidesäcke zur Seite, sodass sich ein schmaler Gang bildete. Dann kroch er, soweit es ging, in den engen Tunnel hinein, kauerte sich auf den Boden und schreckte auf, als er plötzlich Schüsse hörte. Dauerfeuer. Das unverkennbare Rattern eines

Maschinengewehrs. Was war da los? Wurden die Banditen angegriffen? Gab es einen Kampf? Maxim traute sich nicht, unter den Säcken hervorzukriechen. Nach einer Minute war es wieder still. Dann hörte er ihre Stimmen. Sie schoben die Tür zur Seite und kletterten in den Waggon. Sie begannen die Getreidesäcke zu inspizieren und es war nur noch eine Frage von Minuten, bis sie ihn entdeckten.

Sein Herz raste. Er zwang sich, seinen keuchenden Atem zu kontrollieren. Doch die Männer dachten nicht daran, die Säcke umzuladen, wollten erst einmal weitere Kutschen für den Transport auftreiben. Sie verließen den Waggon, ohne Maxim zu bemerken. Weitere Minuten verstrichen, aber Maxim wagte sich immer noch nicht aus seinem Versteck heraus. Was, wenn die Männer draußen standen und nur auf ihn warteten?

Schließlich begann er doch, langsam aus dem Tunnel herauszukriechen. Rückwärts schob er sich – auf die Unterarme gestützt – aus dem Versteck, nicht wissend, ob die Männer sich vielleicht einen Spaß daraus machten, ihn dabei zu beobachten, während sie den Lauf ihrer Flinten auf seinen Arsch gerichtet hielten. Als er endlich den Kopf aus dem Tunnel zog und sich hastig umdrehte, stellte er erleichtert fest, dass er allein im Waggon war. Die Tür stand offen, von den Männern gab es weit und breit keine Spur.

Erst jetzt fiel ihm die unnatürliche Stille auf. Keine Stimmen, keine Geräusche. Keine Pferde. Nur Vögel. Maxim konnte das Kreischen von Vögeln hören, das ihm in dieser Stille sonderbar laut vorkam. Der Zug stand offenbar auf freier Strecke. Um sie herum nichts weiter als sonnenverbranntes Steppengras. Maxim nahm all seinen Mut zusammen und kletterte langsam nach draußen. Seine Blicke gingen ständig hin und her, immer in der Erwartung, dass die Männer jeden Augenblick zurückkommen und ihn entdecken könnten. Vorsichtig schlich er entlang des Zuges, weiter nach vorne in Richtung der Lok. Er hielt sich geduckt, blickte immer wieder unter dem Zug hindurch auf die andere Seite. Doch auch da war niemand zu sehen.

Das Geschrei der Vögel kam aus einem Waggon, der direkt hinter dem Tender hing. Es wurde immer lauter, je näher Maxim kam. Er sah die durchlöcherte Außenwand des Abteils, von Kugeln förmlich durchsiebt. Das musste das Maschinengewehr gewesen sein. Und obwohl alles in ihm mahnte, möglichst schnell das Weite zu suchen, kletterte Maxim auf den zerstörten Waggon und griff nach der Tür, die sich nur mit einem kräftigen Ruck öffnen ließ. Dutzende von schwarzen Vögeln schreckten auf, verließen das Innere des Abteils unter wildem Flügelschlag durch die kaputten Fenster. Dann sah Maxim die entstellten Leichen, die zwischen umgestürzten Koffern, Säcken und Kleidern lagen. Männer in Uniform, einige auch in ziviler Kleidung. Sie schienen ihn mit schreckgeweiteten Augen anzustarren.

Maxim musste seinen Würgereiz niederkämpfen, als er das Abteil betrat. Überall sah er blutverschmierte Gesichter und Leiber, die in grotesken Verrenkungen übereinanderlagen. Sein Verstand setzte aus. Zu viele Eindrücke, zu viele Fragen. Wer hatte das getan? Und wo waren diese Männer jetzt? Wer immer dazu in der Lage war, ein solches Blutbad anzurichten, der würde auch vor einem weiteren Mord nicht zurückschrecken. Er musste schleunigst verschwinden! Maxim machte auf dem Absatz kehrt, stolperte dabei über eine Leiche, die im gleichen Augenblick in den Gang kippte und ihm den Weg versperrte. Panik ergriff ihn, raubte ihm die Luft zum Atmen. Er raffte sich wieder auf, griff dabei wie in Trance nach einer Lederbörse, die dem Toten aus der Tasche gefallen war. Er wollte gerade nach draußen stürzen, als sich von hinten eine Hand um sein Fußgelenk schloss. Starr vor Schreck wandte er sich um.

„Hilf mir", röchelte der Mann mit leiser Stimme. Seine weit geöffneten Augen leuchteten unnatürlich weiß, inmitten des blutverschmierten Gesichts.

Maxim versuchte seinen Schrecken zu bändigen. Er half dem Verletzten trotz seiner Schmerzen auf die Beine. Wahrscheinlich hatte er mehrere Kugeln im Leib stecken. Es grenzte an ein Wunder, dass er überhaupt noch lebte. Sie schafften es mit vereinten Kräften, unter den Waggon zu kriechen und sich flach auf das Gleisbett zu legen. Dort angekommen, verlor der Mann das Bewusstsein. Maxim vermutete, dass er ihm nur noch beim Sterben zuschauen konnte. Trotzdem brachte er es nicht übers Herz, ihn hier allein liegen zu lassen. Er würde bis zum Einbruch der Dunkelheit warten und dann verschwinden.

Es war eine wolkenlose, sternenklare Nacht und der Zug stand in der Steppe wie auf einer hell erleuchteten Bühne. Seit Stunden rang Maxim mit sich, zögerte, aus Angst entdeckt zu werden, den passenden Moment zur Flucht immer weiter hinaus. Der Verletzte neben ihm regte sich nicht mehr und Maxim musste einsehen, dass er dem Mann nicht helfen konnte. Schließlich nahm er all seinen Mut zusammen, kroch unter dem Waggon hervor und begann, seinen Proviantsack zu füllen.

Gerade fertig geworden, schreckte ihn ein Geräusch auf. Pferde, die im Galopp heranpreschten. „Verdammt", fluchte Maxim und kroch eilig wieder zurück unter den Waggon. Aus dem Schatten heraus beobachtete er die beiden Reiter, die sich schnell aus östlicher Richtung näherten. Die Männer hielten direkt auf die Lok zu, stiegen ab und kletterten auf den Führerstand. Sie grölten abfällig, als sie die Leichen der beiden Lokführer mit einem dumpfen Geräusch neben die Gleise fallen ließen. Offenbar machen es sich die beiden da vorne gemütlich, dachte Maxim. Erleichtert stellte er fest, dass sie nicht nach eventuellen Überlebenden suchten.

„Die Blonde hätte ich gerne mitgenommen. Viel zu schade, sie einfach zu erschießen."

„Du kannst sie dir ja jetzt noch holen", erwiderte der andere und lachte lauthals über seinen eigenen Witz. Sein Lachen ging über in einen gurgelnden Hustenanfall, den er mit einem kräftigen Schluck aus seiner Flasche linderte.

Maxim lag unter dem Zug, angewidert von dem Gespräch, das er sich anhören musste. Vielleicht würde er ja einen Hinweis auf die Herkunft der beiden bekommen. Er hätte gern gewusst, wer für den Tod der Reisenden verantwortlich war, auch wenn er mit dieser Information vermutlich nichts anfangen konnte. Doch die beiden Männer taten ihm nicht den Gefallen. Sie versuchten sich vielmehr mit möglichst detaillierten Beschreibungen ihrer vergangenen Schandtaten zu übertreffen. Es dauerte nicht lange, bis sie sich nur noch lallend miteinander unterhielten. Kurz darauf drangen Schnarchgeräusche aus dem Führerstand der Lok. Maxim überlegte, ob er nicht einfach mit ihren beiden Pferden davonreiten könnte.

Er zuckte erschrocken zusammen, als der Verletzte neben ihm flüsterte: „Warte, bis sie eingeschlafen sind. Dann geh hoch und erledige sie." Er reichte ihm einen Revolver. Maxim wunderte sich über die klaren Anweisungen, die er von dem bereits Totgeglaubten erhielt.

„Aber ... ich dachte, du bist längst tot", stotterte er.

„Das werde ich ganz gewiss auch sein, wenn du mich hier unten liegen lässt."

Maxim nahm den Revolver und kroch mit wackligen Knien unter dem Waggon hervor. Obwohl das laute Schnarchen signalisierte, dass die Männer tief und fest schliefen, fürchtete er dennoch, entdeckt zu werden. Die beiden Banditen bemerkten nicht, wie Maxim das Führerhaus betrat, die Waffe direkt auf ihre Köpfe richtete. Er krümmte seinen Finger um den Abzug. Es erinnerte ihn an den kalten Stahl des Maschinengewehrs, das sie in dem Wäldchen bei Osterwick entdeckt hatten. Doch diesmal drückte er nicht ab. Es war etwas völlig anderes, ob man auf eine leere Straße oder den Kopf eines Menschen zielte. Er war noch nicht bereit, das Leben eines Menschen auszulöschen, ganz gleich, wie abscheulich dieser auch sein mochte.

Maxim kroch wieder zurück unter den Waggon, gab dem Mann seine Waffe zurück.

„Was ist los?"

„Ich kann es nicht. Aber die zwei schlafen so tief, dass sie nicht merken, wenn wir mit ihren Pferden abhauen", entgegnete Maxim.

„Und wie soll ich auf das Pferd kommen, ohne dass einer von ihnen wach wird?"

„Das müssen wir riskieren. Und falls sie doch wach werden, können wir sie immer noch erschießen."

Sie krochen unter dem Waggon hervor, gingen leise an dem Führerhaus vorbei auf die abseits grasenden Pferde zu. Maxim musste den Mann stützen. Es war viel schwerer als gedacht, ihn auf das Pferd zu bekommen. Das Tier merkte anhand ihrer ungeschickten Bewegungen, dass etwas nicht stimmte. Es fing an zu schnauben und zu wiehern. Maxim rechnete jeden Moment damit, dass die Banditen aufwachten. Wenn er ihnen doch wenigstens die Waffen abgenommen hätte! Doch nichts rührte sich.

Schließlich schafften sie es, den verletzten Mann auf ein Pferd zu hieven. Maxim sprang auf das andere Tier. Mit einem beherzten Tritt in die Flanke preschten sie beide davon. Die ganze Anspannung fiel in diesem Moment von Maxim ab. Er lachte seit Monaten zum ersten Mal wieder.

Sie ließen die Pferde laufen, bis der Zug in der Dunkelheit hinter ihnen verschwand.

Onkel Josha

Sewastopol 1921

Von einer Anhöhe aus konnte er das flache Küstenland weit überblicken – bis hin zum Horizont, wo das Meer im Licht der Abendsonne glitzerte. Schon seit dem Morgen begleitete ihn das Kreischen der Möwen und die Luft schmeckte deutlich salziger als zuvor. Alles Anzeichen, dass es nicht mehr weit sein konnte. Nun lag sie vor ihm. Die Krim. Viel schöner, als er es sich anhand der Erzählungen seiner Mutter ausgemalt hatte. Er bedauerte, dass sie nicht schon viel früher hierher zu Onkel Josha gezogen waren. Noch bevor das ganze Unglück über sie hereingebrochen war.

Josha Beljajew, der Bruder seiner Mutter, lebte in Sewastopol. Er hatte selbst keine Familie und kam deshalb einmal im Jahr zu Besuch, worauf sich Maxim und seine Schwestern immer ganz besonders freuten. Er erinnerte sich gern an die Zeiten, in denen sie mit ihrem Onkel stundenlang herumtollten.

Für einen kurzen Moment vergaß Maxim sogar die Schwermut, die ihn seit seiner Abreise aus Osterwick begleitete. Seine Schwestern fehlten ihm, ebenso wie sein Vater und seine Mutter. Manchmal vermisste er sogar die Bergens, obwohl seine Erinnerungen von dem Gedanken getrübt wurden, dass sein Vater vielleicht noch leben könnte, hätte Willi in seiner Sturheit nicht die Munition versteckt. Wenn Heinrich die Verantwortung für die Tat seiner Frau übernommen hätte … Die *Machnowzi* hätten bestimmt nicht wahllos in die Menge geschossen. In seine Traurigkeit mischte sich Wut. Wut auf die *Tschekisten*, die seine Schwestern und seine Mutter mitgenommen hatten, Wut auf die *Machnowzi*, die seinen Vater getötet hatten, und Wut auf die Deutschen, die zu feige waren, für ihre Taten Verantwortung zu übernehmen. Er ahnte, dass diese Wut ihn den Rest seines Lebens begleiten würde.

Maxim verließ die Schienenstränge kurz vor Cherson. Sein verletzter Begleiter bedankte sich kurz, dann trennten sich ihre Wege. Der Mann würde in Cherson ärztliche Hilfe finden, doch Maxim verspürte keinen Drang, sich ihm anzuschließen. Die Warnungen, nicht weiter in Richtung der Krim zu reiten, schlug er in den Wind. Vielleicht zu Unrecht, dachte er nun angesichts der Menschen, die sich zu Hunderten, vielleicht sogar zu Tausenden in Richtung der engen Passage drängten, die das Festland mit der Halbinsel verband. Manche ließen ihre voll bepackten Wagen von einem mageren Ochsen ziehen, doch die meisten trugen ihr Hab und Gut auf den Schultern oder zogen die hölzernen Karren von Hand. Sie flohen aus Angst vor der heranrückenden *Roten Armee*, hofften, irgendwo auf der Halbinsel Schutz zu finden.

Auf der Krim befand sich das Hauptquartier von General Wrangel. Hierhin hatte sich der verbliebene Rest der *Weißen Armee* zurückgezogen, um sich auf die letzte Schlacht vorzubereiten. Die Menschen hofften, dass es General Wrangel doch noch gelingen würde, das Vorrücken der *Roten Armee* aufzuhalten. Nicht dass sie unbedingt mit ihm sympathisierten, doch in seinem Schutz glaubten sie wenigstens den heutigen Tag noch zu überleben. Maxim überlegte kurz, ob er sich wirklich mitten hinein in diesen Schmelztiegel begeben sollte, doch in Wirklichkeit blieb ihm längst schon keine andere Wahl mehr. Der Ring zog sich immer dichter zusammen. Sollte er hier in freiem Gelände der *Roten Armee* in die Hände fallen, wäre sein Leben keinen Pfifferling mehr wert.

Er klappte die Lederbörse zusammen, die er aus dem Zug mitgenommen und seitdem etliche Male inspiziert hatte. Das Geld konnte er gut gebrauchen, doch noch wertvoller erschienen ihm die Papiere, die den Toten als Roman Alexej Andrejew auswiesen. Ein Reporter aus Kiew auf dem Weg zu einer

Pressekonferenz mit General Wrangel, die er aber nie erreichen sollte. Roman Andrejew lag tot in einem Zug, mitten in der südukrainischen Steppe, und Maxim ahnte, dass ihm die Papiere des Toten noch wertvolle Dienste leisten konnten.

Er erhob sich, knöpfte den Kragen seines Mantels zu und nahm die Zügel des Pferdes in die Hand. Er ging den Hang hinab, um sich in den Strom der Menschen einzureihen, der immer dichter wurde, je näher sie der sumpfigen Passage kamen.

Fünf Tage später erreichte Maxim Sewastopol. Er konnte sich mittels seiner neuen Papiere als Kiewer Journalist ausweisen und mühelos die Verteidigungslinien der *Weißen Armee* passieren. Niemand zog seine gefälschte Identität in Zweifel, was ihn verwunderte, hatte er doch mit wesentlich größeren Schwierigkeiten gerechnet. Sein Pferd wurde konfisziert, aber ansonsten hinderte ihn niemand ernsthaft an der Weiterreise. Er bezweifelte, dass es diesen Verteidigern gelingen würde, den Ansturm der *Roten* aufzuhalten. Das Gelände kam ihnen zwar entgegen, doch irgendwann müssten sie sich der schieren Übermacht geschlagen geben. Nur ein Narr hätte jetzt noch auf einen Sieg der *Weißen* gesetzt.

Maxim machte sich auf die Suche nach der örtlichen Polizeidienststelle, um dort, wie er hoffte, Auskünfte über Onkel Josha zu erhalten. Er ging durch die engen Gassen von Sewastopol, beeindruckt von der Schönheit dieser Küstenstadt am Schwarzen Meer, auch wenn der Krieg bereits allerorts seine hässliche Fratze zeigte. Überall traf er auf Bettler, Tagelöhner und Prostituierte, die sich gegenseitig mit ihren Reizen zu überbieten suchten. Kinder streiften auf der Suche nach etwas Essbarem durch die Gassen und schreckten auch vor Diebstahl nicht zurück, wenn sich das Beutestück gut in Naturalien eintauschen ließ. Maxim griff mehrmals an die Stelle seines

Mantels, wo er seine Papiere und das restliche Geld versteckte, um sich zu vergewissern, dass sich noch alles an Ort und Stelle befand. Er ging vorbei an imposanten Theatern, Universitätseinrichtungen, einer mit Säulen dekorierten Bibliothek und vielen kleinen Geschäften, die aber aus Angst vor Plünderern mit Holzbrettern verbarrikadiert waren.

Am Hafen angekommen, musste Maxim nicht lange suchen, bis er das gelbe, mit grauen Schlieren überzogene Backsteingebäude fand, über dessen Eingangstür der Schriftzug *Milizija* prangte.

„Ich bin auf der Suche nach Josha Beljajew", wandte sich Maxim an den diensthabenden Beamten. „Er muss hier irgendwo in der Hafenmeisterei arbeiten."

Der Beamte blickte ihn unfreundlich an. „Und warum suchst du dann hier und nicht in der Hafenmeisterei?", grunzte er kaum verständlich in seinen verlotterten Bart.

Maxim kam sich dumm vor. „Ich bin nicht von hier. Ich weiß nicht, wo die Hafenmeisterei ist."

Der Milizionär versuchte gar nicht erst zu verbergen, dass ihm Maxims Anwesenheit auf die Nerven ging. Er hatte offensichtlich keine Lust, den Fremdenführer zu spielen. „Du wirst es vielleicht nicht glauben, aber … die Hafenmeisterei ist am Hafen."

„Aber …", Maxim war verwirrt. „Aber ich bin doch am Hafen."

Der Beamte nickte Maxim mit ausgestrecktem Zeigefinger zu, eine Geste, die ihm bedeuten sollte, was für ein schlaues Kerlchen er war. „Du hast es erfasst."

Hatte der Mann vielleicht zu viel getrunken? Maxim musste einsehen, dass hier keine Hilfe zu erwarten war. Enttäuscht trat er wieder hinaus in die kühle Abendluft. Er wusste nicht, wo er auf dem riesigen Hafengelände mit der Suche beginnen sollte. Er versuchte sich durchzufragen, was sich aber als ebenso sinnlos herausstellte wie der Besuch auf der Polizeidienststelle.

Offensichtlich war jeder in dieser Stadt nur mit sich selbst beschäftigt, sodass er sich schließlich damit abfand, jedes einzelne Dock abzusuchen. Doch dann kam ihm eine viel bessere Idee. Er ging noch einmal zurück in das gelbe Gebäude.

„Ich wüsste gerne, wo ich die Hafenmeisterei finden kann." Maxim schwang seine flache Hand auf den Tresen, ließ die darin gehaltene Münze mit einem lauten Knall auf das schwere Holz schlagen. Bei diesem Geräusch hellte sich die Miene des Milizionärs schlagartig auf.

Maxim wiederholte seine Frage: „Wo finde ich die Hafenmeisterei?"

„Vielleicht hilft es mir, mich zu erinnern, wenn ich weiß, was du da unter deiner Hand versteckst." Der Beamte kratzte sich nachdenklich am Kopf.

Maxim hob kurz die Hand, ließ ihn einen Blick auf das Geldstück werfen.

„Wenn du durch diese Tür gehst", der Mann deutete auf die Eingangstür, „dann hältst du dich rechts, gehst zehn Schritte und klopfst an die Tür des Nachbarhauses. Dort findest du die Hafenmeisterei."

Maxim schaute ihn ungläubig an, musste aber erkennen, dass es der Mann trotz seines penetranten Grinsens ernst meinte. Genervt schob er ihm die Münze hinüber.

Als er die Hafenmeisterei betrat, begann sein Herz schneller zu schlagen. Endlich war er am Ziel seiner Reise angelangt. Gleichzeitig merkte er jedoch, wie erschöpft er war. Am liebsten hätte er sich in eine Ecke gelegt und zwei Tage durchgeschlafen. Die Anspannung, die ihn seit seiner Abreise aus Osterwick auf den Beinen gehalten hatte, fiel nun ab.

Man bat ihn, auf dem Flur zu warten, da Josha Beljajew nicht vor halb neun Feierabend machte. Er hatte noch draußen bei den Schiffen zu tun. Verwaltungskram, den Maxim nicht wirklich verstand. Froh und dankbar, dass sein Onkel immer noch hier arbeitete, nahm Maxim auf einem unbequemen Holzstuhl

Platz und schlief binnen weniger Minuten ein. Er schreckte erst wieder auf, als Onkel Josha ihn heftig an der Schulter rüttelte.

Evakuierung

Sewastopol 1921

Die Sonne stand tief am Himmel und Maxim fragte sich, ob es abends oder morgens war. Die Uhr zeigte kurz vor sechs, aber erst als die Sonne langsam im Meer verschwand, realisierte er, dass er fast 24 Stunden durchgeschlafen hatte. Onkel Josha musste wieder auf der Spätschicht sein und es dauerte sicher noch einige Stunden, bis er wieder nach Hause kam, dachte Maxim. Sein Magen knurrte, doch ein Blick in die leere Vorratskammer zeigte ihm, dass es hier in Sewastopol genauso wenig zu essen gab wie im Rest des Landes. In diesem Moment hörte er den Schlüssel in der Tür und Onkel Josha betrat unerwartet früh seine Wohnung.

Später saßen sie gemeinsam am Küchentisch. Maxim schlürfte gerade den dritten Teller Suppe leer, die sein Onkel aus ein paar Kartoffeln, Zwiebeln und einem Stückchen Speck zubereitet hatte. „Danke", sagte er mit einem zufriedenen Lächeln.

„Jetzt erzähl mal. Was führt dich hierher nach Sewastopol? Bist du abgehauen? Wo sind deine Eltern?" Onkel Josha schien auf das Schlimmste gefasst, als er Maxim nach den Gründen seines unerwarteten Auftauchens befragte.

Maxim begann zu reden, lange und ausführlich. Nur gelegentlich unterbrach er sich, um gegen die aufsteigenden Tränen anzukämpfen. Er wollte nicht weinen.

Onkel Josha saß derweil schweigend auf seinem Stuhl, den

Blick abgewandt, und lauschte den Ausführungen seines Neffen. Er sagte kein Wort. Nur seine Augen kündeten von der tiefen Traurigkeit, die ihn angesichts der schlechten Nachrichten überwältigte.

Noch vor Sonnenaufgang wurde Maxim von seinem Onkel geweckt. Sie machten sich auf den Weg zum Strand und erreichten nach einer halben Stunde das Meer, das sich gerade in allen nur erdenklichen Rot- und Orangetönen zu färben begann. Nie zuvor hatte Maxim einen derart imposanten Sonnenaufgang gesehen, doch er vermutete, dass sein Onkel ihm nicht nur die schöne Natur zeigen wollte.

„Siehst du die Schiffe dort am Horizont?“, fragte Onkel Josha und deutete mit seiner Hand hinaus auf das Wasser.

Maxim versuchte in dem sich auflösenden Nebel zu erkennen, was der Onkel ihm zeigen wollte. Dann sah er die Schiffe. Dampfschiffe. Segelschiffe. Eine ganze Flotte säumte den Horizont. Es mussten mindestens hundert sein, schätzte er.

„Es werden täglich mehr“, fuhr Onkel Josha fort. „Und sie gehen alle hier in Sewastopol vor Anker.“

„Aber warum? Sind das Schiffe der *Roten Armee*?“, fragte Maxim.

„Nein, das ist die Flotte von General Wrangel. Er hat alle verfügbaren Schiffe hier zusammengerufen, um so viele Menschen wie möglich zu evakuieren.“

„Aber das ist doch großartig“, rief Maxim freudestrahlend.

„Ja, das ist es. Aber wie du dir vielleicht vorstellen kannst, reicht der Platz an Bord dieser Schiffe niemals aus, um alle Menschen von der Insel zu evakuieren. Ärzte, Professoren, Politiker, Offiziere, Soldaten … Für die Menschen der oberen Schicht sind die Plätze reserviert. Und für die, die es sich leisten können, an den entscheidenden Stellen nachzuhelfen.“

Maxim schaute betreten zu Boden. „Für uns gibt es also keinen Platz?“

Onkel Josha kratzte sich am Kopf. „Für mich schon. Bis vorgestern gab es ja auch noch keinen Grund, sich um ein zweites Ticket zu kümmern.“

Josha Beljajew war ein Mann der Tat. Sein ganzes Leben schon hatte er Probleme gelöst und dies gelang ihm selten nur durch intensives Nachdenken oder Grübeln. Irgendwann kam immer die Zeit zum Handeln. Josha war es unbegreiflich, warum so viele seiner Landsleute sich ihrer Melancholie hingaben, statt die Möglichkeiten zu nutzen, die sich ihnen boten.

Sein Neffe war unerwartet in Sewastopol aufgetaucht und nun lag es an ihm, dem Jungen Zugang zu einem dieser Schiffe zu verschaffen. Es blieben noch achtzehn Tage Zeit, dieses Problem zu lösen.

Maxim verbrachte die folgenden Tage hauptsächlich mit Lesen und Schlafen. Onkel Josha besaß glücklicherweise einen großen Fundus an spannenden Büchern. Anfangs verließ er die kleine Wohnung noch öfter, um die Stadt zu erkunden, doch die Atmosphäre wurde mit jedem Tag aggressiver.

Die Menschen wussten nicht wohin mit sich und sorgten sich um ihre Zukunft. Als dann das Gerücht aufkam, die *Roten* hätten mit der Invasion der Krim begonnen, da entlud sich die allgemeine Anspannung in Panik. Plünderer machten sich über die Geschäfte und Wohnungen her. Menschen beschimpften oder prügelten sich aus den nichtigsten Anlässen. Es kam zu Aufständen vor dem Rathaus, dem Hauptquartier von General Wrangel, und die Miliz sah sich kaum noch in der Lage, die Ordnung aufrechtzuerhalten.

Erst als die Armee mit massivem Waffeneinsatz zur Hilfe kam, gelang es, die Situation einigermaßen in den Griff zu bekommen. Die verzweifelten Menschen flohen vor den Kugeln der Soldaten, deren Schutz sie ursprünglich gesucht hatten. Es wurde immer deutlicher, dass die Armee nicht mehr dem Schutz der Bevölkerung diente, sondern nur noch versuchte, sich selbst zu retten. Der Krieg war verloren und die Evakuierung bereits in vollem Gange. Eine Evakuierung, von der die meisten Bewohner von Sewastopol nichts mitbekamen, da die Armeeführung eine nächtliche Ausgangssperre verhängte. Im Schutz der Nacht brachte man die gelisteten Personen auf die Schiffe. Die, die nicht auf den Listen standen, verkrochen sich in ihren Kellern, Wohnungen und Geschäften, versuchten sich zu verbarrikadieren und dem heraufziehenden Sturm zu trotzen. Dabei wussten sie, dass ein paar Bretter sie niemals vor dem Zorn der *Roten Armee* würden schützen können.

„Ich glaube, ich habe eine Lösung gefunden." Onkel Josha klang nicht sehr zuversichtlich, aber seine Worte weckten dennoch Hoffnung in Maxim. „Du hast doch erzählt, dass du die Papiere eines Journalisten aus Kiew bei dir trägst."

Maxim nickte und legte die Papiere auf den Küchentisch.

„Gut", sagte Onkel Josha zufrieden. „Diese Papiere sind wohl deine einzige Chance, um morgen an Bord zu gelangen. Ich habe alles versucht, doch es wollte mir einfach nicht glücken, einen weiteren Platz zu ergattern. Die Schiffe sind restlos überfüllt und man kann nur hoffen, dass sie nicht auf hoher See kentern."

„Ja, aber was nützen mir dann meine Papiere?", unterbrach ihn Maxim aufgeregt.

„Ich konnte anhand der Passagierlisten herausfinden, dass noch nicht alle Kontingente vollständig ausgeschöpft sind. Zumeist liegt es daran, dass sich bestimmte Personengruppen gar nicht mehr in Sewastopol aufhalten. Dazu gehören zum

Beispiel auch Journalisten. Die Offiziere füllen diese Kontingente dann mit Personen, die in anderen Kontingenten auf der Warteliste stehen. Zum Glück ist es mir noch gelungen, einen Platz für dich im Pressekontingent zu reservieren."

„Aber das ist doch großartig", freute sich Maxim und sprang von seinem Stuhl auf. Doch er merkte schnell, dass Onkel Josha seine Freude nicht teilte.

„Das Problem ist, dass jeder, der in diese Listen eingetragen wird, bei seiner Anmeldung einen Passierschein erhält, der ihm den Zugang zu den Schiffen sichert. Du konntest dich nicht persönlich anmelden, weil die Zeit dafür viel zu knapp war. Du hast also auch keinen Passierschein und musst hoffen, dass diese Papiere ausreichend sind."

Es klopfte an der Tür.

„Wir reisen nicht zusammen, Maxim." Josha Beljajew sah seinen Neffen besorgt an. „Mein Schiff legt bereits heute Abend ab und die Soldaten kommen, um mich zu holen. Unsere Wege trennen sich hier. So Gott will, sehen wir uns schon bald in Konstantinopel wieder." Er nahm seinen Neffen in den Arm, küsste ihn zärtlich auf die Stirn.

„Hör mir jetzt gut zu, Maxim. Erinnerst du dich an die Stelle am Strand, wo ich dir zum ersten Mal die Schiffe gezeigt habe? Warte nicht darauf, dass dich jemand hier abholt. Du musst morgen früh pünktlich um fünf an genau dieser Stelle sein. Du kannst einen Koffer mitnehmen, darfst auf gar keinen Fall deine Papiere vergessen. Du hast zwar keinen Passierschein, aber ich konnte dem Führer des Beibootes genügend Rubel zustecken, dass ihm deine Ausweise wohl genügen werden. Es ist deine einzige Chance. Viel Glück, mein Junge."

Onkel Josha nahm seinen Koffer in die Hand und war kurz darauf verschwunden.

Am nächsten Morgen verließ Maxim um kurz nach vier das Haus. Es war eine stockfinstere Nacht. Die Wolken verdeckten den Sternenhimmel und die Straßenbeleuchtung blieb aufgrund des Kriegsrechts abgedunkelt. Auch aus den Wohnungen und Häusern drang um diese Uhrzeit kein Licht, sodass Maxim aufpassen musste, nicht über das holprige Kopfsteinpflaster zu stolpern.

Er kam nur langsam voran, weil er jeden Lärm vermeiden wollte, um nicht von einer Patrouille aufgegriffen zu werden. Er sorgte sich, nicht rechtzeitig am vereinbarten Treffpunkt anzukommen. Als er endlich den Ostrjakova-Prospekt erreichte, hielt er kurz inne, versuchte, irgendetwas auf dem Platz zu erkennen, den er nun gezwungenermaßen überqueren musste. Hier gab es keine schützenden Hauseingänge mehr, in denen er sich verstecken konnte, und Maxim hoffte, unbemerkt auf die andere Seite zu gelangen. Von dort aus war es nicht mehr weit bis zum Strand.

Er hatte den Platz gerade zur Hälfte überquert, da erklang von rechts aus dem Dunkeln der gefürchtete Befehl: „Halt! Keinen Schritt weiter!“ Eine Patrouille. Die Männer hoben eine Laterne, deren schwacher Lichtschein aber nicht bis zu ihm hinüberreichte. Maxim beeilte sich, schnell im Schutz der gegenüberliegenden Häuser zu verschwinden. Doch plötzlich flackerte auch dort das Licht einer Laterne auf. Eine zweite Patrouille.

Maxim fluchte und rannte, so schnell er konnte, nach links. Er musste weg von diesem Platz. Doch es war bereits zu spät. Die Soldaten nahmen die Verfolgung auf. Er hörte ihre Schritte auf dem Asphalt. Sie rannten hinter ihm her, trieben ihn in die Enge. Er erreichte die ersten Gebäude und versteckte sich sofort in einem Hauseingang. Vielleicht würden die Soldaten ja vorbeilaufen. Doch den Gefallen taten sie ihm nicht. Sie hielten eine Laterne in den Hauseingang und Maxim blickte in drei Gewehrläufe, deren aufgesteckte Bajonette seinem Gesicht bedrohlich nahekamen. Zitternd hob er die Hände.

„Die Ausgangssperre endet erst um sechs. Was hast du hier zu suchen, Freundchen?“ Zwei Soldaten zerrten ihn grob auf die Straße und hielten ihn mit ihren Gewehren in Schach, während der dritte Uniformierte Maxims Taschen durchsuchte.

„Ich bin auf dem Weg zu meinem Schiff, es legt schon um fünf Uhr ab“, versuchte Maxim sich zu erklären.

„Niemand geht allein zu den Schiffen. Wo ist dein Passierschein?“

„Ich stehe auf der Liste. Mein Name ist Roman Alexej Andrejew. Ich bin Journalist aus Kiew und werde an Bord erwartet“, überschlug sich Maxim zu erklären. Er spürte, dass ihm die Zeit davonlief.

„Ohne Passierschein geht niemand an Bord. Du kommst jetzt erst mal mit, bis wir geklärt haben, was wir mit dir machen.“

„Nein! Nein!“, schrie Maxim. „Ich kann nicht mitkommen. Um fünf muss ich am Treffpunkt sein, sonst legt das Schiff ohne mich ab.“ Panisch versuchte er, sich von den Soldaten loszureißen, doch die hatten offenbar mit einem Fluchtversuch gerechnet. Geschickt verstellten sie ihm den Weg und hielten ihn fest, auch als Maxim immer wilder um sich schlug.

Er schrie, es war ihm nun alles egal. Er musste nur weg von hier, den Treffpunkt erreichen … Konstantinopel … Onkel Josha … Er durfte das Schiff auf keinen Fall verpassen! Dann traf ihn ein harter Schlag am Hinterkopf und Maxim versank in Dunkelheit.

Im Gefängnis

Sewastopol 1921

Sein Schädel brummte. Selbst die Augen zu öffnen, bereitete ihm Schmerzen. Maxim brauchte eine Weile, bis er seine Orientierung wiederfand. Er saß auf einer hölzernen Pritsche an eine kalte Wand gelehnt. Um ihn herum Menschen, die dicht gedrängt den engen Raum füllten. Hatte er es doch noch auf das Schiff geschafft? Bei diesem Gedanken glitt ein Lächeln über sein Gesicht, was er sofort bereute, als sein verletzter Hinterkopf sich meldete.

Er betastete die Wunde, sah das Blut an seinen Fingern kleben. Dann fiel sein Blick auf die Gitterstäbe, die den gesamten Raum umschlossen. Da wurde ihm klar, dass er in einer Gefängniszelle saß. Die Erkenntnis traf ihn wie ein Faustschlag, viel schmerzhafter als die Beule am Hinterkopf. Er hatte das Schiff verpasst und Onkel Josha würde in Konstantinopel vergeblich auf ihn warten. Sein Magen zog sich zusammen, er spürte Panik in sich aufsteigen.

„Wenn du kotzen musst, dann geh gefälligst da rüber."

Der vor ihm auf dem Boden sitzende Mann deutete auf einen Eimer in der Ecke. Offenbar war ihm sein Gesichtsausdruck nicht geheuer. Tatsächlich spürte Maxim das unverkennbare Verlangen, sich übergeben zu müssen. Er drängte sich an den Männern vorbei, hinüber zu dem Eimer, gerade noch rechtzeitig, um seinen spärlichen Mageninhalt darin zu entleeren. Ein Fehler, den er sofort bereute, denn der Eimer diente den Zellinsassen als Latrine, die Maxim nun zum Überlaufen brachte.

Unter lautem Geschrei versuchten die Männer, die dem Eimer am nächsten saßen, Abstand zu gewinnen, was in der überfüllten Zelle aber kaum möglich war. Die stinkende Brühe aus Fäkalien und Erbrochenem breitete sich zwischen den auf dem Boden sitzenden Menschen aus, während Maxim sich immer noch mühte, seinen rebellierenden Magen in den Griff zu bekommen.

Eine plötzliche Detonation ließ den Raum erbeben. Putz bröckelte von den Wänden und Staub drang durch die vergitterten Fenster. Instinktiv hob Maxim seine Hände schützend über den Kopf, während er sich wie alle anderen auf den Zellenboden kauerte. Es folgten weitere Detonationen, aber nicht mehr ganz so dicht wie der erste Einschlag.

Die Männer drängten sich an das kleine Zellenfenster, versuchten, einen Blick hinaus auf die Straße zu erhaschen. Maxim hörte Schüsse. Artilleriefeuer. Das Geschrei von Menschen.

„Sie zerren sie aus den Häusern auf die Straße."

„Was kannst du sehen? Nun sag schon, was passiert da draußen?"

Die Männer riefen alle gleichzeitig durcheinander, wollten unbedingt wissen, was draußen vor sich ging.

„Ich weiß es nicht, der Staub verdeckt die Sicht und ich habe nur einen verstellten Blick auf die Straße … Aber ich glaube, die Leute werden alle erschossen."

Die Schreie der Menschen waren nun deutlich zu hören. Dazu kam das ununterbrochene Geschützfeuer. Gewehre. Schwere Artillerie. Es klang, als bräche die Hölle über sie herein. Die Schlacht um Sewastopol war in vollem Gang.

Plötzlich breitete sich Panik unter den Zelleninsassen aus. Die Schreie und das Gewehrfeuer waren jetzt direkt aus ihrem Gebäude zu hören. Offenbar hatten die *Roten* das Gefängnis gestürmt. Todesahnung machte sich unter den Insassen breit, als bewaffnete Soldaten in den Gang vor ihrer Zelle traten. Sie trugen Maschinengewehre, welche sie nun feist grinsend auf die eingesperrten Menschen richteten. Die Gefangenen versuchten, sich außer Reichweite der todbringenden Kugeln zu bringen. Doch es gab in der engen Zelle kein Entrinnen. Dann krachten die Schüsse. Mehrere Salven fegten durch den Käfig, brachten Tod und Zerstörung.

Maxim lag auf dem Boden, wie durch ein Wunder völlig unversehrt. Keine einzige Kugel hatte ihn getroffen. Sein Gesicht wurde durch das Gewicht der über ihm liegenden Toten und Verwundeten in den Dreck gedrückt. Blut tropfte auf ihn herab. Er fürchtete, den Verstand zu verlieren. Dann wurde die Tür entriegelt, Männer mit schweren Stiefeln betraten die Zelle.

Er stellte sich tot, konnte aber aus halb geöffneten Augen die langen schwarzen Mäntel erkennen. *Tschekisten*, dachte er erschrocken. Plötzlich krachte ein Schuss. Dann noch einer. Und noch einer. Die Männer hievten die toten und verwundeten Körper zur Seite, exekutierten jeden, der noch am Leben war. Maxim spürte Erleichterung, als sie den auf ihm liegenden Körper zur Seite rollten. Wieder ein Schuss. Diesmal aus nächster Nähe. Er zuckte zusammen, hatte sich verraten. Panisch schrie er auf, dass sie ihn verschonen sollten, doch da spürte er bereits einen schweren Stiefel in seinem Genick und den heißen Lauf der Pistole an seiner Schläfe. Maxim schrie weiter, als könne er damit das Unausweichliche doch noch abwenden.

Plötzlich löste sich der Druck auf seinem Hals wieder und Maxim konnte aus dem Augenwinkel einen Mann erkennen, der nun humpelnd die Zelle betrat. Er zog beim Gehen sein rechtes Bein nach. Auch er trug den Mantel der *Tscheka*. Der Mann ging in die Hocke, beugte sich zu Maxim hinunter, drehte sein Gesicht zur Seite, sodass sich ihre Blicke begegneten.

Maxim erkannte ihn. Er hatte ihm vor nicht allzu langer Zeit das Leben gerettet.

Hunger und Typhus

Osterwick 1921

Als das Fieber wich, erhob sich Willi schwerfällig von seinem Bett. Er erschrak beim Anblick seiner dünnen Beine, wusste nicht, ob sie ihn tragen würden. Es mussten Wochen vergangen sein. Wochen, in denen er mit dem Tod rang.

Willi zog sich eine Hose an, in die er gut und gerne zweimal hineinpasste, und schlurfte langsam hinüber in die Küche. Den Hunger empfand er als gutes Zeichen. Hoffentlich hatte Mutter etwas von ihrer leckeren Hühnersuppe gekocht. Doch in der Küche angekommen, fand er sie ebenso verlassen vor wie den Rest des Hauses.

Erst jetzt fiel ihm die ungewöhnliche Stille auf. Normalerweise hallte durch das Haus der Bergens wildes Kindergeschrei. Was war geschehen? Willi strich mit der Hand über den kalten Ofen, warf einen Blick in die leere Speisekammer. Konnte es wirklich wahr sein, dass die *Machnowzi* ihnen alles weggenommen hatten?

„Willi, Junge, es geht dir besser."

Willi drehte sich um, blickte in das ausgezehrte Gesicht seiner Mutter. Um ihre Augen lag ein trauriger Schleier, der sie älter aussehen ließ.

„Mama, ja, es geht mir wieder besser. Und ich habe einen Bärenhunger."

Maria lächelte, offensichtlich erleichtert, dass ihr Sohn das Fieber überstanden hatte.

„Das ist gut", sagte sie. „Aber hilf mir bitte, wieder zurück in mein Bett zu kommen."

Willi stützte seine Mutter. Auch wenn er selbst noch sehr schwach war, ging es seiner Mutter noch viel schlechter als ihm. Er half ihr, sich wieder hinzulegen, bemerkte erst jetzt die unberührte Schlafstätte seines Vaters.

„Wo ist Papa?"

Maria nahm die Hand ihres Sohnes. „Er ist vor zwei Wochen gestorben. Hunger und Typhus waren zu viel für ihn."

Willi vernahm ihre Worte, spürte aber, dass deren Bedeutung nicht zu ihm durchdrang. Er saß auf der Bettkante neben seiner Mutter, hielt ihre Hand und sah, wie ihr die Tränen kamen. Er wusste nicht, was er sagen sollte. Sein Vater war gestorben, ohne dass er sich von ihm verabschieden konnte. Er hatte nicht einmal mitbekommen, dass es ihm so schlecht ging. Das Letzte, woran sich Willi erinnerte, war, wie sein Vater sich trotz des Hungers mühte, die Familie am Leben zu erhalten. Doch dann kam das Fieber und Willis Erinnerungen verschwammen in einem Nebel.

„Und du? Wie geht es dir? Hast du auch das Fieber?", fragte er schließlich seine Mutter.

„Nein, kein Fieber. Es ist nur der Hunger, der mich so schwächt. Ich weiß nicht, wann ich zuletzt etwas Richtiges gegessen habe."

„Soll ich dir etwas besorgen? Brot, Milch, Fleisch, was immer du willst."

Maria lächelte ihren Sohn an, erfreut, dass es ihm wirklich besser ging. „Nein, nein, mach dir keine Mühe. Wir haben doch alle nichts mehr."

So langsam wurde Willi das ganz Ausmaß der Katastrophe bewusst. Die *Machnowzi* hatten über Monate hinweg in der ganzen Region Chortitza gehaust wie die Tiere und den Mennoniten alles genommen, was sie zum Leben brauchten. Und als das letzte Vieh geschlachtet, das letzte Saatgut verbraucht war, da brachten sie den Typhus über die geschundene Bevölkerung. Diesem unsichtbaren Tod konnten die von Hunger geschwächten Menschen nichts mehr entgegensetzen. In manchen Dörfern starb jeder Dritte infolge der Seuche oder des Hungers.

Viele Höfe wurden aufgegeben, weil es nicht mehr genügend Arbeiter gab, um sie weiter zu bewirtschaften. Fabriken mussten ihren Betrieb einstellen, Schulen blieben geschlossen und selbst das Krankenhaus in Chortitza musste seinen Dienst vorübergehend einstellen, weil die Ärzte und Pflegekräfte selbst mit dem Tod rangen. Die wenigen, die noch über genügend Kräfte verfügten, wandten sich hilfesuchend an die Verwandtschaft im Ausland, zogen die beschwerliche Flucht dem sicheren Tod in der Heimat vor. Doch die meisten überlebten die Strapazen einer solchen Reise nicht.

Die Bergens entschieden sich zu bleiben. Sie klammerten sich an die Hoffnung, dass es auch wieder aufwärts mit ihnen gehen würde, wenn die *Machnowzi* erst einmal abgezogen waren. Doch ihre Hoffnung wurde bitter enttäuscht. Alle Hilfegesuche an die Regierung verliefen im Sand und es sah nicht so aus, als ob sich jemand für das Elend der Bauern in der Ukraine interessierte. Ganz im Gegenteil. Anstatt den Bauern zu helfen, erhöhte man die Abgabequoten.

Familie Bergen beklagte den Tod von Heinrich und der zweitältesten Tochter Tina. Und so wie es um Maria stand, würde auch sie die nächsten Tage nicht überleben. Willi begriff, dass er und seine Geschwister in Kürze Waisen sein würden. Er schwor sich, den Abschied von seiner Mutter nicht zu verpassen. Er hielt immer noch ihre kalte Hand, sah ihr zu, wie sie mit geschlossenen Augen auf der nackten Matratze lag. Sie fror, aber außer einer dünnen Decke gab es nichts mehr, um sie zu wärmen. Selbst die Kopfkissen hatten sie ihnen weggenommen. Willi erinnerte sich daran, wie die *Machnowzi* sich einen Spaß daraus gemacht hatten, die Bettdecken mit ihren Messern aufzuschlitzen. Die Gänsefedern waren über den gesamten Hof geflogen.

„Ich habe die Munition für das Maschinengewehr versteckt."

Willi wusste nicht, warum es so unvermittelt aus ihm herausplatzte. Vielleicht war es die Ahnung, dass ihm nicht mehr viel Zeit blieb, diese Last endlich mit seinen Eltern zu teilen. Er litt schon viel zu lange darunter und als er erst einmal anfing zu erzählen, sprudelte es nur so aus ihm heraus. Nur ihr fester werdender Händedruck verriet ihm, dass Maria aufmerksam zuhörte. Sie lag auf der Seite, beobachtete ihren Sohn durch halb geöffnete Augen, wie er sich seinen Kummer von der Seele redete. Sie spürte die Last der Verantwortung auf seinen Schultern und sie bedauerte, dass er in Zeiten aufwachsen musste, die solche Entscheidungen von einem Vierzehnjährigen forderten. Als er geendet hatte, versuchte sie sich aufzurichten. Sie wusste, dass ihr Sohn Zuspruch benötigte, auch weil sie ahnte, dass ihm noch viel größere Prüfungen bevorstanden.

„Willi, du musst mir jetzt ganz genau zuhören." Sie sah ihrem Sohn in die vor Tränen geröteten Augen und sammelte ihre Kräfte. „Nur Gott allein weiß, ob du recht gehandelt hast oder nicht. Ich weiß nur, dass Gewalt nichts Gutes hervorbringt. Selbst wenn sie nur dem *Selbstschutz* dient. Nun bin ich die Letzte, die darüber eine Predigt halten sollte, weil ich trotz meiner Überzeugung einen Menschen getötet habe. In Kürze werde ich Gott gegenübertreten und mich dafür verantworten müssen. Meine Hoffnung ist, dass er mir gnädig ist, meine verzweifelte Situation nicht ungeachtet lässt. Ich wusste mir einfach nicht anders zu helfen. Und trotzdem war es nicht richtig.

Würde ich heute wieder so handeln? Wahrscheinlich. Ist es deshalb richtig, einen Menschen zu töten? Nein. Willi, von ganzem Herzen wünsche ich dir die Kraft, an dem gewaltlosen Vorbild unseres Herrn Jesus Christus festzuhalten. Und wenn du dennoch versagst, dann bleibt dir nichts anderes übrig, als sich seinem Trost und seiner Gnade anzuvertrauen."

In den nächsten Tagen unternahm Willi alles, um etwas Essbares aufzutreiben, doch es reichte einfach nicht aus. Die Nachbarn kämpften selbst ums Überleben, konnten auch beim besten Willen nichts entbehren. Und fing er einmal eine Forelle, so glich dies dem Tropfen auf dem heißen Stein. Trotz aller Mühen schwanden Marias Kräfte zusehends. Sie verließ ihr Bett nicht mehr und nur vier Tage später war sie tot.

Es blieb ihr nicht mehr vergönnt, das Wunder zu erleben, das den Osterwickern das Leben rettete. Hilfslieferungen aus den Vereinigten Staaten von Amerika. Getreide, das von den dortigen mennonitischen Gemeinden gesammelt und auf die lange Reise geschickt worden war. Wider Erwarten gelangten diese Lieferungen bis zu den Notleidenden und die Siedler nahmen es als Geschenk des Himmels. Sie hatten fast alles verloren, doch diese Hilfslieferungen sollten sie in eine bessere Zukunft tragen. So hofften sie.

Teil 2
Fünfjahresplan (1929–1933)

„Ich sage es Ihnen im Vertrauen. Als mich auf dem Novemberplenum einzelne Genossen gefragt haben, was mit den Kulaken werden soll, da habe ich gesagt: ‚Wenn es ein geeignetes Flüsschen gibt, dann ertränkt sie.' Aber nicht überall gibt es ein Flüsschen, das heißt, dass die Antwort unzureichend ist. Von daher wird klar: Man muss sie vernichten. Da sind viele Schädel zu zählen. Da sind wirklich genug Schädel zu zählen, wenn Sie so wollen, so viele, dass selbst das ZKK die Norm dafür nicht festlegen kann. Hier sind selbst Normen zu wenig. Wir werden all das begrüßen, was man sich an den Orten Nützliches dazu ausdenkt. [...]

Aber natürlich ist es unmöglich, diese Aufgabe einzig allein nur am Ort zu lösen. Mir scheint, dass es außer jeglichem Zweifel steht, dass wir ohne administrative Maßnahmen nicht auskommen werden und dass wir wohl auch erschießen müssen. Die erste Kategorie: erschießen. Die zweite Kategorie: aussiedeln. Ich muss anmerken, dass es einen Beschluss des heute so schweigsamen Nordkaukasus gibt. Sie haben uns um Erlaubnis gebeten, zwanzigtausend Kulaken auszusiedeln. Dieser Vorschlag verdient Aufmerksamkeit. Für den Anfang ist das schon mal was. Wir können ja wahrscheinlich nicht alles auf einmal machen. Hier muss man noch die Frage entscheiden, wohin wir sie aussiedeln, wie viele und an welche Orte ... Aber es ist offensichtlich, dass wir gezwungen sind, ordentliche Repressionsmaßnahmen anzuwenden.

Um die Aussiedlung einer ordentlichen Anzahl von Personen an die unterschiedlichsten Ecken kommen wir nicht herum. Wo sollen wir sie hinschicken? In Konzentrationslager, und wenn sie bei Ejche sind, dann zu Ejche. Wir müssen uns überlegen, zu welchen Arbeiten wir sie verschicken, vielleicht zur Holzbeschaffung, vielleicht kann man sie in unberührte Gebiete schicken, um Neuland urbar zu machen. Vielleicht müssen wir aber auch Sowchosen mit den Kulaken organisieren. Macht ja nichts, stellen wir ein paar Kommunisten an die Spitze der Sowchosen und dann werden sie arbeiten. Das können wir nicht ausschließen. Alle siedelst du nicht aus.

Hier müssen wir auch um das Dorf herum noch etwas bewegen. Hier muss man die Familien zersetzen, politisch zersetzen. Da wird es diesen Frühling einen wütenden Kampf geben. Wer das bis jetzt noch nicht kapiert hat, der wird es dann spätestens an seiner eigenen Haut spüren ..."

Auszüge aus einer Rede Molotows vor einer Versammlung
von Parteichefs der Republiken und Gebiete der Sowjetunion

Der Zaun

Osterwick 1929

Die Mittagssonne brannte senkrecht vom strahlend blauen Himmel, an dem sich weit und breit keine Wolke blicken ließ. Willis gerötete Arme und Kopfhaut schmerzten und er sehnte sich nach einem schattigen Plätzchen. Seine Schwester Lena hatte ihn schon zweimal zu Tisch gerufen, worauf er aber jedes Mal nur mürrisch erwiderte, dass sie schon mal ohne ihn anfangen sollten.

Seine Laune verschlechterte sich minütlich, was sowohl an der ungeliebten Arbeit lag, als auch an der zunehmenden Erkenntnis, dass er heute nicht fertig werden würde. Doch das kümmerte seinen Schwager Konrad nur wenig, wenn er um drei Uhr kam, um Willis Tagewerk zu begutachten. Pünktlich, bevor alle Arbeiten in Osterwick für einen Tag ruhten. Der heilige Sonntag brach an, der Tag, an dem selbst Gott eine Pause machte. Und kein Mennonit kam auf die Idee, sich an diesem Tag beim Verrichten einer Arbeit erwischen zu lassen. Man wusch sich, aß, schlief, betete, ging zum Gottesdienst und versammelte sich dann wieder um den reich gedeckten Mittagstisch. Erst am Sonntagnachmittag konnte man seine Arbeit ohne schlechtes Gewissen wieder aufnehmen.

Willi stand nun vor der Wahl. Entweder jedermann in Osterwick wissen zu lassen, dass er nicht in der Lage war, den Zaun seines Schwagers binnen eines Arbeitstages fertig zu weißeln. Oder sie alle an seiner Frömmigkeit zweifeln zu lassen, wenn er bis in die Abendstunden durcharbeitete. Keine dieser Alternativen gefiel ihm und die Aussicht auf einen hungrigen Nachmittag machte es nicht besser.

Er hasste diese Arbeit. Hatte sie schon als kleiner Junge gehasst, wenn er zweimal im Jahr den nicht enden wollenden Zaun ihres Gehöfts streichen musste. Es war eine mühsame und anstrengende Arbeit, die weiße Farbe – ein klebriges Gemisch aus zerstoßenem Kalkstein, Bienenwachs und Öl – mit einem grobborstigen Pinsel auf das spröde Holz aufzutragen. Und sah man sich nicht vor, dann klebte das Zeug noch Tage später an den Händen, was schon für einen Schüler außerordentlich lästig war. Für einen Buchhalter, der wie Willi im Begriff war, seine erste Arbeitsstelle anzutreten, konnte ein solches Malheur gar den ganzen Berufsstart vermasseln. Buchhalter mit weißen, klebrigen Händen sah man nirgendwo auf der Welt gerne. Aber Willis Schwager interessierte sich nicht für solche Einwände. Er wollte den Zaun an diesem Wochenende fertigbekommen, ohne Wenn und Aber.

Willi erhob sich von dem wackeligen Schemel, streckte seinen schmerzenden Rücken durch und wischte sich mit dem Handrücken eine dunkle Haarsträhne aus dem Gesicht. Er bereute diese Dummheit sofort. Nun zierte ihn oberhalb seiner Augenbrauen ein weißer Streifen. Willi nahm das Stofftuch, tupfte sein verschmiertes Gesicht ab und traf eine Entscheidung: Sollten sie doch alle denken, was sie wollten. Wenn er sich schon zum Narren machte, dann wenigstens zu einem satten. Und außerdem … Außerdem wollte er Elisabeth sehen. Er ging hinüber zur Regentonne, wusch sich, so gut es ging, und machte sich dann auf den Weg zur Sommerküche, einem kleinen, zweckmäßig eingerichteten Anbau, der in den Sommermonaten der Mittelpunkt des familiären Lebens auf jeder größeren Wirtschaft war.

Der Wind trug Willi die Gerüche von frischem Hefezopf, gebratenem Huhn und würziger Kartoffelsuppe entgegen und ließ ihm das Wasser im Munde zusammenlaufen. Wie jeden Samstag hatte seine Schwester Lena den Vormittag in der Küche verbracht, gekocht und gebacken, um für den sonntäglichen Besuch gewappnet zu sein. Kurz nach dem Tod der Eltern hatte Willis älteste Schwester zusammen mit ihrem Ehemann Konrad die Wirtschaft der Bergens übernommen und führte sie seither weiter.

Als Willi die Sommerküche betrat, saß die Familie bereits um den großen Holztisch herum. Er gesellte sich wortlos dazu. Die Kinder verkniffen sich ein Lachen, als sie ihn mit seinem verschmierten Gesicht sahen. Elisabeth, eine Freundin seiner Schwester Maria, war ebenfalls anwesend. Willi kannte sie bereits seit ihrer Kindheit, aber der Altersunterschied von fast fünf Jahren führte bisher nie dazu, dass er sich sonderlich für sie interessierte. Das änderte sich schlagartig, als er von seinem zweijährigen Ersatzdienst zurückkehrte. Zeit genug, in der Elisabeth sich von einem Mädchen in eine attraktive Frau wandelte.

Sie war größer als die meisten ihrer Altersgenossinnen und ging zudem viel aufrechter und selbstbewusster. Sie reichte Willi bis kurz unter die Nase, so viel hatte er schon herausgefunden, als er nach dem Gottesdienst einmal ganz dicht hinter ihr im Gedränge stand. Ihre braunen, langen Haare trug sie fast immer zu einem Zopf geflochten. Ihr Blick vermittelte teilweise den Eindruck von Hochnäsigkeit, was sie manchmal unnahbar, fast schon aristokratisch wirken ließ. Doch das machte sie in Willis Augen nur noch anziehender.

Er fand, dass dieses Mädchen etwas Geheimnisvolles umgab, etwas, das zu entdecken sich lohnte. Und so ließ er sich jedes Mal, wenn Elisabeth zu Besuch kam, fadenscheinige Ausreden einfallen, um in der Nähe des Hauses bleiben zu können. Er beobachtete die beiden jungen Frauen unauffällig, versuchte, sich hier und da unbeholfen in ihre Gespräche einzumischen. Doch bisher hatte er noch keine Gelegenheit gefunden, um Elisabeth näher kennenzulernen. Er fühlte sich etwas unsicher, als er nun Platz nahm, da er spürte, dass sie ihn jetzt ebenfalls beobachtete.

„Ich schaffe es heute nicht", sagte Willi, nachdem er sein stilles Tischgebet beendet und sich von der Kartoffelsuppe genommen hatte.

Alle schauten ihn entgeistert an. Konrad, Willis Schwager, fand als Erster die Sprache wieder: „Seit wann reden wir am Essenstisch?", fragte er ungläubig, als hätte er Willi gerade bei einer schweren Straftat erwischt.

„Ich wollte euch nur wissen lassen, dass ich erst nächstes Wochenende mit dem Zaun fertig werde. Das ist alles."

Konrad sah seinen jüngeren Schwager immer noch ungläubig an. „Und seit wann ist das ein Grund, dass wir beim Essen das Wort erheben?"

Willi verdrehte die Augen. Konrads Marotten gingen ihm schon lange auf die Nerven. Er verstand nicht, wie seine Schwester an so einen Holzklotz geraten konnte. Konrad machte nie einen Hehl daraus, dass ihm die Geschwister seiner Ehefrau keine Freude bereiteten. Aber Willi tröstete sich damit, dass es wahrscheinlich nicht an ihm lag, da Konrad auch keinem seiner eigenen Kinder die Liebe und Zuneigung entgegenbrachte, die man eigentlich von einem Vater erwartete. Oft fragte sich Willi, warum Konrad sich so distanziert verhielt, mehr auf die Einhaltung seiner Regeln bedacht als auf die Bedürfnisse seiner Familie. Nur ein einziges Mal hatte er ihn wirklich ausgelassen erlebt. An dem Tag, als nach langem Warten endlich sein bestellter Traktor ausgeliefert wurde. Konrad hatte sich wie ein kleines Kind gefreut, als er mit jedem einzelnen Familienmitglied eine Probefahrt über den Hof machte. Willi war nur widerwillig mitgefahren, hatte sich von den technischen Details des Traktors langweilen lassen und hier und da Interesse geheuchelt. Konrad hingegen war in diesen Tagen wie ausgewechselt gewesen, was umso deutlicher machte, dass sein Interesse weniger den Menschen galt als vielmehr den Dingen, mit denen er sich umgab.

„Ich kann nicht verstehen, warum du den Zaun heute nicht fertigbekommst", sagte er nach dem Mittagessen. Der Vorwurf in seinem Tonfall war nicht zu überhören.

„Vielleicht liegt es daran, dass mir niemand hilft", antwortete Willi schnippisch. „Wie wäre es, wenn deine beiden Jungs die Aufgabe übernehmen? Sie sind alt genug dafür."

„Muss ich dich daran erinnern, dass der Zaun zu deinen Aufgaben zählt? Und dazu gehört nun mal auch, ihn zweimal im Jahr zu weißeln?" Konrad konnte schnell aufbrausen, besonders wenn er meinte, belehrt zu werden. „Du solltest dich besser ranhalten", sagte er mit drohendem Zeigefinger in Willis Richtung. „Bis drei Uhr ist der Zaun fertig, sonst …"

„Sonst was?" Willi konnte nicht mehr an sich halten, Konrads herablassende Art nicht länger ertragen. Er sprang auf, trat seinem Schwager offen entgegen, etwas, das es im Haus der Diercksens schon lange nicht mehr gegeben hatte. Auch Konrad erhob sich von seiner Bank, überlegte, ob er seinem Schwager eine Lektion erteilen sollte. Sie waren in etwa gleich groß, doch Konrads massiger Körper ließ keinen Zweifel daran, dass er den schmächtigen Willi jederzeit zu züchtigen vermochte. In diesem Moment betrat Lena den Raum.

„Ich denke, es ist gut, wenn Peter ihm hilft. Ich brauche ihn heute nicht mehr und zu zweit schaffen sie es sicher rechtzeitig."

Konrad und Willi standen sich immer noch angriffslustig gegenüber, würdigten Lena keines Blickes. Sie schauten sich mit funkelnden Augen an, suchten eine Möglichkeit, den anderen zum Nachgeben zu bewegen. Dann wandte sich Willi plötzlich ab, klaubte seine Sachen zusammen und verließ ohne ein weiteres Wort das Haus.

Um kurz nach vier legten sie die Pinsel beiseite. Sie hatten sich beeilt, was an der ein oder anderen Stelle auch nicht zu übersehen war. Doch das kümmerte sie nicht weiter. Die paar Stellen konnten sie auch nächstes Wochenende noch ausbessern. Als Konrad schließlich kam, um ihr Werk zu begutachten, deutete er mürrisch auf genau diese Flecken, ohne die restliche Arbeit auch nur mit einem dankenden Wort zu würdigen. Es schien, als hätte er nur Augen für die unfertigen Stellen.

Peter lief mit gesenktem Blick neben seinem Vater her, wollte sich schon für die schlampige Arbeit entschuldigen, aber Willi kam seinem Neffen zuvor: „Den Rest machen wir nächstes Wochenende. Außerdem sind die unsauberen Stellen nur von der Innenseite zu sehen. Von außen sieht alles tadellos aus."

„Und du glaubst, dass die Innenseite weniger Sorgfalt verträgt als die Außenseite?", fragte Konrad seinen Schwager mit gereiztem Unterton.

Willi atmete tief durch, versuchte sich zu beherrschen. „Ich habe doch gesagt, dass wir uns nächste Woche darum kümmern. Und wenn Peter mir beim nächsten Mal direkt zur Hand geht, dann werden wir den Zaun sicher auch an einem Samstag fertig bekommen."

Willi versuchte, sich die restlichen Farbspritzer von den Unterarmen zu wischen, während er mit seinem Schwager diese unnötige Diskussion führte. Warum konnte Konrad nicht einfach anerkennen, dass sie ihr Bestes gegeben hatten? Es war so typisch. Dieser Mann fand immer ein Haar in der Suppe. Nie war es ihm gut genug. Willi wollte diese Unterhaltung nun so schnell wie möglich beenden. Ohne eine weitere Antwort von Konrad abzuwarten, drehte er sich um, ließ Vater und Sohn einfach stehen. Bereits zum zweiten Mal an diesem Tag.

„Wo willst du hin?", rief Konrad ihm überrascht hinterher. Er war es nicht gewohnt, dass man ihm derart unverfroren den Rücken kehrte.

Ohne sich noch einmal umzudrehen, rief Willi: „Taufunterricht. In der Kirche." Er warf das nasse Handtuch in eine Ecke und verließ den Hof der Diercksens.

Isaak Brodski

Osterwick 1929

Willi ging nicht direkt zur Kirche, sondern machte einen Umweg zur Tränke, einem kleinen aufgestauten Teich, an dem sich zu dieser Jahreszeit die Jungs trafen, um nach getaner Arbeit noch ein wenig zu schwimmen.

Es gab insgesamt drei Bachläufe, die sich durch Osterwick schlängelten, aber nur einer führte regelmäßig so viel Wasser, dass man ihn zu einem Teich aufstauen konnte. Diese künstliche Wasserstelle diente den Bauern als Viehtränke. Und ganz nebenbei hatte sich in den letzten Jahren ein beachtlicher Fischbestand angesiedelt, groß genug, dass zwei Pächter ihren Lebensunterhalt damit verdienen konnten. Wie alles in Osterwick diente auch dieses bisschen Wasser einem ganz bestimmten Zweck.

Lediglich die Jungs wussten, wie man die Tränke auch zum bloßen Vergnügen nutzen konnte. Im Winter, wenn der Teich zufror, schlitterten sie über das Eis und im Sommer schwammen sie in dem von der Sonne aufgewärmten Wasser. Es war gerade tief genug, dass ein ausgewachsener Kerl – ohne den schlammigen Untergrund zu berühren – hinüber auf die andere Seite gelangen konnte. Mit entsprechender Ausdauer brauchte er dafür weniger als hundert kräftige Armzüge.

Herabhängende Sträucher sowie etliche überspülte Bäume säumten das Ufer. Verfaulte Stämme unter Wasser dienten den Krebsen als Versteck und manch eine Mutprobe endete mit blutigen Fingern, wenn die Jungs versuchten, die Tiere mit bloßen Händen aus ihren nassen Höhlen zu fischen. An einer Stelle ragte ein entwurzelter Baumstamm weit aufs Wasser hinaus, ein natürlicher Sprungturm, wo schon etliche ihren Mut unter Beweis zu stellen versuchten.

Willi vergeudete keine Zeit damit, seine von der Arbeit verdreckte Kleidung auszuziehen. Sie musste so oder so gewaschen werden. Mit kräftigem Anlauf und geschickten Schritten lief er auf den dicken Baumstamm hinaus und sprang mit voller Montur ins warme Wasser. Seine Freunde erwarteten ihn bereits und vertrieben mit ihren Späßen den Ärger eines anstrengenden Tages. Der Taufunterricht begann erst um sieben. Zeit genug, um sich nach dem Streit mit seinem Schwager noch etwas abzulenken.

Später am Abend, kurz vor Sonnenuntergang, musste Willi sich beeilen, um noch rechtzeitig zur Kirche zu kommen. Er hatte gehofft, dass seine Kleidung in der Nachmittagssonne schneller trocknen würde, musste nun aber feststellen, dass sie sich immer noch recht klamm anfühlte und er in der aufkommenden Abendkühle zu frieren begann.

Er nahm die Abkürzung durch den Wald, den die Gründer von Osterwick vor über fünfzig Jahren mitten im Ortskern angelegt hatten, um einen natürlichen Schutz vor den eisigen Winterwinden zu schaffen. Bis vor wenigen Jahren trafen sich hier regelmäßig an jedem Sonntagnachmittag die Osterwicker Familien, doch seit dem Beinahe-Zusammenbruch des Dorflebens wurde dieser einst so idyllische Ort mehr und mehr von zugezogenen Jugendlichen vereinnahmt. Niemand wusste, was sie dort trieben, doch unter den Mennoniten hielt sich das Gerücht, dass es nicht immer züchtig und gesetzestreu zuging. Willi war daher froh, dass sein Freund Isaak ihn begleitete.

Isaak Brodski, der einzige Sohn einer jüdischen Familie, war vor etwa sieben Jahren im Rahmen der großen Umsiedlung nach Osterwick gekommen. Damals wurden viele Russen, Ukrainer und auch Juden in das Dorf verschickt, da es nach dem Wüten der *Machnowzi* und des Typhus nun genügend Arbeit und Wohnraum für sie gab. Doch die Mennoniten trauten ihren neuen Nachbarn nicht, zogen diese doch indirekten Nutzen aus ihrem Leid. Wo es zehn Jahre zuvor noch eine weitgehend homogene, der mennonitischen Ordnung und Wertvorstellung verpflichtete Dorfgemeinschaft gab, traf man heute auf Menschen ganz unterschiedlicher Herkunft, die im Lauf der Jahre auch nur wenig Gemeinsamkeiten gefunden hatten. Zwar stellten die Mennoniten immer noch die größte Bevölkerungsgruppe in Osterwick, das Gemeinwesen ließ sich aber längst nicht mehr so einfach regeln wie noch in den Jahren zuvor, als die Brüder alle wesentlichen Entscheidungen gemeinschaftlich in der Kirche trafen.

Bezeichnenderweise lernten sich Willi und Isaak auch nicht in Osterwick kennen, sondern erst beim Bau des großen Dnjepr-Staudamms, des *Dnjeprostroj*. Sie mussten dort beide ihren Ersatzdienst leisten, was Willi nach Beendigung seiner Ausbildung zum Buchhalter sehr ungelegen kam. Er wollte viel lieber die Stelle antreten, auf die er so lange hingearbeitet hatte. Doch alle Versuche, sich von dem zweijährigen Ersatzdienst befreien zu lassen, scheiterten. Entweder Dienst in der *Roten Armee* oder Ersatzdienst am *Dnjeprostroj*. Es hieß, dass dieses Wasserkraftwerk einmal die gesamte Südukraine mit Elektrizität versorgen sollte, doch Willi bezweifelte angesichts des langsamen Baufortschritts, dass er dieses Wunder selbst noch erleben würde.

Die Baustelle glich einem Himmelfahrtskommando. Ausgerüstet mit einfachen Schaufeln mussten sie tagein, tagaus

Tausende Kubikmeter Erde und Stein bewegen, um das Wasser des tosenden Dnjepr zu bändigen, der nahe Chortitza von besonders reißenden Stromschnellen durchzogen war. Es verging kein Tag, an dem nicht einer der vielen ungeübten Arbeiter sein Leben in diesem Fluss verlor, und es überraschte Willi, dass nach jedem Unglück sofort ein neuer Mann nachrückte. Viele kamen gezwungenermaßen, andere verpflichteten sich „freiwillig" zur gefährlichen Arbeit an diesem Bauprojekt, weil als Alternative nur der Dienst an der Waffe oder, schlimmer noch, die Verbannung nach Sibirien blieb.

Willi und Isaak arbeiteten in der gleichen Schicht. Das Füllen der Sandsäcke war eine anstrengende, aber vergleichsweise sichere Arbeit. Dennoch dauerte es fast zwei Wochen, bis sie eher zufällig voneinander erfuhren, dass sie beide aus Osterwick stammten. Von da an war das Eis gebrochen und alle Vorurteile dem anderen gegenüber waren wie weggewischt. Trotz ihrer verschiedenen Religionen sowie der andersartigen Sitten und Gewohnheiten erwuchs zwischen den beiden jungen Männern eine herzliche Freundschaft, die auch die Rückkehr in heimatliche Gefilde überdauerte.

In Isaaks Gegenwart blieb kein Platz für Trübsinn oder schlechte Laune. Er war eine Frohnatur, die jeden mit ihrer Heiterkeit und ihrem positiven Lebensmut ansteckte. Auch heute gelang es ihm in kürzester Zeit, die miese Laune seines Freundes zu vertreiben.

„Treffen sich ein Christ, ein Jude und ein Moslem ...", so begannen fast alle seine Witze. „Treffen sich ein Christ, ein Jude und ein Moslem und diskutieren über den Beginn des Lebens." Er begann zu lachen, in Erwartung der Pointe, so ansteckend, dass keiner der Zuhörer ernst bleiben konnte. „Sagt der Moslem: Mit der Geburt. Daraufhin erwidert der Christ errötend: Nein, mit der Empfängnis. Der Jude hat das letzte Wort: Ihr liegt beide völlig falsch. Wenn die Kinder aus dem Haus sind." Isaak schluckte vor lauter Lachen so viel Wasser, dass Willi sich sorgte, er würde noch an Ort und Stelle ertrinken.

Als sie sich später am Abend beeilten, nach Hause zu kommen, musste sich der kleinere Isaak mühen, mit dem Tempo seines Freundes Schritt zu halten. Sie waren spät dran und Willi fragte sich, wie er die Zeit nur so aus den Augen verlieren konnte. Er dachte an Elisabeth, hoffte, dass sie heute Abend auch käme.

„Jetzt warte doch mal, Willi!", rief ihm Isaak schnaufend hinterher.

„Nein, ich bin schon viel zu spät. Die warten sicher schon alle auf mich." Willi ging weiter, ohne sich umzudrehen.

„Ich will Alina den Hof machen."

Willi blieb abrupt stehen, sodass Isaak ihn fast umrannte. „Was willst du?", fragte er in einem Tonfall, als vermute er bei seinem Freund eine ernst zu nehmende Geisteskrankheit.

Alina Alexejew, eine Ukrainerin, war das schönste Mädchen in Osterwick. Seit dem Jahr ihrer Ankunft zerbrach sich jeder Junge im Dorf den Kopf darüber, wie er ihr Herz erobern könnte. Ein paar Mutige versuchten es sogar, scheiterten aber allesamt kläglich. Niemand wusste zu sagen, aus welchem Holz der Mann geschnitzt sein musste, der dieses Mädchen einmal für sich gewinnen sollte. Willi wäre nie auf den Gedanken gekommen, dass sein Freund Isaak sich für den Glücklichen halten könnte. Isaak war klein, leicht untersetzt und sein Haar lichtete sich an den Schläfen bereits ein wenig. Dem Augenschein nach zu urteilen ein sehr unwahrscheinlicher Kandidat. Willi musterte ihn nun eindringlich, suchte nach einem Anzeichen, dass er nur wieder einen seiner Scherze mit ihm trieb. Doch nichts deutete darauf hin.

„Bist du noch ganz bei Trost?", fragte er schließlich. „Weißt du eigentlich, wie viele Verehrer dieses Mädchen schon abgewiesen hat? Wieso sollte es dir anders ergehen?" Willi wusste nicht, ob er seinen Freund in Erwartung der sicheren Enttäuschung bemitleiden oder ihn angesichts seines sagenhaften Selbstvertrauens beneiden sollte.

„Warum denn nicht?", entgegnete Isaak ein wenig beleidigt. „Sie ist ein hübsches und obendrein ein äußerst freundliches Mädchen. Wenn sie nur einen Funken Geschmack besitzt, dann wird sie mir gestatten, ihr den Hof zu machen."

„Aber sie ist Ukrainerin, und du bist Jude. Was sagen denn überhaupt deine Eltern dazu?"

„Eben warst du noch überzeugt, dass sie mich nicht mal in ihre Nähe lässt. Und jetzt sorgst du dich bereits um meine Eltern?" Isaak musste lachen. „Wenn es tatsächlich so weit kommt, dass Alina mich heiraten will, dann werde ich auch mit meinen Eltern fertig, das verspreche ich dir."

Willi wusste nicht, was er noch sagen sollte, konnte sich aber Isaaks Logik nicht entziehen. Sie gingen den Rest des Weges schweigend nebeneinander her, durchquerten den Wald und bogen auf die Hauptstraße ein, wo sich ihre Wege trennten.

Willi verspätete sich zum Glück nur um wenige Minuten. Die dreizehn Schüler seines Taufunterrichts saßen bereits wartend in ihrem Stuhlkreis. Elisabeth war auch da. Die Jungen und Mädchen wurden seit ein paar Jahren vom örtlichen Komsomol[3] umworben, trafen sich aber der Tradition entsprechend lieber in der Jugendeinrichtung ihrer Kirche. Niemand konnte sagen, wie lange ihnen diese Freiheit noch blieb.

---

3 1918 gegründete Nachwuchsorganisation der kommunistischen Partei, deren Ziel es war, alle Jugendlichen nach den Idealen des Kommunismus zu erziehen.

Taufunterricht

Osterwick 1929

„Wisst ihr eigentlich, warum die Taufe für uns Mennoniten so wichtig ist?"

Willi sah, wie ein paar Jugendliche die Augen verdrehten. Offenbar kannten sie diese Frage nur allzu gut. Doch Willi fand, dass die Geschichte gar nicht oft genug erzählt werden konnte. Er dachte nun nicht mehr an das Gespräch mit Isaak, an dessen verrückten Plan, Alina den Hof zu machen. Sogar den Streit mit Konrad hatte er fast schon wieder vergessen.

„Wisst ihr denn überhaupt, wie unsere Tradition der Taufe entstanden ist?" Willi ignorierte das Desinteresse seiner Zuhörer und fing an zu erzählen. Er blickte kurz hinüber zu Elisabeth und fühlte sich durch ihre Anwesenheit zusätzlich motiviert, sein Wissen der Gruppe zu vermitteln. „Ganz am Anfang, als es noch sehr wenige Christen gab, da riskierten die Menschen ihr Leben, wenn sie an Jesus als den Messias glaubten. Sie wurden sehr bald als Bedrohung für das römische Imperium angesehen, und es war für das Überleben der ersten Christen äußerst wichtig, dass sich ein „Neubekehrter" öffentlich zu seinem Glauben bekannte, eben weil er sich damit auch der Gefahr aussetzte, selbst verfolgt und vielleicht getötet zu werden. Die Taufe war ein persönliches Bekenntnis und so etwas wie ein Aufnahmeritual in die Gemeinde. Es bezeugte unmissverständlich, dass jemand trotz der widrigen Umstände an Jesus glaubte. Nur ein Mensch mit echten Überzeugungen wagte einen derart gefährlichen Schritt.

Ein paar Jahrhunderte später wurde das Christentum dann aber offizielle Staatsreligion und die Kirche so mächtig, dass bald jeder sich taufen ließ. Spätestens im Mittelalter verlor das Symbol der Taufe seine ursprüngliche Bedeutung, weil es eben nicht mehr Ausdruck einer inneren Überzeugung, sondern vielmehr Teil einer ganzen Kultur war. In Europa ließen damals alle Menschen ihre Kinder taufen. Selbst nach der Reformation änderte sich das nicht und es entstand eine Bewegung, in der die Menschen den Sinn der Erwachsenentaufe wieder neu für sich entdeckten. Sie erschien ihnen unter den damaligen Umständen viel besser geeignet, die eigene innere Überzeugung zum Ausdruck zu bringen. Den Kirchenoberen gefiel das allerdings gar nicht und sie ließen die sogenannten Wiedertäufer auf brutalste Weise verfolgen und töten.

Erst in Holland fanden diese Menschen vorübergehend Schutz und ihre Anhängerschaft wuchs dort unter der Lehre des Predigers Menno Simons sehr schnell. Daher auch der Name Mennoniten. Für Menno Simons blieb die Taufe immer zentraler Bestandteil seiner Verkündigung. Später duldete man die Mennoniten aber auch in Holland nicht mehr und sie gelangten auf ihrer Flucht bis nach Russland. Sie folgten der Einladung Katharinas der Großen, die ihnen Glaubensfreiheit sowie Ackerland versprach. Wir sind die direkten Nachfahren dieser Menschen, die damals für ihre Überzeugungen so viel leiden mussten."

„Das ist ja alles schön und gut, aber warum müssen wir uns dafür in komischen Gewändern unter Wasser tauchen lassen?", unterbrach Elisabeth. Sie war ein bis zwei Jahre älter als die übrigen Jugendlichen und erlangte schon dadurch eine besondere Stellung in der Gruppe. Man spürte sofort, dass ihre provokante Frage allen auf der Seele brannte, aber es niemand wagte, sie zu stellen. Man kam sich wirklich komisch vor, in weißen Gewändern in den Teich zu waten, um dann von dem Pastor rückwärts untergetaucht zu werden. Niemand sah gut aus, wenn er mit zusammengekniffenen Augen wieder an die Oberfläche kam und das Wasser aus der Nase schnäuzte.

„Wärst du lieber schon als Baby getauft worden?", fragte

Willi zurück, patziger als beabsichtigt. Er hatte gehofft, mit seinem Vortrag eine positivere Reaktion hervorzurufen. Besonders bei Elisabeth. Es fiel ihm schwer, seine Enttäuschung zu verbergen.

„Nein, natürlich nicht, aber dann wäre es vielleicht nicht ganz so befremdlich", antwortete Elisabeth zögernd.

„Dann lass mich dir eine weitere Frage stellen", entgegnete Willi. Die übrigen Jugendlichen saßen nun gespannt auf ihren Stühlen und verfolgten den Disput zwischen Elisabeth und Willi. „Liegt nicht in jedem Symbol, welches die Zugehörigkeit zu einer Überzeugung oder zu einem Glauben belegt, die Gefahr, dass es auf Außenstehende befremdlich wirkt?"

„Schon. Aber wenn das Befremden sinnstiftend für das Symbol ist, dann könnten wir doch auch gleich alle nackt ins Wasser gehen, oder?"

Es dauerte einen schier endlosen Moment, bis allen Anwesenden die Ungeheuerlichkeit ihrer Worte bewusst wurde. Dann prustete der Erste los und sein Lachen löste die Anspannung im Raum. Die anderen stimmten in das Gelächter mit ein, wenn auch etwas verhaltener, da sie nicht wussten, ob man über so ein wichtiges Thema überhaupt lachen durfte. Doch der Gedanke, sich nackt taufen zu lassen, ließ sich besser ertragen, wenn man ihn ins Lächerliche zog; ungeachtet aller Gewissensbisse. Elisabeth lachte nicht mit. Sie sah Willi an, gespannt, wie er auf ihre Entgleisung reagieren würde.

Willi fühlte sich überrumpelt. Er wusste nicht, wie er die Kontrolle über den Abend zurückgewinnen sollte. Doch die Jugendlichen beruhigten sich schnell wieder, da sie unbedingt seine Antwort hören wollten.

„Was willst du damit sagen, Elisabeth?" Ihm fiel nichts Besseres ein, als eine einfache Gegenfrage zu stellen.

Sie zögerte einen Moment, als wäre sie unsicher, ob sie dieses Gespräch überhaupt weiterführen wollte. „Als Kind stand ich immer am Teich und habe staunend zugesehen, wie die

Jugendlichen ins Wasser gingen. Das wollte ich später auch mal machen. Ich habe nie einen Gedanken daran verschwendet, dass mir die Taufe einmal unangenehm sein könnte. Das fing erst an, als ich in der Schule den Zugezogenen erklären musste, was wir da am See eigentlich machen." Die Jugendlichen nickten zustimmend, als sie fortfuhr zu erklären. „Ich habe lange darüber nachgedacht, was es mir auf einmal so unangenehm machte. Es liegt wohl daran, dass damals nur Mennoniten in Osterwick lebten, die sich früher oder später alle einmal taufen ließen. Ungetauft wurde schließlich niemand in die Gemeinde aufgenommen, was damals einem Ausschluss aus der Dorfgemeinschaft gleichgekommen wäre. Seit einigen Jahren hat sich das aber geändert. Heute leben in Osterwick genauso viele Mennoniten wie Nicht-Mennoniten. Sich nicht taufen zu lassen, bedeutet heute nicht unbedingt, dass man gleichzeitig auch das Dorf verlassen muss. Und das finde ich gut."

Elisabeth trug ihre Gedanken klug und eloquent vor. Man merkte, dass sie sich deutlich mehr mit der Taufe beschäftigt hatte als alle anderen in der Gruppe. Aber ihre Schlussbemerkung ließ die Frage nach dem Warum im Raum stehen, die nach kurzem Zögern auch einer der Jungen stellte: „Warum findest du das gut?"

„Weil ich mich jetzt frei entscheiden kann. Frei von Gruppenzwängen. Und das ist es doch, wofür unsere Vorfahren gekämpft haben. Natürlich birgt diese Wahlfreiheit auch das Risiko, dass die Taufe befremdlich auf all diejenigen wirkt, die sich nicht taufen lassen. Für sie ist es aber egal, ob wir uns besprenkeln oder untertauchen lassen. Wahrscheinlich wirken auch die weißen Gewänder nicht weniger befremdlich auf sie, als wenn wir uns ganz … unbekleidet taufen ließen." Man spürte, dass sie nicht wieder das Wort *nackt* in den Mund nehmen wollte.

Dieses Mal lachte keiner. Und auch Willi saß nachdenklich auf seinem Stuhl, sichtlich beeindruckt von ihrem Vortrag. Elisabeth hingegen schien erst jetzt zu realisieren, wie sehr sie sich durch ihren langen Monolog in den Vordergrund gedrängt hatte. Für einen kurzen Augenblick sah sie beschämt zu Boden, doch nur, um sich sofort wieder zu sammeln und aufrecht in die Runde zu schauen. Es gab nichts, dessen sie sich zu schämen brauchte, und das wusste sie auch.

Die Jugendlichen machten sich müde auf den Heimweg und Willi hoffte, Elisabeth noch nach Hause begleiten zu dürfen. Er hatte große Lust, weiter mit ihr zu diskutieren, doch sie verabschiedete sich kurz angebunden und verschwand mit den anderen.

Willi wollte noch schnell die Stühle zusammenstellen, um nach einem langen Tag endlich ins Bett gehen zu können. Die schwere Arbeit forderte nun ihren Tribut, aber er zwang sich, nicht schon wieder an den Zaun zu denken, an Konrad, an den Streit … Plötzlich riss ihn das Bersten einer Fensterscheibe aus seinen Gedanken. Erschrocken über den lauten Knall wirbelte er herum, sein Herz schlug ihm in Sekundenbruchteilen bis zum Hals. Ein faustgroßer Feuerball kullerte über den Fußboden, hinterließ eine Spur aus Ruß und zerborstenem Glas. Geistesgegenwärtig nahm Willi den Besen und schlug auf die brennende Kugel ein, löschte sie mit wenigen Schlägen. Es roch nach verbranntem Öl. Ein in Lumpen gewickelter Stein. Jemand musste die Stoffe in Öl getränkt und dann angezündet haben, bevor er sie durch das Kirchenfenster warf.

Willi schaute vorsichtig hinaus in die Dunkelheit, doch es war niemand zu sehen. Er spürte, wie eine längst vergessene Angst nach ihm griff und ihm für einen kurzen Moment die Luft zum Atmen abschnürte. Er kannte diese Angst. Sie spülte alte Erinnerungen an die Oberfläche, die er längst vergessen glaubte.

Isaaks Plan

Osterwick 1929

Isaak konnte nicht lange beleidigt sein. Sollten sie doch alle denken, was sie wollten, er kam mit der Rolle des ständig Unterschätzten ziemlich gut zurecht. So oft hatte er sich schon an den erstaunten Gesichtern seiner Kameraden und Verwandten erfreut, wenn ihm wieder mal ein echtes Husarenstück gelungen war. Das Herz Alina Alexejews zu gewinnen, stellte jedoch alles Bisherige in den Schatten.

Wie alle Osterwicker Jungs hatte sich auch Isaak auf der Stelle in Alina verliebt. Damals war sie mit ihrer Mutter in den kleinen Lebensmittelladen der Brodskis gekommen, wo Isaak während seines Heimaturlaubs von früh bis spät arbeitete. Niemals zuvor hatte er ein so schönes Mädchen gesehen. Obwohl er selten um ein Wort verlegen war, fiel ihm diesmal nichts Vernünftiges ein, um sie auf sich aufmerksam zu machen. Ohne sie wiederzusehen, reiste er kurze Zeit später wieder ab, zurück zum Staudamm. Ihm blieb nur die Erinnerung an dieses außergewöhnliche Mädchen.

Als der Ersatzdienst zu Ende ging und er mit Willi nach Osterwick zurückkehrte, stellte er freudig überrascht fest, dass Alina alle Verehrer abgewiesen hatte. Niemandem war es gelungen, sie zu erobern. Und obwohl seine Erfolgsaussichten kaum besser standen als die der anderen Jungs, ließ ihn der Gedanke nicht mehr los, dass sich dieses Mädchen vielleicht doch für ihn interessieren könnte. Vielleicht wartete sie ja nur auf ihn. Er musste lachen, wenn er daran dachte. Doch egal wie lächerlich seine Absichten auch erschienen, er musste es wenigstens versuchen.

Außer Willi hatte er niemandem davon erzählt. Obwohl

die Reaktion seines Freundes wenig ermutigend war, legte sich Isaak an diesem Abend mit einem zufriedenen Lächeln ins Bett. Morgen früh würde er seinen Plan in die Tat umsetzen.

Isaak saß auf seinem Kutschbock, die Zügel fest in der Hand, mit denen er den alten Maulesel zu lenken versuchte. Unnötig, da das arme Tier nur noch geradeaus gehen konnte. Jedes Mal, wenn es in eine Links- oder Rechtskurve ging, musste Isaak absteigen und das Tier so lange von Hand führen, bis wieder eine gerade Strecke vor ihm lag. Er hatte sich schon oft mit seinem Vater über den Esel gestritten. Seiner Meinung nach gehörte das Vieh schon längst erschossen. Doch sein Vater – ein ewig knausriger Händler – wollte davon nichts wissen. Solange der Esel noch geradeaus gehen und einen leichten Wagen ziehen konnte, war er nicht bereit, Geld für ein neues Tier auszugeben.

So fuhr Isaak auch an diesem Morgen seine gewohnte Runde ab. Er belieferte regelmäßig fünf Wirtschaften und fand dabei fast zufällig heraus, dass es nur eines kleinen Umweges bedurfte, um am örtlichen Gemeinschaftsbrunnen vorbeizukommen. Nicht jedes Grundstück lag an einem Bachlauf oder verfügte über den Luxus eines eigenen Brunnens, sodass die meisten Osterwicker wenigstens einmal am Tag ihr Wasser von hier holen mussten. Eine beschwerliche Arbeit, die in der Regel von den Töchtern verrichtet wurde. Alina Alexejew war eines dieser Mädchen.

Isaak sah sie schon aus der Ferne. Sie befand sich bereits auf dem Rückweg. Auf ihren Schultern balancierte sie ein hölzernes Joch, an dessen Enden zwei mit Wasser gefüllte Eimer hingen. Wie alle Mädchen hatte auch Alina über die Jahre hinweg großes Geschick im Balancieren ihrer wertvollen Fracht erlangt. Trotz des schweren Gewichts auf ihren Schultern schritt sie aufrecht, ihre Hüften bewegten sich anmutig im Rhythmus ihrer Schritte.

Als Isaak sich mit seinem Gespann von hinten näherte, konnte er seinen Blick nicht von ihr abwenden. Unter dem ausgewaschenen Sommerkleid zeichnete sich ihr schlanker Körper ab. Das blonde Haar trug sie hochgesteckt, und zum wiederholten Male stellte er sich vor, wie sie den Knoten löste und ... Er unterbrach seine Gedanken, musste sich zusammenreißen, wenn er nicht ebenso abblitzen wollte wie all die jungen Männer vor ihm. Als er sie schließlich einholte, nahm er seinen ganzen Mut zusammen und sprach sie von der Seite an.

„Kann ich dich ein Stück mitnehmen?"

Alina schaute überrascht zu ihm auf, ohne ihre Schritte zu verlangsamen. Sie antwortete nicht, was Isaak auch nicht überraschte.

„Ich heiße übrigens Isaak. Meinen Eltern gehört der Konsum. Wir haben also fast den gleichen Weg, und wenn du willst ... kann ich dich gerne ein Stück mitnehmen."

Alina sah wieder zu ihm hinauf. Sie war sichtlich dankbar über sein freundliches Angebot, doch sie sagte immer noch kein Wort.

Isaak überholte sie, warf dann einen Blick über die Schulter, zuckte mit den Achseln und setzte seinen Weg scheinbar ungerührt fort. Alina konnte nicht ahnen, dass ihm sein Herz bis zum Hals schlug und es ihn allergrößte Mühe kostete, seine Aufregung zu verbergen. Keine hundert Meter weiter machte die Straße eine Rechtskurve, eine Herausforderung, der das Maultier nicht mehr gewachsen war. Isaak stieg ab, nahm die Zügel in die Hand und versuchte, das Tier umständlich um die Kurve zu ziehen. Es sah lächerlich aus. Alina, die nun wieder zu ihm aufschloss, konnte sich ein Grinsen nicht verkneifen.

„Wie wäre es, wenn ich deine Wassereimer mitnehme? Du

kannst sie gerne hinten auf die Pritsche stellen, und ich lade sie bei euch zu Hause ab. Was hältst du davon?"

Alina bedachte ihn mit einem hinreißenden Lächeln, schüttelte aber erneut ihren Kopf. Auch wenn die Arbeit mühsam war, so wurde von ihr erwartet, sie pflichtgemäß und akkurat auszuführen. Sich helfen zu lassen, obendrein von einem wildfremden jungen Mann, konnte schnell als Faulheit, Schwachheit – oder noch schlimmer – als Liebelei fehlgedeutet werden.

Als das Maultier endlich wieder gerade Strecke vor sich sah, sprang Isaak zurück auf seinen Kutschbock und beeilte sich, Alina einzuholen.

„Ich hab noch eine Idee …" Er ließ den Satz unvollendet, fuhr langsam an Alina vorbei, blickte ihr dabei direkt in die Augen, um zu sehen, ob sie überhaupt noch empfänglich für weitere Ideen war. Wenn sie jetzt nicht anbiss, dann hatte er sein Pulver verschossen. Er müsste sich neue Wege ausdenken, um mit ihr ins Gespräch zu kommen. Alina blieb nicht stehen, fragte jedoch: „Was für eine Idee?"

Isaak bemühte sich hektisch, das Maultier zum Stehen zu bringen. Er zog die Zügel stramm, sprang von seinem Kutschbock und ging auf Alina zu. Sie war einen halben Kopf größer als er, doch das störte ihn nicht im Geringsten.

„Ich sehe dir doch an, was für eine Plackerei diese Arbeit ist. Ich habe noch nie verstanden, warum das Wasserholen Frauensache sein soll." Isaak musste sich sammeln, seine Idee so überzeugend wie möglich vortragen. Er schluckte, sein Mund war trocken.

„Was hältst du davon, wenn ich morgens mit halb gefüllten Eimern an dir vorbeigefahren komme? Gerade so wie auch heute. Du stellst dann deine vollen Eimer auf meinen Wagen, nimmst dafür die halb gefüllten und tauschst sie kurz vor eurem Haus wieder aus." Er strahlte über beide Ohren angesichts seiner brillanten Idee. „Niemand wird etwas merken und du kannst dir wenigstens das halbe Gewicht sparen. Was sagst du dazu?“

„Nehmen wir einmal an, ich willige ein, was wäre dann für dich der Vorteil?“

Mit dieser Frage hatte Isaak nicht gerechnet. Er lief rot an, weil ihm so spontan keine vernünftige Ausrede einfiel. Die Wahrheit tat es hoffentlich auch: „Ich hätte jeden Tag zwei kurze Gelegenheiten, um mit dir zu sprechen und dich vielleicht ein bisschen besser kennenzulernen.“

Schweigen. Alina sah ihn mit ihren hellblauen Augen an und Isaak trat unwillkürlich einen Schritt zurück, schämte sich nun in Erwartung ihrer Abfuhr. Offenbar war er doch zu forsch gewesen. Sie ging in die Hocke, legte das Joch auf die Schultern und erhob sich trotz der schweren Wassereimer federleicht.

„Gut“, sagte sie, „dann bis morgen um die gleiche Zeit.“

Isaak traute seinen Ohren nicht, konnte sich gerade noch verkneifen zu fragen, ob sie das noch einmal wiederholen könnte. Er konnte sein Glück kaum fassen, stand mit offenem Mund auf der Straße und blickte dem schönen Mädchen hinterher, das bisher noch jeden Verehrer abgewiesen hatte. Er, der kleine Isaak, hatte es in diesem Moment schon weiter geschafft als all die gut aussehenden Jungs vor ihm. Sein Herz überschlug sich fast vor Freude, als er wieder seinen Kutschbock erklomm, um nach Hause zu fahren. Er wünschte sich, es wäre schon morgen.

Die Gemeinschaftswohnung

Moskau 1929

Maxim hielt einen verwaschenen Zettel in der Hand, auf dem in fast unleserlicher Handschrift die Adresse seiner neuen Wohnung notiert stand. Etliche Male hatte er diesen Zettel schon aus der Tasche seines Mantels hervorgekramt, ihn einem Passanten fragend vor die Nase gehalten, um hoffentlich Auskünfte über den richtigen Weg zu erhalten. Ein Unterfangen, welches sich als deutlich schwieriger erwies als erwartet, da die Moskowiter sich nur ungern in ein Gespräch verwickeln ließen. Jeder schien nur mit sich selbst beschäftigt zu sein. Maxim erhielt lediglich vage Andeutungen, wortlose Richtungsanzeigen, anhand derer er schließlich doch noch seine neue Adresse fand. Er verglich das Straßenschild mit den verblassenden Zeichen auf seinem Zettel und stellte zufrieden fest, dass er sein Ziel erreicht hatte.

Es würde noch dauern, bis er sich in dieser riesigen Stadt ohne Hilfe zurechtfand. Maxim blickte an der Fassade des schmucklosen Hauses empor, ein Neubau, der erst kürzlich in die Lücke zwischen zwei Mehrfamilienhäuser aus der Jahrhundertwende gepresst worden war. Die Architektur der Gebäude passte nicht zusammen und ließ den Wohnblock inmitten der prächtigen Altbauten umso schäbiger wirken.

Überall in der Stadt wurden diese neuen Wohnkomplexe hochgezogen, um der wachsenden Wohnungsnot zu begegnen. Der Ästhetik schenkte man dabei keinerlei Beachtung. Ganz im Gegenteil. Das neue Stadtbild sollte ganz bewusst die asketische Lebensweise der Bolschewiken widerspiegeln, die sich selbst keinerlei Luxus gönnten. Man wollte ja nicht in den Verdacht geraten, einer neuen Bourgeoisie den Weg zu ebnen.

Maxim schulterte den Segeltuchsack, in dem sich seine Habseligkeiten befanden, holte einmal tief Luft und begann, die Treppen zu seiner Wohnung im fünften Stock zu erklimmen.

Er klopfte laut gegen die Tür, doch erst nach dem dritten Mal wurde sie endlich geöffnet. Zumindest betätigte jemand von innen die Türklinke und hob die Verriegelung auf, ohne aber die Notwendigkeit zu sehen, den Gast zu begrüßen, sich nach seinem Anliegen zu erkundigen oder ihn gar höflich hineinzubitten.

Maxim zog die Tür auf, um einen Blick in die Wohnung zu werfen. Niemand war zu sehen. Er betrat den spärlich erleuchteten Raum, vermutlich die Küche. An der gegenüberliegenden Wand stand ein Schrank, der bis unter die Decke reichte und aus vielen kleinen Schließfächern bestand. Zumindest ließen die Schlösser mit Nummern darauf schließen. In der Mitte des Raumes, der nicht mehr als zwölf Quadratmeter maß, befand sich ein einfacher Holztisch mit vier abgewetzten Stühlen. Alles war aufgeräumt, fast schon steril.

Vor ihm lag ein unbeleuchteter Gang, von dem links und rechts mehrere Türen abgingen. Er zögerte. Durfte er die Wohnung weiter auf eigene Faust erkunden? Vielleicht würde er aus Unwissenheit die Privatsphäre der hier wohnenden Familien verletzen? Maxim lächelte gequält bei diesem Gedanken. Obwohl die Regierung nicht müde wurde zu betonen, dass es so etwas wie Privatsphäre in der Sowjetunion nicht mehr gab, ließen sich menschliche Instinkte nicht gänzlich unterdrücken.

Plötzlich kam eine Horde grölender Kinder auf Maxim zugerannt. Sie umringten ihn in der kleinen Küche, schienen ihn in ihrem Spiel aber gar nicht wahrzunehmen. Sie spielten *Suche und Beschlagnahmung*, stritten aber noch darüber, wer von ihnen die Rolle des Kulaken einnehmen sollte. Keiner wollte den Kulaken spielen. Als der Streit zu eskalieren drohte, ging Maxim dazwischen. „Was haltet ihr davon, wenn ihr euch abwechselt? Wenn ihr wollt, kann ich auch gerne die Reihenfolge bestimmen.“

Die Kinder sahen Maxim mit großen, erstaunten Augen an, als ob sie seine Anwesenheit erst jetzt bemerkten. Ohne ihre Antwort abzuwarten, teilte er die Kinder kurzerhand in Kulaken und *Tschekisten* ein. Das genügte ihnen, und sie verschwanden wieder in der dunklen Wohnung. Maxim setzte sich derweil an den Küchentisch, um auf den Wohnungsvorsteher Leonid Menschow zu warten.

Menschow verspätete sich um fast eine Stunde, hielt aber weder eine Entschuldigung noch eine Begrüßung seines neuen Mieters für nötig. Er war es gewohnt, dass alle Belange dieser Gemeinschaftswohnung über seinen Tisch gingen. So zumindest machte er es Maxim gleich zu Beginn klar, der sich ob dieses rüden Verhaltens überrumpelt fühlte. Doch er konnte nicht protestieren, da er dem Mann direkt in die Wohnung folgen sollte, die man für ihn vorgesehen hatte.

Wie sich herausstellte, bestand die Wohnung lediglich aus einem einzigen Zimmer, kaum größer als die Küche, aus der sie gerade gekommen waren. Und sie war bereits belegt. Eine Familie – Ehepaar, Großmutter und zwei Kinder – bewohnte diesen für ihre Bedürfnisse viel zu kleinen Raum. Maxim wollte auf der Stelle kehrtmachen, da sich Menschow offenbar in der Zimmernummer geirrt hatte. Doch der stand ohne erkennbare Regung hinter ihm und hielt Maxim die Schlüssel entgegen. Einen für die Wohnungstür und einen für das Schließfach in der Küche. Das Zimmer selbst konnte man nicht abschließen.

„Dort drüben“, Menschow zeigte in eine durch einen Vorhang abgetrennte Ecke des Raumes, „das ist dein Bereich. Zwischen zehn Uhr abends und fünf Uhr früh herrscht absolute Nachtruhe. Das Badezimmer darf von jedem Bewohner fünf Minuten am Tag benutzt werden. An der Tür hängt ein Plan, auf dem du dich eintragen kannst. In der Küche gibt es einen Schrank für deine Sachen. Alles, was außerhalb dieses Schrankes liegt, wird sofort weggeschmissen. Das gilt für alle Bereiche, die wir gemeinschaftlich nutzen. Die Küche ist unser Sorgenkind. Hier konnten wir uns noch nicht auf einen gemeinsamen Nutzungsplan einigen und es gibt deshalb regelmäßig Streit. Du musst also zusehen, wann du eine Möglichkeit findest zu kochen. Irgendwelche Fragen?“

Ohne eine Antwort abzuwarten, drückte Menschow die Tür zu und ließ Maxim in seiner neuen Behausung allein – allein mit ihm völlig unbekannten Menschen, die ihn mit großen Augen ansahen. Offenbar waren sie es ebenfalls nicht gewohnt, einen Fremden in ihrer Wohnung zu beherbergen.

„Seit wann wisst ihr davon?“ Maxim deutete auf den Vorhang, den abgetrennten Bereich des Zimmers.

Die Großmutter überwand als Erste ihre Zurückhaltung. „Heute Vormittag hat man uns informiert, dass wir dieses Zimmer mit einer weiteren Person teilen müssten. Offenbar ist es zu groß für eine fünfköpfige Familie.“

Der sarkastische Tonfall der Alten war nicht zu überhören und die Empörung des jungen Ehepaars über ihre störrische Mutter wirkte fast aufrichtig. Maxim überging die Bemerkung und stellte sich vor: „Mein Name ist Maxim Orlow. So wie es aussieht, sind wir jetzt Nachbarn, und ich würde mich freuen, wenn wir gut miteinander auskämen.“

Der junge Mann, dem Aussehen nach zu urteilen der Sohn der Alten, erhob sich und reichte Maxim die Hand. „Mein Name ist Boris Bolschakow. Das sind meine Frau Irina, unsere beiden Kinder Oleg und Natascha und meine Mutter Galina

Bolschakow. Wir wohnen hier seit fast elf Monaten. Bisher haben wir dieses Zimmer allein bewohnt, doch wir schätzen uns glücklich, wenn unser Zusammenrücken hilft, den großen Plan unserer Regierung zu verwirklichen." Er schien bemüht, die kritische Bemerkung seiner Mutter zu korrigieren.

Maxim schüttelte seine Hand, ging dann in seine Ecke und schob den Vorhang beiseite. Ein Bett, ein schmaler Schrank, eine Lampe. Das war die Zimmereinrichtung. Er schüttete den Inhalt seines Seesacks auf das Bett und legte die wenigen Kleidungsstücke sorgsam in den Schrank. Die braune Jacke mit den roten Insignien kam zum Schluss. Er rollte sie sorgsam auf seinem Bett aus, strich sie glatt, bevor er sie an einen Haken in den Schrank hängte.

Die Bolschakows saßen auf ihrem kleinen Bett, ohne Maxim aus den Augen zu lassen. Als der sich umdrehte, sah er in starre, bleiche Gesichter. Selbst die Kinder hatten aufgehört zu spielen, saßen nun auf dem Schoß ihrer Eltern. Sie blickten auf die Jacke, die ihr neuer Mitbewohner gerade in den Schrank gehängt hatte. Die braune Jacke mit den roten Insignien. Die Uniform der *Tschekisten*. Maxim kannte diese Reaktion. Ohne ein weiteres Wort schloss er den Schrank, zog den Vorhang zu und legte sich auf sein Bett.

Aktenprüfung

Moskau 1929

Niemals zuvor hatte sich jemand so lange mit seiner Akte beschäftigt. Maxim stand im Büro des stellvertretenden Staatsanwaltes und wartete, dass man ihm endlich seinen neuen Arbeitsplatz zuwies. Er wusste, dass jeder neuen Stufe auf der Karriereleiter eine solche Überprüfung vorausging, ganz so, als hätte irgendjemand in all den Jahren zuvor etwas übersehen können. Mittlerweile wusste Maxim aber auch, dass die Männer hinter den Schreibtischen sich nicht wirklich für den Inhalt seiner Akte interessierten. Sie taten so, als studierten sie jede Zeile, doch in Wirklichkeit versuchten sie nur, die Zeit totzuschlagen, die für solch eine Überprüfung routinemäßig vorgesehen war.

Exakt achtzehn Minuten, so viel wusste Maxim mittlerweile, sollte jede Aktenprüfung dauern. Und tatsächlich übergab man ihm die Unterlagen jedes Mal nach genau achtzehn Minuten wieder, ohne je eine einzige Frage zu stellen. So hielt man es in der Schule und so hielt man es auch in der Akademie. Doch hier in der Lubjanka – dem Hauptsitz der OGPU[4] – tickten die Uhren scheinbar anders. Dieser Mann studierte die Unterlagen nun schon seit einer Stunde. Von Minute zu Minute wurde Maxim nervöser. Warum brauchte der Staatsanwalt so viel Zeit? Hoffentlich würden die gefälschten Dokumente auch solch einer intensiven Prüfung standhalten. Der Mann steckte sich bereits die vierte Zigarette an, dann wandte er sich endlich an Maxim.

„Wie mir scheint, haben wir es hier mit einem Naturtalent zu tun. Schulabschluss mit Auszeichnung und Empfehlung für die Akademie. Abschluss der Grundausbildung in verkürzter Zeit, Sonderausbildung zum Dienst im Feld. Offensichtlich haben Sie keine Möglichkeit ausgelassen …"

„Ich bin dankbar für die Ausbildung, die ich genießen durfte", unterbrach Maxim die Lobhudelei des Staatsanwaltes. „Unser Bestes zu geben war das Mindeste, was man an der Akademie von uns erwarten konnte."

---

4 Seit 1923 wurde die Tscheka nach einer Restrukturierung unter dem Namen OGPU weitergeführt.

„Hm, hm.“ Der Staatsanwalt blickte Maxim durchdringend an. „Maxim Orlow, Sie fragen sich bestimmt, warum ich mir so viel Zeit für die Lektüre Ihrer von Auszeichnungen gespickten Akte genommen habe?“

Maxim wusste nicht, ob und wie er darauf antworten sollte.

„Die Revolution wird mehr denn je von Volksfeinden bedroht und es ist unsere Aufgabe, diese Volksfeinde zu entdecken und sie unschädlich zu machen. Sie haben sich dieser ehrenvollen Aufgabe ebenfalls verpflichtet. Es ist beeindruckend, mit welcher Hingabe Sie sich Ihrer Ausbildung in den letzten Jahren gewidmet haben. Lassen Sie mich kurz die wichtigsten Daten abgleichen, damit wir etwaige Missverständnisse ausschließen können.“ Der Staatsanwalt blickte kurz auf, als wolle er sich Maxims Genehmigung einholen.

„Sie heißen Maxim Orlow, geboren am 2. Januar 1904 in Jusowka. Ist das korrekt?“

„Korrekt“, antwortete Maxim mit einem Anflug von Erleichterung, da ihm diese Fragen nun wieder sehr vertraut vorkamen. Trotz der langen Prüfung seiner Akte schien sich jetzt auch der Staatsanwalt an die vorgeschriebene Routine zu halten.

„Sie wuchsen in Charkow in einem Waisenhaus auf und beendeten dort die Schule im Alter von neunzehn Jahren. Warum so spät?“

„Vor der Revolution besaßen Waisenkinder nicht die Möglichkeit, zur Schule zu gehen. Ich wurde also erst sehr spät eingeschult.“

Der Staatsanwalt schien nicht auf die Idee zu kommen, dass Maxim niemals in Charkow gelebt hatte, schon gar nicht in einem Waisenhaus. Sein Schulabschluss war eine einzige Fälschung. Eine sehr gute Fälschung, wie sich auch dieses Mal wieder zeigte.

„Sie haben die Schule in allen Fächern als Klassenbester abgeschlossen und sind danach direkt auf die Akademie nach Leningrad gegangen. Was hat Sie zu diesem Schritt bewogen?“

„Es erschien mir die beste Gelegenheit, dem sowjetischen Volk etwas von den Vergünstigungen zurückzugeben, in deren Genuss ich viele Jahre gekommen bin."

Der Staatsanwalt lächelte schief, als er wieder von den Akten aufblickte. Er wusste ebenso wie Maxim, dass diese Antworten leere Worthülsen waren. Auswendig gelernt, um hohe Parteifunktionäre zu beeindrucken.

„Wer war Ihr Vater?", fragte er in plötzlich verschärftem Ton.

Überrascht von diesem abrupten Themenwechsel, geriet Maxim kurz ins Stocken, doch er fing sich schnell wieder.

„Wie Sie den Akten entnehmen können, fiel mein Vater bei der Schlacht um Jekaterinoslaw. Er diente im Regiment von General Fjodrov."

„Das war nicht meine Frage. Ich möchte von Ihnen wissen, wer Ihr Vater war." Der Staatsanwalt erhob sich von seinem Stuhl und lehnte sich halb stehend mit verschränkten Armen an die Kante seines Schreibtisches, während Maxim immer noch in der Mitte des kleinen Büros von einem Bein auf das andere trat, unsicher, wie er die Körpersprache des kleinen Mannes vor ihm deuten sollte. Er versuchte sich nichts anmerken zu lassen, redete sich ein, dass der Staatsanwalt unmöglich etwas gefunden haben konnte, was einen Hinweis auf seine beschädigte Biografie geben könnte. Er kniff dreimal kurz hintereinander die Augen zusammen. Seine Anspannung ließ sich nun nicht mehr verbergen.

„Mein Vater Juri Orlow stammte aus Jusowka. Er lebte als einfacher Arbeiter und starb am 18. April 1920 in der Schlacht um Jekaterinoslaw. Er hat die Revolution bejubelt und sie mit seinem Leben verteidigt."

„Dann ist Ihr Vater also nicht jener Juri Orlow, dessen Frau Daria am 29. Oktober 1919 verhaftet und dessen beide Töchter kurze Zeit später in einem Waisenhaus in der Nähe von Kiew untergebracht wurden?"

Maxim fühlte sich plötzlich, als schlüge der Mann mit beiden Fäusten auf ihn ein, als würde er ihm den Boden unter den Füßen wegziehen und lachend dabei zuschauen, wie er in ein tiefes, schwarzes Loch fiel. Er mühte sich, das Gleichgewicht zu halten. In all den Jahren hatte ihm niemand Auskunft über den Verbleib seiner Mutter und seiner Schwestern geben wollen. Und auf einmal stand er hier in Moskau diesem Staatsanwalt gegenüber, der ihm scheinbar alle seine Fragen beantworten konnte. Maxim drohte aus der Rolle zu fallen. Vielleicht könnte er seine Mutter und seine Schwestern wiederfinden, kam es ihm in den Sinn. Doch im selben Moment wusste er, dass man ihn vermutlich direkt hier in der Lubjanka behalten würde, gäbe er diesem Impuls jetzt nach. Ihm blieb keine Wahl. Er musste an seiner geschönten Biografie festhalten.

„Der Name Orlow ist nicht gerade selten. Und da meine Mutter direkt nach meiner Geburt starb, muss es sich um eine andere Frau handeln. Ich war außerdem ihr einziges Kind." Jeder Satz bereitete ihm unbeschreibliche Schmerzen.

„Dann interessiert es Sie also nicht, zu erfahren, was aus dieser Frau und den beiden Mädchen geworden ist?" Der Staatsanwalt hielt einen Stapel Papiere in seiner Hand, die er nun in einem anderen Aktenordner verschwinden ließ.

„Nein."

Maxim dachte, dass seine Familie gerade ein weiteres Mal gestorben sei. Er musste sich zusammenreißen, zwang sich, gegen den aufkommenden Schmerz in seiner Brust anzukämpfen.

„Gut, dann hätten wir das ja geschafft."

Der Staatsanwalt erhob sich, ging auf Maxim zu, um ihn in ein Vorzimmer zu geleiten, wo eine emsige Sekretärin gerade ihre Schreibmaschine malträtierte.

„Genossin Dorofejew wird Ihnen Ihre Papiere übergeben, mit denen Sie sich in Ihrer Dienststelle melden können. Man erwartet Sie dort bereits. Willkommen bei der OGPU." Der

Staatsanwalt reichte Maxim die Hand und verschwand gleich darauf in seinem Büro.

Maxim hatte es geschafft, fühlte sich aber wie durch einen Fleischwolf gedreht.

Dorfsowjet

Osterwick 1929

Sie kamen zu dritt. Mehr erschien ihnen zu aufdringlich. Doch es fehlte ihnen allen an Erfahrung, um wirklich beurteilen zu können, wie man seine Anliegen korrekt beim örtlichen Sowjet[5] vortrug. Bisher hatten sie derartige Angelegenheiten stets im Brüderrat geregelt und nur in ganz wenigen Ausnahmefällen den Dorfschulzen hinzugezogen. Niemals wären sie auf den Gedanken gekommen, sich an eine staatliche Institution zu wenden, gar zu erwarten, dass ihre Probleme dort auch gelöst würden. Doch die Regierung hatte sich in den letzten Jahren mehr und mehr in die Verwaltung des dörflichen Lebens eingemischt, bis irgendwann kaum noch eine Entscheidung ohne die Zustimmung des Dorfsowjets gefällt werden konnte. Die Aufklärung von Sachbeschädigungsdelikten fiel ebenfalls in dessen Zuständigkeit.

Willi war als einziger Zeuge Teil ihrer Delegation. Gottfried Wiebe, einer der Ältesten, repräsentierte die Gemeindeleitung der Osterwicker Mennoniten. Nur bei Konrad Diercksen,

---

5 Sowjets = Verwaltungsorgane, die von der Regierung in der gesamten Sowjetunion installiert wurden, um das öffentliche Leben zu kontrollieren und zu beherrschen.

Willis Schwager, blieb die Frage offen, was ihn für diesen Auftrag qualifizierte. Er hatte besonders laut für eine dritte Person plädiert und sich dabei immer wieder selbst ins Spiel gebracht. Erstaunlicherweise schaffte er es, den Brüderrat – trotz seines Mangels an Zurückhaltung – von sich zu überzeugen. Sie einigten sich im Vorfeld auf Gottfried als ihren Sprecher, während Willi und Konrad nur auf konkrete Fragen antworten sollten.

Sie mussten warten, da das Büro noch verschlossen war. Erst gegen halb zehn erschien ein schläfrig dreinblickender Mann, der an seinem großen Schlüsselbund herumnestelte und es schließlich nach mehreren erfolglosen Versuchen schaffte, die Tür zu öffnen. Der Mann wirkte, als hätte er die letzte Nacht kaum geschlafen, und sein Atem verriet, dass es wohl kaum bei einem Glas Wodka geblieben war.

Willi, Konrad und Gottfried betraten nach ihm die kleine Dienststube. Sie beobachteten den ungepflegten Mann, wie er sich umständlich hinter seinen Schreibtisch zwängte. Sein rechtes Bein war steif und er humpelte auffällig. Außer einem Schreibtisch und einem Stuhl befand sich nichts in dem karg eingerichteten Büro. Die Sonne schien durch ein viel zu kleines Fenster, sodass bereits zu dieser frühen Tageszeit eine Öllampe entzündet werden musste. Anders konnte man nichts aus den Papieren entnehmen, die sich ungeordnet und mangels anderer Ablageflächen über den gesamten Schreibtisch verteilten. Am Rand des Tisches, auf der ihnen zugewandten Seite, stand ein kleines Namensschild mit den Buchstaben *I. Gerassimow*. Es dauerte eine gefühlte Ewigkeit, bis sich Gerassimow endlich sortiert hatte, um dann in herablassendem Tonfall zu fragen: „Was wollt ihr?"

„Wir sind hier, um einen Fall von Sachbeschädigung zu melden", antwortete Gottfried. „Vorgestern, am Samstag, wurde eines unserer Kirchenfenster mittels eines brennenden Steins zerstört."

„Seit wann können denn Steine denn brennen?“, fragte Gerassimow belustigt.

Gottfried sah erst Willi an, dann Konrad, offensichtlich unschlüssig, was er auf eine so dumme Frage antworten sollte. Willi zuckte mit den Schultern, verfügte er doch über ebenso wenig Erfahrung mit den sowjetischen Behörden wie seine beiden Begleiter.

„Der Stein war in einen ölgetränkten Lappen gewickelt.“ Gottfried versuchte, die Geschehnisse möglichst seriös zu erklären.

Gerassimow lehnte sich in seinem Stuhl zurück, rieb sich das stoppelige Kinn und versuchte, wieder einen nachdenklichen Gesichtsausdruck aufzusetzen. „Ich frage mich, wie man einen derart in Brand gesteckten Stein durch ein Fenster schmeißt, ohne sich dabei selbst zu verletzen.“

Willi fragte sich, wie Gerassimow zum Vorsitzenden des Dorfsowjets ernannt werden konnte, und er fürchtete, dass ihr Anliegen am Ende nur ein weiteres Blatt Papier zieren würde, das dann unbearbeitet unter einem der Stapel verschwand. Er zog den Stein aus seiner Tasche, legte ihn demonstrativ auf Gerassimows Tisch, ungeachtet der schwarzen Rußflecken, die er dabei hinterließ.

Gerassimow kam nicht dazu, den Stein weiter zu inspizieren, da im gleichen Moment ein Automobil mit quietschenden Bremsen vor dem Haus hielt. Türen wurden geöffnet und wieder geschlossen. Dann hörten sie Schritte, die eilig das kleine Vorzimmer durchquerten und geradewegs auf die geschlossene Tür des Büros zuhielten. Gerassimow ahnte wohl, wer sein Besucher war, denn er erhob sich schnell und nahm Haltung an. Er leckte sich in die flache Hand, versuchte, sein wirres Haar ein wenig zu glätten, als die Tür aufging und ein unscheinbarer, aber gut gekleideter Mann den Raum betrat. Ohne Gruß durchschritt er den Raum, legte seine schwarze Aktentasche auf den Tisch, bevor er sich an Gerassimow wandte:

„Es ist fast zehn. Ich hoffe, es stört Sie nicht, dass ich ein wenig zu früh bin, Genosse Gerassimow."

„Nein, nein, nein. Ganz und gar nicht", stammelte dieser, sichtlich erkennbar, dass ihn die verfrühte Anreise seines Gastes überraschte. Er musste sich leider eingestehen, dass er diesen Termin komplett vergessen hatte und nicht wusste, wie er seine fehlende Vorbereitung verschleiern konnte. Er begann hektisch in den Papieren auf seinem Schreibtisch rumzuwühlen, hoffend, etwas Brauchbares zutage zu fördern. Die drei Mennoniten hatte er völlig vergessen, sodass der Neuankömmling ihm auf die Sprünge helfen musste: „Wollen Sie sich nicht erst einmal um die Genossen kümmern, die hier so verloren rumstehen?"

Der Mann trat hinter den Schreibtisch und setzte sich in Gerassimows Stuhl, der nun versuchte, das Gespräch mit den drei Mennoniten so schnell wie möglich zu beenden.

„Ich nehme euren Fall zur Kenntnis und werde mich schnellstmöglich darum kümmern."

„Was heißt das?", fragte Konrad schroff.

„Das heißt, dass ich mich darum kümmere und ..."

Konrad ließ ihn nicht ausreden. „Und wer erneuert unser zerstörtes Kirchenfenster? Wer kommt für den Schaden auf? Welche Nachforschungen werden Sie anstellen? Wie wollen Sie die Schuldigen finden?"

Willi und Gottfried sahen sich entgeistert an. Wie kam Konrad dazu, Gerassimow in Gegenwart dieses Mannes, der offenbar eine hohe Position bekleidete, derart zu bedrängen?

„Was unser Freund sagen will ...", ging Gottfried beschwichtigend dazwischen, „... ist, dass wir morgen noch einmal wiederkommen können. Auf den einen Tag mehr oder weniger kommt es jetzt auch nicht an, oder, Konrad?"

Aber Konrad ließ sich nicht beirren. „Doch. Auf den einen Tag kommt es sehr wohl an. Unser Kircheneigentum wurde beschädigt, während die Verantwortlichen immer noch frei herumlaufen, ohne dass man sie dafür zur Rechenschaft zieht. Ich möchte, dass Sie sofort mit den Nachforschungen und der Suche nach den Schuldigen beginnen."

Willi und Gottfried vermieden es, den Mann hinter Gerassimows Tisch anzusehen, hatten sie doch das unangenehme Gefühl, dass es in seiner Gegenwart nicht klug war, ihre Forderungen derart deutlich zu formulieren.

„Nun gut", sagte der unscheinbare Beamte plötzlich. „Dann wollen wir Ihr Anliegen auch ordnungsgemäß aufnehmen. Darf ich mich zunächst einmal vorstellen. Mein Name ist Popov. Wassili Popov. Ich komme direkt aus Chortitza." Popov nahm sich ein beschriebenes Blatt Papier aus dem vor ihm ausgebreiteten Stapel und begann, auf der Rückseite zu schreiben.

Willi beschlich eine Ahnung, dass dies kein gutes Ende für sie nehmen würde. „Es ist wirklich kein Problem für uns. Wir können auch gerne morgen noch einmal wiederkommen", sagte er. Willi stieß Konrad an, um ihm zu signalisieren, dass sie sich jetzt besser aus dem Staub machen sollten.

„Nein, nein, nein, liebe Genossen. Ich bestehe darauf! In der Sowjetunion nehmen wir Sachbeschädigung nicht auf die leichte Schulter. Schon gar nicht, wenn es sich um *Privateigentum* handelt."

In der Art, wie Popov das Wort *Privateigentum* betonte, lag etwas Bedrohliches und Willi war sich nun sicher, dass ihnen Ärger blühte. Er verfluchte seinen Schwager für dessen vorlaute Klappe.

„Ihre Namen bitte."

Popov notierte ihre Namen und ließ sich dann von Willi in allen Einzelheiten den Tathergang schildern. Er machte sich vereinzelte Notizen und als Willi schließlich geendet hatte, steckte er den Stift wieder in die Innentasche seines Anzugs.

„Genossen", sagte er, „wir dürfen eine solche Ungeheuerlichkeit auf gar keinen Fall ungestraft lassen. Wir werden die Täter finden." Popov erhob sich und grinste schief. Auch

Konrad lächelte zufrieden. „Um die Ermittlungen aber nicht zu behindern, müssen wir den Tatort bis auf Weiteres absperren. Es ist gut möglich, dass unsere Ermittler dort Hinweise auf die Schuldigen finden. Ich hoffe, Sie haben die Spuren noch nicht beseitigt."

„Wir haben alles nur notdürftig zusammengekehrt, damit wir gestern Gottesdienst feiern konnten. Wir wollten erst einmal dieses Gespräch abwarten, bevor wir weitere Schritte unternehmen", erklärte Gottfried.

„Gut, gut", erwiderte Popov mit einer abwehrenden Geste. „Die Kirche darf bis auf Weiteres von niemandem betreten werden. So lange, bis unsere Ermittler ihre Arbeit beendet haben."

„Aber wie lange dauert das denn?", fragte Willi.

„Ich denke, dass in etwa drei bis vier Wochen unsere Leute hier sein können. Und je nach Aufwand benötigen sie dann noch einmal drei bis vier Wochen, um ihre Untersuchungen gründlich zu erledigen."

„Aber das sind ja fast zwei Monate, in denen wir das Gebäude nicht nutzen können."

„So lange dauert eine gründliche Ermittlung nun einmal. Und Sie haben Ihren Freund doch gehört", Popov deutete auf Konrad. „Er bestand geradezu darauf. Und das auch völlig zu Recht."

Willi konnte die Ironie in Popovs Worten fast körperlich spüren. Doch ihm waren die Hände gebunden. Heute Morgen besaßen sie noch eine Kirche mit einem kaputten, aber leicht zu reparierenden Fenster. Doch dank Konrad hatten sie nun für zwei Monate gar keine Kirche mehr, in der sie sich treffen und Gottesdienste feiern konnten. Wassili Popov benötigte nur wenige Minuten, um sie zu enteignen, und sie konnten sich noch nicht einmal beschweren. Sie hatten ihm ihre Kirche geradezu auf dem Silbertablett serviert.

„Wie konntest du nur …?“, fragte Willi, nachdem sie sich von Gottfried verabschiedet hatten. „Verstehst du eigentlich, was es bedeutet, dass wir unsere Kirche die nächsten zwei Monate nicht nutzen können?“

„Ich werde mich vor dir nicht rechtfertigen und erst recht nicht in diesem Ton“, entgegnete Konrad.

Willi warf resigniert die Arme in die Luft. Immer die ewig gleiche Leier. Konrad konnte sich keiner offenen Kritik stellen.

„Kannst du mir denn erklären, warum du Gerassimow vor seinem Chef derart bedrängen musstest, und warum …?“ Willi kam nicht dazu, seine Frage zu beenden.

„Weil er ein versoffener Arsch ist, der sich niemals um unser Fenster kümmert, würden wir ihm nicht Druck machen“, platzte es aus Konrad mit ungeahnter Heftigkeit heraus, die Willi erschrocken einen Schritt zurückweichen ließ.

„Glaubst du ernsthaft, dass wir mit unserer christlichen Frömmigkeit auch nur irgendetwas erreichen bei diesen Sowjets? Die lachen über uns. Schmieden heimlich Pläne, wie sie uns loswerden können. Die scheren sich einen Dreck um die Abmachungen, die seit jeher unsere Existenz gesichert haben. Und du glaubst, dass wir bei denen mit Diplomatie etwas erreichen können? Pah!“

Er drehte sich mit einer abfälligen Geste weg, versuchte, seine Emotionen wieder in den Griff zu bekommen. Willi spürte, dass es nicht nur Wut war, die aus seinem Schwager sprach, vielmehr meinte er noch etwas anderes wahrzunehmen. Angst. Konrad hatte Angst. Die gleiche Angst, die auch Willi spürte, als das Glas des Kirchenfensters zersplitterte. Eine Angst, die bis weit in seine Vergangenheit zurückreichte und die er längst vergessen glaubte. Die Art von Angst, die entsteht, wenn man jemandem schutzlos ausgeliefert ist und nichts dagegen unternehmen kann.

„Es wird Zeit, dass du eine eigene Familie gründest, Willi“, sagte Konrad plötzlich in einer Sanftheit, die Willi stärker irritierte als der abrupte Themenwechsel. Sie standen auf dem Gehweg vor dem Hof der Diercksens, unschlüssig darüber, ob sie ihre Unterhaltung hier auf der Straße oder doch besser drinnen im Haus fortsetzen sollten.

„Wie meinst du das?"

„Genauso, wie ich es gesagt habe. Du verdienst bald dein eigenes Geld. Da ist es nur folgerichtig, wenn du ein eigenes Haus beziehst, eine eigene Familie gründest."

„Ihr schmeißt mich raus?"

„Sieh es, wie du willst. Lena und ich sind uns einig, dass es das Beste für uns alle ist."

Willi wusste, dass sein Schwager recht hatte. Er beschäftigte sich schon länger mit dem Gedanken, auszuziehen. Doch jetzt ärgerte er sich darüber, dass Konrad ihm die Entscheidung abgenommen und ihn des Triumphes beraubt hatte, sie alle vor vollendete Tatsachen zu stellen. Willi stützte sich frustriert auf den frisch gestrichenen Zaun und blickte seinem Schwager hinterher. Es war wirklich Zeit, auf eigenen Beinen zu stehen.

Degradierung

Osterwick 1929

Wassili Popov hegte keinen Zweifel daran, dass seine politische Karriere zu Ende war, noch ehe sie richtig begonnen hatte. Aus unerfindlichen Gründen wussten die Parteifunktionäre ganz genau, wer sich auf ihrer Linie befand und wer nicht. Und Popov gehörte schon lange nicht mehr dazu.

Kurz nach Ende des Bürgerkriegs gab es für ihn ein kurzes Zeitfenster, wo er relativ gefahrlos den Dienst im Innenministerium hätte quittieren können. Doch er zögerte zu lange, wohl aus Furcht vor den Konsequenzen, die ein solcher Schritt auch in diesen Zeiten schon nach sich zog. Und kurz darauf – im Kreml herrschte mittlerweile Josef Stalin – gab es solche Möglichkeiten nicht mehr. Niemand konnte der Partei den Rücken kehren, ohne sich des Hochverrats schuldig zu machen. Popov hatte den Absprung verpasst, vielleicht auch geblendet durch die vielen Annehmlichkeiten, die seine neue Position mit sich brachte.

Die Versetzung nach Jekaterinoslaw, die ihm anfangs wie eine Sackgasse erschien, erwies sich im Nachhinein als wahrer Glücksfall. Nach der Kapitulation der *Weißen Armee* brauchten die staatlichen Organe eine Ewigkeit, um strukturelle Ordnung in den von Moskau entlegenen Provinzen zu schaffen. Popovs Aufgabe als Kommandant von Jekaterinoslaw bestand darin, die aus Moskau diktierten Umsiedlungspläne durchzusetzen und das Plansoll der Getreidelieferungen einzuhalten. Solange er diese Aufgabe geräuschlos erfüllte, konnte er tun und lassen, was er wollte.

Es dauerte einige Zeit, bis er sich der Bedeutung dieser Freiheit bewusst wurde. Ganz zaghaft testete er ihre Grenzen aus, immer in der Erwartung, dass sein Handeln juristische Konsequenzen nach sich zöge. Doch das tat es nicht. Es gab niemanden, vor dem er sich für sein Handeln verantworten musste. Selbst als sich ein Großbauer über die in seinen Augen zu hohen Getreideabgaben beschwerte und Popov ihn aus einer Laune heraus in den Karzer sperren ließ, hinderte ihn niemand daran. Ursprünglich wollte er dem Mann nur eine Lektion erteilen, ihn nach zwei Tagen wieder freilassen. Doch er fand Gefallen an der Frage, wie lange es ein Mensch in diesem kalten Loch aushalten konnte.

Der Karzer, ein in den nackten Boden gehauenes, ringsum mit Holz verschaltes Loch, hielt den Gefangenen in einer knöcheltiefen, eiskalten Pfütze gefangen. Normalerweise hielt es ein gesunder Mann zwei bis drei Tage in diesem stockdunklen Loch aus. Danach musste man ihn herausholen, da er sonst drohte, ohnmächtig zu werden und in dem flachen Wasser zu ertrinken. Popov wollte das nicht glauben, bevor er es nicht mit eigenen Augen gesehen hatte. Er ließ den Mann zwei Wochen im Karzer, gab ihm weder zu essen noch zu trinken. Als er die Falltür nach zwei Wochen wieder öffnen ließ, waren die Wärter erstaunt, den Mann noch lebend vorzufinden. Sie zogen ihn aus dem Loch, schleiften ihn zu Popov, der die völlig entkräftete und unterkühlte Gestalt mit einem angewiderten Gesichtsausdruck zur Kenntnis nahm, bevor er befahl, ihn zu erschießen. Wieder hinderte ihn niemand und er berauschte sich an einem nie zuvor gekannten Gefühl der Macht.

Aber je mehr Freiheiten er sich nahm, desto größer musste die Schar derer sein, die vom Fortbestand seiner Ordnung profitierten. Diese Erkenntnis überkam ihn, als er nur mit knapper Not einem Anschlag entging, ausgeführt von einem rasend wütenden Ehemann, dessen Frau Popov in sein Bett gezwungen hatte. Popov hatte sich selten um die Gunst der Frauen bemüht. Die beiden Male, in denen er es versuchte, endeten jeweils mit einer schmerzhaften Zurückweisung. Ein Gefühl, dem er sich nie wieder aussetzen wollte. Doch in Jekaterinoslaw konnte er sich nehmen, wen und was er wollte. Nachdem er auch diese Vorzüge seiner Macht erkannte, war keine Frau mehr vor ihm sicher. Wenn sie ihm gefiel, ließ er sie zu sich bringen, ganz gleich, ob verheiratet oder nicht.

In den folgenden Jahren baute Popov die Gruppe der ihn umgebenden *Ordnungshüter* kontinuierlich aus, wobei er sich bevorzugt der jungen Männer aus den unteren Schichten bediente. Verarmte Bauern, Tagelöhner, Arbeitslose. Selbst Kriminelle taugten für den Dienst in seiner Miliz. Sie alle kosteten die Vorzüge der Macht voll aus, die ihnen ihr Chef so beispielhaft vorlebte. Seine Privatarmee wuchs auf über hundert Männer an. Männer, deren einziger Lohn darin bestand, dass sie tun und lassen konnten, was sie wollten, solange es im Rahmen der weit gesteckten Grenzen blieb, die er ihnen vorgab.

Ein kurzes Telegramm aus dem Moskauer Innenministerium beendete Popovs Treiben am 28. Oktober 1927. Man setzte ihn darüber in Kenntnis, dass die Region Jekaterinoslaw ab sofort unter die Verwaltung einer Troika gestellt würde. Üblicherweise bestand die Troika aus dem Leiter der örtlichen NKWD-Verwaltung, einem Staatsanwalt und einem Parteisekretär der KPdSU. Und üblicherweise bediente sich das Ministerium bei der Besetzung dieser Posten auch der bereits im Amt befindlichen Personen. Doch Popov, dem die Rolle des NKWD-Funktionärs hätte zufallen müssen, wurde in einem knappen Satz darüber informiert, dass man seine Dienste nun andernorts benötigte. Das ausschweifende Leben ging jäh zu Ende.

Als sei er aus einem Traum erwacht, fand sich Popov wenige Tage später in einem kargen Dienstzimmer in Chortitza wieder. Sein unpräziser Auftrag lautete: „Umsetzung der parteipolitischen Ziele." Es gab keinen Zweifel. Er war wieder einmal degradiert worden.

Als die parteipolitischen Ziele konkretisiert wurden, geschah dies wieder nur im Telegrammstil. Wenige Worte, deren Inhalt viel Spielraum für Interpretationen ließ: „Aufbau der örtlichen Sowjets", „Eindämmung der religiösen Strukturen", „Entkulakisierung", „Ausweitung der Getreideabgaben", „Verstaatlichung der Schulen". Popov wusste, dass man ihn an der erfolgreichen Umsetzung dieser Maßnahmen messen würde, doch wie immer ließ man ihn im Unklaren darüber, wie dieser Erfolg konkret aussehen sollte. So blieb es wieder einmal seinem eigenen Ermessen überlassen, die geeigneten Maßnahmen zu ergreifen. Ging er dabei zu zaghaft vor, dann könnte man dies am Ende gegen ihn verwenden. „Solidarität mit dem Feind", hieß es dann. Es war daher besser, etwas forscher zu sein, da Eifer für die Sache selten als Grund für Fehlverhalten gedeutet wurde.

Popov erkannte schnell, dass er Verbündete in den Dörfern brauchte. Er inspizierte die örtlichen Sowjets und besetzte sie bei Bedarf mit neuen Leuten. Die Sowjets waren nach dem Krieg als Verwaltungsorgane eingesetzt worden, mit dem Ziel, die Entscheidungsprozesse in den Dörfern und Städten unter staatliche Kontrolle zu bringen. Was in der Theorie wie eine gute Idee klang, scheiterte in der Praxis jedoch fast immer am Unwillen der Dorfbewohner, die Autorität der Sowjets anzuerkennen. Popov versuchte daher gar nicht erst, diesen Organen mehr Durchsetzungskraft zu verschaffen, sondern konzentrierte sich darauf, die Mitglieder der örtlichen Sowjets zu schulen, wie sie wichtige Informationen gewinnen konnten. Aufgrund des miserablen Bildungsstands vieler Männer war das kompliziert, aber so langsam begann es, erste Früchte zu tragen.

In Osterwick konnte er diese Erfolge noch nicht verzeichnen. Er war heute erst zum zweiten Mal hier, hatte Gerassimow und seine Ratsgenossen nur einmal zuvor gesprochen. Zu wenig, um aus diesen Männern fähige Spitzel zu machen. Die Erwartungen an seinen Besuch waren daher auch nicht sehr hoch und es schien ihm für heute ausreichend, den Druck von oben nach unten weiterzugeben. Ganz im Sinne der sowjetischen Personalführung, die er selbst über all die Jahre hinweg genossen hatte. Popov saß schweigend auf seinem Stuhl und blickte den verlegen herumstehenden Gerassimow an.

„Warum brauchen wir für die Untersuchung zwei Monate, wenn wir den Fall in weniger als zwei Stunden erledigen könnten?“, fragte Gerassimow schließlich. Weniger aus Interesse als vielmehr, um dem durchdringenden Blick seines Vorgesetzten auszuweichen.

Popov lehnte sich laut schnaufend zurück, fuhr mit beiden Händen über seinen immer kahler werdenden Schädel. „Was passiert denn, wenn die Mennoniten kein Bethaus mehr haben?“

Gerassimow zögerte, wollte keine dumme Antwort geben: „Sie können keine Gottesdienste mehr feiern?!"

„Richtig. Und was passiert, wenn sie keine Gottesdienste mehr feiern können?"

Darauf wusste Gerassimow keine Antwort mehr.

„Ihr religiöses Leben hört auf zu existieren."

Popov sah Gerassimow an und merkte, dass der Mann nicht begriff, worauf er hinauswollte. Er musste es ihm erklären.

„Die Partei will, dass dieser Aberglaube, dieses religiöse Gehabe, aufhört. Wir beide wissen aber, dass diese Fanatiker jederzeit bereit sind, Widerstand zu leisten, wenn wir ihnen einfach ihre Religion verbieten. Wenn sie uns nun aber einen Grund liefern, ihre Kirche zu schließen, dann wird sich kein Widerstand erheben, da sie ja hoffen, ihre Kirche so schnell wie möglich zurückzubekommen. Sie ergeben sich sozusagen freiwillig in ihr Schicksal. Und wenn sie sich nicht mehr versammeln können, dann wird ihr Glaube über Kurz oder Lang bedeutungslos und wir haben gewonnen." Popov schlug die Hände ineinander, als wolle er sich selbst applaudieren.

„Ihre Aufgabe, Genosse Gerassimow, ist es, dafür zu sorgen, dass wir immer neue Gründe finden, die Rückgabe des Kirchengebäudes zu verzögern. Gerade um so viel, dass den Leuten genug Hoffnung bleibt, die weitere Verzögerung zu akzeptieren. Verstehen Sie das?"

Gerassimow begriff. Ein teuflisches Grinsen glitt über sein Gesicht und er kam nicht umhin, die durchtriebene Gerissenheit dieses Mannes zu bewundern.

Popov stand auf und ging um den vollen Schreibtisch herum. Er blieb vor Gerassimow stehen, hielt ihm die geöffnete Hand vor den Bauch und sagte: „Sie haben eine Liste für mich vorbereitet."

Gerassimow brach der Schweiß aus. Er wusste, dass er etwas vorbereiten sollte, aber ihm fiel nicht mehr ein, um was für eine Liste es sich handelte. Er ging an Popov vorbei zu seinem

Schreibtisch und begann, planlos in den Papierbergen herumzuwühlen, gab vor, nach etwas ganz Bestimmtem zu suchen. Er öffnete eine Schublade, um hektisch darin zu stöbern, bemerkte dabei nicht, wie sein Chef neben ihn trat. Plötzlich schoss ihm ein höllischer Schmerz in die Finger. Popov hatte die Schublade mit einem Ruck zugeschoben und hielt nun seine Hände eingeklemmt. Gerassimow realisierte, dass etliche Finger gebrochen sein mussten, und er sah flehentlich zu dem Mann auf, der ihn auf so brutale Weise gefangen hielt.

„Ich weiß nicht, wo die Liste ist", wimmerte er leise.

„Von welcher Liste sprechen wir denn?" Popov blieb ganz ruhig, klang fast fürsorglich, als er Gerassimow weiter ausfragte.

„Ich weiß es nicht mehr. Ich weiß nicht mehr, welche Liste ich zusammenstellen sollte."

„Gut, dann gehen wir das Ganze doch noch einmal gemeinsam durch." Popov hielt die Schublade weiter fest zugedrückt. „Ich wollte eine Liste aller Schüler, deren Eltern eine Wirtschaft betreiben. Und diese Liste sollten Sie von dem Lehrer bekommen, den wir beide im letzten Monat eingestellt haben. Erinnern Sie sich wieder, Genosse Gerassimow?"

Popov ließ ihn los und Gerassimow sank laut keuchend auf seinen Stuhl zurück. Von seinen Händen tropfte Blut, und einige Finger standen in unnatürlichem Winkel ab, ohne dass er sie noch bewegen konnte. Jetzt dämmerte es ihm wieder. Die Liste der Kinder, die Oleg ihm letzte Woche gegeben hatte, lag direkt vor ihm auf dem Tisch. Hätte er nicht so viel gesoffen, er hätte sich diese schmerzhafte Prozedur ersparen können. Gerassimow deutete mit einer Kopfbewegung auf den linken Stapel und hieß Popov, die obersten Blätter zu nehmen. Irgendwo dazwischen fand er schließlich das gesuchte Papier.

„Von allen Kindern auf dieser Liste", Popov tippte mit dem Zeigefinger auf das Blatt Papier, „möchte ich einen Aufsatz lesen zu dem Thema: Die besten Geheimverstecke meiner Familie."

Popov nahm seine Aktentasche und ging zur Tür. „Ich komme nächste Woche wieder."

Taufe

Osterwick 1929

Zwei Wochen später fand die Taufe statt. Auch wenn die Mennoniten ihr Bethaus weiterhin nicht nutzen konnten, wollten sie sich ihren Gehorsam gegenüber Gottes Geboten nicht verbieten lassen. Die Taufe bot eine gute Gelegenheit, um zu zeigen, dass ihre Frömmigkeit nicht von einem festen Versammlungsort abhing.

Sie tauften in der Regel einmal im Jahr. An einem Sonntag im Frühsommer fand sich die gesamte Gemeinde an der Tränke ein, um dieses besondere Fest zu feiern. Erwachsene und Kinder säumten das Ufer, sangen Choräle, während sich die Taufkandidaten auf ihren Gang in das Wasser vorbereiteten. Ein besonderer Moment im Leben der Jugendlichen, der sie neben ihrem öffentlichen Bekenntnis zum Glauben an Jesus Christus Teil der Gemeinde werden ließ. Auch Willi freute sich auf die Taufe, obwohl ihn seit der Diskussion mit Elisabeth die Frage umtrieb, was denn passierte, wenn man sich nicht taufen lassen wollte. Er hatte darauf immer noch keine passende Antwort gefunden.

Ohne es sich eingestehen zu wollen, wartete Willi gespannt auf den Moment, an dem Elisabeth wieder aus dem Wasser auftauchte. Niemals kamen die Jungs dem Anblick eines durchnässten Mädchens näher als bei dieser Gelegenheit. Und auch wenn keiner von ihnen diese niederen Beweggründe zugegeben hätte, sprach es doch Bände, dass sie sich immer die vordersten Plätze am Ufer aussuchten, um einen möglichst unverstellten Blick auf die Mädchen zu erhaschen.

In der Vergangenheit blieben die Mennoniten an einem Taufsonntag unter sich; schließlich gab es kaum jemanden, der sich nicht zu ihrer Gemeinschaft zählte. Doch das änderte sich in den Jahren nach der Hungersnot. Mittlerweile kamen mehr Schaulustige zu einer Taufe, als es Willi lieb war. Er hatte kein Problem damit, wenn Isaak oder andere Freunde dabeistanden, auch wenn er sich im Nachgang ihrem Spott ausgesetzt sah. Er wusste, dass sie ihm grundsätzlich wohlgesonnen waren. Doch von den Zuschauern, die sich heute an der Tränke einfanden, wusste er das nicht unbedingt zu sagen. Mehrere Halbwüchsige standen mit verschränkten Armen etwas abseits und schauten dem Treiben der Mennoniten zu. Sie sagten kein Wort, doch ihre Anwesenheit wirkte wenig vertrauenerweckend.

Gottfried stand bereits bis zur Hüfte im Wasser, ein Zeichen, dass es nun endlich losgehen konnte. Er erklärte den Taufritus noch einmal ausführlich, wohl auch, um die Neugierde der Zuschauer zu befriedigen. Willi fand, dass er gute Worte wählte. Dann wateten die elf Täuflinge in ihren weißen Gewändern hinaus ins Wasser, so weit, bis es ihnen gerade über die Knie reichte. Dort warteten sie darauf, nacheinander von Gottfried aufgerufen zu werden. Offensichtlich hatten zwei Kandidaten noch einen Rückzieher gemacht und Willi ahnte, dass er sich dafür noch vor den Ältesten würde rechtfertigen müssen.

Elisabeth kam als Dritte dran. Sie stellte sich neben Gottfried, wartete auf das Ende seines Gebets und ließ sich dann, von ihm gestützt, rücklings in die Fluten fallen. Sie verschwand für einen kurzen Moment unter der Wasseroberfläche, bis Gottfried sie wieder emporhob. Sie hielt ihre Augen geschlossen und die rechte Hand drückte sie fest auf die Nase.

Vielleicht hatte sie ein bisschen Wasser geschluckt, dachte Willi und er sah ganz genau hin, als sie zurück ans Ufer kam, um dort von den Frauen mit Handtüchern in Empfang genommen zu werden. Es war nur ein Augenblick, doch Willi entging nicht, wie der dicke Stoff des weißen Gewandes an ihrem Körper klebte. Es gefiel ihm.

Nach der Zeremonie versammelte sich die Gemeinde in der Scheune der Diercksens zu einem gemeinsamen Mittagessen, zu dem alle Familien, wie üblich, etwas beitrugen. Die Tische ächzten unter der Last der Speisen. Niemand sollte hungrig bleiben. Ganz im Gegenteil, jeder Gast sollte am Ende der Feier noch etwas mit nach Hause nehmen können.

Als Willi die Tränke verließ, musste er an den Jugendlichen des Komsomol vorbei, die immer noch schweigend und mit verschränkten Armen dastanden.

In der Scheune der Diercksens angekommen, reihte er sich in die lange Schlange am Buffettisch ein, gerade so, dass er hinter Elisabeth zu stehen kam. Wie alle Täuflinge hatte auch sie sich schon wieder umgezogen und nur ihre feuchten Haare zeugten noch von dem Untertauchen.

„Herzlichen Glückwunsch, Elisabeth", raunte Willi ihr zu.

Sie drehte sich ein wenig zu ihm um, gerade so weit, dass sie über die Schulter hinweg antworten konnte. „Danke."

„Und, wie war es für dich?"

„Es fühlte sich etwas merkwürdig an. Doch jetzt bin ich froh, diesen Schritt gewagt zu haben."

Willi konnte sein Glück kaum fassen. Zum ersten Mal kam er mit Elisabeth regelrecht ins Plaudern. „Wie meinst du das? Wegen der Zuschauer?"

„Na ja, es fühlt sich halt komisch an, derart im Mittelpunkt zu stehen und …"

Sie konnte den Satz nicht beenden, da Maria, Willis Schwester, sich vor ihre Freundin drängelte und sie sofort in ein Gespräch verwickelte. Willi hätte sie am liebsten eigenhändig aus der Scheune geworfen. Er blieb schweigend hinter den Mädchen stehen, füllte sich – als er an die Reihe kam – den Teller so voll es nur ging und gesellte sich zu seinen Freunden. Viel lieber hätte er neben Elisabeth gesessen, aber das konnte er sich in diesen frommen Kreisen nicht erlauben. Er hoffte auf eine neue Gelegenheit, um das Gespräch fortzusetzen.

Heiratsantrag

Osterwick 1929

Als Willi seine Haustür aufschloss, traf ihn die Stille wie ein Keulenschlag. Er hasste die Einsamkeit. Zu seiner eigenen Überraschung fiel es ihm viel schwerer als gedacht, allein zu sein. Immer wieder hatte er sich eine Rückzugsmöglichkeit gewünscht, einen Ort, an dem ihm niemand auf die Nerven ging und er allein mit sich und seinen Gedanken sein konnte. Und jetzt, wo sich sein Wunsch endlich erfüllt hatte, beklagte er die Stille in seinem Haus. Er hatte sich so sehr an das enge Zusammenleben gewöhnt, dass ihm das Familienleben im Haus der Diercksens nun fehlte.

Ohne Konrad wäre er vermutlich schon längst wieder zurück zu seiner Schwester gezogen. So aber saß er auch an diesem Abend allein in seinem spärlich eingerichteten Haus, abwechselnd auf sein Bett, den Schrank oder die Kommode starrend. Mehr gab es nicht. Selbst die Vorhänge an den Fenstern fehlten noch. Es war nicht schwer gewesen, das kleine Haus in der Nähe der Fabrik anzumieten. Viel schwerer würde es nun werden, es mit Leben zu füllen.

Willi kaute auf einem trockenen Stück Brot herum, während seine Gedanken immer wieder zu Elisabeth wanderten. Er dachte mittlerweile jede freie Minute an sie, sehnte sich nach ihrer Anwesenheit. Wieder und wieder versuchte er einzuschätzen, ob sie seine Gefühle erwiderte; was ihm schwerfiel, da sie seit der Taufe nur wenige Worte miteinander wechseln konnten.

Seine Schwester Maria hatte ihm augenzwinkernd zugeraunt, dass er offensichtlich bis über beide Ohren verliebt sei. Willi erschrak über ihre Bemerkung, war er doch die ganze Zeit bemüht, sich nichts anmerken zu lassen. Doch Maria lachte nur, als sie das erschrockene Gesicht ihres Bruders sah. Sie klopfte ihm ermutigend auf die Schulter und meinte, dass er und Elisabeth gut zusammenpassten. Drei Monate waren seitdem vergangen. Drei Monate, in denen Willi eine Entscheidung vor sich herschob. Und je länger er sich vor dieser Entscheidung drückte, desto mehr schlug sie ihm aufs Gemüt. Er wusste, dass er diesem Teufelskreis nur entkommen konnte, wenn er endlich den Mut aufbrachte, Elisabeth einen Antrag zu machen.

Samstagabend, kurz nach Einbruch der Dunkelheit, fuhr Willi am Haus der Neufelds vor. Er hatte sich von Isaak ein Gespann ausgeliehen, weil er nicht den Mut aufbrachte, Konrad danach zu fragen. Normalerweise überließ man den Söhnen für diesen wichtigen Anlass das beste Pferd mitsamt Kutsche, galt es doch, von der ersten Minute an einen guten Eindruck zu machen. Doch Willi war sich nicht sicher, ob er mit dem altersschwachen Maulesel dieses Ziel erreichen würde. Trotzdem besser, als zu Fuß zu kommen, dachte er.

Willi band das Tier am Zaun fest und betrat das Grundstück der Neufelds. Seine Anzughose und der Sakko saßen schlecht, was vermutlich daran lag, dass er so schwitzte. Das

Herz schlug ihm jetzt bis zum Hals und er wäre am liebsten auf der Stelle umgekehrt, als er nun den vor ihm liegenden Weg zur Haustür abschritt. Stundenlang hatte er sich gedanklich auf diesen Moment vorbereitet, doch als er sich dem Haus näherte und im Türrahmen Elisabeths Vater erkannte, merkte er, dass seine gesamte Planung umsonst gewesen war. Nichts konnte einen jungen Mann auf diese erste Begegnung mit dem zukünftigen Schwiegervater vorbereiten. Willi streckte ungelenk seine Hand aus, versuchte, Elisabeths Vater höflich zu begrüßen. Zu spät bemerkte er, dass ihm noch zwei Schritte fehlten, damit der Handschlag erwidert werden konnte. So stand er mit ausgestreckter Hand vor dem Haus der Neufelds und kam sich wie ein kompletter Versager vor.

Peter Neufeld, ein freundlicher Mann, sah über die Unbeholfenheit seines jungen Gastes hinweg, ging die zwei Schritte auf Willi zu und ergriff seine zum Gruß gereichte Hand. „Willi, was können wir zu so später Stunde für dich tun?", fragte er ruhig, wohlwissend, welch wichtiges Anliegen den gut gekleideten jungen Mann zu ihnen geführt hatte.

„Ich …", Willi stockte die Stimme, als er merkte, wie trocken sein Mund war. Er schluckte und setzte noch einmal an. „Ich bin gekommen, um mit Elisabeth zu sprechen."

„Mit Elisabeth? Was ist denn so wichtig, dass es nicht bis morgen warten kann?" Peter Neufeld schien die Situation zu genießen, blieb aber trotzdem bemüht, dem aufgeregten Willi eine Brücke zu bauen.

Willi hob den Blick, nahm all seinen Mut zusammen und sprach mit klarer Stimme: „Ich möchte um die Hand deiner Tochter anhalten, Peter."

Nun war es raus. Er hatte sein Anliegen klar und deutlich formuliert. Wenn Peter Neufeld keine grundsätzlichen Einwände hatte, dann müsste er ihn nun zu Elisabeth bringen. Doch Peter stand einfach nur da, legte den Kopf etwas zur Seite und lächelte Willi freundlich an.

„Du willst also um die Hand meiner Tochter anhalten?“

Peter Neufeld trat einen Schritt zurück und musterte Willi von oben bis unten. Der stand einfach nur da, wusste nicht, was er sagen sollte. Die Art und Weise, wie Peter seine Frage stellte, ließ in ihm die Sorge aufkommen, dass er als nicht gut genug befunden werden könnte.

„Du bist ein guter Junge, Willi. Ich kenne dich von Kindesbeinen an. Und auch deine Eltern kannte ich sehr gut. Ein Jammer, dass sie so früh gestorben sind. Ich für meinen Teil würde mich glücklich schätzen, dich als Schwiegersohn begrüßen zu dürfen. Doch das ist allein Elisabeths Entscheidung. Was ich aber gerne vorab wissen möchte, ist, wie du gedenkst, eine Familie zu versorgen.“

„Ich arbeite hart und fleißig“, erwiderte Willi, ohne zu zögern.

„Was arbeitest du denn, Willi? Ich habe gehört, dass du nicht mehr auf dem Hof der Diercksens lebst.“

„Das stimmt. Ich bin vor drei Monaten ausgezogen. Ich arbeite jetzt in der Schulz-Fabrik als Buchhalter.“ Willi streckte sich. Er sprach klar und deutlich. Sein Selbstvertrauen kehrte zurück. Er kam nicht als Jüngling, der immer noch bei seinen Eltern wohnte, sondern als junger Mann, der seine Erfahrungen beim Bau des Dnjepr-Staudamms gesammelt und bereits eine Ausbildung zum Buchhalter abgeschlossen hatte. Er war bereit, die nächsten Schritte im Leben eines Erwachsenen zu gehen. Er hatte einen eigenen, noch unvollkommenen Hausstand gegründet, den er nun mit der Frau teilen wollte, die er liebte. Er war hier, um Elisabeth zur Frau zu gewinnen, und davon wollte er sich nicht abbringen lassen.

„Darf ich bitte mit Elisabeth sprechen!“

Peter Neufeld erkannte zufrieden, dass Willi seine Bitte nicht als Frage formulierte, und war gerne bereit, ihn in sein Haus zu führen.

Sie saßen sich schweigend in der großen Stube gegenüber, wissend, dass hinter der angelehnten Tür wenigstens sechs Paar neugierige Kinderohren lauschten. Das machte die Gesprächseröffnung nicht leichter und Willi durfte nicht daran denken, was die Geschwister mit ihm machten, würde Elisabeth ihn nun abweisen. Üblicherweise hängten sie einen Weidenkorb an den Wagen des zurückgewiesenen Freiers und rannten in wilder Traube hinter ihm her. Jeder im Dorf erfuhr auf diese Weise, dass gerade ein junger Mann von seiner Herzdame zurückgewiesen worden war. Dreimal war Willi selbst Teil einer solchen Kinderschar, wünschte sich jetzt aber, ein bisschen gnädiger mit den traurigen Gestalten umgegangen zu sein, die sie einst durch das Dorf gejagt hatten.

„Elisabeth, kannst du dir vorstellen, warum ich heute hierher zu dir gekommen bin?"

Willi hätte sich ohrfeigen können für so eine dämliche Frage. Natürlich wusste sie, warum er hier war, aber ihm fiel einfach keine bessere Gesprächseröffnung ein. Er versuchte, sich nicht von Elisabeths Anblick verwirren zu lassen, auch wenn es ihm schwerfiel.

Sie saß aufrecht auf der Couchkante, das schlichte Kleid glattgestrichen und hochgeschlossen. Ihr Haar trug sie zu einem Knoten zusammengebunden, den Blick vornehmlich gesenkt. Sie spielte nervös an ihren Fingerkuppen, hielt die Hände aber die ganze Zeit in ihren Schoß gepresst. Sie war mindestens genauso aufgeregt wie er.

„Ja, ich glaube schon", sagte sie.

„Ich bin gekommen, um dich zu fragen, ob du meine Frau werden möchtest."

Willi sah sie an, doch sie hob ihren Blick noch immer nicht. Er konnte nicht abschätzen, wie sie seine Worte aufnahm. Die innere Anspannung zerriss ihn förmlich, als sie nichts erwiderte.

„Seit ich vom Staudamm zurückgekehrt bin, begegnen wir uns immer wieder und ..." Willi hielt kurz inne, konzentrierte sich auf seine nächsten Worte. „Und ich merke, dass du mir mehr bedeutest als die anderen Mädchen im Dorf. Es wäre mir eine große Freude, wenn du ähnlich empfindest, Elisabeth."

„Ich habe schon bemerkt, dass du häufig zu Hause warst, wenn ich Maria besucht habe, aber nicht mehr in der letzten Zeit."

„Ja, richtig. Ich bin ausgezogen, in ein eigenes kleines Haus in der Nähe der Fabrik."

Willi stellte erfreut fest, dass ihr seine Abwesenheit aufgefallen war, konnte aber immer noch nicht abschätzen, ob er dies als gutes Zeichen deuten durfte oder doch nur als höfliches Geplänkel vor der Abfuhr. Er spürte, wie ihm der Schweiß den Rücken hinunterlief und sein weißes Hemd unangenehm auf der Haut klebte.

„Maria erzählte mir, was du für mich empfindest, und ich kann nicht sagen, dass es mir nicht gefallen hätte", sagte sie.

Willi platzte fast vor Freude. Das klang wie ein Ja, aber doch versehen mit zu vielen Verneinungen, als dass er sich schon sicher sein konnte.

„Heißt das, du empfindest genauso wie ich?", fragte er ganz zaghaft.

Elisabeth schaute Willi nun mit ihren braunen, ernsten Augen an. Sie wirkte angespannt, was aber für sie nicht ungewöhnlich war. Ihre Mimik, so viel wusste Willi bereits, ließ wenig Rückschlüsse auf ihre Gemütslage zu.

„Ja, ich empfinde genauso wie du", sagte sie schließlich und das Funkeln ihrer Augen verriet, dass sie diesen Moment ebenso herbeigesehnt hatte wie Willi.

„Dann frage ich dich, Elisabeth: Willst du meine Frau werden?"

„Ja, das will ich!“, antwortete sie noch ein wenig schüchtern.

Das Poltern hinter der Tür motivierte Willi, ein weiteres Mal zu fragen. Diesmal so laut, dass jeder es hören musste: „Elisabeth, willst du meine Frau werden?“

Sie lachte, drehte sich dann ebenfalls in Richtung der Tür und wiederholte ihre Antwort, dieses Mal laut und deutlich: „Ja, ich will.“

Unerwarteter Besuch

Osterwick 1929

Die Hochzeit sollte vier Wochen später stattfinden. Normalerweise hätte es davor noch eine große Verlobungsfeier gegeben, doch Willi und die Neufelds einigten sich darauf, diese Feier nur im kleinen familiären Rahmen abzuhalten, um ihr Geld für die Hochzeit aufzusparen. Da Willi keine zahlungskräftige Familie mehr hinter sich hatte und auch die Neufelds zusehen mussten, wie sie die Mäuler einer zehnköpfigen Familie gestopft bekamen, blieb ihnen gar keine andere Wahl, auch wenn Elisabeths Mutter nicht aufhören wollte, diesen Umstand zu beklagen. Zu gerne wollte sie ihrer Tochter die Freude einer großen Verlobungs- und Hochzeitsfeier machen. Aber es ging leider nicht mehr. Die Abgaben wurden von Jahr zu Jahr immer höher und die Osterwicker spürten nach den Jahren der Entspannung schon wieder den eisernen Griff der sowjetischen Regierung.

Der große Tag rückte näher. Um seine zukünftige Frau zu beeindrucken, ließ Willi seinen Anzug reinigen und gönnte sich den Luxus eines teuren Haarschnittes. Das Haus brachte er gründlich auf Vordermann, und dank der tatkräftigen Unterstützung seiner Schwester Maria hingen nun endlich auch Gardinen vor den Fenstern.

Willis Gedanken kreisten jede freie Minute um das bevorstehende Ereignis. Er war aufgeregt, ganz besonders, wenn er an die Hochzeitsnacht dachte. Natürlich besprach er sich mit seinen Freunden, aber nur um festzustellen, dass sie mit ihrem großspurigen Geprahle nichts weiter als die eigene Ahnungslosigkeit zu verstecken suchten. Willi staunte, wie wenig sie alle über dieses wichtige Thema wussten. Er selbst war jetzt zweiundzwanzig Jahre alt und wusste immer noch nicht so recht, was da zwischen Mann und Frau genau passierte. Er nahm sich vor, es mit seinen eigenen Kindern einmal anders zu handhaben, würde er bis dahin doch hoffentlich noch die notwendigen Erfahrungen sammeln. Sie sollten nicht so ahnungslos bleiben wie er selbst.

Als er an diesem Abend wie gewöhnlich von der Arbeit nach Hause kam, stellte er erschrocken fest, dass die Tür seines Hauses offen stand. Er war sich sicher, das Haus beim Verlassen gut abgeschlossen zu haben, und überlegte kurz, ob er seine Schlüssel vielleicht einem Freund gegeben hatte. Doch der Schlüssel befand sich in seiner Tasche. Sein Magen krampfte sich zusammen. Jemand hatte sich gewaltsam Zutritt verschafft. Sofort gingen seine Gedanken zurück zu jenem Tag, als sie den Banditen so unvermittelt in ihrer Küche vorfanden. Der kleinste Anlass reichte aus, und die sorgfältig unterdrückte Angst stieg wieder an die Oberfläche.

Er wollte gerade kehrtmachen, den Dorfschulzen herbeirufen, da hörte er aus dem Inneren seines Hauses eine tiefe Männerstimme: „Wohnen Sie hier?"

Sich zu verstecken oder Hilfe zu holen, hatte nun keinen Sinn mehr. Langsam betrat Willi die Stube seines Hauses, in der ein Mann auf ihn wartete. Es dauerte einen kurzen Moment, bis sich Willis Augen an das Halbdunkel in seinem Haus gewöhnt hatten. Dann begegnete er dem Blick des Fremden. Kein Zweifel, es handelte sich nicht um einen Freundschaftsbesuch.

„Ja, ich wohne hier. Und wer, bitte, sind Sie und was haben Sie in meinem Haus zu suchen?“, fragte er mit aufgesetzter Entrüstung.

Der Mann lächelte höhnisch und verschränkte die Arme. Das Quietschen seines langen, schwarzen Ledermantels war nicht zu überhören. Ein *Tschekist*, dachte Willi.

„Ich finde es etwas unpassend, von Ihrem Haus zu sprechen. Soweit ich weiß, gehört dieses Haus der Schulz-Fabrik, die in Kürze Eigentum des sowjetischen Volkes sein wird. Faktisch gehört dieses Haus also nicht Ihnen, sondern der Regierung der Sowjetunion, was mir demnach alle Rechte einräumt, dieses Haus zu betreten, wann immer ich es will.“

Willi verstand nicht, worauf der Mann hinauswollte.

„Ihre Papiere“, sagte der *Tschekist*, als er mit ausgestreckter Hand auf Willi zukam. Sein Gang war ungeschickt, fast schien er zu torkeln, und seine Aussprache war viel undeutlicher, als es der Inhalt seiner Worte zunächst erahnen ließ. Der Mann schien betrunken. Willi ging an ihm vorbei, tat so, als durchsuche er eine Kommode nach den gewünschten Papieren. Aus dem Augenwinkel sah er, wie der Mann etwas aus seinem Ärmel zog.

„Mir ist zu Ohren gekommen, dass hier in diesem Haus regelmäßig geheime Treffen stattfinden“, sagte der Mann mit drohendem Unterton.

„Keineswegs sind diese Treffen geheim“, erwiderte Willi energisch. „Seitdem unsere Kirche geschlossen ist, treffen wir uns in kleinen Gruppen in unseren *Privathäusern*.“ Er konnte es sich nicht verkneifen, das Wort Privathäuser besonders deutlich zu betonen. „Eine Gruppe trifft sich einmal in der Woche hier bei mir. Wir lesen in der Bibel, beten und tauschen uns über unseren Glauben aus. Diese Treffen sind offen für jedermann und keineswegs geheim. Wir haben nichts zu verbergen."

„Nun gut, dann haben Sie bestimmt auch eine Erklärung hierfür."

Willi erkannte den Gegenstand, den der Mann gerade aus seinem Ärmel gezogen hatte und ihm nun vor die Nase hielt. Es war ein gerahmtes Bild des Zaren Nikolaus II.

„Dieses Bild gehört mir nicht und ich habe es auch noch nie zuvor gesehen."

Der *Tschekist* gab sich unbeeindruckt. Er musste eine Quote erfüllen. Auch seine Vorgesetzten interessierten sich nicht für die Umstände, die zu einer Verhaftung führten. Ihnen ging es lediglich darum, eine hohe Anzahl an Verhaftungen durchzuführen, um sicherzustellen, die wirklich Schuldigen mit hoher Wahrscheinlichkeit zu erwischen. Heute Abend sollte Willi dazu dienen, die Quote zu erfüllen.

Er überlegte, wie er sich aus dieser Situation befreien konnte, dann sah er, wie der Mann seinen Mantel zur Seite schlug, um nach dem Revolver zu greifen, der gut sichtbar in seinem Gürtel steckte. Willi reagierte reflexartig. Er schnellte vor, stieß den Mann zur Seite, der diesen Fluchtversuch nicht kommen sah. Das verschaffte Willi den nötigen Vorsprung, um die Tür zu erreichen, noch bevor der *Tschekist* seine Waffe ziehen konnte. Er war gerade hindurch, als hinter ihm ein Schuss krachte. Holz splitterte an der Stelle ab, wo die Kugel in den Türrahmen drang, ihn nur um Haaresbreite verfehlte.

Willi rannte, so schnell er konnte, hoffte, dass der Mann in seinem angetrunkenen Zustand weiter so schlecht zielte. Er hörte ihn rufen, einen Befehl, sofort stehen zu bleiben. Aber Willi dachte nicht daran, dieser Aufforderung nachzukommen. Er wusste, dass es nicht um ihn als Person ging, sondern nur darum, dass überhaupt jemand verhaftet wurde. Wahrscheinlich kannte der Mann noch nicht einmal seinen Namen und würde schnurstracks ins Nachbarhaus gehen, um dort jemanden festzunehmen. Hoffentlich. Willi verlangsamte seinen Schritt ein wenig und drehte sich um. Er vermutete, dass er seinen Verfolger abgehängt hatte. Doch da irrte er sich. Er sah den *Tschekisten* hinter sich hereilen. Der Alkohol und der lange Mantel behinderten seinen Lauf, dennoch schloss er zielstrebig zu Willi auf, der sich noch immer auf offener Straße in Richtung Fabrik befand. Hatte es der Mann wirklich auf ihn abgesehen? Willi begann wieder zu rennen, vergrößerte den Abstand zu seinem Verfolger schnell. Er rannte an der Fabrik vorbei, geradewegs zur Tränke, wo er sich unter einem der überhängenden Weidenbäume versteckte.

Es war mittlerweile schon fast dunkel und Willi hoffte, hier im Schutz der Bäume und der hereinbrechenden Nacht unentdeckt zu bleiben. Er konnte den *Tschekisten* bereits hören, der sich nun laut keuchend direkt auf sein Versteck zubewegte. Wie konnte er wissen, wo er sich befand? Willi duckte sich immer tiefer unter die Weidenzweige, bis er fast im Wasser stand. Wenn nötig, würde er hineinspringen und untertauchen, doch er wartete noch ab. Der Mann blieb stehen, stemmte die Hände in die Seite und rang deutlich hörbar nach Luft. Dann steckte er sich laut fluchend eine Zigarette an, keine drei Meter von Willis Versteck entfernt.

Willi griff nach einem faustgroßen Stein. Es wäre ein Leichtes, jetzt aus dem Versteck hervorzuschnellen und dem Mann den Schädel einzuschlagen. Er drehte ihm sogar den Rücken zu. Er würde es gar nicht merken, wenn Willi sich auf ihn stürzte. Einen besseren Moment gab es nicht. Zorn und Wut stiegen in ihm auf. Er wollte es dem Mann heimzahlen, ihn für all das Unrecht büßen lassen, das er und seinesgleichen über sie alle gebracht hatte. Wie konnte es falsch sein, diesen Mann hier und jetzt zu töten, bevor er noch weiteres Unheil anrichtete?

Seine Muskeln waren bis aufs Äußerste angespannt, seine Hand umklammerte den Stein, als wolle er ihn zerquetschen. Doch genauso plötzlich, wie er gekommen war, verschwand der Zorn auch schon wieder. Er konnte diesen Mann nicht töten. Er wusste, dass es ihm nicht zustand, das Leben eines Menschen zu beenden, auch wenn es noch so viele Gründe gab, die vermeintlich dafür sprachen. Willi blieb unsichtbar in seinem Versteck und blickte dem Mann hinterher, der nun rauchend im letzten Licht der Abenddämmerung verschwand.

Treffen im Wald

Osterwick 1929

Warum hatte er sich nur auf diese Idee eingelassen? Nachts. Mitten im Wald. Ohne weitere Erklärung. Isaak hielt sich weder für spontan noch mutig. Er brauchte einen Plan, musste sich vorbereiten. Und wäre es nicht Alina gewesen, die ihn um dieses geheime Treffen bat, dann hätte er sofort abgewunken. Nun wartete er bereits seit einer halben Stunde am vereinbarten Treffpunkt und fragte sich mit zunehmendem Verdruss, ob sie ihm nicht doch nur einen Streich gespielt hatte.

In den letzten Wochen waren sie sich fast täglich begegnet, tauschten, wie verabredet, die Wassereimer und nutzten die wenigen Minuten, um miteinander zu plaudern. Isaak genoss diese kurzen Momente. Je häufiger sie sich sahen, desto mehr wuchs das Verlangen in ihm, Alina noch besser kennenzulernen. Überwog anfangs noch der Ehrgeiz, allen zu beweisen, dass er in der Lage war, das schönste Mädchen des Dorfes zu erobern, reifte in ihm nun die Gewissheit, dass er sich wirklich in sie verliebt hatte. Sollte er es wagen, um ihre Hand anzuhalten? Seit Tagen wägte er seine Aussichten ab, ohne zu wissen, ob sie seine Gefühle erwiderte oder nicht. Wenn nicht, dann lief er Gefahr, alles kaputt zu machen, was er bis hierhin schon erreicht hatte. Und wenn doch, er aber nur zu feige war, sie zu fragen, dann würde er ebenfalls alles verlieren. Es blieb ihm gar keine andere Wahl. Er musste sie fragen. Bei dem Gedanken, Alina zu heiraten, begann sein Herz zu rasen.

Isaak wartete am Fuß eines großen Kastanienbaumes, den er dank des hellen Mondscheins problemlos fand. Obwohl sich der lange Sommer langsam dem Ende zuneigte, blieb es tagsüber weiterhin ungewöhnlich warm, sodass sich in den Abendstunden immer noch deutlich mehr Menschen draußen aufhielten als gemeinhin üblich. Selbst auf seinem Weg durch den Wald begegnete Isaak mehreren Pärchen, die den lauen Abend für einen Spaziergang nutzten. Seine Sorge über diesen etwas zwielichtigen Ort erwies sich zum Glück als völlig unbegründet.

Alina erschien wie aus dem Nichts. Isaak erschrak, da er sie in ihrer ungewöhnlichen Kleidung nicht sofort erkannte. Sie trug diesmal kein Kleid, sondern eine Hose, zusammen mit einem leichten Pullover. Das blonde Haar trug sie zu einem Zopf geflochten. Isaak sprang auf seine Beine, blickte die junge Frau mit offenem Mund an, die er so gekleidet noch nie zuvor gesehen hatte. Genau genommen hatte er noch nie ein Mädchen in Männerkleidung gesehen.

„Du solltest dein Gesicht sehen", sagte sie mit einem leisen Lachen. „Ich hoffe, du hast nicht jemand anderen erwartet."

„Nein, nein … ganz und gar nicht. Es ist nur …" Isaak fehlten die Worte. „Du siehst nur so … ungewohnt aus."

„Ungewohnt oder hässlich?", fragte sie mit gespielter Entrüstung.

„Auf gar keinen Fall hässlich. Ganz im Gegenteil. Du würdest selbst in einem Kartoffelsack noch wunderschön aussehen."

„Danke für das Kompliment, Isaak Brodski."

Da war sie wieder, diese Leichtigkeit, mit der sie sich in

den vergangenen Wochen immer wieder geneckt hatten. Auf diese Weise konnte Isaak ihr Komplimente machen, die seine Absichten sehr wohl verrieten, gleichzeitig aber eine höfliche Distanz wahrten.

„Warum treffen wir uns mitten in der Nacht hier im Wald? Kannst du dir vorstellen, wie ich mich aus dem Haus meiner Eltern schleichen musste?", fragte Isaak mit leisem Vorwurf in der Stimme.

Alina trat ganz dicht an Isaak heran. Ihr Duft verschlug ihm die Sprache.

„Was glaubst du denn, wie ich hierhergekommen bin?", fragte sie.

Isaaks Blick hing an ihren Lippen, die sich so nahe vor seinem Gesicht bewegten wie noch nie zuvor. Er spürte den fast schon schmerzhaften Drang, sie zu küssen, doch er hielt sich zurück. Er wollte nichts kaputt machen.

„Was machen wir hier, Alina?"

Anstatt zu antworten, trat sie noch einen Schritt näher, senkte ihren Kopf und küsste Isaak zärtlich auf den Mund. Nur eine ganz kurze Berührung, doch Isaak war es, als ob sein Herz explodierte. Er schaute sie mit großen, fragenden Augen an, unsicher, ob er das alles nicht doch nur träumte. Dann legte er zaghaft seine Hände um ihre Taille. Sie küssten sich wieder, diesmal länger, leidenschaftlicher, suchender. Ihre Zungen berührten sich, ließen nicht voneinander ab. Isaak umschlang sie mit seinen Armen, seine Hände begannen, ihren schlanken Körper zu erforschen und sie erschauerte, als er ihre Brüste berührte. Sie spürte seine Erregung, presste ihm ihr Becken erwartungsvoll entgegen. Er schob seine Hand in ihren Hosenbund, legte sie auf ihren Po, um Alina noch enger an sich heran zu drücken. Sie wussten jetzt beide, wohin das führen würde, und ließen sich bereitwillig treiben.

Später saßen sie schweigend eng beieinander, ihre Kleidung nur flüchtig wieder zurechtgezogen. Isaak fand keine Worte, um zu beschreiben, was er gerade erlebt hatte. In seinen kühnsten Wünschen wagte er nicht, sich solche Leidenschaft vorzustellen. Und schon gar nicht mit Alina, die ihm selbst im Verlauf ihrer wachsenden Bekanntschaft immer noch unerreichbar schien. Er kam sich vor wie in einem Traum, als er sich fragen hörte: „Alina, willst du mich heiraten?"

„Wie? Soll ich etwa einen Juden heiraten?", war ihre unerwartete Antwort.

Isaak zuckte zusammen. Er bemerkte ihre Ironie nicht, konnte ihren Gesichtsausdruck nicht deutlich genug erkennen. „Was macht es denn für einen Unterschied, ob ich Jude oder Christ bin?", fragte er entrüstet.

Bemüht, das Missverständnis zu korrigieren, rückte Alina wieder dichter an Isaak heran. Sie legte ihre Lippen sanft auf seinen Mund und schob die Hand ungefragt in seine noch geöffnete Hose. „Und ob das einen Unterschied macht, Isaak. Und glaub mir, ich liebe diesen Unterschied. Und ja, ich will deine Frau werden."

Isaak war überwältigt. Nie hätte er zu träumen gewagt, mit Alina zu schlafen oder um ihre Hand anzuhalten. Sich gar vorzustellen, dass sie seinen Antrag erwiderte. Er konnte sein Glück kaum fassen.

„Warum willst du meine Frau werden?", fragte er, immer noch mit dem Hauch eines letzten Zweifels.

„Weil du dich als Einziger wirklich bemüht hast, mich kennenzulernen. Weil du mich zum Lachen bringst und weil du, Isaak Brodski, dir meiner, selbst in solch einem intimen Moment, noch nicht gewiss bist. Bei dir hege ich die Hoffnung, dass du auch in vielen Jahren noch versuchst, mich zu erobern, und ich dir nicht irgendwann egal bin."

Isaak staunte. Er hoffte, dass sie ihn im Gegenzug nicht nach seinen Gründen fragte, wäre seine Antwort doch sehr viel weniger klug ausgefallen. Er genoss den Moment. Das erregende Streicheln ihrer Hand, ihre weichen Lippen auf den seinen. Ihr süßer Duft ... Er wünschte sich, dieser Moment möge nie zu Ende gehen.

„Ich liebe dich, Alina Brodski."

Mehr wusste er in diesem Augenblick nicht zu sagen. Morgen würden sie gemeinsam die Hochzeit von Willi und Elisabeth besuchen und das ganze Dorf in Staunen darüber versetzen, dass sie von nun an ein Paar waren.

Erntedank

Osterwick 1929

Ohne Vorankündigung schlug das Wetter um und zeigte sich fortan nur noch von seiner hässlichsten Seite. Nieseliger Dauerregen legte sich wie ein Schleier über das Dorf, durchnässte mit der Zeit alles, was nicht rechtzeitig in Sicherheit gebracht wurde. Der ausgedehnte Sommer ging jäh zu Ende und die Bauern waren froh, dass sie ihre Ernte schon längst ins Trockene gebracht hatten. Nicht auszudenken, wenn die Früchte ihrer Arbeit durch schlechtes Wetter verdarben.

Die Mennoniten halfen sich dabei, ihrer Gewohnheit entsprechend, gegenseitig. Selbst die Männer aus den Fabriken, die sonst nicht auf den Feldern arbeiteten, stellte man für die Zeit der Ernte von ihrer üblichen Tätigkeit frei. Am Ende dieser zwei Wochen schmerzte den ungeübten Arbeitern jeder Muskel und jede Sehne im Leib. Doch ungeachtet dieser Strapazen zogen sie alle an einem Strang, auch wenn der Ertrag in diesem Jahr geringer ausfiel als üblich. Es war dennoch genug, um ihre

Abgaben an den Staat zu entrichten, sich selbst und ihr Vieh zu versorgen, einen Teil auf dem Markt zu verkaufen und das nötige Saatgut für das kommende Frühjahr zurückzuhalten.

So hielten sie es seit vielen Generationen und dankten Gott für sein treues Versorgen. Normalerweise. Normalerweise geschah dies am ersten Sonntag im Oktober in Form eines besonderen Dankgottesdienstes, doch dieses Jahr dachten sie erstmals darüber nach, das Erntedankfest abzusagen. Aufgrund angeblicher Baumängel durften sie ihr Bethaus noch immer nicht betreten. Die Behörden wollten das Gebäude nicht freigeben, bevor diese Mängel nicht beseitigt waren. Den Mennoniten wäre die Reparatur ein Leichtes gewesen, doch Gerassimow bestand darauf, dass die Arbeiten von sowjetischen Handwerksbetrieben auszuführen seien. Diese wiesen aber allesamt einen so hohen Bearbeitungsrückstand auf, dass die Arbeiten an der Kirche nicht kurzfristig erledigt werden konnten.

Mittlerweile ahnten die Mennoniten, dass die Sowjets nicht vorhatten, ihnen die Kirche jemals wieder zurückzugeben, und es drohte ein Streit unter ihnen auszubrechen, wie ihre angemessene Reaktion ausfallen sollte. Die eine Gruppe wollte solch eine Willkür nicht ohne Proteste hinnehmen, während die andere immer noch hoffte, dass es zu einem guten Ende käme, wenn erst einmal alle Genehmigungen vorlagen. Sie wollten es sich mit den Behörden nicht unnötig verscherzen.

Für diesen Sonntag hatten sich jedoch die Protestler durchgesetzt und einen Erntedankgottesdienst in der Kirche organisiert. Gott nicht für ihre reiche Ernte zu danken, erschien ihnen als größerer Frevel, als sich über die Anordnung der Behörden hinwegzusetzen. Sie beschlossen, ihre Kirche an diesem Sonntag ohne Genehmigung zu betreten, auch wenn sie sich dadurch auf Konfrontationskurs mit dem sowjetischen Staat begaben.

Willi und Elisabeth saßen wie üblich getrennt voneinander.

Links im Kirchensaal die Frauen und rechts die Männer. Es war das erste Mal, dass sie einen Gottesdienst als verheiratetes Paar besuchten, und Willi schaute immer wieder verstohlen zu seiner Frau hinüber. Sie erwiderte seinen Blick, grinste etwas verschämt, genoss dennoch sichtlich die Tatsache, dass sie nun zu den verheirateten Frauen zählte. Ein Umstand, den sie durch das Tragen eines Kopftuches im Gottesdienst kenntlich machte. Willi fand diese Tradition, die auf einer einzigen Bibelstelle des Apostels Paulus gründete, ein wenig albern. Er hätte seine Frau lieber mit offenem Haar gesehen, sich auch viel lieber neben sie gesetzt. Aber für Elisabeth war die Kopfbedeckung und die strenge Sitzordnung keine Frage von Tradition, sondern Ausdruck ihrer Gottesfurcht. Und da die Hochzeit gerade einmal drei Wochen her war, wollte Willi nicht schon zu Beginn ihrer Ehe einen Streit über solche Nebensächlichkeiten vom Zaun brechen.

Sie hatten auf dem Hof der Diercksens geheiratet. Gottfried hatte die Traupredigt gehalten. Es war eine kurze Zeremonie gewesen, als fürchteten sie, selbst mit dieser Hochzeit gegen die Auflagen der Sowjets zu verstoßen. Willi hatte sich immer wieder verstohlen umgeschaut, da er die Angst vor einem neuerlichen Auftauchen des *Tschekisten* nicht ganz ablegen konnte. Obwohl er seit ihrem Aufeinandertreffen nie wieder etwas von ihm gehört oder gesehen hatte. Er behielt diesen Zwischenfall für sich, da er Elisabeth nicht beunruhigen wollte.

Das Bethaus war nicht so gut gefüllt wie sonst üblich. Offensichtlich zogen es unter solch angespannten Umständen etliche vor, doch lieber zu Hause zu bleiben. Der Chor sang deutlich verhaltener als sonst, die Fenster blieben allesamt verschlossen. Sie fühlten sich nicht frei in ihrem Glaubensbekenntnis, das merkte man ihnen an. Die Gebete wurden leise gesprochen, fast unhörbar. Das laute gemeinschaftliche *Amen*, das zum Ende eines jeden Gebets die allgemeine Zustimmung signalisierte, glich einem Murmeln.

Willi, einer der glühendsten Befürworter dieses Gottesdienstes, merkte nun, dass er ebenso verhalten war wie alle anderen auch. Nur keine Aufmerksamkeit erregen, hoffen, dass dieser Gottesdienst ohne Zwischenfall verlief. Er ärgerte sich darüber, dass es den Sowjets gelungen war, sie derart einzuschüchtern. Plötzlich öffnete sich die Tür des Bethauses und der Prediger geriet ins Stocken. Willi brauchte sich nicht umzudrehen, um zu wissen, dass ihnen nun der Ärger drohte, den sie unbedingt vermeiden wollten.

Gerassimow hinkte durch den Mittelgang des Kirchensaals. Sein rechtes Bein war steif, ein Umstand, den er einem Granatsplitter aus dem Ersten Weltkrieg verdankte. Früher hatte er noch versucht, seine Behinderung so gut es ging zu kaschieren, doch irgendwann musste er sich damit abfinden, dass sein Hinken nicht zu übersehen war. Aber in solch exponierten Momenten versuchte er, angesichts der vielen neugierigen Augenpaare dennoch gerade und aufrecht zu gehen, was ihm auch dieses Mal wieder gründlich misslang. Obwohl er sich schon vor Jahren von jeder Form der Religiosität gelöst hatte, trug er seine blaue Schirmmütze unter den Arm geklemmt, eine Geste des Respekts vor einem Gotteshaus, die ihm einst seine Eltern eingebläut hatten. Alte Gewohnheiten, selbst die politisch unerwünschten, ließen sich nicht so leicht abschütteln. Gerassimow war dankbar, seine Unerfahrenheit im Umgang mit solchen Situationen hinter der braunen Uniform der GPU[6] verbergen zu können.

Sein Vorgesetzter – Wassili Popov – hatte darauf bestanden, dass er ab sofort nur noch diese Uniform trug. Eine braune Jacke aus filzartigem Stoff, die ihm bis über die Hüfte reichte, mit roten Beschlägen am Kragen. Ein brauner Ledergürtel hielt sie in der Mitte zusammen, in dem er vor-

6 Die *vereinigte staatliche politische Verwaltung, OGPU*, wurde üblicherweise mit GPU abgekürzt und war seit 1922 die Bezeichnung der Geheimpolizei der Sowjetunion. Sie stand in direkter Nachfolge zur Tscheka.

nehmlich eine Reitgerte mit sich trug. Gerassimow bildete sich ein, dass diese Gerte ihm zusätzliche Autorität verlieh, besonders dann, wenn er sich damit demonstrativ in den linken Handschuh schlug. Das klatschende Geräusch ließ die meisten Menschen instinktiv zusammenzucken, was ihm selbst große Freude bereitete. Die dunkelblaue Hose zierte an den Seiten eine rote Naht. Sie wölbte sich leicht über den kniehohen, schwarzen Lederstiefeln, deren harte Absätze in der Stille des Bethauses besonders deutlich zu hören waren. Verärgert stellte Gerassimow fest, dass dies seine Behinderung zusätzlich betonte, sodass er froh war, endlich die Kanzel zu erreichen.

„Dies ist eine nicht genehmigte Veranstaltung und ich fordere euch auf, dieses Gebäude umgehend zu verlassen", wandte er sich ohne große Vorrede an die Kirchengemeinde. „Wenn ihr meinen Anordnungen keine Folge leistet, wird das ernsthafte Konsequenzen nach sich ziehen."

Willi war erstaunt über Gerassimows Wandlung. Aus dem versoffenen Vorsitzenden des Osterwicker Dorfsowjets war fast schon eine Respektsperson geworden. Dennoch reagierte niemand auf seine Worte. Alle blieben sitzen, keiner sagte ein Wort. Willi blickte hinüber zu seiner Frau, sah die Unsicherheit in ihren Augen. Auch sie wusste nicht, wie sie auf Gerassimows Befehl reagieren sollte.

„Genosse Gerassimow." Die Worte aus Gottfrieds Mund klangen lächerlich. Noch nie hatte er jemanden mit *Genosse* angesprochen und Willi musste genau hinsehen, um sich zu vergewissern, dass Gottfried es wirklich ernst meinte. Doch seinem Gesichtsausdruck nach zu urteilen meinte er es todernst.

„Wir haben uns in dieser Angelegenheit schon einmal in Ihrem Büro besprochen. Sie erinnern sich vielleicht. Damals wurde ich von Bruder Willi Bergen begleitet." Gottfried bedeutete Willi, zu ihm zu kommen und ihn zu unterstützen. Konrad ließ er unerwähnt.

„Wir alle wissen doch, dass die angeblichen Baumängel keinen Grund darstellen, unser Bethaus für so lange Zeit zu schließen. Wir haben uns deshalb entschieden, diesen für uns so wichtigen Gottesdienst heute abzuhalten, in dem Vertrauen, dass dabei niemand zu Schaden kommt."

Das Klatschen der Reitgerte ließ sie zusammenzucken. „Ihr … habt … keine … Genehmigung!" Die Art, wie Gerassimow jedes einzelne Wort betonte, ließ nichts Gutes erahnen.

„Was soll denn, bitte schön, passieren?", erwiderte Willi. „Dieses Haus wurde von uns gebaut, wir feiern hier seit Jahrzehnten unsere Gottesdienste und noch nie hat sich jemand verletzt. Und selbst wenn jemandem ein Ziegel auf den Kopf fällt, dann tragen wir doch auch selbst die Verantwortung dafür. Warum sorgt sich der Staat auf einmal um die Sicherheit unserer Versammlungsstätte?"

„Ihr … habt … keine … Genehmigung!" Gerassimow schlug nun mit voller Wucht auf die Lehne einer Holzbank. „Ihr verlasst jetzt umgehend dieses Gebäude!"

„Nein!", sagten Willi und Gottfried gleichzeitig. Sie verschränkten die Arme, um Gerassimow unmissverständlich klarzumachen, dass sie nicht bereit waren, seinen Anordnungen Folge zu leisten.

„Gut. Ihr habt es nicht anders gewollt", sagte Gerassimow.

Wie auf Kommando stürmte in diesem Moment eine Horde von vielleicht dreißig jungen Männern in die Kirche. Alle mit Holzknüppeln bewaffnet, stürzten sie sich laut schreiend auf die verängstigten Gottesdienstbesucher. Die Mennoniten versuchten in Panik, den wahllosen Attacken der Burschen zu entkommen, die jeden trafen, der in die Reichweite ihrer Knüppel geriet. Blut spritzte auf, gellende Schmerzensschreie und verängstigtes Kinderweinen hallten durch die Kirche. Menschen gingen im Getümmel stolpernd zu Boden, wurden dort liegend mit schweren Stiefeltritten und Knüppeln traktiert. Andere hielten ihre Arme in die Höhe, versuchten, irgendwo Schutz für sich und ihre Familien zu finden. Das Brechen ihrer Rippen war zu hören, wenn die Knüppel sie in der Seite trafen. Die jungen Burschen machten keinen Unterschied zwischen Männern und Frauen, Alten und Jungen. Wie im Rausch schlugen sie jeden nieder, der nicht rechtzeitig in Deckung gehen konnte. Die Mennoniten drängten in wilder Panik in Richtung des Ausgangs, doch es dauerte viel zu lange, bis sie alle ins Freie gelangten.

Willi sah, wie sich einer der Schläger Elisabeth näherte. Sofort verließ er die Kanzel, von der aus er die letzten Sekunden wie in Schockstarre erlebt hatte. Er erreichte den Mann gerade in dem Moment, als dieser zum Schlag gegen seine Frau ausholte, sprang über zwei Bänke und streckte ihn mit der Wucht seines ganzen Körpergewichts nieder. Der Knüppel fiel zu Boden und Willi hob ihn auf, gerade als der Bursche sich von der Überraschung erholte und sich wieder aufrappeln wollte. Ohne lange nachzudenken, schlug Willi zu, traf den Jungen mit voller Wucht am Kopf.

Es war das Signal zur Gegenwehr, das von vielen mennonitischen Männern in ihrer Verzweiflung nun angenommen wurde. Sie stürzten sich auf die jungen Randalierer, weiteren schmerzhaften Schlägen ausweichend. Jeder versuchte, sich und seinen Nächsten den Weg ins Freie zu erkämpfen. Wer es schaffte, suchte so schnell wie möglich das Weite.

Dann plötzlich verschwanden die Schläger genauso schnell, wie sie gekommen waren. Sie hinterließen eine völlig verwüstete Kirche. Umgestürzte Bänke. Blumengestecke, die einige Frauen extra für diesen Dankgottesdienst mitgebracht hatten, lagen zertrampelt auf dem Boden. Überall kauerten verletzte Menschen, krümmten sich vor Schmerzen und versuchten mit letzter Kraft, ins Freie zu kommen. Willi hielt sich den Kopf mit beiden Händen. Er hatte einen heftigen Schlag abbekommen und kämpfte gegen Schwindel und Übelkeit. Elisabeth stützte ihn. Sie wollten jetzt nur noch schnell nach Hause.

Gerassimow schritt den Mittelgang entlang in Richtung Ausgang. Er ging über die verletzten Menschen hinweg, ohne sie eines Blickes zu würdigen. Als er an Willi und Elisabeth vorbeikam, blieb er kurz stehen. Mit seiner Gerte deutete er auf Willis Gesicht und sagte: „Keine … Genehmigung!"

Es stand nun außer Zweifel, dass ihre Privilegien keine Gültigkeit mehr hatten und das Bethaus für immer geschlossen blieb.

Anastassia

Moskau 1930

Das Hotel Lux war eine ungewöhnliche Adresse, hatten sie sich in der Vergangenheit doch immer an sehr viel weniger exponierten Orten getroffen. So viele Stunden, die sie in verrauchten Tavernen oder heruntergekommenen Absteigen verbracht hatten, um Maxims Zeugnisse und seine Biografie zu fälschen, hoffend, ihm damit Zugang zur Akademie der *Tscheka* zu verschaffen. Der einzige Weg – so glaubten sie damals –, um wirklich etwas zu verändern.

Maxim freute sich darauf, seinen Freund endlich wiederzusehen, auch wenn er lieber zu den Kalinins nach Hause eingeladen worden wäre. Kurz nach der Schlacht um Sewastopol schied Anton Kalinin hochdekoriert aus dem Dienst der *Tscheka* aus, um sich fortan einem politischen Amt in Moskau zu widmen. Seine Verletzungen ließen keine weiteren Außeneinsätze mehr zu, was ihn nicht unglücklich machte, denn es schien, als ob er in der Politik seine eigentliche Berufung gefunden hatte.

Die äußeren Verletzungen waren nicht der eigentliche

Grund für Kalinins Abkehr vom Geheimdienst, aber außer Maxim kannte niemand die wahren Beweggründe. Seit ihrem Aufeinandertreffen in der Ukraine, als sie sich innerhalb kurzer Zeit gegenseitig das Leben gerettet hatten, verband sie ein besonderes Band. Der Junge erwies sich als gelehriger Schüler und aufmerksamer Zuhörer, bald auch als Freund, der die losen Gedanken Kalinins in einem Plan zusammenzufassen konnte.

Die *Tscheka*, der ausführende Arm der Revolution, reichte mittlerweile so tief hinein in das Leben der sowjetischen Bevölkerung. Kaum ein Bereich entging ihrer Aufmerksamkeit; so etwas wie Privatsphäre gab es schon lange nicht mehr. Gegen die *Tscheka* konnte nichts unternommen werden, also musste sie selbst ihre Macht nutzen, um das Schicksal der Revolution noch zum Guten zu wenden. Doch dafür müsste sich dieser riesige Staatsapparat grundlegend verändern und sein Handeln konsequent an den ursprünglichen Werten der Revolution ausrichten. Diese Veränderung, so glaubten die beiden Männer, konnte man nur von innen heraus bewirken.

Ein junger, fähiger Geheimdienstler, der die Karriereleiter bis weit nach oben kletterte und zugleich die Unterstützung aus hohen politischen Kreisen genoss, würde am ehesten in der Lage sein, diesen Stein der Veränderung ins Rollen zu bringen. Maxim wollte dieser Geheimdienstler sein, der – unterstützt durch Kalinins politische Macht – die nötigen Veränderungen anstieß. Ein langwieriges, schwieriges und sehr gefährliches Unterfangen. Vielleicht sogar ein aussichtsloses. Doch nach dem, was sie beide im Bürgerkrieg und danach erlebt hatten, erschien es ihnen als der einzig richtige Weg.

Maxim musste warten. Er bestellte sich ein Bier und nahm auf einem gepolsterten Sessel in der Empfangshalle des Hotels

Platz. Um ihn herum saßen Diplomaten und andere wichtig aussehende Menschen, die überwiegend Deutsch sprachen. Er verstand einige Wortfetzen und für einen Moment erinnerte es ihn an seine Zeit bei den Bergens.

„Maxim? Bist du es wirklich?"

Vor ihm stand Anton Kalinin, der sich in den letzten Jahren kaum verändert hatte. Immer noch hoch aufgeschossen, fast ein wenig hager, nur das dunkle Haar ergraute allmählich. Er stützte sich auf einen schwarzen, hüfthohen Gehstock. Maxim erinnerte sich, dass er diesen Stock früher nur dann benutzt hatte, wenn er die Schmerzen in seinem rechten Bein nicht mehr aushalten konnte.

„Anton! Wie schön, dich zu sehen!" Maxim erhob sich und breitete zum Gruß die Arme aus.

Kalinin erwiderte die Begrüßung und küsste Maxim in russischer Manier auf die Wange. „Gut siehst du aus. Und die Uniform! Sie passt dir wie angegossen."

Ein wissendes Grinsen zog über Kalinins Gesicht, eine Mischung aus Stolz und Erleichterung. Er war sich bewusst, dass Maxim mit seiner geschönten Biografie niemals an der Akademie hätte angenommen werden dürfen. Doch ihr Plan ging auf. Bis jetzt.

„Wieso treffen wir uns *hier*?", fragte Maxim.

„Wir wohnen hier im Moment."

„Wir?"

„Ja, meine Frau Anastassia, unsere Tochter Ivana und ich."

„Du bist verheiratet und hast eine Tochter? Wieso hast du mir nie davon erzählt?", fragte Maxim überrascht.

„Langsam, langsam, langsam", entgegnete Kalinin lachend. „Die letzten beiden Jahre habe ich in Berlin als Botschaftsattaché gearbeitet, das weißt du doch. Und Anastassia kenne ich schon seit etlichen Jahren, schon seit meiner ersten Auslandsreise. Sie ist die Tochter eines hohen Funktionärs, der den Aufbau eines Ablegers der kommunistischen Partei in

Deutschland leitet. Vor acht Monaten haben wir geheiratet und seit letzter Woche leben wir wieder hier in Moskau. Leider müssen wir noch so lange in diesem Hotel wohnen, bis unsere Wohnung endlich bezugsfertig ist."

Maxim rauchte der Kopf. So viele Informationen auf einmal, mit denen er nicht gerechnet hätte.

„Und deine Frau? Ist sie auch hier im Hotel?"

„Aber ja. Und sie brennt darauf, dich kennenzulernen. Sie bringt eben noch unsere Tochter zu Bett und dann wollte sie ... Nein, da kommt sie schon."

Kalinin erhob sich steif und deutete auf eine Frau, die sich suchend in der Halle umsah. Als sie näherkam, verschlug es Maxim den Atem. Anastassia Kalinin entsprach in keiner Weise dem Klischee der russischen Frauen. Sie trug einen schwarzen Hosenanzug, darunter ein weißes Hemd und schwarze, glänzende Schuhe mit unglaublich hohen Absätzen. Ihr weißblondes, leicht gewelltes Haar war kurz geschnitten und streng aus dem Gesicht gekämmt. Sie wirkte fast ein wenig maskulin, wären ihre Augen und ihr Mund nicht in so auffälliger Weise geschminkt gewesen. Dunkle, dick aufgetragene Schminke umrandete ihre grünen Augen, die Lippen waren mit roter Farbe größer gemalt. Sie war keine Schönheit im klassischen Sinne, dafür wirkte ihr äußeres Erscheinungsbild viel zu kontrastreich. Doch als sie die Empfangshalle mit einer an Arroganz grenzenden Selbstsicherheit und ausladenden Hüftbewegungen durchschritt, folgten ihr die Blicke von mehr als einem Dutzend Männer.

„Du musst Maxim sein." Ihr Lächeln entblößte eine Reihe von makellos weißen Zähnen.

Maxim nahm die zum Gruß gereichte Hand, um sie mit einem angedeuteten Kuss zu versehen. Obwohl er noch nie zuvor eine Frau auf diese Weise begrüßt hatte, erschien es ihm nun als die einzig angemessene Form. Er wusste nicht, was er sagen sollte. Obwohl in Gegenwart von Frauen nie verlegen, wusste er nicht, wie er sich gegenüber Anastassia Kalinin verhalten sollte. Diese Frau versprühte eine Aura, die ihm jegliche Selbstsicherheit raubte.

Sie küsste ihren Mann flüchtig auf den Mund, zog dann das Sakko aus, um es sich in einem der Sessel bequem zu machen.

„Und, was gibt es heute zu trinken?“, fragte sie und rückte dabei die Hosenträger zurecht, die sich über ihrem Busen spannten. Der dünne Stoff des weißen Hemdes verriet dabei mehr als deutlich, dass sie Unterwäsche für überflüssig hielt. Während Maxim sich langsam wieder setzte, ertappte er sich dabei, wie er gebannt auf ihr Dekolleté starrte. Erschrocken wandte er seinen Blick schnell ab und sah zu Anton Kalinin hinüber. Doch dieser wirkte kein bisschen entrüstet über Maxims offensichtliche Indiskretion. Er schien an solche Reaktionen gewöhnt zu sein.

Maxim nippte an seinem Bier, beobachtete das ungleiche Paar, wie es sich über das Zubettgehen der dreijährigen Tochter Ivana unterhielt. Er fühlte sich deplatziert, hatte keinerlei Anteil an den Alltagssorgen der Kalinins und wartete, bis sie ihr Gespräch auf ein anderes Thema lenkten.

Schließlich wandte sich Anastassia fragend an Maxim: „Und, Maxim, seit wann lebst du in Moskau? Ich habe gehört, dass du vorher in Leningrad warst. Eine hinreißende Stadt, nicht wahr?“

„Nun ja, das weiß ich ehrlich gesagt nicht so genau. Wir waren die ganzen drei Jahre über in der Akademie eingepfercht und sind nur für unsere Außeneinsätze mal rausgekommen. Die waren dann aber meistens irgendwo in der Provinz, sodass ich von Leningrad eigentlich nur den Bahnhof und die Akademie kenne.“

„Wo bist du denn jetzt eingesetzt?“, fragte Anton mit gespieltem Interesse.

„Ich leite eine achtköpfige Einheit zur Bekämpfung von religiösem Fanatismus. Eine sehr dankbare Aufgabe, da es mit den Religiösen in der Regel zu keinen gewalttätigen Auseinandersetzungen kommt. Aber es gibt immer noch viele Verhaftungen."

„Wirklich?", entfuhr es Anastassia mit übertriebenem Entsetzen. „Begreifen es die Leute denn immer noch nicht?"

„Doch, die meisten Sowjetbürger haben es verstanden. Aber überall im Land gibt es noch viele tiefgläubige Menschen, denen dieser Unsinn auch mit aller Vernunft nicht auszutreiben ist. Gerade jetzt im Dezember haben wir wieder alle Hände voll zu tun, wenn sie sich auf dieses Weihnachtsfest vorbereiten."

„Und was macht ihr dann mit den Leuten?", fragte Anastassia.

„Wir erklären ihnen, dass sie gegen das Gesetz verstoßen."

Maxim erzählte ihr nur die halbe Wahrheit. Wenn überhaupt. Er versuchte es zwar, doch in der Regel konnte er die Vorgaben seiner Vorgesetzten nicht so einfach umgehen, wie er mal gedacht hatte. Vorgaben, die wenig mit seiner ursprünglichen Absicht zu tun hatten, sich der GPU anzuschließen. Doch das wollte er lieber mit Anton allein besprechen.

„Meiner Meinung nach gehören diese Leute alle nach Sibirien. Sollen sie ihr komisches Fest doch dort in den Wäldern feiern, da gibt es genügend Tannenbäume." Anastassia nippte an ihrem Wodka, während sie so beiläufig die Praxis beschrieb, mit der sich Maxim täglich herumschlug. Die Leute wurden verhaftet, verhört und für zehn Jahre in ein Arbeitslager gesperrt. Sie schien völlig ahnungslos, dass ihre aus der Ferne geprägte Meinung für viele Russen zum schrecklichen Alltag geworden war.

Ihr Mann Anton schwieg. Er wusste sehr wohl, wie das Leben der Menschen seit der Machtergreifung Stalins aussah. Er beobachtete Maxim, wie er versuchte, seine Arbeit so belanglos wie möglich zu schildern, und fühlte sich dabei an seine eigenen verlegenen Worte erinnert, wenn er seinen Eltern erklären wollte, wie er seinen Lebensunterhalt verdiente. Den

Gedanken an seine Eltern verdrängte er sogleich. Es schmerzte ihn immer noch, dass sie beide so kurz hintereinander verstorben waren. Sie hätten noch einige gute Jahre verdient gehabt, doch auch in Moskau starben damals so viele Menschen an Unterernährung.

Egal wie viel Getreide sie den Bauern abnahmen, die Produktion ging mit jedem Jahr weiter zurück. Irgendwann musste man ihnen alles nehmen, um auch nur ansatzweise die geforderten Quoten zu erfüllen. Die Spirale drehte sich unaufhörlich weiter nach unten. Kalinin bedauerte zutiefst, dass sein Handeln mit dazu beitrug, diesen Strom an Nahrungsmitteln in die Großstädte fast gänzlich auszutrocknen. Erst die *Neue Ökonomische Politik*[7] Lenins durchbrach diesen Teufelskreis, doch da war es für viele Bürger bereits zu spät.

„Lasst uns nach oben gehen. Ivana müsste doch mittlerweile schlafen, nicht wahr, Schatz?“ Ohne eine Antwort abzuwarten, erhob sich Kalinin, um den Lift zu ihrer Etage zu bestellen.

Die geräumige Suite unterstrich Kalinins politischen Aufstieg. Maxim bezweifelte, dass Anton nur ein einfacher Botschaftsattaché war, traute sich aber nicht, weitere Fragen nach der Tätigkeit seines Freundes zu stellen. Er wusste nicht, inwieweit Anastassia ihre Pläne kannte. Die beiden Männer saßen sich in einem Separee gegenüber, während Anastassia sich bereits

---

7 Die *Neue Ökonomische Politik* (NÖP), ein wirtschaftspolitisches Konzept, das Lenin und Trotzki 1921 gegen erheblichen Widerstand in der eigenen Partei durchsetzten. Ihr Hauptmerkmal war eine Dezentralisierung und Liberalisierung in der Landwirtschaft, im Handel und in der Industrie. Die NÖP blieb bis 1928 reale Politik und führte zu einer Verbesserung der Versorgung und zu vergleichsweise großen gesellschaftlichen Freiheiten.

zurückgezogen hatte. Maxim konnte von seinem Platz aus in das Schlafzimmer der Kalinins sehen, und er hoffte, Anastassia noch einmal zu Gesicht zu bekommen. Er hörte ein leises Plätschern, und der Gedanke, dass sie dort im Nebenzimmer unter der Dusche stand, erregte ihn für einen kurzen Moment.

„Wie geht es dir wirklich, Maxim?", fragte Anton.

„Ich weiß es nicht. Ich habe das Gefühl, dass jeder nur stumpf seine Befehle befolgt, ohne sie auch nur einmal zu hinterfragen. Alle haben Angst, einen Fehler zu machen, und wenn sie etwas nicht verstehen, trauen sie sich nicht nachzufragen – aus Furcht vor Repressalien."

„Das klingt leider sehr vertraut. Konntest du in deiner Einheit denn wenigstens ein paar Gleichgesinnte unterbringen?"

Maxim schüttelte den Kopf. „Ich konnte bisher noch gar keinen Einfluss auf die Zusammensetzung meiner Truppe nehmen. Es sind leider alles komplette Idioten."

„Und dein Chef, Genosse Lebedew?"

Maxim stutzte, erstaunt, dass Anton den Namen seines Vorgesetzten kannte. Hatte er nicht unten noch gefragt, welcher Einheit er angehörte? Wie konnte er da den Namen seines Vorgesetzten kennen? Maxim fühlte sich bestätigt in der Annahme, dass Anton weit mehr als nur ein einfacher Attaché war.

„Lebedew ist leider auch ein kompletter Affenarsch", sagte Maxim, ohne sich seine Gedanken anmerken zu lassen.

Anton zog lange an seiner Zigarette: „Es braucht Zeit, viel Zeit", sagte er gedankenverloren.

„Der Staatsanwalt weiß, wo meine Mutter und meine Schwestern sind", wechselte Maxim das Thema. Seit dem Einstellungsgespräch in der Lubjanka verging kein Tag, an dem er nicht darüber nachdachte, seine Familie wiederzufinden. Er hegte die leise Hoffnung, dass Anton ihn dabei unterstützen könnte.

„Wie kommst du darauf?", fragte Anton, sichtlich überrascht.

„Er hat alle Informationen über sie in einer Akte gesammelt, und er verdächtigte mich, mit den Dreien verwandt zu sein." Maxim berichtete Anton von seinem ersten Gespräch mit dem Staatsanwalt.

„Das hast du ihm doch hoffentlich nicht bestätigt", fragte Anton mit sorgenvoller Miene.

„Nein, natürlich nicht. Aber ich hatte gehofft …"

„Maxim, du musst mir jetzt bitte gut zuhören." Anton saß aufrecht auf der Kante seines Sessels. „Wenn tatsächlich herauskommt, dass du mit diesen drei Frauen verwandt bist, dann … Ich muss dir sicher nicht erklären, was dann mit uns geschieht."

„Das weiß ich, aber kannst du mir nicht helfen, sie zu finden?"

„Auf gar keinen Fall! Du musst dir das aus dem Kopf schlagen."

Maxim wandte den Blick ab und sah verdrossen durch die offene Schlafzimmertür. Er wusste, dass Anton recht hatte und konnte dennoch seine Enttäuschung nicht verhehlen. Insgeheim hoffte er, dass sie gemeinsam noch einen Weg finden könnten. Das Licht im Schlafzimmer ging aus und ihm war, als hätte er eben noch Anastassia gesehen. Er begriff nicht, warum diese Frau ihn derart beschäftigte. Als er sich gerade wieder seinem Freund zuwandte, trat sie aus dem Schlafzimmer heraus. Sie trug lediglich einen dünnen weißen Seidenmantel, der an den Stellen, wo sie sich nicht abgetrocknet hatte, an ihrem Körper klebte und sehr viel nackte Haut durchschimmern ließ. Maxim wusste nicht, wo er hinblicken sollte.

Anastassia setzte sich ungeniert auf die Armlehne von Kalinins Sessel, wobei sich ihr Seidenmantel, der nur von einer dünnen Kordel um ihre Taille zusammengehalten wurde, öffnete. Maxim konnte seinen Blick nicht von ihren langen, übereinandergeschlagenen Beinen abwenden und für einen kurzen Moment erhaschte er sogar einen kurzen Blick auf ihren Schambereich. Verlegen und erregt zugleich wusste er mit Anastassias Zeigefreudigkeit nicht umzugehen. Ohne die Schminke und das Rouge wirkte ihr Gesicht fast schon gewöhnlich.

„Ich gehe jetzt schlafen“, sagte sie und gab Anton einen Kuss auf die Stirn. „Es hat mich gefreut, dich kennenzulernen, Maxim, und ich hoffe, wir sehen uns bald wieder.“

Als sie aufstand, um sich in das angrenzende Schlafzimmer zurückzuziehen, konnte Maxim seinen Blick nicht von ihrem Hinterteil abwenden.

„Was – war – das – denn?“, fragte Maxim, an Anton gewandt.

Anton musste lachen. „Sie war Tänzerin in einem berühmten Berliner Varieté. Und du kannst dir nicht vorstellen, wie die Frauen dort auftreten.“

„Aber … macht es dir nichts aus, wenn sie so vor mir herumläuft?“

„Ach was. Das ist doch harmlos. Sie wird versuchen, in Moskau ein Engagement zu bekommen, auch wenn es hier wahrscheinlich etwas züchtiger zugeht als in Berlin.“

„Aber hast du nicht bemerkt, wie ihr die Männer hinterherblicken? Wie ich ihr hinterhergeglotzt habe?“

„Das ist wohl das Los, wenn man mit einer attraktiven Tänzerin verheiratet ist“, erwiderte Anton mit übertriebener Gestik. „Solange nur ich das Bett mit ihr teile, bin ich der stolzeste Ehemann.“

Maxim war sich nicht so sicher, ob Anastassia wirklich nur Anton in ihr Bett ließ, doch er behielt diesen Gedanken für sich. Das Gespräch kehrte zurück zu ihrer gemeinsamen Aufgabe. Wie in alten Zeiten hingen sie bis spät in die Nacht ihren Träumen und Idealen für ein besseres Russland nach.

Kaufhaus Gastronom Nr. 1

Moskau 1931

Nie zuvor hatte es eine ähnlich aufwendige Kampagne wie zur Eröffnung des Kaufhauses *Gastronom Nr. 1* gegeben. In der ganzen Stadt hingen Plakate, die auf das große Ereignis hinwiesen. Die Zeitungen waren voll von Berichten und ganzseitigen Werbeanzeigen und selbst der staatliche Radiosender brachte zu jeder vollen Stunde eine Sondermeldung über das bevorstehende Großereignis. Die Partei wollte ein unmissverständliches Signal senden: Nach den Jahren der Entbehrung bricht nun das goldene, kommunistische Zeitalter an, in dem es selbst den einfachen Arbeitern möglich ist, modernste Gebrauchsgüter zu erwerben.

Am Tag der Eröffnung wimmelte es in dem Kaufhaus nur so von *Tschekisten*. Es schien, als sei der gesamte Moskauer Geheimdienstapparat auf die Überwachung der Passanten angesetzt. Auch Maxim – seiner üblichen Aufgaben entbunden – sollte sich unauffällig unter das Volk mischen. *Beobachten und kein unnötiges Aufsehen erregen.* Obwohl wie immer Unklarheit darüber herrschte, was sie eigentlich beobachten sollten, brachte auch diesmal keiner den Mut auf, eine präzisere Formulierung ihrer Befehle zu erbitten.

Maxim suchte sich einen Platz in einem kleinen Caféraum, da er ahnte, dass dieser Tag nichts Aufregenderes für ihn bereithielt, als die Zeitung von vorne bis hinten durchzulesen. Hin und wieder würde er einen Blick in den angrenzenden Verkaufsraum werfen, der an dieser Stelle von einer umfangreichen Kosmetik- und Parfümerieabteilung eingenommen wurde. Da er nicht davon ausging, etwas Verdächtiges zu beobachten, fertigte Maxim in Gedanken bereits den Bericht über einen jugendlichen Ladendieb an, der ihm aber in der dichten Menschenmenge entkommen konnte. Ohne den Bericht würde er sich selbst verdächtig machen, auch wenn sie alle wussten, dass es diesen Ladendieb nie gegeben hatte. Allein die Erwähnung eines solchen Vorfalls unterstrich jedoch die Bedeutung ihrer Tätigkeit und – noch weitaus wichtiger – setzte neue Gelder zur personellen Aufstockung ihrer Behörde frei.

Maxim blätterte in seiner Zeitung, las aufmerksam einen langen Artikel über Pawlik Morosow. Man hatte den vierzehnjährigen Jungen vor zwei Monaten tot in einem Waldstück bei Gerassimowka gefunden. Der Staatsanwalt beschuldigte die Familie, verantwortlich für Pawliks Tod zu sein, da dieser kurz zuvor seinen Vater bei der örtlichen GPU wegen angeblicher Getreideunterschlagung denunziert hatte. Offenbar handelte es sich um einen Vergeltungsakt. Pawlik wurde seitdem in der gesamten Sowjetunion als Held gefeiert. Ein Junge, der für das große kommunistische Ziel nicht davor zurückschreckte, seinen eigenen Vater anzuzeigen. Ein Junge, der selbst den Tod nicht scheute, um das *Richtige* zu tun. Die Berichte stilisierten Pawlik als großes Vorbild für alle Kinder in der Sowjetunion. Maxim hoffte, dass sie sich andere Vorbilder suchten. Vorbilder, die nicht allein deswegen zu Ruhm kamen, weil sie ihre Familie an die Behörden verrieten.

Er trank den letzten Schluck kalten Kaffee und ließ den Blick anschließend durch den Verkaufsraum schweifen. Die Menschen bahnten sich – angestachelt durch die massiven Kampagnen – einen Weg durch die engen Gänge. Aber Maxim fiel auf, dass die meisten nur mit staunendem Gesichtsausdruck entlang der vielen Verkaufsregale schlenderten. Hin und wieder nahmen sie ein Produkt in die Hand, doch nur, um es schnell wieder zurück an seinen Platz zu stellen, ganz so, als fürchteten sie, etwas kaputt zu machen. Kaum jemand ging zur Kasse, um sich tatsächlich etwas zu kaufen. So sieht also die kommunistische Utopie aus, dachte Maxim zynisch.

Er kam nicht dazu, weiter darüber nachzudenken, denn er sah, wie Kozlow – einer seiner Kollegen – einen älteren Mann aus dem Kaufhaus führte. Wäre Kozlow nicht Teil seiner Einheit, Maxim hätte wohl gar nicht mitbekommen, dass dort gerade jemand verhaftet wurde. Wenn sie wollten, konnten sie wirklich unauffällig sein, stellte er zufrieden fest. Maxim wollte den beiden folgen, um herauszufinden, was der Mann sich hatte zuschulden kommen lassen. Doch in diesem Moment entdeckte er Anastassia Kalinin in der Parfümerieabteilung. In den letzten Monaten hatten sie sich häufig gesehen, was vor allem daran lag, dass er jede sich bietende Möglichkeit nutzte, um die Kalinins zu besuchen. Anton war häufig gar nicht zu Hause, doch das machte Maxim nichts aus. Er kam ja hauptsächlich wegen Anastassia.

„Hallo Anastassia“, sagte Maxim leise. Er befürchtete, sie zu erschrecken.

„Oh, hallo Maxim.“ Keine Spur von Unsicherheit. „Bist du auch zu der Eröffnung gekommen? Ein großartiges Kaufhaus, oder? Man könnte fast meinen, wir wären mitten in Berlin.“

Einen offensichtlicheren Grund, jemanden zu verhaften gab es kaum. Wie konnte sie sich nur erdreisten, Moskau mit Berlin zu vergleichen? Sie musste lernen, mit solchen Äußerungen vorsichtiger zu sein.

„Wäre es jemand anderes als ich, du würdest wegen solcher Bemerkungen schon längst in der Lubjanka einsitzen“, warnte er mit leiser Stimme.

„Aber ich sehe niemand anderen“, flüsterte sie in gespielter Verschwörungsmanier. „Und wenn du mich verhaften wolltest, dann hättest du es bestimmt schon längst getan.“ Sie fuhr mit ihrem manikürten Zeigefinger über Maxims Mantelrevers und stupste ihn dann in gespielter Empörung von sich fort. Sie wusste diese kleinen Gesten gut einzusetzen.

„Nein, ich meine es ernst. Du musst ein bisschen besser aufpassen. Verstehst du, was ich meine?“

Anastassia verdrehte die Augen.

„Wo ist Ivana?“, fragte Maxim, um das Thema zu wechseln.

„Sie ist zu Hause.“

„Allein?“

„Selbstverständlich. Sie ist fast fünf und kümmert sich um den Haushalt.“

Maxim verstand das Familienbild der Kommunisten nicht. Wieso mussten die Kinder so schnell selbstständig werden, nur damit Vater und Mutter ihrer Arbeit nachgehen konnten? Offensichtlich hatte sich Anastassia mit ihren überzeugten kommunistischen Ansichten durchgesetzt. Kinder durften und sollten die Erwachsenen nicht daran hindern, sich produktiv zu betätigen.

„Kannst du mir bei der Auswahl eines Kleides helfen, Maxim? Ich bin unsicher, in welchem ich Anton besser gefalle. Ihr Männer habt da doch einen ganz eigenen Geschmack.“

Maxim folgte ihr in das oberste Stockwerk. Er wusste, dass er seinen Posten nicht für private Angelegenheiten verlassen durfte, doch er konnte Anastassia einfach keinen Wunsch abschlagen. Sie hatte sich zwei Kleider zurücklegen lassen und bat Maxim nun, ihr zu den Umkleidekabinen zu folgen. Aufgeregt wie ein pubertierender Junge nahm er in einem der bequemen Sessel Platz und wartete darauf, dass Anastassia aus der Umkleide zurückkam. Zu seiner freudigen Überraschung konnte er sie durch einen schmalen Spalt des nicht ganz zugezogenen Vorhangs hindurch beobachten. Instinktiv beugte er sich nach vorne, sah, wie sie erst ihren Mantel ablegte und dann die Knöpfe ihrer Bluse öffnete. Es erregte ihn, ihr beim Ausziehen zuzuschauen. Maxim schaute so gebannt durch den schmalen Schlitz, dass ihm entging, wie Anastassia seinen plumpen Beobachtungsversuch bemerkte. Sie grinste in den Spiegel. Dann realisierte er, dass sie ihn ertappt hatte. Schlagartig schoss ihm die Schamesröte ins Gesicht.

„Soll ich lieber offen lassen?“, fragte Anastassia, sichtlich amüsiert über Maxims Verlegenheit.

Am nächsten Tag überschlugen sich die Ereignisse.

Als Maxim sein Büro in der Lubjanka betrat, ahnte er sofort, dass etwas nicht stimmte. Seine Kollegen waren bereits anwesend. Sie standen schweigend hinter ihren Schreibtischen, als hätten sie sich gerade zum Gruß erhoben und vergessen, sich wieder hinzusetzen. Der Gruß galt offensichtlich den Männern in den schwarzen Ledermänteln, die gerade mit Lebedew im Schlepptau aus dessen Büro kamen.

Anatoli Lebedew war seit mehr als fünf Jahren Abteilungsleiter. Ein Mann, dessen Unfähigkeit Maxim häufig genug an den Rand der Verzweiflung getrieben hatte. Doch so, wie die Männer ihn nun abführten, schien seine Zeit wohl abgelaufen. Maxim beobachtete seinen Chef, wie dieser kreidebleich an ihm vorbeigeführt wurde, ohne ihn dabei eines Blickes zu würdigen. Angst und Verzweiflung standen ihm ins Gesicht geschrieben. Wenigstens darin unterschied er sich nicht von all jenen, die er in den letzten Jahren hatte verhaften lassen, dachte Maxim.

„Maxim Jurewitsch Orlow?“

Der Mann, der ihn so ansprach, sah nicht aus wie ein einfacher *Tschekist*. Er trug einen feinen Anzug sowie einen dazu passenden schwarzen Hut. Nichts deutete auf einen Geheimdienstler hin.

„Ja“, antwortete Maxim zögernd.

„Ab jetzt übernehmen Sie, Genosse.“

Der Mann hielt ihm einen Bogen sauber gefalteter Formulare hin, die Ernennungsurkunde, und verschwand, ohne ein weiteres Wort zu verlieren.

Als Maxim auf Lebedews Stuhl Platz nahm, fühlte er sich unbehaglich, fast schon überrumpelt. Man hatte ihn ohne Vorankündigung zum Vorgesetzten von mehr als dreihundert Geheimdienstlern gemacht und er wusste noch nicht, wie er damit umgehen sollte. Das Telefon auf dem großen Schreibtisch klingelte schrill. Am anderen Ende meldete sich Anton Kalinin.

„Herzlichen Glückwunsch zur Beförderung, Genosse Orlow." Kalinin klang euphorisch. „Ich hoffe, du machst es besser als Lebedew."

„Ja, aber ..." Maxim wollte etwas entgegnen, wusste aber nicht, wie er seine Gedanken formulieren sollte.

„Was aber? Sag jetzt nicht, du wolltest es nicht so. Wie waren noch deine Worte? Lebedew ist ein Affenarsch." Kalinin lachte laut.

„Bist du etwa dafür verantwortlich?", fragte Maxim unsicher.

„Wer kann das schon wissen? Auf jeden Fall ist Lebedew jetzt weg. Nutze die Gelegenheit."

Maxim ahnte, dass Anton hinter Lebedews Absetzung steckte. Sie hatten damit ein wichtiges Etappenziel erreicht. Aber zu welchem Preis? Er musste sich eingestehen, dass ihm die Umstände seiner Beförderung nicht gefielen. Kurz kam ihm der Gedanke, die Beförderung auszuschlagen, doch er wusste im gleichen Moment, dass er solche Freiheiten nicht besaß. Er hatte seine Befehle, die es nun zu befolgen galt. Er bestellte Kozlow in sein Büro.

„Sie haben gestern im Kaufhaus einen älteren Herrn verhaftet. Warum?"

„Er hat sich in der Buchhandlung nach einem Buch von Mark Twain erkundigt. Das schien mir sehr verdächtig und ich habe ihn vorsichtshalber festgenommen."

„Und wo ist der Mann jetzt?"

„Ich vermute, er ist immer noch unten und wird verhört."

Maxim hielt kurz den Atem an. Er wusste, was das bedeutete.

„Bringen Sie mich sofort zu ihm“, befahl er kurz angebunden.

„Aber … Genosse Orlow, wir haben doch noch gar kein Geständnis.“

„Welches Geständnis erwarten Sie denn von dem alten Mann? Etwa, dass er ein amerikanischer Spion ist?“

„Nein, natürlich nicht“, entgegnete Kozlow verunsichert. „Wir haben ihn der kapitalistischen Agitation angeklagt, und warten nur noch darauf, dass er die Anklageschrift unterschreibt.“

Maxim atmete tief durch. Kozlow machte nur seine Arbeit. Er konnte ihm nicht vorwerfen, etwas Falsches zu tun. Nach den Regeln der GPU handelte er völlig korrekt. Aber Maxim wusste auch, dass diese Regeln der Auslegung der einzelnen Abteilungsleiter unterlagen. Und das war es, worin Lebedew in all den Jahren so kläglich versagt hatte.

In dem kahlen Verhörraum stand nur ein Tisch mit zwei Stühlen. An der Decke flackerte ohne Pause eine grelle Lampe, die den Gefangenen blendete und ihm jeglichen Schlaf raubte. Falls er nach mehreren Stunden – manchmal auch Tagen – den Kopf vor lauter Erschöpfung doch einmal auf dem Tisch ablegte, kam sofort eine Wache und rüttelte ihn wieder auf. Und wenn das nicht fruchtete, dann schlugen sie ihm so lange auf die Rippen, bis er trotz schwerer Atemnot wieder aufrecht auf seinem Stuhl saß.

Die Gefängniszellen waren derart überfüllt, dass man es sich nicht leisten konnte, auf eine Unterschrift zu warten. Die Verhörspezialisten der GPU hatten daher die Anweisung, die Befragung mit kooperationsfördernden Maßnahmen zu begleiten, um den Gefangenen so schnell wie möglich zur Unterschrift der vorbereiteten Anklage zu bewegen. Ismail Bulgakow hatte Glück, dass Maxim den Verhörraum betrat, bevor diese begleitenden Maßnahmen eingeleitet wurden.

„Genosse Bulgakow, Sie haben sich gestern im Kaufhaus Gastronom Nr. 1 nach einem Buch von Mark Twain erkundigt, ist das richtig?", fragte Maxim, ohne lange Vorrede.

„Ja, das ist richtig."

„Warum haben Sie sich nach diesem Buch erkundigt?"

Maxim wusste nicht einmal, um welches Buch es sich handelte. Am liebsten hätte er den Mann auf der Stelle freigelassen, doch er musste den Schein wenigstens noch ein bisschen wahren.

„Ich bin Schriftsteller und benötige dieses Buch für meine Recherchen. Ich wusste nicht, dass Mark Twain mittlerweile auch verboten ist."

Ismail Bulgakow saß gebeugt auf seinem Stuhl. Die Nacht ohne Schlaf, die Anspannung, der Stress, die Angst waren ihm deutlich anzusehen. Dennoch sprach er klar und bestimmt, ganz so wie ein Mann, der sich keiner Schuld bewusst war.

„Die Partei duldet diese Art von kapitalistischer Propaganda nicht, da sie den Aufbau des kommunistischen Staates unterminiert. Sie als Schriftsteller sollten das eigentlich wissen. Ich denke aber, dass wir es dieses Mal bei einer Verwarnung und einem Bußgeld von zwanzig Rubeln belassen können."

Maxim klappte die Akte zu und verließ den Raum. Kozlow sollte die Freilassung des Mannes in die Wege leiten, auch wenn es dem schwerfiel, die unorthodoxe Vorgehensweise seines neuen Chefs nachzuvollziehen.

Geheime Pläne

Osterwick 1932

Sie trafen sich bei Gottfried kurz nach Einbruch der Dunkelheit. Er hatte um dieses Treffen gebeten, jeden von ihnen persönlich eingeladen, ohne weitere Erklärungen. Sie ahnten, dass Gottfried gute Gründe haben musste, um solch eine spontane und obendrein geheime Zusammenkunft einzuberufen.

In den letzten Jahren hatte sich gezeigt, dass dieser zurückhaltende Mann ungeahnte Führungsqualitäten besaß, die ihn auch ohne Titel zu einer angesehenen Respektsperson unter den Mennoniten machte. Seine Autorität verdankte er dabei nicht der Predigt von einer Kanzel – die gab es schon lange nicht mehr. Auch besaß er keine nennenswerten Güter und Reichtümer. Er war ein einfacher Lehrer, lebte allein, unverheiratet und ohne Familie in Osterwick. Ein schlichter, bescheidener Mann, dem es in Krisenzeiten gelang, eine verängstigte Schar von Gläubigen zusammenzuhalten.

Sie trafen zeitversetzt aus unterschiedlichen Richtungen ein, immer einen Abstand von fünf Minuten wahrend. Darauf hatte Gottfried Wert gelegt. Er führte jeden Neuankömmling in ein von der Straße nicht einsehbares Zimmer. Die Vorhänge waren zugezogen, das Licht gedämpft. Nur ein eingeweihter Beobachter hätte ahnen können, dass hier ein geheimes Treffen stattfand. Nach einer Stunde waren sie endlich vollzählig. Dreizehn Personen, darunter auch Willi Bergen, standen dicht gedrängt in dem kleinen Raum und warteten darauf, dass Gottfried das angespannte Schweigen brach.

„Liebe Brüder, ich kann mich nicht erinnern, dass wir uns jemals unter solch widrigen Umständen versammeln mussten.

Aber ihr spürt es ja selbst am eigenen Leib, wie sehr die Bedrängnis durch die Sowjets zunimmt. Erst vor wenigen Stunden habe ich erfahren, dass Eduard Klaassen abgeholt worden ist."

Ein Raunen ging durch das kleine Zimmer. Fassungslos blickten sich die Männer an. Sie wussten, dass die Regierung Männer aus ihrem Dorf verhaften ließ, doch sie konnten bisher kein Muster erkennen, das den Verhaftungen zugrunde lag. Es erschien ihnen völlig willkürlich. Sie wollten es einfach nicht wahrhaben, dass die sowjetische Regierung zu so etwas fähig war. Es musste einen Grund geben. Und kannten sie den, dann könnten sie ihr Verhalten anpassen und sich so vor weiteren Verhaftungen schützen. Doch so sehr sie sich auch den Kopf darüber zerbrachen, sie fanden den Grund nicht. Ihre Verzweiflung wurde täglich größer, ebenso die Angst, selbst zum Opfer dieser Willkür zu werden.

Gottfried erhob die Hände: „Ihr müsst euch beruhigen. Wir erregen ansonsten zu viel Aufmerksamkeit."

Schlagartig wurde es wieder still und Gottfried fuhr mit gedämpfter Stimme fort. „Wir alle wüssten gern, was die Sowjets vorhaben. Doch ich fürchte, so leicht machen sie es uns nicht. Ich bekomme Nachrichten aus dem ganzen Distrikt, die von diesen Verhaftungen berichten. Und es trifft keinesfalls nur Deutsche. Russen, Ukrainer, Polen, ganz gleich welcher Nationalität. Stalin lässt sie scheinbar wahllos festnehmen. Doch bei aller Willkür – eine Gemeinsamkeit lässt sich doch ausmachen."

Niemand sagte ein Wort. Alle brannten darauf zu erfahren, worauf Gottfried hinauswollte.

„Es trifft fast ausnahmslos die Bauern. Großbauern, Kleinbauern, ganz egal. Man bezeichnet sie als Kulaken, wahrscheinlich, um sie dadurch zu stigmatisieren. Man könnte fast meinen, Stalin führe einen Feldzug gegen die Bauern. Ihre Höfe werden nach der Verhaftung den Kolchosen zugeführt.

So geschieht es hier bei uns und so geschieht es überall in der Ukraine."

„Aber das verstehe ich nicht. Das ergibt doch überhaupt keinen Sinn", platzte es aus Konrad Diercksen heraus, der damit – ungeachtet der Gefahren – einem erneuten Redeschwall den Weg ebnete. Es dauerte eine Weile, bis sich die Männer wieder beruhigten.

„Brüder, es ist völlig unerheblich, ob meine Schlussfolgerungen zutreffend sind oder nicht. Die Zukunft wird zeigen, ob und wie es mit den Verhaftungen weitergeht. Sollte ich aber recht behalten, dann droht uns in nicht allzu ferner Zukunft eine Hungersnot, gegen die das Sterben von 1921 einem Spaziergang gleicht." Gottfried blickte in fragende Gesichter. Er spürte, dass die Männer ihm nicht folgen konnten.

„Willi hat die Bücher studiert. Seit Beginn der Umsiedlungen ist die Bevölkerung von Osterwick um über 20 Prozent angewachsen. Gleichzeitig ist im Rahmen der fortschreitenden Kollektivierung unsere Produktivität aber um fast 30 Prozent zurückgegangen. Zudem stiegen die Abgaben in den letzten Jahren immer weiter an. Ich glaube nicht, dass sich diese Entwicklung noch einmal umkehrt." Gottfried sah, dass die Männer ihn immer noch nicht verstanden.

„Die Verhaftungen führen zwangsläufig zu weiteren Kollektivierungen. Die Kolchose schafft es aber nicht, ausreichend Erträge zu erwirtschaften. Wir alle wissen, wie es da zugeht."

Zustimmendes Murmeln signalisierte Gottfried, dass die Männer diesen Punkt verstanden.

„Wenn man nun von sinkenden Erträgen steigende Abgaben erhebt, wie soll man dann von dem verbleibenden Rest eine wachsende Bevölkerung ernähren? In den letzten Jahren konnten wir uns – Gott sei es gedankt – auf gutes Wetter verlassen und eine gewisse Rücklage bilden, die uns vor unerwarteten Ernteausfällen schützt. In unseren besten Zeiten hätten wir uns mit dieser Rücklage zwanzig Monate versorgen können. Ich frage euch: Wisst ihr, wie viele Monate wir aktuell noch überbrücken könnten?“

Die Männer sahen sich fragend an. In der Vergangenheit wurden solche Themen immer im Brüderrat besprochen, doch seit der immer weiter fortschreitenden Kollektivierung gab es solche allgemeinen Zahlen nicht mehr. Jeder, der nicht zur Kolchose gehörte, arbeitete für sich selbst, ohne zu wissen, wie es seinem Nachbarn erging. Willi und Gottfried mussten tagelang über den Büchern gebrütet haben, um an diese Ergebnisse zu kommen.

„Es sind nicht einmal mehr zwei Monate“, sagte Gottfried.

Stilles Entsetzen breitete sich unter den Männern aus. Wenn die gesamten Rücklagen einen Sechsmonatsvorrat unterschritten, konnte es existenzbedrohend für sie alle werden. Nun verstanden sie die Dringlichkeit von Gottfrieds Anliegen. Niemals hätten sie angenommen, dass es derart schlecht um sie stand. Es folgten wüste Beschimpfungen der Kolchose, die man schnell als Hauptverantwortliche für ihre missliche Lage ausmachte. Sie kannten deren Arbeitsweise. Nichts auf der Welt konnte sie dazu bewegen, einem so unproduktiven und schlampigen Kollektiv beizutreten.

Doch sie wussten auch, dass sie damit nur noch eine kleine Minderheit in Osterwick bildeten. Die meisten Bauern hatten sich der Kolchose bereits angeschlossen, geblendet durch die Versprechen, dass die gemeinsame Arbeit ihnen zu größerem Wohlstand verhelfen würde. Zu spät erkannten sie, dass genau das Gegenteil eintrat. Doch da hatten sie ihre Höfe, ihr Vieh, ihre Ausrüstung, einfach alles, was ihnen gehörte, bereits dem Staat überschrieben. Ohne Aussicht, ihr Hab und Gut jemals wiederzubekommen.

„Was schlägst du vor, was wir tun sollen?“, fragte Konrad schließlich, an Gottfried gewandt.

„Es gibt nur eine Möglichkeit. Wir müssen einen Großteil der diesjährigen Ernte vor den Brigaden verstecken, um sie unserer gemeinsamen Rücklage zuzuführen. Wenn es uns gelingt, die *Tschekisten* zu täuschen, dann kann dieses Vorhaben erfolgreich sein. Dafür ist es aber notwendig, absolutes Stillschweigen zu bewahren. Nicht einmal eure Kinder dürfen mitbekommen, wo ihr das Getreide versteckt. Die Gefahr ist zu groß, dass sie sich in der Schule oder im Kindergarten verraten."

Spät in der Nacht einigten sie sich auf ein gemeinsames Vorgehen. Danach verließen die Männer einzeln, wie sie gekommen waren, den Ort ihres geheimen Treffens, bis nur noch Willi und Gottfried in dem kleinen Wohnzimmer des Lehrers saßen.

„Glaubst du, dass wir es schaffen?", fragte Willi.

„Ich weiß es nicht." Gottfried sah müde aus, als er mit trüben Augen weitersprach. „Vielleicht werden sie am Ende doch der Kolchose beitreten."

„Wieso glaubst du denn so etwas? Du hast doch gehört, wie sehr sie die Kolchosen verabscheuen", erwiderte Willi, entsetzt über Gottfrieds Mutmaßungen.

„Das stimmt. Aber sie sind auch Familienväter. Wer weiß … Wenn der Druck auf ihre Familien zunimmt, könnten sie sich doch in die scheinbare Sicherheit der Kolchose begeben."

„Nein, das glaube ich nicht!" Willi beharrte auf seinem Standpunkt, dass sich keiner der Bauern eine solche Blöße geben würde.

Gottfried lächelte nur. „Mal schauen, wie du redest, wenn du selbst erst mal Vater bist."

Darauf wusste Willi nichts zu antworten. Elisabeth stand kurz vor der Geburt ihres ersten Kindes, aber er war sich seiner neuen Rolle als Vater noch nicht bewusst. Er ahnte, dass Gottfried recht haben könnte. Sie blickten schweigend in das herunterbrennende Feuer im Ofen, beide in ihre sorgenvollen Gedanken vertieft.

Gebrochener Widerstand

Osterwick 1932

Der *schwarze Rabe* hielt mit abgedunkelten Scheinwerfern vor seinem Hof und Konrad hoffte für einen kurzen Augenblick, dass sich die Männer des GPU in der Adresse geirrt hatten. Er blickte zum wiederholten Mal durch die Gardinen der großen Stube in die Dunkelheit hinaus, so wie er es jeden Abend tat. Stundenlang wanderte er in der großen, unbeleuchteten Stube auf und ab, blickte zwischendurch immer wieder auf die Straße hinaus, um sich zu vergewissern, dass sie nicht doch schon vor seinem Haus standen.

Es gab keinen Anlass zu glauben, dass sie ausgerechnet heute zu ihm kämen. Einen Anlass gab es auch in den vielen Nächten zuvor nicht, doch die täglichen Berichte von immer neuen Verhaftungen, die zunehmende Sorge, dass es auch ihn bald treffen könnte, raubten ihm auch in dieser Nacht wieder mal den Schlaf.

Als die Männer des GPU an seine Haustür klopften, erschien es ihm für einen kurzen Moment wie eine Erlösung. Das lange Warten, die Unsicherheit und die Sorgen fanden nun endlich ein Ende. Doch die Erleichterung verschwand genauso schnell, wie sie gekommen war, wich stattdessen einer panischen Angst, die ihm schier den Verstand raubte. Leise und zaghaft öffnete Konrad die Tür.

„Konrad Diercksen, wir sind hier, weil gegen dich ernst zu nehmende Anschuldigungen vorliegen."

Sie kamen zu dritt. Gerassimow, der sein Hinken gar nicht mehr zu verbergen suchte, gefolgt von einem seiner Handlanger. Ein grobschlächtiger, muskelbepackter Kerl, dessen stumpfer Gesichtsausdruck auf keine allzu lange Schulausbildung schließen ließ. Der dritte Mann hielt sich dezent im Hintergrund, doch Art und Kleidung nach zu urteilen, musste es sich um den Ranghöchsten handeln. Konrad erinnerte sich an ihn. Dieser Mann hatte ihnen das Kirchengebäude weggenommen und Konrad beschlich die Ahnung, dass er hinter Gerassimovs Veränderung und den damit verbundenen Repressalien steckte. Unaufgefordert betraten die Männer das Haus der Diercksens und Gerassimow blickte Konrad erwartungsvoll an, neugierig, wie dieser auf den nächtlichen Besuch reagierte.

„Was für Anschuldigungen?", fragte Konrad knapp, ohne das Zittern seiner Stimme unterdrücken zu können.

„Schwerer Diebstahl." Gerassimow ließ Konrad nicht aus den Augen, starrte ihn weiter mit durchdringendem Blick an.

„Davon weiß ich nichts."

„Dir wird vorgeworfen, bei der letzten Getreideabgabe fünf Tonnen unterschlagen zu haben. Fünf Tonnen, die eigentlich der Sowjetunion gehören. Und du weißt, was passiert, wenn sich dieser Verdacht bewahrheitet."

Konrad lief der Schweiß in die Augen. Er dachte immer, sie würden mit völlig haltlosen, erfundenen Anschuldigungen auftauchen. Doch das stimmte gar nicht. Woher wusste Gerassimow von dem unterschlagenen Getreide? Und woher wusste er, dass es sich um genau fünf Tonnen handelte? Irgendjemand musste sie verraten haben.

„Davon weiß ich nichts."

„Nun, dann werden wir deinem Gedächtnis ein wenig auf die Sprünge helfen."

Gerassimow nickte seinem Handlanger zu, der Konrad grob am Kragen packte, um ihm dann mit einer schnellen Bewegung den rechten Arm auf den Rücken zu drehen. Konrad hatte das Gefühl, seine Schulter würde zerspringen. Er schrie laut auf, sackte mit dem Oberkörper nach vorne und schlug hart mit seinem Gesicht auf den Tisch. Er sah aus dem Augenwinkel, wie seine Frau Lena den Raum betrat. Hinter ihr standen die Kinder mit vor Angst geweiteten Augen. Wassili Popov ging sofort auf Lena zu und begrüßte sie mit übertriebener Höflichkeit.

„Frau Diercksen, ich entschuldige mich in aller Form für diese nächtlichen Unannehmlichkeiten. Schon gar nicht wollen wir die Kinder erschrecken und sie in ihrer wohlverdienten Nachtruhe stören. Ich versichere Ihnen, dass wir Sie so schnell es geht wieder allein lassen."

Mit diesen Worten geleitete Popov Lena und die Kinder hinaus, schloss die Tür und postierte sich so, dass es ihnen nicht mehr möglich war, den Raum zu betreten. Dann bedeutete er Gerassimow mit einem kurzen Kopfnicken, fortzufahren.

Gerassimow öffnete die Haustür. Der Schläger folgte ihm, trieb Konrad vor sich her, dem er den Arm weiterhin schmerzhaft auf dem Rücken verdreht hielt.

„Deine Hand bitte. Hier hinein." Gerassimow deutete auf den schmalen Spalt zwischen Türblatt und Zarge, direkt unterhalb der Scharniere.

Konrad erkannte, was Gerassimow vorhatte. Er versuchte verzweifelt, sich zu widersetzen, doch der Mann hinter ihm drehte seinen Arm so weit nach oben, dass ihm kurz schwarz vor Augen wurde und er auf den Boden sackte. Gerassimow nutzte diesen Moment, packte Konrads freie Hand und schob die Finger in den schmalen Spalt. Sofort drückte er gegen das Türblatt, um Konrad auf diese Weise festzuhalten. Der Schläger konnte nun loslassen und seinem Chef bei der Fortführung des Verhörs zusehen.

„Wo ist das Getreide?", fragte Gerassimow.

Konrad kauerte wimmernd auf dem Boden, seine Finger in dem Türspalt gefangen. Er wusste, was ihm blühte, würde er jetzt nicht mit der Wahrheit rausrücken.

„Ich weiß nicht, wovon Sie sprechen."

Das Knacken seiner Finger, gepaart mit einem höllischen Schmerz, ließ keine Zweifel daran, dass sie gebrochen waren.

Gerassimow brauchte den Druck nur ein wenig erhöhen, der enormen Hebelwirkung hatten Konrads Finger nichts entgegenzusetzen. Sie zerbrachen wie Glas.

„Wo ist das Getreide?"

„Ich weiß es nicht!"

Konrad schrie, hoffte, seinem Peiniger dadurch zu signalisieren, dass er es ernst meinte. Doch Gerassimow ließ sich dadurch nicht beeindrucken, drückte stattdessen nur noch weiter gegen die Tür. Die Schmerzen wurden unerträglich und Konrad versuchte, seine Hand aus dem immer enger werdenden Türspalt zu ziehen. Das Blut seiner zerquetschten Finger tropfte auf den Boden, während er immer noch aus Leibeskräften beteuerte, dass er nicht wüsste, wovon sie redeten. Gerassimow trat einen Schritt zur Seite – die Tür immer noch mit einer Hand haltend – und gab seinem Schläger ein Zeichen. Der verstand sofort. Mit drei kurzen, schnellen Schritten kam er auf sie zugesprungen, ließ seinen massigen Körper mit voller Wucht gegen die Tür prallen. Konrad schrie gellend auf und verlor im gleichen Moment das Bewusstsein, als ihm klar wurde, dass er ohne Finger nie wieder sein Feld würde bestellen können.

Als Konrad wieder zu sich kam, brauchte er einen kurzen Moment, um sich zu orientieren. Er saß auf einem Stuhl in seiner Scheune. Seine Frau Lena stand neben ihm. Sie hatte offensichtlich seine Verletzung notdürftig bandagiert. Er blickte an sich herab und sah den blutdurchtränkten Stumpf, der nur noch entfernt an eine Hand erinnerte. In diesem Moment kehrte der Schmerz mit voller Wucht in sein Bewusstsein zurück.

„Ich frage dich ein letztes Mal, Konrad Diercksen: Wo ist das Getreide? Wenn du dich weiterhin weigerst, mit uns zu kooperieren, dann werden wir uns mit deiner Frau beschäftigen und …"

Gerassimow ließ den Satz unvollendet, er brauchte seine Drohung gar nicht weiter auszuführen. Konrads Widerstand war gebrochen. Er nickte hinüber zu einer Nische, wo ein Traktor den gesamten Raum einnahm.

„Neben dem rechten Reifen befindet sich eine kleine Tür in der Wand. Dahinter führt eine Treppe hinab in den Keller."

Konrad flüsterte diese Worte voller Verbitterung, blickte Gerassimow trotz seiner Schmerzen mit hasserfülltem Blick an, ohne einen Zweifel darüber zu lassen, wie sehr er diesen Mann verachtete.

„Nun gut. Ich denke, Genosse Diercksen hat verstanden, dass es keinen Sinn hat, uns weiter zu belügen."

Popov führte nun zu Ende, was sein Zögling begonnen hatte.

„Konrad Diercksen, Sie sind verhaftet wegen Hochverrats. Wir werden Sie mitnehmen und einem Gericht in Chortitza überantworten, wo das entsprechende Strafmaß für Ihre Vergehen festgelegt wird. Diese Wirtschaft wird Eigentum des sowjetischen Staates und mit sofortiger Wirkung dem Kolchos von Osterwick überschrieben. Sie, Frau Diercksen, melden sich morgen früh beim Brigadeführer zum Dienst. Noch irgendwelche Fragen?"

Popov klatschte einmal in die Hände. Dann wandte er sich in übertriebener Manier an die Anwesenden, als wolle er tatsächlich noch offengebliebene Fragen klären. Niemand antwortete.

„Gut, dann hätten wir das geklärt und können für heute Feierabend machen."

Hungerwinter

Osterwick 1933

Der Schnee lag gleichmäßig über das ganze Land verteilt wie eine vom beißenden Nordwind ausgebreitete Decke, unter der das Leben aufgehört hatte zu existieren. Hin und wieder fegte eine Böe über die weißen Felder, wirbelte dabei Tausende kleinster Schneekristalle auf, nur um sie an anderer Stelle wieder leise zu Boden fallen zu lassen. Sonnenstrahlen brachen sich in diesem Schleier in allen erdenklichen Farben, doch niemand schenkte dem Naturschauspiel auch nur die geringste Beachtung.

Abgesehen von den Geräuschen, die der Wind verursachte, lag eine gespenstische Stille über Osterwick und den umliegenden Dörfern. Nur der blasse Rauch, der aus den Schornsteinen in den klaren Himmel aufstieg, zeugte noch von Überbleibseln menschlicher Existenz. Es gab auch in diesem Winter genügend Maschinen und Häuser zu reparieren, doch es fand sich niemand, der auch nur einen Fuß vor seine Tür setzte. Es war, als habe die Welt aufgehört, sich zu drehen.

Eine einsame Gestalt bahnte sich ihren Weg durch den verwehten Schnee, der teils hüfthoch die Straßen von Osterwick versperrte. Schon vor Wochen hatte der Schneepflug seine Arbeit eingestellt, da es keine Pferde, Esel oder Ochsen mehr gab, die den Pflug hätten ziehen können. Wollten die Bauern anfangs nur der Zwangskollektivierung ihrer Bestände zuvorkommen, töteten sie die Tiere zuletzt aus reinem Überlebenswillen, obgleich sie wussten, dass sie sich damit ihrer eigenen Zukunft beraubten. In ihrer Verzweiflung verzehrten sie zuletzt sogar Mäuse und Ratten, doch der Hunger ließ sich auch durch solche Verzweiflungstaten nicht vertreiben.

Isaak Brodski schlug den Kragen seines durchlöcherten Mantels hoch, versuchte, sich auf diese Weise vor dem schneidenden Wind zu schützen. Er sehnte sich nach seiner warmen Fellmütze, die er letzte Woche gegen einen harten Kanten Brot hatte eintauschen müssen. Als Nächstes würde dieser alte Mantel drankommen, dann seine Stiefel. Bald würde er fast nackt durch die Kälte stapfen, auf der Suche nach ein bisschen Nahrung, die den Hunger nicht vertreiben, nicht einmal lindern konnte. Vielleicht reichte es gerade aus, um einen weiteren Tag zu überleben.

Immer wieder musste Isaak eine Pause einlegen. Die kleinste Kraftanstrengung verursachte ein Flimmern vor seinen Augen, ließ ihn schwindeln, sodass er sich an eine Straßenlaterne klammerte, um nicht der Länge nach in den Schnee zu fallen. Er kämpfte dagegen an. Wenn er hier draußen stürzte, brächte er wohl nicht mehr die Kraft auf, um wieder aufzustehen. Zum Haus der Bergens waren es eigentlich nur ein paar hundert Meter, doch die Strecke kam ihm heute unendlich lang vor. Er sammelte seine letzten Reserven, schleppte sich weiter durch den Schnee, bis er schließlich völlig entkräftet an die Haustür seines Freundes klopfte.

„Willi, ich muss dich um einen Gefallen bitten." Isaak saß auf einem Stuhl, blickte Willi aus tief liegenden Augen an. Seine Hoffnung, von den gastfreundlichen Mennoniten eine Suppe oder ein Stückchen Brot zu bekommen, erfüllte sich leider nicht. Im Ofen brannte nur ein kleines Feuer, das kaum ausreichte, um das Haus zu wärmen. Nirgends stand ein dampfender Topf mit Suppe auf dem Herd, geschweige denn gab es einen frischen Laib Brot. Die Küche war aufgeräumt und leer, für einen mennonitischen Haushalt mehr als ungewöhnlich. In einer Ecke spielte die zweijährige Greta auf ihrer Wolldecke mit ein paar Holzklötzen. Sie wirkte apathisch, in sich gekehrt. Kein Vergleich zu dem Wirbelwind, den Isaak von seinem letzten Besuch her kannte. Es war unübersehbar, dass der Hunger auch um dieses Haus keinen Bogen machte. Isaak kam sich plötzlich schäbig vor, diese Menschen um einen solchen Gefallen zu bitten. Gäbe es da nicht dieses Gerücht …

„Willi, stimmt es, dass ihr noch Getreidevorräte habt, die ihr im letzten Jahr vor den Brigaden verstecken konntet? Ich weiß, dass es mir nicht zusteht, euch das zu fragen. Ich würde es auch nicht tun, wenn nicht …“ Seine Stimme brach und Isaak schaute verlegen zu Boden. Es dauerte eine Weile, bis er sich wieder fasste. „Ich weiß einfach nicht mehr weiter. Und ich weiß nicht mehr, an wen wir uns sonst noch wenden könnten.“

Isaak wusste tatsächlich nicht mehr, wen er noch um Hilfe bitten konnte. Seine Familie hatte nach der Vermählung mit Alina den Kontakt zu ihnen abgebrochen. Sie wollten nicht akzeptieren, dass ihr einziger Sohn eine Nichtjüdin heiratete, ihren jahrhundertealten Stammbaum damit zu einem jähen Ende führte. Isaak verlor daraufhin seine Arbeit im elterlichen Geschäft und sah sich gezwungen, eine schlecht bezahlte Arbeit in der Kolchose anzunehmen. Auch Alinas Eltern kämpften ums tägliche Überleben. Von ihnen konnten sie keine Hilfe erwarten.

Zu allem Überfluss erfüllte sich ihr lang gehegter Wunsch nach einem Kind zum denkbar ungünstigsten Zeitpunkt. Als wäre ihre eigene Schwäche nicht schon belastend genug, mussten sich die Brodskis nun auch noch um ein Neugeborenes kümmern. Alina schaffte es nicht, das Kind mit ausreichend Milch zu versorgen, sodass der kleine Junge täglich an Gewicht verlor.

„Isaak.“ Willi versuchte, seinem Freund die schlechte Nachricht so schonend wie möglich beizubringen. „Wir haben auch nichts mehr. Sieh dich um, sieh uns an. Wir sitzen hier und warten, dass der Winter endlich vorbei ist, beten inständig, dass wir das nächste Frühjahr noch erleben. Elisabeth ist schwanger und müsste selbst viel mehr essen. Sie verbringt die meiste Zeit des Tages völlig entkräftet in ihrem Bett. Ich weiß nicht, wie sie in diesem Zustand ein Kind zur Welt bringen soll."

Isaak erkannte die Sorge und die Angst im Blick seines Freundes. Er fühlte sich schlecht, ihn um diesen Gefallen zu bitten, doch ihm blieb keine andere Wahl. „Stimmen die Gerüchte, dass ihr noch über geheime Vorräte verfügt, die ihr aber nur unter euch Mennoniten verteilt?", wiederholte er seine Frage, ohne auf Willis Einwände einzugehen.

Willi schaute Isaak müde an. Er durfte ihm nicht die Wahrheit sagen. Trotz ihrer Anstrengungen hatte die Zeit nicht ausgereicht, um die Rücklagen in nennenswerter Weise aufzufüllen. Mit viel Glück würden sie sich vielleicht ohne Hungertote ins nächste Frühjahr retten, doch die Getreiderationen waren so gering, dass nur die Mutigsten unter ihnen daran zu glauben wagten. In jedem Fall mussten sie verhindern, die Zuteilungen über ihre Gemeinschaft hinaus auszudehnen.

„Nein, Isaak, wir haben keine Vorräte mehr. Es ist alles aufgebraucht."

Willi spürte, dass er den letzten Strohhalm zerbrach, an den sich Isaak geklammert hielt. Der abgemagerte Mann sackte auf seinem Stuhl zusammen, ließ die Schultern hängen und konnte sein Schluchzen nicht länger unterdrücken. Es zerriss Willi fast das Herz, seinen Freund derart leiden zu sehen, doch bei allem Mitgefühl konnte er einfach nichts für ihn tun.

Diese Hungersnot war weder seine noch Isaaks Schuld. Vielmehr mussten sich die Verwalter der Kolchose anlasten lassen, nicht rechtzeitig vorgesorgt und noch im Herbst auf die hungernden Menschen geschossen zu haben, die nach der Ernte versuchten, ein paar zurückgelassene Ähren aufzuklauben. Außerdem hätte die Kolchose – angesichts der aufkommenden Hungersnot – nicht so viel Getreide nach Moskau liefern dürfen. Jeder wusste, dass Stalins Regierung dieses Getreide ins Ausland verkaufte, während die Menschen in der Ukraine zu Tausenden den Hungertod starben. Diese menschenverachtende Politik war schuld an der Katastrophe, doch es gab nichts, was Willi oder Isaak dagegen tun konnten. Ihnen blieb nur, sich in ihr Schicksal zu ergeben und irgendwie zu überleben.

Kurz nachdem sie sich voneinander verabschiedet hatten, erschien Elisabeth in der Küche. Sie sah schwach aus, wie sie, in eine Decke gehüllt, am Türrahmen lehnte. Doch ihre Worte klangen klar und deutlich.

„Wir können sie nicht verhungern lassen, Willi."

„Und was soll ich deiner Meinung nach tun? Wir haben doch selbst kaum genug für uns", erwiderte Willi gereizt.

„Das weißt du. Geh zu Gottfried und sprich mit ihm."

Willi wusste, dass seine Frau recht hatte. Doch ihr feines Gespür für die Nöte anderer Menschen sowie ihre Bereitschaft, diese zu lindern, erschienen ihm nun wie eine Bürde. Widerwillig machte er sich auf den Weg zu Gottfried. Sein Bauch schmerzte und signalisierte ihm bei jedem Schritt, dass diese Anstrengung zu viel für seinen ausgezehrten Körper war. Heute Morgen erst hatte er ein weiteres Loch in seinen Gürtel geritzt, ein sich wiederholendes Ritual, das ihm deutlich vor Augen führte, dass er den Gürtel buchstäblich immer enger schnallen musste.

Gottfried erging es nicht anders. Er sah aus wie ein Gespenst, als er die Tür öffnete und seinen Gast hereinbat. Es roch unangenehm und Willi fürchtete, dass er selbst auch keinen angenehmeren Duft verbreitete.

„Was kann ich für dich tun, Willi?", fragte Gottfried kurz angebunden. Der einst so freundliche Mann war an seine Grenzen gelangt, hatte sie vielleicht schon vor langer Zeit überschritten. Gottfried war immer ein Vorbild an Selbstbeherrschung und Disziplin gewesen, doch offensichtlich wichen nun auch seine Tugenden den reinen Überlebensinstinkten.

„Ich möchte mit dir über die Rationen sprechen, Gottfried."

„Das möchten alle, aber es gibt eine Abmachung. Und wie

du dich vielleicht erinnerst, soll ich unter allen Umständen für die Einhaltung dieser Abmachung sorgen. Damit macht man sich keine Freunde, das kannst du mir glauben."

Willi ahnte, dass Gottfried schon viele Gespräche dieser Art geführt hatte, ständig gewahr, dass er den verzweifelten Menschen nicht helfen konnte und sich obendrein ihren Zorn zuzog. Eine undankbare Aufgabe.

„Gottfried, es tut mir leid, dass du ständig der Überbringer von schlechten Nachrichten bist, aber glaube mir, dass ich dir für deinen Dienst unendlich dankbar bin. Du machst das wirklich großartig, auch wenn ich gewiss nicht mit dir tauschen wollte."

Ein Lächeln huschte über Gottfrieds Gesicht. Es geschah nicht häufig, dass man ihm für seine Arbeit dankte. Meistens musste er Beschimpfungen und übelste Schmähungen über sich ergehen lassen. Und er konnte es den Menschen noch nicht einmal verdenken. Niemand reagiert besonnen, wenn der Hunger ihn quält.

„Was ist mit den Rationen?" Er klang nun wieder etwas sanfter.

„Wir haben bei der Zuteilung einen Fehler gemacht."

„Fehler? Welchen Fehler?"

„Wir haben bei der Zählung der Personen ungeborenes Leben nicht berücksichtigt."

Gottfried blickte Willi mit gerunzelter Stirn an. Man konnte sehen, wie es in ihm arbeitete. Doch selbst das Denken fiel ihm mittlerweile schwer.

„Elisabeth ist im siebten Monat schwanger. Die Rationen reichen aber kaum für sie selbst, geschweige denn für das ungeborene Kind in ihrem Leib. Es ist nicht richtig, dass die Schwangeren die gleiche Ration erhalten wie jeder andere von uns. Sie sollten etwas mehr bekommen."

„Weißt du, was *etwas mehr* von einem sowieso schon *kleinen bisschen* ist? Das wird uns alle umbringen."

„Nein, das stimmt nicht. Momentan gibt es nur neun schwangere Frauen. Wir müssten auf gar nicht so viel verzichten, um es diesen Frauen zu erleichtern. Obwohl es gar nicht um Erleichterung geht. Es geht um gerechte Verteilung."

„Und das findest du gerecht, wenn diese Frauen auf unser aller Kosten mehr bekommen?"

„Nicht die Frauen bekommen mehr, sondern die ungeborenen Kinder. Oder willst du behaupten, dass dieses ungeborene Leben noch kein Leben im eigentlichen Sinne ist und deshalb nicht berücksichtigt werden muss?"

Natürlich konnte Gottfried diesem Argument nichts entgegensetzen, auch wenn er ahnte, dass Willi in erster Linie für sich und seine Familie argumentierte. Sein Widerstand war vielmehr Ausdruck der ganzen Verzweiflung darüber, dass die Menge, auf die sich das wenige Getreide verteilte, gerade um neun weitere Personen anzuwachsen drohte. Er ertappte sich bei dem Gedanken, dass er die möglichen Todesfälle der kommenden Woche hochrechnete und darüber nicht so betrübt war, wie er es eigentlich hätte sein sollen. Jeder Esser weniger erhöhte die Überlebenschancen der anderen – einschließlich seiner selbst.

Die Boten verrichteten den gefährlichsten Teil ihres Plans. Junge Burschen, die sich so eine Extra-Ration verdienten, gleichzeitig aber einem ungemein hohen Risiko ausgesetzt waren. Sie sorgten dafür, dass die Familien ihre vereinbarten Wochenrationen an Getreide erhielten, ohne dass sich dafür eine große Menschenmenge an einem bestimmten Ort versammeln musste. Wie Geister huschten sie durch die Dunkelheit, lieferten ihre kleinen Pakete vor den Haustüren ab und verschwanden ebenso schnell, wie sie gekommen waren. Niemand wusste, wann und wo sie auftauchten. Und außer

Gottfried kannte niemand ihre Namen noch ihre nächtlichen Routen.

Dieses Vorgehen veränderten sie auch dann nicht, als David eines Nachts nicht von seiner Runde zurückkehrte. Sie fanden seine Leiche erst am nächsten Mittag in der Nähe der alten Mühle, fast vollständig unter Schnee begraben. Ein roter Riss klaffte unterhalb seines Kinns von Ohr zu Ohr. Das Getreide – so stellte sich später heraus – hatte er nicht abgeliefert, was den Rückschluss zuließ, dass er Opfer eines Raubmordes geworden war. Sie bestatteten David in aller Abgeschiedenheit, ohne die Miliz zu informieren. Sie wollten keine unnötige Aufmerksamkeit auf sich lenken. Das Risiko blieb immens hoch und ihre Methode alles andere als sicher, doch es schien ihnen weiterhin der einzig vernünftige Weg zu sein.

Als Willi in dieser Nacht auf das verabredete Zeichen hin seine Ration ins Haus holte, freute er sich über den höheren Anteil. Gottfried hatte Wort gehalten. Willi nahm sich vor, einen kleinen Teil an seinen Freund Isaak weiterzugeben.

Alina Brodski, das schöne ukrainische Mädchen von einst, glich nur noch einem Schatten vergangener Tage. Ebenso wie ihr Mann Isaak konnte sie sich kaum noch auf den Beinen halten. Willi erschrak, als er sah, wie schlecht es um seine Freunde bereits stand. Alinas hellblaue Augen lagen in dunklen Höhlen, hatten ihren Glanz fast vollständig verloren, ihre dichten blonden Haare hingen in ungepflegten Strähnen herab. Sie saß gebeugt auf ihrem Stuhl, vielleicht auch nur, um den geschwollenen Bauch zu verbergen, der sich unter ihrem schmutzigen Kleid wölbte. In Ihrem Arm hielt sie das Kind, das einige Male suchend nach ihrer Brust griff. Es schrie nicht, obwohl es der natürliche Reflex eines hungrigen Neugeborenen war. Vermutlich fehlte ihm dazu bereits die Kraft.

Isaak saß auf einem Schemel, blickte seine kleine Familie mit verzweifelten Augen an. Dann sah er zu Willi hinüber, wandte sich aber sogleich wieder ab, als würde er sich für sein eigenes Elend schämen.

„Ich habe euch etwas Mehl und ein bisschen Hefe mitgebracht." Willi legte ein kleines Päckchen auf den Tisch. „Es ist nicht viel, aber vielleicht reicht es, damit Alina wieder zu Kräften kommt. Es tut mir leid, dass ich nicht mehr tun kann."

Als die Brodskis keinerlei Reaktion zeigten, wandte sich Willi wortlos zum Gehen. Er wusste nicht, was er noch sagen sollte.

„Willi."

Alinas brüchige Stimme ließ ihn innehalten. Er drehte sich um, sah in ihr eingefallenes Gesicht. Sie schien glücklich zu sein, auch wenn sie nur ein einziges Wort sagte: „Danke."

„Achtet darauf, dass ihr nachts backt. Am besten nicht über dem offenen Feuer, sondern in einem Erdofen. Der Geruch von frischem Brot könnte sonst hungrige Gestalten aus der Nachbarschaft anlocken. Nächste Woche kann ich euch vielleicht noch ein bisschen mehr bringen."

Mit diesen Worten verabschiedete sich Willi, unsicher, ob es nicht ein Abschied für immer war. Die kleine Familie Brodski sah nicht so aus, als würde sie die kommenden Tage überleben.

Als Isaak den heißen Laib Brot voller Vorfreude aus dem Ofen zog, überlegte er kurz, ob er jemals etwas Wertvolleres in den Händen gehalten hatte. Nie zuvor hatte er so etwas Köstliches gerochen und er musste sich zusammenreißen, um seine Zähne nicht sofort in den heißen Laib zu schlagen. Alina stand hinter ihm. Sie konnte sich ebenfalls kaum noch zügeln. Das Wasser lief ihr im Mund zusammen. Dann rüttelte es plötzlich laut an der Haustür. Erschrocken zuckten sie beide zusammen. Es war mitten in der Nacht, doch da sie keinen Erdofen besaßen, hatten sie Willis zweite Warnung ignoriert und über dem offenen Feuer gebacken.

Der Geruch von frischem Brot blieb offenbar nicht lange unbemerkt. Sie standen nun wie angewurzelt in ihrer Küche, selbst als heisere Stimmen ihnen befahlen, die Haustür zu öffnen. Dann hörten sie die Gestalten um das Haus schleichen. Geistesgegenwärtig erkannte Isaak, was die Männer vorhatten. Er sprang zur Küchentür, verschloss sie gerade noch rechtzeitig, bevor auch an ihr heftig gerüttelt wurde.

Alina presste das Kind an sich, zitterte am ganzen Leib. Warum nur mussten diese Menschen ausgerechnet jetzt hier auftauchen? Sie griff nach dem heißen Brot, brach sich ein großes Stück ab und schob es, den Schmerz ignorierend, in den Mund. Es blieb ihnen keine Zeit mehr abzuwarten, bis es abgekühlt war. Ihr Magen rebellierte augenblicklich, doch der Hunger brachte sie dazu, noch ein weiteres Stück hinunterzuwürgen.

Isaak wollte es ihr gerade gleichtun, als das Glas der Küchentür zersplitterte. Eine bleiche Hand griff hinein, entriegelte die Tür und innerhalb weniger Sekunden betraten drei dürre, völlig abgemagerte Männer die Küche. Sie sahen sich kurz um und stürzten dann wie panisch auf das frische Brot. Die Brodskis wurden brutal zur Seite gestoßen. Das Kind entglitt Alinas entkräfteten Armen. Sie bemerkte es nicht. Ihre ganze Aufmerksamkeit galt nur dem Laib Brot, der sich in den gierigen Händen der Einbrecher schnell verkleinerte.

Laut schreiend stürzten sich Isaak und Alina auf die Männer, schlugen auf sie ein, bissen und kratzten, nur um sich jeden auf diese Weise erbeuteten Brotkrumen sofort in den Mund zu stecken. Alle fünf zerrten aneinander, stürzten und versuchten sich gegenseitig jeden Fetzen Brot zu entreißen, noch bevor er im Mund eines anderen verschwand.

Es war ein kurzer Kampf. Die Brodskis mobilisierten ihre letzten Kräfte und vertrieben die Einbrecher aus ihrem Haus.

Vielleicht kam ihnen zugute, dass es zweifelslos keine weiteren Nahrungsmittel mehr zu stehlen gab. Die drei Männer verschwanden ebenso schnell, wie sie gekommen waren.

Wieder allein, krochen Isaak und Alina über den Küchenboden, versuchten, die zertrampelten Brotreste mit einem Messer aus den Ritzen der hölzernen Dielen zu kratzen. Jedes Stückchen wurde feierlich hinuntergeschlungen, egal wie dreckig und zermatscht es war.

Plötzlich hielt Alina inne. Es war still in ihrer Küche. Viel zu still. Ein unvorstellbarer Schreck fuhr ihr in die Glieder. Sie ließ das Messer fallen, robbte hinüber zu der Stelle, wo sie vorhin das Kind fallen ließ. Stunden schienen seitdem vergangen. Sie begriff nicht, wie der Kampf um das Brot ihr alle Mutterinstinkte rauben, wie sie ihr Kind darüber tatsächlich hatte vergessen können.

Der Säugling lag reglos neben der kleinen Kommode, in der sie ihre Töpfe und das Geschirr verstauten. Das Kind bewegte sich nicht, schrie nicht, atmete nicht. Alina streckte die Hand aus, langsam, als könne sie dadurch die schreckliche Gewissheit, die sich immer weiter in ihr Bewusstsein drängte, doch noch abwenden. Schließlich nahm sie den kleinen Jungen in ihre Arme, strich ihm über die kalten Wangen und benetzte ihn leise mit ihren Tränen. Das Kind, auf das sie sich so lange gefreut hatten, war tot.

Irgendwann ging auch dieser Winter zu Ende. Die Sonne wärmte den Boden, schmolz auch die hartnäckigsten Schneereste weg. Die Erde drehte sich weiter, kommentarlos, jegliches Taktgefühl vermissend, welches der Katastrophe angemessen schien. Doch die Menschen von Osterwick konnten nicht einfach so weitermachen, als wäre nichts geschehen. Selbst wenn sie wollten. Die Verluste waren zu verheerend.

Es gab kein einziges Korn mehr in den Speichern, das man auf die Felder aussäen konnte, und auch kein Benzin mehr für die Maschinen. Es gab nichts, womit sie ihre Felder hätten bestellen können. Als die Regierung endlich die dringend benötigten Reserven an Saatgut in die Provinzen auslieferte, spielte sie ihren letzten, entscheidenden Trumpf im Kampf gegen die Bauern aus. Das Saatgut, das Benzin sowie alle Jungtiere wurden ausschließlich an die Kolchosen geliefert. Den Bauern, die sich bis zum Schluss dem Beitritt zur Kolchose verweigert hatten, blieb nun keine Wahl mehr. Gezwungenermaßen übereigneten sie ihr letztes verbliebenes Hab und Gut dem Staat und schlossen sich den verhassten Kolchosen an.

Nach und nach entfaltete sich vor den Osterwickern das gesamte Ausmaß der Katastrophe. Über ein Drittel der Einwohner hatten in diesem Hungerwinter ihr Leben verloren. Auch unter den Mennoniten war die Zahl der Toten viel höher, als es ihre gemeinsamen Anstrengungen vermuten ließen. Letztlich hatten sie einfach nicht genug Zeit gehabt, um sich auf eine derartige Katastrophe vorzubereiten.

Die Bergens waren wie durch ein Wunder verschont geblieben. Sie dankten Gott für die Bewahrung ihrer eigenen kleinen Familie. Die Freude über die Geburt ihrer Tochter Anna erlaubten sie sich allerdings nur im Verborgenen – zu groß war die allgegenwärtige Trauer um sie herum.

Als Willi sich an diesem Morgen in den Zug der Menschen einreihte, die zum geordneten Dienst in der Kolchose antraten, entdeckte er seinen Freund Isaak in der Menge vor sich. Er war in den letzten Wochen nicht mehr in der Lage gewesen, den Brodskis weiteres Getreide zu bringen. Er hatte sich deswegen Vorwürfe gemacht, auch wenn Alina nicht aufhörte, ihm ihre Dankbarkeit für seine Hilfe zu versichern. Trotzdem wusste Willi, dass die Brodskis sehr viel schwerer unter der Hungersnot litten als er selbst.

„Schön, dich zu sehen, Isaak", sagte Willi, als er neben seinen Freund trat.

„Schön, dich zu sehen, Willi."

„Seid ihr alle wohlauf? Geht es Alina und eurem Sohn gut?"

„Alina geht es gut, danke."

„Und dem Kind?"

Isaak schüttelte traurig den Kopf, ohne ein Wort zu sagen. Willi verstand.

„Wie hieß er denn eigentlich und wo habt ihr ihn beerdigt?"

Isaak schüttelte nun immer heftiger mit dem Kopf, wich Willis Fragen deutlich aus. Tränen schossen ihm in die Augen. Er blieb stehen, blickte Willi direkt an: „Wir hatten noch gar keinen Namen für ihn."

Mit diesen Worten lief er davon, ließ den verdutzten Willi einfach stehen.

Die schmerzhafte Erkenntnis traf Willi erst, als Isaak bereits außer Sichtweite war. Eine Ahnung kroch in ihm empor. Eine Ahnung, warum sein Freund so ausweichend reagierte. Plötzlich wusste er, warum Alina und Isaak noch lebten, obwohl sie dem Tod zuletzt so nah standen. Und er wusste auch, dass es für den kleinen Jungen kein Grab gab, das er besuchen konnte. Die Brodskis hatten nur überlebt, weil sie sich zu einer Tat gezwungen sahen, zu der ein Mensch niemals gezwungen werden darf. Willi begriff, dass sein Freund Isaak niemals über dieses Geheimnis sprechen würde.

Er blieb stehen, behinderte die Menschen, die sich einen Weg um ihn herum bahnten, sah hinauf in den blauen Himmel – und fragte sich erstmals in seinem Leben, ob es wirklich einen Gott gab. Die Zweifel schrien plötzlich so laut in ihm auf, dass er sie nicht länger ignorieren konnte. Besser, es gäbe keinen Gott, denn ansonsten müsste er sich fragen lassen, was für ein Gott das sei, der solches Elend und solche Tragödien zuließ. Sein Glaube geriet ins Wanken, so stark wie noch nie zuvor in seinem Leben.

Tränen schossen ihm in die Augen und in seine Zweifel mischte sich die Trauer um den kleinen, namenlosen Jungen. Trauer um die Eltern, die sich zu solch einer Verzweiflungstat genötigt sahen. Willi stand auf dem Weg unweit des Tores zur Kolchose und weinte hemmungslos.

Die Menschen schenkten ihm keine Beachtung. Sie drängten wortlos an ihm vorbei, bemüht, pünktlich zur Arbeit zu kommen. Für sie war Willi nur ein weiterer Mann, der in diesen Tagen seinen Verlust beklagte. Niemand, der ihre besondere Aufmerksamkeit verdiente.

Teil 3
Terrorjahre (1937–1939)

Mit dem NKWD-Befehl Nr. 00447 erreicht der staatlich organisierte Terror eine neue Stufe der Gewalt. Am 30. Juli 1937 ergeht der streng geheime Erlass des sowjetischen Innenministeriums – auf dessen Grundlage in den darauf folgenden beiden Jahren mehr als 800.000 Personen verhaftet werden. Fast die Hälfte der Menschen wird erschossen, die übrigen in Lager des Gulag deportiert. Diese sogenannte Kulakenoperation verschonte linientreue Politiker und hochrangige Militärs ebenso wenig wie einfache Bürger, Bauern, Dorfgeistliche und frühere Angehörige der Oppositionsparteien.

Gestiefelte Kater

Osterwick 1937

Eins, zwei, drei ..." Der Junge begann laut zu zählen. Er stand mit der Stirn an die Rückwand des Kindergartens gelehnt, seine Augen fest geschlossen. Er konnte nur bis zehn zählen und das wussten die anderen Kinder auch. Laut schreiend stoben sie auseinander, um sich rechtzeitig vor ihm zu verstecken.

Greta hatte sich dieses Mal ein ganz besonderes Versteck ausgesucht, eines, wo er sie bestimmt nicht finden würde. Sie hoffte, die Regentonnen rechtzeitig zu erreichen, noch bevor der Junge mit dem Zählen fertig war. Sie hörte ihn schon „ich komme" rufen, gerade in dem Moment, als sie sich in den engen Spalt zwischen Tonne und Hauswand zwängte. Aufgeregt hielt sie den Atem an, glaubte, sich dadurch unsichtbar machen zu können, und beobachtete aus ihrem Versteck heraus den Jungen, der nun suchend den Innenhof des Kindergartens abschritt. Bald hatte er alle Kinder gefunden. Bis auf Greta. Sie begannen nun gemeinsam nach ihr zu suchen, riefen ihren Namen. Doch Greta rührte sich nicht. Sie wollte ihren Erfolg bis zum letzten Moment auskosten und dann jubilierend hinter den Tonnen hervorspringen.

In diesem Augenblick drangen die Wortfetzen eines Gesprächs an ihr Ohr, lenkten sie von ihrem Vorhaben ab. Sie hob den Kopf und sah das halb geöffnete Fenster über sich. Zwei Erzieherinnen unterhielten sich mit gedämpften Stimmen und Greta meinte, einen bekannten Namen zu hören. Enns. Es gab in Osterwick nicht viele Enns. Einer von ihnen war Gretas Onkel, Johan Enns. Sie dachte nun nicht mehr an das Spiel, blieb stattdessen ganz ruhig hinter den Regentonnen hocken und belauschte das Gespräch.

„Bist du dir ganz sicher?"

„Ja doch. Ich habe es selbst gesehen, wie sie vor seinem Haus anhielten."

„Aber hast du sie auch in sein Haus gehen sehen?"

„Nein, natürlich nicht. Ich bin schleunigst weitergegangen. Aber wohin hätten sie sonst gehen sollen, wenn nicht zu Johan?"

Mehr konnte Greta nicht hören, da das Fenster über ihr geschlossen wurde. Sie kroch aus ihrem Versteck hervor, gerade in dem Augenblick, als die Kinder sie entdeckten. Unter lautem Gejohle kamen sie herangestürmt. Ein Moment, den Greta gerne noch länger ausgekostet hätte, doch sie machte sich Sorgen um ihren Onkel. Ohne ein Wort drehte sie sich um und rannte davon, hinaus auf die Straße, den ganzen Weg zurück nach Hause.

„Was machst du hier? Musst du nicht im Kindergarten sein?" Gretas Oma saß auf einer Bank neben dem Ofen und stopfte die löchrigen Socken, als ihre Enkelin außer Atem und völlig verschwitzt in das Haus platzte.

„Was ist mit Johan geschehen?", fragte Greta.

Die alte Frau legte ihre Stirn in noch tiefere Falten, doch sie gab Greta keine Antwort.

„Du gehst jetzt sofort wieder zurück in den Kindergarten, hast du mich verstanden? Was sollen deine Eltern sagen, wenn sie erfahren, dass du einfach ausgebüxt bist?"

Gretas Eltern arbeiteten bis spät abends in der Kolchose,

während die Oma zu Hause blieb und sich um die kleine Olga kümmerte. Greta und Anna, die beiden Ältesten, gingen bereits in den Kindergarten.

„Erst wenn du mir sagst, wie es Onkel Johan geht. Stimmt es, dass man ihn auch abgeholt hat?"

„Ich weiß es doch auch nicht", war das Einzige, was ihre Oma dazu sagte, doch ihr Gesichtsausdruck verriet, dass sie weit mehr wusste, als sie einer Sechsjährigen zumuten wollte.

„Ich laufe rüber zu den Enns und schaue nach."

„Das wirst du schön bleiben lassen ..."

Noch bevor ihre Oma den Satz beenden konnte, war Greta schon wieder zur Tür hinaus. Sie wollte Gewissheit, dass es ihrem Onkel gut ging.

Vor dem Haus der Familie Enns parkte ein großes Automobil. Greta wusste, dass dies ein *Schwarzer Rabe* war. Das Auto, mit dem sie die Männer von Osterwick abholten. Ein Schauer lief ihr über den Rücken, als sie nun so dicht an dem Wagen vorbeiging. Er sah bedrohlich aus. Ein kastenförmiger Aufbau mit einer Tür am Heck, durch die sich bis zu zehn Männer in das Innere zwängten. Außer den schmalen Schlitzen direkt unter der Dachwölbung gab es keine Verbindung zur Außenwelt. Im Inneren musste es dunkel sein und gerade in den Sommermonaten entsetzlich heiß. Es hieß, dass manch ein Inhaftierter schon auf der Fahrt zum Gefängnis von Saporoshje kollabierte.

Die Fahrerkabine bot Platz für drei bis vier *Tschekisten*, die von den Kindern spöttisch „gestiefelte Kater" genannt wurden. Wegen ihrer hohen Stiefel und den langen Ledermänteln. Doch im Moment war das Auto leer und Greta fragte sich, ob hinten im Kasten vielleicht jemand saß. Sie wollte an die blecherne Außenhülle klopfen, hielt sich dann aber doch zurück. Stattdessen schlich sie um das Haus der Familie Enns und betrat es leise durch die Tür der Sommerküche.

Jeder im Dorf wusste Bescheid, wenn die *Schwarzen Raben* kamen. In Windeseile verbreitete sich die Nachricht über Hecken und Zäune hinweg und allen war bekannt, wen sie diesmal abholten. Der NKWD gab sich auch gar keine Mühe, daraus ein Geheimnis zu machen. Die Information verursachte ein Gefühl der Erleichterung bei all denen, die dieses Mal verschont blieben. Aber nur so lange, bis sich die quälende Frage nach dem Warum wieder in ihr Bewusstsein drängte. Warum ausgerechnet der? Hatte er sich vielleicht doch etwas zuschulden kommen lassen? Sie wollten sich einfach nicht vorstellen, dass es für diesen staatlichen Terror keinen Grund gab.

Die Fragen blieben unbeantwortet. Stattdessen war da die ständig wachsende Furcht, bald als Nächster dran zu sein.

Greta spähte durch einen Spalt der angelehnten Küchentür hinein in die große Stube. Die Familie Enns saß um den Tisch herum. In der Mitte lag die Schirmmütze eines *Tschekisten*. Drei Männer durchwühlten die Schränke, ohne dass ersichtlich wurde, wonach sie eigentlich suchten. Papiere, Porzellan, Kleidung. Alles flog achtlos auf den Fußboden. Die Männer sprachen dabei kein Wort.

Neben dem Lärm der zerspringenden Teller hörte man immer wieder die Stimme von Onkel Johan, der unermüdlich beteuerte, dass sich das alles als Irrtum erweisen würde. Offensichtlich versuchte er Lise, seine Frau, sowie die vier Kinder zu beruhigen, die allesamt mit verängstigten Mienen zusahen, wie die *Tschekisten* ihr Haus auf den Kopf stellten. Greta erkannte ihre Tante, die mit dem Rücken zu ihr saß. Sie zitterte am ganzen Körper, konnte sich kaum noch gerade auf dem Stuhl halten. Johan hielt ihre Hand, versuchte, sie zu beruhigen.

„Es wird sich alles als ein Irrtum erweisen." Er klang nicht sehr zuversichtlich.

Ein vierter *Tschekist* betrat den Raum, aber Greta konnte

ihn nicht erkennen. Nur wegen des unrhythmischen Klangs seiner Schritte ahnte sie, dass es Hinkebein sein musste. Sie konnte sich seinen richtigen Namen nie merken, doch wie alle anderen Kinder im Dorf hatte auch sie Angst vor ihm. Sie nannten ihn hinter vorgehaltener Hand nur Hinkebein, weil er sein rechtes Bein so auffällig nachzog. Aber niemand traute sich, ihn mit diesem lächerlichen Spitznamen anzureden. Plötzlich schlug Hinkebein mit seiner Reitgerte auf den Tisch, sodass alle vor Schreck zusammenzuckten.

„Wir werden uns nicht länger zum Narren halten lassen!" Gerassimow brüllte so laut, dass Lise noch heftiger zu zittern begann. Er holte ein weiteres Mal aus und schlug die Reitgerte mit voller Wucht über Johans Gesicht. Sofort klaffte eine hässliche Wunde auf seiner rechten Wange dicht unter dem Auge und er drückte instinktiv eine Hand auf die schmerzende Stelle, um die Blutung zu stoppen. Lise sprang laut kreischend von ihrem Stuhl auf, doch Gerassimow drückte sie barsch zurück auf ihren Platz. Er herrschte sie an, den Mund zu halten, hatte sich bereits drohend hinter sie gestellt, als wolle er ihr ebenfalls die Gerte zu spüren geben.

Greta hielt sich in ihrem Versteck die Hand vor den Mund, konnte nicht glauben, was Hinkebein mit ihrem Onkel und ihrer Tante anstellte. In dem Tumult blieb ihr erschrockener Aufschrei zum Glück ungehört.

„Pack deine Sachen, wir fahren", sagte Gerassimow schließlich zu Johan.

Wieder schrie Lise erschrocken auf und diesmal hielt es sie nicht länger auf ihrem Stuhl.

„Nein, nein, nein! Das könnt ihr doch nicht machen, er hat doch überhaupt nichts getan!" Ihre Verzweiflung war unüberhörbar, doch Gerassimow und die drei anderen Männer schien das nicht im Geringsten zu interessieren. „Er hat doch überhaupt nichts getan", wiederholte sie mit brüchiger Stimme.

Johan trat hinter sie und berührte ihre Schultern. Lise zuckte zusammen. Sie drehte sich um und sah, wie sich Tränen und Blut auf der Wange ihres Mannes vermischten.

„Es wird sich alles als Irrtum erweisen. Morgen bin ich bestimmt schon wieder daheim." Er versuchte zu lächeln, doch sie merkten alle, dass er seinen eigenen Worten nicht glaubte. Noch nie war einer zurückgekommen. Noch nie erwies sich eine Verhaftung als Irrtum. Johan nahm seine Frau in den Arm und küsste sie kurz auf die Stirn. Dann streichelte er den Kindern über die Köpfe, nahm seinen Koffer in die Hand und folgte den *Tschekisten* nach draußen. Greta musste an den Koffer denken, der neben dem Bett ihres Vaters stand.

Auf gepackten Koffern

Osterwick 1937

Papa?", fragte Greta leise.

Willi hob den Kopf, vergaß die Papiere für einen Moment und sah sich nach seiner Tochter um. Im schwachen Licht der Tischleuchte erkannte er sie kaum, wie sie dort im Türrahmen stand, nur mit einem Nachthemd bekleidet, unsicher, ob sie ihren Vater zu so später Stunde noch stören durfte. Willi nahm seine Brille ab und winkte seine Tochter zu sich.

„Warum schläfst du denn nicht?", fragte er. Es war noch weit vor Sonnenaufgang. Willi, der auch diese Nacht wieder keinen Schlaf fand, hatte sich schon vor Stunden entschlossen, lieber zu arbeiten, als sich noch länger in seinem Bett zu wälzen.

Greta setzte sich auf den Schoß ihres Vaters und fragte: „Wann kommt Johan wieder?"

Willi schloss die Arme um seine Tochter und stellte wieder einmal fest, wie groß sie schon war.

„Ich weiß es nicht."

„Aber warum haben sie ihn denn mitgenommen?"

Willi wusste um die Fragen, die seiner Tochter auf der Seele brannten. Sie hatte mit angesehen, wie die *Tschekisten* Onkel Johan abführten, wie sie ihn in den *Schwarzen Raben* sperrten und dann mit ihm davonfuhren. Aber wie sollte er einem Kind erklären, was er selbst kaum verstand?

„Ich weiß es nicht, Greta. Vielleicht lassen sie ihn ja schon bald wieder frei."

„Aber Tante Lise fährt doch jeden Tag nach Saporoshje, oder?"

„Ja, das tut sie. Sie bringt Johan etwas zu essen und frische Kleidung."

„Ist er in einem richtigen Gefängnis?"

Willi war sich nicht sicher, was eine Siebenjährige sich unter einem richtigen Gefängnis vorstellte, bejahte aber ihre Frage.

„Kommst du auch in ein Gefängnis?"

Die Frage schmerzte ihn. Er spürte die Angst seiner Tochter. Die gleiche Angst, die ihn selbst gefangen hielt und jede Nacht zu einer Qual machte. Diese Angst machte auch vor den Kindern keinen Halt. Willi traten Tränen in die Augen und er drückte seinen Kopf in das gewellte, dichte Haar seiner Tochter. Er wollte nicht, dass sie sich angesichts seiner Sorgen noch mehr fürchtete. Es dauerte eine Weile, bis er ihr antworten konnte.

„Nein, mein Schatz. Das glaube ich nicht."

Willi hoffte, etwas Zuversicht zu verströmen, genug, damit seine Tochter wenigstens heute Nacht noch ein bisschen weiterschlafen konnte.

„Aber neben deinem Bett steht doch auch ein Koffer, oder?"

Wie alle Osterwicker Männer hatte auch Willi einen Koffer vorbereitet. Wenn die NKWD-Männer kamen, blieb zum Packen keine Zeit mehr. Er wusste nicht, was er hineintun sollte, da er keine Ahnung hatte, was ihn nach seiner Verhaftung erwartete. Zahnbürste und Seife. Unterwäsche. Eine Hose. Ein paar Socken. Das Nötigste für einen kurzen Aufenthalt im Gefängnis. Aber niemals genug, wenn sie ihn direkt nach Sibirien deportierten. Selbst diese Veränderungen blieben den Kindern nicht verborgen.

„Ja, das stimmt. Aber das heißt deswegen ja noch lange nicht, dass sie auch zu uns kommen."

Greta schwieg und Willi wusste nicht, ob seine Antwort sie zufriedenstellte. Dann rutschte sie von seinem Schoß und ging zurück in ihr Zimmer, das sie sich mit den Geschwistern teilte.

Willi blieb sitzen, grübelte wieder einmal darüber nach, wie sie dieser ausweglosen Lage entfliehen konnten. Doch seine Gedanken endeten wie immer in einer Sackgasse. Es gab einfach keinen Ausweg. Stalin hatte es tatsächlich geschafft, das ganze Land zu verhaften. Sie alle warteten nun apathisch darauf, von den *Tschekisten* abgeholt zu werden. Einer nach dem anderen. Der seelische Arrest ging der Gefängniszelle voraus.

Einige trugen sich mit dem Gedanken an Auswanderung, auch wenn die Grenzen schon lange geschlossen waren. Es gab Gerüchte, dass es ein paar Glückliche dennoch geschafft hatten, über Finnland nach Kanada oder Südamerika zu gelangen. Aber genauso hörte man von den vielen, die bei ihrer Flucht ums Leben kamen. Entweder vor Hunger oder vor Kälte. Oder durch die Kugeln der Grenzpatrouillen.

Er allein würde das Risiko vielleicht eingehen, selbst wenn er dabei ums Leben käme. Immer noch besser, als hier tatenlos auf seine Verhaftung zu warten. Aber Willi und Elisabeth mussten sich um drei kleine Kinder kümmern, was eine Flucht nahezu unmöglich machte. Er konnte nur warten. Warten und hoffen, dass auch dieser Sturm an ihnen vorüberzog, ohne größeren Schaden anzurichten. Dabei ahnte er, dass der Sturm noch nicht einmal seine volle Stärke erreicht hatte.

Datscha

Moskau 1938

Als Anastassia an diesem Morgen die Augen aufschlug, blendete sie das Licht der hereinfallenden Sonne. Sie blinzelte und brauchte einen Moment, um sich in der fremden Umgebung zurechtzufinden. Ihr Kopf schmerzte, aber nicht so stark, dass dadurch die Erinnerung an den letzten Abend getrübt wurde. Sie konnte nicht sagen, wann sie das letzte Mal derart ausgelassen und fröhlich gefeiert hatte. Vielleicht in Berlin?

In der letzten Zeit musste sie häufig an diese wunderbare Stadt denken. Sie vermisste das pulsierende Leben und fragte sich, ob es richtig war, ihrem Mann nach Moskau zu folgen. Hier war alles so viel mühsamer. So ernst, so wenig kreativ, so langweilig. Und lediglich die Karriere ihres Mannes zu unterstützen, füllte sie nicht im Mindesten aus. Anton verbrachte nur noch wenig Zeit zu Hause. Immer häufiger verlangte es sein Beruf, dass er für mehrere Wochen verreiste. Und manchmal – das wusste Anastassia – traf er sich dabei auch mit anderen Frauen. Doch das störte sie nicht, da sie beide aus ihren Liebschaften und Affären keinerlei Geheimnis machten. Eifersucht hielten sie beide für pure Heuchelei.

Maxims Aufmerksamkeit hatte ihr von Anfang an geschmeichelt. Er war sehr charmant, gut aussehend und deutlich kultivierter, als es der erste Eindruck vermuten ließ. Dennoch lehnte sie seine Einladung zu einem gemeinsamen Abendessen zweimal hintereinander ab. Sie hasste es, wenn die Männer zu schnell bekamen, was sie wollten, und die Flinte bereits nach der ersten Zurückweisung ins Korn warfen. Doch Maxim blieb beharrlich, ließ keine Anzeichen erkennen, dass ihre Abfuhr ihn kränkte. Ganz im Gegenteil. Sie schien ihn nur noch mehr anzuspornen. Und das gefiel Anastassia.

Als sie sich dann endlich im Restaurant Praga trafen, entpuppte sich Maxim zu ihrer Überraschung als vortrefflicher Kenner der französischen Küche. Erstaunt über seinen kulinarischen Sachverstand bemerkte sie, dass er sich wohl selbst in Paris ohne Schwierigkeiten zurechtfinden könnte. Maxim lächelte, verschwieg ihr aber, wie akribisch er sich auf dieses Treffen vorbereitet hatte. Er ließ sich die Speisekarte vorab ins Büro kommen, um sie von einem Französisch sprechenden Mitarbeiter übersetzen zu lassen. Er hatte zu lange auf diese Verabredung hingearbeitet, als dass er jetzt noch etwas dem Zufall überlassen wollte. Maxim empfand keine Schuldgefühle dabei, sich mit Anastassia zu treffen, wusste er doch, dass Anton seine Frau ebenfalls betrog.

Die Vorfreude auf den Abend des 7. November war groß, bot doch dieser Tag in Gedenken an die Oktoberrevolution einen der ganz wenigen Anlässe zum Feiern. Anastassia verbrachte Stunden vor dem Spiegel, probierte ein Kleid nach dem anderen an und entschied sich letztlich für ein langes weißes, das ihr eigentlich schon ein bisschen zu eng geworden war. Ihr Körper veränderte sich, jetzt, da sie nicht mehr jeden Abend auf der Bühne stand. Doch sie wusste, dass sie richtig geschminkt und frisiert noch allen Männern den Kopf verdrehen konnte. Als Maxim sie schließlich abholte, um mit ihr zu der etwas außerhalb gelegenen Datscha zu fahren, sprachen seine Blicke Bände. Sie genoss seine Komplimente, ebenso wie die der übrigen Gäste, die sie bereits erwarteten.

Es war ein wunderbares Fest. Das Essen war vorzüglich, sie tranken viel Wein und tanzten bis spät in die Nacht. Maxim berührte sie dabei etliche Male derart unsittlich, dass es ihr fast schon unangenehm wurde. Es passte nicht zu seiner sonst so charmanten Art. Doch als sie sah, wie die übrigen Frauen die Berührungen ihrer Tanzpartner genossen, ließ sie Maxim ebenfalls gewähren.

„Wann sollen wir es Anton sagen?", fragte Maxim, der bereits angezogen am Fußende des Bettes saß und sich die Schuhe zuband. Sie trafen sich nun schon seit mehr als vier Monaten und es war nur noch eine Frage der Zeit, bis Anton von ihrem Verhältnis erfuhr. Maxim wollte vermeiden, dass er es als Gerücht von einem Fremden zugetragen bekam.

„Hm ...", Anastassia streckte sich unter dem Laken, sodass sich ihr nackter Körper verführerisch darunter abzeichnete. Sie wollte eigentlich noch gar keine Konversation führen. „Ist es dafür nicht noch etwas zu früh?", fragte sie verschlafen.

„Zu früh? Ich denke nicht. Wir verkehren regelmäßig miteinander, zeigen uns gemeinsam in der Öffentlichkeit. Gestern Abend hat uns wohl jeder für ein Paar gehalten. Worauf willst du denn noch warten?"

„Maxim, was sollen wir ihm denn bitte sagen? Dass wir miteinander schlafen? Das wäre wohl kaum der Rede wert, oder?"

Maxim schwieg, schluckte sein Missfallen über ihre Bemerkung einfach runter. Er wollte nicht bloß Teil einer heimlichen Affäre sein, wünschte sich vielmehr, dass er und Anastassia ganz offiziell als Paar miteinander auftraten. So wie gestern Abend. Er hasste diese Geheimniskrämerei. Ganz besonders, weil er sich nie ganz sicher sein konnte, welchen Stellenwert Anastassia ihrer Beziehung wirklich beimaß.

„Musst du schon los?", fragte sie enttäuscht.

„Ja, ich muss leider schon gehen. Ein Fahrer kann dich jederzeit zurück in die Stadt bringen. Ich hoffe, der gestrige Abend hat dir gefallen."

„Ganz sicher, dass du nicht noch ein wenig bleiben möchtest?"

Anastassia schlug das Laken zur Seite und zeigte Maxim, was er sich entgehen ließ. Er zögerte, setzte sich dann neben sie auf das Bett und ließ seine Hand über ihren warmen Körper gleiten. Er küsste sie zärtlich auf den Mund. „Ich muss. Leider. Wir holen es bald nach", flüsterte er. Dann verließ er das Schlafzimmer und ließ Anastassia allein.

Erster Schultag

Osterwick 1938

Greta konnte es kaum noch erwarten, endlich zur Schule zu gehen. Der Kindergarten langweilte sie nur noch, da sie nichts lieber wollte, als lesen und schreiben zu lernen. Und heute war es so weit. Sie stand früh auf, vergewisserte sich, dass ihr Vater immer noch in seinem Bett lag und man ihn nicht in der Nacht abgeholt hatte. Ein täglich wiederkehrendes Ritual, mit dem im Laufe der letzten Monate jeder Tag seinen Anfang nahm. Greta freute sich, ihn auch an diesem Morgen wieder wohlbehalten vorzufinden.

„Papa, Papa."

Sie rüttelte ihren Vater so lange an der Schulter, bis dieser seine verschlafenen Augen öffnete.

„Greta, was ist denn los? Wieso schläfst du nicht?"

„Bringt ihr mich heute zur Schule? Bitte!"

Es dämmerte Willi, dass seine Tochter viel zu aufgeregt war, um an ihrem ersten Schultag noch länger schlafen zu können. Er blickte zur Uhr auf seinem Nachttisch. In einer halben Stunde musste er sowieso aufstehen.

„Nein Greta, das haben wir doch gestern besprochen. Die Oma bringt dich heute in die Schule."

Willi konnte nichts gegen die Enttäuschung tun, die sich nun im Gesicht seiner Tochter ausbreitete. Bis zuletzt hatte sie gehofft, dass ihre Eltern an diesem besonderen Tag wenigstens für ein paar Stunden frei bekämen. Doch selbst die Einschulung des ersten Kindes stellte keinen Anlass dar, dessentwegen die Brigadeführer Sonderurlaub genehmigten.

„Deck doch schon mal den Tisch, ja. Dann können wir noch gemeinsam frühstücken“, sagte Willi, der sich zur Waschschüssel begab, um sich den Schlaf aus den Augen zu reiben.

In dem großen Backsteingebäude wimmelte es von Schülern, die alle versuchten, rechtzeitig in ihre Klassen zu kommen. Greta hätte sich wahrscheinlich verlaufen, wenn sie nicht am Ende des Ganges Gottfried entdeckt hätte, der ihr half, den richtigen Raum zu finden. Er war ihr Mathematiklehrer, worüber sich Greta ganz besonders freute. Sie mochte den Mann und fühlte sich irgendwie bevorzugt, weil ihr Lehrer ein so guter Freund der Familie war.

Noch ein Blick über die Schulter – die Oma stand winkend am Schultor. Greta wollte tapfer sein, musste nun aber doch gegen den Kloß ankämpfen, der sich in ihrer Kehle breitmachte. Sie holte tief Luft, streckte sich und folgte Gottfried in das Klassenzimmer.

„Ich heiße Wiebe.“ Gottfried schrieb seinen Namen an die Tafel und Greta musste leise kichern, weil sie noch nie zuvor seinen Nachnamen gehört hatte.

„Ich weiß, dass ihr noch nicht lesen und auch noch nicht schreiben könnt. Das macht aber nichts. Euer Russischlehrer wird es euch beibringen, sodass ihr schon bald in der Lage seid, eure Namen und noch viel mehr zu schreiben. Bei mir lernt ihr den Umgang mit Zahlen.“ Gottfried drehte sich wieder zur Tafel und schrieb die Zahlen eins bis zehn daran.

Greta blickte hinüber zu ihrer Tischnachbarin und sah, dass das Mädchen weinte. „Was ist denn los?“, flüsterte Greta.

„Heute Nacht haben sie meinen Papa abgeholt", schluchzte das Mädchen.

Greta wusste nicht, was sie sagen sollte. Sie konnte den Kummer ihrer Nachbarin fast körperlich nachempfinden.

„Ich heiße Greta", sagte sie schließlich.

„Sina", sagte das Mädchen kurz angebunden.

Greta hatte das Gefühl, dass sie sich gut verstehen würden, und versuchte sich wieder auf den Unterricht zu konzentrieren. Gottfried erklärte den Kindern gerade die vielen Regeln des Schulalltags, doch schon nach wenigen Minuten verlor sich Greta in ihren Sorgen. Sie dachte an Sina, an ihren Papa, den man heute Nacht abgeholt hatte. Sie spürte diese schreckliche Angst um ihren eigenen Vater wieder in sich aufsteigen. Was, wenn sie ihn direkt von der Arbeit abholten, ihr nicht einmal mehr die Möglichkeit blieb, sich von ihm zu verabschieden? Gretas Aufmerksamkeit richtete sich in eben dem Moment wieder auf Gottfried, als dieser auf ein Foto Stalins zeigte, das deutlich sichtbar neben der Tafel hing.

„Großväterchen Stalin freut sich darüber, wenn ihr eifrig lernt, um gute Schüler zu werden", sagte er mit leichtem Pathos in der Stimme.

Ohne lange nachzudenken, erhob sich Greta von ihrem Platz: „Stalin ist nicht mein Großvater. Meine Opas sind schon beide tot."

Schweigen. Niemand in der Klasse sagte ein Wort. Gottfried blickte verstohlen zur Tür und Greta merkte, dass sie eine große Dummheit begangen hatte.

„Und weil deine beiden Opas nicht mehr leben, ist es doch umso schöner, dass Großväterchen Stalin für uns da ist, nicht wahr, Greta?" Gottfried versuchte die Situation zu retten.

Greta nickte leise und setzte sich wieder auf ihren Platz.

Später am Abend kam Gottfried zu den Bergens. Greta zitterte vor Angst, als sie durch das Fenster sah, wie ihr Lehrer das Gartentor öffnete und das Grundstück betrat. Sie wusste, dass er ihretwegen kam, und fürchtete nun, gewaltigen Ärger zu bekommen. Gottfried und Willi saßen in der großen Stube. Sie unterhielten sich sehr lange miteinander, doch Greta konnte nicht hören, was die beiden zu besprechen hatten. Als Gottfried endlich ging, rief ihr Vater sie zu sich herüber.

„Greta, du weißt, dass du heute im Unterricht eine große Dummheit gemacht hast, nicht wahr?" Greta nickte. „Du kannst von Glück sagen, dass Gottfried dein Lehrer war. Jeder andere hätte diesen Vorfall bei Hinkebein gemeldet."

Greta kuschelte sich an ihren Vater. Sie wusste, was passieren konnte, wenn Hinkebein davon erfuhr.

„Du musst bitte viel besser aufpassen, was du im Unterricht und auf der Straße sagst. Versprichst du mir das?"

Willi war traurig, dass er mit seiner Tochter ein solches Gespräch führen musste. Sie hatte nichts Falsches getan, sich in ihrer kindlichen Naivität nur gegen den überzogenen Personenkult um Josef Stalin gestellt. Er wusste nicht, wie er seine Kinder auf eine Zukunft in der Sowjetunion vorbereiten sollte, ohne gleichzeitig ihre Werte und Ideale zu verraten. Vielleicht, so dachte er immer öfter, sollten sie sich einfach den neuen Spielregeln anpassen, auch wenn sie noch so antichristlich erschienen. Er gab seiner Tochter einen Kuss und schickte sie ins Bett, hoffend, dass ihr dieser Schreck eine Lehre sein würde.

Verhaftung

Moskau 1938

Maxim konnte sich kaum daran erinnern, wann er zuletzt eine Verhaftung durchgeführt hatte. Was machte wohl seine Anwesenheit in dieser Nacht so unabdinglich? In der Regel wurde diese Aufgabe von weit niederrangigeren *Tschekisten* übernommen. Doch der Befehl kam von Nikolai Jeschow persönlich, dem neuen starken Mann des NKWD[8].

Auch wenn Jeschow sich noch nicht lange im Amt befand, so wusste er sich von Anfang an durchzusetzen. Trotz seines zwergenhaften Wuchses vermochte er einen ganzen Raum auszufüllen, insbesondere wenn er seine berüchtigten Wutanfälle bekam. In der Lubjanka hielt sich das Gerücht, er habe eine junge Sekretärin aus dem Fenster geworfen, nur weil sie ihm einen Brief mit zu vielen Tippfehlern zur Unterschrift vorgelegt hatte. Das Ganze wurde als Unfall kaschiert, doch fortan war es schwierig, noch eine geeignete Schreibkraft für ihn zu finden. Seine Position verdankte Jeschow weniger seinen cholerischen Anfällen, als vielmehr seiner Radikalität in der Bekämpfung Oppositioneller und Andersdenkender, die er in mehreren Veröffentlichungen demonstrativ zur Schau trug. Stalin zeigte sich von Jeschows Hingabe für den Kommunismus derart beeindruckt, dass er ihn höchstpersönlich in sein Amt berief.

Schon nach ihrem ersten Aufeinandertreffen ahnte Maxim, dass es mit diesem Mann an der Spitze des NKWD noch schwieriger würde, gemäßigte und besonnene Geheimdienstarbeit zu leisten. Kurz nach seinem Amtsantritt leitete

---

8 1934 ging die vormals eigenständige OGPU im Volkskommissariat des Inneren (NKWD) auf.

Jeschow auf Geheiß Stalins eine Welle der Säuberung ein, die mit der Verhaftung von vier hochrangingen Parteifunktionären ihren Anfang nahm und das russische Volk bis ins Mark erschütterte. Grigori Sinowjew, Lew Kamenew, Alexei Rykow, Nikolai Bucharin. Allesamt Anhänger Lenins, überzeugte Bolschewiken der ersten Stunde und Mitglieder des Politbüros, wurden sie in öffentlichen Prozessen der verschwörerischen Verbindung zu Leo Trotzki[9] angeklagt. Während die Urteile für Rykow und Bucharin noch ausstanden, hatte man Sinowjew und Kamenew bereits zu Beginn der Prozesse erschossen.

Kein Bolschewik konnte sich fortan noch sicher sein, nicht auch des Hochverrats bezichtigt zu werden. Und dennoch hielten sie alle an ihrem Glauben fest, dass Stalin das Richtige tat. Keiner der vielen Verhafteten ließ je den Ansatz eines Zweifels an der Rechtschaffenheit ihres Führers erkennen. Ganz im Gegenteil, die Menschen sahen in ihrer eigenen Verhaftung einen Beleg dafür, dass es in der Sowjetunion immer noch von Volksfeinden wimmelte. Wie sonst hätte man sie unschuldig einsperren und zu zehn Jahren Arbeitslager verurteilen können? Selbst als sie dem Erschießungskommando gegenüberstanden, ließen sie von dieser Überzeugung nicht ab.

Als Maxim die Adresse außerhalb Moskaus erreichte, war er von der Größe des Anwesens beeindruckt. Eine lange, schneebedeckte Hofeinfahrt, gesäumt von uralten Bäumen, führte ihn hin zu einem Haus, das er so noch nirgendwo zuvor gesehen hatte. Eine prachtvolle dreistöckige Villa mit großen, hell erleuchteten Fenstern, die früher wohl im Besitz eines

9 Nach Lenins Tod entbrannte zwischen Leo Trotzki und Josef Stalin ein erbitterter Machtkampf um den Parteivorsitz, den Trotzki schließlich verlor. Er selbst ging ins Exil, während seine Anhänger fortan von Stalin als Trotzkisten (Abweichler) tituliert und grausam verfolgt wurden.

reichen Adelsgeschlechts gewesen war, lag vor ihm. Er hielt kurz inne und horchte auf die Melodie, die durch eines der geöffneten Fenster hinaus zu ihm in die Nacht drang. Beethoven. Drinnen im Haus befand sich eine vornehm gekleidete Gesellschaft, die den Klängen eines Violinkonzertes lauschte.

Maxim kannte die Menschen nicht, die er heute verhaften sollte, doch er ahnte, dass es sich um wichtige Parteifunktionäre handelte. Wer sonst konnte an einer derart gediegenen Feier teilnehmen? Er zog den Kragen seines Ledermantels hoch und trat aus dem Schutz der Bäume hervor. Etwa zwanzig mit Pistolen bewaffnete Männer taten es ihm gleich. In Windeseile umstellten sie das Haus, während Maxim die Stufen der Eingangstreppe emporstieg. Er öffnete die große Flügeltür und betrat den Raum. Die Melodie endete abrupt in einem schiefen Ton, als die Künstlerin den Bogen von der Saite nahm. Etwa dreißig Köpfe drehten sich erschrocken zu ihm um.

„Guten Abend. Lassen Sie sich von meiner Anwesenheit nicht stören. Beenden Sie doch bitte das Konzert."

Mit einer Geste bedeutete Maxim der jungen Frau fortzufahren. Die Zuhörer drehten sich wieder um, doch es war ihnen anzumerken, dass ihre Aufmerksamkeit nun nicht mehr der Musik galt, sondern nur noch dem *Tschekisten* in ihrem Rücken. Die Angst der Menschen war förmlich zu riechen. Und auch die Violinistin verspielte sich nun deutlich öfter, als es ihr Können vermuten ließ. Maxim ärgerte sich, dass er nicht noch ein paar Minuten gewartet hatte. Wann würde er je wieder in den Genuss eines solchen Konzertes kommen?

Als sie das Stück beendet hatte, klatschte Maxim in die Hände. Die übrigen Zuhörer taten es ihm gleich, zaghaft, als wolle niemand die Aufmerksamkeit auf sich ziehen.

„Ich bedanke mich bei der mir leider unbekannten Künstlerin für diesen wunderbaren Vortrag, doch ich muss Sie nun alle bitten, mir nach draußen zu folgen. Sie sind festgenommen. Meine Männer werden Sie zu den Fahrzeugen begleiten."

Geordnet erhoben sich die Menschen von ihren Stühlen, traten schweigend hinaus in die kühle Nacht, ganz so, als käme diese Verhaftung wenig überraschend für sie. Maxim wartete draußen auf der Veranda und beobachtete, wie einer nach dem anderen mit gesenktem Kopf an ihm vorbeiging. Männer in Smokings, begleitet von eleganten Damen, die alle viel zu jung waren, um ihre Ehefrauen zu sein. Er hatte von diesen Gesellschaften gehört und ahnte, dass die Frauen für ihre Begleitung fürstlich entlohnt wurden. Für einen kurzen Moment wünschte sich Maxim, selbst Teil dieser honorigen Kreise zu sein. Doch sofort erinnerte er sich daran, dass solche Formen der Dekadenz nichts weiter als seine Verachtung verdienten. Die Indoktrination gewann fast schon instinktiv die Oberhand.

Plötzlich entdeckte er am Ende der Schlange einen hoch aufgeschossenen Mann ohne weibliche Begleitung, der sich humpelnd auf einen Gehstock stützte. Ihre Blicke begegneten sich stumm. Maxim stellte zu seinem Entsetzen fest, dass es sich um Anton Kalinin handelte.

Propaganda

Moskau 1938

Maxim folgte seinem Instinkt und unterdrückte den Drang, sofort zu Anastassia zu fahren. Vermutlich wurde er selbst bereits observiert. Es gab das Gerücht, Jeschow ließe alle führenden Mitarbeiter seiner Behörde überwachen. Die ganze Nacht hatte er damit zugebracht, Berichte zu schreiben sowie die Personalien der Inhaftierten aufzunehmen. Routinearbeit.

Er hätte jemanden damit beauftragen können, doch Jeschows Befehle klangen ihm immer noch in den Ohren und er durfte sich keinen Fehler erlauben. Außerdem konnte er so wenigstens noch Einfluss auf die Haftbedingungen nehmen, denen sich nun auch Anton Kalinin ausgesetzt sah. Kaum jemand, der die Lubjanka lebend wieder verließ – das wusste Maxim. Und wenn, dann nur in einem komplett überfüllten Güterzug, der seine menschliche Fracht erst wieder in einem der unzähligen Arbeitslager ausspuckte, die sich mittlerweile über das ganze Land verteilten.

Er zerbrach sich seit Stunden den Kopf darüber, wie er Anton aus dem Gefängnis holen und Anastassia rechtzeitig warnen könnte. Sie musste Moskau so schnell wie möglich verlassen. Zusammen mit ihrer Tochter Ivana. Der NKWD zögerte nicht lange, wenn es darum ging, Angehörige als Druckmittel einzusetzen. Seine Gedanken überschlugen sich ebenso wie die Ereignisse. Er hatte das alles nicht kommen sehen, sich in einer trügerischen Sicherheit gewiegt.

So viele Menschen hatten sie verhaftet, doch nie war jemand darunter gewesen, der ihm wirklich nahestand. Es waren einfach nur Unbekannte, die man nachts aus ihren Wohnungen zerrte und als Volksfeinde anklagte. Meistens gab es einen Spitzel, einen Denunzianten, auf den sie sich in ihren Verhören beriefen. Und in fast allen Fällen bestätigten die Inhaftierten, was man ihnen vorwarf, auch wenn Maxim an der Aufrichtigkeit ihrer Geständnisse zweifelte. Er hatte versucht, sie vor dem Schlimmsten zu bewahren, viele der widerlichsten Foltermethoden nicht genehmigt, um die ihn die Verhörspezialisten ersuchten.

Dreimal war es ihm sogar gelungen, die Anklage abzuwenden und die Gefangenen zu entlassen, auch wenn er sich und seiner Abteilung damit die Quote ruinierte. In anderen Fällen konnte er auf ein gemäßigteres Strafmaß hinwirken. „Tod durch Erschießen“ in „Zehn Jahre Arbeitslager“ umwandeln.

Zehn Jahre Arbeitslager konnte er manchmal auf fünf Jahre reduzieren. Aber nach Antons Inhaftierung erschienen ihm all seine Bemühungen nur noch wie ein Tropfen auf den heißen Stein. Verpufft. Ohne Wirkung. Ohne das System auch nur im Geringsten zu verändern.

Und was noch viel schwerer wog: Er war Teil des Systems geworden, hatte sich angepasst, die Schicksale der vielen Namenlosen nicht mehr an sich herangelassen. Er hatte sich damit entschuldigt, dass er seine Position nicht gefährden durfte, wenn er den geringen Einfluss, den er sich über die Jahre erarbeitet hatte, nicht auch noch verlieren wollte. Erst heute, als sein Handeln so unmittelbare persönliche Konsequenzen nach sich zog, wurde ihm klar, dass er selbst Teil dieser menschenfressenden Maschinerie geworden war, die er einst zu erneuern versuchte.

Maxim verließ die U-Bahn, setzte sich auf eine Parkbank und bemerkte den Jungen erst, als dieser neben ihm Platz nahm. Maxim schob ihm ein dünnes, zusammengefaltetes Papier rüber, gab ihm zwei Rubel und machte sich anschließend auf den Weg nach Hause. Die Nachricht war für Anastassia. Er wollte sie heute Abend treffen, auch wenn er sich gewünscht hätte, sie unter angenehmeren Vorzeichen wiederzusehen.

Anastassia kam noch vor Einbruch der Dunkelheit zum verabredeten Treffpunkt nahe der Baustelle des Palastes der Sowjets. Sie war zu früh, das wusste sie, doch sie hielt es zu Hause nicht mehr länger aus. Maxims seltsame Nachricht ließ nichts Gutes erahnen.

Als Maxim sich ihr von hinten näherte, hakte er sich unaufgefordert, ohne ein Wort der Begrüßung bei ihr ein. Beide gingen wie ein Liebespaar von dannen.

„Was ist passiert, Maxim?“

„Anton wurde letzte Nacht verhaftet."
„Was? Aber wieso denn?"
„Ich weiß es nicht. Die Befehle kamen direkt aus Jeschows Büro, sodass ich vermute, dass es irgendetwas mit den Prozessen gegen Bucharin und Rykow zu tun hat."
„Aber Bucharin und Rykow sind doch Trotzkisten", entgegnete sie entrüstet.
Maxim staunte wieder einmal über ihre Naivität. Wer zuhörte und die Worte Anton Kalinins richtig zu deuten wusste, dem musste klar sein, dass er mit Trotzki sympathisierte. Und damit war er neben den vielen Unschuldigen, die in der Lubjanka einsaßen, einer der wenigen echten Feinde des Regimes.
„Anastassia, du und Ivana, ihr solltet Moskau für einige Zeit verlassen."
„Aber wieso das denn?" Sie blieb stehen und blickte Maxim fragend an. Selbst in Ihrer Naivität büßte sie nichts von ihrem Reiz ein, auch wenn sie sich im Vergleich zu ihrer ersten Begegnung stark verändert hatte. Die blonden Locken fielen ihr jetzt bis auf die Schultern hinab. Sie schminkte sich sehr viel dezenter und auch die extravaganten Hosenanzüge trug sie nur noch zu wenigen Anlässen. Vielleicht lag es daran, dass sie bis heute kein dauerhaftes Engagement in der Stadt gefunden hatte. Moskau erwies sich als noch viel prüder und sie musste sich in ihrer aufreizenden Art zurücknehmen, um wenigstens in der einen oder anderen Ballettaufführung eine Nebenrolle zu bekommen.
Maxim bedauerte es, sie nie in Berlin gesehen zu haben. Und er bedauerte es auch, dass sie sich so sehr anpassen musste. Er vermisste die Frau, der er damals ihm Hotel Lux begegnet war.
„Weil ihr hier nicht sicher seid. Außerdem wäre es leichter für Anton, wenn er euch in Sicherheit wüsste."
„Aber er ist doch unschuldig. Er ist schließlich ein überzeugter Bolschewik. Es ist sicher nur eine Frage der Zeit, bis

man ihn wieder freilässt." Anastassia schien geradezu erleichtert, dass ihrem Mann nichts Schlimmeres zugestoßen war.

Maxim kannte diese Form der Selbsttäuschung. Die Menschen waren sich keiner Schuld bewusst. Wieso sollten sie sich in Sicherheit bringen? Würden sie nicht dadurch die erhobenen Vorwürfe noch bestätigen? Nur die wirklich Schuldigen versteckten sich schließlich vor der Justiz.

„Ganz egal, ob er schuldig ist oder nicht: Allein seine Verhaftung macht ihn schon zu einem Volksfeind und man wird in den nächsten Tagen seine Unterschrift unter der Anklage erzwingen." Maxim hoffte, dass Anastassia die Dringlichkeit verstand, auch ohne weitere Details zu kennen.

„Aber Maxim, was redest du denn da? Eine Verhaftung ist doch nichts Schlimmes. Da Anton unschuldig ist, kommt er sicher schon bald wieder nach Hause. Und wenn sich wider Erwarten herausstellt, dass er doch ein Volksfeind ist, dann wird ihm die gerechte Strafe zuteil und ich kann froh sein, dass der Staat seine Täuschung entlarvt hat. Es gibt also gar nichts zu befürchten."

Maxim musste sich setzen. Ihm fiel nichts mehr ein, was er darauf noch antworten konnte. Hatte die Partei es tatsächlich geschafft, sich mit ihrer Propaganda in den Köpfen der Menschen derart breitzumachen, dass jegliches Handeln, selbst die größten Gräuel, gerechtfertigt wurden? Maxim wusste aus seiner täglichen Routine, dass die Partei das Volk terrorisierte, nur um die wenigen fünf Prozent zu erwischen, die Stalin für echte Volksfeinde hielt. Er fand keine Antwort auf die Frage, warum ein ganzes Volk, einschließlich Anastassia, so etwas mit sich machen ließ.

Sie umrundeten schweigend die Baustelle des Palasts der Sowjets. Maxim erinnerte sich daran, wie sie die Christ-Erlöser-Kathedrale gesprengt hatten, um Platz für dieses gigantische Bauprojekt zu schaffen. Der Palast, so hieß es, sollte einmal mehr als 400 Meter hoch werden, das höchste Gebäude der Welt. Doch die Bauarbeiten ruhten bereits seit über einem Jahr, da noch immer nicht geklärt war, ob der Untergrund das enorme Gewicht überhaupt tragen konnte. Maxim ahnte, dass dieses Gebäude nie über seine Fundamente hinauswachsen und sich der Abriss der Kirche als ebenso sinnlos erweisen würde wie so vieles, womit er in den letzten Jahren versucht hatte, die Revolution zum Guten zu lenken.

Verhör

Moskau 1938

Das Verhör begann zwei Tage später. Entgegen seiner Gewohnheit teilte Maxim sich selbst als Leiter der Untersuchung ein, da er die Kontrolle behalten und Anton nicht allein den Folterknechten des NKWD überlassen wollte. Er ging die Treppe hinunter zu den Verhörräumen und fühlte für einen kurzen Moment Übelkeit in sich aufsteigen. Eine Übelkeit, derentwegen er diesen Teil des Gebäudes lieber mied. In seiner Position konnte er es sich erlauben, die Drecksarbeit anderen zu überlassen.

Er riss sich zusammen und betrat einen abgedunkelten Raum, in dem sich bereits drei Personen aufhielten. Eine Frau, offenbar die Stenografin, sowie Anton Kozlow aus Maxims Abteilung, der das Verhör durchführen sollte. Die dritte Person kannte Maxim nicht, doch der Mann kam bereits mit ausgestreckter Hand auf ihn zu, um sich vorzustellen.

„Genosse Orlow, mein Name ist Igor Achmatow. Ich bin als Beobachter hier, Sie werden meine Anwesenheit gar nicht bemerken."

Maxim runzelte kurz die Stirn, wollte fragen, wer ihn geschickt hatte. Doch er unterdrückte seine Frage. Achmatows Erscheinung beeindruckte ihn. Groß gewachsen, vielleicht ein wenig schlaksig. Doch das fiel nicht weiter auf, da der Mann seinen Körper in einen perfekt sitzenden Anzug kleidete. Die Haut war leicht gebräunt, die wachen Augen blickten durch eine randlose Brille. Und die dunklen Haare klebten mit so viel Pomade an seinem Kopf, dass das glänzende Haupt in perfekter Harmonie zu den gewachsten Schuhen stand. Von oben bis unten glänzend, dachte Maxim. Er musste zugeben, dass der Mann gut aussah. Viel besser als die Geheimdienstler, die sich sonst in diesen Kellern herumtrieben. Seine Anwesenheit musste einen besonderen Grund haben und Maxim beschlich eine düstere Vorahnung.

„Selbstverständlich." Maxim schüttelte Achmatow kurz die Hand, um sich dann an Kozlow zu wenden. „Wie weit sind wir?"

„Sie holen gerade den Gefangenen aus seiner Zelle, dann können wir direkt anfangen."

Ein paar Minuten später wurde Anton Kalinin von zwei Wachleuten in den benachbarten, hell erleuchteten Raum geführt. Durch einen venezianischen Spiegel hindurch konnten sie beobachten, wie sie Kalinin auf einen Stuhl drückten und den Raum sofort wieder verließen. Kalinin saß nun an einem Tisch in der Mitte des viereckigen Raumes. Die Glühbirne an der Decke reflektierte das Licht so stark von den gekachelten Wänden, dass er die Augen zusammenkniff. Er trug immer noch den feinen Smoking. Wären seine Hände nicht mit Handschellen gefesselt gewesen, man hätte ihm seine missliche Lage kaum angesehen. Er sah gut aus, freute sich Maxim innerlich. Offenbar war ihm noch nichts Schlimmeres widerfahren.

„Was soll er unterschreiben?", fragte Kozlow.

„Teilnahme an einer nichtgenehmigten kulturellen Veranstaltung mit nichtgenehmigtem kapitalistischem Liedgut." Maxim erinnerte sich an die Klänge Beethovens. „Wir werden ihn mit einer empfindlichen Geldstrafe und einem Hausarrest von zwei Monaten belegen."

„Wenn ich an der Stelle kurz unterbrechen darf." Schon nach fünf Minuten strafte Achmatow seine angekündigte Zurückhaltung Lügen. „Genosse Jeschow hat mich ermächtigt, Ihnen diese Anklageschrift zur Unterschrift beizulegen."

Achmatow überreichte Maxim einen eng beschriebenen Papierbogen, den der sich aufmerksam durchlas.

„Aber ..." Maxim zögerte. „Diese Anklage ist durch nichts zu belegen. Trotzkistische Agitation? Dieser Mann ist doch gar nicht Mitglied des Politbüros. Wieso wird er in einen Topf mit Bucharin, Kamenew und all den anderen Verrätern geworfen?"

„Das tut nichts zur Sache", entgegnete Achmatow lapidar.

„Doch das tut es." Maxim sprach nun lauter und entrüsteter, als er es sich eigentlich erlauben durfte. „Wenn dieser Mann da drin, von dem wir alle nicht wissen, was er sich hat zuschulden kommen lassen, dieses Papier unterschreibt, dann kostet ihn das seinen Kopf. Das wissen Sie genauso gut wie ich."

„Nicht unbedingt. Wenn er kooperiert, uns die Namen seiner Komplizen und Gesinnungsgenossen nennt, dann ist er vielleicht nach zehn bis zwanzig Jahren Arbeitslager wieder frei. Ein geläuterter Sowjetbürger, ein Gewinn für unsere Gesellschaft. Ein Gewinn für uns alle."

„Wir wissen doch überhaupt nicht, was dieser Mann getan hat", wiederholte Maxim mit einem Anflug der Verzweiflung. Er sah seine Hoffnung schwinden, Anton unter vergleichsweise milden Auflagen freizubekommen. Anscheinend stand sein Name auf einer Liste, die sich seinem Einflussbereich entzog.

„Darum geht es nicht und das wissen Sie auch." Achmatow wollte nicht länger diskutieren. „Sie können jetzt mit den Vernehmungen beginnen", sagte er an Kozlow gewandt.

Das Gespräch zwischen Kozlow und Kalinin war nach weniger als fünf Minuten schon wieder beendet. Wie erwartet lehnte Kalinin es ab, die Anklageschrift zu unterschreiben und Kozlow kehrte zu ihnen zurück, um sich weitere Instruktionen abzuholen.

„Wir geben ihm eine Nacht, um darüber nachzudenken. Morgen früh um neun setzen wir die Vernehmung fort."

Maxim duldete keinen Widerspruch und beendete das Verhör. Er war froh, etwas Zeit gewonnen zu haben.

Sein Weg führte ihn direkt in die Personalabteilung, einem Büro am anderen Ende des Gebäudes, das eher einem Archiv glich. Der ganze Raum war zugestellt mit Ausziehschränken, die vom Boden bis zur Decke reichten. Darin befanden sich unzählige Karteikarten mit den Adressen und weiteren Informationen aller offiziellen und inoffiziellen Mitarbeiter dieser Behörde. Vom kleinsten Spitzel bis hinauf zum bedeutendsten Funktionär. Es mussten Tausende sein, wenn nicht gar Millionen.

Maxim war immer wieder erstaunt darüber, wie man in der Flut solcher Daten den Überblick behalten konnte. Doch er kannte die Person, die dazu in der Lage war. Olga Nikitin, eine unscheinbare Bibliothekarin, die sich äußerst empfänglich für Maxims Charme zeigte. Er hatte ihre Hilfe schon öfters in Anspruch genommen, da ihre Daten den Zugang zu den Zielpersonen schneller gewährleisteten als langwierige Bespitzelungen und Observierungen. Ein Umstand, den nur wenige *Tschekisten* kannten, was sicher auch daran lag, dass den meisten der Zugang zur Personalabteilung verwehrt blieb.

Auch Maxim fehlte die nötige Sicherheitsfreigabe, was dazu führte, dass er gezwungen war, sich auf Olgas sonderbare Art der „Bezahlung" einzulassen. Sie wünschte, dass Maxim sie bei ihren regelmäßigen Elternbesuchen begleitete und sich als ihr

Freund ausgab. Mehr hatte sie nie verlangt und Maxim hoffte, dass sich daran nichts geändert hatte. Zwanzig Minuten später verließ er ihr Büro mit einem Zettel in der Hand. Der Besuch bei ihren Eltern war für den nächsten Sonntag terminiert.

Zurück in seinem Büro legte Maxim eine Akte an, die er einem seiner Mitarbeiter übergab. Er befahl ihm, alles über die darin genannte Zielperson in Erfahrung zu bringen. Es musste schnell gehen, obwohl Eile nie ein guter Begleiter bei dieser Art von Arbeit war. Doch Maxim blieb keine Wahl, ahnte er doch, dass von dem Mann große Gefahr ausging. Auf dem Aktendeckel notierte er den Namen der Person: Igor Achmatow.

Aufschub

Moskau 1938

Am nächsten Morgen ging Maxim direkt zu den Gefängniszellen. Er wollte ein ungestörtes Wort mit Kalinin wechseln, bevor das Verhör weiterging. Doch zu seiner Überraschung erfuhr er, dass Kalinin bereits um kurz nach Mitternacht von einem gewissen Anton Kozlow abgeholt worden war. Maxim konnte es nicht fassen. Wie konnte sich Kozlow derart dreist über seine Befehle hinwegsetzen? Und was hatte er mit Kalinin gemacht? Maxim ahnte, dass Achmatow dahintersteckte, und eilte so schnell es ging durch die verwinkelten Gänge zurück zu den Verhörräumen.

Ohne anzuklopfen, platzte er in den Raum und sah durch den venezianischen Spiegel, wie Kozlow nebenan seine Faust mit voller Wucht in Kalinins Magengrube rammte. Kalinin hing wie ein nasser Sack mit den Armen über dem Kopf an einer Kette, kaum noch in der Lage, sich aus eigener Kraft auf den Beinen zu halten.

„Was ist hier los? Wer hat das genehmigt?“, fuhr Maxim Achmatow an, so laut, dass die Stenografin erschrocken zusammenzuckte.

„Ganz ruhig, Genosse Orlow. Wir haben nur ein wenig vorgearbeitet ...“

„Sie haben dazu keinerlei Befugnisse und das wissen Sie auch“, unterbrach Maxim. Er trat ganz dicht an Achmatow heran, der nicht wusste, wie er auf Maxims Wutausbruch reagieren sollte. Bevor er den Mund auftun konnte, drückte Maxim die Gegensprechanlage und befahl Kozlow, sofort zu ihnen herüberzukommen.

„Sie ...“, Maxim bebte vor Zorn, als er mit ausgestrecktem Zeigefinger auf Achmatow und Kozlow zuging, „Sie beide haben die Ermittlungen mit ihrem stümperhaften Vorgehen ernsthaft gefährdet. Jetzt können wir den Mann vielleicht nicht mehr für unsere Zwecke einsetzen.“

Maxim bluffte. Doch wenn es tatsächlich eine Verschwörung gab, dann wäre eine sehr viel defensivere Vorgehensweise angebracht gewesen. Und das wusste Achmatow. Er konnte Maxims Bluff nicht entlarven, ohne seine gefälschte Anklage ad absurdum zu führen.

„Ich leite dieses Verhör und wenn Sie meine Anweisungen noch ein weiteres Mal missachten, dann sehe ich mich gezwungen, über Sie beide Meldung zu machen.“ Maxim sah die beiden Männer mit versteinertem Gesichtsausdruck an. „Holen Sie einen Arzt, der den Mann versorgt und ihn in eine Einzelzelle bringt. Ohne meine ausdrückliche Genehmigung rührt niemand diesen Mann mehr an, haben Sie das verstanden?“

Froh über die erneute Zeitverzögerung beobachtete Maxim, wie der Arzt Kalinins zerschundenen Körper untersuchte. Es war keine gründliche Untersuchung, innere Blutungen konnten so auf keinen Fall festgestellt werden. Den Arzt rief man üblicherweise auch nur, um den Totenschein auszustellen. Vielleicht war er mit dieser neuen Aufgabe überfordert.

Schon in wenigen Tagen, wenn Kalinins Verletzungen abgeklungen waren, gab es keinen Grund mehr, das Verhör und die damit verbundene Folter weiter hinauszuzögern. Achmatow wollte Kalinins Unterschrift und Maxim konnte anscheinend nichts weiter tun, als begünstigend auf das Strafmaß einzuwirken. Zehn Jahre Arbeitslager. Günstiger käme Kalinin wohl nicht davon, vorausgesetzt, Achmatow hatte nicht schon längst entschieden, ihn in jedem Fall zu exekutieren.

Wenn er nur wüsste, was der Mann im Schilde führte, dann könnte er vielleicht … Maxim fluchte innerlich, da er die angeforderte Akte über Achmatow immer noch nicht zurückhatte, auch wenn er nicht wusste, was er mit diesen Informationen anstellen sollte. Wenigstens hätte er sich seinem Gegner nicht ganz so ausgeliefert gefühlt wie im Moment.

Spät in der Nacht ging Maxim erneut die Stufen hinunter zu den Zellen. Niemand konnte hier unten sagen, welche Tages- oder Nachtzeit es war. Es gab nichts, woran der Körper sich orientieren konnte, denn zu den grundlegenden Vernehmungstaktiken des NKWD gehörte es, den Gefangenen jegliches Zeitgefühl zu rauben, um ihren Widerstand zu brechen.

Als Maxim Kalinins Zelle betrat, raubte der Gestank ihm fast den Atem. Kalinin lag zusammengekrümmt auf einer dünnen Pritsche, seine Kleidung durchtränkt von Blut und Erbrochenem. Ein Eimer voller Exkremente neben der Pritsche war das einzige Inventar des ansonsten völlig leeren Raumes. Für mehr gab es auch gar keinen Platz. Selbst ein Kind hätte mit ausgestreckten Armen die gegenüberliegenden Wände berühren können. Kein Grund, die Zellen im Normalfall nicht mit bis zu zehn Personen zu belegen. Unter diesen Umständen kam es regelmäßig zu Todesfällen durch Ersticken oder Herzversagen. Wenigstens diese Tortur hatte er seinem Freund ersparen können, dachte Maxim.

Das grelle Licht der Glühbirne blendete so stark, dass Kalinin seinen Arm schützend über die Augen hielt. Um den Inhaftierten am Einschlafen zu hindern, wurde die Lampe zu keinem Zeitpunkt ausgeschaltet. Kalinin änderte seine liegende Position nicht. Es schien ihn nicht zu interessieren, wer seine Zelle betreten hatte.

„Anton." Maxim rüttelte seinen Freund am Bein. Kalinin zog laut hörbar die Luft ein. Offenbar waren seine Schienbeine verletzt. Maxim erinnerte sich an seine Ausbildung in Leningrad. Schläge auf die Schienbeine wurden als Einstiegsmethode in der Verhörphase empfohlen. Gerade so fest, dass die Knochen nicht brachen, damit der Gefangene sich trotz seiner Schmerzen noch selbstständig auf den Beinen halten konnte.

„Anton, ich bin's Maxim."

Kalinin nahm den Arm zur Seite, sah Maxim mit zusammengekniffenen Augen an. Es lag keine Emotion in seinem Blick. „Wann holst du mich hier raus?", war seine einzige Frage. Er hustete, als ob schon die wenigen Worte ihm Schmerzen bereiteten.

„Ich bin nicht sicher, ob ich dich hier rausbekomme. Man klagt dich der trotzkistischen Agitation an."

Kalinin sank zurück auf seine Pritsche. „Ja, ich weiß. Und ich werde natürlich nicht unterschreiben, obwohl …" Er unterbrach sich selbst mit einem leisen, gurgelnden Lachen. „Obwohl ich wahrscheinlich der Einzige in diesem gottverdammten Drecksloch bin, der wirklichen Grund hat, hier einzusitzen."

„Anton, wenn du kooperierst, kann ich vielleicht noch Einfluss nehmen, dass du nicht sofort erschossen, sondern in ein Arbeitslager deportiert wirst."

„Und ich dachte, du kommst, um mich hier rauszuholen."

Maxim meinte, einen Anflug von Verachtung in Kalinins

Stimme zu erkennen. „Was soll ich denn tun? Was hattest du überhaupt auf diesem Konzert zu suchen?“ Er meinte, sich irgendwie rechtfertigen zu müssen.

„Was macht das für einen Unterschied? Wenn ich auf der Liste stehe, dann hätte man mich auch nachts aus dem Bett geholt. Manche wurden schon vom OP-Tisch gezerrt, andere aus dem Bordell. Wir kommen und nehmen sie einfach mit. So war es schon zu meiner Zeit, und so ist es auch heute noch.“

Maxim fiel auf, dass Anton „wir“ sagte, als sei er selbst noch Teil dieser ganzen Maschinerie, die tagein, tagaus so viele Menschen aus dem Leben riss.

„Du solltest das Papier unterschreiben.“

„Wenn ich unterschreibe, dann werden sie mich sofort erschießen. Und wer weiß, was sie dann noch mit Anastassia und Ivana machen.“

„Lass die beiden meine Sorge sein. Du musst dich jetzt um dich selbst kümmern“, unterbrach ihn Maxim. „Wenn du nicht unterschreibst, wird man dich entweder erschießen oder solange foltern, bis du tot bist.“

Kalinin schwieg. Er wusste, welches Schicksal ihn erwartete, doch seiner Familie zuliebe konnte er kein Geständnis ablegen. „Wieso kannst du mich nicht rausholen, Maxim? Sperr irgendjemand anderen ein, damit du deine Quote erfüllst, und lass mich dafür gehen.“ Er klang resigniert, fast weinerlich.

„Du hast es doch eben selbst gesagt. Du stehst auf einer Liste. Außerdem hat Jeschow mir einen Wachhund zur Seite gestellt und der ist erst zufrieden, wenn du die Anklageschrift unterschreibst.“

„Und was wird dann aus meiner Frau und meiner Tochter?“

„Ich kümmere mich darum, dass sie Moskau so schnell wie möglich verlassen. Ihnen geht es gut.“ Maxim versuchte zuversichtlicher zu klingen, als er sich tatsächlich fühlte.

Kalinin legte sich hin. Er schloss seine Augen und nach

wenigen Sekunden hörte man nur noch ein leises Schnarchen. Maxim schloss die Tür und befahl den Wachleuten, das Licht in Kalinins Zelle auszuschalten. Er hoffte, dass er seinen Freund davon hatte überzeugen können, die Anklage zu unterschreiben.

Am nächsten Morgen klopften zwei Beamte des NKWD an die Wohnungstür der Kalinins. Anastassia wurde darüber unterrichtet, dass man ihre dringende Mithilfe bei der Befragung ihres Mannes benötige. Sie musste die Beamten umgehend in die Lubjanka begleiten.

Außer Kontrolle

Moskau 1938

Der Wecker klingelte viel zu früh. Maxim war erst kurz vor dem Morgengrauen eingeschlafen und versuchte nun, die Müdigkeit mit starkem Kaffee aus seinen Gliedern zu spülen. Doch sein Körper schien gegen diese Methode zu rebellieren. Er würde heute mehr Zeit auf der Toilette als an seinem Schreibtisch verbringen, aber er konnte es sich nicht erlauben, einen Krankheitstag einzureichen.

Im Büro angekommen, wartete bereits Igor Achmatow auf ihn. Er hatte es sich in einem Ledersessel bequem gemacht und verbreitete einen Hauch von Eau de Cologne. Er sah aus wie aus dem Ei gepellt. Wie schaffte der Mann es nur, so früh am Tag schon so munter zu sein? Maxim stellte seine Aktentasche auf den leeren Schreibtisch und registrierte mit Bedauern, dass die Akte über Achmatow immer noch nicht vorlag.

„Wir haben gerade Anastassia Kalinin verhaftet." Achmatow kam ohne lange Vorrede direkt zur Sache.

Maxim musste sich setzen, unsicher, ob er den Mann richtig verstanden hatte.

„Sie haben bitte was gemacht?"

„Wir haben gerade Anastassia Kalinin verhaftet." Achmatow nippte an seinem Tee.

„Wieso?"

„Genosse Orlow, geht es Ihnen nicht gut? Sie sehen blass aus."

„Doch, doch, mir geht es gut." Maxim wedelte fahrig mit seiner Hand. „Wieso haben Sie Frau Kalinin verhaftet? Ich dachte, ich hätte mich gestern klar und deutlich ausgedrückt, dass Sie …" Er konnte den Satz nicht beenden.

„Dass wir uns von Anton Kalinin fernhalten sollen. Ganz recht, das sagten Sie bereits. Doch ich möchte Sie daran erinnern, dass wir es uns nicht leisten können, auf Kalinins Genesung zu warten, um mit dem Verhör fortzufahren. Besonders dann, wenn wir an seine Gesinnungsgenossen rankommen wollen. Wer weiß, vielleicht sind sie schon im Begriff, die Stadt zu verlassen. Es gilt also, keine weitere Zeit zu verlieren. Und wie Sie ja wissen, gibt es für solche dringenden Situationen klare Anweisungen, wie wir seine Kooperation beschleunigen können."

Langsam dämmerte es Maxim, worauf Achmatow hinauswollte und er verfluchte sich dafür, dass er Anastassia und Ivana nicht schon längst aus der Stadt geschafft hatte. Er bereute es, die Karte mit den vermeintlichen Komplizen derart strapaziert zu haben. So sehr er sich gestern noch über den unverhofften Aufschub gefreut hatte, umso entsetzter musste er nun feststellen, wie seine Argumente sich nun gegen ihn wandten.

„Was haben Sie mit ihr vor?", fragte er leise.

„Aber nein, wo denken Sie denn hin, Genosse Orlow. Die

Frage ist doch nicht, was ich mit ihr vorhabe. Die Frage ist: Was gedenken Sie nun zu tun? Sie leiten schließlich diese Untersuchung. Ich habe Ihnen lediglich einen lästigen Hausbesuch abgenommen. Und die Entscheidung, ob wir die Tochter oder die Ehefrau mitnehmen.“ Achmatow lehnte sich in seinen Sessel zurück, nippte weiter an seinem Tee, ohne Maxim aus den Augen zu lassen. „Ich war der Ansicht, dass wir es erst einmal mit der Frau versuchen sollten, was meinen Sie, Genosse Orlow?“

Maxim kam der Gedanke, dass Achmatow diesen Moment ganz bewusst herbeigeführt haben könnte, ganz so, als hätte er es nicht nur auf Anton Kalinin abgesehen. Wusste er vielleicht etwas über ihre Verbindung? Wollte er sich jetzt nicht weiter verdächtig machen, blieb ihm nichts anderes übrig, als das Verhör genauso fortzusetzen, wie Achmatow es eingefädelt hatte.

Anastassia war selbst in diesen tristen Gemäuern eine außergewöhnliche Erscheinung. In ihren weiten schwarzen Hosen und dem weißen Hemd erinnerte sie Maxim an ihre erste Begegnung im Hotel Lux. Ahnte sie, dass er hinter der verspiegelten Scheibe zusah? Ihre aufrechte Statur, das emporgehobene Kinn, ihr gesamtes stolzes Auftreten stand in so krassem Gegensatz zu der deprimierenden Umgebung hier in den Kellern der Lubjanka. Doch das nützte ihr nun auch nichts mehr, dachte Maxim, der die Blicke Achmatows in seinem Rücken spürte. Er konnte nicht verhindern, was nun geschehen würde, wollte er sich und die Kalinins nicht dem sicheren Tod preisgeben.

Kalinins Augen weiteten sich, als seine Frau den Verhörraum betrat. Nur für einen kurzen Moment, der sogleich wieder der harten Fassade wich, die er sich selbst auferlegt hatte.

Den Beobachtern im Nebenraum entging es dennoch nicht. Maxim hoffte, dass Anton rechtzeitig zur Vernunft kommen und die Anklage unterschreiben würde.

„Anastassia, wieso bist du hier? Wo ist Ivana?“ Seine Worte klangen undeutlich und Maxim musste genau hinhören, um Kalinin zu verstehen.

„Sie ist zu Hause. Wo sollte sie denn sonst sein?“ Ihre Stimme schien kalt und distanziert. „Stimmt es, dass du zu Trotzki hältst?“

Anton musste sein Lachen zurückhalten, um den Schmerz, der von seinen gebrochenen Rippen ausstrahlte, zu unterdrücken. „Das haben sie dir erzählt? Und du glaubst ihnen?“

„Nun ja, wenn es unwahr wäre, würden sie dich sicher nicht so behandeln.“

Maxim wusste nicht, ob sie nur ihre Rolle spielte oder ob sie den Unsinn tatsächlich glaubte.

In diesem Moment ging die Tür auf und zwei junge Burschen betraten den Raum, kaum älter als siebzehn oder achtzehn Jahre. Anton schien irritiert, doch nur für einen kurzen Augenblick, bis er begriff, was die beiden vorhatten. Blankes Entsetzen breitete sich in seinem Gesicht aus. Noch bevor er etwas sagen konnte, griff einer der beiden nach Anastassias Armen und drehte sie ihr auf den Rücken. Sie protestierte lautstark, versuchte, sich dem schmerzhaften Griff des Jungen zu entziehen. Der Zweite trat an sie heran und riss ihr mit einem kräftigen Ruck das Hemd vom Leib. Die Knöpfe flogen in hohem Bogen durch den Raum.

Anastassia schrie. Kalinin versuchte, sich von seinen Fesseln zu lösen. Er rutschte auf seinem Stuhl hin und her, doch die Handschellen gaben nicht nach. Der Stuhl war auf dem Boden festgeschraubt, bewegte sich keinen Zentimeter. Er musste tatenlos mit ansehen, wie Anastassia die Hose heruntergezerrt und sie nackt auf den Tisch gehoben wurde. Sie versuchte sich zu wehren, trat wild um sich. Die Arme wurden ihr kopfüber auf die Tischplatte gedrückt, während sich der zweite Junge grob zwischen ihre Beine drängte. Er schlug ihr heftig mit der flachen Hand ins Gesicht. Anastassias Lippe platzte auf und der Schmerz machte sich unmittelbar bemerkbar, doch nur, um sogleich von einem noch viel größeren Schmerz verdrängt zu werden.

Sie sah ihren Mann an, versuchte ihre Tränen mit aller Kraft zurückzuhalten und Kalinin meinte, in ihrem Blick so etwas wie einen Vorwurf zu erkennen. So, als mache sie ihn für ihre Pein verantwortlich.

Maxim konnte es kaum aushalten, aber er durfte nicht einschreiten. Als der Junge endlich fertig war, schickte er Kozlow in das Verhörzimmer. Anastassia klaubte ihre Kleidung zusammen und stellte sich Schutz suchend in eine Ecke des Raumes. Ihre Lippe blutete immer noch. Sie presste die zerrissenen Kleidungsstücke an sich, versuchte, ihre Blöße zu bedecken. Währenddessen legte Kozlow die Anklageschrift vor Kalinin auf den Tisch und löste einen Arm aus seinen Fesseln.

Kalinin zögerte nicht länger. Er unterschrieb die Anklage und warf Kozlow den Stift hin. Der verließ den Raum augenblicklich und ließ die Kalinins mit ihren Peinigern allein. Die jungen Männer standen ungerührt neben der Tür. Für sie war es ein Arbeitstag wie jeder andere auch.

Kozlow kehrte nicht mehr zurück. Er brachte die unterschriebene Anklageschrift direkt nach oben und Achmatow bedeutete der Stenografin, dass ihre Dienste nun nicht mehr benötigt würden. Als sie allein waren, ging Achmatow an Maxim vorbei auf die Scheibe zu. Er klopfte dreimal dagegen. Ein Zeichen, auf das hin sofort wieder Bewegung in die beiden Jungs kam. Sie gingen auf Anastassia zu, schlugen ihr die Kleider weg und zwangen sie erneut auf den kalten Boden. Diesmal in vertauschten Rollen. Es wirkte wie eine einstudierte Choreografie. Und während der Junge kniend zwischen den Beinen der schreienden Anastassia an seiner Hose herumnestelte, entlud sich zwischen Achmatow und Maxim der Streit, der sich die ganze Zeit schon angebahnt hatte.

„Wer hat das befohlen? Wir haben doch seine Unterschrift!" Maxim schrie Achmatow an und packte ihn am Kragen. Er scherte sich nun nicht länger um die Konsequenzen, wollte eine weitere Vergewaltigung unter allen Umständen verhindern.

„Genosse Orlow, was fällt Ihnen ein? Nehmen Sie sofort Ihre dreckigen Pfoten von mir!" Achmatow entwand sich Maxims Griff und strich sich seinen Anzug wieder glatt. „Warum sollen wir denn nicht beiden Jungs ihren Spaß gönnen? Oder hat es einen Grund, dass Sie diese Frau schützen wollen, Genosse Orlow? Der gesamte Verlauf dieser Vernehmung erschien mir von Anfang an doch recht ungewöhnlich."

„Ungewöhnlich? Das nennen Sie ungewöhnlich? Dann sagen Sie mir, Genosse Achmatow, ob Sie ernsthaft vorhatten, Kalinin nicht zu exekutieren?"

Ein schiefes Grinsen auf Achmatows Gesicht war Antwort genug. Maxim sah aus dem Augenwinkel, wie der Bursche gerade dabei war, seine Hose herunterzulassen. Er überlegte nicht länger und schlug Achmatow instinktiv mit voller Wucht die Faust auf den Kehlkopf. Der Mann hielt sich vor Schmerz den Hals und seine Augen weiteten sich vor Schreck, als er keine Luft mehr bekam. Wenige Sekunden später lag er bewusstlos auf dem Boden.

Maxim verlor keine Zeit und betätigte die Gegensprechanlage: „Sofort abbrechen!" Dem jungen Mann war die Enttäuschung anzusehen, als er sich zwischen Anastassias Beinen aufrichtete, doch hier in der Lubjanka gehorchte man einem Befehl, selbst wenn dieser mit den niedersten Trieben kollidierte. Maxim schickte die beiden Jungs fort, er musste sich jetzt um Achmatow kümmern. In wenigen Minuten würden die Wachmannschaften kommen, um Kalinin abzuholen. Ihm blieb nicht viel Zeit.

Er öffnete die Tür zum Verhörraum und zog den bewusstlosen Achmatow hinter sich her. Anton und Anastassia sahen ihn mit verblüfften, großen Augen an.

„Maxim, was tust du? Wer ist dieser Mann?“, fragte Kalinin ungläubig.

„Jetzt ist keine Zeit für Erklärungen. Wir müssen uns beeilen. Anastassia, zieh dich an, und du Anton, musst mir jetzt helfen.“

Maxim erklärte Kalinin, dass er mit Achmatow die Kleidung tauschen sollte, und hängte den immer noch ohnmächtigen Mann an die Kette. Dann krempelte er die Ärmel seines Hemdes hoch und begann auf Achmatow einzuschlagen. Erst zaghaft, dann immer fester. Die ganze Anspannung, die ganze Wut brach aus ihm heraus. Wie in einem Rausch schlug er dem Mann immer und immer wieder ins Gesicht. So heftig, dass er schon bald seine blutverschmierten Fäuste nicht mehr spürte und erschöpft innehalten musste. Er keuchte, stützte sich auf seine Knie und begutachtete sein Werk. Achmatows Gesicht war aufgeplatzt und blutunterlaufen. Niemand würde ihn erkennen.

Anastassia und Anton sagten nichts. Sie sahen ungläubig dabei zu, wie Maxim den Mann fast totschlug. Auf sein Geheiß hin folgten sie ihm nun in den Nebenraum und ließen den bis zur Unkenntlichkeit entstellten Achmatow einfach hängen. Die Wachleute würden sich um ihn kümmern, ihn wahrscheinlich in irgendeine überfüllte Zelle werfen, wo er entweder seinen Verletzungen erliegen oder noch heute Nacht erschossen werden würde. Und wenn alles gut ging, stand im Totenschein der Name Anton Kalinin.

Maxim empfand darüber keine Reue. Ihm blieb auch gar keine Zeit, weiter darüber nachzudenken. Er musste jetzt die Kalinins hier rausschaffen.

Lawrenti Beria

Moskau 1938

Es war erstaunlich einfach gewesen, die Kalinins aus der Lubjanka herauszubekommen. Offensichtlich rechnete keiner der Wachhabenden damit, dass zwei Gefangene in Begleitung eines NKWD-Offiziers einfach so aus dem Gefängnis herausspazierten. Sie waren weder aufgehalten noch kontrolliert worden, wie es beim Betreten des Gebäudes routinemäßig der Fall war.

Schon wenige Tage später hatte Anton die Stadt mit gefälschten Papieren verlassen, ohne dass Maxim wusste, wohin ihn seine Reise führte. Wahrscheinlich wusste Anton es ebenso wenig. Anastassia und Ivana blieben vorerst in Moskau. Und auch Maxim arbeitete weiter, als sei nichts geschehen. Eine törichte Illusion, die er schon bald bereute.

Als die Männer sein Büro betraten, wusste Maxim sofort, dass sie seinetwegen kamen. Dieselben Männer, die auch schon seinen Vorgänger Lebedew abgeführt hatten, holten nun ihn ab. Ohne Widerstand ließ er sich von ihnen hinausgeleiten, den Korridor entlang zu den Paternostern, die die Stockwerke des riesigen Gebäudes miteinander verbanden.

Zu Maxims Erstaunen fuhren sie aber nicht nach unten. Stattdessen ging es hinauf in den sechsten Stock. Die Führungsetage. Wieder liefen sie entlang eines nicht enden wollenden Korridors, wobei der Gleichklang ihrer Schritte ein lautes Stakkato auf dem Marmorboden verursachte. Endlich stoppten sie vor einer schweren Doppeltür. Einer der Männer klopfte, während der andere Maxim von oben bis unten abtastete.

Nach einem laut vernehmbaren „Herein", öffneten sie die Tür und betraten einen getäfelten Saal, dessen ausladende Fensterfront einen Panoramablick über die verschneite Hauptstadt ermöglichte. In der Ferne konnte man sogar die goldenen Kuppeln der Kreml-Kathedrale erkennen, die sich im Licht der Wintersonne spiegelte. Die Luft in dem Saal hatte sich trotz der kalten Außentemperaturen aufgeheizt und es roch etwas unangenehm. Offensichtlich konnten die Fenster des Raumes nicht geöffnet werden.

An dem großen ovalen Konferenztisch saß nur eine einzige Person, Lawrenti Beria, der stellvertretende Leiter des NKWD. Vor ihm lag ein unberührter Aktenstapel. Beria bedeutete Maxim, Platz zu nehmen, und die beiden NKWD-Männer verließen den Raum.

„Genosse Orlow, ich danke Ihnen, dass Sie es so kurzfristig einrichten konnten, uns in dieser äußerst wichtigen Angelegenheit zu helfen."

Der Mann mit den feinen Gesichtszügen, der hohen Stirn und der randlosen Nickelbrille sprach höflich und leise. Das genaue Gegenteil von Nikolai Jeschow, doch Maxim wusste, dass man sich von Berias Äußerem nicht täuschen lassen durfte. Es hieß, dass er in Brutalität und Rücksichtslosigkeit seinen Chef sogar noch übertraf.

Maxim, bis aufs Äußerste angespannt, wusste nicht, wohin dieses Gespräch führen sollte. Wieso saß er mit Lawrenti Beria an diesem Tisch? Wenn man ihn des Hochverrats anklagen wollte, dann hätte man ihn direkt in eines der Kellerverließe geworfen. Er konnte in Berias Gesichtszügen keine Regung erkennen, da dieser sich strategisch geschickt mit dem Rücken zum Fenster platziert hatte. Trotz des angenehmen Ambientes war ihm klar, dass sein Leben an einem seidenen Faden hing.

Beria nahm eine Akte aus dem Stapel, bevor er sich wieder an Maxim wandte. „Genosse Orlow. Sie haben in den letzten Tagen einen Mann beschatten lassen, einen gewissen Igor Achmatow. Können Sie mir bitte sagen, was Sie dazu veranlasst hat?"

Maxim erkannte die Akte über Igor Achmatow, auf die er bis heute vergeblich gewartet hatte. Der auf Achmatow angesetzte Mitarbeiter schien seither wie vom Erdboden verschluckt. Dies, gepaart mit der Tatsache, dass die Akte nun hier wieder auftauchte, ließ Maxim Schlimmstes erahnen.

„Genosse Achmatow hat sich während einer gemeinsamen Untersuchung äußerst fragwürdig aufgeführt. Ich hielt es daher für meine Pflicht, ihn einer genaueren Kontrolle zu unterziehen", antwortete Maxim.

„Wissen Sie denn, wo genau sich Genosse Achmatow derzeit befindet?"

„Nein, tut mir leid. Das weiß ich nicht."

„Wann haben Sie ihn denn zuletzt gesehen?"

„Am Morgen des 05. Dezember."

„Und wo waren Sie da?"

„Unten in den Verhörräumen. Wir hatten gerade die Vernehmung von Anton Kalinin abgeschlossen. Danach trennten sich unsere Wege und ich habe ihn seither nicht mehr gesehen."

Maxim hatte sich die Antworten auf diese Fragen so lange zurechtgelegt, bis er sie nahezu perfekt beherrschte. Trotzdem überraschte es ihn, wie glaubhaft sie im Ernstfall klangen. Das Gespräch nahm bis hierhin einen unerwartet positiven Verlauf, auch wenn er weiterhin angespannt auf seinem Stuhl saß und sich erste Schweißperlen auf seiner Oberlippe bildeten.

„Was genau erschien Ihnen an Genosse Achmatow so verdächtig, dass Sie einen Ihrer Mitarbeiter damit beauftragten, ihn zu beschatten?"

„Wir waren von Anfang an der Meinung, dass Kalinin nur die Spitze des Eisbergs darstellte und dass der Kreis der trotzkistischen Sympathisanten noch viel größer war, als ursprünglich angenommen. Ich hatte allerdings den Eindruck, dass Genosse Achmatow durch sein eigenmächtiges Handeln versuchte, Kalinins Hintermänner zu schützen, ihnen Zeit zu verschaffen. Das bewog mich schließlich dazu, mehr über diesen Mann in Erfahrung zu bringen."

Beria sah Maxim durchdringend an, ohne dass sich seine Augen dabei bewegten. Er sagte kein Wort.

„Lag ich mit meinen Vermutungen hinsichtlich Igor Achmatow richtig, Genosse Beria?"

Maxim versuchte mit dieser Frage die Absichten seines Gegenübers zu ergründen. Er wusste nicht einzuordnen, warum Beria bislang noch keinerlei Anschuldigungen gegen ihn erhoben hatte.

„In welcher Beziehung standen Genosse Achmatow und Anastassia Kalinin zueinander?", erwiderte Beria, Maxims Frage ignorierend.

Maxim zögerte einen kurzen Moment, lang genug, um sich verdächtig zu machen.

„Ich fürchte Genosse Beria, dazu kann ich Ihnen ebenfalls nichts sagen. Ich hatte gehofft, meine fehlenden Kenntnisse über den Mann mittels dieser Informationen zu tilgen." Maxim deutete auf die Akte, die aufgeklappt vor Beria auf dem Tisch lag.

Beria machte wieder eine Pause. „Aber in welcher Beziehung Sie selbst zu Frau Kalinin stehen, das können Sie mir doch sicher sagen, oder?"

Diese Frage hatte er gleichermaßen erwartet wie befürchtet. Sie befanden sich nun im wackeligsten Teil seines Lügengebäudes. Selbst einer oberflächlichen Überprüfung würden seine Antworten kaum standhalten.

„Ich habe sie während der Ermittlungen gegen ihren Mann kennengelernt. Sie war uns dabei behilflich, ihn zu überführen."

Wieder machte Beria eine Pause. Dann lehnte er sich sanft lächelnd in seinem Stuhl zurück.

„Nun gut. Wir wissen doch beide, dass nicht einmal die Hälfte davon der Wahrheit entspricht, nicht wahr, Genosse Orlow?"

Maxim erschrak. Er griff instinktiv mit Daumen und Zeigefinger nach seiner Nasenwurzel, versuchte dadurch sein nervöses Zwinkern zu unterdrücken.

„Wussten Sie, dass Achmatow seit mehreren Monaten sexuellen Umgang mit Frau Kalinin pflegte?", fragte Beria, während er Maxim drei Schwarz-weiß-Fotos über den Tisch schob.

„Nein, das wusste ich nicht."

Die Nachricht traf ihn unvorbereitet wie ein Faustschlag in die Magengrube. Maxim stockte, seine Gedanken überschlugen sich, als er in Windeseile versuchte, diese neue Information in seine konstruierte Geschichte einzufügen. Doch es gelang ihm nicht. Die Frau auf den Fotos war unzweifelhaft Anastassia. Jedes Mal in Begleitung von Igor Achmatow. Die Art und Weise, wie sich die beiden ansahen, wie sie sich berührten, ließ keine Zweifel, dass sie einander gut kannten. Maxim meinte sogar, intime Vertrautheit auf den Bildern zu erkennen und er spürte einen Stich, der nichts mit der angespannten Situation zu tun hatte, in der er sich gerade befand. Stimmte es, dass die beiden ein Verhältnis miteinander hatten? Er kam nicht dazu, dieser Frage weiter nachzugehen. Beria fuhr fort, und seine Worte klatschten nun wie Peitschenhiebe auf Maxim nieder.

„Genosse Orlow, ich habe hier das Vernehmungsprotokoll, das ich mit großem Interesse gelesen habe. Ich kann Ihnen versichern, dass ich über den gesamten Verlauf der Vernehmung bestens im Bilde bin. Und ich weiß, dass Sie großes Interesse daran haben, die Wahrheit in den Kellern der Lubjanka zu belassen. Nicht Achmatow hat das Verhör verzögert, sondern Sie. Und Sie kennen die Kalinins schon sehr viel länger, als Sie hier vorgeben, nicht wahr?"

Maxim sagte nichts. Die Knöchel seiner Finger traten weiß hervor, während er die Lehnen seines Stuhls immer fester umschloss. Sein Gesicht war mittlerweile kreidebleich und er fühlte sich, als blicke er in einen finsteren Abgrund. Angst blockierte seinen Verstand. Er wusste nicht mehr, was er als Nächstes tun oder sagen sollte. Wie hatte er nur das Vernehmungsprotokoll vergessen können?

„Ich erspare uns beiden eine detaillierte Aufarbeitung Ihrer Vergangenheit", fuhr Beria fort. „Sie fragen sich sicher, warum ich Sie nicht schon längst habe verhaften lassen." Wieder sah Beria Maxim fragend an, doch der zog es vor, weiterhin zu schweigen.

„Uns liegen gesicherte Erkenntnisse vor, dass Igor Achmatow, ein Spion im Dienst der deutschen Regierung, sich vor wenigen Tagen nach Berlin abgesetzt hat. Das ist auch der Grund, warum weder Sie noch ich ihn seither zu Gesicht bekommen haben. Wir müssen leider davon ausgehen, dass er umfangreiche Geheiminformationen entwendet hat, die nun zu einer echten Bedrohung für unser Land werden können. Und wir gehen außerdem davon aus, dass Anastassia Kalinin seine Verbindungsoffizierin nach Berlin ist."

Maxim traute seinen Ohren nicht. Verwirrt darüber, wie monoton und selbstverständlich Beria die Informationen vortrug, war er im ersten Moment gewillt, dem stellvertretenden NKWD-Chef Glauben zu schenken. Er musste sich den halb totgeschlagenen Achmatow in Erinnerung rufen, um sich zu vergewissern, dass Berias Geschichte unmöglich wahr sein konnte.

„Genosse Orlow, ich möchte, dass Sie Ihre besondere Beziehung zu Anastassia Kalinin nutzen, um ihr ein Geständnis zu entlocken. Wie Sie das anstellen, überlasse ich Ihnen. Ich will Kenntnis über alle Informationen, die Igor Achmatow nach Berlin weitergeleitet hat. Sie bekommen dafür fünf Tage Zeit."

Beria erhob sich und streckte Maxim die Hand über den Tisch hinweg entgegen. Das Gespräch war beendet. Maxim verließ den Konferenzraum wie ein geprügelter Hund. Er ging nicht zurück in sein Büro, sondern verließ die Lubjanka auf direktem Weg.

Er wusste nicht, wie weit er entlang der Moskwa lief, bevor er schließlich in eine heruntergekommene Spelunke einkehrte, sich an den Tresen setzte und so viel Wodka trank, wie noch nie zuvor in seinem Leben. Er wollte der Realität mit aller Macht entfliehen, traute sich aber nicht, seinen Revolver zu benutzen. Stunden später schlug er hart auf dem Boden auf. Er kippte einfach von seinem Stuhl, hoffte, sein Erinnerungsvermögen damit für immer ausgelöscht zu haben.

Zerplatzte Illusionen

Moskau 1938

Maxim konnte Anastassia nicht in die Augen schauen. Er wusste, dass er seine Entscheidung für immer bereuen würde, doch ihm blieb keine andere Wahl.

„Du kommst, um mich zu … verhaften?“, fragte sie ungläubig. „Aber wieso?“

„Man beschuldigt dich, einem deutschen Spion geholfen zu haben. Igor Achmatow.“

Maxim zog eine Fotografie des Mannes aus seinem Mantel und schob sie auf dem Küchentisch zu Anastassia hinüber. Sie reagierte nicht, sah fast schon apathisch auf das Bild.

„Wieso hast du mir nicht gesagt, dass du ihn kennst?“, fragte Maxim schließlich.

„Und wieso hast du mir in der Lubjanka nicht geholfen, als die beiden Männer sich an mir vergingen?

„Es war zu unser aller Sicherheit.“ Maxim wusste, dass seine Antwort lächerlich klang. „Stimmt es, dass du mit Achmatow eine Affäre hattest?“

Ihr Schweigen war Antwort genug.

„Seit wann triffst du dich mit ihm?“

Wieder schwieg sie.

„Warst du schon mit ihm zusammen, als wir beide …“ Maxim brachte den Satz nicht zu Ende.

Anastassia saß immer noch schweigend auf ihrem Küchenstuhl. Plötzlich sprang Maxim auf, schlug ihr grob mit der flachen Hand ins Gesicht. Sie kippte von der Wucht seines Schlages erschrocken zur Seite und landete auf dem Boden.

„Weißt du eigentlich, was du da getan hast?“, schrie Maxim sie an. „Du hast einem deutschen Spion geholfen, wichtige Informationen zu stehlen.“

„Nein, nein, nein …“ Anastassia saß wimmernd auf dem Boden und hielt sich die schmerzende Wange. „Er war kein Spion und ich habe ihm bei überhaupt gar nichts geholfen.“

„Das kümmert den NKWD aber nicht. Sie erwarten dein Geständnis zusammen mit allen Informationen, die du nach Berlin weitergeleitet hast.“

„Aber ich habe doch gar nichts nach Berlin weitergeleitet. Maxim, was redest du da für einen Unsinn?“ Sie stand auf und stellte sich dicht vor ihn, ihre Hände auf seinen Oberkörper gelegt. „Wir haben uns vielleicht drei- oder viermal getroffen. Nicht vergleichbar mit uns beiden.“

„Wenn ich dir etwas bedeuten würde, dann hättest du dich nicht auf ihn eingelassen.“ Maxim wandte sich von ihr ab. „Wahrscheinlich würdest du dann auch nicht verdächtigt, die Komplizin eines deutschen Spions zu sein.“

„Aber ich bin doch nicht seine Komplizin …“

„Das ist nun völlig unbedeutend. Verstehst du das denn

nicht? Wir zwingen dich, die Anklage zu unterschreiben, genau wie bei Anton. Und dann setzen wir dir so lange zu, bis du uns alles sagst, was wir wissen wollen."

Anastassia wusste nicht, was sie Maxim noch sagen sollte. Es schien, als würde sie sich ihrer ausweglosen Lage erst jetzt bewusst werden. Sie setzte sich wieder auf den Stuhl, legte ihre Hände vor sich auf den Tisch.

„Er sagte mir, dass meine Anwesenheit wichtig sei, um Anton dazu zu bewegen, die Wahrheit zu sagen. Ich konnte doch nicht ahnen, was das bedeutet." Anastassia konnte die Tränen nicht länger zurückhalten.

Maxim holte tief Luft. Er sah die bis vor Kurzem noch so selbstbewusste Frau an, von der nun nichts mehr übrig zu sein schien.

„Weißt du, was heute mit Ivana in der Schule geschehen ist?", fragte sie. „Vor der versammelten Schülerschaft haben die Lehrer ihren Vater als Volksfeind beschimpft. Einer, der es verdient hatte zu sterben. Ivana musste dann nach vorne treten und sich öffentlich von ihrem Vater lossagen. Kannst du dir vorstellen, was das für das Kind bedeutet?"

Maxim kannte diese Praxis. Die Kinder von Volksfeinden mussten in aller Öffentlichkeit ihre Loyalität zum sowjetischen Staat bekunden, auch wenn dies die Abkehr von den eigenen Eltern bedeutete. Wenn sie es nicht taten, dann liefen sie Gefahr, sich ihren weiteren Schul- und Karriereweg für immer zu verbauen.

„Anastassia, du musst bezeugen, dass Igor Achmatow ein deutscher Spion war und dass du ihm dabei geholfen hast, seine Informationen nach Deutschland zu schaffen."

„Dann wird man mich umbringen."

„Wenn du es nicht tust, werden sie dich zwingen. Unterschreib und gestehe, dann ist es schneller vorbei."

Maxim spürte, wie sich ein eisiger Panzer um sein Herz legte, der jegliche Gefühlsregung fest darin verschlossen hielt.

Wollte er überleben, dann durfte er sich keine weiteren Sentimentalitäten erlauben, sich keine Hoffnung mehr machen, der trostlosen Einsamkeit in seinem Leben irgendwann einmal zu entfliehen. Er hatte die Zeit mit Anastassia genossen, sich dem Traum hingegeben, dass es für sie beide eine gemeinsame Zukunft geben könnte. Das Zerplatzen dieses Traumes machte ihn unendlich traurig, doch er ließ nicht zu, dass diese Traurigkeit sich seiner bemächtigte. Er wollte überleben, auch wenn es die Frau, die er liebte, das Leben kosten sollte.

Weihnachtsvorbereitungen

Osterwick 1938

Die Idee war schon ungewöhnlich genug, doch obendrein kam sie von den Brodskis, was die Sache noch verrückter machte. Sie trafen sich in der Küche der Bergens: Willi und Elisabeth, Isaak und Alina sowie Gottfried. Sie mussten Gottfried auf jeden Fall für ihren Plan gewinnen, sonst würde er nicht funktionieren.

„Stellt euch bitte vor, welche Schmach es für die Sowjets wäre, wenn wir direkt vor ihrer Nase Weihnachten feierten." Isaak war völlig begeistert von seiner Idee, sah aber, dass Gottfried erst noch überzeugt werden musste.

„Ich weiß nicht so recht. Was denkt ihr darüber?" Gottfried blickte in die Runde.

Typisch, dachte Willi, wenn er Zeit gewinnen will, gibt er die Frage gerne an jemand anderen weiter …

„Ich bin mir auch nicht sicher", meinte Willi. „Auf der einen Seite verbieten uns die Sowjets jegliche Ausübung unseres

Glaubens. Auf der anderen Seite … Was soll uns denn noch Schlimmeres passieren? Sie verhaften uns doch sowieso. Ob wir nun Weihnachten feiern oder nicht. Und irgendetwas sagt mir, dass ich lieber vom Weihnachtsbaum weggezerrt werden will, als bloß darauf zu warten, dass sie in irgendeiner anderen Nacht kommen."

„Gut gesprochen, mein Freund." Isaak schlug mit der flachen Hand auf den Tisch, um seiner Begeisterung Nachdruck zu verleihen.

„Was macht dich eigentlich zu solch einem Fürsprecher für dieses Fest?", fragte Gottfried an Isaak gewandt.

Isaak hob achselzuckend beide Arme. „Mir ist dieses Fest völlig egal. Aber ich weiß, dass meine liebe Frau gerne mal wieder Weihnachten feiern würde."

„Aber wir feiern die Geburt Jesu. Die Geburt des Messias." Gottfried schien Isaak darauf hinweisen zu wollen, dass er sich als Jude so ziemlich das unpassendste Fest ausgesucht hatte, um seiner Frau einen Gefallen zu tun.

„Ich sagte doch schon, dass mir das egal ist. Ob ihr den Geburtstag von Jesus oder Mohammed feiert, interessiert mich nicht. Und wenn ihr meint, dass Jesus der Messias ist, dann kann ich euch von dem Quatsch sowieso nicht abbringen." Isaak lachte laut. Willi war kurz davor, sich ihm anzuschließen, riss sich aber am Riemen, da er eine derartige Gotteslästerung unmöglich gutheißen durfte. Trotzdem war Isaaks Lachen so ansteckend wie eh und je. „Mir geht es darum, den verdammten Sowjets zu zeigen, dass wir nicht alles mit uns machen lassen. Und sie würden sich über nichts mehr ärgern, als wenn wir dieses Fest feiern, das sie so verzweifelt versuchen abzuschaffen."

„Was denkst du darüber, Alina?", fragte Willi.

Alina Brodski hatte sich von den Entbehrungen der schweren Hungersnot gut erholt. Sie war immer noch eine außergewöhnlich schöne Frau, die an der Seite von Isaak sogar noch mehr aufzublühen schien. Willi freute sich für die beiden. Auch wenn sie auf den ersten Blick wenig gemeinsam hatten, so waren sie dennoch auf fast übernatürliche Weise wie füreinander geschaffen. Nur ein Kind fehlte ihnen, doch Alina wurde einfach nicht schwanger. Über ihren verstorbenen Sohn hatten sie nie wieder ein Wort verloren, es war fast, als hätte es den Jungen nie gegeben. Vielleicht war der Schmerz über die Umstände seines Verlustes einfach zu groß.

„Ich finde, dass es das Risiko wert ist. Wenn sie schon alle unsere Männer verhaften, dann doch wenigstens aus gutem Grund", sagte Alina.

„Was denkst du, Elisabeth?", fragte Willi seine Frau.

„Ich weiß nicht. Hetzen wir die Sowjets damit nicht noch mehr gegen uns auf? Machen wir damit nicht alles nur noch schlimmer?" Man merkte ihr an, dass sie sich bei dem Gedanken an ein Weihnachtsfest nicht wohlfühlte.

„Was sollen sie denn tun? Sie können uns ja nicht alle gleichzeitig verhaften", versuchte Isaak sie zu überzeugen. „Wenn wir alle zur vereinbarten Zeit die Kerzen anzünden, alle zur gleichen Zeit ein Lied singen, dann können sie das doch gar nicht verhindern. Wir müssen es nur gemeinsam machen. Wenn es einer allein macht, wird der natürlich sofort verhaftet."

„Ich glaube, Isaak hat recht", meldete sich Gottfried zu Wort. „Es ist eine Frage der Koordination. Wenn wir es gemeinsam schaffen, geben wir ihnen keinen zusätzlichen Grund, uns zu verhaften. Sie verhaften uns ja sowieso schon aufgrund unserer religiösen Gesinnung. Obendrein würden wir den Sowjets zeigen, dass wir uns von ihnen nicht unseren Glauben verbieten lassen. Je länger ich darüber nachdenke, desto besser gefällt mir die Idee."

Elisabeth hatte keine weiteren Einwände, aber sie fühlte sich unwohl. Als vorsichtige Mutter tendierte sie eher dazu, möglichst wenig Aufmerksamkeit zu erregen. Gottfried und Willi versprachen, sich um die Organisation zu kümmern und

Isaak wollte unauffällig ein paar Tannen beschaffen. Niemand fragte, wie er das anzustellen gedachte. Wichtiger erschien jetzt erst einmal, die Osterwicker Mennoniten zu mobilisieren. Doch keiner hätte mit den Einwänden gerechnet, die sie kurz darauf zu hören bekamen.

Die Mennoniten erbaten sich fast ausnahmslos Bedenkzeit. Zu gewagt erschien ihnen dieses Vorhaben. Gottfried und Willi hatten Verständnis dafür, waren aber überzeugt, dass letztlich alle mitmachen würden. Umso größer die Enttäuschung, als sie eine Absage nach der anderen erhielten – und erst recht, als sie den Grund dafür erfuhren. Willi und Gottfried hatten sich nichts dabei gedacht, Isaak als den Urheber der Idee zu erwähnen, mussten nun aber feststellen, dass dies ein Fehler war. Viele Mennoniten erklärten, sie könnten es nicht mit ihrem Gewissen vereinbaren, wenn ein Jude das Weihnachtsfest feiere.

Angst vor dem Terror – dafür hätten sie Verständnis gehabt. Aber nicht so etwas! Doch sie konnten es sich in ihrer angespannten Situation nicht leisten, darüber zu streiten. Sie mussten klug vorgehen und versuchen, jeden Einzelnen zu überzeugen. Willi wünschte sich, es gäbe noch einen Brüderrat. Wie leicht hätte solch ein Thema dort besprochen werden können.

Weihnachtsabend

Osterwick 1938

Die Anspannung stieg, je näher der Heilige Abend rückte. Willi und Elisabeth bemühten sich, die Feier vor ihren Kindern geheim zu halten – es sollte eine Überraschung werden. Gleichzeitig diente die Geheimniskrämerei aber auch ihrer eigenen Sicherheit. Willi und Gottfried hatten noch mal jeden mennonitischen Haushalt in Osterwick besucht, konnten aber bis zuletzt nicht sagen, wie viele sich ihnen anschließen würden. Es blieb das ungute Gefühl, dass sie am Ende die Einzigen sein könnten, die sich derart offen gegen das kommunistische Verbot der Religionsausübung stellten. Man brauchte nicht viel Fantasie, um sich die Folgen auszumalen.

Der Osterwicker Sowjet hatte noch einmal sehr deutlich darauf hingewiesen, dass eine Überschreitung dieser Verordnung nicht geduldet würde. Willi erinnerte sich an ihre letzte Auflehnung gegen die staatliche Willkür, als sie trotz des Versammlungsverbots einen Erntedankgottesdienst gefeiert hatten, der später in einem blutigen Chaos endete.

Am 24. Dezember versammelten sie sich nach Einbruch der Dunkelheit im Haus der Dierksens. Willis Schwester Lena lebte immer noch in der elterlichen Wirtschaft, die sie seit der Verschleppung ihres Mannes Konrad vor fast sechs Jahren aber nicht mehr unterhalten durfte. Der Hof der Diercksens diente der Kolchose seitdem als Scheune und Materialunterstand. Glücklicherweise konnte Lena zusammen mit ihren Kindern weiterhin das Haupthaus bewohnen. Dort war viel Platz, der heute Abend endlich mal wieder genutzt wurde.

Neben der Gastgeberin und ihren Kindern erschien die Familie Bergen – Willi und Elisabeth mitsamt ihren vier Kindern. Sodann Isaak und Alina Brodski sowie Gottfried. Außerdem hatte Isaak es in der letzten Nacht tatsächlich geschafft, mehr als ein Dutzend Tannen im Dorf zu verteilen. Eine davon stand nun hier in der großen Stube der Diercksens und wartete darauf, mit leuchtenden Kerzen geschmückt zu werden.

Als Greta die Stube betrat, blieb sie wie angewurzelt stehen. Sie hatte in ihrem Leben noch nie einen Weihnachtsbaum gesehen und Weihnachten bisher nur mit zurückhaltenden Liedern und einem leisen Gebet unter der Bettdecke verbunden. Sie wusste zwar, dass man an diesem Winterabend die Geburt Jesu Christi feierte, hatte aber diesen Geburtstag nie als ein fröhliches Fest erlebt. Ihre Eltern schauten an jenen Abenden ständig aus dem Fenster und ermahnten die Kinder, nicht so laut zu singen. Greta wusste mittlerweile, dass die Angst ihrer Eltern mit den *„Gestiefelten Katern"* zusammenhing. Weihnachten war deshalb immer ein sehr leises und trauriges Fest gewesen. Doch nicht in diesem Jahr. Sie blickte mit großen Augen auf den geschmückten Tannenbaum, umringte ihn gemeinsam mit ihren Geschwistern und Cousins in ehrfürchtigem Staunen. Die Erwachsenen drängten jetzt ebenfalls in den Raum. Eine andächtige Stille breitete sich aus, die keiner zu stören wagte.

Gerassimow saß derweil an seinem Schreibtisch, bemüht, Ordnung in den Papierstapel vor sich zu bringen. Er versuchte sich zu konzentrieren, doch seine Gedanken schweiften ständig ab. Er musste sich eingestehen, dass seine christliche Prägung noch nicht vollständig überwunden war. Etwas regte sich in seinem Inneren. Eine Erinnerung. Ein wohliges Gefühl, das er trotz aller Propaganda nicht vollständig unterdrücken konnte. Er schämte sich dafür. Offenbar war sein Weg zum höheren Sowjetmenschen doch noch nicht vollendet. Er müsste sich wirklich anstrengen, um den niederen Empfindungen seiner Kindheit zu entkommen …

Plötzlich ging die Tür auf und Wassili Popov betrat sein Büro in Begleitung zweier junger Damen. Fast hätte Gerassimow seinen Chef nicht erkannt, so sehr verschwand dieser unter dem groben, schneebedeckten Mantel und der Zobelpelzmütze auf dem Kopf. Er hatte nicht mit seinem Erscheinen gerechnet. Wie immer legte sich in Anwesenheit des Chefs ein kalter Schweißfilm auf seine hohe Stirn. Er erhob sich zackig, um Popov zu begrüßen. Doch der wehrte ab.

„Bleiben Sie sitzen, Genosse Gerassimow, bleiben Sie sitzen." Popov klang ungewohnt freundlich, als er sich den Schnee abklopfte und seinen Mantel mitsamt Mütze an einen Wandhaken hängte. Die Frauen halfen sich gegenseitig aus ihren dicken Pelzen und Gerassimow kam nicht umhin zu bemerken, dass sie außergewöhnlich hübsch waren. Was hatte dieser merkwürdige Besuch zu bedeuten?

Popov hakte sich bei den Frauen ein und schritt zusammen mit ihnen in theatralischer Manier auf Gerassimows Schreibtisch zu. „Fröhliche Weihnachten, mein lieber Gerassimow."

Willi blickte hinaus auf die Straße, versuchte zu erkennen, ob da im Dunkeln bereits die *Tschekisten* lauerten, nur darauf warteten, dass sie hier drinnen die Kerzen entzündeten und zu singen begannen. Er wusste nicht, was er tun sollte, wenn er tatsächlich einen von ihnen entdeckte. Sein Mut begann zu schwinden. Was, wenn die anderen Mennoniten es ihnen nicht gleichtaten?

Er blickte zu Gottfried hinüber. Auch ihm stand die Anspannung ins Gesicht geschrieben. Außer den Kindern schien sich keiner auf diesen Moment zu freuen. Auch Isaak und Alina standen still im Raum, hielten sich gegenseitig an der Hand. Sie alle fürchteten sich vor dem, was nun kam.

Gottfried durchbrach schließlich die angespannte Stille.

„Liebe Kinder, heute feiern wir Weihnachten." Er ging in die Hocke, setzte sich mitten in den Kreis der Kleinen, die ihm nun gebannt an den Lippen hingen. „An diesem Tag erinnern wir uns an das wichtigste Ereignis, das der Menschheit jemals widerfahren ist. Gott ist zu uns gekommen, damit wir nicht mehr länger allein in dieser kaputten Welt leben müssen. Damit Boshaftigkeit und Elend, Ungerechtigkeit und Hunger endlich ein Ende finden. Damit wir Menschen uns nicht länger gegenseitig zerstören. Gott liebt uns so sehr, dass er sich nicht zu schade war, mitten in unserem Elend zu leben. Und so wie es damals war, ist es auch heute noch. Jesus lebt in unserer Mitte. Wir sind nicht allein, wir müssen keine Angst mehr haben."

Willi war sich nicht sicher, ob Gottfried nur zu den Kindern sprach. Seine Worte entfalteten eine ungeahnte Wirkung. Seit der großen Hungersnot glaubte Willi, dass Gott sich nicht um ihre Not scherte. Dass sie letztlich doch auf sich allein gestellt waren. Sein Glaube verkam seitdem mehr und mehr zu einer religiösen Pflichtübung. Er brachte seinen Kindern die Gebete bei, betete selbst aber kaum noch. Er erzählte ihnen die biblischen Geschichten, las selbst aber so gut wie gar nicht mehr in der Bibel. Doch heute Abend, hier in diesem kleinen Wohnzimmer, erschien es ihm plötzlich wieder so, als wäre Gott mitten unter ihnen. Willi wusste nicht seine Gefühle nicht einzuordnen. Er beobachtete Gottfried, wie er zwischen den Kindern kniete und ihnen von der Liebe Gottes erzählte, die an Weihnachten für alle Menschen sichtbar geworden war. Ein heiliger Augenblick, der sie alle ergriff.

Gottfried stimmte das Lied „Stille Nacht" an und erhob sich, um die Kerzen am Weihnachtsbaum zu entzünden. Die Menschen im Raum fielen in den Gesang mit ein. Erst leise und zaghaft, dann immer lauter. Eine übernatürliche Kraft schien ihnen Mut zu geben, ihren Glauben nicht länger zu verbergen. Selbst Isaak, der mit dem Inhalt dieses Festes am wenigsten anzufangen wusste, stimmte in das Lied mit ein. Willi blickte hinaus und sah, wie im Nachbarhaus ebenfalls die Kerzen entzündet wurden. Auch gegenüber auf der anderen Straßenseite ließ der flackernde Lichtschein in den Fenstern auf Nachahmer schließen. Sie hatten es geschafft.

Während sie die letzte Strophe sangen, öffnete Willi das Fenster. Sie hörten, wie sich das Lied im Dorf fortsetzte. Leise wanderte die Melodie durch die schneebedeckten Straßen. Er sah sich um und las in allen Gesichtern glückliche Erleichterung. Bisher war alles gut gegangen. Mehr als das. Sie waren Zeuge eines besonderen Augenblicks.

Ein lautes Klopfen an der Tür ließ den Gesang schlagartig verstummen. Jäh wurde ihnen bewusst, dass sie es mit einem ganz realen und gefährlichen Feind zu tun hatten.

Gerassimow öffnete das Fenster seines Büros und bedeutete Popov sowie den beiden Frauen, etwas leiser zu sein.

„Hören Sie das, Genosse Popov?"

Popov hockte wackelig auf seinem Stuhl. In der linken Hand hielt er ein halb gefülltes Wodkaglas, die Rechte war unter dem Rock der Frau verschwunden, die auf seinem Schoß saß und ebenso betrunken war wie er selbst.

„Was soll ich denn hören, Gerassimow? Mach das Fenster zu, es wird kalt", lallte Popov mit schwerer Zunge.

„Sie singen. Sie feiern Weihnachten."

Die leise Melodie eines bekannten Weihnachtsliedes drang in das Büro des Osterwicker Sowjets. Gerassimow war unschlüssig, was er tun sollte. Einerseits wollte er ihre anregende kleine Feier nicht unterbrechen, andrerseits konnte er schlecht einschätzen, ob sein betrunkener Chef solch eine Pflichtverletzung gutheißen würde.

Popov leerte sein Wodkaglas in einem Zug und drückte dann sein Gesicht in die Bluse der jungen Frau auf seinem Schoß. Sie kicherte.

„Lass sie feiern … Lass sie feiern." Popovs Stimme klang durch die Seidenbluse seltsam gedämpft. Er schien immer weiter zwischen ihren Brüsten zu versinken. „Morgen ist auch noch ein Tag … Du kannst dir aussuchen, wen du verhaften willst … Nimm irgendeinen … Es trifft in jedem Fall den Richtigen."

Gerassimow schloss zufrieden das Fenster und humpelte zurück zu seiner weiblichen Gesellschaft. Die Frau saß auf dem Schreibtisch und führte ein volles Glas Wodka an ihren Mund. Aber nicht, um zu trinken. Stattdessen ließ sie die klare Flüssigkeit großzügig an ihrem Hals hinablaufen, mitten hinein in die weit ausgeschnittene Bluse. Gerassimow verstand die Einladung. Jetzt war es Zeit, die Geschenke auszupacken.

Eine unheimliche Stille breitete sich in der großen Stube der Diercksens aus. Von draußen konnte man immer noch leise den Gesang vernehmen. Es erschien Willi nun alles wie eine große Dummheit. Wie hatten sie glauben können, sich einfach über das Verbot der Sowjets hinwegzusetzen? Er spürte, wie die lähmende Angst seine Kehle zuschnürte. Elisabeth stand hinter ihren Kindern und schrak auf, als es ein weiteres Mal an die Eingangstür hämmerte.

Lena straffte sich und ging langsam in den Flur, um die Haustür zu öffnen. Drinnen in der großen Stube hörten sie, wie die Tür entriegelt wurde. Dann ein erstickter Aufschrei. Schritte. Eine gebeugte Gestalt erschien im Türrahmen. Es war Konrad, Lenas Mann.

Schwere Entscheidung

Osterwick 1939

Ich mache mir große Sorgen um deine Schwester Lena", sagte Gottfried. Willi wusste, worauf er anspielte.
„Ich auch. Dieser verdammte Konrad."

„Verurteilst du ihn etwa? Du weißt doch gar nicht, was sie in den Lagern mit ihm gemacht haben."

Die anfängliche Freude über Konrads unerwartete Rückkehr wich schnell einem fruchtbaren Albtraum. Schon am Heiligen Abend hatte er die anwesende Gesellschaft gebeten, schnell sein Haus zu verlassen. Anfangs zeigten alle Verständnis für seinen Wunsch nach familiärer Abgeschiedenheit. Doch als sie Lena nach ein paar Tagen auf die Schürfwunden in ihrem Gesicht ansprachen und sie nur ausweichend antwortete, ahnten sie bereits, dass bei den Diercksens etwas nicht stimmte.

Konrad zog sich in sein Haus zurück, empfing keinerlei Besuch. Keiner wusste, wo er die letzten sechs Jahren gewesen war und was zu seiner Heimkehr geführt hatte. Lenas Verletzungen sowie die Verstörtheit der Kinder ließen vermuten, dass die Lagerhaft ihn nicht zu einem besseren Menschen gemacht hatte. Aufgrund seiner kaputten Hand konnte er nicht arbeiten. Stattdessen saß er daheim, trank zu viel Alkohol und drangsalierte die Familie. Gottfried versuchte ihn zur Rede zu stellen, doch Konrad warf ihn mit deutlichen Worten und Handgreiflichkeiten aus dem Haus. Lena und die Kinder waren diesem Mann ausgeliefert, ohne dass jemand etwas dagegen unternehmen konnte.

„Es ist doch seine Entscheidung, wenn er seine Frau und seine Kinder schlägt. Er hat sich selbst entschieden, ein Alkoholiker zu werden." Willi wollte Konrads Schuld nicht so einfach wegwischen.

„Ja, das stimmt. Aber es hilft uns im Moment nicht weiter. Jetzt geht es doch darum, dass wir Lena und die Kinder schützen, oder?"

Willi pflichtete Gottfried bei, auch wenn er keinen Lösungsvorschlag anzubieten hatte. Das Beste wäre es, wenn Konrad einfach wieder verschwindet, dachte er immer häufiger, schämte sich aber zugleich für diesen Gedanken.

„Was sollen wir deiner Meinung nach tun, Gottfried?

Früher haben wir solche Angelegenheiten im Brüderrat geregelt …"

„Und selbst wenn es den Brüderrat noch gäbe, er hätte keinerlei Befugnisse mehr", unterbrach Gottfried. „Wir müssen eine andere Lösung finden."

„Was schlägst du vor? Wir können ihn wohl kaum bei der Miliz anzeigen. Die lachen sich doch tot, wenn wir einen Trunkenbold wegen Übergriffen gegen seine Familie melden."

„Das stimmt. Aber mir kam heute eine Idee. Erinnerst du dich noch an den letzten Herbst, als Greta im Unterricht so auffällig wurde? Eigentlich hätte ich diesen Vorfall bei Gerassimow melden müssen. Und du weißt, was dann passiert wäre. Was hältst du davon, wenn ich die Meldung machte, dass eines von Konrads Kindern auffällig geworden ist?"

Willi sah Gottfried mit ungläubigem Blick an. Er musste erst einmal verarbeiten, was der Pastor ihrer kleinen Herde da gerade zu ihm gesagt hatte. Hatte er nicht eben gerade Konrad noch in Schutz genommen? „Das ist nicht dein Ernst, oder?"

Gottfried zuckte mit den Achseln. „Es ist unsere Pflicht, Lena und den Kindern zu helfen. Konrad gehört hinter Schloss und Riegel, und ich sehe keinen anderen Weg, wie wir dies erreichen könnten."

„Aber es ist gelogen."

„Dann sag du mir, welche der unzähligen Verhaftungen nicht auf einer Lüge beruht. Meinst du, die Sowjets verhaften uns, weil ihre Anschuldigungen der Wahrheit entsprechen? Wenn wir dafür sorgen, dass Konrad verhaftet wird, dann trifft es endlich mal den Richtigen. Wir haben diese Regeln doch nicht erfunden."

Willi wusste darauf nichts zu antworten. Stattdessen kam ihm eine Bibelstelle in den Sinn. „Aber es heißt doch, dass wir keinen Bruder vor Gericht bringen sollen."

Gottfried musste laut lachen und einen Augenblick lang

zweifelte Willi an der Frömmigkeit seines Pastors. „Denk darüber nach, Willi. Aber denk bitte auch daran, was jeder Tag für deine Schwester bedeutet, wenn sie weiter mit diesem Mann unter einem Dach leben muss."

Gottfried verabschiedete sich und Willi überkam das Gefühl, dass er die Last dieser Entscheidung nicht tragen konnte.

„Aber das kannst du doch nicht tun", sagte Elisabeth entrüstet. Sie wollte von den Gedanken ihres Mannes nichts mehr hören. Doch Willi nahm darauf keine Rücksicht. Über eine Woche hatte er Gottfrieds Vorschlag mit sich herumgetragen, ohne mit einer Menschenseele darüber zu sprechen. Nun lagen sie wach nebeneinander und Willi fasste sich endlich ein Herz, seiner Frau nach dem Zubettgehen alles zu erzählen.

Während seiner nächtlichen Wanderungen hatte er sich den Kopf darüber zerbrochen, wie er seiner Schwester Lena am besten helfen konnte. Und je länger er über Gottfrieds Vorschlag nachdachte, desto einleuchtender erschien er ihm. Nicht, dass es ihm gefiel, doch er fand einfach keine bessere Alternative. Erst Elisabeths Entrüstung ließ ihn wieder gewahr werden, wie weit er sich in Gedanken bereits von seinen Idealen entfernt hatte.

„Doch das können wir", verteidigte er Gottfrieds Vorschlag. „Wenn wir nichts unternehmen, dann wird er Lena oder die Kinder noch totprügeln."

„Aber wir können ihn nicht bei Gerassimow anzeigen. Schon gar nicht mit einer Lüge. Das ist unrecht."

„Natürlich ist es nicht richtig. Aber willst du die Verantwortung dafür tragen, wenn Lena etwas zustößt? Wir müssen etwas unternehmen. Und wenn es keinen anderen Weg gibt, als Konrad zu denunzieren, dann ist es eben so. Wir haben uns dieses Rechtssystem schließlich nicht ausgedacht." Willi versuchte überzeugender zu klingen, als er es in seinem Inneren tatsächlich war.

Elisabeth drehte sich auf die Seite und kehrte ihrem Mann den Rücken zu. Sie wusste nichts hinzuzufügen, fühlte sich aber nach wie vor sehr unwohl bei dem Gedanken, Konrad anzuzeigen. Sie wollte sich nicht darauf einlassen, Unrecht mit Unrecht zu vergelten, konnte aber auch keinen besseren Vorschlag machen, um Lenas Leiden zu beenden.

Drei Tage später gingen Willi und Elisabeth hinüber zu den Diercksens. Sie wollten ein letztes Mal versuchen, mit Konrad zu reden. Als sie an die Tür klopften, antwortete eine gedämpfte Stimme von innen: „Wer ist da?"

„Wir sind es, dein Bruder und ich. Dürfen wir bitte reinkommen?", antwortete Elisabeth.

Lena öffnete die Tür eine Handbreit. Gerade weit genug, um durch den Spalt nach draußen zu sehen. „Bitte, geht wieder, schnell!" Sie klang gehetzt. Ihre rechte Wange schillerte in allen erdenklichen Grün- und Blautönen.

Willi drückte die Tür auf, entsetzt über den Zustand seiner Schwester. „Was ist passiert, Lena? Wo ist Konrad?"

„Bitte geht doch einfach wieder", wiederholte Lena weinerlich. Sie stand nun mit dem Rücken gegen die Wand gelehnt und zuckte zusammen, als Konrad aus der Stube brüllte.

„Wer ist da?" Ein Poltern, schlurfende Schritte, dann erschien er schwankend in der Vorstube. Er war betrunken. „Was soll das? Wieso hast du ihnen aufgemacht? Ich habe dir doch gesagt, du sollst niemanden hereinlassen." Konrad ging drohend auf seine Frau zu, doch Willi stellte sich ihm in den Weg.

„Ich lasse nicht zu, dass du ihr etwas antust."

Konrad zögerte einen Augenblick, schaute Willi aus trüben Augen an. Kurz. Dann veränderte sich sein schläfriger Blick. Wut stieg in ihm auf, die sich nun an Willi und Elisabeth entlud.

„Dich werde ich lehren, du kleiner Mistkerl!“ Er packte Willi am Arm und stieß ihn grob in Richtung Haustür. „Du erteilst mir in meinem Haus keine Befehle. Raus! Alle beide raus!“ Er ging auf Elisabeth zu, die ebenfalls erschrocken zurückwich. Sie hätte nicht erwartet, dass Konrad auch ihr gegenüber gewalttätig werden könnte. Er schrie immer lauter: „Raus! Raus aus meinem Haus! Und kommt ja nicht wieder, habt ihr das verstanden?“

Kaum dass sie über die Schwelle traten, schlug Konrad auch schon die Tür ins Schloss. Sie verfehlte Elisabeth nur um Haaresbreite. Die beiden hörten sein Gebrüll, in das sich auch Lenas Klagen mischte. Anscheinend ließ er seine Wut an ihr aus.

„Geh zu Gottfried“, sagte Elisabeth nach einer Weile fassungslosen Schweigens.

Als Gottfried in Gerassimows Büro stand, dachte er an ihre erste Begegnung. Keine guten Erinnerungen. Einen Moment lang war er unschlüssig, ob er wirklich Hilfe vom Osterwicker Sowjet erwarten sollte. Seine bisherigen Erfahrungen mahnten ihn, auf der Stelle kehrtzumachen, sein Anliegen wieder mit nach Hause zu nehmen.

„Gottfried Wiebe, was willst du hier?“, fragte Gerassimow, unfreundlich wie immer.

„Ich möchte einen Vorfall melden. Aus der Schule.“

„Was für einen Vorfall?“

Gottfried wischte seine Sorgen beiseite und erzählte Gerassimow die erfundene Geschichte.

„Und du bist dir ganz sicher, dass es die kleine Diercksen-Tochter war?“ fragte Gerassimow, nachdem Gottfried geendet hatte.

„Ja.“

„Nun gut, dann kümmern wir uns darum."

„Danke." Gottfried wollte gerade gehen, erleichtert, dass er den Stein ins Rollen gebracht hatte, als Gerassimow etwas auf ein Blatt Papier kritzelte und es ihm hinhielt.

„Da."

Gottfried nahm das Papier. Darauf stand eine kurze, mit einer Schreibmaschine getippte Namensliste:

Juri Belanow
Abram Rosen
Willi Bergen
Konrad Diercksen.

Darunter stand in Gerassimows krakeliger Handschrift ein fünfter Name:

Gottfried Wiebe

Gottfried sah Gerassimow fragend an.

„Heute Nacht sollen nur vier Männer abgeholt werden. Ich überlasse es dir, einen Namen von der Liste zu streichen." Gerassimow grinste höhnisch, als er dem schockierten Gottfried einen Stift reichte.

„Aber wieso? Wieso steht Willi auf der Liste? Und warum haben Sie mich noch hinzugefügt?", fragte Gottfried ungläubig.

„Weil ich dir kein Wort glaube", antwortete Gerassimow unumwunden.

Es dauerte eine Weile, bis Gottfried den Stift nahm und mit zittriger Hand Willis Namen von der Liste strich. Dann verließ er mit hängenden Schultern Gerassimows Büro.

Gefängnis

Saporoshje 1939

Den ganzen Tag verbrachte Gottfried damit, seine Wohnung aufzuräumen. Das Putzen half ihm, sich abzulenken und seine Angst ein wenig zu bändigen – auch wenn er am liebsten davongelaufen wäre. Den nächsten Zug besteigen und vor Gerassimow fliehen, solange ihm noch die Gelegenheit dazu blieb. Doch er konnte nicht. Er wusste nicht, wohin er hätte gehen sollen, um in Sicherheit zu sein. Außerdem wäre dann vermutlich Willi an seiner Stelle abgeholt worden. Jetzt saß er nervös an seinem Küchentisch, trommelte mit den Fingern auf die Tischplatte und wartete.

Genau wie die anderen Männer in Osterwick hatte Gottfried stets einen gepackten Koffer neben seinem Bett stehen. Doch jetzt, da seine Verhaftung so kurz bevorstand, war er sich unschlüssiger denn je, was er mitnehmen sollte. Etliche Male überprüfte er den Inhalt. Wo würden sie ihn hinbringen? War es dort kalt oder warm? Wie viele Hosen benötigte er dort? Würde man ihn eventuell doch nur in das Gefängnis von Saporoshje bringen, ihn vielleicht bald schon wieder freilassen, wenn sich herausgestellt hatte, dass er unschuldig war? Schließlich zog er zwei Hosen übereinander an und legte eine dritte in den Koffer. Außerdem nahm er mehrere Paare Wollsocken mit, einen dicken Pullover und einige wenige Toilettenartikel. Sein Mantel hing griffbereit über einer Stuhllehne und seine Füße steckten in klobigen Winterstiefeln. Er war bereit zu gehen.

Als der *Schwarze Rabe* schließlich vor seinem Haus hielt, wartete er nicht, bis die *Tschekisten* an seine Tür klopften. Er zog sich den Mantel über, griff seinen Koffer und ging hinaus zu ihnen in die Nacht. Gerassimow und seine Männer nahmen ihn wortlos in Empfang und geleiteten ihn zu der Hecktür ihres Wagens. In dem kastenförmigen Aufbau war es noch dunkler als draußen und es bereitete Gottfried einige Mühe, durch die enge Luke einzusteigen. Er griff in das schwarze Loch, nicht wissend, wo er sich abstützen sollte. Es stank nach Schweiß und Urin. Er spürte glattes Metall. Stoff. Ein Hosenbein, das schnell zurückgezogen wurde. In dem Wagen saß bereits jemand. Vielleicht waren es auch mehrere. Hatten sie ihn als Letzten abgeholt? Er zwängte sich weiter in den Kasten hinein, fand schließlich einen Platz, wo er sich setzen konnte. Als die Tür mit einem lauten Scheppern ins Schloss fiel, konnte er seine Angst nicht länger kontrollieren. Ihm war, als ob ihm die Luft abgeschnürt würde und er fing instinktiv an, in immer kürzeren Abständen einzuatmen. Er hörte ein Rauschen in seinen Ohren. Dann kam der Schwindel. Gottfried sackte bewusstlos in sich zusammen, erwachte erst wieder, als der Wagen Saporoshje erreicht hatte.

Die Heckklappe des *Raben* öffnete sich mit einem lauten Quietschen. Grelles Licht fiel zu ihnen hinein und erst jetzt erkannte Gottfried, dass sie zu viert in diesem Kasten saßen. Er erkannte Konrad Diercksen. Die beiden anderen Männer hatte er auch schon mal gesehen, wusste ihnen aber keine Namen zuzuordnen. Wahrscheinlich waren es Juri Belanow und Abram Rosen. Als man ihnen befahl, aus dem Wagen zu steigen, musste sich Gottfried schützend eine Hand vor die Augen halten. Sie befanden sich auf einem geteerten, taghell erleuchteten Platz.

Als sich seine Augen an die Helligkeit der Scheinwerfer gewöhnt hatten, sah Gottfried auch den hohen Zaun und den Stacheldraht. Hinter ihnen befand sich ein quadratisches dreistöckiges Gebäude, das früher vielleicht einmal eine Fabrik gewesen war. Wahrscheinlich das Gefängnis von Saporoshje, dachte Gottfried. Die vergitterten Fenster schienen seinen

Verdacht zu bestätigen. Er kam nicht dazu, seine Eindrücke zu sortieren. Die *Tschekisten* führten sie über den Hof hinein in das Gebäude. Dort wurden sie registriert. Gottfried nannte seinen Namen, sein Geburtsdatum und seinen Herkunftsort. Eine dicke Frau mittleren Alters kontrollierte seine Angaben auf einer Liste mit unendlich vielen Namen.

„Ich habe hier keinen Gottfried Wiebe." Die Frau blickte fragend von ihren Listen auf, als ob sie von den Männern eine Erklärung verlangte. Für einen kurzen Moment keimte so etwas wie Hoffnung in Gottfried auf. Vielleicht entpuppte sich doch alles als ein großes Missverständnis. Gerassimow reichte der Frau einen gefalteten Briefbogen. Sie las ihn, machte sich dann ein paar Notizen auf ihren Listen und fuhr fort, als wäre nichts geschehen.

Alle vier Männer mussten nun ihre Koffer abgeben, dann führte man sie ein Stockwerk tiefer in einen großen, bis unter die Decke gekachelten Raum. Eine Frau befahl ihnen, die Kleider abzulegen. Gottfried zögerte, ebenso wie seine drei Begleiter. Keiner von ihnen wollte sich komplett vor ihr entblößen. Doch es blieb ihnen keine Wahl. Ihre Kleidung wurde eingesammelt und nach draußen gebracht, während sie allein in dem kahlen Raum zurückblieben. Nackt. Frierend.

„Was geschieht jetzt mit uns?", fragte Gottfried nach einer Weile. Er bekam keine Antwort. Offenbar hing jeder seinen eigenen Gedanken nach. Die Männer zitterten und Gottfried konnte nicht unterscheiden, ob vor Kälte oder aus Angst. Sie schwiegen.

Die Zeit verstrich, ohne dass etwas geschah. Dann öffnete sich eine Tür zu einem Nebenraum und zwei Männer in Uniform kamen herein. Sie führten die vier nach nebenan, wo sie sich mit dem Gesicht zur Wand aufstellen mussten. Wieder vergingen die Minuten. Gottfried betrachtete die Wand vor seinen Augen, sah, dass die Kacheln noch feucht waren. Wahrscheinlich wurden die Inhaftierten hier abgeduscht, bevor man sie in ihre Gefängniskleidung steckte, dachte er. Sein Blick fiel auf eine dunkle Stelle an der Wand, wo sich die Fugen rötlich färbten. Mit Entsetzen realisierte er, dass dieser Raum keine Dusche war. Er wandte seinen Blick nach links, um sich von Konrad seinen Verdacht bestätigen zu lassen. Im gleichen Moment sah er die auf Konrads Genick gerichtete Pistole. Dann krachte ein Schuss und die Wand färbte sich rot. Konrad sackte tödlich getroffen in sich zusammen. Gottfried gefror sein erschreckter Aufschrei in der Kehle. Er spürte bereits den heißen Lauf der Pistole in seinem Genick. Gleich würde es vorbei sein. Doch anstelle eines Krachens, vernahm Gottfried nur ein Klicken. Dann ein Fluchen. Ladehemmungen. Er drehte sich um und sein Blick fiel auf einen in braunes Leder gekleideten Mann. Er ging gerade auf den jungen *Tschekisten* zu, der immer noch die Funktionen seiner Waffe überprüfte.

„Aus diesem Grund arbeite ich nur mit deutschen Waffen", hörte Gottfried den Mann mit der Lederschürze sagen. Er war offenbar der Ausbilder. „Versuch es mit dieser hier", sagte er und reichte dem jungen Mann seine Waffe.

„Dreh dich um!", sagte der *Tschekist* an Gottfried gewandt.

„Nein, ich will dir in die Augen sehen, wenn du mich erschießt." Jetzt drehten sich auch die anderen beiden Gefangenen um und man konnte merken, dass dies dem jungen Henker nicht behagte. Den Opfern in die Augen zu schauen war etwas anderes, als sie einfach von hinten über den Haufen zu schießen. Das wusste auch der Ledermann, der nun in schnellen Schritten herbeikam, um seinem Schützling unter die Arme zu greifen.

„Was ist hier los?"

„Sie wollen sich nicht umdrehen."

„Dann schieß ihnen zwischen die Augen."

Der junge *Tschekist* hob zitternd seinen Arm, richtete die Waffe direkt auf Gottfrieds Stirn. Ihre Blicke begegneten sich und Gottfried meinte, in den Augen des jungen Mannes eine tiefe Hoffnungslosigkeit zu erkennen. Doch er kam nicht dazu, ihn weiter zu bedauern. Ein Schuss krachte. Dann wurde es dunkel.

Teil 4
Der große Vaterländische Krieg (1940–1945)

Infolge des direkt aufeinanderfolgenden Einmarsches deutscher und sowjetischer Truppen verläuft die deutsch-sowjetische Grenze seit dem 17. September 1939 quer durch Polen. Gesichert wird diese Grenze durch einen Nichtangriffspakt beider Großmächte, bis Hitler diesen Pakt einseitig bricht und der Wehrmacht am 22. Juni 1941 den Befehl erteilt, in die Sowjetunion einzumarschieren.

Die Begründung für diesen Feldzug, die der deutsche Botschafter um vier Uhr morgens dem sowjetischen Außenminister Molotow in Moskau übermittelt, lautet: „Die Sowjetunion hat den Nichtangriffspakt durch den Aufmarsch der Roten Armee an der Grenze, konspirative Tätigkeit der Komintern in Deutschland sowie die Annexion Ostpolens und der baltischen Staaten gebrochen und ist dem kriegführenden Deutschland damit in den Rücken gefallen."

Wassili Blochin

Kalinin 1940

Der tagelange Regen hatte den Boden komplett aufgeweicht, und es bereitete Maxim einige Mühe, den Sonderzug zu erreichen, der auf einem Abstellgleis des Bahnhofs von Kalinin stand. Vorsichtig schritt er über die laubbedeckten Bahnschwellen hinweg, ständig darauf bedacht, auf den nassen Blättern nicht plötzlich den Halt zu verlieren. Wie immer versuchte er das weiße Ortsschild zu ignorieren, das deutlich sichtbar für alle Reisenden über dem Bahnhofsgebäude prangte. Er hasste dieses Schild, da es Erinnerungen weckte, die er mühsam zu verdrängen suchte.

Lawrenti Beria, der neue Chef des Geheimdienstes, war seiner Bitte um Versetzung nachgekommen. Offenbar hatte es ihm große Freude bereitet, Maxim ausgerechnet in jene Stadt zweihundert Kilometer nördlich von Moskau zu schicken, deren Name so untrennbar mit seinem Scheitern verbunden war. Die Versetzung nach Kalinin blieb Maxim eine ständige Mahnung, dass Beria über seine Vergangenheit Bescheid wusste. Es war wohl nur eine Frage der Zeit, bis man auch ihn verhaftete.

Maxims Stiefel verursachten bei jedem Schritt ein schmatzendes Geräusch in dem schlammigen Untergrund. Sein Mantel sowie die blaue Schirmmütze waren völlig durchnässt, als er endlich das Zugabteil erreichte. Er klopfte an die Tür. Nichts passierte. Die Sekunden verstrichen, während Maxim im kalten Nieselregen wartete. Er trat ungeduldig von einem

Bein auf das andere, wagte aber nicht, ein weiteres Mal auf sich aufmerksam zu machen.

Endlich wurde die Tür des Waggons geöffnet und eine junge Frau blickte fragend auf ihn herab. „Ja, bitte?"

„Ich möchte zu Genosse Blochin. Er erwartet mich." Maxim kniff die Augen zusammen, als er zu der Frau emporblickte. Der Wind trieb ihm ungeschützt den Regen in die Augen.

„Wen soll ich melden?"

„Maxim Orlow. Er weiß, dass ich komme", erwiderte Maxim gereizt. Seit seiner Ankunft wollte Wassili Blochin jeden Tag über die Fortschritte ihrer Arbeit unterrichtet werden. Ein Umstand, der auch seiner Assistentin nicht entgangen sein konnte. Dennoch tat sie jeden Tag so, als würde sie Maxim zum ersten Mal begegnen. Die Frau zog die Tür mit einem metallenen Quietschen hinter sich zu und ließ Maxim weiter draußen im Regen stehen. Weitere Sekunden verstrichen, bis sie die Tür wieder öffnete und ihn endlich hereinbat.

„Bitte hängen Sie ihren Mantel hier auf und stellen Sie Ihre Stiefel auf diese Matte. Ich bringe Ihnen ein paar Pantoffeln", sagte die Frau, während sie Maxim die trockenen Hausschuhe holte. Maxim fühlte sich unwohl, wollte lieber seinen Mantel anbehalten. Doch es hatte keinen Sinn, sich ihren Anweisungen zu widersetzen, so viel hatte er mittlerweile gelernt. Fertig umgezogen betrat Maxim den luxuriösen Waggon, den Wassili Blochin sich mit allen nur erdenklichen Annehmlichkeiten hatte ausstatten lassen. Der berühmte Henker aus Moskau saß an einem kleinen Tisch, gerade damit beschäftigt, ein köstlich duftendes Stück Fleisch mit Messer und Gabel zu zerteilen. Wahrscheinlich Rind, dachte Maxim, dem das Wasser im Mund zusammenlief. Es schien Ewigkeiten her, dass er selbst so gut gegessen hatte. Er setzte sich mit knurrendem Magen auf eines der vielen Sofas und wartete darauf, dass Wassili Blochin das Wort an ihn richtete.

„Wie kommen wir voran, Genosse Orlow?", fragte Blochin

schließlich. Ohne die Antwort abzuwarten, schob er sich ein weiteres Stück Fleisch in den Mund und kaute laut schmatzend darauf herum. Dabei traten die Muskeln hervor, die sich unter der Haut seines kantigen Schädels bei jedem Bissen deutlich abzeichneten. Der Ansatz des dunklen und dichten Haarschopfes war von zwei ausladenden Geheimratsecken gezeichnet; der einzige Hinweis auf sein bereits fortgeschrittenes Alter. Ansonsten versprühte Wassili Blochin geradezu jugendliche Kraft und Vitalität, was Maxim zum wiederholten Mal das Gefühl vermittelte, in Gegenwart dieses Mannes deutlich älter zu sein, als er tatsächlich war.

„Gut, wir sind fast fertig. Nur die Wege bereiten mir noch Sorge."

„Warum?"

„Sie sind durch den Regen und die Bagger völlig aufgewühlt und durchweicht. Die Männer werden es so kaum schaffen, die Leichen in der vorgegebenen Zeit zu den Gruben zu transportieren."

„Und, was schlagen Sie vor?", fragte Blochin, während er das Besteck zur Seite legte und sich mit einer Serviette den Mund abwischte.

„Es gibt sicher mehrere Lösungen. Eine davon wäre zu warten, bis der Regen aufhört und …"

„Auf gar keinen Fall. Wir beginnen heute Nacht, wie geplant", unterbrach Blochin. Maxim hatte schon damit gerechnet, dass eine Verschiebung des Zeitplans kaum infrage kam. „In dem Fall schlage ich vor, dass wir einen zweiten, vielleicht sogar dritten Traktor mitsamt Anhänger besorgen."

Blochin machte sich Notizen auf seiner Serviette. Er rechnete. „Wie viele könnten wir auf einen Hänger laden?", fragte er schließlich.

„Wenn wir die Bodenverhältnisse berücksichtigen, dann sicher nicht mehr als fünfzehn, vielleicht zwanzig. Es wäre nichts gewonnen, wenn die Hänger selbst im Morast versinken."

„Wie lange dauert es, um zu den Gruben und wieder zurück zu fahren?“

„Ich schätze, vielleicht dreißig Minuten“, antworte Maxim.

Blochin wandte sich wieder seiner Rechnung zu. „Ich will kein Risiko eingehen“, sagte er schließlich. „Besorgen Sie noch zwei weitere Traktoren mit passenden Anhängern. Wir beladen sie jeweils mit nur zehn Mann, dann sind wir auf der sicheren Seite und können unseren Zeitplan einhalten.“

Maxim nickte stumm.

„Ich bin mit Ihrer Arbeit sehr zufrieden, Genosse Orlow. Wenn überall im Land so gute Arbeit geleistet würde wie hier in Kalinin, dann wären wir sicher schon einen großen Schritt weiter.“

Blochins Lob überraschte Maxim, konnte er sich doch nicht daran erinnern, jemals von einem Vorgesetzten für seine Arbeit gelobt worden zu sein. Unsicher, wie er damit umgehen sollte, antwortete er zurückhaltend: „Danke, Genosse Blochin. Es ehrt mich, wenn wir behilflich sein können.“

Blochin beendete sein Mahl und machte es sich auf einem weichen Sessel bequem. Er steckte sich eine Zigarette an und fuhr fort, Maxim durch den ausgeblasenen Qualm hindurch zu befragen: „Was führt Sie hierher nach Kalinin, Genosse Orlow?“

Maxim wusste nicht, wie er auf diesen plötzlichen Themenwechsel reagieren sollte. „Es war Zeit für eine Veränderung“, erwiderte er daher nach kurzem Zögern so knapp wie möglich.

„Warum?“

Maxim wunderte sich. Was sollten diese persönlichen Fragen? „Ich nehme an, dass Ihnen die Akten über meine Person nicht unbekannt sind, Genosse Blochin. Was kann ich Ihnen also noch sagen, was Sie nicht schon wüssten?“

„Schon recht. Trotzdem hätte ich es gerne noch einmal von Ihnen persönlich gehört.“

Maxim seufzte. Er spürte den Fatalismus wieder in sich aufsteigen, der ihm in den letzten Monaten zum treuen Begleiter geworden war. Er erzählte seine Geschichte, ohne etwas zu beschönigen. Blochin hörte aufmerksam zu, ließ Maxim dabei keine Sekunde aus den Augen.

„Ihnen ist doch sicherlich klar, dass Beria Sie und Ihre Verbindung zu den Kalinins nur benutzt hat, um Jeschow loszuwerden, oder?", fragte Blochin, nachdem Maxim geendet hatte.

„Natürlich. Aber was blieb mir anderes übrig?"

„Sie haben also die Frau, die Sie liebten, ans Messer geliefert, um Ihren eigenen Hals zu retten."

Es tat weh, die Wahrheit so unverblümt aus Blochins Mund zu hören, trotzdem weigerte sich Maxim, sie als solche zu akzeptieren. „Es war keine Liebe. Sie hat mit Achmatow rumgehurt, während wir ..."

„Während Sie die Frau ihres Freundes gefickt haben", ging Blochin lachend dazwischen. „Ich muss schon sagen, dass mir die Geschichte aus Ihrem Mund noch viel besser gefällt."

Maxim war nicht zum Lachen zumute. Er hatte Anastassia sehr wohl geliebt, ihre Nähe und Wärme förmlich in sich aufgesogen. Umso schmerzhafter war es, auch von ihr enttäuscht zu werden. Vielleicht, so redete er sich mittlerweile ein, sollte er nie in den Genuss einer Familie, eines Zuhauses kommen. Vielleicht war er einfach nur dazu bestimmt, ein kleines Rad in dieser mörderischen Mühle zu sein, die täglich so viele Menschenleben zerrieb. Für Freundschaften oder Familie blieb da kein Platz.

Es dämmerte ihm, dass er sich in vielen Belangen kaum noch von den Menschen unterschied, die er in den letzten Jahren verurteilt hatte und die seitdem ihr einsames Dasein in einem Arbeitslager irgendwo in der sibirischen Kälte fristeten. Doch je länger er sich mit dieser Erklärung abfand, desto heftiger überkam ihn das Gefühl, von der Einsamkeit in den Abgrund gezogen zu werden. Er gab seinem Freund Anton die Schuld dafür, dem es letztlich auch nur um seine persönliche Karriere ging. Und Anastassia, die jeden in ihr Bett ließ, der sich einigermaßen höflich auszudrücken vermochte. Oder seinem Vater, dem die Rettung der Bergens wichtiger gewesen war als das Wohlergehen seines eigenen Sohnes. Ihretwegen saß er nun in dieser gottverlassenen Gegend fest und musste sich von Stalins Henker verspotten lassen.

Es gab eine Zeit, da hatte er gehofft, diese Einsamkeit mit einer bedeutungsvollen Aufgabe vertreiben zu können. Doch er musste einsehen, dass all seine Anstrengungen ohne Wirkung verpufften. Übrig blieb nur eine noch größere Leere, die ihn fast verrückt machte. Er fand in sich nichts mehr, das ihm noch Halt gab, geschweige denn Sinn und Bedeutung. Jegliche Kraft zum Widerstand gegen die offensichtlichen Gräuel und Ungerechtigkeiten des Sowjetregimes waren aufgebraucht. Er hatte sich von der erdrückenden Kraft des Systems mitreißen lassen und es war ihm mittlerweile gleichgültig, ob er selbst oder andere dadurch zu Schaden kamen.

„Es freut mich, wenn ich zu Ihrer Belustigung beitragen konnte, Genosse Blochin“, entgegnete Maxim mit gewollt sarkastischem Unterton und erhob sich.

Dem Henker gefror sein Lachen im Gesicht. „Haben Sie eine Vorstellung, warum Beria Sie noch nicht hat erschießen lassen?“

„Nein. Und es ist mir ehrlich gesagt auch egal. Wenn es Ihnen nichts ausmacht, würde ich jetzt gern zurück zu meinen Männern gehen. Es bleibt noch einiges zu tun, wenn wir bis heute Abend fertig sein wollen.“

Maxim verabschiedete sich von Wassili Blochin, nicht ahnend, was dieser mit seinen Fragen bezweckte.

Siebentausend Schuss

Kalinin 1940

Blochins Anordnungen wurden trotz der engen Zeitvorgaben bis ins kleinste Detail umgesetzt. Maxim und seine Männer hatten tagelang bis spät in die Nacht geschuftet und heute würde sich zeigen, ob alles so reibungslos funktionierte wie auf dem Reißbrett. Maxim wollte zu Beginn jede einzelne Station persönlich begleiten, um einen unmittelbaren Eindruck von den Abläufen zu bekommen. Er hoffte, nirgends korrigierend eingreifen zu müssen.

Als sich der erste LKW aus dem nahegelegenen Gefangenenlager näherte, stand Maxim als schweigender Beobachter im provisorischen Büro des Staatsanwalts und wartete darauf, dass man den ersten Häftling zu ihnen brachte. Zuerst nahmen sie die Personalien des Mannes auf. Name, Alter und Herkunft. Er hieß Bartoz Nowak und kam aus Warschau. Ein Offizier der polnischen Armee, gerade mal sechsundzwanzig Jahre alt. Er sprach fließend Russisch und nichts deutete darauf hin, dass der junge Mann sich durch die rüde Befragung des Staatsanwaltes einschüchtern ließ. Es dauerte keine zwei Minuten, dann war die Vernehmung auch schon wieder beendet und der junge Mann wurde durch eine Seitentür in einen spärlich beleuchteten Korridor geführt, an dessen Ende eine offene Tür stand. Maxim folgte dem Polen, der von zwei *Tschekisten* in den schalldicht isolierten Raum geführt wurde. Es war sehr schwierig gewesen, die nötigen Dämmmaterialien zu beschaffen, aber mittlerweile war alles perfekt abgedichtet, sodass kein Laut mehr nach draußen drang. Zwei Gehilfen Blochins übernahmen Bartoz Nowak und stellten ihn in die Mitte des Raumes; die einzige, von einer unverkleideten Deckenlampe ausgeleuchtete Stelle. Maxim blieb an einer gepolsterten Wand im Schatten stehen und beobachtete, wie Blochin von hinten an den polnischen Offizier herantrat. Der Henker sah furchteinflößend aus, von oben bis unten in braunes Leder gekleidet. Über seiner Uniform trug er eine braune Schürze, eine Haube aus dem gleichen Material bedeckte seinen kantigen Schädel und auch die Arme steckten bis weit über die Ellenbogen in braunen Lederhandschuhen. Der Mann tat alles, um sich nicht mit dem Blut der Gefangenen zu beschmutzen, dachte Maxim. Dann krachte ein dumpfer Schuss aus der Pistole, die Blochin aus unmittelbarer Nähe auf das Genick des Polen abfeuerte. Der junge Mann sackte tödlich getroffen in sich zusammen.

Während Blochin sich wieder in den Schatten zurückzog, öffneten seine beiden Assistenten die Ausgangstür des Raumes und übergaben die Leiche wieder an Maxims Männer, die den Toten auf einen bereitstehenden Anhänger verluden. Alles lief wie am Schnürchen. Mittlerweile würde der zweite Pole die Befragung durch den Staatsanwalt hinter sich gebracht haben und befand sich wahrscheinlich schon auf dem Weg zu Blochin. Maxim stoppte die Zeit. Etwas mehr als drei Minuten vergingen, dann hatten sie auch den zweiten Leichnam verladen.

Nach dem zehnten gab er den Befehl loszufahren, woraufhin sich der Traktor langsam in Bewegung setzte. Das Licht der schwachen Scheinwerfer reichte nicht aus, um den vor ihnen liegenden Weg ausreichend zu beleuchten. Hoffentlich würden sie nicht doch noch in dem schlammigen Untergrund stecken bleiben. Blochin wäre sicher nicht erfreut, wenn der Ablauf schon in der ersten Nacht durcheinanderkäme. Doch der Fahrer erwies sich als sehr geschickt. Er lenkte den Traktor sicher durch die Nacht und sechzehn Minuten später erreichten sie die am Waldrand ausgehobenen Gruben.

Maxim stachelte seine Leute zur Eile an, während sie auf den Hänger kletterten, die Toten an Armen und Beinen packten und in die Grube warfen. Die Leichen klatschten in das schlammige Wasser, das sich mittlerweile am Boden der Grube sammelte, spärlich beleuchtet von den Scheinwerfern des Traktors, die ihr fahles Licht auf die toten, verrenkten Körper warfen. Maxim erschauerte für einen kurzen Moment. Vielleicht lag er selbst bald dort unten. Das Ruckeln des Traktors riss ihn aus seinen Gedanken, als sie sich auf den Rückweg machten. Sie mussten schneller werden, doch war das in dem strömenden Regen und der Kälte kaum möglich.

Schon kamen die Scheinwerfer des zweiten Traktors in Sicht, auf dem Weg zur Grube. Maxim war froh, dass er diese zusätzlichen Traktoren mitsamt Hänger noch hatte auftreiben können. Als sie die umgebauten Baracken wieder erreichten, beluden seine Männer bereits den dritten Hänger. Der gesamte Durchlauf hatte dreiundvierzig Minuten gedauert, doch bei diesen Wetterbedingungen konnten sie kaum schneller arbeiten.

Maxim hatte mit einer Woche harter Arbeit gerechnet. Doch als auch nach zehn Nächten noch kein Ende des Tötens abzusehen war, spürte er, wie ihm und seinen Männern die Kräfte schwanden. In der fünfzehnten Nacht hörte der Regen endlich auf, was Maxim und seine Männer kaum noch registrierten. Nachts arbeiteten sie bis zur Erschöpfung und tagsüber fanden sie kaum Schlaf, da sie von den Bildern, die sich vor ihrem inneren Auge abspielten, wachgehalten wurden. Maxim musste mit Blochin sprechen und versuchen, eine Pause für sich und die Männer auszuhandeln.

„Keine Sorge, Genosse Orlow. Wir haben es bald geschafft. Etwas mehr als die Hälfte liegt bereits hinter uns“, sagte Blochin zufrieden, als sie sich an diesem Nachmittag in seinem Zugabteil besprachen.

Maxim traute seinen Ohren nicht. Was vermutlich wie eine

Aufmunterung klingen sollte, raubte ihm jegliche Hoffnung auf ein baldiges Ende dieser Strapazen. Wie sollten sie dieses Morden noch weitere fünfzehn Nächte durchstehen?

„Ich fürchte, dass meine Männer dringend eine Pause benötigen, Genosse Blochin", versuchte es Maxim zaghaft.

„Unsinn, niemand braucht hier eine Pause", erwiderte einer von Blochins Gehilfen, der sich ebenfalls im Abteil aufhielt. Blochin saß in einem Ohrensessel und ließ sich den rechten Zeigefinger von seiner Assistentin massieren. Das einzige Anzeichen, dass auch an ihm die bisherigen Anstrengungen nicht spurlos vorbeigegangen waren. Doch er hatte sich vorgenommen, alle siebentausend inhaftierten Polen persönlich zu exekutieren. Ein schmerzender Zeigefinger konnte ihn nicht davon abhalten.

Maxim seufzte. „Ich denke, dass Genosse Blochin sehr wohl für sich selbst sprechen kann." Er würdigte den übereifrigen Gehilfen keines Blickes, wohlwissend, dass diese herablassende Geste den Mann nur noch weiter in Rage brachte. Sie waren mittlerweile alle sehr leicht reizbar, doch Maxim nahm darauf keine Rücksicht.

„Was fällt Ihnen ein, in solch einem …" Der Mann kam nicht dazu, den Satz zu beenden, da Blochin ihm mit einer kurzen Handbewegung bedeutete, den Mund zu halten.

„Vitali, es wäre schön, wenn du uns für einen Augenblick allein lässt."

„Aber wieso … warum?", stotterte der Mann, sichtlich enttäuscht über die mangelnde Unterstützung seines Chefs.

Nachdem Vitali den Waggon verlassen hatte, schickte Blochin auch seine Assistentin fort.

„Genosse Orlow, ich verstehe, dass Ihre Männer am Rand ihrer Kräfte sind. Doch ich kann darauf keine Rücksicht nehmen. Wir brauchen noch weitere fünfzehn Nächte, um das ganze polnische Gesindel auszulöschen. Also sagen Sie mir, was Ihre Männer benötigen, um bis zum Ende durchzuhalten."

„Sie benötigen Pausen und Ablenkung“, antworte Maxim nach kurzem Zögern.

„Was für Ablenkung?“

„Wodka und Huren.“

Blochin schmunzelte. „Sie wissen doch, dass es in der Sowjetunion keine Prostitution mehr gibt, oder?“

Maxim ließ sich nicht auf Blochins Spielchen ein. „Und wir beide wissen, dass Realität und Propaganda mitunter stark voneinander abweichen. Ich hätte mich schon längst selbst darum gekümmert, doch ohne Ihre ausdrückliche Genehmigung würde sich keiner der Männer trauen, die Frauen auch nur anzusehen.“

Blochin zeigte sich beeindruckt von Maxims Pragmatismus. „Gut, tun Sie, was Sie für nötig halten. Außerdem sollen die Männer jeden Morgen eine Kiste Wodka bekommen.“

„Und was ist mit den Pausen?“

„Wir reduzieren die Erschießungen von dreihundert auf zweihundertfünfzig pro Nacht. Das gibt ihnen eine Stunde. Mehr ist nicht möglich.“

Maxim überlegte kurz, wusste aber, dass es keinen Sinn hatte, weiter auf Blochin einzureden. Der Mann blieb fest entschlossen, sein mörderisches Tempo weiter hoch zu halten.

„Ich wäre Ihnen übrigens sehr verbunden, wenn Sie mir heute Nacht Gesellschaft leisteten, Genosse Orlow.“

Wieder war Maxim von diesem abrupten Themenwechsel derart überrascht, dass er nicht dazu kam, sich nach den Gründen zu erkundigen. Außerdem klang die scheinbar höfliche Bitte eher wie ein Befehl. Maxim fühlte sich nicht wohl bei dem Gedanken, dem Henker so nahezukommen.

Verkaufte Seele

Kalinin 1940

Maxims Hand zitterte, als er dem Polen die Waffe an den Hinterkopf setzte. Er hatte zuvor mehrmals beobachten können, wie Blochin den Abzug drückte und sich abwand, noch ehe der Tote zu Boden fiel. Der Henker sah sich nicht einmal genötigt, das Gespräch zu unterbrechen, das sie seit nunmehr einer Stunde führten. Dreißig Männer hatte Blochin erschossen, ohne seine mörderische Tätigkeit auch nur mit einem einzigen Wort zu kommentieren. Maxim bekam den Eindruck, dass es ihn langweilte.

Sie hatten über den Bau des Weißmeerkanals gesprochen, den Blochin für eine Meisterleistung russischer Ingenieurskunst hielt. Er kannte sich gut aus, zeigte sich überaus interessiert an anspruchsvollen architektonischen Herausforderungen und technischen Neuerungen, die seiner Meinung nach auch endlich der *Roten Armee* zugutekommen müssten. Maxim hatte gelegentlich genickt, war sich aber unsicher, ob die provokanten Aussagen Blochins nicht doch eher dem Zweck dienten, ihn zu einer politisch unangemessenen Äußerung zu verleiten. Kritik an der *Roten Armee* wurde üblicherweise mit Landesverrat gleichgesetzt und mit dem Tod bestraft. Doch offensichtlich galten diese Gesetze nicht für Wassili Blochin, der sich in einen wahren Redeschwall hineinsteigerte. Maxim hörte schweigend zu, zuckte bald auch nicht mehr, wenn wieder mal der dumpfe Knall aus der Waffe des Henkers erklang.

„Hier, den Nächsten übernehmen Sie." Mit diesen Worten hatte er Maxim seine Waffe überreicht. Es blieb keine Zeit nachzudenken. Schon führten die *Tschekisten* den nächsten Gefangenen herein. Blochin zog sich in eine dunkle Ecke zurück, sodass man nur noch die Glut seiner Zigarette erkennen konnte. Die Luft war stickig. Es stank unangenehm nach Blut und Exkrementen.

Maxim trat vor, spannte den Abzug seiner Waffe. Er zitterte. Zögerte. Spürte die Müdigkeit, die seinen Körper fest im Griff hielt. Er erinnerte sich an die Nacht, als er dem schlafenden Banditen seine Waffe an den Kopf gehalten und ihn letztlich verschont hatte. Dann drückte er ab.

Der Mann vor ihm sackte in sich zusammen. Doch er war nicht tot. Maxim sah wie betäubt auf den Mann, der sich ihm zu Füßen in seinem Todeskampf wand. Wie konnte er aus dieser Entfernung nur danebenschießen?

Blochin kam herbeigeeilt. Er schob Maxim zur Seite, beugte sich zu dem Polen hinab und schoss ihm aus unmittelbarer Nähe in die Schläfe. Dann war es still. Das alles geschah in nur wenigen Sekunden, doch Maxim hatte das Gefühl, als wäre seine Lebensuhr in dieser kurzen Zeit um viele Jahre nach vorne gedreht worden.

„Erzählen Sie mir, wie Sie Anastassia Kalinin dazu bewegen konnten, das Geständnis zu unterschreiben." Blochin schenkte Maxim ein weiteres Glas Wodka ein, das dieser in einem kräftigen Zug leerte. Sie standen draußen in der kalten Nachtluft und sahen zu, wie die *Tschekisten* notdürftig den Boden der Baracke säuberten. Eine ungeplante Pause, die Blochin aber nicht im Geringsten zu verärgern schien.

„Wir haben die üblichen Methoden angewandt, um ihre Unterschrift zu erzwingen", antwortete Maxim abwesend. Er fragte sich nicht mehr, was den Henker dazu bewog, plötzlich über Anastassias Tod sprechen zu wollen. Unmöglich zu erahnen, welche Gedankensprünge sich hinter der Stirn dieses Mannes vollzogen.

„Was waren das für Methoden und wer hat sie angewandt?"

Maxim seufzte. „Erst haben wir ihr Schlaf entzogen, dann geschlagen."

„Wer hat sie geschlagen?"

„Ich", sagte Maxim nach kurzer Pause.

„Und was haben Sie genau gemacht, Genosse Orlow?"

„Warum interessiert es Sie, was ich mit Anastassia gemacht habe?" Maxim wurde ungehalten. „Sie hat gestanden. Das ist doch genug, oder etwa nicht? Wollen Sie unbedingt die Details wissen? Dann lesen Sie den Bericht. Dort steht alles drin." Er schnippte wütend seine Zigarette in eine Pfütze.

Es entstand eine Pause, in der Blochin Maxim eindringlich musterte. „Genosse Orlow, in meinem Waggon liegt ein Brief von Lawrenti Beria", fuhr er schließlich fort. „Darin wird mein Auftrag klar und deutlich formuliert. Exekution aller nach Kalinin verbrachten polnischen Gefangenen. Anzahl: circa siebentausend. Darunter hat Beria handschriftlich den Namen eines einzigen *Tschekisten* notiert, den ich ebenfalls exekutieren soll. Nun raten Sie mal, wie der Name dieses Mannes lautet?"

Maxim verstand, worauf Blochin hinauswollte. Doch er war darüber nicht im Geringsten erschrocken, ganz so, als hätte er sich mit dem Unabwendbaren schon längst abgefunden. „Wahrscheinlich wird es mein Name sein", sagte er ohne erkennbare Regung.

„Ganz genau." Blochin zog lange an seiner Zigarette und ließ den inhalierten Rauch genüsslich durch seine Nase wieder ausströmen. „Doch ich könnte mir vorstellen, diesen Befehl zu verweigern, wenn …" Blochin führte seinen Satz nicht zu Ende und es entstand wieder eine längere Pause.

„Wenn was?", fragte Maxim schließlich, nicht weil er es unbedingt wissen wollte, sondern vielmehr, um das Gespräch hier draußen in der eisigen Kälte endlich beenden zu können.

„Wenn Sie sich als wirklich so nützlich erweisen, wie ich Sie einschätze, Genosse Orlow."

Maxim war sich nicht sicher, ob er wissen wollte, was Blochin unter „nützlich“ verstand.

„Wie Sie sich vorstellen können, ist es nicht gerade einfach, geeignete Personen für meine kleine Armee zu finden. Männer oder Frauen, geschult in Geheimdiensttätigkeit, die bereits unter Beweis gestellt haben, dass ihnen persönliche Befindlichkeiten nicht den Blick für das Wesentliche verstellen. Und die so ungebunden sind, dass weder Freunde noch Familie als Druckmittel gegen sie eingesetzt werden können. Sie, Genosse Orlow, sind der ideale Kandidat.“

Maxim wusste nicht, was er dazu sagen sollte. Er fühlte sich geschmeichelt. Doch im gleichen Moment verabscheute er sich selbst dafür, dass er zu einem idealen Kandidaten für Blochins Erschießungskommando verkommen war.

„Gehen wir rein“, sagte Blochin. „Sie übernehmen die nächsten Kandidaten. Es wäre doch gelacht, wenn wir Sie morgen früh nicht mit einer Reihe von Erfolgserlebnissen ins Bett schicken könnten.“ Zurück in der Baracke, überreichte er Maxim erneut seine Waffe.

Die deutsche Wehrmacht

Osterwick 1941

Endlich war es so weit. Heute durfte Greta ihrer Mutter beim Buttern helfen. Eine anstrengende Arbeit, die viel Kraft und Ausdauer erforderte, doch zur Belohnung würde sie auch als Erste von der Butter naschen dürfen. Aufgeregt nahm sie von ihrer Mutter den Stößel entgegen und macht sich sofort ans Werk.

Mit beiden Händen begann sie, den Rahm in dem kleinen Holzfässchen zwischen ihren Knien zu stampfen. Konzentriert hob und senkte sie den Stößel, so schnell sie konnte. Schon nach kurzer Zeit bildeten sich kleine Schweißperlen auf ihrer Nase. Sie konnte es kaum erwarten, endlich den Deckel abzunehmen, um von der leckeren Butter zu naschen.

„Schön gleichmäßig", ermahnte sie ihre Mutter mit einem Lachen. Nach fast einer halben Stunde öffnete Greta erschöpft, aber voller Vorfreude das kleine Fass und sog den leicht säuerlichen Duft ein.

Elisabeth sah ihrer Tochter dabei zu und erinnerte sich wehmütig an ihre eigene Kindheit, als sie selbst ihrer Mutter dabei half, die Butter zu stampfen. Das waren schöne Zeiten, dachte sie und hoffte, dass Greta irgendwann ähnliche Erinnerungen mit diesem Tag verbinden würde. Sie nahm ihrer Tochter den Stößel aus der Hand und kratzte die daran haftende Butter in das Fass. Greta hatte gute Arbeit geleistet, sich ihre Belohnung redlich verdient. Elisabeth goss die überschüssige Milch ab und ging dann nach draußen, um den Stößel zu reinigen.

Das war der Moment, auf den Greta gewartete hatte. Sie krümmte ihren rechten Zeigefinger und zog ihn einmal durch die weiche Butter, um ihn gleich darauf eilig in den Mund zu stecken. Sie liebte diesen feinen Buttergeschmack, der sich nun auf ihrer Zunge ausbreitete. Gerade als sie sich ein weiteres Mal bedienen wollte, vernahm sie von draußen ein Geräusch. Sie horchte auf. Es kam immer näher. Motoren. Stiefel. Gebrüll. Neugierig lief sie nach draußen in den kleinen Vorgarten, wo ihre Mutter regungslos am Zaun stand und auf die Straße blickte. In der Hand hielt sie noch immer den Stößel. Auch ihr Vater sowie ihre drei kleineren Geschwister kamen gerade aus dem Haus geeilt, um zu sehen, woher dieser Lärm rührte.

Und dann sah sie es. Soldaten, die in Reih und Glied die Straße entlang in ihre Richtung marschierten. Ein nicht enden wollender Zug, der von freudig jubelnden Jugendlichen aus dem Dorf begleitet wurde. Die deutschen Soldaten in ihren sauberen Uniformen winkten den Osterwickern freundlich zu. Über der rechten Schulter trugen sie die Gewehre, die allesamt aussahen, als wäre aus ihnen noch kein einziger Schuss abgefeuert worden. Willi fühlte sich in die Zeit zurückversetzt, als die Soldaten des deutschen Kaiserreichs vor mehr als zwanzig Jahren durch diese Straßen marschierten. Damals noch mit lächerlichen Pickelhauben auf dem Kopf. Das hier mussten ihre Söhne sein, dachte er.

Es hatte sich in den letzten Tagen schon angedeutet, dass der Krieg nun auch zu ihnen kommen würde. Doch außer ein paar nächtlichen Überflügen und entferntem Bomben- und Sirenengeheul waren die Osterwicker bisher von allen Kampfhandlungen verschont geblieben. Es hieß, dass sich die *Rote Armee* jenseits des Dnejpr verschanzt hielt, um die Wehrmacht daran zu hindern, den Fluss zu überqueren.

Viele Russen und Ukrainer aus der gesamten Region hatten sich zusammen mit den Soldaten zurückgezogen – aus Angst, den Deutschen in die Hände zu fallen. Ein Unterfangen, das zum Scheitern verurteilt war, dachte Willi, als er nun die schweren Panzer und Artilleriegeschütze sah, die den Wehrmachtssoldaten folgten. Wahrscheinlich würden sie schon bald in Chortitza zum Einsatz kommen. Die Mennoniten waren allesamt in Osterwick geblieben und hatten sehnlichst auf die Ankunft der deutschen Armee gewartet. Die Gerüchte über das Vorrücken der Front verbreiteten sich wie ein Lauffeuer im Dorf, doch erst als man vom Rückzug der russischen Soldaten erfuhr, gaben sich die Osterwicker der leisen Hoffnung hin, dass ihre Not nun bald ein Ende finden könnte.

Willi spürte tatsächlich so etwas wie Erleichterung in sich aufsteigen und es dauerte einen Moment, bis er realisierte, dass er zum ersten Mal seit vielen Jahren keine Angst mehr verspürte. Er griff nach Elisabeths Hand, die seinen Händedruck erwiderte. Es ging ihr ganz genauso wie ihm.

Schwere Geburt

Chortitza 1941

Die älteren Frauen versicherten Alina immerzu, dass sie es schon merken würde, wenn sie schwanger wäre. Und das nicht erst, wenn die Blutungen ausblieben. Viele behaupteten, es schon viel früher gewusst zu haben, doch Alina hielt dies eher für ein Märchen. Trotzdem ließ sie der Gedanke nicht mehr los. Sie horchte jedes Mal in sich hinein, wenn sie wieder einmal mit Isaak geschlafen hatte. Doch es blieb alles so wie immer. Nichts veränderte sich. Und den Beweis erhielt sie in gründlicher Regelmäßigkeit, wenn sich nach wenigen Wochen ihr Bauch wieder zu verkrampfen begann. Dann wusste sie, dass sie wieder nicht schwanger geworden war. Sie hatte über all die Jahre viel Übung darin erlangt, sich ihre Enttäuschung nicht anmerken zu lassen. Nur Isaak wusste, wie sehr sie wirklich unter ihrer Kinderlosigkeit litt.

In einem Dorf, in dem alle Frauen wenigstens fünf Kinder zur Welt brachten, gab es kaum einen Umstand, der einsamer machte als die eigene Unfruchtbarkeit. Nur zu Elisabeth und Willi pflegten sie weiterhin freundschaftlichen Kontakt. Weder Willi noch Elisabeth hatten sich jemals zu solch obskuren Erklärungsversuchen hinreißen lassen wie jene, die ihr weismachen wollten, ihre Unfruchtbarkeit sei eine Strafe Gottes, weil sie einst einen Juden geheiratet hatte.

Alina fühlte sich in solch schmerzlichen Momenten darin bestätigt, sich niemals dieser mennonitischen Frömmigkeit zugewandt zu haben. Für sie gab es kaum eine größere Heuchelei, als von der Liebe Gottes zu predigen und im gleichen Moment die Menschen derart zu verletzen. Sie beklagte sich einmal bei Elisabeth darüber und war froh, dass ihre Freundin ebenso entsetzt reagierte wie sie selbst. Dennoch nagten die Worte jener Frauen an ihr. Nicht weil sie einen Juden geheiratet hatte, sondern weil sie sich damals in dieser eiskalten Nacht so schwer versündigt hatten. Vielleicht, so dachte sie dann, war ihre Unfruchtbarkeit doch eine Strafe Gottes.

Irgendwann spürte sie es dann doch. Sie konnte es nicht in Worte fassen, schon gar nicht ihrem Mann erklären, aber etwas veränderte sich in ihrem Körper. Sie versuchte den Gedanken zu vertreiben, wollte sich keine Hoffnungen machen, die wenige Tage später doch nur wieder enttäuscht würden. Aber diesmal blieben die Blutungen tatsächlich aus. Alina konnte ihr Glück kaum fassen. Sollte es ihr doch vergönnt sein, noch einmal Mutter zu werden? Als der Arzt die Schwangerschaft bestätigte, waren Alina und Isaak wie in einem Rausch. Isaak scherzte wie in alten Zeiten und Alina strahlte derart, dass man meinte, das junge, hübsche Mädchen von einst wieder vor sich zu sehen.

Sieben Monate waren seitdem vergangen und alles hatte sich in dieser kurzen Zeit verändert. Alina und Isaak Brodski mussten aus Osterwick fliehen, alle ihre Habseligkeiten in höchster Eile auf einen Planwagen laden und sich in den langen Zug jener einreihen, die sich aus Angst vor den Deutschen auf die Insel Chortitza flüchteten. Willi wollte sie davon abhalten, doch Isaak war überzeugt, dass die Deutschen nicht zimperlich mit den Ukrainern umgehen würden. Es blieben ihm nur wenige Tage des Abwägens: die Sowjets oder die Deutschen? Es war wie die Wahl zwischen Pest und Cholera, doch am Ende überwog die Angst vor den Deutschen.

Sie folgten der *Roten Armee* in Richtung Chortitza, nicht ahnend, dass die Soldaten die einzige Brücke über den Dnjepr sprengen würden, noch bevor alle flüchtigen Landsleute den Fluss überqueren konnten. Nun saßen Isaak und Alina auf der Insel fest. Wie Tausende ihrer Landsleute sahen sie voller Sorge der Ankunft der deutschen Wehrmacht entgegen.

„Isaak, ich glaube, es geht los."

Wie lange hatte er auf diese Worte gewartet? Und jetzt, da es endlich so weit war, erfüllten sie ihn mit Panik. Isaak hatte in den letzten Tagen alles versucht, um inmitten der Flüchtigen einen Arzt oder eine Hebamme ausfindig zu machen. Ohne Erfolg. Selbst unter den Mennoniten, die die Insel bevölkerten, gab es keine Mediziner mehr. Anscheinend waren sie alle mit der Roten Armee abgezogen worden oder richteten sich in den Lazaretten und Krankenhäusern diesseits des Dnjepr auf die bevorstehenden Kampfhandlungen ein.

Es war in den vergangenen Tagen erstaunlich ruhig geblieben. Kein Schuss. Keine Sirenen. Doch über allem lag die Ahnung, dass es nicht mehr lange dauern konnte, bis die deutsche Offensive begann. Die Wehrmacht hatte sich entlang des Dnjepr überall in der Region Chortitza verteilt und unzählige befestigte Stellungen errichtet, hinter denen nun die mächtigen Mündungsrohre ihrer Artilleriegeschütze hervorblitzten.

Isaak sah keinen anderen Ausweg. Sie mussten die Insel verlassen und versuchen, hinter die deutschen Linien zu gelangen, noch bevor die Kämpfe losgingen. Dort würden sie hoffentlich ein Krankenhaus finden.

„Ha-aalt!"

Obwohl des Deutschen nicht mächtig, waren die Worte des wachhabenden Soldaten doch unmissverständlich. Isaak versuchte, im Schutz der Dunkelheit die seichte Furt zu durchqueren, die an dieser Stelle die Insel mit dem Flussufer verband. Es war eine sternenklare Nacht und er konnte die Soldaten gut erkennen. Er zügelte sein Pferd und brachte den klobigen Planwagen zum Stehen. Hinter ihm hielt sich Alina vor Schmerzen den Bauch, versuchte, durch gleichmäßiges Atmen die nächste Wehe zu überstehen.

„Meine Frau bekommt ein Kind. Sie liegt in den Wehen und wir brauchen dringend einen Arzt“, sagte Isaak verzweifelt. Doch die Soldaten verstanden seine Worte nicht und hielten ihre Maschinenpistolen bedrohlich auf ihn gerichtet. Ängstlich stand er auf, formte mit seinen Händen einen großen Bauch und deutete dabei auf die Pritsche seines Wagens. Er versuchte, ein ähnlich schmerzverzerrtes Gesicht zu machen wie seine Frau, hoffend, dass die Soldaten ihn verstehen würden.

Zwei von ihnen kamen mit vorgehaltener Waffe näher und befahlen ihm abzusteigen. Isaak hob die Arme, kletterte mit sorgenvoller Miene umständlich vom Kutschbock. Einer der Soldaten ging weiter um den Wagen herum, schlug die Plane zur Seite und warf einen Blick in das Innere. Er war nervös. Als der junge Mann Alina erblickte, stutzte er kurz, befahl ihr dann aber, ebenfalls den Wagen zu verlassen. Sie konnte sich kaum rühren, sodass der Soldat seinen Befehl deutlich lauter wiederholte. Isaak hoffte, dass er sich nicht zu einer Dummheit hinreißen ließ.

„Alina, schaffst du es auszusteigen?“, rief er auf Ukrainisch.

Die deutschen Soldaten waren irritiert, verstanden nicht, was Isaak sagte. Isaak versuchte mit einer unterwürfigen Geste deutlich zu machen, dass er seiner Frau beim Aussteigen helfen wolle. Dann ging er, unter dem wachsamen Blick der Soldaten, langsam an das hintere Ende des Planwagens.

Sobald Alina den Wagen verlassen hatte, sackte sie unter dem Schmerz einer weiteren Wehe zu Boden. Es war nun auch für die deutschen Soldaten offenkundig, dass hier eine Frau kurz vor der Entbindung stand und man sah ihnen an, dass sie sich dem nicht gewachsen fühlten.

Plötzlich ging alles sehr schnell. Innerhalb weniger Minuten riefen sie einen Arzt herbei, der sofort den Befehl erteilte,

Alina wieder in den Planwagen zu heben. Es wurden heißes Wasser, trockene Tücher und eine Lampe organisiert und Isaak war erstaunt, wie rasch die Deutschen hier am Ufer des Flusses ein provisorisches Lazarett errichteten. Er hatte das Gefühl, dass seine Frau sich in guten Händen befand, auch wenn ihre Schmerzensschreie aus dem Inneren des Wagens immer lauter wurden.

Die Soldaten, die kurz zuvor noch nervös ihre Waffen auf ihn gerichtet hielten, reichten ihm nun eine Zigarette. Offenbar war diese Form des untätigen Wartens für alle Männer auf der Welt gleich, dachte Isaak, als er genüsslich den Rauch der Zigarette inhalierte. Dann plötzlich verstummten Alinas Schreie und wurden von einem kleinen, zerbrechlichen Stimmchen abgelöst. Isaak schnippte die Zigarette ins Wasser und eilte zurück zum Wagen. Er schlug die Plane beiseite und blickte in das erschöpfte Gesicht seiner Frau, die sich einen in Laken gewickelten Säugling an die Brust drückte.

Isaak warf einen kurzen Blick in Richtung Himmel, faltete seine Hände und dankte Gott auf Jiddisch, in der Sprache seiner Eltern, die er sich für solche Momente bewahrt hatte.

„Ihr solltet achtsamer mit solchen Worten umgehen", raunte der deutsche Arzt ihnen zu, als er den Planwagen verließ. Doch Isaak und Alina, die nur noch Augen und Ohren für ihren kleinen Sohn hatten, verstanden ihn nicht.

In dieser Nacht brach das Inferno über Chortitza herein.

Machtwechsel

Osterwick 1941

Nie zuvor hatte Willi ein Flugzeug aus nächster Nähe gesehen. Er hatte darüber nur in den Zeitungen gelesen, konnte sich aber nicht vorstellen, wie diese schweren Kolosse sich scheinbar federleicht in die Luft erhoben. Heute sah er sie mit eigenen Augen. Dutzende Flugzeuge, die am frühen Abend, kurz vor Sonnenuntergang, ihr Dorf in östlicher Richtung überflogen. Ein deutsches Geschwader, deutlich erkennbar an den eisernen Kreuzen, die auf ihrem Rumpf prangten, flog so niedrig über Osterwick hinweg, dass das Dröhnen ihrer Propeller einen ohrenbetäubenden Lärm verursachte. Es dauerte weniger als eine Minute, dann war der Lärm auch schon wieder verklungen und die Flugzeuge waren aus Willis Blickfeld verschwunden.

Plötzlich ertönte ein dumpfes Grollen, das sich weithin hörbar über das flache Land ausbreitete. Es ging los. Die Flugzeuge befanden sich schon wieder auf dem Rückweg, nachdem sie ihre tödliche Fracht über den Stellungen der *Roten Armee* abgeworfen hatten. Nun nahmen die Geschütze beiderseits des Dnjepr ihre Arbeit auf und feuerten pausenlos ihre Granaten über den Fluss, in der Hoffnung, die feindlichen Stellungen gegenüber zu zerstören. Der Feuerschein der Explosionen tauchte den dunklen Himmel am Horizont in orangefarbenes Licht. Willi betete, dass dieses Gemetzel schnell zu Ende gehen möge.

Er kehrte ins Haus zurück und setzte sich zu seiner Familie an den Küchentisch. Alle starrten ihn mit vor Angst geweiteten Augen an, als hofften sie, er könne ihnen erklären, was da draußen vor sich ging. Doch er fand keine passenden Worte. Stattdessen hielten sie sich an den Händen und Willi stimmte das uralte Gebet an, das ihm in vielen durchwachten Nächten zum treuen Begleiter geworden war: „Unser Vater im Himmel, geheiligt werde dein Name …"

Nach zwei Tagen anhaltendem Kanonendonner hörte man in Osterwick endlich wieder die Vögel zwitschern. Nachdem die Kämpfe abebbten, klangen ihre Stimmen so unpassend, als ob die schrecklichen Ereignisse nicht von so etwas Alltäglichem wie Vogelgezwitscher abgelöst werden dürften. Doch das Leben ging weiter – ohne Rücksicht auf die vielen Toten, die es insbesondere auf sowjetischer Seite gab.

Die *Rote Armee* musste letztlich vor der deutschen Feuerkraft kapitulieren, auch wenn die Offiziere den Befehl ausgegeben hatten, die Stellungen unter allen Umständen zu halten. Aus Angst vor den Politkommissaren[10] begaben sie sich in einen aussichtslosen Kampf. Viel zu hoch waren die Verluste bereits, als sie endlich einsahen, dass es sinnlos war, sich weiterhin gegen die deutsche Übermacht zu stellen. Fluchtartig zogen sich die sowjetischen Soldaten daraufhin zurück und verbrannten dabei alles, was den Deutschen irgendwie von Nutzen sein konnte.

In den folgenden Tagen kehrten die Flüchtlinge, die sich auf der Insel Chortitza verschanzt hielten, in ihre Dörfer zurück. Wie durch ein Wunder hatten die meisten von ihnen inmitten des Infernos überlebt.

Alina, Isaak und ihr kleiner Sohn waren nicht wieder zurück auf die Insel gelassen worden. Stattdessen hatte man sie weit hinter die deutschen Stellungen geführt, bis sie sich außer Reichweite der sowjetischen Kanonen befanden. Niemand hielt sie auf oder fragte nach ihren Papieren.

Isaak überlegte zunächst, was er tun sollte, ob er sich über-

---

10 Seit Beginn der Revolution wurden die Einheiten der Roten Armee von sog. Politkommissaren begleitet. Sie sollten die politische Gesinnung der Truppe im Geiste der Partei sicherstellen und obendrein die Befehle der Offiziere kontrollieren und ggf. auch korrigierend eingreifen.

haupt von der Stelle rühren durfte. Doch als sich auch weiterhin niemand für sie interessierte, setzte er sein Gespann in Bewegung und machte sich auf den Rückweg nach Osterwick, freudig überrascht, dass die Deutschen offenbar nicht darauf aus waren, der Zivilbevölkerung zu schaden. Er konnte nicht ahnen, wie falsch er mit dieser Einschätzung lag.

„Isaak! Wie schön, dich zu sehen!" Willi klopfte bei den Brodskis an die Tür, als er den Planwagen vor ihrem Haus stehen sah. Er war gerade auf dem Weg zum örtlichen Sowjet, der, so hieß es, von deutschen Soldaten inhaftiert worden war. Doch er unterbrach sein Vorhaben, um schnell zu erfahren, wie es seinen Freunden ging.

„Willi, du wirst nicht glauben, was wir erlebt haben. Komm rein und setz dich." Isaak strahlte vor Freude, als käme er von einem erholsamen Ausflug zurück.

„Ich kann leider nicht. Ich bin schon spät dran. Es heißt, dass sie Gerassimow geschnappt haben und …" Willi unterbrach sich, als Alina zu ihnen in den Hof trat. In ihren Armen hielt sie stolz ein kleines Bündel. Willi wusste sofort Bescheid. Er stimmte in Isaaks fröhliches Lachen ein, ging auf Alina zu und nahm sie in den Arm. „Ich freu mich so für euch. Was ist es? Ein Junge oder ein Mädchen?"

„Ein Junge", sagte Alina, „aber wir wissen noch nicht, wie er heißen soll."

„Ach, das wird sich finden." Willi schlug seinem Freund Isaak anerkennend auf den Rücken. „Was haltet ihr davon, wenn wir nachher noch mal mit den Kindern vorbeikommen und die Geburt eures Sohnes gebührend feiern?" Alina und Isaak willigten freudig ein und Willi setzte seinen Weg zum Büro des Dorfsowjets fort.

Der kurze Besuch bei den Brodskis hatte ihn in Hochstimmung versetzt. Umso härter holte ihn die Wirklichkeit wieder ein, als er vor Gerassimow stand. Der Vorsitzende des Osterwicker Sowjets kauerte in einer Ecke seiner völlig verwüsteten Schreibstube. Überall lagen blutbefleckte Papiere auf dem Boden und man musste kein Hellseher sein, um zu begreifen, dass es sich dabei um Gerassimows Blut handelte. Der Mann sah schlimm aus: sein Gesicht aufgequollen, von grünen und blauen Flecken übersät. Die Kleidung war zerrissen und blutbefleckt. Was war hier geschehen? Willi erschrak, als er fast einen deutschen Offizier anrempelte, der sich unbemerkt hinter ihn gestellt hatte. Der Mann schien seine Fragen zu ahnen.

„Ein paar junge Männer haben sich an ihm gerächt. Offenbar hat er sich über die Jahre viele Feinde gemacht."

Etwas Bedrohliches ging von diesem Offizier aus, als er fast gelangweilt seine Schlussfolgerungen zog. Er trug eine tiefschwarze, perfekt sitzende Uniform, deren Kragenabsätze mit den gleichen weißen Emblemen verziert waren wie seine Schirmmütze. An seinem rechten Arm prangte eine rote Schärpe mit dem Hakenkreuz darauf – dem Zeichen der Nationalsozialisten. Das war kein Offizier der Wehrmacht, dachte Willi und fühlte sich an die *Tschekisten* erinnert, die ihnen über so viele Jahre das Leben zur Hölle gemacht hatten.

„Hat man auch seine Vorgesetzten geschnappt?", fragte Willi, der wusste, dass Gerassimow seine Befehle von dem unscheinbaren Beamten aus Chortitza erhielt.

„Nur noch eine Frage der Zeit", antwortete der Offizier. Er klopfte Willi auf die Schulter und ging dann wieder nach draußen. „Nur noch eine Frage der Zeit", wiederholte er gedankenverloren.

Willi sah sich in Gerassimows Schreibstube um. Sein Kopf war leer. Er dachte immer, dass sich Rache besser anfühlt, musste nun aber feststellen, dass keine Form der Vergeltung die geraubten Jahre und die geraubten Menschen wieder zurückbringen konnte.

Ein Blatt Papier klebte unter seinem Schuh. Er entfernte es mit spitzen Fingern, erkannte, dass es sich um eine mit Blutflecken übersäte Namensliste handelte. Jemand hatte handschriftlich einen Namen hinzugefügt. Neugierig versuchte Willi das Gekritzel zu entziffern. Plötzlich dämmerte es ihm. Der Name, der dort stand, war „Gottfried Wiebe". Eilig ging Willi hinüber zu Gerassimow, hielt ihm die Liste vor sein entstelltes Gesicht.

„Was ist mit Gottfried geschehen? Los, sag schon."

Gerassimow konnte kaum seinen Kopf heben, geschweige denn die Liste lesen, die Willi ihm vor die Nase hielt.

„Was habt ihr mit Gottfried gemacht?", fragte Willi nun deutlich ungehaltener. Er spürte, wie der aufgestaute Zorn jetzt in ihm loderte, der sich über so viele Jahre nirgends hatte entladen können. Der gleiche hasserfüllte Zorn, der die jungen Männer hierhergeführt hatte, um Gerassimow vollständig zum Krüppel zu schlagen.

„Was habt ihr mit Gottfried gemacht?", schrie Willi Gerassimow an. Er schüttelte den schwerverletzten Mann am Arm, wohl in Kauf nehmend, dass der offene Bruch ihm dabei höllische Schmerzen bereiten musste.

Gerassimow schrie auf. „Saporoshje … Gefängnis …" Seine Worte gingen in einem gurgelnden Hustenanfall unter. Blut tropfte ihm aus dem Mund, offenbar die Folge seiner inneren Verletzungen. Willi war sich nicht sicher, wie lange Gerassimow noch leben würde. Plötzlich hob der seinen anderen Arm und deutete unsicher auf das Papier.

„Durchgestrichen", war das Einzige, was er sagte, gefolgt von einem erneuten Hustenanfall, der jetzt mehr wie ein gequältes Lachen klang.

Willi nahm das Papier und versuchte, die Blutflecken abzuwischen. Nur undeutlich konnte er die mit Schreibmaschine getippten Namen erkennen. Einer war mit krummer Linie durchgestrichen. „Will… …rgen". Dann verstand er.

„Soll ich das sein?“, fragte er Gerassimow. „Wieso ist mein Name durchgestrichen?“

„Gottfried … deinen Namen … durchgestrichen.“

„Wieso?“

„Weil er dich …“ Gerassimow kam nicht dazu, den Satz zu beenden. Bewusstlos sackte er in sich zusammen und Willi bezweifelte, dass er noch einmal aufwachen würde. Er verstand, was Gerassimow ihm sagen wollte und erhob sich nun schwerfällig.

Er wollte nur noch weg von diesem Ort, von dem aus der Abtransport so vieler unschuldiger Menschen organisiert worden war. Er selbst lebte immer noch, was er offenbar seinem Freund Gottfried zu verdanken hatte. Willi konnte sich in diesem Moment nicht darüber freuen, spürte vielmehr, wie sehr ihn der Verlust Gottfrieds immer noch schmerzte. Die Erkenntnis, dass dieser sich für ihn geopfert hatte, machte die Sache nicht leichter. Ganz im Gegenteil.

Wassili Popov war ebenso perplex gewesen wie alle anderen, als die *Rote Armee* die Brücke sprengte, noch bevor sich die Zivilisten und Staatsbeamten an das gegenüberliegende Ufer hatten retten können. Und er hatte auch nicht damit gerechnet, dass die Wehrmacht in der Lage war, derart schnell vorzurücken. Er verfluchte sich dafür, kostbare Zeit vertrödelt zu haben, weil er seine Reichtümer nicht zurücklassen wollte … nicht schon wieder.

Er hatte geglaubt, dass ihm noch wenigstens bis Montag Zeit bliebe, um seine Wertsachen aus dem Bankschließfach zu holen. Besitzurkunden, die ihn als rechtmäßigen Inhaber zweier Fabriken auswiesen, sowie ausreichend Bargeld, um sich keine Sorgen mehr machen zu müssen. Er plante, nach dem Krieg hierher zurückzukehren und seine Ansprüche geltend zu machen. Doch es war alles anders gekommen. Die Brücke war bereits am Sonntag gesprengt worden, gleich nachdem der letzte Soldat sie überquert hatte. Nun saß er in der Falle und konnte nur hoffen, die deutsche Invasion unerkannt zu überstehen.

Popov schloss sich in seiner kleinen Wohnung ein und wartete darauf, dass die deutsche Armee weiterziehen würde, sobald sie eine provisorische Brücke errichtet hatten. Nach neun Tagen gingen seine Lebensmittelvorräte zur Neige. Er zerbrach sich den Kopf darüber, wie er sie wieder auffüllen konnte. Vor wenigen Wochen noch hatte er sich nehmen können, wonach ihn verlangte, dachte er verdrießlich.

Als die SS vor seiner Tür stand, war ihm klar, dass es nun zu Ende ging. Stimmten die Gerüchte aus den Kriegsgefangenenlagern auch nur ansatzweise, dann würde man entweder kurzen Prozess mit ihm machen oder ihn elendiglich verhungern lassen. So oder so, er würde seine Inhaftierung nicht überleben. Die SS-Leute hämmerten ungeduldig gegen seine Tür, brüllten deutsche Befehle, die ihn zum Öffnen bewegen sollten. Wassili Popov dachte nicht daran, ihnen diesen Gefallen zu tun. Er saß auf einem Lehnstuhl, schob sich die Pistole in den Mund und drückte im gleichen Moment ab, in dem die Tür unter ihren Stiefeltritten zerbrach.

Lügen

Moskau 1941

Maxim kramte mit kalten Fingern in seiner Jackentasche herum, bis er endlich den Wohnungsschlüssel fand. Schon auf dem Nachhauseweg hatte er bereut, nicht an seine

Handschuhe gedacht zu haben. Es wurde nachts empfindlich kalt. Doch nicht allein die Kälte behinderte ihn heute beim Aufschließen seiner Wohnungstür. Er hatte mal wieder zu viel getrunken. Dem Rat seiner Kollegen folgend beschloss er mittlerweile fast jeden Tag mit etlichen Gläsern Wodka, um wenigstens ein paar Stunden Schlaf zu finden. Und tatsächlich lenkte ihn der Alkohol für kurze Zeit von der Eintönigkeit seines grausamen Schaffens ab.

Maxim war Wassili Blochin nach Moskau gefolgt und nun Teil seines Mitarbeiterstabes. Zu Beginn erfüllte es ihn noch mit Unbehagen, wieder die vertrauten Gemäuer der Lubjanka zu betreten. Doch Blochin versicherte ihm, dass er nichts zu befürchten habe, solange er für ihn arbeite. Seitdem durchschritt er jeden Morgen wie selbstverständlich die imposante Eingangshalle der Lubjanka, geradewegs hinab zu den Verhörräumen und Gefängniszellen, die er früher mit aller Kraft zu meiden suchte.

Blochins Henkertruppe bestand aus über dreißig Männern und fast ebenso vielen Frauen, die in Schichtarbeit die zum Tode verurteilten Insassen der Lubjanka exekutierten. Maxim hasste seine Arbeit, auch wenn er sich nach anfänglichen Schwierigkeiten schnell daran gewöhnte. Blochin hatte ihm versprochen, dass es nach dem zwanzigsten Mal egal sei, ob man nur *einen* weiteren oder weitere zehntausend erschießt. Und er behielt recht. Nach zwei Monaten war Maxim so weit abgestumpft, dass er den Abzug ohne weitere Gefühlsregung drückte. Nur wenn er nach vollbrachtem Tagewerk allein nach Hause ging, spürte er die Leere und Dunkelheit in sich aufsteigen, die er bislang aber noch sehr gut mit ausreichend Wodka in den Griff bekam.

Er wusste, dass er so nicht lange überleben würde. Zu viele Kameraden hatte er selbst in seiner kurzen Zeit schon kommen und gehen sehen. Die einen soffen sich buchstäblich zu Tode, die anderen wurden psychisch instabil. Bei manchen führte es dazu, dass sie sich die Waffe an die Schläfe hielten und ihrem Leben ein Ende setzten. Keiner von Stalins Henkern wurde wirklich alt, bis auf Blochin. Der schien in diesem Beruf so etwas wie seine Berufung gefunden zu haben.

Heute Abend war Maxim noch nicht betrunken genug, als dass ihm der neuerliche Einbruch in seine Wohnung entging. Er war nicht erschrocken darüber, nicht einmal erstaunt. Einbrüche gehörten schon zur Routine. Seit seiner Rückkehr aus Kalinin hatten die Kollegen des NKWD sich bereits dreimal unbefugten Zutritt zu seiner Wohnung verschafft. Zwar bemühten sie sich jedes Mal, keine Spuren zu hinterlassen, doch Maxim bemerkte den verschobenen Aschenbecher, der nicht mehr am gleichen Platz stand. Oder das Lesezeichen, das den *Tschekisten* beim Durchblättern eines Buches zu Boden gefallen war und sich nun nicht mehr an der richtigen Stelle befand. Es gab viele solcher kleinen Hinweise, die einem erfahrenen Geheimdienstler nicht entgingen, doch heute waren seine Kollegen so unvorsichtig zu Werke gegangen, dass es Maxim fast beleidigte. Selbst den größten Tölpel machte es stutzig, wenn das Licht in der Küche noch brannte.

„Guten Abend, Maxim."

Die Stimme kam aus dem Schlafzimmer. Maxim sah den Mann nicht, doch seine Stimme ließ ihn vor Schreck erstarren.

„Anton? Bist du das?"

„Ganz recht, Maxim. Ich bin es." Anton Kalinin trat aus dem Schatten heraus und gab sich Maxim zu erkennen. Er hatte sich verändert. Sein Haar war mittlerweile fast gänzlich ergraut und sein Gesicht von einem dichten Vollbart umrahmt. Er sah deutlich gealtert aus.

„Anton? Was machst du denn hier? Wie bist du hier reingekommen?" Tausend Fragen auf einmal schossen ihm durch den Kopf, doch Maxim merkte schnell, dass sein Freund nicht zum Plaudern hier war. Wusste er, was mit Anastassia und seiner Tochter geschehen war?

„Ich bin hier, um Anastassia und Ivana zu sehen und ich hoffe, dass du mir sagen kannst, wo ich sie finde."

Maxim zögerte kurz, dann entschied er sich für eine Lüge. Er setzte sich schwerfällig auf einen Stuhl. „Ich weiß nicht, wo sie sind. Wir haben die beiden kurz nach deiner Flucht über die Grenze nach Finnland gebracht. Seitdem habe ich nichts mehr von ihnen gehört. Das ist so lange her … Ich hoffe, dass es ihnen gut geht."

Anton sah Maxim schweigend an und seine blauen Augen wirkten dabei so unergründlich wie eh und je.

„Wo hast du die ganze Zeit gesteckt?", fragte Maxim, hoffend, dass Anton seine Lüge nicht bemerkte. Seinen Freund nach so langer Zeit wiederzusehen, versetzte ihn in äußerste Anspannung.

„In Sibirien. Du weißt doch, meine Familie stammt von dort."

„Sibirien ist groß. Ich wüsste nicht, wo ich die Post hinschicken könnte", scherzte Maxim.

Anton reagierte nicht darauf, sah Maxim wieder nur wortlos an.

„Wie hast du mich gefunden?", fragte Maxim, der immer noch nicht einschätzen konnte, was Anton über den Verbleib seiner Familie wusste und was nicht.

„Das war nicht schwer", sagte Anton schließlich. „Umso mehr erstaunt es mich, keinerlei Spuren von Anastassia zu finden. Wie ist sie denn nach Finnland gelangt?"

„Es gab einen Schleuser, der sie über die Grenze gebracht hat. Ich kann dir aber nicht einmal sagen, ob sie es überhaupt geschafft haben."

„Kannst du mir denn sagen, wie der Mann hieß?"

„Nein, tut mir leid." Maxim spürte, wie sein Verstand unter dem Einfluss des Wodkas litt. Er konnte nicht klar denken und hoffte, dass Anton endlich aufhören würde, weitere Fragen zu stellen.

„Aber du wirst doch irgendeinen Kontakt hier in Moskau haben, oder bist du vielleicht selbst bis an die Grenze gefahren, um sie dort persönlich zu übergeben?"

„Nein, natürlich nicht. Es gab da einen Mann. Einen gewissen Sergej. Doch auch ihn habe ich seither nicht mehr gesehen." Es kostete Maxim erhebliche Mühe, dieses Lügengebäude aus dem Nichts zu konstruieren, schließlich konnte er nicht damit rechnen, Anton Kalinin jemals Rechenschaft über den Verbleib seiner Familie abgeben zu müssen. „Ich bin wirklich neugierig zu erfahren, wie es dir ergangen ist Anton. Aber nimm es mir nicht übel … Mein Kopf dreht sich. Es war wirklich ein anstrengender Tag und ich brauche ganz dringend etwas Schlaf. Macht es dir etwas aus, wenn wir morgen weiterreden? Du kannst selbstverständlich gerne hier übernachten."

Maxim provozierte ein lautes Gähnen, obwohl er innerlich viel zu aufgewühlt war, um auch nur an Schlaf zu denken. Der Schock über das unerwartete Wiedersehen pumpte ihm buchstäblich das Adrenalin durch die Adern. Doch er musste einen klaren Kopf bekommen, verhindern, sich mit jeder weiteren Lüge unweigerlich in immer tiefere Widersprüche zu verstricken. Erst jetzt fiel ihm auf, dass Anton immer noch mit hinter dem Rücken verschränkten Armen in seiner kleinen Wohnung stand. Wie hatte er das nur übersehen können? Er erhob sich und ging in Richtung Badezimmer, versuchte dabei, nach dem Revolver zu greifen, der sich in der Innentasche seines Mantels befand. Er stand schon fast im Türrahmen, als er das metallene Klicken hinter sich hörte. Er wusste, dass Anton nun eine Waffe auf ihn gerichtet hielt.

„Was ist mit ihnen geschehen, Maxim?"

„Das habe ich dir doch gerade gesagt." Maxim drehte sich langsam um und blickte in den Lauf eines Revolvers. „Was hast du damit vor, Anton?"

„Ich will, dass du mir endlich die Wahrheit sagst."

„Das habe ich. Warum sollte ich dich denn bitte schön anlügen?“

Anton zog ein Foto aus seiner Tasche und reichte es Maxim. „Sieh dir das Bild an. Erkennst du vielleicht jemanden darauf?“

Maxim betrachtete das Bild. Eine Gruppe von Mädchen in Schuluniform. Er ahnte, worauf Anton hinauswollte. Tatsächlich kam ihm eines der Mädchen bekannt vor, doch er gab das Foto kopfschüttelnd zurück. „Tut mir leid, ich weiß nicht, was mir das sagen soll.“

„Sieh es dir noch einmal genauer an. Das dritte Mädchen von rechts …“

Das Mädchen war Ivana. Sie hatte sich verändert, war größer geworden, doch es war unverkennbar Antons Tochter.

„Das Bild habe ich vor zwei Tagen aufgenommen. Und du stimmst mir sicher zu, dass deine Geschichte mehr Fragen als Antworten aufwirft“, sagte Anton, während er immer noch den Revolver auf Maxim gerichtet hielt.

Maxim konnte seine Lügen nun nicht mehr länger aufrechterhalten. Er musste Anton die Wahrheit sagen, und zwar möglichst so, dass seine eigene Rolle dabei im Dunkeln blieb.

„Wusstest du, dass sie ein Verhältnis mit Achmatow hatte?“

„Natürlich wusste ich das. Ich wusste auch, dass du mit ihr geschlafen hast“, erwiderte Anton fast gleichgültig.

Maxim fühlte sich ertappt, ließ es sich aber nicht anmerken. „Beria hat Achmatow der Spionage für die Nazis beschuldigt und dies als Begründung genommen, um Jeschow loszuwerden. Anastassia ist die Verbindung zu Achmatow zum Verhängnis geworden. Sie wurde als seine Komplizin verhaftet und hingerichtet.“

„Und das hast du nicht vorher wissen und sie in Sicherheit bringen können? Du warst doch die ganze Zeit direkt an der Quelle.“ Kalinin setzte sich auf die Bettkante, ohne den Revolver zu senken.

„Nein. Beria hat die Akten an sich genommen, bevor ich

irgendetwas herausfinden konnte. Von der Verbindung zwischen Anastassia und Achmatow erfuhr ich erst, als es schon zu spät war."

„Und wieso hast du mir dann gerade die Geschichte von einer geglückten Flucht nach Finnland erzählt?"

Maxim war froh, dass Anton sich nicht für die näheren Umstände von Anastassias Verhaftung zu interessieren schien.

„Ich war überrascht, dich zu sehen, wie du dir vielleicht vorstellen kannst. Und ich dachte, dass die Wahrheit vielleicht zu schmerzhaft sein könnte. Es tut mir leid, wenn ich dich zum Narren gehalten habe."

„Lügen, nichts als Lügen. In diesem gottverdammten Land weiß doch niemand mehr, was Wahrheit eigentlich bedeutet." Kalinin legte den Revolver auf seine Knie.

„Was hast du nun vor?"

„Ich will Ivana mitnehmen. Sie soll nicht in so einem heruntergekommenen Heim aufwachsen. Und du wirst mir dabei helfen, die nötigen Papiere dafür zu bekommen."

„Aber ...", Maxim zögerte. „Wie stellst du dir das vor? Du bist offiziell für tot erklärt worden."

„Es gibt immer jemanden, der dir für ein paar Rubel neue Papiere besorgt. Das solltest du doch eigentlich am besten wissen."

„Aber was hast du vor? Willst du Ivana etwa adoptieren?"

„Ganz richtig. Ich werde meine eigene Tochter adoptieren."

Abendessen mit Beria

Moskau 1941

Seit er ein junger Mann war, hatte Wassili Blochin seinen Aufstieg auf der Karriereleiter gründlich geplant. Er ahnte früh, dass es nur wenigen an der Spitze vergönnt blieb, die Freiheiten und Annehmlichkeiten der sowjetischen Utopie erleben zu dürfen. Und obwohl er nicht viel von Politik verstand, setzte er doch alles daran, einer dieser wenigen zu sein.

Die Werkzeuge, deren er sich dabei bediente, waren sehr einfacher Natur: Skrupellosigkeit und rücksichtlose Brutalität. Beides verhalf ihm dazu, in wenigen Jahren einen Ruf zu erlangen, der ihn innerhalb des NKWD unantastbar machte. Er erledigte die Aufgaben, für die sich selbst die schlimmsten Schergen des Systems zu schade waren. Er war der Henker mit der Lederschürze. Es gab nur noch zwei Menschen, vor denen er sich wirklich in Acht nehmen musste: Stalin und Beria. Beide Männer konnten ihn mit einer einzigen Unterschrift vernichten, und so war er alles andere als erfreut, an diesem Abend eine Einladung zum Abendessen in Berias Wohnung zu erhalten.

„Genosse Blochin, Sie fragen sich bestimmt, welchem Anlass Sie diese Einladung verdanken, nicht wahr?“

Seit seiner Ankunft hatten sie nur belanglose Höflichkeiten ausgetauscht, sich umrundet wie zwei Tiger in einem Käfig, nur darauf wartend, dass der Erste die Krallen zum Schlag ausfährt. Sie genossen eine Abfolge köstlichster Speisen, wobei Blochin nicht entging, wie Beria seine Hand unter den Röcken der jungen Damen verschwinden ließ, jedes Mal, wenn sie das Geschirr neu ein- oder abdeckten. Er versuchte auch gar nicht, es zu verheimlichen, vielmehr schien es, als wolle er demonstrieren, was in seinen Augen wirkliche Macht bedeutet. Blochin hätte nicht gedacht, dass seine Verachtung für den kleinen Georgier noch größer werden könnte.

„Ich denke, dass Sie es mir zu gegebener Zeit sagen werden, Genosse Beria", erwiderte Blochin betont desinteressiert.

Beria lächelte. Dieses milde Lächeln, gepaart mit den halb geschlossenen Augen hinter einer randlosen Brille, das im Gegenüber den Eindruck erweckte, einen wahrhaft gutmütigen Menschen vor sich zu haben. Eine perfekte Maskerade, dachte Blochin.

„Natürlich." Beria steckte sich eine Zigarette an und schob das Silberetui dann über den ovalen Tisch hinüber zu seinem Gast.

„Danke", wehrte Blochin ab, „Ich bleibe lieber bei meinen eigenen."

„Ganz wie Sie wollen", sagte Beria, dessen freundlicher Gesichtsausdruck plötzlich noch aufgesetzter wirkte. Er war es nicht gewohnt, dass Menschen in seiner Gegenwart ihren eigenen Wünschen folgten. „Wie lange ist es jetzt her, dass Sie aus Kalinin zurückgekehrt sind?"

„Das liegt sicher schon ein gutes Jahr zurück, denke ich."

„Nicht ganz. Elf Monate und acht Tage, um genau zu sein. Zeit genug, um den neuen Mitarbeiter, den Sie angeworben haben, auch wieder loszuwerden."

Darum ging es ihm also, dachte Blochin: Orlow.

„Was missfällt Ihnen denn an meinem neuen Mitarbeiter?"

„Nun, ich denke, das wissen Sie sehr wohl." Beria saß nun angriffslustig auf seiner Stuhlkante, beide Ellenbogen auf den Tisch gestützt. „Ich habe Orlow nicht umsonst nach Kalinin geschickt, schon gar nicht, um ihn von Ihnen wieder rehabilitieren zu lassen. Sie hatten ausdrückliche Anweisung, den

Mann zu liquidieren. Und jetzt muss ich feststellen, dass er seit fast einem Jahr in meiner Behörde wieder ein- und ausgeht."

„Offenbar hat er Sie in all den Monaten zuvor nicht gestört, oder?"

„Was erlauben Sie sich?", brauste Beria auf, riss sich aber sofort wieder zusammen, ohne auf Blochins Provokation weiter einzugehen.

„Es ist Ihnen sehr wohl bewusst, dass seine Rekrutierung eine reine Missachtung meiner Befehle ist. Und ich wüsste nicht, warum ich Ihnen diesen Ungehorsam durchgehen lassen sollte. Ich habe Menschen schon aus sehr viel geringerem Anlass verhaften lassen."

Blochin verstand die Drohung, musste sich aber weiter unbeeindruckt geben. Die kleinste Andeutung von Schwäche könnte ihm zum Verhängnis werden.

„Genosse Beria", erwiderte er freundlich, „ich verstehe nicht, warum um diesen jungen Mann so viel Aufhebens gemacht wird. Als ich Orlow in Kalinin kennenlernte, schien er mir ideal für meine Zwecke geeignet und deshalb habe ich ihn angeworben. Tot nützt er der Partei nichts. So steht er aber Tag für Tag unten in den Kellern und verrichtet die Drecksarbeit, für die sich andere zu schade sind. Warum also sollte ich den Mann liquidieren?"

„Weil ich es Ihnen befohlen habe, ganz einfach", zischte Beria mit zusammengebissenen Zähnen. Von seiner freundlichen Fassade war nun nichts mehr übrig.

„Dann bleibt Ihnen wohl nichts anderes übrig, als sich beim *Woschd* persönlich über mich zu beschweren."

Die Erwähnung des Führers erinnerte Beria daran, dass sowohl er als auch Blochin in der Gunst Stalins sehr weit oben standen. Wahrscheinlich sogar auf einer Stufe. Es war nicht vorhersehbar, welche Konsequenzen eine offizielle Beschwerde nach sich zöge und Beria hatte deshalb auch nicht vor, diesen

Konflikt mit der Hilfe des *Woschd* zu lösen. Es gab da ganz andere Wege. Er erhob sich von seinem Stuhl, plötzlich wieder die Freundlichkeit in Person, und bat Blochin, ihm in den angrenzenden Salon zu folgen.

„Es ist Ihnen doch sicher recht, wenn wir das Dessert in etwas bequemeren Sitzmöbeln einnehmen."

Beria führte Blochin in den Salon, der mit seinen vielen Polstermöbeln und dem tiefen Teppich eher einem Theater denn einem Wohnzimmer glich. Dicke Strukturtapeten und Gemälde verkleideten die Wände, die Fenster waren mit schweren dunklen Vorhängen verhüllt. Auf ein Zeichen Berias hin wurde einer der Vorhänge zur Seite gezogen, woraufhin eine kleine Bühne erschien. Ein heller Strahler beleuchtete einen Jungen, der auf einem Schemel sitzend, unsicher um sich schaute. Er war vielleicht zwölf oder dreizehn Jahre alt. Seiner Kleidung nach zu urteilen, hatte man ihn direkt von der Straße aufgegriffen.

Ein Fotograf schaltete eine auf den Jungen gerichtete Kamera ein, während man Beria und Blochin ein Stück Apfelkuchen auf weißen Porzellantellern reichte. Dann trat ein *Tschekist* mit einem nassen Handtuch hinter den Jungen und wickelte es ihm um den Brustkorb. Die beiden losen Enden verdrehte er hinter seinem Rücken mittels einer Metallstange und hielt den Jungen dadurch fest wie in einem Schraubstock.

„Wussten Sie, dass es in Südamerika eine Schlange gibt, die ihre Opfer regelrecht zerquetscht?", fuhr Beria fort. „Man nennt sie Anakonda. Ich frage mich, was da eigentlich passiert? Bekommen die Opfer keine Luft mehr, oder zerbricht ihnen vorher der Brustkorb? Was denken Sie, Genosse Blochin?"

Blochin wandte sich ab. Er verspürte keine Lust auf Berias Spielchen. Er schob seinen Stuhl an einen kleinen Tisch und aß dort ungerührt seinen Kuchen. Hinter seinem Rücken begann der Junge zu schreien, als der *Tschekist* ihm das nasse Handtuch immer enger um den Brustkorb schnürte. Kurze

Zeit später hörte man nur noch ein kurzatmiges Röcheln, dann den unverkennbaren Klang brechender Knochen. Danach war es still. Beria setzte sich zu Blochin an den Tisch.

„Ich denke, dass er zuerst erstickt ist. Oder was meinen Sie? Sie haben ja gar nicht zugeschaut."

„Ich sehe jeden Tag Dutzenden Menschen beim Sterben zu. Es langweilt mich."

„So, so, es langweilt Sie also. Vielleicht interessiert es Sie, dass der Vater dieses Jungen gerade vor Smolensk in den Schützengräben liegt und die Deutschen daran hindert, weiter gegen Moskau zu marschieren. Das Filmmaterial wird morgen an die Front geschickt und soll die Soldaten daran erinnern, was mit ihren Familienangehörigen passiert, falls sie vor dem Feind zurückweichen. Das wird die Männer sicher motivieren, meinen Sie nicht auch?"

Blochin sagte nichts.

„Was würde Sie motivieren, Genosse Blochin?" Mit diesen Worten schob Beria eine Fotografie über den Tisch. Darauf war ein blonder Junge zu erkennen, der grinsend neben seiner etwas kleineren Mutter stand.

„Das wagen Sie nicht", erwiderte Blochin nach kurzem Zögern. Der Junge auf dem Bild war Anatoli, der einzige Sohn seiner Schwester. Blochin, der bei seiner Suche nach geeigneten Henkern immer besonderen Wert darauf legte, dass sie keinerlei familiäre Bindungen mehr hatten, konnte dieses Privileg für sich selbst nicht in Anspruch nehmen. Beria, dieser Teufel, hatte seine einzige Schwachstelle gefunden.

„Selbstverständlich wagen wir es. Und das wissen Sie auch. Wir zögern keine Sekunde, ihren Neffen der gleichen Prozedur zu unterziehen wie diesen Jungen hier." Beria machte eine kurze Pause, bevor er das Gespräch endgültig beendete. „Ich will, das Orlow verschwindet. Und ich werde diesen Befehl nicht noch einmal wiederholen."

Adoption

Moskau 1941

Spätestens als die U-Bahn ihren Betrieb endgültig eingestellt hatte, kam das öffentliche Leben in der Stadt fast gänzlich zum Erliegen. Auch Straßenbahnen und Autos fuhren nur noch ganz vereinzelt, sodass alles zu Fuß erledigt werden musste. Die Menschen, die in Moskau geblieben waren, verließen ihre abgedunkelten Wohnungen nur, wenn es gar nicht mehr anders ging.

Nachdem die deutschen Verbände im Sommer so unerwartet schnell und scheinbar widerstandslos auf Moskau vorrücken konnten, standen sich die Truppen jetzt gegenüber – nur dreißig Kilometer vor den Toren der Hauptstadt. Es war den Verteidigern mithilfe günstiger Wetterbedingungen tatsächlich gelungen, den deutschen Vormarsch aufzuhalten. Auch die Luftangriffe hatten bisher nur wenige Schäden angerichtet, was in erster Linie den klugen Maßnahmen Generalleutnant Artemjews zu verdanken war.

Das Stadtbild hatte sich unter seiner Führung radikal verändert. Endlose Schützengräben zerteilten die Vororte, Fesselballons säumten die großen Ausfallstraßen und allerorten standen riesige Flakgeschütze und Scheinwerfer, mit denen nachts der Himmel über Moskau abgesucht wurde. Um den deutschen Piloten die Orientierung zu erschweren, ließ man die öffentlichen Plätze bemalen, sodass sie aus der Luft wie die Dächer einer Häusersiedlung aussahen. Eine besonders prägnante Schleife der Moskwa wurde komplett mit Holz überdeckt und selbst die goldenen Kuppeln der Kreml-Kathedrale hatte man grün gestrichen. Bretter hingen vor den Schaufenstern der Geschäfte und auf den Gehwegen türmten sich die Sandsäcke, sodass jeder Passant seinen Fuß auf die vormals viel befahrene Straße setzen musste. Moskau war in diesen Tagen die wahrscheinlich bestgesicherte Stadt der Welt, doch kam sie Maxim eher wie eine Geisterstadt vor, als er sich auf den langen Weg zum Maxim-Gorki-Waisenhaus machte.

Adoptionen kamen in jener Zeit sehr selten vor, daher gab es keine geregelten Formalitäten. In der Regel wurden Waisen bis zu ihrer Volljährigkeit in einem Kinderheim aufbewahrt. Der Staat kümmerte sich um eine ideologisch einwandfreie Erziehung sowie um Nahrung und ein Dach über dem Kopf. Niemand kam auf den Gedanken, sich diese Pflichten freiwillig aufzubürden. Umso erstaunter war der Beamte, als Maxim mit dem Adoptionsgesuch an ihn herantrat.

Es dauerte einige Tage, bis Maxim in der riesigen Behörde den Mann mit den nötigen Befugnissen gefunden hatte, solch ein Adoptionsverfahren zu genehmigen. Alexei Nemschow. Nemschow war verheiratet, ohne Kinder und – das hatte Maxim herausgefunden – traf sich heimlich mit einem Mann. Er war schwul – ein besseres Druckmittel konnte es kaum geben. Und tatsächlich hielt Maxim nur wenige Tage später die notwendigen Papiere in der Hand, die Ivana Kalinin zur rechtmäßigen Adoptivtochter von Grigori Karpow – vormals Anton Kalinin – machten.

Es war über zwei Jahre her, dass Maxim Ivana gesehen hatte. Auf dem Bild, das Anton ihm zeigte, konnte man die Ähnlichkeit mit ihrer Mutter bereits erahnen. Doch als sie nun leibhaftig vor ihm stand, konnte er seine Überraschung nicht verbergen. Ivana hatte sich in diesen zwei Jahren merklich verändert. Das kleine Mädchen von einst gab es nicht mehr und Maxim hoffte, dass ihre erste Begegnung nach so langer Zeit glimpflich verlaufen würde. Ihre Hüften, ihr aufrechter Gang, die deutlich sichtbaren Wölbungen unter dem grauen, eng anliegenden Pullover erinnerten ihn schmerzlich an Anastassia. Ihr Anblick löste umgehend Schuldgefühle in ihm aus.

„Ivana, ich hätte dich fast nicht wiedererkannt."

Ivana zögerte, als sie Maxim sah. Sie stellte ihren gepackten Koffer auf den glänzenden Fliesenboden. Die Heimleitung hatte ihr lediglich gesagt, dass sie heute in ein neues Heim verlegt würde.

„Was willst du hier? Wirst du mich etwa begleiten?"

„Ja, ich wollte die Gelegenheit nutzen, um zu sehen, wie es dir geht."

„Mir geht es gut, danke", erwiderte Ivana kalt.

„Gut, dann lass uns gehen." Maxim ignorierte ihre Unfreundlichkeit, nahm den Koffer und machte sich gemeinsam mit ihr auf den Weg zum Bahnhof. In zwei Stunden fuhr der Zug ab, in dem sich Anton mit seiner Tochter treffen wollte.

Niemand wusste einzuschätzen, wie das Mädchen reagierte, wenn sie plötzlich ihrem tot geglaubten Vater gegenüberstand, von dem sie sich obendrein unter größten Demütigungen lossagen musste. Der Einfluss der Propaganda auf diese verletzten Kinderseelen war ein nicht zu kalkulierender Faktor. Maxim hatte Anton daher geraten, eine Flasche Äther zur Hand zu haben, falls Ivana im Zug nicht zu beruhigen war. Sie mussten erst sicher aus Moskau herauskommen. Danach würde sich alles Weitere hoffentlich ergeben.

Maxim fühlte zum ersten Mal seit vielen Jahren wieder ein Lebenszeichen in sich, ganz so, als könne er mit dieser Tat eine Schuld begleichen, die unter all den Morden und dem Alkohol vergraben war. Doch er wusste auch, dass ein Leben nicht ausreichte, um all die Verbrechen zu sühnen, die er im Dienst der Sowjetunion begangen hatte.

„Was wollen wir hier am Bahnhof?", fragte Ivana, als sie sich dem Zug näherten, der abfahrbereit auf dem Gleis stand.

„Das neue Heim ist nicht in Moskau. Wir müssen den Zug nehmen", antwortete Maxim knapp. Er war angespannt. Auf dem Bahnhof wimmelte es von *Tschekisten* und nur seiner Uniform verdankten sie es, nicht schon längst angehalten und kontrolliert worden zu sein. Als Ivana die Stufen des Waggons emporstieg, sah sich Maxim aufmerksam um. Wurden sie etwa verfolgt? Er reichte Ivana den Koffer hinauf und folgte ihr in den Zug. Das Abteil mit der Nummer 23 lag in der Mitte des Waggons. Sie hatten es exklusiv auf den Namen Karpow reserviert. Maxim öffnete die Tür.

Ivana nahm zunächst keine Notiz von dem bärtigen Mann; sie erkannte ihren Vater nicht. Erst als Maxim ihm einen dicken Briefumschlag überreichte, weiteten sich ihre Augen vor Schreck. Sie wollte gerade losschreien, doch Anton legte den Zeigefinger auf ihre Lippen und bedeutete ihr, den Mund zu halten.

„Maxim Orlow?“

Die beiden *Tschekisten* waren unbemerkt hinter ihn getreten, als er sich gerade von Anton verabschieden wollte. Er spürte die Hand auf seiner Schulter.

„Maxim Orlow, bitte folgen Sie uns.“

Ivana fing wild an zu gestikulieren, als sie die *Tschekisten* hinter Maxim bemerkte. Sie deutete auf Anton und sagte: „Das da … das ist mein Vater.“

Doch die Männer interessierten sich nicht für Ivana. Sie führten Maxim hinaus auf den Gang und schlossen die Tür des Abteils ohne ein weiteres Wort der Erklärung.

„Was soll das bedeuten?“, fragte Maxim. „Seht ihr nicht, wen ihr vor euch habt.“ Er versuchte, sich dem Griff der Männer zu entwinden, doch je mehr er sich wehrte, desto härter stießen sie ihn vor sich her. Sie führten ihn durch den gesamten Zug, bis sie den letzten Waggon erreichten. Den Gefangenenwaggon. Maxim wollte sich losreißen, doch die Männer hatten mit einem Fluchtversuch gerechnet. Sie drehten ihm den Arm auf den Rücken, öffneten eine der Abteiltüren und stießen ihn grob in das schwarze, vor ihm liegende Loch. Er stürzte zu Boden und ehe er sich wieder aufrappeln konnte, fiel die schwere Tür laut krachend hinter ihm ins Schloss.

Dann war es still. Nur das leise Atmen seiner Mitgefangenen war zu hören.

Während sich Maxims Augen ganz langsam an die Dunkelheit gewöhnten, spürte er, wie der Zug sich in Bewegung setzte. Er war gefangen, ohne zu wissen, warum und wohin man ihn brachte.

David

Osterwick 1942

Wo steht die Front im Moment?"

Eine Frage, die Willi und Elisabeth jedem Soldaten stellten, der auf seinem Weg zur Front unter ihrem Dach einquartiert wurde. Es war erstaunlich, wie weit und wie einfach die deutschen Verbände in den vergangenen Monaten vorrücken konnten. Bis auf einige Rückschläge im letzten Winter verlief dieser Krieg wie eine stetige Abfolge von Erfolgsmeldungen. Es schien nur noch eine Frage von Wochen, bis die *Rote Armee* endgültig geschlagen war. Die Osterwicker ahnten ebenso wenig wie die nachrückenden deutschen Soldaten, dass dieser Krieg weitaus beschwerlicher war, als es die Propaganda glauben machen wollte.

„Wir stehen kurz vor Stalingrad." Der junge Mann löffelte seine Suppe aus und blickte dann enttäuscht von seinem leeren Teller auf. Elisabeth stand auf und holte ihm einen weiteren Nachschlag. Glücklicherweise hatten sich die Speisekammern unter deutscher Kommandantur schnell wieder gefüllt. *Lasst die Menschen einfach arbeiten und ihr werdet sehen, es wird ausreichend Essen für alle geben.* Eine Binsenweisheit, die Stalin nicht zu begreifen schien.

„Wir sind kurz vor Stalingrad“, wiederholte der junge Mann enthusiastisch. Er war wahrscheinlich noch nicht einmal zwanzig. „Der Führer sagt, dass wir Stalin nur noch seine Stadt wegnehmen müssen, dann ist der Krieg gewonnen.“ Er hieß Fritz und kam aus Goslar, einer kleinen Stadt in Mitteldeutschland. Er erzählte ihnen, dass es kaum ein schöneres Fleckchen Erde zum Leben gab als dort, am Fuße des Harzes. Ein grünes Mittelgebirge, welches er in derart prächtigen Bildern zu beschreiben wusste, dass die Bergens den Wunsch verspürten, selbst einmal nach Deutschland zu reisen.

Fritz hatte sich freiwillig zum Dienst an der Waffe gemeldet. Sein Vater hatte bereits im Ersten großen Krieg gedient und es war ihm eine sichtliche Ehre, diese Familientradition fortzuführen. Elisabeth und Willi konnten seine Begeisterung für den Krieg nicht nachvollziehen, verspürten aber dennoch so etwas wie Zuversicht. Zuversicht, dass die vor ihnen liegenden Jahre besser werden könnten als die zurückliegenden. Vielleicht, so hofften sie, würden sie vollständig zu ihrem alten Leben zurückkehren können, wenn Stalin endlich besiegt war.

Die Angst kehrte immer dann zurück, wenn Willi die SS-Truppen sah, die unregelmäßig in ihrem Dorf auftauchten. Sein Herz begann unwillkürlich schneller zu schlagen. Ein Reflex, eine böse Erinnerung an die *„gestiefelten Kater“*. Willi wusste, dass sie nicht seinetwegen hier waren, aber was war dann ihre Aufgabe? Es gab lediglich Gerüchte, denen er aber keinen Glauben schenken wollte.

Als sie sich an diesem Sonntag zum ersten Mal nach so vielen Jahren wieder im Bethaus versammelten, konnte Willi seine Tränen kaum zurückhalten. Vier Monate hatten sie gebraucht, um das verwahrloste Gebäude wieder herzurichten. Auch wenn es sicher nicht so schön war, wie sie es damals verlassen hatten, reichte es doch aus, um endlich wieder einen Gottesdienst feiern zu können. Der Chor, der sich in deutlich kleinerer Besetzung wieder zusammenfand, sang die gleichen Lieder wie damals.

Willi, dem die Ehre zuteilwurde, die Predigt zu halten, knüpfte darin nahtlos an die schlimmen Ereignisse an, derentwegen sie diese Kirche einst verlassen mussten. Er hatte das Gefühl, dass diese zehnjährige Zeit der Trübsal, die nun zu Ende ging, einen würdigen Platz in ihren Erinnerungen einnehmen sollte. Ganz gleich, wie schlimm es auch war, es durfte nichts in Vergessenheit geraten. Er betrat die Kanzel und öffnete seine alte Bibel, die er all die Jahre, so gut es ging, vor den Sowjets versteckt hatte. Er wusste, dass dies nicht allen aus ihren Reihen gelungen war. Etliche waren aufgrund ihres Glaubens in Arbeitslagern verschwunden.

„Der Herr ist mein Hirte; mir wird nichts mangeln."

Willi machte eine Pause. Zu unglaubwürdig erschien es ihm nun, diesen Text inmitten der Menschen zu lesen, die so vieles verloren hatten. Dennoch fuhr er fort: „Er weidet mich auf einer grünen Aue und führet mich zum frischen Wasser. Er erquicket meine Seele; er führet mich auf rechter Straße um seines Namens willen. Und ob ich schon wanderte im finsteren Tal, fürchte ich kein Unglück; denn du bist bei mir, dein Stecken und Stab trösten mich. Du bereitest vor mir einen Tisch im Angesicht meiner Feinde. Du salbest mein Haupt mit Öl und schenkest mir voll ein. Gutes und Barmherzigkeit werden mir folgen mein Leben lang, und ich werde bleiben im Hause des Herrn immerdar."

Willi schlug seine Bibel zu, atmete einmal tief durch und wandte sich dann an die Gemeinde. „Als David diesen Psalm schrieb, da ging es ihm sehr schlecht. Sein Leben war in Gefahr und er befand sich auf der Flucht vor seinen Feinden. Er wusste, wenn sie ihn erwischten, hätte sein letztes Stündlein geschlagen. Es ging ihm also ganz ähnlich wie uns in den letzten Jahren. Doch im Unterschied zu David sah ich mich nicht in der Lage, solch zuversichtliche Gebete zu formulieren. Ich hatte Angst, dass sie mich abholen. Angst, dass sie meiner Familie etwas antun. Ich spürte keinerlei Zuversicht in mir, schon gar nicht, dass mir jemals wieder Gutes oder Barmherzigkeit widerfahren würden. Und das Haus des Herrn …"

Willi machte eine Pause, breitete die Arme aus und sah sich um.

„Das Haus des Herrn habe ich seit Jahren nicht mehr zu Gesicht bekommen."

Wieder machte Willi eine Pause, sah in die Gesichter der Mennoniten, die seinen Worten aufmerksam folgten.

„Vielleicht ist das Haus des Herrn aber gar kein Gebäude. David saß schließlich auch nicht im Tempel, als er diesen Psalm schrieb. Vielleicht ist es eher eine Umschreibung der Nähe Gottes, die David auch in Zeiten größter Bedrängnis spürte. Wenn ich nachts kein Auge zutun konnte, weil mich die Angst vor den *Tschekisten* wachhielt, dann habe ich oft gebetet. Es hat sich dadurch zwar nichts an den Umständen geändert, doch in mir machte sich dann gerade so viel Zuversicht breit, dass ich wieder einschlafen konnte. Vielleicht ist es das, was David uns mit diesem Psalm sagen möchte. Dass die Welt oft grausam und ungerecht ist. Dass sie es nicht immer gut mit uns meint. Doch dass die Hinwendung zu Gott uns seine Nähe spüren lässt und uns dadurch hilft, die Trübsal zu ertragen."

Greta war sehr stolz, als sie ihren Vater auf der Kanzel sah, auch wenn sie nur erahnen konnte, was seine Worte für die Zuhörer bedeuteten. Trotz des freudigen Anlasses, der Wiedereröffnung des Bethauses, blieb die Stimmung gedrückt. Um sich herum sah sie in viele weinende Gesichter und war froh, als der Gottesdienst endlich zu Ende ging. Sie lief schon mal voraus, weil sie kurz bei Alina und Isaak vorbeischauen wollte, um ihnen zu erzählen, dass ihr Vater heute über David gepredigt hatte. Den gleichen Namen hatten die Brodskis auch ihrem Sohn gegeben, der gerade anfing, seine ersten eigenen Schritte zu machen.

Als Greta in die Straße einbog, sah sie aus der Ferne einen großen Lastwagen vor dem Haus der Brodskis stehen. Sie verlangsamte ihre Schritte, als sie bemerkte, dass sich auf der offenen Ladefläche mehrere Menschen befanden. Sie wusste nicht, was das zu bedeuten hatte, spürte aber, dass sie besser Abstand hielt. Dann sah sie auch die Männer in den schwarzen Uniformen, die gerade Isaak aus seinem Haus führten, dicht gefolgt von Alina, die den weinenden David auf ihrem Arm hielt. Greta blieb auf der anderen Straßenseite stehen und hörte, wie Alina den deutschen SS-Offizier beschimpfte.

„Nun sagen Sie mir doch wenigstens, wohin Sie meinen Mann bringen, damit ich ihn besuchen kann." Sie klang verzweifelt.

„Das kann ich Ihnen nicht sagen, da Juden keine Besuchsgenehmigung erhalten", herrschte der Mann sie an, sichtlich genervt, dass diese Frau derart penetrant auf ihn einredete.

„Und was ist mit den Familien da oben?" Alina zeigte auf die Menschen, die dicht aneinandergedrängt auf der Ladefläche saßen. „Die sind offensichtlich nicht voneinander getrennt worden." Gedankenlos und von quälender Angst ergriffen versuchte sie alles, um bei Isaak bleiben zu dürfen.

„Weil es alles Juden sind, verdammt noch mal!", brüllte der Offizier, dem nun der Kragen platzte. „Sie sind keine Jüdin. Sie sind Ukrainerin. Das habe ich Ihnen jetzt sicher schon fünfmal erklärt." Sein Blick fiel auf den weinenden David. „Das ist Ihr Kind?", fragte er in plötzlich ruhigem Tonfall und deutete dabei auf Isaak, der hilflos zusehen musste, wie der Offizier seine Frau bedrängte. „Lauf weg, Alina, lauf weg!", wollte Isaak rufen, doch die Worte blieben ihm im Halse stecken.

„Na, dann soll er doch mal besser bei seinem Vater bleiben." Mit einem schnellen Griff nahm der Mann David von Alinas Arm und warf den Jungen in hohem Bogen auf die Ladefläche, wo er von eilig ausgestreckten Händen aufgefangen und an Isaak weitergereicht wurde.

Alina blickte erschrocken ihrem Sohn nach, fasste sich aber gleich wieder. Sie schob den SS-Mann zur Seite und bestieg die Ladefläche. „Da wo meine Familie hingeht, da gehe ich auch hin. Und wagen Sie es ja nicht, mich daran zu hindern!"

Der Mann hatte offensichtlich keine Lust, weiter mit Alina zu diskutieren. Er gab das Zeichen zum Aufbruch und der Wagen setzte sich in Bewegung. Greta blickte ihm hinterher. Sie wartete, bis der Staub sich gelegt hatte, dann rannte sie so schnell es ging zurück zu ihren Eltern.

Flucht

Osterwick 1943

Die Propaganda konnte nicht mehr verschleiern, dass es um die deutschen Kriegspläne immer schlechter stand. Mittlerweile beherbergten die Bergens nur noch schwerverletzte Soldaten, die untauglich für weitere Kampfeinsätze von der Front zurückkehrten und nun auf den Rücktransport in die Heimat warteten. Ihre Verletzungen waren derart schlimm, dass Elisabeth versuchte, die Kinder von den Männern fernzuhalten. Sie wollte ihnen diese hässliche Seite des Krieges ersparen. Es wurde dadurch sehr eng im Haus, da sie eines der wenigen Zimmer in ein notdürftiges Krankenlager umfunktionierten. Es sah so aus, als würde die Front zu ihnen zurückkommen.

Auch Greta spürte die steigende Anspannung. Wenn sie abends noch wach im Bett lag, lauschte sie auf das, was ihre

Eltern miteinander beredeten. Manchmal schienen sie auch zu streiten.

„Du hast den Mann doch gehört. Es gibt keine Aussicht mehr auf einen deutschen Sieg“, hörte sie ihren Vater sagen. „Wenn wir hierbleiben, dann …“

„Aber wo sollen wir denn hin?“, unterbrach Elisabeth ihren Mann.

„Ich hoffe, dass sie auch den Rückzug der Zivilbevölkerung bedacht haben“, sagte Willi gedankenverloren. Er hatte sich etliche Male bei den Kommandeuren erkundigt, als Antwort aber nur die übliche Propaganda zu hören bekommen. Als man ihm dann unterstellte, mit seinen kritischen Fragen die Moral der kämpfenden Truppe zu untergraben, musste er sich in Acht nehmen. Er hatte sich schon verdächtig genug gemacht, als er nach dem Verbleib der Brodskis fragte. Doch niemand schien zu wissen, wo sie hingebracht worden waren. Willi hatte sogar mehrere Briefe an die Heeresleitung geschrieben, ohne eine Antwort zu erhalten.

„Wir sollten uns wenigstens vorbereiten. Die nötigsten Sachen packen, falls wir doch von hier fortmüssen“, sagte Willi.

„Aber wo sollen wir denn hin?“ Elisabeth klang gereizt, weil sie keine Antwort auf ihre drängendste Frage erhielt.

„Ich weiß es doch auch nicht, ver…“ Willi schlug mit der flachen Hand auf den Tisch, wollte fluchen, riss sich aber im letzten Moment zusammen. „Ich weiß es doch auch nicht“, wiederholte er in gemäßigterem Ton, nachdem er sich wieder gesammelt hatte. „Aber wenn die Front weiter vorrückt, dann können wir nicht hierbleiben. Da stimmst du mir doch zu, oder?“

Greta sah nicht, wie ihre Mutter zustimmend nickte. Natürlich ahnte auch Elisabeth, dass sie nicht hierbleiben konnten, aber sie fürchtete sich vor der unbekannten Zukunft, vor einer Flucht mit ungewissem Ausgang.

Im Brüderrat wurde die Frage ebenso kontrovers diskutiert. Viele sprachen sich für eine Flucht aus, solange es noch nicht zu spät war. Doch ebenso gewichtig erschienen die Einwände derjenigen, die nicht infolge einer Panikreaktion ihr letztes verbliebenes Hab und Gut riskieren wollten. Nach den vielen Jahren unter Stalins Herrschaft hatten sie endlich wieder einen kleinen Aufschwung erlebt. Es ging ihnen allen merklich besser. Die Männer konnten sich auf kein gemeinsames Vorgehen einigen und so blieb es schließlich jeder Familie selbst überlassen, wie sie sich verhalten wollte.

Willi und Elisabeth rangen mehrere Tage um diese Entscheidung. Sie diskutierten, stritten, beteten. Doch sie wussten nicht, was sie tun sollten. Sie hatten ihr gesamtes Leben in Osterwick verbracht. Ihre Familien lebten hier, auch wenn so viele bereits gestorben waren. Um das Andenken der Toten zu bewahren, wäre es das Richtige gewesen, hier in Osterwick zu bleiben. Sie einigten sich darauf, Vorbereitungen zur Flucht zu treffen und gleichzeitig die Meldungen der nächsten Tage abzuwarten.

Mit dem Verkauf ihrer Kuh überschritten die Bergens eine Grenze, hinter die sie nicht mehr zurückkonnten. Die Kuh war für sie stets ein Symbol ihrer Unabhängigkeit gewesen. Sie versorgte die Familie mit Milch und Butter und im Notfall sogar mit Fleisch für ein ganzes Jahr. Als das Tier von den Versorgungseinheiten der Wehrmacht abgeholt wurde, saß Elisabeth in der kleinen Küche und weinte. Sie wusste nun, dass sie Osterwick verlassen würden.

Wenige Tage später ließ die Wehrmacht im gesamten Dorf große Plakate anschlagen. Die Einwohner wurden aufgefordert, sich am 24. August am Bahnhof von Saporoshje einzufinden. Da es sich angeblich nur um eine vorübergehende Vorsichtsmaßnahme zum Schutz der Zivilbevölkerung handelte, sollten die Menschen nur das Nötigste mitnehmen.

Doch niemand konnte ihnen sagen, wohin ihre Reise ging. Nur so viel: Richtung Westen.

Am 24. August versammelten sich auf dem Bahnhofsvorplatz mehrere Tausend Menschen. Sie versuchten, ihre Koffer und die Kinder beisammenzuhalten, da sie befürchteten, sonst nicht wieder zueinanderzufinden. Die Sonne brannte vom Himmel und die Menschen schwitzten in ihren Kleidern, da sie, um möglichst viel mitzunehmen, oft zwei Hosen oder Mäntel übereinander trugen.

Es ging nur sehr langsam voran, auch wenn die Züge im Stundentakt den Bahnhof verließen. Die deutschen Behörden hatten in den eroberten Gebieten ein umfangreiches Pass- und Meldewesen eingeführt und die Beamten ließen nur die Personen ausreisen, die alle Papiere vollständig vorlegen konnten. Willi war an diesem Tag dankbar für seine jahrelange Erfahrung als Buchhalter. Er wusste, wie akribisch solche Dokumente bearbeitet werden mussten, daher war es für die Bergens auch kein Problem gewesen, die nötigen Stempel für ihre Ausreisepapiere zu erhalten.

Nach stundenlangem Warten bestiegen sie endlich den völlig überfüllten Zug, der sie weit weg von den Soldaten der *Roten Armee* bringen sollte. Willi wartete, bis auch das letzte Mitglied seiner Familie die metallenen Stufen des Zugabteils emporgeklettert war. Als Erstes Elisabeth, die zehn Monate alte Elsa auf dem Arm, dicht gefolgt von der sechsjährigen Olga und dem vierjährige Jakob. Sie suchten sogleich einen gemeinsamen Platz für die Familie. Dann kam Willi mit seinen beiden ältesten Töchtern Greta und Anna. Anna verließ ihre Heimat im Alter von zehn Jahren, Greta war dreizehn.

Der Zug war völlig überfüllt, heiß und stickig. Es gab nur wenig zu essen und zu trinken, und die Menschen waren froh und dankbar, als sie nach drei Tagen und drei Nächten endlich wieder aussteigen konnten. Sie waren ohne Pause durchgefahren.

Nur kurz vor ihrem Ziel in Bendsburg, dem polnischen Bendzin, mussten sie einmal auf einem Nebengleis anhalten, um einen Güterzug passieren zu lassen. Als der Zug langsam an ihnen vorbeifuhr, sah Willi, wie aus den Lüftungsluken der Waggons Menschen hinausspähten und winkend ihre Hände ausstreckten. Ein Gerücht machte die Runde, dass es sich bei den Insassen um Juden handelte, die in ein nahegelegenes Arbeitslager bei Auschwitz gebracht würden. Willi hegte kurz die Hoffnung, dass er dort vielleicht Auskunft über den Verbleib der Brodskis erhalten könnte. Später dachte er noch oft an diesen Moment zurück und fragte sich, wie er nur so naiv hatte sein können.

Die neue Wohnung

Bendsburg 1943

Elisabeth hörte ihren Sohn Jakob draußen vor dem Zelt rufen. „Mama, Mama, schau doch mal. Es schneit." Obwohl erst Mitte Oktober, spürte sie bereits, wie die Nächte in der Notunterkunft zunehmend kälter wurden. Sie war froh, dass ihnen bald eine eigene Wohnung zugewiesen werden sollte. Die Kinder fühlten sich nach mehr als sechs Wochen äußerst unwohl in dem Lager, was hauptsächlich an der gereizten Stimmung lag, die das enge Zusammenleben so vieler Familien aus unterschiedlichen Teilen Osteuropas mit sich brachte. Immer häufiger kam es vor, dass die kleinsten Anlässe in einen massiven Streit ausarteten, und als Jakob eines Tages Zeuge einer Massenschlägerei unter Jugendlichen wurde, entschieden Willi und Elisabeth, ihre Kinder möglichst immer in der Nähe des Zeltes zu behalten.

„Komm schnell raus, Mama, es schneit", rief Jakob immer noch ganz aufgeregt.

„Das kann doch gar nicht sein", murmelte Elisabeth, erhob sich von ihrer Pritsche, wo sie gerade die Kleidung der Kinder sortierte, und schlug die Zeltplane zur Seite. Tatsächlich, es schneite. Sie sah ihren Sohn, wie er mit beiden Händen einen Trichter formte und die Flocken auffing. Zu ihrem Erstaunen schmolzen sie nicht.

„Der Schnee ist gar nicht kalt. Komm und fühl mal." Jakob hielt seiner Mutter stolz die Hände hin. Da begriff Elisabeth: Das war kein Schnee. Die Krematorien im nahegelegenen Konzentrationslager liefen offensichtlich auf Hochbetrieb und der Wind stand heute so ungünstig, dass die Asche bis in ihr Lager wehte. Sie erschauerte bei dem Gedanken, dass ihr kleiner Sohn menschliche Überreste in der Hand hielt, die sich nun schneeflockengleich über das gesamte Lager verteilten. Jakob wollte gerade – wie es kleine Kinder in ihrer Neugier zu tun pflegen – den vermeintlichen Schnee mit seiner Zunge berühren.

„Jakob, nein!", ging Elisabeth hastig dazwischen. „Lass den Schnee besser liegen und komm jetzt rein!"

„Nein, ich will noch draußen spielen." Jakob wollte nicht reinkommen. Endlich gab es mal etwas Abwechslung in diesem langweiligen Lager.

„Nein, Jakob, ich habe gesagt, du kommst jetzt rein!"

„Aber warum denn?" Der Junge wollte das Verbot seiner Mutter nicht einsehen. Elisabeth wusste nicht, wie sie ihrem Sohn erklären sollte, dass dies kein Schnee war, der da vom Himmel kam.

„Das ist kein Schnee, Jakob. Das ist Dreck." Sie schämte

sich für ihre Worte. Doch ihr fiel einfach nichts Besseres ein, ihren Sohn endlich zum Reinkommen zu bewegen, ohne ihn mit der verstörenden Wahrheit zu konfrontieren, die sie selbst kaum begreifen konnte.

Missmutig trottete Jakob zurück ins Zelt.

Ihre Wohnung lag zentral im Herzen von Bendsburg, einer polnischen Stadt am Rande des oberschlesischen Industriegebiets. Die Stadt war für die deutschen Besatzer aufgrund ihrer Lage von höchster strategischer Bedeutung, sodass schon kurz nach dem Einmarsch der Wehrmacht die gesamte Stadtverwaltung deutscher Obrigkeit unterstellt und der Name der Stadt in Bendsburg geändert wurde.

Die jüdische Bevölkerung erlebte daraufhin, was die Rassenideologie der Nazis bedeutete. Die Synagoge wurde niedergebrannt und alle Juden in einem Getto zusammengepfercht. Es dauerte fast vier Jahre, bis die Nazis die letzten Überlebenden aus dem Getto in das benachbarte Auschwitz gebracht hatten. Voller Stolz meldeten sie daraufhin an den Führer, Bendsburg sei endlich „judenfrei".

Auch Willi blieb nicht verborgen, was die Nazis mit den Juden anstellten und er schämte sich zunehmend seiner deutschen Herkunft. Doch er musste schnell feststellen, dass der Judenhass nicht nur ein Phänomen der staatlichen Obrigkeiten war, sondern auch in der Bevölkerung auf fruchtbaren Boden fiel. Er hatte sich, als er wieder mal an der Essensausgabe auf seine Ration warten musste, über die judenverachtende Sprechweise der jugendlichen Helfer empört und dafür übelste Anfeindungen über sich ergehen lassen müssen. Es war gefährlich, sich für einen freundlicheren Umgang mit den Juden auszusprechen.

Fortan hielt er seinen Mund. Er ahnte mittlerweile, dass

Alina, Isaak und David längst tot waren, und der Gedanke schmerzte ihn zutiefst. Für sie hatte die deutsche Invasion keine Erlösung von der sowjetischen Tyrannei gebracht, denn Hitler erwies sich ihnen gegenüber als ein ebenso grausamer Mörder wie zuvor Stalin. Willi hatte ein schlechtes Gewissen, weil er den deutschen Einmarsch ausgelassen bejubelt hatte, dem seine Freunde später zum Opfer fielen.

Die Wohnung lag im ersten Stock. Ein Wehrmachtssoldat drückte ihnen die Schlüssel in die Hand, wünschte viel Glück und verschwand sofort wieder. Unter den argwöhnischen Blicken ihrer Nachbarn gingen die Bergens die schmale Holztreppe hoch und waren froh, als sie endlich die Tür hinter sich schließen konnten. Überall waren noch Spuren der Vorbesitzer, da sich niemand die Mühe gemacht hatte, die Wohnung leer zu räumen. Die Bergens nutzten das, was die Menschen zurücklassen mussten: Schränke, Geschirr, Besteck, Bettlaken und Decken. Sie waren dankbar dafür, da sie selbst außer ihrer Kleidung aus Osterwick nichts mitgenommen hatten.

Auf dem Fenstersims stand ein siebenarmiger Kerzenleuchter und an den Wänden hingen noch etliche Bilder; Fotografien, die von einem fröhlichen Familienleben zeugten. Elisabeth stiegen die Tränen in die Augen und in ihre Dankbarkeit mischten sich heftige Schuldgefühle. Sie hängte die Bilder sofort ab. Nie und nimmer wollte sie den armen Menschen, denen ihre Wohnung und vermutlich auch ihr Leben genommen worden war, in die Augen schauen!

Das Familienfoto

Bendsburg 1944

Papa, können wir bitte, bitte das Foto machen lassen?"
Willi seufzte. „Greta, bitte verschone mich mit diesem Thema. Wie oft muss ich dir noch sagen, dass wir dafür kein Geld haben?"

Seit zwei Wochen lag Greta ihrem Vater nun schon jeden Abend in den Ohren. Auf ihrem Schulweg hatte sie ein kleines Fotostudio entdeckt, vor dessen Schaufenster sie täglich stehen blieb, um die ausgestellten Fotos zu bestaunen. Sie wünschte sich seither nichts sehnlicher, als auch endlich ein solches Bild von ihrer Familie machen zu lassen. Doch ihr Vater weigerte sich beharrlich. Nichts schien ihn umstimmen zu können.

Willi kam abends völlig erschöpft nach Hause. Den ganzen Tag lang musste er im kalten Schlamm Schützengräben ausheben. Er klagte über Rückenschmerzen, doch selbst als er kaum noch aufrecht gehen konnte, verweigerten ihm seine Vorarbeiter die dringend benötigte Schonung. Man rechnete mit einer russischen Großoffensive im Winter, daher taten die Deutschen alles, um ihre Verteidigungslinien möglichst rasch darauf vorzubereiten. Auf einen schmerzenden Rücken konnte da keine Rücksicht genommen werden.

Greta war enttäuscht. Sie würde auch heute wieder die Zähne zusammenbeißen und wutschnaubend in ihr Zimmer gehen, die Tür dabei etwas lauter hinter sich zuschlagen, sodass Papa ihren Ärger wohl mitbekäme.

„Was ist mit ihr?", fragte Willi an seine Frau gewandt, als er sich heißhungrig auf die belegten Brote stürzte.

„So ist sie schon seit einigen Monaten, falls du es noch

nicht bemerkt hast. Deine kleine Tochter ist auf dem Weg, eine Frau zu werden."

Willi kaute auf einem großen Stück Käse herum, ohne dass er wirklich verstand, was Elisabeth ihm sagen wollte. Dann fiel der Groschen. Willi hörte auf zu kauen, blickte seine Frau mit vollem Mund und großen Augen an.

„Deine Tochter ist mitten in der Pubertät. Vielleicht solltest du ihr ein bisschen mehr Aufmerksamkeit schenken." Elisabeth musste lachen, als ihr Mann sie mit diesem überforderten Blick anstarrte.

Weihnachten ging vorbei, ohne dass Greta das Thema noch einmal ihrem Vater gegenüber erwähnte. Sie wusste, dass sie in ihrer Mutter eine Verbündete hatte und diesen Trumpf wollte sie ausspielen, sobald die Feiertage vorüber waren. Am 27. Dezember musste Papa wieder in die Schützengräben, während die Kinder noch schulfrei hatten. Genügend Zeit also, um Mama in ihren Plan einzuweihen.

„Papa, können wir heute das Foto machen lassen?" Sie kannte die Antwort ihres Vaters.

„Greta, darüber haben wir doch schon ausführlich gesprochen." Willi zeigte sich überrascht, dass dieses Thema selbst die Weihnachtsfeiertage überlebt hatte. Er hätte nicht mit einer solchen Hartnäckigkeit seiner Tochter gerechnet.

„Gut. Du hast es nicht anders gewollt." Greta stemmte die Fäuste in die Seite und blickte ihren Vater mit funkelnden Augen an. „Wenn du nicht willst, dann machen wir das Foto eben ohne dich. Der Termin ist in einer halben Stunde!" Greta zog sich den Mantel über, legte den Schal um ihren Hals und begann, die Stiefel zu schnüren.

Willi wusste nicht, wie er mit diesem beherzten Vorgehen seiner Tochter umgehen sollte. Er hob den Zeigefinger, wollte gerade zu einem Tadel ansetzen, da sah er Elisabeth, die ebenfalls fertig angezogen aus dem Kinderzimmer kam. Offensichtlich befanden sich alle auf dem Weg zum Fotografen und Willi stand vor vollendeten Tatsachen. Wenn er jetzt nicht nachgab, dann würde das einzige Familienbild der Bergens ohne ihn gemacht werden.

Elisabeth sah ihren Mann mit erhobenem Zeigefinger in der Diele stehen. Sie grinste, weil sie wusste, dass er geschlagen war.

„Junge Dame, nicht in so einem forschen Ton. Haben wir uns verstanden?", sagte Willi schließlich an seine Tochter gewandt.

Der Tadel war kaum ernst zu nehmen, das wusste auch Greta. Sie blickte kurz auf, sah das verschmitzte Lachen in den Augen ihres Vaters und freute sich, dass auch er seinen Mantel anzog.

Volkssturm

Bendsburg 1945

Vielleicht war es einfach nur Zufall, vielleicht Glück. Sie selbst empfanden es als Segen, gar als Gebetserhörung, als sie kurz vor Beginn der russischen Winteroffensive aus Bendsburg evakuiert wurden. Elisabeth war erleichtert, gemeinsam mit ihren Kindern den Zug zu besteigen, der sie noch weiter nach Westen – nach Deutschland – und damit in Sicherheit brachte. Doch ihre Erleichterung wurde getrübt, da Willi nicht mitkommen konnte.

Nur wenige Tage vor ihrer Abreise hatte er die Einberufung zum Volkssturm erhalten. Sie sah es noch vor sich, wie sie an diesem Abend in der Küche standen, den Brief mit dem Siegel der Wehrmacht offen auf der Anrichte liegend. Sie sagten beide kein Wort, sahen sich mit traurigen Augen an. Schließlich nahm Willi seine Frau in den Arm. Minutenlang standen sie einfach nur da und hielten sich gegenseitig fest. Ganz so, als verabschiedeten sie sich schon hier und jetzt voneinander.

Am nächsten Morgen ging Willi früh ins Rathaus. Über Nacht hatte er die vermeintliche Eingebung bekommen, es könnte sich doch um einen Irrtum handeln. Offensichtlich hatten die Behörden seine mennonitische Kriegsdienstverweigerung übersehen. Umso ernüchterter kehrte er zurück.

„Ihr Glaube ist mir scheißegal!“, hatte ihn der Leutnant zusammengestaucht. „Entweder schließen Sie sich der Volksfront an, oder Sie werden vor ein Erschießungskommando gestellt!“

Willi sah ein, dass es zwecklos war, weiter zu diskutieren. Er würde sich schon bald mit einer Waffe in der Hand, die er kaum zu bedienen wusste, den Russen entgegenstellen. Sie beschlossen, den Kindern nichts davon zu sagen.

Am Bahnhof herrschte das pure Chaos. Jeder versuchte, einen Platz in einem der wenigen Züge zu ergattern. Die Soldaten hatten Befehl, auf jeden zu schießen, der ohne Genehmigung versuchte, die Absperrzäune zu überwinden. Manche wollten auf die Züge aufspringen, nachdem diese gerade den Bahnhof verlassen und noch nicht ihre volle Fahrt aufgenommen hatten. Doch auch dies wurde von den Behörden bald unterbunden, indem die Züge von bewaffneten Einheiten aus der Stadt eskortiert wurden.

Elisabeth trug Elsa. Das Mädchen war noch zu klein, um sich in dem Gedränge behaupten zu können, aber doch schon zu schwer, um lange gehalten zu werden. Nach wenigen Metern war Elisabeth so erschöpft, dass sie kaum noch einen Fuß vor den andern setzen, geschweige denn alle ihre Kinder im Auge behalten konnte.

Greta ergriff die Initiative. Sie ging voraus und schob, ohne darüber nachzudenken, die Menschen vor sich zur Seite, die sie teils um Haupteslänge überragten. Ihre Geschwister und ihre Mutter folgten ihr dicht auf den Fersen. Sie schlängelten sich durch die Menge, bis sie schließlich die Absperrzäune erreichten und das Bahnhofsgelände betreten konnten.

Als sich der Zug endlich in Bewegung setzte, konnte Elisabeth nicht mehr an sich halten. Die Anspannung wich, doch die Sorge um ihren Mann quälte sie dafür umso stärker. Sie fing an zu weinen und konnte auch dann nicht aufhören, als sich die Kinder mit besorgten Mienen um sie stellten. Es war, als ob eine dunkle, alles verschlingende Angst nach ihrer Seele griff.

Die Einweisung an der Waffe dauerte gerade einmal zwanzig Minuten. Danach standen sie in Reih und Glied auf dem verschneiten Kasernenhof und warteten, dass ihnen vom Quartiermeister Uniformen ausgehändigt wurden. Eine erbärmliche Truppe, dachte Willi. Wie sollte ein derart schlecht ausgebildeter Haufen alter Männer den Ansturm der *Roten Armee* stoppen? Er nickte kaum merkbar, als sein Nachbar das Wort „Kanonenfutter" flüsterte.

Der Feldwebel, ein cholerischer Mann, dessen Gesicht ein Geflecht kleinster, geplatzter Äderchen durchzog, hatte die Bemerkung gehört. Er trat ganz dicht an den Unglücksraben heran, bis sich ihre Nasenspitzen fast berührten.

„Wie ist Ihr Name?", brüllte der Feldwebel so laut, dass der gesamten Kasernenhof zu beben schien.

„Friesen, Peter. Herr Feldwebel."

Willi horchte auf. Peter Friesen. Der Name ließ auf einen mennonitischen Hintergrund schließen.

„Peter Friesen, wiederholen Sie, was Sie gerade gesagt haben. Laut und deutlich, sodass wir alle es verstehen können."

Willi sah aus dem Augenwinkel, wie der Feldwebel seine Spucke auf Peter Friesens Gesicht verteilte, während er ihn weiter anschrie.

„Kanonenfutter", sagte Friesen leise.

„Lauter! Ich kann Sie nicht hören."

„Ich habe gesagt, dass wir alle doch nur Kanonenfutter sind."

„Ist hier noch jemand der gleichen Ansicht, wie unser heldenhafter Kamerad Friesen?" Feldwebel Heinrichs wandte seinen Blick nicht ab, wusste er doch, dass sich niemand traute, auch nur ein Wort zu sagen. Er trat einen Schritt zurück, zog seine Pistole aus dem Holster und hielt sie Peter Friesen direkt an die Stirn.

„Wenn Sie der Meinung sind, Sie wären nichts weiter als Kanonenfutter, dann ist es sicher nicht schade, wenn ich Sie gleich hier und jetzt erschieße."

Peter Friesen zitterte nun am ganzen Leib. Der Schweiß auf seiner Stirn rann ihm in die Augen. Er versuchte, das Blinzeln zu unterdrücken, doch es gelang ihm nicht. Feldwebel Heinrichs schien das nicht zu kümmern.

„Es ist Ihre Entscheidung. Entweder Sie gehen jetzt da raus und treten dem Russen wie ein Mann entgegen, oder Sie lassen sich hier von mir wie ein Schwein abknallen. Was wäre Ihnen lieber?"

Peter Friesen nickte. Weil er dabei immer noch so heftig zitterte und der Schweiß ihm in den Augen brannte, sah es aus wie ein epileptischer Anfall.

Der Feldwebel steckte seine Waffe zurück in das Holster und fuhr an alle gewandt fort: „Morgen früh rücken Sie aus, um Ihre Kameraden in den Schützengräben zu unterstützen. Ich erwarte von Ihnen, dass Sie dem Iwan gehörig in den Arsch treten. Haben Sie das verstanden?"

„Jawohl, Herr Feldwebel", erklang es wie aus einer Kehle.

Erstaunlich, wie schnell die Angst eine willfährige Einheit aus ihnen schmiedete.

„Jegliches Zurückweichen vor dem Feind wird als Hochverrat gewertet. Ich muss Ihnen wohl nicht noch einmal erklären, was das bedeutet, meine Herren." Der Feldwebel ließ seinen glasigen Blick über die Männer gleiten. Es war ihm anzusehen, dass er nicht viel von ihnen hielt.

„Abtreten!"

„Ich bin Willi. Willi Bergen." Willi streckte dem Mann seine Hand entgegen, der sich gerade erschöpft auf eine Pritsche fallen ließ.

„Friesen, Peter Friesen."

„Ja, ich weiß. War nicht zu überhören."

Die beiden Männer grinsten sich an. Sie waren ungefähr im gleichen Alter.

„Woher kommst du?", fragte Willi.

„Aus Rosental. Ein kleines Dorf in der Nähe von Saporoshje."

„Ja, ich weiß, wo das ist. Ich komme aus Osterwick."

„Und ich komme aus Einlage", meldete sich ein weiterer zu Wort, der ihre Unterhaltung verfolgt hatte. „Ich heiße Jakob Neufeldt."

Plötzlich saßen sie zu dritt beieinander. Drei Männer, die sich nie zuvor gesehen hatten und nun, so fern der Heimat, das gleiche Schicksal teilten. Sie unterhielten sich leise bis spät in die Nacht. Es war für sie alle tröstlich zu wissen, nicht allein an die Front ziehen zu müssen.

Am nächsten Morgen wurden sie noch weit vor Sonnenaufgang geweckt. Kaum einer von ihnen hatte in der Nacht ein Auge zugetan. Es blieben ihnen zehn Minuten, um sich abmarschbereit auf dem Kasernenhof einzufinden. Willi, der es sich angewöhnt hatte, in den Wintermonaten eine doppelte Lage Kleidung zu tragen, zog nun die neue Uniform über seine Zivilkleidung.

„Spinnst du?", raunte Peter von seiner Pritsche, der sah, was Willi vorhatte. „Weißt du denn nicht, dass sie jeden erschießen, der in Zivilkleidung erwischt wird?"

Natürlich wusste Willi das, doch er war bereit, dieses Risiko einzugehen. Falls er den Bombenhagel wider Erwarten überleben sollte, dann wollte er ganz sicher nicht in deutscher Wehrmachtsuniform aufgegriffen werden.

Der Sturm brach nur einen Tag, nachdem sie die Schützengräben erreicht hatten, über sie herein. Die *Rote Armee* hatte die Weichsel am 12. Januar überquert und rückte binnen weniger Tage in Richtung Bendsburg vor. Die deutschen Soldaten versuchten, sich dem Ansturm mit aller Kraft entgegenzustellen und fügten den Russen trotz deren zahlenmäßiger Überlegenheit an Panzern, Flugzeugen und Soldaten erhebliche Verluste zu. Doch letztlich konnten sie den Vormarsch nicht aufhalten.

In den Schützengräben rund um Bendsburg brach heillose Panik aus, als die Männer die Übermacht an russischen Panzern auf sich zurollen sahen. Willi lag tief geduckt neben Peter Friesen in dem eisigen Schützengraben und spürte, wie die Erde unter dem Dauerfeuer ihrer Artilleriegeschütze erbebte. Doch selbst diese massive Feuerkraft konnte das Vorrücken der *Roten Armee* nicht stoppen. Die Geschosse aus den Mündungsrohren der russischen Panzer schlugen immer näher ein. Bald regnete es tonnenweise Eis und Dreck auf die Männer herab und niemand wagte es noch, den Kopf zu heben. Da mochten sich die Offiziere die Lunge aus dem Leib brüllen, um die unerfahrenen Männer zur Gegenwehr anzustacheln … Ihre Panik war selbst unter dem ohrenbetäubenden Lärm der

Granaten nicht zu überhören und verunsicherte die verängstigten Rekruten noch zusätzlich.

Diesen Tag überlebe ich nicht, dachte Willi. Er hatte mittlerweile jegliches Zeitgefühl verloren, die wenigen Schüsse in Richtung des Feindes komplett eingestellt. Sein Gewehr lag längst im Matsch, da es sich als sinnlos erwies, diese heranrückende Feuerwalze mit einer alten Flinte abwehren zu wollen. Er saß tief geduckt im Graben. In den Pulverdampf mischte sich der Geruch von Blut und menschlichen Exkrementen, doch Willi konnte sich nicht die Nase zuhalten, da er seine Hände brauchte, um sich vor dem infernalischen Lärm zu schützen.

In einem kurzen Moment der Feuerpause presste er sein rechtes Ohr gegen die Schulter, um mit der freigewordenen Hand an das Bild zu gelangen, das er im Innenfutter seines Mantels mit sich führte. Es war das Foto, das sie vor wenigen Tagen beim Fotografen hatten machen lassen. Jetzt war Willi froh, dass sich Greta so vehement über seine Bedenken hinweggesetzt hatte. Er betrachtete das Bild, vor allem seine schöne Frau Elisabeth, die so ernst, fast aristokratisch wirkte. Ganz so, wie er sie seit jeher kannte. Sie war leider viel zu selten ausgelassen und fröhlich gewesen. Was wäre wohl in einem freieren, glücklicheren Leben aus ihr geworden? Seine fünf Kinder – Greta, Anna, Jakob, Olga und Elsa – erfüllten ihn alle mit besonderem Stolz. Es machte ihn traurig, dass er sie wohl nicht würde aufwachsen sehen.

Peter Friesen bemerkte, wie Willi inmitten des Bombenhagels auf das Bild starrte. Auch er hatte sein Gewehr längst in den Schlamm fallen lassen und kam nun in geduckter Haltung zu Willi gelaufen. Er wollte wissen, was das für ein Bild war, das Willi so aufmerksam betrachtete. Plötzlich übertönte ein grelles Pfeifen den Kanonendonner. Willi duckte sich instinktiv weg, rief Peter noch zu, sich auch in Deckung zu bringen. Doch seine Worte gingen im Krachen der Explosion unter, die Peter Friesen in tausend Stücke riss. Die Druckwelle schleuderte Willi nach hinten, sodass er mit dem Kopf hart gegen einen Holzbalken stieß. Er blieb benommen in einer großen Pfütze liegen, schmeckte den kalten Schlamm, der langsam seinen Mund füllte. Er rollte sich zur Seite, steckte das Foto wie in Trance zurück in seine Innentasche.

Dann sah er sie. Russische Soldaten, die mit Maschinenpistolen im Anschlag den Schützengraben stürmten. Es war endlich vorbei.

Zuflucht

Thüringen 1945

Greta stand dem grobschlächtigen Bauern gegenüber, der die Familie Bergen von nun an unter seinem Dach beherbergen sollte. Breitbeinig und mit verschränkten, massigen Armen sah er auf sie herab, ließ sie deutlich spüren, dass er alles andere als begeistert war, diese ukrainische Familie bei sich aufzunehmen. Er handle nur auf Anweisung der Behörden, wurde er nicht müde zu betonen.

„Wo kommt ihr her?", fragte er grob.

„Aus Osterwick." Greta sah nicht ein, sich vor dem unfreundlichen Bauern zu ducken. Sie hatten es sich schließlich nicht ausgesucht, ihre Heimat zu verlassen und nun diesem Mann zur Last zu fallen, so wie es viele Tausend andere Familien ebenfalls gezwungen waren zu tun.

„Was sagst du? Du kannst ja noch nicht einmal richtig Deutsch reden. Warum soll ich angebliche Deutsche durchfüttern, wenn sie noch nicht einmal unsere Sprache können?" Er wandte sich theatralisch gen Himmel, ganz so, als ob er sich beim Herrgott höchstpersönlich über sein hartes Schicksal beschweren wollte.

Greta wusste, dass sie längst kein reines Hochdeutsch sprach, doch das tat dieser Bauer hier ganz gewiss auch nicht. „Sie haben mich schon verstanden", sagte Greta. „Und ich wäre Ihnen dankbar, wenn Sie uns jetzt das Zimmer zeigen könnten. Wir sind von der Reise sehr erschöpft."

Der Bauer sah fragend auf Greta herab, musterte die ganze Familie. „Was ist mit dir?", fragte er schließlich, an Elisabeth gewandt. „Schickst deine Tochter vor und kriegst selbst das Maul nicht auf?"

Elisabeth reagierte nicht auf die Anfeindung des Bauern. Sie hätte keinen Ton herausbekommen, ohne nicht sofort in Tränen auszubrechen, daher war sie froh und dankbar, dass Greta das Reden übernahm.

„Meine Mutter braucht Ruhe. Wir würden also gerne unser Zimmer beziehen." Greta versuchte, die herablassende Art des Mannes zu ignorieren, auch wenn sie innerlich vor Wut kochte.

„Nur damit das klar ist …" Der Bauer trat einen Schritt auf Greta zu. Er war wenigstens zwei Köpfe größer als sie und schien nicht gewillt, auch nur eine Spur Freundlichkeit oder Mitgefühl zu zeigen. „Ich habe ganz sicher nichts zu verschenken. Morgen früh um sechs werdet ihr mit auf die Felder fahren und für Kost und Logis arbeiten. Habt ihr das verstanden?"

Greta konnte kaum noch an sich halten. Sie trat ihrerseits einen Schritt vor und antwortete frech: „Nur wer etwas hat, kann auch etwas verschenken. Ich hätte daher nie erwartet, von Ihnen etwas zu bekommen … Und selbstverständlich werden wir arbeiten."

Greta und der Bauer standen sich gegenüber, blickten sich mit vor Wut funkelnden Augen an.

„Wo ist dein Vater?", fragte der Bauer schließlich. „Es wird höchste Zeit, dass dir mal jemand Manieren beibringt."

„Der kommt bald und er wird dann ganz bestimmt an

nichts anderes denken, als mir Manieren beizubringen", erwiderte Greta verächtlich.

„I ... I ... Ich bin f ... f... fertig, Papa", stotterte der Sohn des Bauern, der gerade aus dem großen Haus trat. Er blickte verängstigt zu ihnen herüber, ohne dabei seinem Vater ins Gesicht zu sehen. Er war deutlich älter als Greta, doch seine Behinderung ließ ihn viel kindlicher wirken. Speichel tropfte ihm aus dem Mund, was in Greta erst Ekel, dann Mitleid auslöste. Der Junge – Theo war sein Name – erinnerte sie an zwei Kinder in Osterwick, von denen es hieß, sie seien nicht ganz richtig im Kopf. Sie hatte immer ein wenig Angst vor den beiden gehabt. Doch Theo wirkte überhaupt nicht bedrohlich, im Gegenteil. Er schien verschüchtert und zuckte bei jedem Satz seines Vaters zusammen.

„Zeig ihnen das Zimmer. Und du kannst auch gleich ihre Koffer tragen", sagte der Bauer. Offensichtlich hielt er von seinem Sohn noch weniger als von der Flüchtlingsfamilie, die nun gezwungenermaßen unter seinem Dach wohnen sollte.

„Warum hast du dem Bauern gesagt, dass Papa bald nachkommt?", fragte Elisabeth ihre Tochter, nachdem Theo den letzten Koffer in ihr Zimmer gebracht hatte. Endlich konnten sie die Tür hinter sich verschließen.

Greta packte bereits die ersten Koffer aus und legte die Kleider in die Schränke. „Weil es mir sicherer erschien, den Mann in dem Glauben zu lassen, Papa sei schon auf dem Weg zu uns."

Elisabeth staunte über die Klugheit ihrer Tochter. Sie war dankbar dafür, dass Greta sich auf der langen Reise als die Stütze erwiesen hatte, die sie selbst nicht mehr sein konnte. Sie wusste nicht, woher dieser graue Schleier kam, der sich so urplötzlich über sie gelegt hatte und ihr fortan jeden Lebenswillen raubte. Sie wollte für ihre Kinder stark sein, doch aus unerklärlichen Gründen sah sie sich dazu nicht mehr in der Lage.

„Und außerdem …" Greta machte eine kurze Pause, als wöge sie ihre Worte ab. „Und außerdem glaube ich wirklich, dass Papa bald wiederkommt."

Gefangenschaft

Bendsburg 1945

Die Russen hatten mit Stacheldraht ein provisorisches Gefangenenlager errichtet. Auf einem knappen Hektar drängten sich nun über fünftausend deutsche Kriegsgefangene, auf freiem Feld schutzlos dem kalten Wind und dem Schneefall ausgesetzt. Täglich wurden weitere inhaftierte Wehrmachtssoldaten in die Umzäunung getrieben. Willi und Jakob Neufeldt versuchten, trotz des Gedränges beieinanderzubleiben. Sie hielten sich vom Zaun fern, um nicht auch durch den Druck der Menschenmasse immer dichter gegen die zackigen Widerhaken gedrängt zu werden. Den Offizieren blieb diese Tortur erspart. Sie wurden von den *Tschekisten* direkt an Ort und Stelle erschossen.

Nach einer Woche lichteten sich die Reihen. Der erste Gefangenentreck, bestehend aus fast tausend Mann, setzte sich in Bewegung gen Osten. Es hieß, dass man sie nach Sibirien bringen würde. Da die Wehrmacht auf ihrem Rückzug vor der *Roten Armee* alle Gleisanlagen zerstört hatte, mussten die Gefangenen erst einige Hundert Kilometer weit marschieren, bevor es mit einem Güterzug weitergehen konnte. Kälte, Hunger und unbehandelte Verletzungen sorgten dafür, dass etliche die Märsche nicht überlebten. Wer sich nicht mehr auf den Beinen halten konnte, wurde dort liegen gelassen, wo er umfiel.

Zu ihrer eigenen Sicherheit jagten die begleitenden Soldaten manchem noch eine Kugel durch den Kopf. Jeder geglückte Fluchtversuch konnte für die Wachmannschaften selbst zum Problem werden. Doch nicht nur deswegen gingen sie mit äußerster Härte gegen die Kriegsgefangenen vor. Es war ihre Form der Rache für die Gräueltaten der deutschen Besatzer.

Auf dem tagelangen Marsch fragte sich Willi, welche Schuld ihn an diesem verdammten Krieg eigentlich traf. Warum musste ausgerechnet er für die Taten der Nazis büßen? Zeit seines Lebens hatte er sich jeglicher Gewaltanwendung widersetzt, nie einem einzigen Menschen auch nur ein Haar gekrümmt. Natürlich hatte er sich gefreut, als die Deutschen nach Osterwick kamen und sie nach all den Jahren endlich von Stalins Tyrannei befreit wurden. Stalin hatte schließlich alles getan, um die „Deutschen" in der Ukraine spüren zu lassen, dass sie unerwünscht waren. Hätte er sich als „Volksdeutscher" – bis vor Kurzem wusste er nicht einmal, dass man ihn so bezeichnete – nicht über seine Befreiung freuen dürfen?

Willi spürte, wie mit jedem Tag die Wut in ihm zunahm. Die Wut über Stalins mörderischen Klassenkampf, dem er so viele Jahre hilflos ausgesetzt war. Und ebenso die Wut auf Hitlerdeutschland und die absurde Rassenideologie, für die er nur Verachtung empfand. Die Wut auf die russischen Soldaten, die jeden „Deutschen", ungeachtet seiner tatsächlichen Herkunft und Taten, wie Dreck behandelten …

Immer wieder dachte er darüber nach, seinen Peinigern einfach davonzulaufen. Den ganzen langen Weg, den sie gekommen waren, einfach wieder zurückzumarschieren. Doch dann sah er die Soldaten neben ihrer Kolonne, hoch zu Ross und schwer bewaffnet. Sie würden jeden Fluchtversuch unterbinden, sofort auf ihn schießen. Und so marschierte Willi einfach immer weiter gen Osten. Die Orte, durch die sie kamen, trugen zumeist noch deutsche Namen. Doch auch diese Ortsschilder würden bald verschwinden, um jegliches Andenken an die deutsche Besatzung so schnell wie möglich auszulöschen. Nichts sollte mehr an die Faschisten erinnern, die so viel Leid und Elend über die Bevölkerung gebracht hatten. Die Schaulustigen, die allerorts die Straßen säumten, blickten voller Verachtung auf den Zug deutscher Kriegsgefangener, als sie unter den Stockschlägen der russischen Sieger durch ihre zerstörten Städte getrieben wurden.

In der Kleinstadt Reichshof ahnte Willi, dass ihre Reise hier zu einem vorläufigen Ende kommen würde. Wahrscheinlich war der Bahnhof, auf dem man sie in die Waggons umladen würde, nicht mehr weit. Die Soldaten waren ausgelassener als sonst, trieben die Gefangenen zu besonderer Eile, als wollten sie das letzte Stückchen ihrer beschwerlichen Reise nun endlich hinter sich bringen. Willi, der sich im hinteren Drittel aufhielt, sah, wie der Zug vor ihm um eine Häuserecke bog. Die Ruinen standen hier so dicht an der zerbombten Straße, dass nicht mehr als zwei oder drei Männer nebeneinander gehen konnten.

Wahrscheinlich würden die berittenen Soldaten hinter dem Zug bleiben. Und außerdem gab es hier keine Schaulustigen, die ihre Flucht sofort verraten hätten. War das vielleicht die letzte Gelegenheit? Willi spürte, wie ihm das Adrenalin in die Adern schoss. Jetzt oder nie, dachte er. „Jakob. Wenn wir es jetzt nicht probieren, dann …"

Jakob begriff sofort. An eben jener Stelle, wo der Zug um die Ecke bog, hätte eigentlich ein Rotarmist mit einem Gewehr im Anschlag stehen müssen, um diese Position zu sichern. Doch offensichtlich schwanden auch bei den Soldaten die Kräfte und die Aufmerksamkeit. Willi und Jakob nahmen all ihren Mut zusammen, und gingen, anstelle dem Zug um die Ecke zu folgen, einfach weiter geradeaus. Schon nach wenigen Metern verschwanden sie zwischen zwei eng beieinanderstehenden Häusern.

Ohne ihr Tempo zu verändern und ohne sich umzudrehen, gingen sie immer weiter. Beiden Männern schlug das Herz bis zum Hals. Der Angstschweiß lief ihnen den Rücken hinunter und sie erwarteten jeden Moment den russischen Befehl, der sie zum Stehenbleiben zwingen sollte. Wenn sich die Soldaten überhaupt noch mit Worten begnügten und nicht sofort das Feuer auf sie eröffneten. Doch nichts passierte. Weder ein Befehl noch ein Schuss. Sie überquerten eine kleine Parallelstraße und erst jetzt getraute sich Willi, einen Blick über die Schulter zu riskieren. Er erwartete einen Soldaten, der hoch zu Ross hinter ihnen hergaloppierte und das Gewehr auf sie gerichtet hielt. Aber da war niemand. Willi zog Jakob in einen zerstörten Hauseingang, von wo aus sie zurück zur Straße blicken konnten. Die Straße war leer. Der Gefangenenzug war, ohne ihre Flucht zu bemerken, weitermarschiert.

Die beiden Männer konnten ihr Glück kaum fassen, sahen sich an und fielen sich in die Arme. Keiner sagte ein Wort, zu sehr fürchteten sie, doch noch jemanden auf sich aufmerksam zu machen. Willi zog schnell seine Uniform aus, warf sie hinter einen Geröllhaufen. Dann versteckten sie sich in einer Ruine und warteten, bis die Dunkelheit hereinbrach. Zum ersten Mal seit vielen Tagen verspürte Willi wieder so etwas wie Zuversicht in sich aufsteigen. Zuversicht, dass er seine Familie vielleicht doch noch einmal wiedersehen würde.

Auf der Suche

Polen/Tschechoslowakei 1945

Die beiden Männer trennten sich bereits nach wenigen Tagen, da Jakob seine Familie in einem Auffanglager in Schleswig-Holstein vermutete. Er wanderte in nördlicher

Richtung, während Willi immer weiter westwärts Richtung Thüringen ging.

Es war ein beschwerlicher Weg, da er allezeit darauf gefasst sein musste, einer russischen Patrouille zu begegnen. Tagsüber schlief er in verlassenen Häusern und lief nur im Schutz der Nacht, immer entlang der Straße, die er wenige Tage zuvor in entgegengesetzter Richtung gekommen war. Wenn er ein Motorengeräusch hörte oder die Scheinwerfer eines Wagens sah, sprang er schnell zur Seite, legte sich flach auf den Boden und wartete, bis das Gefährt wieder in der Dunkelheit verschwand. Um größere Städte und Dörfer machte er bewusst einen Bogen, da dort die schärfsten Kontrollen und Sicherheitsvorkehrungen zu erwarten waren.

Willi hatte keinen Pass mehr und trug auch sonst keine Papiere bei sich, mit denen er sich gegenüber den Russen hätte ausweisen können. Er wusste auch nicht, welche Nationalität ihm von Nutzen gewesen wäre. Pole? Er hätte keine Antwort auf die Frage geben können, warum er sich in diesen Zeiten allein auf Wanderschaft befand. Außerdem konnte er kein Polnisch. Deutscher? Er beherrschte zwar die Sprache und hätte vorgeben können ein Zivilist zu sein, doch es war derzeit nicht ratsam, sich den Russen gegenüber als Deutscher auszugeben. Und Russe? Auch das kam nicht in Frage, da seine angeblichen Landsleute dann einen Deserteur in ihm vermuteten, der von den *Tschekisten* auf der Stelle erschossen worden wäre. Ihm blieb nur, sich nicht erwischen zu lassen und möglichst schnell in amerikanisches oder britisches Besatzungsgebiet durchzuschlagen.

Der Hunger zwang ihn schließlich, seine Vorsicht fahren zu lassen, auch wenn das bedeutete, dass er die Menschen auf seinem Weg um das Wenige bestehlen musste, das ihnen selbst noch zum Leben geblieben war.

„Halt, wer ist da?"

Willi verstand nicht, was der Mann hinter ihm sagte, doch das unverkennbare Klicken eines gespannten Abzugs ließ ihm sofort das Blut in den Adern gefrieren. Es war stockdunkel in der Scheune, sodass er den Mann nur schemenhaft gegen das hereinfallende Mondlicht erkennen konnte. Willi drehte sich langsam und mit erhobenen Händen um. Schnell abhauen, kam es ihm in den Sinn, doch der knurrende Magen lähmte sein Reaktionsvermögen.

„Wer ist da?", fragte der Mann ein weiteres Mal, nun auf Deutsch.

„Hunger", war das Einzige, was Willi in diesem Moment einfiel. Ein erneutes, deutlich hörbares Knurren seines leeren Magens unterstrich sein Anliegen. Der Mann hielt weiterhin die Flinte auf ihn gerichtet.

„Rauskommen. Los."

Willi blieb nichts anderes übrig, als die Scheune zu verlassen, in die er kurz zuvor auf der Suche nach etwas Essbarem eingebrochen war. Er hatte dieses Gehöft am Rand des Waldes entdeckt, den er bereits seit mehreren Tagen durchstreifte. Vermutlich befand er sich schon weit auf tschechischer Seite, doch so genau wusste er das nicht. Im Schutz des Waldes wagte Willi es auch tagsüber zu marschieren. Er orientierte sich dann grob am Stand der Sonne und am Moosbewuchs der Bäume, doch Gewissheit über seinen genauen Standort gab ihm das nicht. Sein letzter Anhaltspunkt war die Straße, die er etwa fünfzig Kilometer vor Breslau verlassen hatte, da er sich nachts immer häufiger vor russischen Patrouillenfahrzeugen verstecken musste. Willi hatte gehört, dass sich die russischen Verbände um Breslau herum angesammelt hatten und es dort zu heftigen Gefechten mit der Wehrmacht kam. Daher war es wohl das Beste, einen großen Bogen um diese Stadt zu machen.

„Was hast du hier zu suchen?", fragte der Bauer, der trotz

seiner Flinte den verängstigten Unterton in der Stimme nicht verbergen konnte.

„Essen", sagte Willi. „Ich brauche etwas zu essen. Bitte."

„Wer bist du? Ein Soldat? Russe oder Deutscher?"

„Nein, nein … kein Soldat. Ich bin auf der Suche nach meiner Familie."

Der Bauer hielt seine kleine Öllampe etwas höher, um Willis Gesicht sehen zu können. Er schien nicht überzeugt. „Und deine Familie ist hier in meiner Scheune, oder was? Du bist doch nur ein Dieb, der in mein Haus eingebrochen ist, weiter nichts. Was sollte mich also davon abhalten, dich zu erschießen?"

Willi wusste nicht, wie er dem alten Mann seine Lage erklären sollte. „Bitte, ich brauche ihre Hilfe", sagte er, weil ihm nichts Klügeres einfiel, um ihn von seiner misslichen Lage zu überzeugen. Er konnte es dem Bauern nicht verdenken, trieben sich in dieser Gegend sicher unzählige zwielichtige Gestalten herum, die alle einen triftigen Grund hatten, nicht entdeckt zu werden. Doch dann kam ihm eine Idee.

„Darf ich?", fragte er und griff mit seiner rechten Hand langsam in das Innere seines Mantels. Der Bauer beobachtete argwöhnisch, wie Willi ein Stück Papier hervorzog. Es war ein Bild. Ein Foto.

„Hier, das ist meine Familie. Sie müssen irgendwo in Deutschland, in Thüringen sein."

Der Bauer betrachtete das Bild. Dann sah er wieder hinüber zu Willi, als wollte er sich vergewissern, dass der Mann, den er hier mit seiner Flinte in Schach hielt, tatsächlich der friedliche Familienvater auf dem Bild war. Immer wieder blickte er zwischen dem Bild und Willi hin und her, bis er schließlich so weit überzeugt schien, dass von dem Fremden in seiner Scheune keine Gefahr ausging. Er senkte seine Flinte und hieß Willi mürrisch, ihm ins Haus zu folgen.

„Du bist also Deutscher“, bemerkte der Bauer, der dem ausgehungerten Willi dabei zusah, wie er die heißen Kartoffeln mitsamt den Bohnen verschlang. „Bist du abgehauen?“

Willi nickte. Er sog die Luft ein, weil er sich den Mund verbrannt hatte. „Aus russischer Gefangenschaft.“

Der Bauer schien beeindruckt.

„Wir wurden in Bendsburg gefangen genommen und waren schon bis Reichshof marschiert. Dort bin ich dann einfach abgehauen. Es war viel leichter, als wir dachten“, sagte Willi mit einem verschmitzten Lächeln.

„Und deine Familie? Ist die auch auf der Flucht?“

„Ja, sie konnten Bendsburg zum Glück noch rechtzeitig vor den Russen verlassen. Ich musste bleiben und im Volkssturm kämpfen. Ursprünglich kommen wir aus der Ukraine.“

„Das ist weit weg. Weit weg von der Heimat“, sagte der Bauer nickend.

„Und du? Bist du Pole?“, fragte Willi, als dem Bauern die Fragen ausgingen.

„Ich bin Pole, meine Frau Tschechin. Vor dem Krieg haben wir auf beiden Seiten der Grenze gelebt, mal hier, mal dort. Nach dem Einmarsch der Deutschen waren wir plötzlich Teil des Deutschen Reichs. Und jetzt, wo der Krieg sich langsam dem Ende zuneigt, werden wir vielleicht bald alle Russen sein.“

„Und? Fürchtest du dich gar nicht davor?“ Willi wusste nicht, wie er die fast gleichgültige Schilderung des alten Mannes deuten sollte.

„Nun, ich bin ja keine Frau. An mir werden sie nicht viel Freude haben“, erwiderte der Alte mit einem säuerlichen Lachen.

Willi wusste, worauf der Mann anspielte. Er hatte die Leichen der Frauen gesehen, die halb entblößt am Wegrand lagen. Frauen und Mädchen, die auf ihrer Flucht vor der *Roten Armee* eingeholt und von den Soldaten vergewaltigt worden waren. Nur wenige hatten dieses Martyrium überlebt und ihm grauste bei dem Gedanken, was die Russen mit seinen Mädchen anstellten, wenn die sich nicht weit genug in Sicherheit hatten bringen können.

„Warum hilfst du mir?“, fragte Willi den Alten, der seit seiner Flucht aus Osterwick nicht mehr auf so viel Gastfreundschaft gestoßen war.

Der Mann ließ sich Zeit mit seiner Antwort, doch was er dann sagte, sollte Willi nie wieder vergessen. „Die Deutschen nahmen mir meine beiden Söhne. Sie wurden vor mehr als drei Jahren für den Kriegsdienst eingezogen, ich habe sie seither weder gesehen, noch von ihnen gehört. Ich weiß nicht, was aus ihnen geworden ist. Und nun verstecke ich seit zwei Monaten meine Tochter und meine Frau vor den Russen. Sie leben in ständiger Angst, entdeckt zu werden. Ganz egal, aus welcher Himmelsrichtung die Soldaten kamen, sie entpuppten sich jedes Mal als leibhaftige Teufel. Ich bin fast wahnsinnig vor Angst und Sorge geworden und wollte das nicht mehr länger mit mir machen lassen. Ich habe daher den Entschluss gefasst, dass jeder, der sich hierher auf unseren Hof verirrt, wie ein Mensch behandelt wird. Ganz gleich, für wen oder was er gekämpft, oder was er alles Grauenhaftes getan hat. Manchmal gelingt es mir besser, manchmal schlechter. Dass ich vorhin mit der Waffe vor deinem Gesicht rumgefuchtelt habe, zeigt, dass sich meine Angst nicht immer so leicht überlisten lässt.“ Der Alte lachte leise in seinen Bart.

„Aber das ist doch ziemlich gefährlich, oder nicht?“, ging Willi fragend dazwischen. Er konnte nicht begreifen, woher der Alte seinen Mut nahm.

„Ja, das ist es. Und vielleicht bringt mich das schneller ins Grab, als mir lieb ist. Aber wenigstens sterbe ich dann mit einem Rest an Würde und Anstand. Oder hast du eine bessere Idee, wie man sich in einer Welt verhalten soll, in der Gastfreundschaft und Menschlichkeit lebensgefährliche Tugenden geworden sind? Sollte ich deshalb davon ablassen?“

Willi wusste nichts darauf zu antworten. Er war tief beeindruckt von dem, was der Bauer sagte.

„Du kannst heute Nacht hier in der Küche am Herd schlafen", sagte der Alte schließlich, bevor er sich erhob, um zu Bett zu gehen. „Morgen früh musst du weiterziehen."

Willi schlief in dieser Nacht so gut wie seit Wochen nicht mehr.

Wiedersehen

Thüringen 1945

Der Postbeamte fluchte leise vor sich hin, als die Meldung aus dem kaputten Lautsprecher seines Volksempfängers knarzte. „... erklären die bedingungslose Kapitulation aller unserer Streitkräfte zu Lande, zu Wasser und in der Luft sowie aller übrigen Streitkräfte, die zur Zeit unter deutschem Befehl stehen, vor dem Oberkommando der *Roten Armee* und gleichzeitig vor dem Oberkommando der alliierten Expeditionsstreitkräfte."

Ansonsten blieb es auffällig ruhig in der kleinen Poststelle. Keiner der Wartenden zeigte eine Reaktion der Freude oder des Bedauerns. Der Beamte versuchte sich wieder auf das Telegramm zu konzentrieren, das die ältere Dame ganz vorne in der Schlange ihm gerade diktierte. Doch die Ruhe währte nicht lange. Von draußen drangen plötzlich lautes Hupen und Jubelschreie zu ihnen herein.

Willi warf einen Blick durch das verdreckte Fenster, sah die amerikanischen GIs, wie sie sich ausgelassen vor Freude in den Armen lagen und ihre Mützen in die Luft warfen. Für sie war die deutsche Kapitulation ein Grund zum Feiern. Der Krieg war endlich vorbei.

„Haben Sie diese Familie vielleicht schon einmal gesehen?" Willi schob dem Postbeamten das Foto über den Tresen, so wie er es Dutzende Male zuvor in anderen Ortschaften getan hatte, von denen er wusste, dass hier Flüchtlinge aus den Ostgebieten lebten.

„Nee, kenn ich nicht." Der Mann warf kaum einen Blick auf das Foto. Zu viele dieser Anfragen hatte man ihm in der Vergangenheit gestellt, ohne dass er jemals weiterhelfen konnte.

„Ich bitte Sie, sich das Foto noch einmal genau anzuschauen. Es ist wirklich sehr wichtig."

„Nee, kenn ich nicht, hab ich gesagt. Und jetzt aus dem Weg, da warten noch andere Herrschaften."

Willi verließ geknickt die Poststelle und setzte sich draußen auf eine Bank in die Sonne. Er würde sich weiter durchfragen, so lange, bis er seine Familie wiedergefunden hatte. Doch er spürte, wie ihn mit jeder weiteren Absage der Mut verließ. Außerdem schmerzte sein Rücken, was es ihm zusätzlich erschwerte, sich immer und immer wieder aufzuraffen.

„Entschuldigen Sie bitte, junger Mann. Darf ich mich einen Augenblick zu Ihnen setzen?" Eine Dame mittleren Alters nahm neben ihm Platz, noch ehe Willi antworten konnte. „Ich stand eben in der Post direkt hinter Ihnen und kam nicht umhin, einen Blick auf das Foto zu werfen, das Sie dem unfreundlichen Beamten gezeigt haben. Ich bin mir nicht sicher, aber ich meine, eine Person auf dem Bild erkannt zu haben. Wollen Sie es mir vielleicht noch einmal zeigen?"

Willi kramte aufgeregt das Foto hervor und reichte es der freundlichen Dame. Sie besah es sich kurz, dann glitt ein Lächeln über ihr Gesicht. Sie tippte mit dem Zeigefinger auf Greta und sagte: „Die da. Die habe ich schon mal gesehen."

Wie jeden Abend saß Greta auch heute wieder auf dem Sims ihres Fensters und blickte hinaus auf die Straße, die etwas unterhalb entlang des Gutshofes verlief. Die wenig befahrene Straße diente vereinzelt umherirrenden Wanderern als Abkürzung zwischen den beiden nächstgelegenen Ortschaften. Greta hoffte, dass sie irgendwann ihren Vater unter den Männern ausmachen würde. Zweimal schon meinte sie ihn erkannt zu haben und lief daraufhin aufgeregt zu ihrer Mutter. Umso größer war dann die Ernüchterung, als sich die Männer nicht als die Richtigen entpuppten. Greta schwor sich, kein weiteres Mal für eine derartige Enttäuschung sorgen zu wollen. Dennoch hielt sie weiter Ausschau nach ihrem Vater.

Als die Sonne an diesem Tag hinter dem Horizont verschwand, gesellte sich Greta enttäuscht zu ihren Geschwistern, die sich bereits auf den Weg zum gemeinsamen Abendessen machten. Wie alle anderen Mahlzeiten wurde es schweigend eingenommen. Lediglich das Klappern des Geschirrs und Theos Schlürfen waren zu hören. Der Junge versuchte zwar mit aller Kraft, seinem Vater keinen Anlass zum Tadel zu geben, doch auch heute misslang ihm dies wieder gründlich.

„Hör auf, so zu schlürfen", sagte der Bauer, ohne den Blick zu heben. Jeder am Tisch wusste, wer gemeint war. Theo zuckte zusammen und alle warteten nun, ob der Junge es schaffte, den nächsten Löffel ohne Schlürfgeräusche zu leeren. Seine Hand zitterte so sehr, dass er die Suppe auf seinem Hemd verschüttete.

„Na warte, dir werd ich's zeigen!" Der Bauer erhob sich geräuschvoll von seinem Stuhl, schnallte den Gürtel ab und stellte sich breitbeinig hinter seinen Sohn. „So, und jetzt versuchst du es noch einmal. Und zwar ohne Kleckern und ohne Schlürfen, hast du mich verstanden?"

„A … Aber die Suppe ist im…m…mer noch so heiß", stammelte der Junge, den Kopf tief zwischen seine Schultern geduckt. Er wusste, wie schmerzhaft die Schläge seines Vaters sein konnten.

„A … Aber d… die Sup…p…pe ist im…mer noch so heiß“, äffte der Vater seinen Sohn nach.

Greta hielt es nicht mehr aus. Sie schob ihren Teller beiseite und rückte näher an Theo heran. Sie berührte seine Hand, noch bevor ihm ein weiteres Missgeschick passierte, und half ihm den Löffel ruhig zu halten, dann pustete sie kurz darauf und führte ihn sachte an Theos Mund. Dabei ahmte Greta ein derart lautes Schlürfgeräusch nach, dass alle am Tisch unweigerlich anfingen zu lachen. Selbst Theos Vater war perplex, auch wenn er als Einziger im Raum nicht lachte. Er setzte sich wieder auf seinen Platz und sah Greta dabei zu, wie sie seinem Sohn dabei half, den Teller zu leeren. Kein Tropfen wurde mehr verschüttet und selbst Theos Schlürfen hörte man kaum noch.

„Sie hätten ihn mitnehmen sollen, als es noch nicht zu spät war“, grummelte er in seinen Bart, offensichtlich beschämt darüber, wie Greta mit seinem Sohn umging.

Das Klopfen an der Tür war eine willkommene Ablenkung. Wieder erhob sich der Bauer, um nachzusehen, wer zu so später Stunde noch um Einlass bat.

„Bitte entschuldigen Sie die späte Störung. Ich wollte höflichst fragen, ob Sie wohl etwas zu essen für mich hätten.“ Die zerschlissene Uniform des Mannes ließ auf einen Wehrmachtssoldaten schließen.

„Nein, wir haben nichts zu essen.“

„Aber bitte! Nur ein kleines Stückchen Brot. Bitte!“

„Hättet ihr den Krieg nicht verloren, dann stündest du jetzt nicht hier und müsstest betteln.“

Man konnte förmlich sehen, wie die Worte des Bauern den armen Mann verletzten. Er streckte sich, rückte die Reste seiner jämmerlichen Uniform zurecht und erwiderte mit dem letzten Funken an Stolz, der ihm noch geblieben war: „Wissen Sie, ich habe auch eine Familie, mit der ich jetzt gerne zu

Tisch säße. Schätzen Sie sich glücklich und danken Sie Gott dafür, dass es Ihnen besser geht als mir. Vielleicht hätten wir den Krieg ja gewonnen, wenn Sie Manns genug gewesen wären, ebenfalls in den Kampf zu ziehen." Mit diesen Worten verabschiedete er sich und verschwand in der Dunkelheit.

Auch am nächsten Tag saß Greta wieder auf dem Fenstersims und beobachtete die Menschen auf der Straße. Einer von ihnen schickte sich gerade an, die holprige Zufahrt zu ihrem Gehöft emporzusteigen. Greta erschrak, als sie den Mann in der Ferne erblickte. Statur und Gang ähnelte auf so verblüffende Weise ihrem Vater. Doch sie getraute sich nicht, schon wieder nach ihrer Mutter zu rufen. Als der Mann immer näher kam, konnte sie ihre Aufregung nicht mehr zügeln. Sie sah nun seine Gesichtszüge und war sich sicher, dass es sich um ihren Vater handelte.

„Papa", schrie sie laut und sprang ungeachtet der Höhe aus dem Fenster.

Elisabeth saß im Nebenzimmer und hörte den Aufschrei ihrer Tochter. „Nicht schon wieder, Greta!", sagte sie gereizt. Doch ihre Tochter reagierte nicht.

„Greta?", rief sie noch einmal fragend, während sie aufstand, um nach ihrer Tochter zu sehen. Doch Greta war nicht mehr da. Elisabeth näherte sich dem offenen Fenster, und was sie dann dort unten im Hof sah, ließ ihr Herz für einen Moment aussetzen. Konnte das wirklich wahr sein? War das wirklich Willi, der da ihre Tochter Greta fest umschlungen hielt, umringt von weiteren Kindern, die allesamt versuchten, ihren Papa in den Arm zu nehmen? Oder träumte sie nur und würde gleich umso enttäuschter aufwachen?

Trotz des lauten Jubels und der überschwänglichen Freude ihrer Kinder begriff Elisabeth nur ganz langsam, dass sie nach den vielen Monaten banger Sorge nun endlich wieder vereint waren. Für einen kurzen Moment riss der dunkle Himmel über ihrer Seele auf.

Der Rote Stern

Thüringen 1945

Greta und ihre Schwester Anna waren an diesem Morgen schon vor Sonnenaufgang auf den Beinen, um rechtzeitig mit der Feldarbeit beginnen zu können. Mit Spitzhacken bewaffnet lockerten sie den ausgetrockneten Boden auf. Eine anstrengende Arbeit unter gleißender Sonne, nach deren Vollbringen nicht nur die Arme, sondern der ganze Körper zu brennen schien.

Die beiden ältesten Mädchen hatten in diesen Sommertagen die Hauptlast zu tragen, da Willi aufgrund seines geplagten Rückens kaum noch in der Lage war, aufrecht zu gehen, geschweige denn, eine Hacke in der Hand zu halten. Elisabeth kümmerte sich um die kleinen Kinder, was dem Bauern angesichts der wenigen Arbeitskräfte, die ihm damit nur noch zur Verfügung standen, überhaupt nicht gefiel. Er hätte lieber den einzig erwachsenen Mann auf die Felder geschickt, anstatt nur die ältesten Mädchen der Bergens.

Seine Ablehnung gegenüber dieser ukrainischen Flüchtlingsfamilie blieb weiterhin deutlich spürbar, auch wenn er sich seit Willis Rückkehr etwas weniger feindselig verhielt. Willi mühte sich, möglichst schnell eine eigene Bleibe für seine Familie zu finden. Mehrfach sprach er bei den amerikanischen Behörden vor, die ihn aber jedes Mal nur vertrösteten.

Sie hatten immer noch keine Ausweispapiere für ihn, mit denen er sich um Arbeit und ein eigenes Heim hätte kümmern können. Damit mussten die Bergens die erzwungene Gastlichkeit des Bauern wohl oder übel noch länger ertragen.

„Schau mal, Greta, da kommen Flugzeuge."

Greta unterbrach ihre Arbeit und schaute in die Richtung, in die ihre Schwester Anna zeigte. Tatsächlich näherten sich ihnen zwei tieffliegende Flugzeuge. Der Lärm der Propeller war bereits deutlich zu hören.

„Du hast entweder sehr gute Augen oder sehr gute Ohren", rief Greta anerkennend zu ihrer Schwester hinüber. „Ich hätte die nicht so schnell entdeckt."

Als die Propellermaschinen direkt über ihre Köpfe hinwegflogen, standen die beiden Mädchen mit emporgereckten Köpfen auf dem Feld. Sie mussten ihre Augen mit der flachen Hand bedecken, um die Flugzeuge gegen die Sonne überhaupt erkennen zu können. Dann sah Greta den roten Stern unter den Tragflächen und ihr stockte für einen Moment der Atem. Sie ließ ihre Hacke fallen, griff die Hand ihrer Schwester und rannte so schnell es ging zum Gehöft zurück. Das waren keine amerikanischen Flugzeuge. Das waren Flugzeuge der *Roten Armee.*

Willi raffte sich trotz seines schmerzenden Rückens sofort auf und ging gemeinsam mit Greta in die nahegelegene Ortschaft. Er hoffte, dass der amerikanische Colonel ihm erklären konnte, was der Überflug der sowjetischen Maschinen zu bedeuten hatte. Er machte sich große Sorgen und je näher sie der Stadt kamen, desto offensichtlicher wurde die Präsenz russischer Soldaten. Die amerikanischen GIs schienen sich hingegen im

Aufbruch zu befinden. Überall standen Lastwagen, Jeeps und Versorgungsfahrzeuge in den Straßen, die unter den neugierigen Blicken der Anwohner beladen wurden. Willi entdeckte Colonel Stevens, der gerade dabei war, seine Ausrüstung in einen dunkelgrünen Jeep zu laden.

„Colonel, was hat das zu bedeuten? Sie sagten doch, dass wir hier bei Ihnen unsere Papiere erhalten würden?“ Die Sorge in Willis Stimme war nicht zu überhören. Es kostete ihn einige Mühe, nicht auf der Stelle alle Höflichkeit fahren zu lassen und den Amerikaner lauthals anzubrüllen.

Colonel Stevens erkannte Willi. „Es tut mir leid“, sagte er in einem Kauderwelsch aus Englisch und Deutsch. „Die Russen übernehmen ab heute das Kommando.“

„Aber das ist doch nicht möglich. Sie haben mir doch versprochen, dass dies hier amerikanische Besatzungszone bleibt.“

„Das dachten wir auch, aber die Politiker haben sich anders entschieden. Thüringen geht an die Russen. Tut mir wirklich leid.“

„Aber Sie können uns doch nicht einfach hier zurücklassen.“ Willi klang verzweifelt, da er erkannte, dass die Amerikaner sich nicht um den Verbleib der Zivilisten scherten. „Wenn wir den Russen in die Hände fallen, dann schicken sie uns direkt nach Sibirien. Haben Sie denn keine Möglichkeit, uns mitzunehmen?“

Colonel Stevens schüttelte den Kopf. „Nein Mr. Bergen, die Russen bestehen darauf, dass alle Ostflüchtlinge auf ihrem Gebiet verbleiben oder an sie ausgeliefert werden. Es nützt Ihnen also nichts, selbst, wenn wir Sie jetzt mitnähmen.“

Colonel Stevens sah, wie bei diesen Worten sämtliche Hoffnung aus Willi entwich und er sich schwer auf seine Tochter stützen musste. Der Mann tat ihm wirklich leid, doch selbst wenn er gewollt hätte, konnte er nichts für ihn tun. Es blieb ihm nichts anderes übrig, als den Bergens Glück zu wünschen und sie ihrem Schicksal zu überlassen.

Greta beobachtete ihren Vater, wie er sich nun langsam auf die Kante des Bordsteins setzte. Sie ahnte, dass es schwer würde, ihn aus dieser Haltung wieder hochzubekommen. Doch sie sagte nichts. Alle Farbe war aus seinem Gesicht gewichen. Nie zuvor hatte sie ihren Vater so mutlos gesehen.

Sie versuchte, ihre Tränen zurückzuhalten, als sie sich neben ihn setzte, den Arm um seine Schultern legte und seinem leeren Blick in die Ferne folgte.

Teil 5

Sibirien (1945–1947)

Repatriierung: Im Februar 1945 – die deutsche Kapitulation ist nur noch eine Frage der Zeit – einigen sich die alliierten Staatsoberhäupter auf die Rückführung von Zivilpersonen und Kriegsgefangenen, die infolge des Krieges nicht mehr in der Lage sind, eigenständig in ihre Heimatländer zurückzukehren. Um die Auslieferung eigener Kriegsgefangener nicht zu gefährden, stimmen Churchill und Roosevelt Stalins Forderung nach Rückführung sowjetischer Staatsbürger zu, wissend, dass die meisten dieser Menschen direkt erschossen oder in Arbeitslager überführt werden.

Waggon 27

Ural 1945

Die Sonne stand tief am Himmel und es bildeten sich bereits lange Schatten, als Greta eilig hinter einem Busch verschwand. Sie ging in die Hocke, hob ihren Rock und erleichterte sich an Ort und Stelle. Ein unbeschreiblich befreiendes Gefühl durchfuhr sie und entschädigte sie für die Stunden, in denen sie sich zuvor alles zusammengekniffen hatte. Greta hielt den Drang, zur Toilette zu gehen, jedes Mal so lange wie möglich zurück, um bloß nicht den verdreckten Eimer benutzen zu müssen, den sie sich mit vierzig weiteren Insassen ihres Viehwaggons teilte. Der Zug hatte unvermittelt auf freier Strecke angehalten, was darauf schließen ließ, dass sie sich in unbesiedeltem Gebiet befanden. Hier hinderte niemand die Gefangenen daran, die Waggons zu verlassen. Keiner wäre auf die Idee gekommen, in dieser Einöde zu fliehen.

Greta genoss den einsamen Moment. Ihr Blick ging in die Ferne, über den klaren Gebirgssee hinweg, dessen Oberfläche im Licht der Abendsonne glitzerte. Sie kniff die Augen zusammen und versuchte, den Schnee auf den Berggipfeln auszumachen, der zu dieser Jahreszeit noch nicht bis in die Täler vorzudringen vermochte. Dafür war es noch zu warm. Doch bald schon würde hier alles unter einer meterhohen Schneedecke begraben sein, dachte Greta, froh darüber, noch erleben zu dürfen, wie die Bäume ihr farbenprächtiges Laubkleid so eindrucksvoll zur Schau stellten. Eine Vielfalt, die sie so noch nie zuvor gesehen hatte.

Eine kühle Brise stieg vom See herauf und ließ sie frösteln. Sie erhob sich, schloss den Mantel, den sie seit ihrer Abfahrt kaum abgelegt hatte, und wünschte sich, ewig an diesem Ort bleiben zu können. Es schien, als würde ihr Geist die Schönheit dieses Augenblicks in sich aufsaugen, als würde er sich einen Vorrat anlegen, ahnend, dass solche Momente bald nur noch der Vergangenheit angehörten.

Ein grelles Pfeifen riss Greta zurück in die Wirklichkeit. Das Signal zur Weiterfahrt. Die Lokführer warteten nicht, bis alle wieder zugestiegen waren. Die Erinnerung an den Familienvater, der erst vor zwei Tagen erfolglos dem Zug hinterhergerannt war, stand ihr noch lebhaft vor Augen. Greta hatte unter den panischen Rufen seiner Frau und seiner Kinder aus dem Waggon geschaut, so lange, bis der Mann nur noch als einsamer Punkt auf den Gleisen zu erkennen war.

Schnell verstaute sie die gepflückten Gänseblümchen in ihrer Manteltasche, raffte sich auf und kletterte die Böschung empor, hoch zu der Bahntrasse, wo sich der Zug bereits langsam wieder in Bewegung setzte. Sie hielt kurz inne, als sie sah, wie Mika, einer der Jungs aus ihrem Waggon, ein paar Steine aus dem Gleisbett auflas. Mika, ein deutschstämmiger Lette, reiste mit seinem Vater und seiner Großmutter. Es hieß, seine Mutter und seine Schwestern seien beim Vorrücken der *Roten Armee* ums Leben gekommen.

„Was tust du da, Mika?"

Sie kam nicht dazu, seine Antwort abzuwarten, da im selben Moment die laute Stimme ihres Vaters aus dem Zug ertönte. „Greta, wo bleibst du? Beeil dich, der Zug fährt ab!", rief Willi, weit aus dem Waggon gelehnt.

Die Sorge ihres Vaters war angesichts der gemächlichen Anfahrt völlig unbegründet. Hätte sie gefragt, er hätte ihr niemals gestattet, den Zug zu verlassen. So war sie einfach ausgestiegen, noch ehe er etwas dagegen hatte einwenden können. Sie erwartete, deswegen eine gehörige Standpauke zu bekommen, doch dieser kurze Moment der Freiheit war es ihr allemal wert.

Greta erreichte den letzten Waggon des Zuges, hinter dem die an Seilen befestigten Stahlhaken leise über das Gleisbett klimperten. Widerhaken, die bei voller Fahrt wie wild auf- und absprangen, sich in das Fleisch jedes Flüchtigen bohrten und ihn mitrissen, falls jemand auf die törichte Idee kam, sich unter den Zug fallen zu lassen. Der Sturz aus der herausgebrochenen Bodenluke war schon schmerzhaft genug. Oft wurden die armen Menschen von dem Aufprall zur Seite geschleudert und von den stählernen Rädern zerteilt. Wer dennoch das Glück hatte, auf den Gleisen liegen zu bleiben, den erwischten die Widerhaken am Ende des letzten Waggons. Es gab keine Möglichkeit zu entfliehen.

Greta kletterte in ihren Waggon, dicht gefolgt von Mika. „Kein Wort, hast du verstanden", raunte er ihr zu, ohne weiter zu erklären, was genau er damit meinte. Die Waggontür wurde hinter ihr geschlossen und die ausbleibende Aufregung ließ darauf schließen, dass alle Familien wieder vollzählig waren.

„Was hast du dir nur dabei gedacht? Kannst du dir vorstellen, welche Ängste wir deinetwegen ausstehen mussten? Was, wenn du es nicht rechtzeitig zurück geschafft hättest?" Willi war außer sich, konnte sich kaum beruhigen.

„Ich habe es aber geschafft, und ich bin gänzlich unversehrt, wie du siehst." Greta ärgerte sich über ihren Vater. Seit bald drei Wochen befanden sie sich in sowjetischer Gefangenschaft, erst in einem völlig überfüllten Durchgangslager, dann in diesem engen Viehwaggon, den sie seit zehn Tagen nicht mehr verlassen hatten. Konnte er nicht etwas mehr Verständnis aufbringen für ihren Wunsch nach ein paar Minuten Privatsphäre?

„Ich will nicht, dass du dich noch mal zu solch einer Dummheit hinreißen lässt, hast du mich verstanden?"

Greta spürte die Last der Verantwortung auf ihren Schultern, die sie nur allzu gerne abgelegt hätte. Doch solange es ihrer Mutter derart schlecht ging, war daran nicht zu denken. Ohne ein weiteres Wort ging sie zu ihr hinüber, kletterte über Menschen und Koffer hinweg und setzte sich neben Elisabeth, die mit eng umschlungenen Knien auf dem Boden des zugigen Waggons kauerte. Sie registrierte kaum, dass ihre Tochter wohlbehalten zurückgekehrt war. Greta holte die Gänseblümchen aus ihrer Tasche und begann daraus einen Kranz zu flechten.

„Schau mal, Mama. Ist der nicht schön?" Sie hielt ihrer Mutter den fertigen Kranz hin und streifte ihn ihr dann über den Kopf.

Elisabeth lächelte kurz. Sie spürte, wie sich Greta an sie lehnte, den Arm sanft streichelnd um ihre Schultern gelegt.

Später, als der Zug gleichmäßig durch eine weitere schwarze Nacht in Richtung Osten fuhr, öffnete sich die Waggontür. Ein mittlerweile gewohntes Geräusch, das wie in all den Nächten zuvor Angst und Schrecken unter den Insassen des Waggons verbreitete. Der Fahrtwind ließ das Feuer in dem kleinen Ofen kurz aufflackern, der in den kälter werdenden Nächten nun durchgehend brannte. Greta sah die Umrisse des Wachmanns, der leise über die sich schlafend stellenden Menschen kletterte. Die Angst, dass es sie in dieser Nacht treffen könnte, hatte sie kein Auge zumachen lassen, ebenso wie all die anderen jungen Frauen und Mädchen, derer sich die Wachmannschaften nach Belieben bedienten. Es war den Männern verboten, sich derart unsittlich zu verhalten, doch keiner ihrer Vorgesetzten hielt es für nötig, solche „Kavaliersdelikte" zu ahnden.

Es entstand ein kurzer Tumult, als sich der Mann über ein dreizehnjähriges Mädchen beugte. Sie lag zwischen ihren Eltern, ganz so, als könnte sie das vor den Übergriffen schützen. Aber der Anblick des Revolvers erstickte ihren Widerstand im Keim. Das entsetzte Schluchzen des Mädchens war nun deutlich zu hören und niemand wagte es, dem Wachmann Einhalt zu gebieten.

Dann erschien aus dem Schatten plötzlich eine weitere Gestalt. Es war Mika. In der Hand hielt er eine mit Steinen gefüllte Socke, eine schlagkräftige Waffe, die der Junge auch zu benutzen gedachte. Das Geräusch von reißendem Stoff und der Gedanke, dass sie womöglich als Nächste drankommen könnte, ließ Greta hoffen, dass er noch rechtzeitig kam. Wenige Sekunden später stand Mika hinter dem Wachmann, der mit halb heruntergelassenen Hosen gerade im Begriff war das Mädchen zu vergewaltigen. Als die Eltern erkannten, was der Junge vorhatte, schüttelten beide heftig mit dem Kopf, so deutlich, dass es auch dem Wachmann auf ihrer Tochter nicht entging. Er wollte sich gerade umwenden, als ihn Mika hart an der Schläfe traf. Der Schlag war so heftig, dass der Mann augenblicklich zu Boden sackte und das wimmernde Mädchen unter sich begrub.

„Den Rest übernehmt ihr“, sagte Mika an die ungläubig dreinschauenden Eltern gewandt. Dann kehrte er zurück zu seinem Schlafplatz und zog sich die Decke über den Kopf.

„Was sollen wir jetzt mit dem Kerl machen? Wir können unmöglich warten, bis er wieder zu sich kommt.“

Die vier Männer – unter ihnen auch der Vater des geretteten Mädchens – standen dicht beieinander und beratschlagten, was sie mit dem bewusstlosen Wachmann anstellen sollten. Jakob Braun, ein Mennonit aus der Kolonie Molotschna, war nicht glücklich darüber, wie sie mit dem Wachmann umzugehen gedachten, konnte sich aber nicht gegen die anderen drei Männer durchzusetzen.

„Warum schmeißen wir ihn nicht einfach aus dem Zug?"

„Nein, das könnt ihr nicht machen", ging Jakob ein weiteres Mal dazwischen. „Ihr dürft den Mann nicht umbringen."

„Besser er als wir." Dem zustimmenden Gemurmel der Männer war zu entnehmen, dass ihr Plan bereits feststand.

„Es wird nur noch mehr Unglück über uns bringen, wenn wir den Mann töten", versuchte Jakob sich ein letztes Mal gegen die Männer durchzusetzen.

„Ihr Mennoniten … Es ist doch immer das Gleiche mit euch. Eher seht ihr zu, wie eure Töchter geschändet werden, als dass ihr etwas dagegen unternehmt. Und was hat es euch gebracht? Ihr sitzt hier in diesem Zug, seid auf dem Weg nach Sibirien, genau wie wir alle." Die Verachtung in der Stimme des Mannes war deutlich zu hören.

„Wollt ihr mir etwa weismachen, dass eure Gewaltlust irgendetwas Gutes bewirkt hätte?", drängte Willi sich nun aufgebracht dazwischen. Er wollte sich eigentlich aus der Diskussion heraushalten, doch als er mit ansehen musste, wie die Männer Jakob bedrängten, da platze ihm der Kragen. Er war es leid, sich ständig rechtfertigen zu müssen, wenn Gewalt wieder einmal als einzig probates Mittel zur Lösung ihrer Probleme dargestellt wurde. Er legte daher mehr Schärfe in seine Worte als angemessen. „Hättet ihr mal rechtzeitig etwas gegen die Nazis unternommen, anstatt euch ihnen anzuschließen, dann säße jetzt keiner von uns hier!"

Sofort erstarb die hitzige Diskussion. Die Männer blickten Willi mit großen Augen an. Offenbar hatte er einen wunden Punkt getroffen.

„Du …", platzte es nach wenigen Sekunden aus einem von ihnen heraus. Seine Augen funkelten vor Zorn, was selbst in dem spärlich beleuchteten Waggon nicht zu übersehen war.

„Was fällt dir eigentlich ein?“ Er wollte sich auf Willi stürzen, doch die umstehenden Männer konnten ihn gerade noch zurückhalten. „Du hattest doch die größten Vorteile, als der Führer dich heim ins Reich geholt hat, oder etwa nicht? Und jetzt willst du uns dafür verantwortlich machen, dass wir den Krieg verloren haben?“

„Niemand außerhalb Deutschlands hat je darum gebeten, dass ihr diesen Krieg überhaupt beginnt. Vielleicht hättet ihr das dem Führer mal sagen sollen, als es noch nicht zu spät war. Vielleicht denkt ihr mal darüber nach, wohin eure Gewaltlust uns alle geführt hat. Vielleicht ist jetzt ein geeigneter Moment, endlich damit aufzuhören.“ Willi deutete auf den Wachmann, dessen Leben nur noch von der Überzeugungskraft der wenigen Mennoniten in ihrem Waggon abhing.

„Den Mist muss ich mir nicht länger anhören.“ Der Mann spuckte verächtlich vor Willi auf den Boden. „So wie es aussieht, müsstet ihr uns jetzt gewaltsam daran hindern, ihn aus dem Zug zu schmeißen. Ich bin gespannt, wie ihr das anstellen wollt.“

Die Männer packten den Wachmann und zogen ihn hinüber zur Waggontür. Niemand hinderte sie daran. Willi, umringt von drei weiteren Mennoniten, sah tatenlos zu, wie die Tür geöffnet und der Wachmann in die dunkle Nacht hinausgeworfen wurde.

Zu ihrer aller Überraschung blieb der Mord an dem Wachmann ohne Konsequenzen. Niemand, der sie nach seinem Verbleib fragte, keine Durchsuchungen und auch keine weiteren Übergriffe mehr. Offensichtlich wirkte das wehrhafte Verhalten der Menschen in Waggon 27 derart abschreckend, dass keiner der Wachleute mehr wagte, die weiblichen Insassen weiter zu belästigen. Es gab wohl niemanden, der Mika für seine mutige Tat nicht dankbar gewesen wäre. Doch die Stimmung zwischen den Männern blieb weiterhin gereizt. Die Mennoniten wollten mit dem Tod des Wachmanns nichts zu tun haben, während die übrigen Insassen sich in ihrer wehrhaften Haltung bestätigt sahen.

Willi dachte zurück an die Zeit, als es in ihrem Dorf noch keine Diskussionen darüber gab, als sie noch eine eingeschworene Gemeinschaft waren. An die Zeit, bevor ihre Werte unter der alles erfassenden Gewalt der Bolschewiken und der Machnowzi zerrieben wurden. Er dachte an die Gewissenskonflikte, die seine Mutter noch bis zu ihrem Tod geplagt hatten. An seinen Vater, der einst ein entschiedener Gegner des Selbstschutzes, später aber dankbar für das mutige Verhalten seiner Frau war. Heute saßen hier in diesem Zug Deutsche ganz unterschiedlicher Herkunft. Nur die wenigsten teilten das mennonitische Ideal der Gewaltfreiheit, die meisten lehnten es sogar schlechthin ab, obwohl sie selbst nicht den Mut aufgebracht hatten, sich den Übergriffen durch die Wachmänner zu widersetzen. Trotz seines beherzten Einsatzes für den Wachmann war sich Willi längst nicht mehr sicher, ob seine Ideale in der heutigen Zeit überhaupt noch einen hatten.

„Kommt Mika jetzt in die Hölle, Papa?“, fragte Jakob seinen Vater, dem wie allen anderen nicht entging, wie aufgebracht über die Tat des Jungen diskutiert wurde. Aufgrund der Kälte saßen sie dicht beieinander und Greta hatte ihren Kopf auf der Schulter ihres Vaters abgelegt, gespannt, wie er die Frage ihres Bruders beantworten würde.

„Das kann ich mir nicht vorstellen“, flüsterte Willi. Sein Atem bildete kleine Wölkchen vor dem Gesicht, als er fortfuhr. „Er hat den Mann schließlich nicht getötet, sondern ihn lediglich bewusstlos geschlagen. Wir hätten ihn binden und beim nächsten Halt herausgeben können."

„Aber er war der Auslöser. Hätte er sich zurückgehalten, dann würde der Mann jetzt noch leben", entgegnete Greta.

„Und das Mädchen wäre geschändet worden", ging Willi dazwischen. „Ich fürchte, dass es hier keine einfache Wahrheit gibt. Der Junge hat Mut bewiesen und das Mädchen vor großer Pein bewahrt. Und wie du siehst, hatte sein Handeln sogar eine abschreckende Wirkung auf die Wachleute. Seitdem gab es keine Übergriffe mehr. Das ist erst einmal gut und wir dürfen uns darüber freuen."

Willi sah seine Kinder an, unsicher, wie überzeugend seine Worte noch klangen. Sie saßen gefangen in einem Güterzug auf dem Weg in die sibirische Verbannung, erneut schutzlos dem stalinistischen Regime ausgeliefert. Welchen Unterschied machte es da noch, wenn ein Wachmann mehr oder weniger sein Leben verlor? Willi spürte, dass er keine Kraft mehr besaß, seinen Kindern einen Weg in dieser schwierigen Gewissensfrage zu weisen. Egal, wie sie sich verhielten, wahrscheinlich waren sie in wenigen Wochen sowieso alle tot.

„Deine Großmutter stand einmal vor einem ähnlichen Konflikt, als einer der Machnowzi ihr Gewalt antun wollte. Sie hat sich zur Wehr gesetzt und dabei ist der Mann zu Tode gekommen."

Greta sah ihren Vater erstaunt an. „Davon hast du mir noch nie etwas erzählt."

„Sie haben aus Vergeltung sieben Menschen unseres Dorfes erschossen und Großmutter hat diese Bürde bis zu ihrem Tod mit sich herumgetragen. Sie riet mir, mich mit aller Kraft von jeglicher Gewalt fernzuhalten. Es kommt nichts Gutes dabei heraus. Und wenn es sich dennoch nicht vermeiden lässt – aus welchen Gründen auch immer –, dann bleibt uns nichts anderes übrig, als uns der Gnade Gottes anzubefehlen. Sie vertraute darauf, dass Gott ihre verzweifelte Situation nicht ungeachtet lässt. Und dennoch hat sie ihre Tat bis zum Ende bereut."

Greta dachte über die Worte ihres Vaters nach, während sich das rhythmische Rattern des Zuges verlangsamte. Der Zug kam schließlich unter lautem Zischen und Dampfen zum Stehen. Sie hatten ihr Ziel erreicht.

Schneesturm

Schalinskoje 1945

Nachdem der Zug sich zuletzt kilometerweit durch eine schnurgerade, von Menschen geschlagene Waldschneise gequält hatte, endete die Fahrt nun in einer kleinen Siedlung inmitten der sibirischen Taiga. Der Ort hieß Schalinskoje und war vermutlich auf kaum einer Karte verzeichnet.

Es musste Jahre gedauert haben, diesen in der Nähe der Transsibirischen Eisenbahn gelegenen Ort zu errichten. Tausende Zwangsarbeiter hatten dabei ihr Leben gelassen, dem dichten Nadelwald jeden Meter abgetrotzt, der sich hier in dieser Einöde in alle vier Himmelsrichtungen erstreckte, soweit das Auge reichte. Genau an dieser Stelle stiegen die Deutschen mit versteinerten Mienen aus dem Zug. Wie konnte eine so große Menschenmenge an diesem entlegenen Ort versorgt werden?

„Bleibt dicht beieinander", sagte Willi. Er hielt in beiden Händen einen Koffer, worin sich ihre gesamten Habseligkeiten befanden. Sie alle trugen mehrere Lagen Kleidung übereinander, um sich vor der klirrenden Kälte zu schützen. Trotzdem war es nicht ausreichend, das wusste Greta schon nach dem ersten Schritt, den sie auf den harten Frostboden setzte.

War sie im Zug noch einigermaßen vor dem Wind geschützt, so durchdrang er hier draußen binnen weniger Minuten jede Faser ihres löchrigen Mantels und ließ sie reflexartig zittern. Ihre Lippen liefen blau an, die Zehen in ihren dünnbesohlten Schuhen schmerzten ebenso wie ihre Hände, die sie nun tief in den Taschen ihres Mantels vergrub.

Ohne ein erkennbares Signal setzten sich die Menschen in Bewegung. Schon nach wenigen Metern erreichten sie eine Reihe notdürftig gezimmerter Baracken. Sie waren nicht für eine derart große Anzahl ausgelegt und bereits völlig überfüllt, als die Bergens versuchten, sich auch noch zwischen die stehenden Menschen zu drängen. Sie alle wollten sich schnellstmöglich vor dem aufkommenden Sturm in Schutz bringen. Der Wind wurde immer stärker, pfiff durch alle Ritzen der Baracke und ließ die Insassen noch dichter zusammenrücken. Einige bekamen es mit der Angst zu tun, dachten, sie würden in der Menge zerquetscht werden, doch ihre Rufe gingen im Lärm des Sturms unter. Es dauerte zwei Tage und zwei Nächte, bis er sich endlich wieder legte. Zwei Tage ohne Essen und Trinken.

Als die Männer des NKWD die Tore der Baracken wieder öffneten, mussten die Bewohner die Augen zusammenkneifen, so stark reflektierte die Sonne in dem hüfthohen Schnee. Alles um sie herum war in schimmerndes Weiß gehüllt und die Äste der vormals dunklen Nadelbäume bogen sich bedrohlich nach unten.

Ganz langsam, als müsste man einen Knoten lösen, trotteten die entkräfteten Menschen nach draußen. Sie waren hungrig und dehydriert. Die Knochen und Muskeln schmerzten bei jedem Schritt, doch die Männer des NKWD trieben sie unter lautstarken Befehlen zur Eile an. Etliche schafften es nicht, die Baracken aus eigener Kraft zu verlassen. Nachdem sich die stützende Menschenmasse auflöste, fehlte ihnen der Halt und sie fielen völlig erschöpft zu Boden. Auch Elisabeth blieb genau an jener Stelle liegen, an der sie vor zwei Tagen von der dichten Menge eingeschlossen worden war. Als Greta sah, dass ihre Mutter nicht mehr aufstehen konnte, eilte sie zurück in die Baracke.

„Mama, was ist mit dir? Du musst aufstehen." Sie versuchte, ihrer Mutter zu helfen, doch es schien keinerlei Kraft mehr in Elisabeth zu sein. Sie lag auf der Seite, die Beine angezogen, den Kopf auf einen Arm gelegt. Sie atmete flach. Ihre Lippen waren rissig. Die Augenlider flackerten leicht.

Sie braucht etwas zu trinken, dachte Greta und rannte nach draußen, um sich eine Handvoll Schnee zu greifen. Sie formte ihn zu einem Klumpen, der in ihren Händen schnell zu schmelzen begann. Gerade als sie zurück in die Baracke wollte, bemerkte sie ein NKWD-Mann.

„Du da", er zeigte mit ausgestrecktem Finger in ihre Richtung. „Was machst du da?" Der Mann kam nun eilig zu ihr hinübergelaufen.

„Meine Mutter. Sie ist noch da drin. Sie braucht dringend etwas zu trinken."

„Darum hast du dich nicht zu kümmern. Los, beweg dich gefälligst zu den anderen." Er packte Greta am Arm und versuchte, sie in Richtung der Menschen zu bewegen, die sich einen Weg durch den Schnee gebahnt hatten und nun auf einer gewalzten Fläche in der Nähe des Bahnhofs auf weitere Anweisungen warteten.

Greta riss sich los und herrschte den jungen Mann an. „Doch. Darum muss ich mich sehr wohl kümmern. Sie ist meine Mutter."

Der Mann war verdutzt, wusste nicht, wie er mit Gretas forschem Auftreten umgehen sollte. Doch er fasste sich schnell. „Die Sanitäter werden bald hier sein und sich um deine Mutter kümmern. Du gehst jetzt rüber zu den anderen, hast du das verstanden!?"

Greta sah, wie der Mann nach der Waffe in seinem Holster griff, die vorne an seinem braunen Gürtel hing. Dennoch musste sie es wenigstens versuchen. „Bitte. Sie ist meine Mutter. Lasst mich ihr wenigstens diesen Klumpen Schnee bringen. Sie verdurstet doch sonst."

„Gut", sagte der Mann nach kurzem Zögern. „Aber beeil dich."

Greta lief zurück in die Baracke und beugte sich zu ihrer Mutter hinab. Sie benetzte ihre Lippen mit dem schmelzenden Schnee und Elisabeth sog die Flüssigkeit gierig in sich auf.

„Ich muss gehen, Mama. Die Sanitäter sind gleich hier." Greta erhob sich und stapfte durch den hohen Schnee hinüber zu ihrer Familie, die bereits voller Sorge auf sie wartete.

Fußmarsch

Lager 1001/25 1945

Los, los, Beeilung. Wir haben es gleich geschafft." Der Mann auf dem Schlitten trieb die dreihundert Menschen zur Eile an. Tatsächlich gelang es den erschöpften Deutschen, noch einmal ihre letzten Reserven zu mobilisieren. Ein kräftezehrender Tagesmarsch lag hinter ihnen. Fünfzehn Kilometer quer durch den Wald, immer entlang eines verschneiten Weges, der auf der gesamten Länge von dichtem Nadelwald gesäumt war. Sie waren schwer bepackt mit Decken, Verbandsmaterialien und Werkzeugen. Menschliche Packesel, die das zum Überleben Notwendige selbst in den Wald schleppen mussten.

„Los, los!", rief er wieder und ließ seine Gerte über die Flanke seines Maulesels knallen.

„Was ist los, Papa?" Greta sah hinüber zu ihrem Vater, der

zum wiederholten Mal diesen nachdenklichen Gesichtsausdruck aufgesetzt hatte.

„Ich weiß nicht. Der Mann da auf dem Schlitten … Er kommt mir irgendwie bekannt vor." Willi hatte den Wachmann um Erlaubnis gebeten, seine vierjährige Tochter Elsa auf dem Schlitten mitfahren zu lassen, da sie das Tempo der anderen schon nach wenigen Kilometern nicht mehr mithalten konnte. Der Mann reagierte mürrisch, deutete mit einer Hand aber trotzdem hinter sich, als ob er einverstanden wäre. Er saß mit gebeugter Haltung auf dem Bock und hielt die Zügel des Maultiers in den Händen. Wann immer er seine knappen Befehle brüllte, entblößte er einen Mund mit mehr Lücken als Zähnen darin. Sein Gesicht lag unter einer Zobelmütze und einem dichten Bart versteckt, an dessen Spitzen sich bereits eisiger Raureif bildete. Unter keinen Umständen konnte Willi sich vorstellen, je die Bekanntschaft dieses Mannes gemacht zu haben. Dennoch wurde er das Gefühl nicht los, diesen Mann von irgendwoher zu kennen.

„Wieso? An wen erinnert er dich?" Greta war nicht wirklich interessiert, doch das Gespräch lenkte sie von den Strapazen ab.

„Das versuche ich ja die ganze Zeit herauszufinden." Willi schnaufte. Die Worte kamen nur abgehackt aus seinem Mund. Trotz seines schmerzenden Rückens musste er einen Korb voll schwerer Äxte tragen. „Aber ich komme einfach nicht darauf. Es ist, als ob mein Kopf nicht richtig arbeitet."

Greta wusste, wovon ihr Vater sprach. Die schlechte Ernährung der letzten Wochen hatte bei ihnen allen Spuren hinterlassen. Kaum jemand, der noch einen vollständigen Satz ohne Unterbrechung über die Lippen brachte. Es war, als ob selbst die Suche nach den richtigen Worten ihnen zu viel Kraft abverlangte. Kraft, die der Körper nur noch für die lebensnotwendigen Dinge zur Verfügung stellte und nicht für belanglose Gespräche oder das Wühlen in alten Erinnerungen.

„Wie es Mama wohl geht?“ Greta dachte oft an ihre Mutter, hoffte, dass die Sanitäter sich gut um sie kümmerten.

„Sie ist bestimmt schon bald wieder auf den Beinen und kommt dann zu uns.“ Willi machte sich viel größere Sorgen um seine Frau, als er in Gegenwart der Kinder zugeben wollte. Er hatte sie nicht allein zurücklassen wollen, musste allerdings einsehen, dass sie diesen beschwerlichen Marsch wohl nicht überlebt hätte. Er redete sich ein, dass man sich auf der Krankenstation gut um sie kümmerte, schließlich hatten die Sowjets doch großes Interesse daran, ihre Arbeitskräfte am Leben zu erhalten. Die Erinnerungen an seine Zeit beim Staudamm belehrten ihn zwar eines Besseren, doch er versuchte, diese Gedanken zu verdrängen.

„Du siehst gut aus, Olga“, sagte er. Die Themen wechselten schneller als sonst üblich, doch dieses Mal erschien es Willi sogar passend zu sein. Seine Tochter stapfte schräg vor ihm durch den Schnee. Sie hatte sich besonders schwer damit getan, als man auch ihr die letzten Haare abschnitt. Schon in Deutschland hatte Willi darauf bestanden, seinen Töchtern die Haare so kurz wie möglich zu scheren, sogar versucht, ihnen ihre Kleider und Röcke zu verbieten. Doch damit konnte er sich nicht durchsetzen, ohne ihnen die wahren Beweggründe seiner Vorsichtsmaßnahmen zu erklären.

„Wie kannst du so etwas sagen? Ich sehe genauso aus wie du“, erwiderte seine Tochter mit dem Anflug eines Lächelns.

Willi musste lachen. Ihre Schlagfertigkeit hat sie nicht verloren, dachte er. „Du hast recht. Und wenn ich mich so umschaue, dann sehen hier alle so aus wie ich, oder?“

„Willst du etwa behaupten, ich wäre genauso hässlich wie du?“, fragte ein älterer Mann, der dicht hinter ihnen ging und ihr Gespräch belauschte. Er grinste ebenfalls bis über beide Ohren.

Tatsächlich sahen sie alle gleich aus. Kurz vor ihrem Aufbruch in den Wald mussten sie sich ausziehen, dann wurden sie abgeduscht und entlaust. Danach wurden sie in unförmige wattierte Anzügen gesteckt, die zwar besseren Schutz vor der eisigen Kälte boten, sich aber in keiner Weise für einen derart langen Fußmarsch eigneten. Sie kamen nur langsam voran. Die Koffer, in denen sich ihre restlichen Kleidungsstücke befanden, behinderten sie zusätzlich. Doch die Wachmänner trieben sie zur Eile an, da sie unbedingt noch vor Einbruch der Dunkelheit die Baracken erreichen wollten.

„Los, los, wir sind gleich da!“ Der Mann auf dem Schlitten gab dem Esel erneut die Gerte zu spüren und sein Schlitten fuhr in einem leichten Rechtsbogen den Abhang hinunter, direkt auf eine Ansammlung hölzerner Baracken zu, die sich dicht oberhalb des Flusses in den Wald schmiegten. Aus den Schornsteinen quoll weißer Rauch. Das einzige Lebenszeichen in der ansonsten völlig verwaisten Siedlung. Willi blieb stehen und blickte dem Schlitten hinterher, auf dem seine jüngste Tochter nun als Erste ihr neues Zuhause erreichte. Er konnte ihr Juchzen hören, doch ihm war in diesem Moment alles andere als zum Jubeln zumute. Dies war kein Ort, an dem Kinder aufwachsen sollten, kein Ort, der es verdiente, Zuhause genannt zu werden. Es gab zum Glück keine Zäune und auch keine Wachtürme. Nur eine Handvoll Wachleute, die aus ihren Hütten traten, um sie in Empfang zu nehmen. Wie sollten sie hier nur leben, fragte sich Willi und versuchte, die aufkommende Verzweiflung niederzukämpfen.

Als Willi an diesem Abend erschöpft auf seine Pritsche sank, als seine Kinder über und neben ihm endlich schliefen, fiel es ihm wieder ein. Er wusste jetzt, an wen der Mann ihn erinnerte.

Der Kommandant

Sibirien 1945

Das Erste, was die Zwangsarbeiter nach ihrer Würde verlieren, ist ihr Zeitgefühl. Ein Tag gleicht dem anderen. Schon bald ist das Gedächtnis nicht mehr in der Lage, zwischen gestrigem Geschehen und den Ereignissen des letzten Monats zu unterscheiden. Man erinnert sich nur noch vage an ein Leben vor der Verbannung, an ein Leben, in dem man frei entscheiden konnte, was man essen oder wann man zur Toilette gehen wollte. Kleinigkeiten, die den Zwangsarbeitern täglich vor Augen führten, dass sie nicht mehr Herren ihrer selbst waren.

Maxims Leben endete in dem Moment, als die schwere Waggontür hinter ihm ins Schloss fiel, ihn ohne weitere Erklärung in tiefe Dunkelheit hüllte. Tagelang, vielleicht waren es sogar Wochen, ratterte der Zug monoton über die Gleise, unterbrochen nur von wenigen Pausen, in denen der Waggon ab- und wieder angekoppelt wurde, bevor die Fahrt in gleicher Eintönigkeit weiterging. Die Wärter schoben durch eine Luke Wasser und hartes Brot herein – im Austausch gegen den überfüllten Latrineneimer. Das einzige Zeichen, dass man sie nicht vergessen hatte.

Er wusste nichts über seine Mitgefangenen. Sie sprachen kaum ein Wort miteinander, und wenn, dann endete es meist in Streitereien. Trotz der Dunkelheit hatte er sich so schnell wie möglich seiner Uniform entledigt. Dort, wo man sie hinbrachte, würden *Tschekisten* sicher kein hohes Ansehen genießen.

Als die Tür endlich wieder geöffnet wurde, saß er zusammengekauert in seiner verschmutzten Unterwäsche auf dem

Boden des Waggons, hielt sich schützend eine Hand vor die Augen und bemühte sich, den barschen Anweisungen der Wärter Folge zu leisten. „Alle raus!", brüllten sie unter dem lauten Gebell ihrer Hunde, bis alle den Waggon verlassen hatten. Alle, bis auf die Toten, deren Verwesungsgeruch ihnen die letzten Tage ihrer Reise fast unerträglich gemacht hatte.

Es war kalt und Maxim zitterte am gesamten Körper. Er wusste nicht, wo sie sich befanden. Nur so viel: Irgendwo in der sibirischen Einöde, umgeben von Tausenden von Zwangsarbeitern, die mit ihrer bloßen Hände Arbeit die Eisenbahnstrecke weiter nach Norden verlegen mussten. Es gab keine Anklage, keinen Richterspruch. Nur einen Vorarbeiter, der ihm eine Spitzhacke in die Hand drückte und kurze Befehle ins Ohr brüllte. Sein Name, seine Herkunft, seine Klasse. All das war hier in der Kälte ohne Bedeutung.

Zu seinem Erstaunen trauerte Maxim seinem alten Leben nicht nach. Ganz im Gegensatz zu seinen Leidensgenossen, die zu Tausenden ihren Verlust beklagten. Die Sehnsucht nach ihren Familien, die Sorge um geliebte Angehörige ließ sie in den Lagern fast wahnsinnig werden. Maxim empfand keine derartige Regung. Es gab nichts, wofür es sich lohnte zurückzukehren. Da war niemand, der auf ihn wartete und ihn vermisste. Sein Leben in Moskau, das tägliche Morden in den Katakomben der Lubjanka war kein Deut besser als die mörderische Sklavenarbeit in der Kälte Sibiriens. Hin und wieder dachte er an Anton und Ivana: Ob ihre Zusammenführung wohl geglückt war? Ob sie sich ein neues, gemeinsames Leben als Vater und Tochter aufbauen konnten? Er redete sich ein, dass es so gekommen war – und dass er, Maxim Orlow, einen kleinen Anteil an diesem Familienglück hatte.

Nur anhand der wiederkehrenden Schneeschmelze merkte Maxim, dass die Jahre vergingen. Jahre, in denen er sich dem Tod näher fühlte als dem Leben. Es gab hier nur wenige warme Tage im Sommer, gefolgt von eisigen Herbstwinden. Obwohl die Männer in seiner Brigade reihenweise starben, wollte der Tod sich seiner nicht erbarmen. Er arbeitete von Sonnenaufgang bis Sonnenuntergang, teilweise nur in dünne Lumpen gehüllt. Er wartete darauf, dass seine Kameraden tot oder entkräftet im Matsch liegen blieben, um ihnen ihre Schuhe oder Mäntel zu rauben. Er erwies sich darin als äußerst geschickt, hatte eine Gabe zu erkennen, welcher der Männer als Nächster umfallen würde. Wenn er eines unter Wassili Blochin gelernt hatte, dann den Tod zu erkennen. Er hielt sich in ihrer Nähe auf, umkreiste sie wie ein Geier und wartete. In einigen Fällen empfand er auch keine Skrupel, das Warten zu verkürzen, den Sterbenden dabei zu helfen, ihrem unausweichlichen Ende ein wenig schneller entgegenzutreten.

Im Lauf der Zeit legte er sich auf diese Weise eine beachtliche Garderobe zu, die er im Lager gegen kleine Gefälligkeiten eintauschte. Wodka, Zigaretten, Huren. Und manchmal auch die Beseitigung eines Feindes, der ihm gefährlich zu werden drohte. Er musste ständig auf der Hut sein, da die meisten seiner Mithäftlinge nicht zögerten, ihm im Schlaf den Schädel einzuschlagen, nur um an seine wenigen Habseligkeiten zu gelangen.

Maxim hatte sich nicht an den Rat seiner Leidensgenossen gehalten, sich keine Strichliste angelegt, mit deren Hilfe er die Tage zählen konnte. Nur wer die Hoffnung auf eine bessere Zukunft noch nicht verloren hatte, beschäftigte sich mit solchen Nebensächlichkeiten. Wenn die Männer dann tot im Schnee lagen, blieb von ihnen nichts weiter als ihre sorgfältig gepflegten Listen, die im Ofen verfeuert wurden. Maxim verbrannte im Lauf der Zeit viele dieser hölzernen Tafeln und fühlte sich jedes Mal darin bestätigt, dass es sinnlos war, die Tage zu zählen. Erst als sie Nachricht vom siegreichen Ende des Krieges erhielten, erfuhr sein Leben eine neue Wendung.

Die Nachricht verbreitete sich wie ein Lauffeuer und beflügelte die Fantasie der Männer. Vielleicht könnten sie bald nach

Hause zurückkehren? Aber nur wenige Tage später, als ein Zug mit NKWD-Männern eintraf, wurde ihre Hoffnung schon wieder zunichtegemacht. Ein Großteil der Männer wurde mit dem gleichen Zug in andere Gebiete gebracht, während einige *Tschekisten* vor Ort blieben, um eine Sondersiedlung für polnische Kriegsgefangene an der Mana, einem Zufluss des Jenissei, zu errichten. Ausgerechnet Maxims Brigade erhielt den Auftrag, die *Tschekisten* beim Bau dieser Siedlung zu unterstützen.

Die Polen blieben nicht lange. Schon im Herbst wurde das Lager wieder geräumt, die Polen an einen anderen Ort verlegt. Es hieß, dass die Baracken bald von deutschen Familien belegt würden, die zum Holzfällen hierher in den Wald kamen. Als die *Tschekisten* abzogen, übertrugen sie das Kommando an Maxim und seine Brigade. Erst war er überrascht von diesem unerwarteten Aufstieg, doch schon nach kurzer Zeit wurde ihm klar, dass er hier draußen im Wald mit den Deutschen verrotten sollte.

Mit dem ersten Schnee kamen die Deutschen in Schalinskoje an, der nächstgelegenen Bahnstation. Erst glaubte er an einen Zufall, doch die Ähnlichkeit war so verblüffend, dass Maxim sich seinen Verdacht anhand der Namenslisten bestätigen ließ. Bei dem deutschen Familienvater handelte es sich tatsächlich um Willi Bergen aus Osterwick. Selbst als er es schwarz auf weiß vor sich sah, konnte er immer noch nicht glauben, welch aberwitziges Spiel das Schicksal mit ihnen trieb. Er wusste nicht einzuschätzen, ob Willi ihn ebenfalls erkannt hatte, da er selbst sich weitaus mehr verändert hatte als sein Freund aus Jugendtagen.

Unschlüssig, ob er hier in der Wildnis wirklich auf ein vertrautes Gesicht aus längst vergangenen Tagen stoßen wollte, vermied er auf ihrem langen Marsch in das Lager 1001/25 jeden Kontakt. Nur einmal, da begegneten sich ihre Blicke für einen kurzen Moment: als Willi ihn darum bat, seine jüngste

Tochter auf dem Schlitten mitfahren zu lassen. Es fühlte sich auf fast unheimliche Weise vertraut an, die Tochter seines ehemals besten Freundes hinter sich juchzen zu hören, als sie den Abhang hinunter zum Lager fuhren.

Fünf Minuten

Lager 1001/25, 1945

Ein langgezogener Signalton weckte die Lagerinsassen noch vor Sonnenaufgang. Greta fühlte sich wie gerädert. Sie hatte die ganze Nacht kaum ein Auge zugetan. Die Sorge um ihre Mutter hielt sie in einem wachen Halbschlaf, aus dem sie schon bei den leisesten Geräuschen hochschreckte. Mal war es das Schnarchen ihrer Geschwister, dann ein Rascheln, das direkt aus ihrer mit Stroh gefüllten Matratze zu kommen schien. Sie traute sich nicht nachzusehen, dafür war es auch viel zu dunkel. Doch sie vermutete, dass es sich um ein Tier handelte. Eine Maus vielleicht, oder eine Ratte. Irgendwann schlief sie dann doch ein, so fest, dass sie sogar die Sirene überhörte. Erst als Anna sie heftig an der Schulter rüttelte, schreckte sie empor.

„Was ist los?“, fragte sie mit zusammengekniffenen Augen und stieß mit dem Kopf an das Bett über ihr.

„Die Sirene, hörst du sie denn gar nicht?“, antwortete Anna, die gerade Elsa in einen klobigen Wattemantel half. Draußen würden es wenigstens 20 Grad unter null sein.

Mit einem Mal war Greta hellwach. „Ach, du meine Güte, die Sirene.“ Sie erinnerte sich an die mahnenden Worte des Kommandanten, der jedem Lagerinsassen mit einer Kürzung der Lebensmittelrationen gedroht hatte, der verspätet zum Morgenappell erschien. Ohne sich zu waschen, schlüpfte Greta in ihre Stiefel und zog sich den Mantel über, der ihr kurz zuvor noch als Decke gedient hatte. Sie war trotzdem völlig durchgefroren und es fiel ihr schwer, die Durchblutung ihrer ausgekühlten Glieder wieder in Gang zu bringen. Die Fingerspitzen sowie Nase und Ohren schmerzten ganz besonders. Wie sehr hätte sie sich in diesem Moment ein heißes Bad gewünscht.

„Los, los, los, los … Beeilt euch, wir sind schon spät dran!" Willi trieb seine Kinder zur Eile. Ihm blieb keine Zeit zu kontrollieren, ob sie alle ihre Sachen angezogen hatten. Hoffentlich würde keiner von ihnen da draußen erfrieren. Er dachte an Elisabeth und wie sehr er sie vermisste. Für einen Erwachsenen allein war es schier unmöglich, sich gleichzeitig um fünf Kinder zu kümmern.

Die Bergens stürmten hinaus auf den Sammelplatz. Bis auf den reflektierenden weißen Schnee war es immer noch dunkel. Die Lagerleitung hielt es auch nicht für nötig, einen Scheinwerfer aufzustellen, vermutlich aus Mangel an Generatoren. Willi war zuversichtlich, dass sie noch rechtzeitig kamen, obwohl sie bereits zu den Letzten zählten. Nach seiner Einschätzung waren seit Beginn des Signaltons kaum mehr als vier Minuten vergangen. Nur noch wenige Schritte, doch plötzlich verstummte die Sirene.

Der Lagerkommandant nahm die Hand von der Kurbel, schaute auf seine Uhr und wandte sich dann an die frierenden Menschen: „Fünf Minuten habe ich gesagt und keine Sekunde später. Fünf Minuten. Und was habe ich noch gesagt? Jeder, der zu spät kommt, dem werden die Rationen gekürzt. Ihr da auf der linken Seite", er zog mit dem Arm eine imaginäre Linie, die die Bergens und drei weitere Familien von den übrigen Lagerinsassen trennte, „ihr könnt rüber zur Versorgungshütte gehen und euer Frühstück abholen. Ihr übrigen bleibt hier stehen und lasst euch in die Brigaden einteilen. Jeder wird zur Waldarbeit herangezogen. Ohne Ausnahme. Nur die Kinder, jünger als zehn, können hierbleiben. Und jetzt los, es gibt genug zu tun."

Der Kommandant stieß ein kehliges Lachen aus und wandte sich dann ab. Seine Aufgabe war erledigt. Er war extra früh aufgestanden, da er den ersten Weckruf unbedingt selbst übernehmen wollte. Es war eine ausgezeichnete Gelegenheit, um den Deutschen ihre erste wichtige Lektion zu erteilen. Pünktlichkeit. Sie sollten gleich am ersten Tag erfahren, dass er gewillt war, seinen Drohungen Nachdruck zu verleihen.

„Genosse Kommandant, auf ein Wort bitte."

Der Kommandant hatte den Deutschen bereits den Rücken gekehrt, als er so unerwartet und direkt angesprochen wurde. Er drehte sich um und sah Willi aus der Reihe hervortreten. Er zögerte kurz, überlegte, ob er sich auf dieses Gespräch einlassen wollte. Dann ging er doch zu Willi zurück und stellte sich so dicht vor ihn, dass keiner der Umstehenden ihre Unterhaltung mit anhören konnte. Beide Männer sagten zunächst kein Wort, musterten sich stattdessen eingehend, als ob sie sich letzte Gewissheit hinsichtlich ihrer Vermutung verschaffen wollten.

Maxim kniff mehrmals hintereinander seine Augen zusammen, bevor Willi das Schweigen als Erster brach: „Ich weiß, wer du bist, Maxim Orlow." Es klang fast wie eine Drohung, als Willi die Identität des Kommandanten offenlegte.

„Was hast du mir zu sagen?", fragte Maxim zurück, ohne auf Willis Worte einzugehen.

„Wie du dich vielleicht erinnerst, habe ich ein sehr gutes Zeitgefühl. Es waren keine fünf Minuten. Wieso lässt du uns also hungern?"

Maxim antwortete nicht sofort. In ihm tobten widersprüchliche Gefühle. Einerseits freute er sich, nach so vielen Jahren endlich wieder einmal ein vertrautes Gesicht zu sehen. Andererseits wusste er auch, dass sich die Zeiten geändert hatten; dass er sich verändert hatte.

„Das sind sehr viele Behauptungen auf einmal, Willi Bergen. Und ich hoffe, dass du dafür auch Beweise hast."

„Erinnerst du dich, dass ich immer pünktlich war, wenn mein Vater uns eine Uhrzeit genannt hat, wann wir wieder zurück auf dem Hof sein sollten?"

„Ich erinnere mich nur an einen Mann, der zu feige war, sich für die Taten seiner Frau zu verantworten. Ich erinnere mich, dass deswegen viele unschuldige Menschen sterben mussten. Und ich erinnere mich auch, dass du dafür gesorgt hast, dass wir uns nicht verteidigen konnten."

Bis zu diesem Moment war sich Willi nicht hundertprozentig sicher, ob es sich bei dem bärtigen Kommandanten ihres Lagers tatsächlich um Maxim Orlow handelte. Es erschien ihm immer noch viel zu unwahrscheinlich, dass sie nach so vielen Jahren ausgerechnet hier in Sibirien wieder aufeinandertrafen. Doch die Verbitterung, mit der Maxim seine Worte ausspuckte, beseitigte seine letzten Zweifel.

„Du weißt, dass das nicht wahr ist", entgegnete Willi. „Ich habe meinen Vater ebenso wie du durch die Hand der *Machnowzi* verloren. Er starb nur kurze Zeit, nachdem du unser Dorf verlassen hast."

„Du sagst, dass du über ein gutes Zeitgefühl verfügst." Maxim ging nicht auf Willis Worte ein. „Ich mache dir einen Vorschlag. Wir gehen runter zum Fluss und hauen ein Loch ins Eis. Wenn du es schaffst, nach exakt fünf Minuten wieder aus dem Wasser zu steigen, dann bin ich überzeugt und ihr dürft allesamt euer Frühstück nachholen. Was hältst du davon?"

„Wieso tust du das, Maxim? Du weißt, dass ich das kaum überleben würde."

„Ist das dein letztes Wort? Dann schlage ich vor, du trittst zurück in die Reihe und wartest auf die Anweisungen deiner Brigadeführer. Wenn ihr euer Tagessoll erfüllt, dann bekommt ihr heute Abend wieder etwas zu essen. Und nächstes Mal … seid einfach pünktlich!"

Ohne eine Antwort abzuwarten, wandte sich Maxim endgültig zum Gehen. Er verschwand in einer Baracke, die einzig ihm und seinen Männern vorbehalten war. Viel zu viel Platz für so wenig Menschen, dachte Willi, der sich seine Unterkunft mit über sechzig weiteren Personen teilen musste. Er war perplex über den unerwarteten Verlauf ihres Zusammentreffens, hatte er doch insgeheim gehofft, in Maxim einen alten Freund, einen Verbündeten zu finden. Doch so wie es aussah, musste er in ihm wohl eher einen Feind vermuten, der gesinnt war, Vergeltung zu üben. Vergeltung für ein Ereignis, das bald fünfundzwanzig Jahre zurücklag.

Die Banja

Lager 1001/25, 1946

Willi hörte das Knacken in seinem Kreuz, noch bevor der Schmerz bis zu seinem Gehirn durchdrang. Er litt schon lange unter seinem kaputten Rücken und wusste sofort, dass es diesmal schlimmer war. Er schrie auf, krümmte sich reflexartig zusammen. Den sechs Meter langen Baumstamm, den er zusammen mit zwei Kameraden auf der Schulter trug, musste er loslassen.

Der Stamm wog mindestens zweihundert Kilo, eine Last, die für die zwei Männer allein nicht zu halten war. Sie wollten den Baum gerade auf der vereisten Rinne ablegen, ihn die letzten Meter hinunter zum Fluss rutschen lassen. Doch in dem Moment, als Willi zu Boden sackte, konnten sie sich nur noch selbst in Sicherheit bringen, ihre Gliedmaßen zurückziehen, bevor sie unter dem Gewicht des Stammes zerquetscht worden wären. Nun schlingerte der Baum unkontrolliert abwärts, wurde dabei immer schneller, ohne dass die Bremser noch eingreifen konnten. Normalerweise hakten sie sich links und rechts mit ihren Äxten ein und verhinderten so, dass er mit zu hoher Geschwindigkeit die Böschung hinabschoss. Eine notwendige Sicherheitsmaßnahme für die Arbeiter, die sich unten am Flussufer aufhielten.

Einer von Willis Kameraden begriff die Situation als Erster. Er formte mit seinen Händen einen Trichter vor dem Mund und brüllte, so laut er konnte: „Baum außer Kontrolle, Baum außer Kontrolle!“ Die Männer am Fluss hoben ihre Köpfe, suchten, von woher die Rufe kamen. Dann sahen sie den Baumstamm, der ungebremst auf sie zuraste und stoben fluchtartig auseinander, gerade noch rechtzeitig, bevor der Baum in die bereits gestapelten Stämme krachte.

„Bist du noch ganz bei Trost? Du kannst doch nicht einfach den Stamm fallenlassen.“

„Nun beruhige dich. Du siehst doch, dass er das nicht absichtlich gemacht hat. Er hat sich irgendwas im Rücken geklemmt.“

Heinz, ein bärtiger Schlosser aus der Wolgaregion, versuchte seinen aufgebrachten Kameraden zu beruhigen und sich gleichzeitig um den verletzten Willi zu kümmern. Doch Willi ließ sich nicht bewegen, weder in die eine noch in die andere Richtung. Jede Veränderung seiner gekrümmten Position verursachte so starke Schmerzen, dass er sofort laut aufschrie.

„Wir müssen eine Trage besorgen. Er kann sich nicht mehr selbstständig bewegen“, sagte Heinz schließlich.

„Und wo sollen wir die bitteschön auftreiben? Das wird uns Stunden kosten und wir schaffen am Ende unser Tagessoll nicht. Soll er sich doch selbst um eine Trage kümmern.“

Der Mann wandte sich zum Gehen und Heinz versuchte gar nicht erst, ihn aufzuhalten. Wenn die Brigade das Tagessoll nicht erreichte, bekamen sie alle weniger Lebensmittelmarken, was gleichbedeutend mit weniger Essen war. Ein verletzter Mann war schon schlimm genug, sich auch noch um ihn zu kümmern, konnte sie alle ihre Tagesration kosten.

„Verdammt!" Heinz fluchte, weil er nicht wusste, was er tun sollte. Er brachte es nicht übers Herz, Willi einfach liegen zu lassen, andererseits erinnerte ihn sein knurrender Magen daran, dass jede Hand gebraucht wurde, wenn sie heute noch ihr Soll schaffen wollten.

„Geh und sag meinen Töchtern Bescheid." Willi erkannte den Zwiespalt, in dem Heinz steckte. „Sie werden sich um mich kümmern." Jedes Wort bereitete ihm unsagbare Schmerzen. „Aber lass mich bitte nicht hier liegen." Er wusste, dass die Waldarbeiter jeden Verletzten dort zurückließen, wo er zu Boden gegangen war. Niemand konnte es sich leisten, den barmherzigen Samariter zu spielen.

Heinz erhob sich und ging den markierten Waldweg zurück. In vierhundert Metern Entfernung befand sich die Stelle, wo die Bäume gefällt wurden und die Mädchen damit beschäftigt waren, die Stämme zu entästen. Er informierte Greta und Anna über das Unglück, woraufhin die Mädchen sofort ihre Arbeit niederlegten und zu ihrem verletzten Vater eilten. Sie nahmen zwei dünne Baumstämme und eine Decke mit, um daraus eine provisorische Trage zu bauen. Mit vereinten Kräften gelang es ihnen schließlich, Willi zurück zu den Baracken zu schleppen.

„Bringt ihn in die Banja. Er braucht Wärme und einen stabilen Untergrund."

Reinhard von Klaist war Arzt. Man hatte ihn westlich von Warschau aufgegriffen, als er sich mit den deutschen Truppen vor der Roten Armee in Sicherheit bringen wollte. Über ein halbes Jahr verbrachte er in einem russischen Kriegsgefangenenlager, bevor man ihn schließlich für zehn Jahre nach Sibirien deportierte.

Ungeachtet seiner Fähigkeiten schickte ihn die Lagerleitung zunächst zum Bäumefällen in den Wald, doch schon bald erforderte die zunehmende Anzahl von Verletzungen unter den ungeübten Arbeitern eine sinnvollere Verwendung seiner medizinischen Kenntnisse. In der spärlich eingerichteten Krankenstation des Lagers befanden sich durchgängig zwischen zehn und zwanzig Personen in Behandlung. Der Arzt nähte Schnittwunden, schiente Knochenbrüche und half vier Frauen, ihre Kinder zu entbinden. Zwei kamen tot zur Welt. Ein weiteres starb bereits nach einer Woche. Nur ein Junge hatte sich bisher als robust genug erwiesen, den widrigen Umständen zum Trotz am Leben zu bleiben. Doch auch um diesen Jungen stand es mittlerweile kritisch, da die Mutter nicht genügend Milch hatte, um den Säugling zu stillen. Eine Folge der Unterernährung, die immer deutlicher zutage trat und ihre Opfer zuerst unter den Kleinsten und Schwächsten fand.

„Heizt die Banja ordentlich auf", befahl von Klaist den Mädchen. „Dann nehmt ihr nasse Tücher und legt sie solange auf den Ofen, bis ihr sie gerade noch mit den Händen greifen könnt. Damit verbindet ihr eurem Vater dann den Rücken. Er braucht jetzt viel Wärme, damit sich seine Muskeln wieder entspannen." Er hoffte, dass es sich bei Willis Rückenschmerzen tatsächlich nur um muskuläre Probleme handelte. Einen Bandscheibenvorfall hätte er hier nicht behandeln können.

Nach einer Stunde war die Banja voll aufgeheizt und die warmen Tücher entfalteten ihre entspannende Wirkung. Willi spürte, wie der Schmerz langsam nachließ. Trotzdem musste er jede Bewegung mit äußerster Vorsicht ausführen. Er lag auf dem Rücken, hielt die Augen geschlossen. Plötzlich hörte er, wie die Tür geöffnet und wieder geschlossen wurde, wie jemand mit bloßen Füßen durch den Nebel tappte und sich dann auf eine der oberen Holzbänke setzte.

„Wer ist da?“, fragte Willi, der sich nur soweit drehen konnte, dass er die Beine des Mannes sah. „Sind Sie das, von Klaist? Ich glaube, meinem Rücken geht es schon besser.“

„Das freut mich zu hören.“

Willi erschrak. Diese Stimme. Maxim. Seit ihrer letzten Begegnung waren sie nicht wieder aufeinandergetroffen, hatten sich nur aus der Ferne gesehen. Zuletzt hieß es gar, der Kommandant befinde sich für längere Zeit in Schalinskoje.

„Dann kannst du ja morgen wieder zu deiner Brigade zurückkehren, nicht wahr?“

„Ich weiß nicht … Was sagt denn von Klaist dazu?“, fragte Willi unsicher.

„Was kümmert es mich, was dieser Quacksalber sagt? Wenn ich sage, dass du morgen wieder zu deiner Brigade gehst, dann brauche ich dafür nicht seine Genehmigung.“

„Aber … Aber ich kann mit meinem Rücken doch keine Lasten tragen.“

„Du hast doch gerade selbst gesagt, dass es dir wieder besser geht.“

„Ja schon, aber doch nicht so weit, dass ich wieder Baumstämme tragen könnte.“

Maxim seufzte. „Du kennst doch die Regeln. Wer nicht arbeitet, bekommt nichts zu essen …“

„… und wer nichts zu essen bekommt, wird nicht gesund“, unterbrach Willi unaufgefordert. Ihm war die Logik der sowjetischen Arbeitslager ein Rätsel, nach der die Kranken weniger zu essen bekamen als die Gesunden.

„Ich hätte da vielleicht eine Lösung“, fuhr Maxim nach kurzer Pause fort. „Du bist doch Buchhalter gewesen. Du kennst dich also mit Zahlen aus, und du weißt sicher, wie man die Zahlen so darstellt, dass sie die Wahrheit ein wenig verschleiern, oder?“

Willi schwieg. Er wusste nicht, worauf Maxim hinauswollte.

„In diesem Land gibt es drei verschiedene Zahlungsmittel. Rubel, Wodka und Lebensmittelkarten. Wir werden hier draußen für unsere Arbeit mit Lebensmittelmarken entlohnt. Einmal im Jahr, im Sommer, kommen die Flößer und holen die Stämme ab. Sie überprüfen die Bücher, anhand deren wir die Marken für das nächste Jahr bekommen. Diese Marken sind der Lohn, den wir den Arbeitern eigentlich auszahlen müssten. Damit sie sich davon Essen kaufen können. Hier im Lager oder in Schalinskoje."

Die Arbeiter nutzten ihren freien Tag häufig dazu, Lebensmittel in Schalinskoje einzukaufen. Sie gingen vor Sonnenaufgang los und kehrten erst spät in der Nacht wieder zurück. Oft nur mit einem Brot oder ein paar Kartoffeln in ihrem Leinensack.

„Eigentlich?" Willi verstand noch immer nicht, was Maxim von ihm wollte.

„Wenn man hier draußen reich werden will, dann muss man den Flößern vorgaukeln, mehr Stämme gefällt zu haben, als es der Wahrheit entspricht. Und den Arbeitern weniger Lohn aushändigen, als ihnen zusteht."

Willi traute seinen Ohren nicht. Er konnte nicht fassen, was Maxim ihm da in aller Offenheit anvertraute.

„Aber … damit beraubst du die Arbeiter ihres eh schon mickrigen Lohnes. Das kannst du nicht machen."

„Doch, Willi. Das kann ich und das werde ich. Und du wirst mir dabei helfen."

„Niemals. Besorg dir für deine dreckigen Geschäfte einen anderen."

„Nein!", sagte Maxim laut, während er die Stufen hinabstieg. Er ging in die Hocke, rückte so dicht an Willi heran, dass sein wirrer Bart ihn im Gesicht kitzelte. „Das war keine höfliche Frage, sondern ein Befehl. Und weißt du, was ich hier im Lager mit Befehlsverweigerern mache? Als Erstes nehme ich mir ihre Frauen, dann nehme ich mir ihre Töchter. Anfangs bin ich noch freundlich zu ihnen. Wenn du dann aber immer noch nicht kooperierst, fange ich langsam an, ungemütlich zu werden. Hast du mich jetzt verstanden, Willi?"

Willi sah seinen früheren Freund entsetzt an. Er konnte nicht begreifen, wie Maxim zu einem derartigen Teufel hatte werden können. Nichts erinnerte mehr an den charmanten Jungen, den er noch aus Osterwick kannte. „Was ist mit dir geschehen, Maxim?"

„Ich weiß es nicht. Vielleicht kannst du es mir ja verraten?", erwiderte Maxim schrill.

„Wo bist du gewesen, nachdem du aus Osterwick fortgegangen bist?"

Maxim zögerte. Er wollte nicht über seine Vergangenheit sprechen. Schon gar nicht mit Willi.

„Ich war in Leningrad und in Moskau. Ich habe für den NKWD gearbeitet", sagte er schließlich. Daraufhin erhob er sich, öffnete die Tür und ließ eine Frau herein. Sie drängte sich an ihm vorbei und eilte zu dem am Boden liegenden Willi. Er befand sich bereits viel zu lange in der Banja und benötigte dringend frische Luft und etwas zu trinken.

Willi war peinlich überrascht. Normalerweise hielten sich alle im Lager an die strikte Geschlechtertrennung, wenn es um die Benutzung der Banja ging. Dann erkannte er die Frau, die sich nun dicht über ihn beugte und ihm mit ihrer Hand über die Stirn strich.

„Elisabeth?! Was tust du hier? Wie kommst du hierher?" Eine Welle von Glücksgefühlen durchströmte ihn, mischte sich in all die Fragen, die das unerwartete Auftauchen seiner Frau hervorrief. Er wollte sich aufsetzen, doch der Schmerz in seinem Rücken belehrte ihn eines Besseren. Tränen traten in seine Augen und er spürte, dass all die Sorgen um seine Frau mit einem Mal von ihm abfielen.

Wochenlang hatte er auf eine Nachricht von ihr gewartet, wusste nicht, wie es ihr ging. Sie nun so unerwartet wiederzusehen, überforderte ihn. Willi nahm ihre Hand und fing an zu schluchzen. Er konnte es nicht verhindern, auch wenn er sich dabei alles andere als männlich fühlte. Es schien, als ob seine Seele nur zu dieser einen Reaktion imstande wäre.

Elisabeth kauerte indes neben ihrem Mann, hielt seine Hand und weinte mit ihm. Sie sagten beide kein Wort. Es war auch nicht nötig, in diesem Moment zu sprechen. Maxim stand in der offenen Tür und beobachtete das Ehepaar, wie es auf so vertraute Weise auf dem Boden der Banja nebeneinander kauerte. Für einen kurzen Moment beneidete er sie. Doch er unterdrückte diesen Gedanken genauso schnell, wie er gekommen war.

„Morgen früh. Wir treffen uns in meiner Schreibstube. Vergiss nicht, was wir besprochen haben." Mit diesen Worten wandte er sich ab und ließ Willi und Elisabeth allein.

Die Flößer

Lager 1001/25, 1946

Die Kunde über die Ankunft der Flößer verbreitete sich im Lager wie ein Lauffeuer. In den letzten Wochen hatten die Kinder, die nicht zur Waldarbeit eingeteilt waren, jeden Tag nach ihnen Ausschau gehalten, liefen dafür sogar bis hinter die Flussbiegung, als könnten sie andernfalls ihre Ankunft verpassen.

Niemand hatte die Flößer je zuvor gesehen, doch allein die Aussicht auf etwas Abwechslung in ihrem immer gleichen Alltag steigerte die Vorfreude ins Unermessliche. Sie wussten lediglich, dass die Männer aus einem flussaufwärts gelegenen Lager kamen und einmal im Jahr die Mana hinabfuhren, um alle gefällten Baumstämme einzusammeln. Es hieß, dass die Flößer freihändig auf einem im Wasser treibenden Baum balancieren konnten, ohne dabei umzukippen. Das war für die Jungs aus dem Lager 1001/25 so unvorstellbar, dass sie es selbst ausprobierten, sobald das letzte Eis geschmolzen und die Tage wieder wärmer geworden waren. Doch trotz immer neuer Versuche schaffte es keiner von ihnen, sich auf dem Stamm zu halten. So warteten sie umso gespannter darauf, dass die Flößer ihnen zeigten, wie dieses Kunststück funktionierte.

Die Mana war ein ruhiger Fluss, deren Wasser gemächlich und ohne großes Gefälle in Richtung des Jenissei floss. Im Sommer, wenn die Tage länger und wärmer wurden, schwirrten zahllose Insekten über der Wasseroberfläche und boten den Fischen ausreichend Nahrung, um mit weit geöffneten Mäulern aufzutauchen und sich satt zu fressen. An der breitesten Stelle maß der Fluss gerade einmal sechzig Meter. Dennoch war er über die gesamte Länge so tief, dass die Flößer nirgends mit gefährlichen Stromschnellen oder engen Passagen rechnen mussten. Auf solche Details achteten die Ingenieure des NKWD bei der Errichtung ihrer Lager, da die Bilanz des Gulag im Wesentlichen von der Höhe der aufzubringenden Kosten abhing. Der Landweg wäre für den Abtransport der Baumstämme viel zu teuer gewesen.

„Ahoi“, schallte es über das Wasser. Greta war überrascht, hier in den Wäldern Sibiriens diesen deutschen Gruß zu hören. Doch offensichtlich handelte es sich bei den Flößern ebenfalls um Deutsche.

„Ahoi“, rief der junge Mann ein weiteres Mal. „Habt ihr die Netze gespannt?“

Schon kamen seine Kameraden in Sicht, die hinter ihm auf weiteren zu Flößen gebundenen Baumstämmen im Wasser trieben. Einige von ihnen hielten lange Stangen in den Händen, mit denen sie sich vom Ufer abstießen. Andere benutzten kürzere Stangen mit eisernen Haken am Ende, um damit die Baumstämme zusammenzutreiben. Es mussten an die fünfzig Männer sein.

„Ja. Alles ist vorbereitet", rief Maxim auf das Wasser hinaus. Er stand umringt von den übrigen Lagerinsassen am Ufer und beobachtete die näher kommenden Flößer. Etwa hundert Meter flussabwärts hatten sie ein Netz über die gesamte Breite des Flusses gespannt, wo sich die Baumstämme nun wie in einem See zu sammeln begannen. Die Flößer brachten ihrerseits einige Hundert weitere Stämme mit, sodass vor dem Lager bald so viel Holz im Wasser trieb, dass man trockenen Fußes ans andere Ufer hätte gelangen können.

Greta stand gemeinsam mit den anderen Kindern und Jugendlichen etwas abseits, wollte auf gar keinen Fall den Moment verpassen, wenn die Männer an Land kamen. Sie fand es sehr aufregend, zuzuschauen, wie sie mit nackten Oberkörpern über die Baumstämme balancierten. Jede ihrer Bewegungen erschien einstudiert, immer darauf bedacht, nicht versehentlich mit den Füßen oder Händen zwischen die schweren Hölzer zu geraten. Es würde sicher noch ein, vielleicht sogar zwei Tage dauern, bis alle Stämme zu Wasser gelassen waren. Genug Zeit also, um zu erfahren, wer die Flößer waren und woher sie kamen. Sie schaute peinlich berührt zu Boden, als einer von ihnen seine Mütze zum Gruß lüpfte und ungeniert in ihre Richtung starrte. Aus dem Augenwinkel konnte sie erkennen, dass er bis über beide Ohren grinste. Der Gruß galt ganz offenkundig ihr.

Als der junge Mann sich schließlich wieder abwandte, schaute Greta ihm noch lange hinterher. Ihr gefiel die Art, wie er sie angesehen hatte, und sie hoffte, ihm bald noch einmal zu begegnen.

„Wann habt ihr damit begonnen, die Stämme ins Wasser zu lassen?", fragte der Anführer der Flößer an Maxim gewandt, nachdem alle seine Männer wohlbehalten an Land gekommen waren.

„Gestern."

„Gut. Und diese Stämme dort sind der Rest?" Er deutete auf die Baumstämme, die fein säuberlich entlang des Ufers gestapelt waren.

„Ja, genau", antwortete Maxim. Er fühlte sich unwohl dabei, derart ausgefragt zu werden, konnte aber nichts dagegen tun, da er keinerlei Erfahrung mit der Abholung der Hölzer besaß.

„Das sollten wir morgen mit vereinten Kräften schaffen, denke ich. Wie viele Männer habt ihr hier zur Verfügung?"

„185."

„Sehr gut, dann schaffen wir es morgen ganz gewiss."

Willi stand dicht hinter Maxim und kam nicht umhin, das Gespräch zwischen den beiden Männern zu belauschen. Der Anführer der Flößer hieß Michail. Er war der einzige Russe unter den Flößern, aber offensichtlich ebenso wie seine Kameraden ein Zwangsarbeiter. Auf seinem rechten Handrücken war die Nummer eintätowiert, die ihn unverkennbar als Verbannten auswies. Dennoch strahlte er eine Souveränität und Selbstsicherheit aus, die sogar Maxim zu beeindrucken schien. Er war deutlich jünger – Willi schätzte ihn auf Ende zwanzig –, doch während des kurzen Gesprächs war von einem Altersunterschied nichts zu bemerken.

Maxim gab dem jungen Mann bereitwillig Auskunft und beantwortete seine Fragen wahrheitsgemäß. Willi wurde das Gefühl nicht los, dass sich diese Naivität noch rächen könnte.

Er hatte sich nur widerwillig an seine neue Arbeit in der Lagerverwaltung begeben. Zwar dankte es ihm sein Rücken, da er keine schwere körperliche Tätigkeit mehr verrichten musste, doch er verabscheute es, fortan nur noch der Mehrung von Maxims persönlichem Reichtum zu dienen. Ihm blieb keine andere Wahl, wollte er nicht das Leben seiner Frau und seiner Töchter gefährden. Maxim hatte sehr deutlich gemacht, dass er seine Drohungen in die Tat umsetzen würde, falls Willi nicht kooperierte.

Zunächst hatten die Bergens es für eine letzte menschliche Regung ihres Kommandanten gehalten, dass er Elisabeth aus Schalinskoje geholt hatte, doch schon nach kurzer Zeit stellte sich heraus, dass sie längst noch nicht genesen war. Ihre Rückholung diente Maxim einzig und allein dazu, ein weiteres Druckmittel gegen Willi in der Hand zu haben.

Den nächsten Tag arbeiteten die Deutschen ohne Pause. Sie wollten unbedingt fertig werden, obwohl niemand sagen konnte, woher dieser Ehrgeiz rührte. Die Arbeitsbedingungen waren schlecht, die Verpflegung ließ zu wünschen übrig und die Bezahlung wurde den körperlichen Anstrengungen nicht im Mindesten gerecht. Und dennoch waren sie hoch motiviert, nach den Monaten schwerster Plackerei nun endlich das Ergebnis ihres Schaffens präsentieren zu können. Als sie nachmittags ermüdeten, waren es Michails ermutigende Worte, die auch ihre allerletzten Kraftreserven mobilisierten. Maxim stand derweil abseits, beobachtete die voranschreitende Arbeit, ohne sich selbst daran zu beteiligen.

„Wir sind fertig, Genosse Kommandant“, rief Michail Maxim entgegen. Seine Kleider waren nass und verschmutzt, die Hände von blutigen Rissen gezeichnet. Man sah ihm die Erschöpfung an. Die Anrede klang aus seinem Mund wie der blanke Hohn, doch Maxim überging diese Spitze und führte den Flößer zu einem abseits stehenden Unterstand. Er breitete ein dickes Buch auf dem Tisch aus und schilderte Michail mit ausschweifenden Worten den Ertrag ihrer letztjährigen Arbeit.

„Wir haben insgesamt 3.787 Bäume gefällt. An Ausschuss gab es nur 56 Bäume. Macht insgesamt also 3.731 Stämme, die wir euch hiermit anvertrauen“, fasste er seinen Monolog abschließend zusammen.

Maxim hielt Michail einen Stift hin, damit dieser die Zahlen quittierte. Willi stand hinter den beiden Männern. Er war angespannt und bewunderte Maxim, wie er die gefälschten Zahlen präsentierte, ohne mit der Wimper zu zucken.

„Ich denke nicht, dass diese Zahlen stimmen“, sagte Michail.

„Was meinen Sie damit? Natürlich stimmen die Zahlen“, entgegnete Maxim.

„Nein, Sie haben sich da um mehr als 1.000 Stämme verrechnet, Genosse Kommandant. Außerdem lag Ihr Soll bei 2.200 Bäumen, nicht bei 3.700.“

Maxim war sprachlos. Wie konnte der Flößer wissen, dass sie tatsächlich nur etwas mehr als 2.500 Bäume geschlagen hatten? Er drehte sich um, blickte hinaus auf den Fluss, in dem nun, so weit das Auge reichte, Baumstämme trieben.

„Und das können Sie einfach so erkennen, oder was?“ Maxim war nicht gewillt, sich so leicht ins Bockshorn jagen zu lassen. „Sehen Sie sich um. Überall Baumstämme. Unmöglich, sie zu zählen. Und Sie wollen mir weismachen, dass unsere Zahlen nicht stimmen?“

„Sehr richtig. Ich werde Ihnen 15.000 Lebensmittelmarken geben. Wie im Plansoll festgeschrieben. Nicht eine einzige mehr.“

„Was fällt Ihnen ein?“ Maxim schlug wütend mit der Hand auf den Tisch. „Sie haben keinen Beweis und bringen dennoch solche Anschuldigungen vor. Ich werde …“ Maxim kam nicht dazu, seinen Satz zu beenden.

„Sie werden gar nichts tun, Genosse Kommandant. Und

was die Beweise angeht: Man braucht keinen Abschluss in Mathematik, um zu begreifen, dass Ihre Zahlen gefälscht sind. Wir haben heute gemeinsam mit meinen Männern 981 Stämme zu Wasser gelassen. Sie sagten mir gestern, dass Sie allein mit Ihren Leuten zwei Tage für den Rest gebraucht hätten. Wenn das so ist, dann komme ich auf insgesamt 2.525 Stämme. Ihre Zahlen sind also gefälscht. Ich werde sie nicht quittieren und Sie bekommen Lebensmittelmarken für 2.200 Stämme. Nächstes Mal warten Sie mit dem Wässern der Bäume, bis wir hier sind, damit es nicht noch mal zu solchen Missverständnissen kommt."

Michail stand auf, ließ einen ledernen Beutel auf dem Tisch zurück und verabschiedete sich.

Maxim blieb fassungslos zurück. Er drehte sich um und blickte Willi an, als wolle er von ihm eine Erklärung haben.

„Er hat recht", sagte Willi. „Du hättest ihm gestern nicht so bereitwillig Auskunft geben dürfen." Er war beeindruckt von Michails rechnerischen Fähigkeiten, tat aber alles, um sich dies nicht anmerken zu lassen.

Maxim nahm den Beutel und stapfte wutschnaubend zurück zu der Stelle, wo sich die Flößer gerade verabschiedeten. Sie wollten noch heute Abend das Lager verlassen. Willi nahm die Bücher und folgte ihm. Aus der Ferne sah er, wie seine älteste Tochter gerade einem der Männer die Hand reichte.

„Ich wollte mich von dir verabschieden", sagte der junge Mann mit einem nun sehr viel schüchterneren Lächeln als noch bei seiner gestrigen Begrüßung. „Ich heiße übrigens Peter. Willst du mir sagen, wie du heißt?"

„Greta", antwortete sie nach kurzem Zögern. Sie getraute sich nicht, ihn direkt und offen anzusehen.

„Nun denn, Greta. Ich würde mich freuen, wenn wir uns nächstes Mal wiedersehen."

Peter drehte sich um und begab sich mit seinen Kameraden auf das Wasser. Ohne erkennbare Anstrengung sprang er von einem Baumstamm zum anderen. Greta versuchte ihn dabei nicht aus den Augen zu verlieren. Seine wenigen Worte und die kurze Berührung ihrer Hand hatten ein Gefühl in ihr ausgelöst, das sie so noch nie zuvor empfunden hatte. Sie konnte es nicht beschreiben, nur so viel: dass es nach langer Zeit wieder etwas in ihrem Leben gab, worauf sie sich wirklich von ganzem Herzen freute.

Dann ertönte das Signal. Wie ein langgezogener Trompetenstoß, der durch die Stille der Taiga hallte und sich weit über das Wasser des Flusses ausbreitete. Das Signal, dass die Netze nun zerschnitten waren. Kurze Zeit später wurden die Baumstämme von der Strömung erfasst, richteten sich wie von Geisterhand aus, um langsam mit den Wassermassen davonzutreiben. Man hörte die Stämme mit dumpfen Schlägen aufeinanderprallen, sich verkeilen und unter lautem Ächzen wieder voneinander lösen.

Plötzlich übertönte ein gellender Schrei dieses Naturschauspiel, weckte die Lagerinsassen aus ihrem andächtigen Zuschauen. Einer der Flößer war in ihrer unmittelbaren Nähe von seinem Floß gefallen. Er hatte offenbar das Gleichgewicht verloren und es nicht rechtzeitig geschafft, sich wieder aus dem Wasser zu retten. Seine Kameraden hielten ihn an den Händen, versuchten ihn zurück auf das Floß zu ziehen, als ein Baumstamm gegen seine immer noch im Wasser befindlichen Beine krachte. Weitere Stämme drückten nach, hielten den jungen Mann auf groteske Art zwischen den schweren Hölzern gefangen. Sein Oberkörper lag halb aufgerichtet auf dem Floß. Er schrie laut.

„Zieht ihn raus, zieht ihn raus!", hörte man die aufgeregten Rufe der Flößer, die tatenlos mit ansehen mussten, wie ihr Kamerad zwischen den Baumstämmen zerquetscht wurde. Dann krachte ein Schuss. Die Schreie erstarben und der junge Mann sackte tödlich getroffen auf seinem Floß zusammen.

Sowohl die Flößer als auch die Deutschen am Ufer zuckten erschrocken zusammen. Sie blickten sich suchend um. Woher war der Schuss gekommen? Dann sahen sie Maxim, der gerade das Gewehr an einen seiner Brigadeführer zurückgab.

Willi hatte alles aus unmittelbarer Nähe miterlebt. Er wollte noch rufen, Maxim von seiner Tat abhalten. Doch sein Schrei ging in dem Krach unter. Jetzt blickte er Maxim mit weit aufgerissenen Augen an, fassungslos, wie dieser einen Hilfesuchenden so kaltblütig erschießen konnte. Als Maxim Willis entgeistertes Gesicht bemerkte, zuckte er nur mit den Achseln. „Wir hätten ihn hier sowieso nicht versorgen können."

Alte Wunden

Lager 1001/25, 1946

Als Willi am nächsten Morgen die Schreibstube betrat, befand sich Maxim zu seiner Überraschung bereits auf den Beinen. Normalerweise stand er nie vor zehn Uhr auf. Jetzt saß er an einem mit Papieren übersäten Schreibtisch, vor sich eine fast vollständig geleerte Wodkaflasche. Er musste die ganze Nacht hier zugebracht haben, dachte Willi.

„Setz dich", befahl Maxim knapp angebunden. Er hatte offensichtlich schlechte Laune.

Willi nahm wortlos an einem zweiten Schreibtisch Platz. Er hoffte, dass Maxim auf die Ereignisse des gestrigen Tages zu sprechen kommen würde.

„Dieser verdammte Flößer!" Maxim deutete auf den Lederbeutel mit den Lebensmittelmarken. „Ich habe nachgezählt. Der Hund hat uns betrogen."

Willi konnte sich ein Grinsen nicht verkneifen. Der Mann hatte sie nicht betrogen, er war einfach nur sehr viel schlauer, als Maxim erwartet hatte.

„Du wirst in den Büchern notieren, dass er uns nur 10.000 Marken übergeben hat. Hast du das verstanden?"

Willi blickte entsetzt auf, als er begriff, dass Maxim ein Drittel der Marken für sich behalten wollte. „Das kannst du nicht machen. Es langt doch so schon kaum für alle Lagerinsassen."

„Was kümmert mich das? 10.000 Marken und keine einzige mehr."

„Maxim, nun sei doch vernünftig", versuchte Willi den Kommandanten zu beschwichtigen. Er wusste, dass eine Marke nicht einmal den Wochenbedarf eines jeden Arbeiters deckte und jede weitere Kürzung unweigerlich zu ersten Hungertoten führen würde. „Wenn die Arbeiter noch weniger zu essen bekommen, werden sie weniger Bäume fällen. Und wir bekommen im nächsten Jahr noch weniger Marken von den Flößern. Wir müssen uns etwas einfallen lassen, wie wir die Produktivität der Arbeiter steigern können, anstatt sie weiter zu berauben." Willi versuchte verzweifelt, Maxim von seinem mörderischen Plan abzubringen.

Maxim lachte verächtlich auf, während er den letzten Schluck Wodka in sein schmieriges Glas kippte. „Glaubst du wirklich, dass es in der gesamten Sowjetunion auch nur einen Betrieb gibt, der sich um seine Produktivität schert? Du hast doch gehört, was der Flößer gesagt hat. Es geht alles nur um das Plansoll. Wir waren schön dumm zu glauben, dass eine Übererfüllung uns irgendeinen Vorteil bringt."

„Wenn wir die Marken gerecht aufteilen, können wir es schaffen, ohne dass jemand verhungert. Wir werden auch das Plansoll erreichen, sodass wir auch im nächsten Jahr wieder unsere Lebensmittelmarken bekommen. Es ist möglich, dass wir hier draußen alle überleben. Nur … wir müssen die Marken gerecht verteilen.“ Willi sprach in flehentlichem Tonfall, hoffte und betete, dass es ihm gelingen würde, Maxim umzustimmen.

Maxim sah Willi einen Augenblick lang an. Er lehnte sich zurück, ohne ein Wort zu sagen. Seine Augen wirkten glasig.

„Weißt du noch, wie ich dich damals angefleht habe, mir das Versteck der Munition zu verraten?“, fuhr er ruhig, fast freundschaftlich fort. „Ich habe mich immer gefragt, wo du sie hingetan hattest.“

„In den ausgebrannten Unterstand, ganz hinten unter die verkohlten Balken“, antwortete Willi irritiert. Er hatte nicht mit diesem abrupten Themenwechsel gerechnet, schon gar nicht, dass Maxim sich ausgerechnet jetzt mit längst vergangenen Ereignissen aus Osterwick beschäftigte.

Maxim grinste schmallippig. „Natürlich. Der Unterstand. Weißt du eigentlich, wie viele Banditen wir mit dem MG hätten erledigen können? Hunderte.“

„Wahrscheinlich. Du weißt aber auch, was dann geschehen wäre. Die restlichen Tausend wären nur umso brutaler über uns hergefallen.“ Willi klang betont desinteressiert, da er das Gespräch unbedingt zurück zu den Lebensmittelmarken lenken wollte. Doch dazu kam er nicht.

„Das weißt du doch gar nicht“, brauste Maxim auf. „Wer sagt, dass sie nicht weitergezogen wären, sich ein anderes Dorf ausgesucht hätten, das sich weniger zur Wehr setzt?“

„Niemand von uns weiß, was passiert wäre, Maxim. Vielleicht würden wir beide heute schon gar nicht mehr leben.“

Die beiden Männer blickten sich über ihre Tische hinweg an. Die Ironie in Willis Worten schien fast mit den Händen greifbar.

„Und dieses Leben hier …“ Maxim machte eine ausladende Armbewegung und sah sich in der heruntergekommenen Schreibstube um. „Dieses Leben hier ist für dich Beleg, dass du damals richtig gehandelt hast, oder was? So wie ich das sehe, hätte man uns beide besser schon damals erschossen."

Die Verbitterung in Maxims Worten war nicht zu überhören und an der Richtigkeit seiner Feststellung kaum zu rütteln. Dennoch wollte Willi nicht mit ihm übereinstimmen.

„Du hast recht, Maxim. Dieses Elend hier wäre uns vielleicht erspart geblieben. Doch ich hätte mich dann auch der Freude beraubt, Elisabeth zu heiraten und meine Kinder aufwachsen zu sehen. Und dieses Glück ..." Willi sprach nicht weiter, als er spürte, wie tief seine Worte Maxim trafen. Es war, als hätte er einen wunden Punkt getroffen. Er musste sich zusammenreißen, sich in Erinnerung rufen, dass er hier nicht mit einem alten Freund, sondern mit seinem Kommandanten sprach. Willi wusste nicht, was Maxim in all den Jahren widerfahren war, doch er ahnte, dass er ähnlich viel Elend und Leid gesehen hatte wie er selbst.

Maxim stand auf, im Begriff die Schreibstube zu verlassen. Das Gespräch war für ihn beendet. „Du wirst dein scheinbares Glück noch verfluchen, das verspreche ich dir!", zischte er im Hinausgehen.

Willi schnürte es bei diesen Worten die Kehle zu. Angst kroch in ihm hoch. Dennoch mühte er sich, Maxim noch etwas hinterherzurufen. Er wollte das Unrecht nicht so einfach hinnehmen.

„Ich werde meinen Kameraden nicht verschweigen, dass du uns bestiehlst."

Maxim hielt inne, drehte sich dann noch einmal um und kam zurück in die Schreibstube. „Ein Wort und ich werfe deine Weiber meinen Brigadeführern zum Fraß vor. Hast du das verstanden?"

Die beiden Männer blickten sich wieder nur schweigend an. Es gab nichts mehr zu sagen. In ihren Augen lag kein Hass, nicht einmal Verachtung, sondern einfach nur noch Müdigkeit und Erschöpfung.

Kartoffeln

Schalinskoje 1946

Es war, als ob der zunehmende Hunger noch einmal letzte Reserven in Elisabeth freisetzte. Nachdem Willi ihr im Vertrauen von Maxims Diebstahl erzählt hatte, war sie zunächst versucht, es direkt allen anderen im Lager zu erzählen. Doch aus Sorge um ihre Töchter behielt sie es schließlich doch für sich.

Sie beschlossen stattdessen, Vorkehrungen für den nahenden Winter zu treffen und ausreichend Vorräte anzulegen. Nur gab es nichts, das sie hätten zurücklegen können. Schon jetzt waren die täglichen Brotrationen so niedrig, dass sie nicht mehr ausreichten, um alle Arbeiter zu versorgen. Gemüse oder gar Fleisch hatte es schon lange nicht mehr gegeben und jeder Versuch, eine Brigade zum Angeln oder Jagen abzustellen, wurde von Maxim unter Verweis auf das Plansoll kategorisch abgelehnt. Willi versuchte über Tage hinweg, ihn umzustimmen, doch es half nichts. Maxim wollte nicht einsehen, dass sie das Soll niemals erreichen würden, wenn die vom Hunger geschwächten Arbeiter bald außerstande waren, die einfachsten Handgriffe zu tätigen.

Willi kannte die schleichenden Symptome, bemerkte sie bereits am eigenen Leib. Unkonzentriertheit. Flimmern vor den Augen. Plötzlich auftretender Schwindel. Und Schmerzen. Schmerzen, die sich über den gesamten Körper ausdehnten, wenn die zurückgehende Muskulatur nicht mehr in der Lage war, ihn ausreichend zu stützen und zu tragen.

Er versuchte Maxim klarzumachen, dass er sie mit seiner Verbohrtheit alle in den Untergang trieb, doch je mehr er auf ihn einredete, desto mehr schien sich Maxim in seiner Position bestätigt zu fühlen. Er wollte keine Brigade nur aufgrund von Willis Befürchtungen abstellen und damit schon jetzt von der Erfüllung des Plansolls abrücken. Er wollte es darauf ankommen lassen. Der Gedanke, dass seine unredliche Bereicherung dieses Dilemma überhaupt erst hervorgerufen hatte, kam ihm nicht in den Sinn.

Die Arbeiter wurden mittlerweile nur noch unregelmäßig für ihre schwere Arbeit entlohnt. Willi wunderte sich, dass es deswegen noch nicht zu einem Aufstand im Lager gekommen war. Bezeichnenderweise war es der Junge, Mika, der sie alle ein weiteres Mal beschämte. Er brachte als Einziger den Mut auf, seine Unzufriedenheit über die immer schlechteren Zustände offen zu äußern. Maxim nahm die Kritik zunächst scheinbar gelassen entgegen. Er bedankte sich bei dem Jungen für dessen beherztes Auftreten, lobte ihn gar für seinen Einsatz. Nur um diese Fassade wenig später fallen zu lassen und sich als ein wahrer Sohn der *Tscheka* zu erweisen.

Mitten in der Nacht rissen die Brigadeführer Mika aus seiner Koje und verschwanden ohne Erklärung mit ihm im Wald. Sie marschierten bis zum Morgengrauen, drangen dabei immer tiefer in sumpfiges Gebiet vor, den verängstigten Jungen an einem Seil hinter sich herziehend. Als die Sonne aufging, zogen sie ihn nackt aus, banden ihn an einen Baum und zündeten sich mehrere Fackeln an. Dann ließen sie sich etwas abseits auf einem trockenen Plätzchen nieder, wo der Rauch ihrer Fackeln die Mücken fernhielt, die sich nun zu Tausenden auf Mika stürzten, der bis zu den Knien im sumpfigen, eiskalten Morast feststeckte.

Bis zum Abend ließen sie ihn dort hängen. Dann war sein gesamter Körper von so vielen Stichen übersät, dass er aussah, als wäre er von der Sonne verbrannt. Der Junge war aufgedunsen und er konnte sich, nachdem man ihn wieder losband, nicht mehr auf den Beinen halten. Die Männer fluchten, waren nur widerwillig bereit, ihn zurück zum Lager zu tragen.

Doch der Befehl ihres Kommandanten war eindeutig. Mika sollte den übrigen Insassen als mahnendes Beispiel dienen. Und genau das erreichte Maxim mit seinem Vorgehen. Fortan waren die Deutschen derart eingeschüchtert, dass sich niemand mehr traute, den Kommandanten zu kritisieren.

Als Elisabeth ihre beiden ältesten Töchter belauschte, wie sie sich nach einem schweren Tag im Wald darüber unterhielten, dass sie wohl nie mehr in der Lage sein würden, eigene Kinder zur Welt zu bringen, da zerriss es ihr fast das Herz. Doch wider Erwarten stürzten die hoffnungslosen Worte ihrer Kinder sie diesmal nicht weiter in Verzweiflung und Depression, sondern weckten einen längst vergessen geglaubten Tatendrang in ihr. Sie wollte nicht akzeptieren, dass das Schicksal ihrer Kinder schon besiegelt war.

„In Schalinskoje können wir unsere Kleider vielleicht gegen etwas Essbares eintauschen."

Die Kinder konnten dem Vorschlag ihrer Mutter nichts Gutes abgewinnen, waren dies doch die letzten Erinnerungsstücke an ein freies Leben, die ihnen noch geblieben waren.

An diesem Tag gingen Greta und Anna noch ohne Tauschkleider nach Schalinskoje. Als die beiden Mädchen nach einem langen und beschwerlichen Fußmarsch im Dorf ankamen, klopften sie an die Türen der Dorfbewohner, um nach Kartoffeln oder Kohl zu fragen. Sie bettelten, was ihnen nicht leichtfiel, und wäre da nicht der stechende Schmerz in ihren Bäuchen gewesen, sie hätten die demütigenden Zurückweisungen wohl nicht ertragen. Sie waren noch Kinder, doch in den Augen der Menschen hier waren sie nichts weiter als Faschisten, die man getrost im Wald verhungern lassen konnte.

Immer wieder schlug man ihnen die Tür vor der Nase zu, bis sie schließlich auf einen Mann trafen, der sich ihrer freundlich annahm. Überglücklich erfuhren Anna und Greta, dass sie sich auf das Feld der Kolchose begeben konnten, um dort nach Kartoffeln zu suchen. Üblicherweise blieben nach jeder

Ernte kleinere Kartoffeln auf dem Feld zurück, die von den Erntehelfern übersehen worden waren. Es war eine schwere Arbeit, sie unter dem bereits hart werdenden Boden zu suchen und auszugraben. Doch sie würden nicht eher aufgeben, bevor nicht beide Eimer gefüllt waren.

„Du bist verliebt, ist es nicht so?", fragte Anna ihre Schwester, als diese immer wieder auf den jungen Flößer zu sprechen kam. Die Arbeit war eintönig und die Gespräche boten eine willkommene Ablenkung.

„Ach was!"

„Natürlich. Du bist verliebt bis über beide Ohren." Anna lachte.

Greta kniete auf dem dunklen Acker und wischte sich den Schweiß mit dem Handrücken von der Stirn.

„Vielleicht hast du recht", antwortete sie keuchend. „Er hat gesagt, dass er sich darauf freut, mich nächstes Jahr wiederzusehen."

„Und du? Freust du dich auch?"

„Ja, schon … Aber …"

„Was, aber?"

„Wenn Mama alle unsere Kleider eintauscht, dann sehe ich aus wie eine Vogelscheuche. Und selbst wenn nicht … Die Kleider passen mir ja kaum noch, so abgemagert bin ich mittlerweile."

Anna musste lachen. Sie hatte nicht geahnt, welche Sorgen ihre Schwester umtrieben.

„Na, dann helfe ich dir, sie enger zu nähen."

„Wirklich? Das würdest du tun?", fragte Greta aufgeregt. Sie wusste, dass ihre Schwester ein begnadetes Talent besaß, was den Umgang mit Stoffen und Garn anging. In Deutschland hatte sie alle Kleider umgenäht, sodass es der Familie erspart blieb, die begrenzten Mittel für neue Kleidung heranwachsender Kinder ausgeben zu müssen.

„Ja, natürlich. Aber nur, wenn du jetzt aufhörst, ständig von diesem Peter zu reden."

Nach einem Tag auf dem Feld war es den beiden Mädchen gelungen, zwei Eimer mit Kartoffeln zu füllen. Wenn Sie sparsam damit umgingen, würde sie das vielleicht über den kommenden Monat bringen. Der Mann, der ihnen diese Arbeit zugewiesen hatte – offenbar einer der Kolchoseaufseher – kam immer wieder vorbei, um sich nach ihrem Fortschritt zu erkundigen. Freundlich nickend nahm er zur Kenntnis, wie sich die Eimer füllten. Er sprach den Mädchen Mut zu, was sie weiter antrieb. Am Abend waren ihre Hände verfroren und schwarz von der Erde, doch das war ihnen egal. Sie würden heute Abend mit zwei Eimern voller Kartoffeln nach Hause zurückkehren.

„Na, ihr beiden. Dann zeigt doch mal, was ihr alles eingesammelt habt." Der Kolchoseaufseher saß auf dem Kutschbock seines hölzernen Karrens, als er die beiden Mädchen auf sich zukommen sah.

„Zwei volle Eimer haben wir gesammelt", antwortete Anna jubilierend.

„Meinen Glückwunsch. Da wart ihr aber wirklich fleißig." Der Mann deutete auf den Karren hinter sich und sagte: „Steigt auf, ich kann euch noch ein Stückchen mitnehmen."

Dankbar über sein Angebot gingen Anna und Greta ans hintere Ende der Kutsche und hievten die schweren Eimer auf die Ladefläche. In dem Moment, als sie gerade selbst hochklettern wollten, gab der Mann seinem Pferd einen lauten Befehl und das Gefährt setzte sich ruckelnd in Bewegung.

„Hallo!", rief Greta erstaunt. „Was soll denn das? So warten Sie doch!"

Die beiden Mädchen blickten sich fragend an. Sie dachten, der Mann hätte nicht mitbekommen, dass sie noch gar nicht aufgestiegen waren. Sie rannten laut rufend hinter ihm her, doch er machte keine Anstalten, anzuhalten. Als sie ihn einholten, liefen sie wild gestikulierend neben dem Gespann her. Doch der Mann schenkte ihnen keinerlei Beachtung.

Als sie erkannten, dass er sie um den Lohn ihrer Arbeit bringen wollte, wurde Greta immer lauter. Sie fing an, ihn zu beschimpfen. Erst jetzt warf der Mann einen verächtlichen Blick zur Seite. „Schert euch zum Teufel!", rief er den beiden Mädchen zu, die nun begriffen, dass er sie schändlich betrogen hatte. Sie setzten sich an den Wegrand und weinten. Erst als es dunkel geworden war, machten sie sich auf den langen Rückweg.

„Pst, kommt mal her, ihr zwei!"

Sie gingen gerade an den letzten Häusern des Ortes vorbei, als sie eine leise Stimme hörten. Eine alte Frau winkte sie im schummrigen Licht ihrer Gaslaterne heran.

„Ich habe gesehen, was Grigori mit euch gemacht hat. Pfui, was für ein gemeiner Hund." Sie spuckte auf den Boden, um ihrer Verachtung für den Aufseher noch mehr Ausdruck zu verleihen. „Hier, nehmt diesen Eimer." Sie deutete auf einen Eimer voller Kartoffeln neben sich und verschwand ohne ein weiteres Wort im Haus. Greta und Anna konnten es nicht fassen. Eben noch hatten sie über die Bewohner des Dorfes geflucht, nur um jetzt von der Güte dieser alten Frau beschämt zu werden.

„Danke", rief Greta ihr leise hinterher, doch da hatte sie die Tür schon wieder hinter sich verschlossen.

Das Feuer

Lager 1001/25 1946

Der Tausch „Kleider gegen Essen" funktionierte sehr viel besser als erwartet. Und auch sehr viel besser als das Betteln. So gut, dass bald immer mehr Lagerinsassen ihre Kinder nach Schalinskoje schickten, um dort Kleider, Röcke und Hemden gegen dringend benötigte Nahrungsmittel einzutauschen.

Elisabeth war nun froh, die beiden schweren Koffer aus Deutschland mitgeschleppt zu haben, auch wenn sich der Inhalt in der rauen, sibirischen Taiga als völlig ungeeignet erwies. Sie wusste nicht, warum sie von den Schalinskojern für ihre Kleider so bereitwillig Lebensmittel bekamen, obwohl sich die Versorgungsknappheit auch bei ihnen bemerkbar machte. Offensichtlich maßen sie der deutschen Kleidung einen Wert bei, der sich Elisabeth nicht erschloss. Sie fragte nicht weiter nach den Beweggründen der Russen, war vielmehr erleichtert, dass sie es dank ihrer Idee vielleicht sogar über den Winter schaffen würden.

Aber was geschah danach, wenn es nichts mehr zum Tauschen gab? Sie verdrängte ihre Sorgen und hoffte, dass Maxim bis dahin doch noch zur Vernunft kommen würde.

„Raus, alle raus!"

Die Befehle der Brigadeführer hallten durch die Baracken und ihr aggressiver Tonfall ließ darauf schließen, dass sie keine weiteren Erklärungen abzugeben gedachten. Erschrocken rafften sich die Bergens auf, um rechtzeitig auf den Vorplatz zu gelangen. Heute war ihr freier Tag, niemand arbeitete in den Wäldern. Den Deutschen standen die Fragen ins Gesicht geschrieben, als sie nun auf dem Platz standen und auf die Erklärung ihres Kommandanten warteten.

„Faschisten!" Maxim hatte Spaß daran gefunden, die Deutschen auf diese Weise zu erniedrigen. „Mir ist zu Ohren gekommen, dass in euren Unterkünften die Wanzen krabbeln."

Elisabeth sah fragend zu ihrem Mann hinüber. Willi erwiderte ihren Blick, zuckte aber nichtsahnend mit den Schultern. Obwohl er nahezu jeden Tag mit Maxim verbrachte und in die meisten seiner Pläne eingeweiht war, konnte er sich nicht vorstellen, worauf Maxim hinauswollte.

Schon zu Beginn des Sommers hatten sie ihn wissen lassen, dass es in den Baracken von Wanzen nur so wimmelte. Ihre Bisse hatten die Deutschen dazu veranlasst, draußen oder auf dem Dachboden zu schlafen. Doch auch dort konnten sie sich vor dem Ungeziefer nicht schützen. Sie krochen aus allen Ritzen und Spalten, um sich nachts über die schlafenden Menschen herzumachen. Elsa erwischte es am schlimmsten. Sie war von oben bis unten mit roten Bissstellen übersät, die umso mehr juckten, je mehr sie daran kratzte. Bisher hatte sich die Lagerleitung nicht für diese Plage interessiert. Nun war der kurze Sommer fast vorüber und es wurde täglich kälter. Die Wanzen würden im Winter wohl von selbst verschwinden, so hofften es zumindest alle. Warum kümmerte sich Maxim also ausgerechnet jetzt darum?

„Wir werden der Plage nun ein Ende bereiten."

Maxim stand auf einem kleinen Podest, das er sich extra für solche Ansprachen hatte bauen lassen. Er verlor kurz das Gleichgewicht, als er mit einer Hand auf die Baracke zeigte. Willi fragte sich, ob Maxim betrunken war.

„Ihr holt jetzt eure Kleidung und alle Decken raus. Ich will, dass nicht ein Fetzen Stoff da drin bleibt! Dann bringt ihr das Zeug rüber zur Banja, damit werden wir den Wanzen mal so richtig einheizen."

Jetzt verstanden sie. Offenbar wollte Maxim die Wanzen vernichten, indem er sie großer Hitze aussetzte. Die Bewohner der Baracke beeilten sich, alle Kleidungsstücke, Decken und Stoffe zur Banja zu bringen, die bald so voll war, dass man sie kaum noch betreten konnte. Einer von Maxims Männern begann den Ofen anzuheizen, indem er mehrere Holzscheite in die von außen zugängliche Luke nachschob. Dann wurde die Tür der Banja geschlossen.

Eine angespannte Stille breitete sich unter den draußen stehenden Deutschen aus. Sie wussten, dass die gesamte Prozedur mehrere Stunden in Anspruch nehmen konnte, doch es beschlich sie alle eine Ahnung, ihre letzten verbliebenen Besitztümer besser nicht unbeaufsichtigt zu lassen. Vielleicht hätten wir die Sachen nicht so leichtfertig aus der Hand geben dürfen, dachte Elisabeth.

Der Rauch, der nun aus dem dünnen Abzugsrohr quoll, wurde immer dichter und dunkler, der einzige Hinweis, dass die Temperatur im Inneren der Banja schnell anstieg. Die Minuten vergingen. Dann sah man auch Rauch unter der Tür und unter den überstehenden Dachbalken hervorströmen. Elisabeth schlug die Hände vor den Mund und unterdrückte einen erschreckten Aufschrei. So wie ihr erging es auch allen anderen. Schon traten die Ersten einen Schritt vor, sie wollten zur Banja rennen, die Tür aufreißen, um dort nach dem Rechten zu sehen.

„Ruhig", rief Maxim beschwichtigend. „Es ist alles in Ordnung. Die Wanzen überleben das ganz sicher nicht."

„Unsere Kleider aber auch nicht", flüsterte Elisabeth, die entsetzt beobachtete, wie Feuer aus der Luke des Ofens stieß.

„Das ist zu heiß!", rief Willi. „Wir müssen die Temperatur verringern, sonst geht die Banja in Flammen auf."

„Hiergeblieben!", grölte Maxim in den aufbrandenden Tumult. „Die Banja kann noch viel heißer gemacht werden." Ein Grinsen lag auf seinem Gesicht, als ob das alles nur ein Spaß für ihn wäre. Er torkelte, stützte sich an einer neben ihm stehenden Frau ab. Doch niemand schenkte ihm noch Beachtung, da seine wirren Worte in dem Moment bestätigt wurden, als ein weiterer Feuerstoß aus dem Abzugsrohr schoss.

Eindeutig – die Temperatur war viel zu hoch und die Banja stand kurz davor, in Flammen aufzugehen. Mitsamt der darin befindlichen Kleidung.

Heinz, der bärtige Wolgadeutsche, rannte zur Banja hinüber. Die Sorge stand ihm ins Gesicht geschrieben. Er griff nach der Tür, um sie zu öffnen, doch selbst der hölzerne Knauf war bereits so heiß, dass er ihn kaum noch anfassen konnte. Als Willi erkannte, was Heinz vorhatte, schrie er laut auf. Er stürzte nach vorne, um den Mann von seinem Vorhaben abzubringen. Doch sein Ruf ging in dem Tumult unter.

Mit einem kräftigen Ruck riss Heinz die Tür der Banja auf, wodurch der hereinströmende Sauerstoff wie ein Brandbeschleuniger für das schwelende Feuer wirkte. Mit einem lauten Knall entzündete sich der Qualm, schleuderte Heinz nach hinten und setzte ihn augenblicklich in Brand. Die umstehenden Menschen schauten entsetzt zu, wie ihre Besitztümer in Flammen aufgingen. Hastig eilten einige Helfer zu Heinz, der sich laut schreiend auf dem Boden wälzte. Mit ihren Jacken schlugen sie auf ihn ein und versuchten, die wütenden Flammen damit zu ersticken.

Erste Wassereimer wurden herbeigebracht, doch es war zu spät. Die Banja brannte nun lichterloh. Heinz' Schreie verstummten. Die Feuer auf seinem Körper waren schnell gelöscht, doch er würde die Verbrennungen aller Voraussicht nach nicht überleben.

Elisabeth sank auf ihre Knie, die Hände immer noch vor den Mund gedrückt. Sie wollte laut aufschreien, bekam aber keinen Laut aus ihrer Kehle. Sie musste hilflos mit ansehen, wie ihre letzten verbliebenen Besitztümer verbrannten. Es gab nun nichts mehr, das sie hätten eintauschen können. Es kam ihr vor, als wäre gerade ihr Todesurteil unterschrieben worden.

Greta saß ebenfalls auf der Erde. Die Tränen liefen ihr die Wangen hinunter. Sie ahnte, was dieser Unfall für sie alle bedeutete, und griff verängstigt nach der Hand ihrer Mutter. Dabei hatte sie ein schlechtes Gewissen, weil sich in ihre Sorgen auch der banale Gedanke mischte, dass sie nun nichts Schönes mehr anzuziehen hätte, wenn sie Peter wiedersehen würde. Und dieser Gedanke machte sie fast noch trauriger als der Verlust ihrer letzten wenigen Habseligkeiten.

Zu Tode erschöpft

Lager 1001/25 1946

Willi war nicht mehr in der Lage, pünktlich zur Arbeit zu erscheinen. Mit jedem weiteren Tag benötigte er für die kurze Strecke – einmal quer über den Platz – länger. Es gab weit und breit keinen Baum und auch keine Geräte, an denen er sich abstützen und wieder zu Kräften kommen konnte. Die freie, vor ihm liegende Strecke schien ihm mit jedem neuen Morgen länger zu werden. Es war nur noch eine Frage der Zeit, bis er diesen Weg nicht mehr allein würde bewältigen können.

Als Schnee und Eis hinzukamen, befürchtete er obendrein, sich bei einem Sturz alle Knochen zu brechen. Doch er versuchte, seine Schwäche vor den Kindern, so gut es ging, zu verbergen, um sie nicht noch mehr zu verängstigen. Die Bergens waren wie alle Lagerinsassen abgemagert und schwach, doch um die Eltern, Willi und Elisabeth, stand es besonders schlecht.

Willi keuchte laut, als er durch die Dunkelheit hinüber zur Schreibstube stolperte. Immer wieder musste er innehalten, tief Luft holen und den Schwindel unter Kontrolle bringen. Er atmete mehrmals langsam ein und aus, wartete, dass sein Blick wieder etwas klarer wurde. Dann ging es zehn Schritte weiter, bis sich die Symptome wieder einstellten. Schwarze Punkte vor den Augen, Rauschen in den Ohren. Es war, als ob er sein Blut hörte, wie es schwer durch die Adern gepumpt wurde. Sein Puls raste und zum wiederholten Mal verkrampften sich seine Eingeweide. Ein stechender Schmerz breitete sich von der Körpermitte her aus, blockierte jeden einzelnen seiner verkümmerten Muskeln.

Es ging nicht mehr. Willi sackte kraftlos auf seine Knie, die Arme hingen ihm schlaff an den Seiten herab. Er hatte das Gefühl, ewig in dieser Position zu verharren. Dann, als er das Bewusstsein verlor, kippte er vornüber und schlug mit dem Gesicht auf den hart gefrorenen Schnee.

„Papa! Papa!"

Wie durch einen Schleier hindurch vernahm Willi die besorgten Worte, konnte aber nicht zuordnen, wer die Person war, die sich gerade über ihn beugte. Er fühlte sich, als erwache er aus einem Traum. Dabei war er sich gar nicht sicher, ob er wirklich wieder zu sich kommen wollte. Aber dann dachte er an seine Kinder, an Elisabeth. Er durfte sie nicht alleinlassen.

„Mama, er wacht auf, komm schnell!" Greta saß neben der Pritsche ihres Vaters, auf die ihn die beiden Männer gelegt hatten, die ihn auf dem Platz gefunden hatten.

Elisabeth erhob sich schwerfällig von ihrem Lager. Sie war erst vierzig Jahre alt, doch sie sah aus wie eine alte Frau. Sie brauchte drei Anläufe, um endlich von ihrer Pritsche hochzukommen und sich neben ihre Tochter zu setzen.

„Willi …“ Es verschlug ihr die Sprache.

„Er kommt zu sich, Mama. Wir müssen ihm etwas zu trinken geben.“

Elisabeth nahm die Tasse von dem kleinen Ofen, der ihnen als Heizung und Kochstelle zugleich diente. Sie hatte eine Kartoffelschale zusammen mit etwas Baumrinde aufgekocht. Viel zu wenig, um Willi wieder zu Kräften kommen zu lassen, doch mehr hatten sie nicht. Elisabeth versuchte, ihrem Mann etwas von der dünnen Suppe einzuflößen, aber es gelang ihr nicht, die Hand ruhig zu halten.

„Lass es mich mal versuchen“, sagte Greta schließlich und nahm ihrer Mutter den Löffel aus der Hand.

Willi trank dankbar. Dann schlief er wieder ein.

„Du bist seit zwei Tagen nicht in der Schreibstube erschienen“, sagte Maxim vorwurfsvoll. Er war ebenfalls abgemagert, seine Wangen waren eingefallen. Sein Bart hing nur noch in dünnen Strähnen herab und unterstrich sein jämmerliches Aussehen. Die Lebensmittelmarken erwiesen sich letztlich als wertlos, da es nichts mehr gab, was sie davon hätten kaufen können. Doch es war unstrittig, dass Maxim immer noch über genügend Mittel verfügte, um den Winter zu überstehen. Irgendwann, so hatte er es Willi prahlerisch anvertraut, würden die Marken wieder einen Wert haben.

Er saß auf einem Schemel neben dem Bett, nachdem er die Kinder alle rausgeschickt hatte. Nur Elisabeth wich nicht von der Seite ihres Mannes. Willi hatte sich seit zwei Tagen nicht mehr von seiner Pritsche erhoben, wechselte stündlich zwischen Wach- und Schlafphasen. Sie waren jedes Mal dankbar, wenn er wieder aufwachte, auch wenn er nicht viel sprach. Es schien ihn zu sehr anzustrengen. Sie fragte sich, warum der Kommandant in ihr schäbiges Zimmer gekommen war.

Normalerweise kümmerte ihn der Gesundheitszustand der Lagerinsassen nicht.

„Er ist zu schwach", sagte Elisabeth zaghaft, doch Maxim schien sie gar nicht wahrzunehmen. Er hatte seinen Mantel ausgezogen, als wolle er länger bleiben.

„Hast du etwas zu essen für mich, Maxim?", fragte Willi leise und kaum verständlich, ohne auf den Vorwurf seines Kommandanten einzugehen.

„Du bekommst die Rationen, die dir zustehen."

„Das reicht aber nicht", ging Elisabeth dazwischen.

„Würdest du deine Kinder in den Wald, anstatt zum Betteln nach Schalinskoje schicken, dann läge dein Mann jetzt vermutlich nicht hier."

„Wir müssten unsere Kinder nicht zum Betteln schicken, wenn wir für unsere Arbeit ausreichend Lohn bekämen. Doch du hast die Marken gestohlen und …" Willi kam nicht dazu, seinen Satz zu beenden.

„Pass auf, was du sagst", unterbrach ihn Maxim. Ein kurzer Blick hinüber zu Elisabeth bestätigte ihm, dass sie das Geheimnis kannte.

„Du bist ein Narr, dass du uns verwehrt hast, Vorräte anzulegen", sagte Willi und sackte wieder zurück auf seine Pritsche. Er ahnte, dass ihm nicht mehr viele Gelegenheiten blieben, um so offen mit Maxim zu sprechen.

Maxim war kurz perplex, wusste nicht, wie er auf diese Beleidigung reagieren sollte. Er saß einem sterbenden Mann gegenüber, sinnlos, ihm noch Respekt beibringen zu wollen.

„Wirst du uns Weihnachten feiern lassen?", fragte Willi, ohne die Augen zu öffnen. Sie hatten zuletzt fast täglich darüber diskutiert, ob es den Lagerinsassen gestattet würde, dieses christliche Fest zu feiern.

„Wieso fängst du jetzt wieder damit an? Ich hatte mich klar und deutlich ausgedrückt, dass in der Sowjetunion kein Weihnachten mehr gefeiert wird."

„Und ich habe dir entgegnet, dass es dich einen Scheiß kümmern sollte, was in der Sowjetunion alles verboten oder erlaubt ist. Was sollte uns denn schon passieren? Sie können uns schließlich nicht noch einmal nach Sibirien schicken." Willi lachte heiser angesichts seines eigenen Witzes, bevor sein Lachen in einen Hustenanfall überging.

Elisabeth saß erstaunt auf ihrem Bett. Nie zuvor hatte sie ihren Mann derart reden hören. Woher nahm er nur die Kraft, so mit Maxim zu sprechen?

„Warum willst du dieses Fest unbedingt feiern?", fragte Maxim. „Die Geburtstagsfeier eines Gottes, den es überhaupt nicht gibt."

„Doch Maxim, es gibt ihn. Da bin ich mir sicherer denn je."

„Woher willst du das wissen?"

„Weil ich immer wieder auf Menschen gestoßen bin, die in diesem ganzen Irrsinn nicht ihre Menschlichkeit verloren haben. Selbst wenn es sie ihr Leben gekostet hat. Wenn es Gott nicht gäbe, dann wüste ich nicht zu erklären, woher solcher Mut und solche Kraft kommen." Willi dachte an Alina und Isaak, an Gottfried, an den alten Tschechen, den er auf seiner Flucht getroffen hatte.

„Sieh dich an", sagte Maxim nach kurzer Pause. „Du bist ein Häufchen Elend und willst mir weismachen, dass es da oben einen Gott gibt. Ganz ehrlich … Ich scheiß auf deinen Gott."

„Gott ist nicht für mein Elend verantwortlich. Das sind die Sowjets, Stalin und du."

Maxim kochte innerlich. Er spürte, dass er einem Sterbenden nichts entgegenzusetzen hatte, dennoch war er zu stolz, einfach aufzustehen und den Raum zu verlassen.

„Was fällt dir ein, mich in einem Atemzug mit dem Tyrannen zu nennen? Ich sitze hier genauso fest wie du. Ich wurde verbannt, ohne dass mir der Prozess gemacht wurde. Ich weiß noch nicht einmal, warum ich überhaupt hier bin." Maxim war aufgebracht, doch er scherte sich nicht darum, dass er

Willi und Elisabeth gegenüber Informationen preisgab, die er besser für sich behalten hätte.

„Du hattest die Gelegenheit, dich als besserer Kommandant zu erweisen, doch du bist genauso verdorben wie dein Führer."

„Er ist nicht mein Führer", schrie Maxim. „Hast du vielleicht vergessen, was ich alles erlitten habe? Meine Mutter, meine Schwestern, mein Vater, mein Onkel … Alle sind sie tot, nur weil …" Er wusste nicht, wie er den Satz beenden sollte.

„Soll ich aufzählen, wen ich alles verloren habe? Sollen wir anfangen aufzurechnen? Wie viel Leid muss einem Menschen widerfahren, um zu so einem Scheusal wie du zu werden?", fragte Willi lauter, als man es angesichts seines Zustandes erwartet hätte.

Maxim sprang bei diesen Worten auf, zog sein Messer und hielt es Elisabeth an den Hals. Sie schrie erschrocken auf. „Noch ein Wort und ich schlitze ihr die Kehle auf."

„Was zu beweisen war." Willi legte sich scheinbar ungerührt zurück und ignorierte Maxim. Er spürte, dass es zu Ende ging, er seine letzten Kräfte aufbrauchte. Er wollte Maxim nicht verletzen, doch sein Freund von einst stand heute beispielhaft für die Verderbtheit des ganzen Systems, das so viel Leid über ihn und seine Familie gebracht hatte.

Maxim hingegen war verzweifelt. Er wusste nicht weiter. Wusste nicht, wie er Willi noch unter Druck setzen konnte. Gleichzeitig wurde ihm bewusst, dass allein die Suche nach solchen Druckmitteln alles bestätigte, was Willi über ihn behauptete.

„Fahr zur Hölle", sagte er schließlich zähneknirschend, nahm seinen Mantel und verließ den Raum.

Willi sah seine Frau an, die sich nun mit Tränen in den Augen über ihn beugte. Er strich ihr eine dünne Haarsträhne aus dem Gesicht und streichelte mit seinen knochigen Fingern über ihre Wange.

„Ich bin so froh, dass ich dich geheiratet habe", sagte er müde. „Wir werden uns bald wiedersehen."

Willi versuchte, die Augen aufzuhalten, da er ahnte, dass er sie nie wieder öffnen würde, wenn er sie jetzt schloss. Er blickte seiner Frau ins Gesicht, sah ihre Traurigkeit, die seit ihrer Flucht aus Deutschland kaum mehr von ihr gewichen war. Es würde ihnen bald besser gehen, wenn sie sich im Himmel wiedersahen. Dann schlief er ein, ging über in einen Traum, aus dem er nicht mehr erwachte.

Abschied

Schalinskoje 1947

Die Mädchen hievten ihre Mutter mit vereinten Kräften auf die Ladefläche des Lastwagens. Anna zog von oben und Greta drückte von unten, trotzdem benötigten sie fast zehn Minuten, bis sie es geschafft hatten. Dann gab Greta dem Fahrer ein Zeichen, dass er losfahren könne. Er war sehr ungeduldig, drängte zur Eile, ohne ihnen jedoch seine Hilfe anzubieten. Es kam ihm offensichtlich ungelegen, sie mit nach Schalinskoje zu nehmen, und schuldete er dem Kommandanten nicht noch einen Gefallen, hätten sie wohl laufen müssen.

Wassili war schon weit über fünfzig. Tiefe Furchen und Falten durchzogen sein Gesicht, ein Zeichen, dass er zeit seines Lebens dem Wetter ausgesetzt gewesen war. Zwischen Mund und Nase prangte ein mächtiger grauer Schnauzbart und über seinen Augen wuchsen buschige Augenbrauen. Er war kein Zwangsarbeiter, aber wie bei so vielen in dieser Gegend war seine Umsiedlung nach Sibirien nicht ganz freiwillig erfolgt.

Er unterhielt in Schalinskoje eine kleine Werkstatt, wo er die wenigen Traktoren und Laster der Kolchose reparierte. Einmal in der Woche kam er ins Lager, um den Insassen Nahrungsmittel zu verkaufen, außer im letzten Winter, als er die Strecke nur noch einmal im Monat fuhr. Da hatte es nichts mehr gegeben, das er hätte transportieren können.

So erschien es den Lagerbewohnern wie eine Erlösung, als sie an diesem Frühlingsmorgen Wassilis Wagen hörten. Mit jaulendem Motor kämpfte er sich durch den Schlamm, beladen mit ein paar Säcken Getreide. Die völlig entkräfteten und unterernährten Menschen hofften, dass der Lebensmittelmangel endlich ein Ende fand. Zweiundsiebzig Lagerinsassen hatten in diesem Winter ihr Leben verloren und trotz der sich langsam verbessernden Versorgungslage war nicht auszuschließen, dass noch weitere starben.

„Danke, Wassili, dass du uns mitgenommen hast", sagte Greta, als er sie in Schalinskoje absetzte. Der alte Mann knurrte kurz, lächelte dann und fuhr davon. Unter seiner rauen Schale steckt doch ein weicher Kern, dachte Greta.

Die Krankenstation von Schalinskoje, ein zweigeschossiges Gebäude, in dem die Patienten mit einfachsten medizinischen Mitteln versorgt wurden, verfügte weder über einen Operationssaal noch über ausreichend Pflegekräfte. Dennoch setzte sich Rainhard von Klaist dafür ein, Elisabeth dorthin zu verlegen, er konnte im Lager nichts mehr für sie tun. Eine Sonderbehandlung, die den Lagerinsassen üblicherweise nicht zustand. Doch zu ihrer aller Überraschung erteilte der Kommandant seine Genehmigung. Obendrein erlaubte er ihnen, doch noch das Weihnachtsfest zu feiern, obwohl er sich zuvor vehement dagegengestellt hatte.

Als die Hungerkatastrophe unabwendbar über sie hereinbrach, hatte er das letzte noch lebende Pferd schlachten lassen – auch wenn dadurch das Erreichen des diesjährigen Plansolls unmöglich wurde. Maßnahmen, zu denen ihn Willi schon zu Lebzeiten gedrängt, die er aber leider viel zu spät in die Tat umgesetzt hatte.

„Ich habe hier ein Überweisungsschreiben von Dr. von Klaist. Unsere Mutter braucht dringend Hilfe. Bitte."

Greta stützte ihre Mutter, die sich kaum noch selbst auf den Beinen halten konnte, als sie der Frau am Eingang die Papiere übergab. Sie hatten vereinbart, dass Anna im Dorf betteln ging, während sich Greta um die Einweisung ihrer Mutter kümmerte.

„Da musst du ein Stockwerk höher fragen", erwiderte die Frau unfreundlich. Sie hatte offensichtlich keine Lust, sich um eine sterbende Deutsche zu kümmern.

Sie quälten sich eine endlose Treppe hinauf. Elisabeth hielt sich an dem Geländer fest, während Greta ihre Beine – eins nach dem anderen – die Stufen emporwuchtete. Es dauerte fast eine Stunde, bis sie auf diese Weise schweißgebadet das Obergeschoss erreichten.

Greta sah sich nach einer weiteren Krankenschwester um, die ihr vielleicht weiterhelfen konnte. Sie setzte ihre Mutter auf einen Stuhl und ging den Korridor entlang, an dem links und rechts die Patientenzimmer lagen. Am Ende des Gangs stand eine Tür offen. Dort fand sie endlich die Stationsärztin, die gerade die Lunge eines Patienten abhorchte. Greta stand im Türrahmen und wartete, bis die Ärztin sie ansprach.

„Was kann ich für dich tun?"

„Meine Mutter … Sie braucht dringend Hilfe. Ich habe hier ein Schreiben von Dr. von Klaist."

Die Erwähnung des Lagerarztes enttarnte Greta als Deutsche, doch die Ärztin ließ sich nichts anmerken. Ihr Name war Jekaterina Volkow, eine unscheinbare Frau in mittlerem Alter, die trotz ihres erschöpften Äußeren geduldig mit Greta sprach.

„Bring deine Mutter in Zimmer 7", sagte sie schließlich. „Dort haben wir noch ein Bett frei. Ich komme nachher und sehe nach ihr."

Greta war glücklich. Zum ersten Mal nach langer Zeit verspürte sie wieder ein wenig Hoffnung, dass ihrer Mutter vielleicht doch geholfen werden konnte. Elisabeth hatte nach dem Tod ihres Mannes jeglichen Rest von Lebensmut verloren, sie schaffte es kaum noch, sich von ihrer Pritsche zu erheben. Die Mädchen hatten sich große Mühe gegeben, sie mit den wenigen Vorräten am Leben zu erhalten. Ein Wunder, dass sie überhaupt durch den Winter gekommen war. Doch zuletzt war ihr Zustand so kritisch geworden, dass Dr. von Klaist keine andere Möglichkeit sah, als sie nach Schalinskoje zu überweisen.

Am Nachmittag stieß Anna wieder zu ihnen. Sie trug einen Kohlkopf in der Hand und strahlte überglücklich. Die Mädchen vereinbarten, dass Anna sich allein auf den Rückweg machen sollte, damit sie sich um die zurückgebliebenen Geschwister kümmern konnte. Greta wollte bei ihrer Mutter bleiben, bis es ihr wieder etwas besser ging.

Als Dr. Volkow mit ihren Untersuchungen fertig war, zerplatzte dieser kurze Moment des Glücks wie eine Seifenblase.

„Ihre Organe versagen. Sie muss unbedingt etwas essen. Doch selbst dann … Ich kann nicht sagen, ob sie es schafft."

Greta blickte die Ärztin hilfesuchend an. „Aber es muss doch irgendetwas geben, irgendein Medikament …"

„Es tut mir leid. Ich fürchte, da können wir nichts weiter tun außer beten. Versuch, deiner Mutter etwas von dieser Brühe hier einzuflößen. Das wird ihr sicher guttun."

Am nächsten Morgen schreckte Greta hoch, weil jemand an ihrem Bein rüttelte. Sie hatte mit aller Macht versucht, wach zu bleiben, doch irgendwann war sie vor lauter Erschöpfung auf dem Stuhl eingeschlafen.

„Greta, du musst aufwachen."

Elisabeth saß aufrecht auf der Kante ihres Bettes.

„Mama? Geht es dir besser?", fragte Greta verdutzt. Sie konnte nicht glauben, dass die Person vor ihr tatsächlich ihre Mutter war.

„Wo ist Anna?", fragte Elisabeth.

„Sie ist schon wieder zurück ins Lager gegangen. Weißt du das nicht mehr?"

Elisabeth schüttelte langsam den Kopf und fixierte ihre Tochter mit wachem Blick. „Du musst auch zurückgehen, Greta. Die Kinder brauchen dich."

„Nein, Mama. Ich gehe nicht ohne dich."

„Nun sei doch vernünftig. Ich werde hier gut versorgt ..." Auf einmal stockte Elisabeth. Sie blickte zu Boden, atmete nicht mehr. Ihre Augen weiteten sich und sie griff sich an die Brust. Plötzlich holte sie tief Luft. Es schien, als ob ihre Lunge für einen kurzen Moment ausgesetzt hätte.

„Es geht dir nicht gut, Mama." Gretas Augen füllten sich mit Tränen. „Ich will dich nicht alleinlassen."

Elisabeth griff nach den Händen ihrer Tochter. „Ich bin doch gar nicht allein. Ich werde hier gut versorgt." Sie keuchte bei jedem Satz.

Greta erschrak, als sie die kalten Hände ihrer Mutter spürte. Es musste sie unendlich viel Kraft kosten, dieses Gespräch zu führen.

„Greta, sieh mich an. Du bist ein so starkes Mädchen. Du wirst leben, da bin ich mir ganz sicher. Gott wird dich beschützen."

Da begriff Greta, dass ihre Mutter sich von ihr verabschiedete. Sie schluchzte laut, erhob sich von ihrem Stuhl und setzte sich neben Elisabeth aufs Bett. Mit beiden Armen umschlang sie den schmalen Oberkörper ihrer Mutter und legte den Kopf auf ihrer Schulter ab. Sie konnte die Tränen nun nicht mehr zurückhalten und weinte, wie sie zuletzt als kleines Mädchen geweint hatte. „Mama … Ich will dich nicht allein hier lassen."

Der Fußmarsch zurück ins Lager war kräftezehrend. Schon nach wenigen Kilometern litt Greta unter heftigen Seitenstichen. Immer wieder musste sie innehalten, sich abstützen und wieder zu Atem kommen. Sie kam sich lächerlich vor, dass sie so viele Pausen benötigte, doch je mehr sie sich beeilte, desto kurzatmiger wurde sie. Der Weg war aufgeweicht und matschig. Ohne die Holzplanken wäre sie wohl mit beiden Füßen knöcheltief im Morast stecken geblieben.

Greta hielt ihren Blick ständig nach unten gerichtet, passte auf, dass sie nicht versehentlich von den nassen Hölzern abglitt. Nach fünf Stunden erreichte sie endlich das Lager, wo ihre Geschwister sehnsüchtig auf sie warteten. Alle wollten wissen, wie es ihrer Mutter ging, doch Greta wehrte alle Fragen ab. „Wo ist Anna?", wollte sie wissen.

„Ich dachte, sie würde mit dir kommen", antwortete Jakob. „Ist sie bei Mama geblieben?"

„Nein, sie ist schon gestern losgegangen." Panik ergriff Greta, als sie begriff, dass ihre Schwester offensichtlich nicht im Lager angekommen war. „Ich gehe zurück und suche sie. Ihr bleibt hier und wartet, falls sie doch noch auftaucht."

Greta machte sich wieder auf den Weg. Zurück auf die Holzplanken, doch dieses Mal würde sie ihren Blick auf den Waldrand richten, ganz gleich, ob sie am Ende im Matsch landete, oder nicht.

Nach nur zwei Kilometern fiel ihr ein Baumstamm auf, der

schon vor vielen Jahren umgekippt war und eine Schneise in den Wald geschlagen hatte. Mittlerweile war die Stelle schon wieder zugewachsen, doch die losen Wurzeln ragten immer noch auf den Weg hinaus. Greta meinte, etwas Helles zwischen den schwarzen Fichtenzweigen hindurchschimmern zu sehen. Das muss Anna sein, dachte sie und eilte auf die andere Seite des Weges. Ihre Schuhe verursachten dabei ein schmatzendes Geräusch.

Sie bog einen Zweig zur Seite und stand dann neben ihrer Schwester. Anna lag rücklings auf dem Stamm, der Kohlkopf auf dem Boden. Der rechte Arm hing herab. Den linken hatte sie sich mit dem Handrücken auf die Stirn gelegt. Sie hielt die Augen geschlossen und sah friedlich aus, als würde sie schlafen.

„Anna", flüsterte Greta. „Anna, wach auf." Doch Anna rührte sich nicht.

Greta rüttelte an ihrem Bein, keine Reaktion. Tränen stiegen ihr in die Augen. Sie hörte nicht auf, den Namen ihrer Schwester zu rufen, ganz so, als würde sie dadurch doch noch aufwachen. Doch Anna lebte nicht mehr.

Plötzlich vernahm sie ein Geräusch. Ein Jaulen. Es war der Motor von Wassilis Lkw. Warum kam er denn heute schon wieder zu ihnen ins Lager? Greta trat zurück auf den Weg, rieb sich die Augen und sah, wie der Lastwagen mühsam in ihre Richtung fuhr.

Schweigend standen sie zu dritt neben Annas Leichnam. Oleg, Wassilis Sohn, brach das Schweigen als Erster.

„Sie ist tot. Also … Fahren wir jetzt weiter, oder was?"

Seine Worte trafen Greta wie ein Faustschlag, als hätten sie Annas Tod erst jetzt Wirklichkeit werden lassen.

„Sie wird erfroren sein, vermute ich", sagte Wassili, ohne auf die taktlosen Worte seines Sohnes einzugehen. „Wenn man hier in den Wäldern einschläft, wacht man nicht mehr auf. Sie ist deine Schwester, sagst du?"

„Ja." Mehr konnte Greta nicht sagen. Jedes weitere Wort wäre in Tränen erstickt worden.

„Schön und gut, aber lass uns jetzt bitte weiterfahren", ging Oleg ein weiteres Mal dazwischen.

„Gib mir die Schaufel, Sohn."

„Was? Wieso ... Willst du sie etwa beerdigen? Ich werde für die kleine Faschistin keinen Finger krümmen."

„Wie du willst. Dann warte im Auto."

Oleg warf seinem Vater die Schaufel zu und verschwand im Führerhaus des Lasters.

„Hör zu, Mädchen", wandte sich Wassili an Greta. Du gehst jetzt Blumen pflücken, während ich hier ein Grab aushebe. Kannst du das schaffen?"

Greta nickte, zog die Nase hoch und begann damit, Frühlingsblumen vom Wegrand zu pflücken. Es half ihr, sich abzulenken und den verächtlichen Worten Olegs keine Aufmerksamkeit zu schenken.

„Verteil die Blumen dort im Grab, Mädchen", sagte Wassili, als Greta mit einem großen Bündel zurückkehrte. Er hatte bereits eine flache Kuhle im aufgeweichten Waldboden ausgehoben.

Greta war dem Mann unendlich dankbar, dass er ihr auf diesem schweren Weg mit seiner Ruhe und Freundlichkeit beistand. Seine Menschlichkeit und sein Mitgefühl gaben ihr Kraft, nicht auf der Stelle zusammenzubrechen, sich nicht selbst neben Anna zu legen und zu warten, bis der Tod sich auch ihrer erbarmte.

„Geh ein Stück zur Seite", sagte Wassili keuchend.

Greta war in Gedanken, hatte nicht gemerkt, wie Wassili mit dem leblosen Körper ihrer Schwester im Arm hinter sie trat. Er stieg in das flache Grab und bettete den Leichnam auf die Blumen, die Greta dort ausgebreitet hatte. Annas Hände legte er in der Körpermitte übereinander und stellte sich anschließend neben Greta. Wortlos sahen sie auf das tote Mädchen hinab.

„Willst du ein Gebet sprechen?“, fragte er.

Greta schüttelte nur den Kopf. Sie wusste nicht, was sie Gott jetzt sagen könnte. Zu viele Menschen, die sie liebte, waren in so kurzer Zeit gestorben.

„Gott“, sagte Wassili daraufhin, „wir übergeben dir den Leichnam dieses Mädchens. Ihre Seele ist schon nicht mehr hier bei uns, sondern bei dir im Himmel, da, wo es ihr jetzt gut geht. Danke, dass du sie bei dir aufgenommen hast und dass Greta sie irgendwann einmal wiedersehen wird. Amen.“

Er hatte einen Arm um Gretas Schultern gelegt und sie empfand bei seinen Worten tatsächlich so etwas wie Trost. Sie würde diesem alten Mann auf ewig dankbar sein. Wassili nahm seine Schaufel und deckte Anna mit der losen Erde zu.

Mit dem Sommer kamen die Flößer. Doch zu ihrer aller Überraschung kamen sie nicht nur, um die wenigen Baumstämme abzuholen, die sie im letzten Jahr gefällt hatten. Sie kamen, weil ihr Lager aufgelöst und mit dem Lager 1001/25 zusammengelegt werden sollte. Greta hatte sich von einer Freundin ein Kleid ausgeliehen, das ihr weder gut passte noch gut stand. Doch es war das einzige, was sie nicht aussehen ließ wie in einen Kartoffelsack gehüllt.

In diesen Momenten wurde ihr schmerzlich in Erinnerung gerufen, wie sehr sie ihre Schwester vermisste. Sie hätte selbst aus diesem unförmigen Kleid noch etwas Wunderschönes geschneidert. Doch Anna war nicht mehr da. Genauso wie ihre Eltern und die übrigen Geschwister. Die Lagerleitung hatte sich strikt an die Anordnung gehalten, dass Kinder ohne elterliche Aufsicht in ein Waisenheim zu schicken seien. Greta war fast volljährig. Da machten sie eine Ausnahme, was wohl vor allem daran lag, dass man ihre Arbeitskraft in den Wäldern benötigte.

„Guten Tag, Greta."

Erschrocken drehte sie sich um und sah Peter, der sich langsam näherte. Sie hatte in Erwartung seiner Ankunft schon seit Stunden auf den Fluss hinausgeblickt, doch offenbar kamen die Flößer diesmal auf dem Landweg.

„Guten Tag, Peter", sagte Greta verlegen.

„Nach wem hältst du Ausschau?"

„Ich dachte, ihr kommt wieder über den Fluss."

Sie standen schweigend nebeneinander, blickten gemeinsam auf den Fluss hinaus und genossen das Farbenspiel der Sonne, die zu dieser Jahreszeit nie ganz unterging. Peter nahm Gretas Hand und sie erwiderte seinen Händedruck.

„Du siehst gut aus", sagte er.

Sie sah ihn von der Seite an, wollte wissen, ob er seine Späße mit ihr trieb. Doch da lag kein Spott in seinen Augen. Er meinte es ernst und Greta spürte eine Freude in sich aufsteigen, die sie längst verloren glaubte.

Fast siebzig Jahre später

Deutschland, Weihnachten 2015

Greta wusste schon beim ersten Klingeln, wer sich am anderen Ende der Leitung befand. Sie seufzte und erhob sich schwerfällig von ihrem Stuhl, der wie immer dicht an der Heizung ihrer Küche stand. Der Rücken schmerzte und die Wärme tat gut, sodass der Anruf ihr fast ein wenig ungelegen kam. Sie wäre gern sitzen geblieben und bereute, dass sie den Hörer wieder einmal nicht auf dem Tisch hatte liegen lassen. Beim fünften Klingeln nahm sie ab.

„Hallo Olga."

Es konnte nur ihre Schwester sein, sie telefonierten fast täglich miteinander. Heute gab es ganz besonders viel zu erzählen. Die großen Feierlichkeiten lagen hinter ihnen. Wie jedes Jahr hatten sie sich einen Raum anmieten müssen, damit alle Kinder, Enkel und Urenkel Platz fanden. Früher, als sie sich noch zu Hause trafen, verteilte sich die ganze Familie im Wohnzimmer. Dicht gedrängt, mit randvollen Tellern auf den Knien, wartend, dass die Großeltern endlich mit der Bescherung begannen. Doch so ging es schon lange nicht mehr. Fünfzig Personen zählte Gretas Familie mittlerweile, wenn sie alle zusammenkamen. Bei Olga sah es nicht anders aus. Und wenn Jakob sich mit seiner Familie traf, dann musste er einen Raum für bald hundert Personen finden.

„Hallo Greta. Wie geht es dir?"

„Nun ja, ich kann nicht klagen. Nur der Rücken … Du weißt schon."

„Ja, ja", erwiderte Olga.

Die Telefonate zwischen den beiden Schwestern verliefen wie nach einem einstudierten Drehbuch und erst nach Austausch der Höflichkeiten begannen sie sich von den Erlebnissen der letzten Tage zu erzählen.

Die Berichte von den Weihnachtsfeiern ähnelten sich. Greta erzählte von ihren Urenkeln, wie sie mit ihren leisen Stimmen auswendig gelernte Gedichte vortrugen. Von den gemeinsamen Liedern, die sie wie jedes Jahr sangen, und von dem Buffettisch, der kaum Platz genug für all die selbst gebackenen Torten und Kuchen bot. Jeder aus der Familie hatte etwas Selbstgemachtes mitgebracht, so viel, dass sie alle noch drei Tage später davon satt werden konnten.

Doch der Höhepunkt der Feier, auf den besonders die Kinder hinfieberten, war das große Geschenkverteilen. Die Bescherung. Ein Moment, den Greta auch in diesem Jahr wieder ganz besonders genossen hatte. Sie saß gemeinsam mit ihrem Mann Peter in der Mitte des Raumes, umringt von aufgeregten Kindern, die es kaum abwarten konnten, endlich ihre Geschenke abzuholen.

Das Leuchten in den Augen ihrer Enkel und Urenkel war für Greta das größte Glück. Sie freute sich, dass sie ohne Angst und ohne Hunger aufwachsen, wie selbstverständlich Weihnachten feiern durften. Täglich betete sie, dass ihnen die leidvollen Erfahrungen ihrer eigenen Kindheit erspart bleiben mögen.

Schon kurz nach der Zusammenlegung wurde das Lager 1001/25 unter neue Führung gestellt. Der NKWD beorderte den Kommandanten und seine Brigadeführer in ein noch weiter nördlich gelegenes Lager. Keiner der Lagerinsassen weinte den Männern eine Träne nach. Einzig der Moment, als sich der Kommandant persönlich von ihr verabschiedete, blieb Greta in besonderer Erinnerung. Dieser Mann hatte ihren Vater gekannt und aus den wenigen Erzählungen schloss sie, dass die beiden früher sogar einmal Freunde gewesen sein mussten. Doch sie konnte ihm kaum verzeihen, dass seine rücksichtslose Lagerführung mitverantwortlich für den Tod ihrer Eltern war, auch wenn er sich ihr gegenüber zuletzt ungewohnt gütig gezeigt hatte.

Sie wollte wütend sein, zornig, doch als sie die Leere und Traurigkeit in den Augen des Mannes sah, konnte sie es nicht. Zu ihrer eigenen Überraschung empfand sie vielmehr Mitleid. Mitleid mit einem Menschen, der wie so viele andere unter der menschenverachtenden Diktatur des Kommunismus zerrieben worden war.

Kurz nach der Hochzeit hatte Greta ihre jüngeren Geschwister zurück zu sich ins Lager geholt, wo es ihnen immer noch besser ging als in dem Waisenhaus, in das man sie gebracht hatte. Greta, Olga und Jakob, drei Kinder der Bergens, überlebten das Lager, obwohl es noch fast zehn Jahre dauerte, bis sie Sibirien verlassen durften.

Nach Stalins Tod wies man ihnen – wie so vielen Zwangsarbeitern auch – neue Wohnorte in der Sowjetunion zu. Dort lebten sie unter sowjetischer Kommandantur, arbeiteten, gründeten Familien, gingen zur Schule und versuchten, ihren Glauben im Rahmen der Möglichkeiten zu bewahren, die der Staat ihnen zubilligte. Erst in der Mitte der 1970er-Jahre wurde ihnen – nach vielen erfolglosen Anläufen – endlich die Ausreise nach Deutschland genehmigt.

Fast zweihundert Menschen schauen heute – siebzig Jahre später – auf Willi und Elisabeth als ihre Eltern, Großeltern oder

Urgroßeltern zurück. Ein Vermächtnis, das kaum einer je zu träumen wagte, der die damaligen Zeiten miterleben musste. Es ist die Geschichte einer Familie, in die ich hineingeheiratet habe und die sich mir über viele Jahre – wie ein stetig wachsendes Mosaik – erschlossen hat. Ich habe lange nach einer geeigneten Form gesucht, um dieses Mosaik festzuhalten. Und so ist schließlich dieses Buch entstanden, in dem sich die Erinnerungen meiner Schwiegermutter in den Erlebnissen von Gretas Familie widerspiegeln. Die Figur des Maxim ist hingegen fiktiv, steht aber stellvertretend für die ganze sowjetische Tragödie, die so viel Leid über so viele Menschen gebracht hat. Meine Hoffnung ist, dass dieses Buch einen Beitrag leisten kann, die Geschehnisse von damals nicht zu vergessen, sondern für nachfolgende Generationen am Leben zu erhalten.

Das Familienfoto, das Willi auf seiner Flucht bei sich trug

Hat Ihnen dieses Buch gefallen?
Schreiben Sie's uns auf www.brunnen-verlag.de
Ihre Meinung zählt!

Fritz Stiegler

Valentina

352 Seiten
ISBN Hardcover 978-3-7655-1237-7
ISBN E-Book 978-3-7655-7188-6

Valentina, die junge ukrainische Zwangsarbeiterin, kommt 1943 in ein Arbeitslager. Dort erfährt sie alle Arten schlimmster Demütigung. Als ihr die Flucht gelingt, findet sie bei einer beherzten Bauernfamilie Unterschlupf. Die mutige Bäuerin widersetzt sich der Nazipropaganda und tut alles, um Valentina zu schützen. Eine wahre, bewegende Geschichte.

Ram Oren

Gertrudas Versprechen

Eine mutige Frau und ein jüdisches Kind: Die Geschichte einer dramatischen Rettung

352 Seiten
ISBN Paperback 978-3-7655-7309-5
ISBN E-Book 978-3-7655-2006-8

Wilna 1939. Die Kinderfrau Gertruda flieht mit ihrer Dienstfamilie vor den deutschen Truppen nach Litauen. Als kurz darauf die Mutter stirbt, schwört Gertruda, den Sohn Michael sicher nach Palästina zu bringen. Doch dann wird auch Litauen besetzt und beide geraten in Lebensgefahr. Wird Gertruda ihr Versprechen einlösen? Neuauflage des Buchs „Für dich habe ich es gewagt".

Eva Schloss

Evas Geschichte

Anne Franks Stiefschwester und Überlebende von Auschwitz erzählt

272 Seiten
ISBN Taschenbuch 978-3-7655-4250-3
ISBN E-Book 978-3-7655-7199-2

Eindringlicher Bericht vom Überleben einer Fünfzehnjährigen in Auschwitz, die – anders als ihre Stiefschwester Anne Frank – das KZ überlebte. Nach ihrer Flucht aus Wien wohnt Eva mit ihrer jüdischen Familie in Amsterdam in derselben Straße wie Anne Frank. Nach dem Einmarsch der Deutschen taucht Evas Familie unter. Aber sie werden verraten ... Ein berührendes Zeugnis der Menschlichkeit.

BRUNNEN VERLAG GIESSEN
www.brunnen-verlag.de